La huella de Adán

Petru Popescu

La huella de Adán

Siti
Noviembre 1998

Traducción de
Eduardo G. Murillo

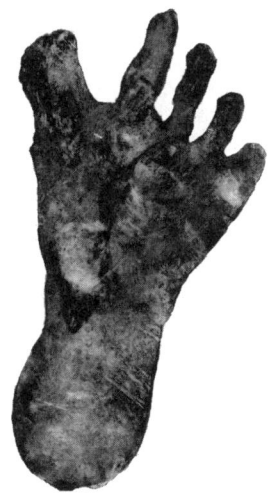

CÍRCULO DE LECTORES

Para Iris, Adam y Chloe

Australopitecos: humanos primitivos bípedos con una capacidad cerebral media de 500 cc. Habitaron África durante el Plioceno.

Plioceno: era geológica que comenzó hace cinco millones de años y se prolongó durante tres millones y medio de años. Durante ese período de tiempo, los primeros humanos aparecieron en África.

Fósil (en latín, «algo desenterrado del suelo»): los restos de un organismo, conservado en roca. Por lo general, sólo se conservan las partes duras de animales y humanos (dientes y huesos).

No creo que exista espectáculo más interesante que la primera visión del hombre en su salvajismo primitivo.

CHARLES DARWIN
Carta a John Henslow

La corteza terrestre, con sus restos incrustados, no ha de ser considerada un museo repleto, sino una colección deficitaria, hecha al azar y a raros intervalos.

CHARLES DARWIN
El origen de las especies

Si todos los hombres estuvieran muertos, los monos harían hombres. Los hombres hacen ángeles.

CHARLES DARWIN
Anotación sobre *La evolución de las especies*

Prólogo

Mi nombre es I.V.H. Escribo utilizando sólo mis iniciales porque estoy limitado por el juramento que hice como oficial en esta guerra que ya hemos perdido.

No obstante, soy, casi con absoluta certeza, el único hombre civilizado que ha visitado jamás esta zona. Si no consigo huir de este infierno, es mi deber para con la humanidad explicar mi descubrimiento, aunque sea de manera breve. Sudo mientras escribo estas líneas, y tengo la impresión de que mi cerebro se enciende y chisporrotea debido a un estallido de fuegos artificiales nerviosos.

No estamos solos en este planeta.

No somos sus únicos primates superiores pensantes, bípedos, intelectualmente desarrollados y moralmente capaces, o incapaces.

No somos los únicos humanos de la tierra. Hay otros, supervivientes de un primitivo estadio evolucionario. Lo sé porque los he visto.

Es un hecho asombroso. Extraordinario.

A la vista de mi descubrimiento, la historia de la humanidad, tal como la estudiamos en la escuela secundaria, queda reducida a la mitad. Estos otros humanos han estado aquí todo el tiempo. Lo estuvieron durante la dinastía Ming y a lo largo del Renacimiento, cuando Shakespeare escribió sus obras y durante la guerra civil norteamericana, y después. En bolsas de bosques tropicales, en África, pero tal vez también en otros continentes. Evolucionaron con más lentitud que el resto del planeta, a su propio ritmo, y tal vez provoquen consecuencias incalculables en el futuro.

Perdón: provocarán consecuencias incalculables en el futuro. Porque ahora los he encontrado. Aunque oculte este descubrimiento, ateniéndome al secretismo impuesto por la guerra, o por prurito científico, si estos seres sobreviven volverán a ser descubiertos. Por lo tanto, el genio ha escapado de la lámpara.

Apenas acabo de garabatear estas líneas, y ya mi parte racional clama contra ellas. No, esto no puede ser cierto. He estado solo en esta selva durante demasiado tiempo. He estado demasiado aislado, falto de recursos y bombardeado por nuevos y extraños estímulos, para poder pensar con lucidez. He vivido un largo delirio. Habré visto alucinaciones, en lugar de seres vivos.

Pero con igual tozudez, mi mente es capaz de aportar algunas explicaciones a esta situación. La supervivencia de una raza tan antigua no sólo es posible, sino tal vez lógica. En cuanto a por qué se ha tardado tanto en descubrirla... Bien, la tierra aún no ha sido explorada por completo. De hecho, sólo la conocemos en parte. La mayoría de los exploradores llegan a su destino geográfico viajando por las rutas más directas posibles, pero a lo largo y alrededor existen enormes zonas de naturaleza que se tardaría años en explorar paso a paso, metro cuadrado a metro cuadrado. Estos lugares pueden ocultar muchos secretos, y lo que he visto hoy lo demuestra.

Apenas hemos iniciado el estudio de nuestro planeta, a partir de escudriñar los secretos de sus hábitats. Por todas partes, especies muy diferentes en antigüedad coexisten y se interrelacionan. Por todas partes, muchas especies antiguas siguen vivas y comparten hábitats con las nuevas que alumbraron. En todos los reinos biológicos, las razas antepasadas coexisten con sus descendientes.

Lo cual enfoca la cuestión de nuestros antepasados humanos desde un ángulo muy diferente.

En tiempo geológico, dos millones de años es un parpadeo. Si los ritmos vitales de los hábitats y especies terrestres son tan diferentes, y sus pautas de transformación tan variadas, hemos de aceptar que el tiempo de la tierra es una especie de continuo hecho de pasado y presente. Algunos seres pertenecen a nuestro presente inmediato, en tanto otros están integrados en un presente prolongado que empezó hace mucho tiempo y aún no ha terminado.

Mientras escribo estas palabras, siento que mi pluma rasga el papel de una forma diferente. Es mucho más ligera cuando anota teorías, palabras, y mucho más pesada y vacilante cuando describe lo que veo, delante de mis propios ojos, en este prado bañado por el sol. Desde esta mañana he estado observando a dos protohumanos, macho y hembra. Tal vez tengan doce años, apenas más grandes que nuestros niños sapiens, pero sus órganos están formados por completo, y están copulando. Su comportamiento hace que me pregunte si están copulando por primera vez.

Dejo a un lado mi cuaderno y dirijo mis prismáticos hacia ellos. Enfoco el anillo de esta herramienta bélica pensada para ayudar a matar soldados, y acerco a mis ojos la creación de la vida primitiva. Están tan absortos que me acerco a ellos hasta escuchar con toda nitidez los sonidos que emiten.

Nunca pensé que la ciencia podría parecer tan pedestre y trivial, tan errada, comparada con el mito y la poesía. Me entran ganas de invocar a Hanuman, el dios mono de los mitos hindúes sobre la creación. Hanuman, si estuvieras aquí conmigo, te encantaría ver a estos dos gráciles jóvenes copulando sobre la hierba. «Hablan» con un lenguaje de lo más simple. Sigo escuchando hasta que distingo diferencias entre sus angustiados gruñidos. Algunos suenan como exclamaciones de dolor, y otros como mutuas advertencias de cautela. La hembra parece quejarse, y tal vez sea la prueba de que es virgen. Parece un chiste: la virginidad, esa señal distintiva de la feminidad humana, observada aquí, en este lugar que no ha cambiado un ápice desde el Plioceno.

Pese a su cuerpo pequeño, el macho está dotado de grandes genitales, la marca que señala el salto del mono al homínido. Sin embargo, él también se comporta con vacilación,

13

como si careciera de experiencia. Su gallarda pasión es uno de los espectáculos más humanos que he presenciado. Dos mamíferos copulan con pleno reconocimiento mutuo, con premura, con la necesidad de extinguir sus ansias normales, pero sin sentir nada el uno por el otro. Sin embargo, esta escena proyecta sentimiento, y los dos cuerpos están cubiertos de sudor.

Sigo observando, sin apenas respirar. Ella le alienta, y por fin se funden en la tarea silenciosa y concentrada de hacer bebés.

Llegué aquí como un soldado, un agente de la agresión y la muerte. Tiemblo al ver esta demostración de amor primitivo, ferozmente dedicado a asegurar la continuidad de la especie. Éramos como ellos hace sólo dos millones de años, el parpadeo de un ojo en tiempo geológico. Ojalá siguiéramos siendo como ellos. ¿Qué sabíamos entonces que después olvidamos, a medida que nuestra historia avanzaba entre explosiones demográficas, conquistas de nuevas tierras, guerras e invenciones? ¿Valió la pena olvidar para alcanzar lo que hemos logrado?

Contemplo a la pareja y no puedo describir con palabras su fusión amorosa. En nuestro actual estado de evolución, ¿igualamos tal profundidad de sentimientos, tal desesperación por proyectar nuestra raza hacia el futuro? ¿O es algo que hemos olvidado?

Retrocedo, temeroso de molestarles.

En cuanto los pierdo de vista, me enfrento de nuevo con el significado de lo que acabo de ver. Con el increíble concepto de que, como humanos, no estamos solos. No sólo en el lejano universo, sino aquí, en la Tierra.

Creo que voy a enloquecer. El genio ha escapado de la botella...

De un cuaderno de notas
escrito en la primavera de 1953,
después de las guerras de guerrillas
en el oeste de Kenia.

Primera Parte

Huellas de pisadas

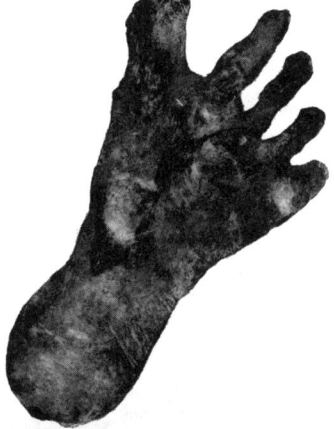

Oeste de Kenia. Finales de mayo de 1995,
después de la temporada de lluvias

El pequeño avión, un Beech Lightning 38 P de un solo motor, cabrioleaba como un caballo salvaje en su esfuerzo por seguir un curso constante. Volaba en línea recta hacia las estribaciones del sur del Mau.

El Mau, una fortaleza montañosa que alcanza los tres mil metros de altitud y corre casi de sur a norte durante más de trescientos kilómetros, limita la extensión perteneciente a Kenia del Great Rift Valley, y forma lo que parece una muralla natural. El Mau constituye una formación portentosa. Sus pendientes inferiores son yermas y erosionadas, cubiertas sólo por áspera maleza. Sin embargo, a mitad de su altura, del Mau brotan bosques cada vez más espesos, hasta formar una inmensa selva que cubre por completo las crestas de la montaña. En el extremo sur del Mau, el bosque desciende hacia el fondo, salvo por algunas estribaciones peladas ocasionales, hasta llegar a la sabana de Dogilani, una llanura de hierba alta adornada con borlas, descolorida por el sol, punteada de vez en cuando por algún bosquecillo y charcas que destellan al sol.

Las orillas de estas charcas bullen de antílopes y búfalos sedientos. Leones y leopardos acechan entre la hierba. Aves depredadoras surcan el cielo, ansiosas de alimentarse con las víctimas de los felinos.

La sabana (enorme y salpicada de sangre, a causa de las luchas constantes entre animales de diferentes especies) tiene aspecto de pertenecer a la época actual. Las estribaciones desnudas y rocosas del Mau están suspendidas en el tiempo, en una época anterior. Sin embargo, la parte más misteriosa, las crestas boscosas que se alzan sobre la sabana, son de otra era.

Era alrededor de mediodía. El sol había calentado durante toda la mañana el aire que soplaba sobre la llanura de Dogilani, y se estaba expandiendo con gran rapidez, en diagonal y hacia arriba, para atacar el aire frío que descendía desde las pendientes superiores del Mau. El aire frío se resistía, acuchillaba a su oponente con largas dagas gélidas. Estas dagas provocaban corrientes de aire en ambos lados, que soplaban en direcciones opuestas, con tal fuerza que sacudían el avión de tres toneladas como si fuera un juguete.

Hendrijks, el piloto, un holandés de El Cabo de unos sesenta años, que había sobrevolado aquellas mesetas y montañas durante toda su vida, combatía con desesperación las contracorrientes. Su cara, por lo general de un rojo brillante debido a los genes de sus antepasados y al alcohol que trasegaba, había adoptado un tono amarillento a causa del miedo. Detrás de él había dos asientos más, uno al lado del otro. Sujeto por el cinturón de seguridad a uno de ellos, el geólogo keniata Ngili Ngiamena se aferraba a los reposabrazos con sus esbeltas manos masai, y no paraba de animar a Hendrijks para que siguiera adelante. La muralla casi vertical del Mau se alzaba hacia ellos, como si fuera a estrellarse contra el avión de un momento a otro, aplastar su fuselaje y envolverlo en una gigantesca bola de fuego y humo.

En el otro asiento, el paleoantropólogo norteamericano Ken Lauder estaba inclinado hacia la derecha, con el cuerpo asomado fuera del avión a través de la puerta inexistente de la escotilla de estribor. Su cinturón de seguridad se le clavaba en el estómago. Ken apuntaba su cámara hacia las pendientes inferiores que pasaban bajo el aparato. Sus manos, brazos, hombros y torso estaban bien sujetos, con el fin de impedir que la corriente de aire, como un gigantesco aliento congelado exhalado por las montañas cercanas, le arrebatara del avión.

El viento era tan fuerte que le cerraba los párpados. Ken se refugió en la cabina y gritó al piloto que disminuyera la velocidad para poder tomar fotos. Sin embargo, si Hendrijks lo hacía, perdería la potencia necesaria para abrirse paso entre las corrientes opuestas. De hecho, cada vez que el avión se encontraba con una, daba la impresión de que se estrellaba contra un muro de ladrillos invisible y lo atravesaba por algún milagro de la física.

La sucesión de crestas y aristas erosionadas seguía provocando que la dirección de los vientos cambiara, y las ráfagas de aire caliente empujaban el avión hacia arriba, mientras las frías lo hacían hacia abajo. El fuselaje del avión gruñía y crujía, próximo a la desintegración, y Ken volvió a gritar al piloto. Hendrijks había girado en círculo alrededor de una estribación con demasiada rapidez, y Ken no había podido hacer la foto. ¿Podía Hendrijks hacerlo otra vez, más despacio?

—¿Que si puedo hacerlo más despacio? —aulló el piloto—. ¡He de cobrar velocidad para tener potencia contra las corrientes!

Entretanto, la muralla del Mau, con la mitad inferior gris a causa de la erosión, y la superior de un verde intenso debido a los matorrales y árboles, parecía arrojarse sobre el avión.

Hendrijks gritó que iba a hacer otra pasada para dar a Ken una segunda oportunidad de utilizar su cámara. Ken respiró hondo y probó el cinturón de seguridad con la mano. Estaba bien abrochado y resistía. Con un poco de suerte, no llegaría a partirse.

Hendrijks inclinó el avión. Un pozo de aire frío se abrió bajo el aparato y se apoderó del extremo del ala derecha, que por un momento apuntó en línea recta al suelo. Ken casi salió disparado por la escotilla, con cámara y todo. Su pie izquierdo, aprisionado bajo el asiento de Hendrijks, se convirtió en un ancla que le salvó de caer al abismo. La otra ancla era su cinturón de seguridad. Hendrijks hizo lo posible por recuperar la estabilidad del avión, abriéndose camino entre los torbellinos de aire como un nadador al borde de una corriente de fondo que fuera a engullirle.

—¡Hágala ahora, hágala ahora, maldita sea! —chilló.

El avión enderezó su curso. Bajo sus pies, la pendiente erosionada estaba dividida en cinco secciones por arroyos de montaña secos, como la pata de una esfinge gigantesca.

En la sección media de la pata, como si se encontrara sobre un nudillo gigante, estaba el punto en particular que Ken intentaba fotografiar.

La corriente de aire anegaba de lágrimas los ojos de Ken. Se dio cuenta cuando estaba justo encima de su objetivo, y también de que lo fotografiaría a ciegas. Apretó el botón de la cámara, intentó desesperadamente ver lo que estaba enfocando, pero no pudo ver nada por el ocular.

De todos modos, estaba seguro de que lo conseguiría. ¿Cómo iba a fallar? La idea llenó su pecho de tal sensación de triunfo que abrió la boca para gritar de alegría, y...

Vio aquella sección media mientras pasaban por encima, y después también. Los vientos habían levantado el polvo de las pendientes circundantes erosionadas hasta cubrirla, una oleada de polvo tras otra. Una oleada, después una pausa momentánea y visibilidad, y luego otra oleada. Cuando una oleada soplaba, un remolino de polvo envolvía la pata.

A lo sumo, habría fotografiado un montón de polvo. Lo único que plasmaría la foto sería la formación en forma de pata, y el polvo que la cubría. El avión les había costado a Ngili y a él mil dólares por semana, además de una caja de whisky escocés para Hendrijks, y ahora iban a perderse el último y más intrigante avistamiento de la semana.

Se metió dentro de nuevo.

—Vuelva —gritó a Hendrijks—. ¡Vuelva!

—¿No la ha hecho?

—¡No! —Golpeó la cabina con los puños. La delgada capa de aluminio retumbó como un timbal—. ¡Vuelva a sobrevolarla, esta vez más despacio!

—¿Estás loco? —preguntó Ngili desde el asiento contiguo—. No puede ir más despacio. ¡Necesita velocidad para resistir el viento!

—¡Entonces vuele más deprisa, pero más bajo!

—¡Más bajo! —aulló Hendrijks, y se volvió hacia Ken. No había ni rastro de su habitual enrojecimiento sobre la piel, como si la pigmentación hubiera sufrido una drástica y definitiva mutación—. ¿Quiere que me estrelle contra esa pared? La última vez apenas tuve sitio para dar la vuelta. ¿No se dio cuenta?

—¡Hay una forma de hacerlo! —chilló Ken—. Baje. ¡Bastará con que recuerde dónde cambian los vientos!

—¿Cómo quiere que me acuerde? ¡No paran de cambiar!

—¡Pues no le pagaremos los mil pavos!

Los estremecimientos y cabezazos del avión, el gemido del viento a través de la escotilla abierta, y la cercanía del peligro consiguieron que Ken pensara haber vencido ya aquella batalla contra la muerte. Un enorme acto de voluntad por su parte había logrado apartarles de la catástrofe. Dejó caer la cámara sobre su estómago, agarró a Hendrijks por sus corpulentos hombros y lo sacudió, con la clara impresión de que estaba sacudiendo todo el avión.

—¡Hágalo! ¡Usted es el mejor piloto de Kenia! ¡Hágalo, o no le pagaremos ni un centavo!

El holandés contestó a voz en cuello que le daba igual, que iba a largarse de aquel infierno ventoso. Ken le suplicó. Una vez más, a menos altitud. La última vez.

No tendría otra oportunidad. Era su última oportunidad de obtener una foto de lo que había visto desde el avión media hora antes.

Ngili y él habían subido con Hendrijks aquella mañana para completar una estratigrafía aérea de Dogilani y el extremo sur del Mau. Sus formaciones rocosas tendrían fácilmente cinco millones de años. Por este motivo, el Mau parecía surcar la llanura de Dogilani como un acorazado del Plioceno.

La era del Plioceno, que había durado desde cinco millones a un millón y medio de años atrás, estaba jalonada por importantes acontecimientos. En el Plioceno, los continentes habían adoptado sus posiciones actuales. El valle del Rift[1] se formó entonces, cuando dos placas tectónicas que forcejeaban bajo la superficie de la tierra excavaron una falla entre ellas en dirección norte-sur casi tan larga como África. El clima en los dos lados del Rift era muy diferente. El lado occidental había sido siempre lluvioso y conservaba sus antiguos bosques, en tanto el

---

1. En inglés, «hendidura». (N. del T.)

oriental se había resecado, dando origen a praderas donde los animales ungulados se habían multiplicado hasta formar enormes rebaños. En el oeste, después de que los bosques hubieran disminuido de tamaño, algunos simios del bosque se habían aventurado a salir y dado origen a la raza humana.

La parte sur del Mau, con su extensión de sabana exuberante que trepa hacia las estribaciones yermas, y los bosques antiguos que decoraban sus crestas, parecía una reliquia de la época en que el hombre se estaba transformando en hombre.

Tras sobrevolar la zona y observar diversas formaciones rocosas, que Ken fotografiaba y Ngili clasificaba, habían pasado a menos de treinta metros por encima de una estribación redonda pelada, de forma que Ngili pudo echar un buen vistazo a su estado de erosión. Eran las once y cuarto de la mañana, tal como señaló Ken, quien estaba efectuando un diagrama de la distancia entre varias formaciones rocosas, utilizando el tiempo de vuelo como indicador.

En aquella estribación había huellas de pisadas que Ken reconoció porque estaban dispuestas en un amplio círculo, una pauta intrigante en aquella tierra desierta barrida por los vientos. Pidió al piloto que diera la vuelta y sobrevolara de nuevo la estribación. Hendrijks lo hizo. Cuando el aparato perdió altura, Ken y Ngili vieron con toda claridad el círculo oscuro. Al descender aún más, el círculo se rompió en puntos, como cuentas de un collar. Ya a pocos metros por encima del suelo, los puntos se convirtieron en formas ovaladas y alargadas. Pisadas. Dejadas por alguien que había caminado en círculo sobre la cumbre de aquella estribación.

Ken y Ngili se habían mirado como sólo lo harían dos científicos si su especialidad fuera la prehistoria. ¿Y si se trataba de huellas de pisadas prehistóricas? ¿Y si las habían dejado homínidos, humanos primitivos?

No era una idea descabellada. Entre las estaciones de lluvia, las estribaciones inferiores del Mau quedaban absolutamente resecas, azotadas por vientos incesantes que desenterraban las capas inferiores de terreno. Y si algo se había conservado en esas superficies cabía que fuera antiquísimo y estuviera petrificado.

En cualquier caso, las huellas parecían antiguas. Eran estrechas, y estaban bien hundidas en el suelo iluminado por el sol. Ken así lo supuso, porque pese a su examen fugaz, los huecos de las pisadas estaban llenos de sombra, y parecían pequeños charcos de oscuridad, en contraste con el resplandor polvoriento de las superficies circundantes.

Hendrijks había ladeado un poco más el avión y acercado la cara a la ventanilla de la cabina para mirar. Emitió un gruñido despectivo.

—Nada que valga la pena. Son huellas dejadas por pastores de cabras.

—¿Por qué querrían llevar las cabras a esa estribación pelada? —preguntó Ken—. No hay nada para pastar. Además, ¿dónde están las huellas de las cabras? No veo agujeritos puntiagudos.

—Todo el mundo sabe que esta zona está deshabitada —añadió Ngili.

—Tal vez las huellas sean más antiguas —arguyó Hendrijks—. Tal vez había hierba ahí hace cien años.

—Si son tan antiguas, ¿qué impide que sean más antiguas? —replicó Ken.

Ngili asintió.

—Y todavía queda por explicar la ausencia de huellas de ganado.

Hendrijks alzó las manos y soltó los controles por un instante. Cuánta palabrería, pensó, acerca de algo a lo que nunca había prestado la menor atención. Estaba loco si iba a desperdiciar su tiempo con aquellos científicos lunáticos. Claro que, en realidad, no estaba desperdiciándolo. Mil dólares era una buena paga por una semana de estratigrafía aérea; además, Hendrijks se estaba haciendo mayor y el negocio estaba plagado de pilotos nuevos, africanos.

Al fin había accedido a volver atrás y localizar la estribación, para que Ken tomara sus fotos.

Habían tardado media hora de volar en zigzag para encontrar otra vez aquella estribación, entre montones de estribaciones idénticas, porque no habían tirado marcas, la luz del sol había cambiado y las rocas volcánicas del Mau, ricas en hierro, confundían a la brújula del avión.

Y para entonces, mediodía, los vientos habían empezado a agitar aquel caldero de la bruja.

Ken intentó sustituir la lente angular de su Minolta por un objetivo largo. La lente resbaló entre sus dedos y cayó al suelo del avión.

No le importó. Encajó el objetivo largo. Notó que encontraba sus muescas, giraba y se fijaba. Se volvió hacia Ngili y miró a los ojos de su amigo africano, de iris negros como balas de ónice. La piel de Ngili, por lo general reluciente como si acabaran de pulirla, estaba ahora lisa y opaca. Estaba palideciendo como suelen hacer los africanos: no perdían color, perdían brillo.

Ngili le miró sin pestañear y dijo con voz calma y serena:

—Este avión no va a conseguirlo.

—Hasta el momento lo ha hecho, ¿no? Sólo una vez más.

—Estás loco.

Ngili nunca decía «chiflado», siempre decía «loco», como los ingleses. Hablaba un inglés impecable con un sonsonete masai tribal, aunque no era masai. Había nacido y crecido en Nairobi, y se había licenciado en la Universidad de Kenia. Había conocido a Ken en la universidad y asistido a las mismas clases, hasta que Ngili se especializó en geología y Ken en paleoantropología.

Eran buenos amigos, y hacían una pareja impresionante. Ngili era en extremo delgado, y todos sus miembros parecían aflautados, incluyendo su alta y elegante cara masai. Ken era delgado pero musculoso, y aparentaba menos de sus veintiocho años, con un rostro tostado por el sol en el que destacaban unos vivaces ojos castaño claro. Tenía una nariz grande, de ventanas bien esculpidas, y una frente barrida por una maraña de pelo castaño, descolorido por el sol. Sus labios eran bastante finos, pero tenía la mandíbula fuerte, y un corto hoyuelo en la barbilla acababa de completar una impresión de vivacidad y energía.

—No estoy loco. Hendrijks puede hacerlo si no pierde la cabeza.

—Puede que no pierda la cabeza —repuso con calma Ngili—, pero eso no quita que estés loco.

De acuerdo, pensó Ken. Tal vez estoy loco. Y moriré loco hoy, en África.

El avión estaba descendiendo.

Ken miró hacia abajo y vio que la estribación se acercaba por debajo. Comprendió que Hendrijks había hecho acopio de valor y se estaba aproximando al lugar deseado con toda la destreza acumulada en sus largos años de vuelo. Mientras intentaba adivinar el capricho de los vientos, iba bajando los alerones, aminorando la velocidad como si se dispusiera a aterrizar, sólo que no lo habría logrado ni aunque se lo hubiera propuesto, porque no había nada lo bastante llano para que un avión se posara. El plan de Hendrijks era aumentar al máximo la potencia y ascender de nuevo en las mismísimas narices de la escarpa.

Por un instante, Ken sintió el más profundo respeto por aquel viejo borracho. Su raza casi se había extinguido. Puede que aquel fuera su último malabarismo.

—¡Es usted el mejor! —gritó, y palmeó su hombro corpulento.

—*Dankje* —contestó Hendrijks en su holandés de El Cabo nativo, un idioma que casi nunca utilizaba. Ken pensó que tal vez la proximidad de la muerte le había impulsado a utilizarlo, porque los tres iban a morir de un momento a otro.

Ken pensaba con extraña lucidez. Por cada ser humano vivo debe de haber más de cien muertos, sepultados bajo tierra, fallecidos en algún momento de los últimos cinco millones de años. Algunos han perdurado como fósiles. Otros, la mayoría, estaban reciclados en minerales y en nuevos productos orgánicos desde hacía muchísimo tiempo. Nadie sabía por qué, cuándo o cómo.

Nadie sabía nada. En paleontología y en el conjunto de las ciencias relacionadas, casi todas las evidencias suscitaban controversia. Apenas existía certeza o consenso. Sólo había... ciencia.

Y ahora, por el bien de la ciencia, se estrellarían y morirían. Tendría que estar asustado, pero no tenía tiempo. Estaban casi encima del punto, y tenía que fotografiarlo.

El avión planeaba como un ave que se acercara a su nido, lastrada por sus huevos.

Esta vez, la corriente de aire era menos cruel. Los ojos de Ken no lagrimeaban tanto. Veía por el objetivo de la cámara.

El viento seguía soplando abajo, levantaba polvo, cubría y descubría el punto durante unos segundos cada vez, casi a intervalos regulares.

Su mente tenía que adaptarse a aquella secuencia, conseguir que su cámara funcionara cuando una capa de polvo se elevara y dejara al descubierto el punto, antes de que otra capa volviera a cubrirlo. Vio que se formaba una ráfaga de polvo, de un color amarillo brillante, como oxidado por el sol. Pasó, y lo que había debajo quedó al descubierto con una claridad casi dolorosa, como el fondo de un mar despojado de agua por primera vez, que mostrara sus plantas y sedimentos marinos en su escala verdadera y a su auténtica luz.

Apretó el disparador. El viento cubrió el lugar de polvo y a continuación volvió a despejarlo. Ken apretó de nuevo el disparador, un hermoso primer plano.

Notó que el cinturón de seguridad cedía debido a su peso, pero no cayó. Ngili le rodeó con los brazos, pasó una mano bajo la axila de Ken y con la otra lo sujetó por el cinturón de los pantalones. Ken pensó que ya nada importaba, y apretó el disparador repetidas veces, en sintonía con el viento y el polvo que se esparcía como una cortina amarilla, y luego se alejaba.

El avión sufrió una tremenda sacudida cuando fue alcanzado al mismo tiempo por dos corrientes de aire contrarias. Ngili gritó, y Hendrijks salió proyectado hacia los controles. Subió la palanca de potencia, desesperado. El empuje del viento hacia abajo y el peso del avión parecían garantizar que se estrellaría.

El aparato se elevó, a escasos centímetros de la pared del Mau, y se inclinó. El movimiento absorbió todavía más a Ken fuera de la cabina. Los dedos de Ngili se hincaron en el brazo de Ken, y brotó sangre de debajo de sus uñas. La lente que Ken había dejado caer al suelo del avión se deslizó hacia la escotilla abierta y cayó al vacío. Ken la vio caer, asombrado de no caer con ella.

No sintió miedo, sólo una hipnótica curiosidad por lo que consideraba sus últimos momentos.

En caída libre, la lente se rompió en pedazos al impactar contra la gran estribación erosionada.

Ngili seguía sujetando a Ken por el cinturón de sus pantalones, que resistía el tremendo tirón del peso.

Hendrijks notaba los movimientos involuntarios de los dos hombres que había detrás. Enderezó el avión con tal brusquedad que Ken fue impulsado hacia la puerta, y Ngili le arrastró hacia dentro. Ken se golpeó la cabeza contra el techo. Hendrijks se volvió y sonrió con la nariz ensangrentada, que se había estrellado contra los controles. El avión sufría horribles sacudidas, y Ken pensó que había perdido la cola.

–V–voy a dar la vu–vuelta –anunció Hendrijks–. Tra–trataré de aterrizar por ahí abajo... –Señaló con una sonrisa sanguinolenta la sabana que se extiende al sur de las pendientes del Mau.

Ken y Ngili miraron. Vieron los bosques de acacias y los trechos de hierba alta que alternan con salientes rocosos y montículos, suaves colinas de polvo. La sabana tenía un aspecto pacífico y acogedor, un paisaje compuesto de rasgos amplios y generosos. Hacia el sudoeste, vieron los relámpagos de una tormenta que se alejaba. Por todas partes, contra el verde y amarillo de la vegetación, se perfilaban los marrones y grises de los animales que pastaban.

–Hágalo –autorizó Ken sin que viniera a cuento.

Parecía inconcebible que el avión todavía conservara fuerzas para derrotar a todas aquellas corrientes mientras descendía. Ken y Ngili hicieron acopio de valor. Ken vació su mente de pensamientos y todo cuanto quedó en su cerebro fue el gigantesco zumbido de la fuerza de voluntad, que porfiaba junto con el motor, el cuerpo, las alas, los puntales, los cubos de las ruedas y los pernos, para lograrlo. Era como el empujón final en un parto de extraordinarias dificultades. El avión emergió del útero de los vientos, y se deslizó por fin, libre, en el aire caliente de la sabana.

Ken y Ngili aún no podían creer que hubiesen sobrevivido, pero se esforzaron en empujar el avión con su mente, en tanto Hendrijks descendía más y más, y las últimas pendientes erosionadas pasaban bajo el fuselaje. El avión dejó atrás la última pendiente y sobrevoló la sabana, al tiempo que afeitaba la copa de una acacia.

Finalmente, las ruedas tocaron tierra.

Las ruedas del avión hendieron la ballueca roja que cubría el suelo. La hierba parecía pareja, pero el suelo tenía huecos y rugosidades, y el avión rebotó como un juguete, sacudiendo a los pasajeros como si aún estuvieran a merced de los vientos. Las ruedas encontraron una hilera de rocas, saltaron sobre ellas, rebanaron como machetes masas de espinos silbantes y se detuvieron por fin.

Ken y Ngili saltaron por la escotilla sin puerta en cuanto el avión se detuvo.

Cayeron sobre la hierba, asombrados de estar vivos. Vieron una grieta en el timón de dirección del avión, y faltaba el extremo de la aleta de compensación derecha. Hendrijks apagó el motor, saltó a su vez y se desplomó sobre la hierba, mientras farfullaba algo acerca de los mil dólares y dos cajas de whisky.

Ken miró a Ngili, cuyo rostro volvía a brillar.

—¿Las tienes? —preguntó Ngili, señalando la cámara de Ken—. ¿Tienes las jodidas huellas?

Ken asintió.

—Fotografié la estribación a la perfección, despejada y libre de polvo. No sé si saldrán muy claras. Lo sabremos cuando las revelen.

—Espero que nuestros malabarismos hayan servido de algo —dijo Ngili con una risita.

Siguieron tendidos sobre la hierba. Por fin, Hendrijks se levantó y subió de nuevo al avión para buscar su pipa. No pudo encontrarla. Casi todo lo que contenía el fuselaje se había desplazado de su emplazamiento normal. Hasta el diario de vuelo estaba desparramado por la parte posterior del aparato. Una caja de galletas se había abierto, y las galletas estaban diseminadas por todas partes. Hendrijks maldijo y afirmó que el avión estaba hecho un asco. Su botella de whisky había sobrevivido, pero rezumaba licor sobre el suelo. Hendrijks salió y caminó alrededor del aparato. Tocó alerones, *flaps*, puntales de las alas, la hélice, comprobando que no hubiera sufrido daños irreparables.

Por fin, llamó a los dos jóvenes.

—Quiero arreglar el timón —anunció—. No puedo volar con él en ese estado.

—¿Cuánto tardará en hacerlo? —preguntó Ken, que seguía tendido sobre la hierba. Sabía que Hendrijks, como muchos pilotos de su generación, era un competente mecánico de aviones.

—Unas cuantas horas, como mínimo. Tengo cable, tornillos, soportes... —Hendrijks miró hacia el sol con aire pensativo—. Pero si no he acabado al anochecer, tendremos que regresar mañana por la mañana.

—Prefiero pasar la noche aquí antes que correr riesgos innecesarios —dijo Ken. Él y Ngili habían pasado muchas noches al raso, en excavaciones arqueológicas, y dormir bajo las estrellas de la sabana no les asustaba.

—En ese caso, ayúdeme a filtrar la gasolina antes que nada. Lleva tiempo.

El avión contaba con latas de gasolina extra que debían ser transferidas a los depósitos casi vacíos y filtradas a través de una gamuza, para liberarla de las impurezas. Si se hubiera producido un fallo en el motor a causa de impurezas cuando volaban cerca del muro del Mau, habrían muerto.

Ngili y Ken se levantaron para ayudar a Hendrijks. Colocaron una roca bajo la cola del avión, para que Hendrijks se subiera sobre ella y pudiera reparar el timón. Éste ordenó con rudeza a Ken que cogiera el machete del avión y cortara algunas ramas de espinos silbantes. Si iban a pasar la noche allí, necesitarían encender un fuego.

Minutos después, Ken cortó los espinos silbantes, llamados

así por el sonido del viento al pasar entre ellos. Ken observó que aquellos arbustos eran más altos y su fibra, más dura de lo habitual. Tal vez eran igual de nudosos y tozudos en el Plioceno, o tal vez estaba muy cansado. Paseó la vista alrededor. Un grupo de árboles pequeños estaba cargado de bayas redondas, negras como la tinta, que brillaban como ojos humanos. Incluso parecían atentas, de una manera humana, casi amenazadoras.

—Eh, Ngili, aquí hay una flora que nunca había visto.

—Yo veo unos ñus que tampoco había visto. Están increíblemente gordos y relajados. Eh, hay una hembra que está pariendo —rió Ngili, y pasó los prismáticos a Ken.

Ken miró y localizó a los ñus, un grupo de unos veinte o treinta. Gracias a las lentes, parecían estar pastando a unos centímetros de su nariz. Cualquier cosa excitaba a aquellos animales: un mosquito en la cola, una piedra afilada en la pezuña o la soledad de la sabana, contra la cual cargaban sin ningún motivo, como si hubieran visto un fantasma. Siempre eran hiperactivos, pero allí movían perezosamente la boca, rumiando con una extraña serenidad.

La hembra que daba a luz estaba de pie con las patas algo separadas y una expresión concentrada en su larga cara. De sus cuartos traseros emergía lo que semejaba un enorme bulto negro y brillante, con un extremo formado por cerdas. Las cerdas eran las patas delanteras y diminutas pezuñas de la cría, y el bulto su cabeza y pecho, que brillaba debido a la sustancia de la placenta, todavía sin romper. Dentro de aquel viscoso capullo, las patas ya se agitaban, aunque la mitad de la cría todavía seguía en el interior de la madre.

Ken movió a un lado los prismáticos y vio que otras hembras también tenían crías. Algunas ya caminaban de forma precaria, como si hubieran nacido durante la última hora.

—Esto es muy extraño —murmuró.

—¿Qué es extraño?

—Están pariendo en mayo.

Lo cual significaba cuatro meses después de lo previsto. Por lo general, los ñus daban a luz en enero, antes de las lluvias de primavera, no después. Ken había visto muchos.

Cuando asistía a la Universidad de Kenia se había pagado los estudios con toda clase de trabajos, incluyendo los de explorador y guía de safaris.

Ngili se encogió de hombros. Las épocas de alumbramiento no significaban mucho para él.

—No es demasiado importante —admitió Ken—, sólo que este rebaño parece seguir su propio ciclo. Puede que se quedara aquí después de la última migración de verano.

Los dos se sumieron en el silencio. Cada año, millones de ñus, expulsados de las estepas de Tanzania por la gradual disminución de la hierba, se encaminaban hacia el norte, paraban cuando encontraban hierba nueva, y continuaban su camino después de haberla agotado. Marchar, parar y pastar, marchar, parar y pastar. Recorrían en un amplio círculo contrario a las agujas del reloj la sabana de Kenia hasta que, meses después, completaban dicho círculo y volvían a Tanzania, al principio de otro ciclo migratorio.

Esos ciclos determinaban todas sus demás actividades, incluyendo sus temporadas de aparcamiento y alumbramiento, muy bien reguladas.

—Tal vez esos ñus no se fueron con los que emigraban —bromeó Ngili—. Puede que siempre estuvieran aquí.

—Tal vez —dijo Ken.

Miró hacia la hierba alta y exuberante. Quizás aquella sabana nunca había experimentado la desertización de las sabanas de Tanzania, en cuyo caso los ñus carecían de motivo para emigrar. Podían aparearse y dar a luz cuando les viniera en gana.

—También hay muchos antílopes —murmuró Ken, mientras miraba con los prismáticos.

—¿Hay algo raro en eso?

—No. Gordos y felices, y terriblemente relajados. Como los ñus.

Los antílopes, de color rojo pardusco, cuernos cortos y una amplia franja negra en la frente, apenas se movían. No había felinos al acecho, supuso Ken. Después de oscurecer, aquel sopor sería sustituido al punto por tensas galopadas para huir de leones y leopardos.

Durante el último minuto de su conversación, la cría había salido de su madre. Cayó hecha un ovillo sobre la hierba, pero levantó una cabeza reluciente, unida a su madre por largos cordones plateados de placenta. Ladeó la cabeza, rompió los cordones y trató de alzarse, pero volvió a caer. La madre abandonó su postura de parto, dio media vuelta y empezó a lavar a la cría con la lengua.

—Qué dulzura —sonrió Ngili—. Oh, esto es un paraíso.

Ken lanzó una carcajada y dijo que cualquier cosa parecería un paraíso después de casi haberse estrellado con la caja voladora de Hendrijks. Palmeó a su amigo en la espalda y regresaron hacia los matorrales espinosos, charlando y riendo.

—No terminaré esta noche —anunció Hendrijks casi ininteligiblemente, porque sujetaba dos tornillos largos en la comisura de la boca. Llevaba en las manos unos soportes de acero. Se sacó los tornillos de la boca—. Ngili, ponga en marcha la radio y avise al aeropuerto de Embakasi que vamos a cambiar nuestro plan de vuelo, y pida el parte meteorológico.

Su tono solía ser rudo, pero era más rudo con Ngili que con Ken.

Ngili subió al avión y llamó a Nairobi. El parte meteorológico era bueno. Había una tormenta de polvo al sur de la frontera de Tanzania, y estaba subiendo, pero muy probablemente se disolvería antes de penetrar en Kenia. Ngili pidió a la torre que telefonearan a su familia para decirles que pasarían la noche en la sabana. Regresarían a mediodía del día siguiente.

Habían salido por la mañana con una nevera llena de emparedados, coca-colas, latas de Kane, el refresco nacional de Kenia, y un par de cervezas para Hendrijks. La nevera había sobrevivido, y Hendrijks abrió unas coca-colas.

Ken amontonó las ramas cortadas al lado del avión para encender un fuego. Hendrijks guardó sus herramientas, Ngili se sentó sobre la hierba con sus notas estratigráficas, teñidas de púrpura por el ardiente sol del ocaso, y Ken se internó menos de un kilómetro en la hierba, en dirección a un montículo bajo que se alzaba de la tierra desnuda.

Al acercarse, observó que el montículo estaba erosionado.

Lo rodeó y al otro lado encontró una calavera, una calavera de homínido. Su primera reacción fue desecharlo como imposible. Pero no lo era. Las cavidades oculares marronosas de un cráneo fosilizado le contemplaban.

La calavera descansaba sobre la cumbre del montículo, apenas sepultada. La mandíbula superior casi no se hundía en la grava. Había perdido varios dientes, pero el resto se veía con toda claridad, engastados con firmeza en su quijada.

Cuando Ken avanzó hacia el cráneo, oyó el polvo de la sabana desintegrarse bajo sus pies. La tierra que rodeaba el montículo era antigua, muy erosionada. Bajo el peso de Ken, sus moléculas se rompían y convertían en polvo.

La calavera había estado enterrada en aquel suelo antiguo hasta el otoño pasado, o la primavera anterior. Otoño y primavera eran estaciones lluviosas. Algún arroyo, algún riachuelo creado por el agua de la lluvia retenida en alguna fisura del Mau, habría manado hasta allí durante la última estación lluviosa e inundado la cumbre del montículo, dejando al descubierto una capa de tierra muy quebradiza. Después, el viento había hecho su trabajo, pelando capa tras capa, hasta dejar al descubierto la calavera, devolviéndola al mundo de los vivos.

Ken vio un huesecillo pardusco al lado de la calavera. Se acercó, decidido a no perturbarlo con otra cosa que no fuera su mirada. Era una vértebra del cuello que sobresalía del montículo. La mayor parte del esqueleto seguiría allí, enterrado bajo el cráneo.

Ken experimentó un irresistible impulso de llamar a Ngili, pero se contuvo. Si era el esqueleto de un pastor antiguo, el hallazgo sería interesante, pero no de gran importancia. Sin embargo, si era algo más antiguo...

Ken experimentó de nuevo la tensión que había sentido en el avión cuando estaba fotografiando las huellas de pisadas. Casi le costó respirar cuando reparó en que la frente de la calavera estaba muy inclinada hacia atrás. O la calavera era muy antigua, o había pertenecido a un poblador moderno con un ángulo facial estrecho único. Lo cual era improbable, porque no había tribus nativas con frentes tan estrechas. Ken se acuclilló ante la calavera y la miró fijamente. En la coronilla del cráneo, perfectamente visible desde delante, vio una especie de elevación. Una cresta craneal.

La única raza de humanos antiguos que tenía cresta era el *Australopithecus robustus*, un hombre-mono que en otro tiempo se había considerado el famoso eslabón perdido de la evolución. Su especie desarrolló esa cresta para sostener los enormes músculos de la mejilla y la mandíbula de un modelo humano primitivo. *Robustus*, del que algunos fósiles se habían encontrado en África, tenía mandíbulas poderosas y sobresalientes, y necesitaba vértebras del cuello muy grandes para sostener una cabeza que era pesada, no por el contenido del cerebro, que sólo tenía una capacidad de quinientos centímetros cúbicos, sino a causa de los huesos craneales, sólidos y robustos.

Ken sabía que había una manera rápida de analizar la edad de la calavera, y una forma aún más rápida de analizar si pertenecía a un humano primitivo o a algún supermono. Decidió llevar a cabo solo los análisis preliminares. Aún no era necesario entusiasmar a Ngili. Adelantó la mano para tocar el cráneo, temeroso de que se pulverizara.

Respiró hondo y trató de calmar sus emociones. «Vamos, Lauder. Cálmate. Has de controlar tus nervios. Estamos hablando de ciencia, de la evolución del hombre.»

Exhaló el aire con fuerza. Tocó la calavera. No se pulverizó, sino que se movió bajo sus dedos, tan fácil de soltar, tan madura para apoderarse de ella, como una fruta a punto de caer de la rama.

La levantó y notó que la grava se deslizaba entre sus dedos. La colocó hacia abajo y contempló el dibujo en herradura de los dientes, ennegrecidos por el tiempo. El dibujo era redondo, como el de los humanos. Los dientes de los gorilas y babuinos formaban una pauta rectangular, como una caja. Los caninos superiores eran planos, gastados de tanto masticar. La persona que había masticado con ellos había muerto mediada la veintena, la máxima duración de vida de un australopiteco.

Ken controló su excitación y continuó examinando el fósil. La parte superior de los molares mostraba cúspides, elevaciones de la superficie esmaltada. Ken esforzó la vista y contó las cúspides. Había cinco, que formaban una Y irregular.

Estupendo. Era el dibujo que aparecía en el antepasado común de monos y humanos. Los monos nunca habían desarrollado más de cuatro cúspides en sus molares. A juzgar por las cúspides, podía tratarse de un simio grande, pero de haberlo sido sus caninos superiores habrían sido largos y curvados hacia abajo, conformados para trabarse con los caninos, igualmente largos, de la mandíbula inferior.

Estos caninos eran planos, humanoides.

Ken tragó saliva y se humedeció los labios.

Ahora, el análisis de campo empírico para determinar la edad del esqueleto sepultado.

Sopesó el cráneo en su palma. Para su tamaño, parecía pesado, lo cual indicaba mineralización. Los fósiles, hundidos en la tierra millones de años antes, sufrían un ciclo de petrificación, durante el cual estaban rodeados de minerales y eran comprimidos hasta que, muy lentamente, los minerales se infiltraban en las miríadas de poros y canales de aire del tejido óseo original. Los huesos, llenos de minerales, se convertían en minerales. Se transformaban en roca y piedra.

Como la piedra era más pesada que el tejido óseo, los huesos antiguos tenían que ser más pesados que los recientes.

El que Ken sostenía en la mano era mucho más pesado que uno reciente. Grado avanzado de mineralización. Pero el análisis aún no había terminado. Ken acercó la calavera a su boca con sumo cuidado, eligió un punto de la coronilla y lo lamió. Notó en su boca el fino polvillo de la sabana. Lo recogió con la lengua y los labios, lo escupió y volvió a lamer el cráneo. Lo limpió. Posó la punta de la lengua sobre el hueso. Era liso, continuo. Los huesos sin petrificar serían porosos, porque sus miríadas de canales de aire seguirían abiertas, lo cual les hacía actuar como ventosas. Esa porosidad, aunque invisible para el ojo, no escaparía a una lengua humana. Los huesos recientes se pegaban a la lengua humana. Pero era diferente con éste. Cuanto más lo limpiaba el beso científico de

Ken, más suave, liso y perfecto parecía a la lengua, como una piedra. Una piedra lisa y limpia.

Era una piedra. Un fósil de australopiteco.

Lo cual significaba que podía haber vivido durante el Plioceno. Entre cinco millones y un millón y medio de años antes, cuando los últimos hombres-mono de la Tierra habían engendrado la fase siguiente de la evolución humana.

Ken depositó con el mayor cuidado la calavera fosilizada en su lecho de grava. Se enderezó y llamó a Ngili, sin demasiada fuerza, porque estaba cansado y falto de aliento, y demasiado excitado por su descubrimiento. La segunda vez, no obstante, gritó el nombre de Ngili a todo pulmón.

Ngili dejó caer su cuaderno y corrió hacia su amigo.

Hendrijks, que estaba encendiendo el fuego, apenas levantó la vista. Estaba contento de no tener que volar con una cola agrietada a merced de los vientos nocturnos, sino esperar a la calma del amanecer. Un malabarismo por día bastaba. Por eso había interrumpido la reparación, que habría podido terminar con toda facilidad. Hendrijks pensaba morir en su cama de Nairobi, con la comodidad que le dispensarían sus ahorros, pellizcando algún trasero *café-au-lait* que le recordara su África, donde los blancos eran blancos y los negros eran negros. ¿Quién había visto que sabios norteamericanos (Ken era de Oakland, California) fuesen allí para confraternizar con geólogos masais? ¿Quién había oído hablar de geólogos masais o de masais con cuentas bancarias y puestos en el gobierno?

El pensamiento final se refería a la familia de Ngili. Los Ngiamena eran ricos. Poseían plantaciones de café y sisal, arrebatadas a los ingleses que habían huido de Kenia en 1953. El padre de Ngili era un hombre poderoso, el superintendente de los parques y reservas de caza, un trabajo que le convertía automáticamente en miembro del gabinete. Debía su puesto a su vieja amistad con el primer presidente negro de Kenia, Jomo Kenyatta.

Hendrijks no comprendía nada de esto. Tampoco comprendió, cuando levantó la vista, por qué Ken estaba lamiendo una cosa marrón y redonda que desde aquella distancia parecía un coco grande, aunque allí no había cocoteros, sólo acacias, kaffir booms y baobabs. Ni por qué Ngili cogía el coco de las manos de Ken y, después de mirarlo, también lo lamía.

Ken volvió corriendo al avión. Hendrijks estaba sentado junto al fuego, con la botella de whisky en el regazo. Ya no se formulaba preguntas sobre el extraño comportamiento de los científicos, pues su mente flotaba en la niebla del whisky y la melancolía poscolonial a la que escapaba cada noche.

Ken le preguntó si había cepillos en el avión. Hendrijks contestó que tenía una brocha de afeitar y una navaja, en un neceser que guardaba bajo el asiento del piloto. Ken le dio las gracias, trepó a la cabina, cogió el neceser, volvió a salir y corrió con la navaja y la brocha hacia Ngili, que con el machete estaba dividiendo en secciones la tierra que rodeaba el fósil. La tierra se desprendía como arena, como cenizas.

Ken excavó con la navaja y limpió con la brocha los restos de los huesos que sobresalían. Ngili había liberado más vértebras, además de las clavículas. Era muy difícil encontrarlas intactas, pues eran tan pequeñas y delicadas que quedaban destrozadas con facilidad cuando los martillos de los geólogos se abrían paso entre la brecha que solía contener, muy a menudo, los fósiles. La brecha, una mezcla de grava y piedra caliza, era el cemento de la naturaleza. Después de las clavículas, aparecieron costillas, desmenuzadas y rotas, pero no obstante presentes.

Entonces, el machete encontró un lecho más bajo y duro, y Ken dijo que interrumpirían el trabajo hasta la mañana. No quería alterar el estado de un fósil extrayéndolo a la luz de una linterna.

Para entonces, el cielo había adoptado un tono azul oscuro. Como había dicho un poeta masai, la noche escupía bocanadas de estrellas al cuenco de los cielos.

—Si Hendrijks pudiera prestarnos una tela alquitranada

—dijo Ngili, temblando de emoción y del frío creciente de la noche—, podríamos improvisar un refugio sobre este montículo, y una señal con piedras cruzadas al lado. Después volveríamos con un permiso y un equipo de excavación...

—¿Y dejar al descubierto el hallazgo? —saltó Ken—. Los animales podrían destruirlo... O se lo llevaría alguien que pasara por aquí.

—¿Quién va a pasar por aquí? Ni siquiera vienen cazadores furtivos. —Ngili alzó el machete polvoriento. La hoja ya estaba perdiendo su filo—. Ken, no podremos sacar todo esto con herramientas improvisadas.

—¿Por qué no? Mira lo que hemos extraído ya.

—¡Pero necesitamos un permiso para excavar!

Las regulaciones sobre la excavación de antigüedades, endurecidas recientemente, exigían un permiso firmado por una junta combinada del departamento de paleontología de la universidad y la comisión gubernamental para antigüedades. Obtener el permiso podría llevar un par de meses, en especial porque el tutor de Ken y Ngili, el profesor Randall Phillips, un paleoanatomista, abandonaría Nairobi en pocos días para pasar un año sabático en la Universidad Davis de California. No tendrían tiempo de redactar una propuesta, presentarla a Randall y conseguir que la sometiera a la consideración de la junta. En cambio, tendrían que conseguir el permiso de Cyril Anderson, el jefe del departamento y conservador adjunto de la cámara de fósiles de la universidad. Cabía la posibilidad de que Cyril no les concediera el permiso, porque la prueba de campo había sido conseguida de una forma muy primitiva.

—Ya sabes que Cyril es muy meticuloso en lo tocante al procedimiento —terminó su razonamiento Ngili—. Si se enterara de cómo hemos trabajado aquí, con hojas viejas y sucias, y casi a oscuras, nos denunciaría a la junta.

—Y se sacaría el permiso para él —añadió Ken con una inquina inhabitual—. Tengo otro plan. Mira alrededor. —Movió el brazo hacia un horizonte irregular de montículos como el que habían excavado—. Tal vez haya huesos en la mayoría de esos montecillos. Puede que nos encontremos en un lecho de fósiles tan rico como el de Olduvai, en Tanzania, o el de Afar, en Etiopía. El grado de erosión es muy uniforme, así que los fósiles deben estar muy cerca de la superficie, y este lugar está muy aislado. Ideal para una población australopiteca estable y autosuficiente. ¿Crees que es muy grande esta llanura?

—Vamos a comprobarlo.

Ngili sacó un plano geológico y lo desplegó. Ken lo iluminó con la linterna, y Ngili calculó las distancias a base de medirlas en el plano entre su pulgar e índice.

—Hacia el sur hay más de doscientos kilómetros entre donde estamos y la frontera con Tanzania. Hacia el oeste debe de haber unos doscientos cuarenta kilómetros hasta las aldeas más cercanas, junto al lago...

Ken se inclinó sobre el mapa y siguió los dedos polvorientos de Ngili, así como el punto danzarín de la linterna. El lago al que se refería era el Victoria. Al ver el plano, comprendieron por qué no se habían producido incursiones humanas en el lugar donde se hallaban, por qué la llanura no había traído a exploradores o colonos. A excepción de su vida animal, carecía de riquezas naturales, y estaba cerrado por todas partes. El boscoso Mau cerraba un lado, la fosa brutalmente seca del valle del Rift otro, y la frontera con Tanzania, muy al sur, otro más. Si bien dicha frontera no era más que una línea imaginaria dibujada en el mapa, la región fronteriza estaba compuesta por tierras llanas, desiertas y sometidas a un calor espantoso.

La única zona habitada cercana, la orilla del lago, estaba ocupada por pescadores, que preferían quedarse junto al agua y pescar.

En cuanto al valle del Rift, que Ken y Ngili habían visto desde el avión, tenía el aspecto de una herida fea y mal cicatrizada. Ninguna carretera cruzaba esa zona, pero se podría transitar por ella con camiones de safari.

—Aquí hay, como mínimo, siete mil quinientos kilómetros cuadrados de territorio inexplorado —dijo Ngili—, y nosotros estamos en pleno centro.

—Menudo hábitat, ¿eh? —barbotó Ken.

Se sumieron en el silencio, embriagados por la magia del lugar. La sensación de encontrarse en la hora cero del hombre complacía a Ken. Intentó imaginar que no habían dejado nada atrás, ni siquiera a la humanidad. Pensar que detrás de la pared oriental del Rift, los Aberdares, no existía Nairobi, una gigantesca concentración urbana que albergaba tres millones de vidas bulliciosas. No había guerra civil al otro lado del lago Victoria, en Ruanda. No había colas famélicas de refugiados, que recorrían carreteras cubiertas de barro para llegar a países vecinos nada hospitalarios. No había nada, sólo aquel lugar, su amigo y él.

Entonces, recordó el avión, el piloto y el propósito que les había llevado allí. Recobró su habitual estado práctico y enérgico.

—Éste es mi plan. Nos llevamos el fósil ahora, con algunas muestras de suelo, y entregamos los huesos y la tierra a Randall para que la lleve al laboratorio de Davis. Se los dará a Aaron Levinson. —Éste era el mayor experto del mundo en situar la edad de los fósiles con potasio-argón—. Levinson los «hornea» en su máquina y certifica su antigüedad. Randall presenta el descubrimiento a la comunidad internacional. Nosotros logramos subvenciones y apoyos de científicos más importantes que Cyril Anderson.

Ken miró aquellos montículos de tierra erosionada con tal brillo en los ojos que Ngili sintió la necesidad de palmearle el brazo.

—Un gran plan. Sólo hace falta que esto sea viejo de verdad. —Señaló el fósil.

—Mira la forma de esta calavera —le urgió Ken—. ¡Es un *Australopithecus robustus* clásico, de al menos dos millones de años de antigüedad!

Ngili estuvo de acuerdo en lo tocante a la forma. Era un *Australopithecus robustus* de manual. Y allí había veinte veces más huesos que en la bóveda craneana australopiteca que Ken había comprado hacía poco en una tienda de Nairobi conocida como la tienda de Hierbas y Fósiles de Zhang Chen.

Zhang Chen era un chino nacido en Kenia que vendía hierbas y «huesos de dragón». Eran huesos de humanos o monos viejos, que debían triturarse y tragarse como remedio contra la impotencia.

—Con los huesos de dragón que tenemos aquí —bromeó Ngili—, tú y yo podríamos poblar toda esta sabana.

Ken sonrió. En diversas ocasiones, durante la búsqueda que el hombre había emprendido para encontrar a sus ancestros, los huesos de dragón habían conducido a los científicos a sorprendentes descubrimientos. En 1899, K. A. Haberer, un naturalista alemán que viajaba por China, había visto en una droguería rural todo un despliegue de dientes, cráneos, costillas y rodillas humanos. El droguero juró que garantizaban la curación de la impotencia, los cálculos biliares, los problemas de hígado, e incluso la malaria. Haberer compró prácticamente todo cuanto había en el almacén. Su adquisición condujo al descubrimiento del yacimiento de uno de los fósiles humanos más famosos, el *Sinanthropus pekinensis,* el Hombre de Pekín.

Zhang Chen vendía hierbas a los habitantes de Nairobi, y objetos como huesos de mono y cuernos de rinoceronte a clientes de Hong Kong y Singapur. Los cuernos de rinoceronte, por supuesto, procedían de rinocerontes matados de forma ilegal en reservas de caza. Zhang también vendía moluscos y peces fosilizados, de cuyo auténtico valor no era consciente. Entre su clientela había cierto número de estudiantes de ciencias naturales, además de los excéntricos ansiosos por comprar gangas.

Zhang, no obstante, había pedido un precio muy alto a Ken por aquella bóveda craneana, al tiempo que afirmaba ignorar su procedencia. Ken y Ngili habían pedido a Randall Phillips que fechara la bóveda, pero Randall se había reído. Una bóveda metida dentro de un tarro de galletas, en el almacén de un comerciante chino, había sufrido las inclemencias de la climatología hasta contaminarse demasiado para poder analizarlo. Daba igual que poseyera un perfecto perfil de australopiteco.

—Sigamos con tu plan —dijo Ngili—, aunque todo el mundo preguntará por qué no analizamos nuestro descubrimiento en Nairobi. El laboratorio de la universidad acaba de recibir una máquina de potasio-argón nueva. Esa bonita palinóloga rubia, Corinne Gramm, está jugando con ella.

Palinóloga significaba experta en pólenes fósiles.

—Sí, pero esa bonita palinóloga rubia es ahora la mujer de Cyril Anderson.

Ken pensó en Corinne Gramm, quien había seguido con Ken y Ngili el curso de Cyril sobre la evolución humana. Ken recordaba sus manos, cuando trabajaban con las primeras muestras que llevó al laboratorio cuando era estudiante. Eran unas manos ágiles, atractivas, manchadas de ácidos de laboratorio. Medía alrededor del metro sesenta y cinco, tenía ojos grises, no poseía una belleza impresionante, pero la pureza de sus facciones y la rectitud de su comportamiento la hacían atractiva.

Después de licenciarse, Corinne se había casado con Anderson, que le llevaba al menos treinta años. Su matrimonio había sido la comidilla de la comunidad científica. La paleontología era una ciencia muy competitiva. Se obtenían escasos buenos restos del suelo, y los novatos lo pasaban fatal para conseguir fondos que subvencionaran sus proyectos y para hacerse un nombre. Una novata que daba el salto de casarse con una superestrella científica se granjeaba al instante la animosidad de todo el mundo.

En cuanto a Cyril Anderson, tenía fama de apoderarse de proyectos ajenos, empujar a los descubridores, sobre todo si eran jóvenes, a un segundo plano, y relacionar el descubrimiento con alguna de sus teorías. Por lo general, aún no habían quitado el polvo a un cráneo recién descubierto cuando Cyril, tanto si lo había encontrado como si no, ya estaba hablando en la televisión de su hallazgo.

—Tienes razón. Es una lástima que Cyril sea Cyril —dijo Ngili.

Volvieron al avión, que Hendrijks había amarrado con cables a los arbustos de espinos más próximos y resistentes.

El piloto estaba sentado como un sabio oriental, sólo que su meditación era la propia de un borracho con encefalograma plano. Ya estaban muy cerca cuando se derrumbó de costado. La botella de whisky resbaló de su regazo. Ngili saltó como un leopardo para evitar que el licor se derramara sobre el suelo.

–Bien hecho –le felicitó Ken–. El viejo debería hacernos un descuento por esa buena obra.

–No te preocupes por el dinero –contestó Ngili–. *Um'tu* pagará.

Um'tu, «el hombre» en swahili, era el nombre que Ngili y su hermana Yinka utilizaban para su padre. Y aquélla era la respuesta habitual de Ngili acerca del dinero. No te preocupes. Um'tu pagaría si él o su amigo se quedaban sin dinero, porque los Ngiamena eran ricos, y aquél era el último año que Ngili jugaba a ser científico. Su padre, Jakub Ngiamena, ya había buscado a Ngili un trabajo en el gobierno, tal vez una embajada.

Ken no podía concebir que Ngili fuera a dejar la geología, pero estaban en África, donde el deber hacia la familia y la tribu prevalecía por encima de las opciones personales. Ngili, educado en Cambridge, hablaba inglés mejor que los ingleses, era inteligente y educado, y tal vez no tardaría en representar a su país en foros internacionales, y los días de fiesta nacional se tocaría con una tiara de plumas o un sombrero de piel de leopardo. Tal vez. Era difícil descifrar el futuro. Entretanto, los dos sacaban provecho de su amistad, además de disfrutarla. Ken se había dado a conocer y logrado ayuda de los escasos extranjeros que vivían en Kenia. Ngili tenía en Ken un igual con el que poder hablar, y que nunca le consideraba desleal a sus raíces.

Ninguno de los dos había comido nada desde mediodía, y el avión no llevaba comida extra. Ngili, cuyo estómago gruñía de manera audible, buscó en la bolsa de basura los restos de sus bocadillos, pero no los encontró. Sólo quedaban las galletas diseminadas por el suelo. Ngili se apoyó sin querer en un panel, que se levantó y dejó al descubierto un cajón que contenía varias cajas de galletas, dos coca-colas y dos latas de piña en almíbar. Hendrijks las había ocultado prudentemente.

–Nuestro gran piloto está hecho un roedor de mucho cuidado –comentó Ngili.

—Déjale en paz. Hoy se ha portado muy bien.

—En lo que respecta a compartir la comida, ni hablar.

Los ojos de Ngili expresaban el desprecio de un hijo tribal al que nunca se le ocurriría robar la comida a los demás.

—Pues cómete sus galletas —dijo Ken. Tenía un leve dolor de cabeza, pero no se sentía muy hambriento.

—Na —dijo Ngili—. Los míos solían pasar varios días sin comer. Un poco de ayuno no me matará.

Abrió una coca-cola y se la bebió. Ken no hizo comentarios sobre los efectos de la cafeína y el azúcar en un cuerpo privado de comida.

Había un recipiente de agua purificada, y Ken bebió un poco. Después, los dos sacaron al exterior varias mantas y una vieja tela alquitranada, que olía a gasolina, para hacerse la cama. Ken tiró una manta sobre Hendrijks, que volvió la cabeza y roncó.

El fuego aún chisporroteaba. Kent experimentó la sensación de que su mente chisporroteaba al unísono. Empezó a separar las mantas. Ngili se dio cuenta y preguntó qué demonios estaba haciendo.

—Una musaraña podría encariñarse con ese montículo —dijo Ken, o un búho elegir el cráneo como acomodo. No me haría ninguna gracia.

—Te congelarás, idiota. Duerme aquí. Cuando el fuego se apague, necesitaremos todo el calor corporal disponible.

—Si hace mucho frío, volveré.

—Como siempre digo, estás loco.

—Lo sé. Hasta mañana.

Ken extendió con delicadeza la tela alquitranada sobre el fósil, y después se acostó al lado, envuelto en una manta, convencido de que no lograría dormirse.

El fósil había apartado su mente de las pisadas, pero ahora las recordó, la configuración casi circular descubierta en aquella estribación. Era como si algunos homínidos hubieran caminado por allí dos millones de años antes, trazando un círculo, por razones que sólo ellos conocían.

¿Por qué en círculo?

Si eran australopitecos, la pregunta era aún más desconcertante.

El otro único rastro de pisadas similar había sido descubierto en Laetoli (Tanzania) en 1976. Mary Leakey había asombrado al mundo al descubrir un doble rastro de pisadas de homínidos. Dos humanos primitivos, uno adulto con toda seguridad, el otro tal vez un niño, habían caminado sobre una delgada capa de ceniza volcánica tres millones antes del hombre moderno, sobre pies que casi parecían modernos, excepto que los dedos eran más largos, y el dedo gordo estaba algo separado y proyectado hacia fuera.

Los dos protohumanos de Laetoli habían recorrido una línea casi recta. Se habían dirigido hacia algo, quizá comida o una vivienda, o se habían alejado de algo, tal vez peligro. Era muy probable que el peligro hubiera sido la erupción volcánica cuyas cenizas habían capturado sus huellas.

Si los protohumanos que habían dejado sus pisadas en aquella estribación eran de la misma raza, la forma y el propósito de sus movimientos se le antojaban todavía más excitantes y misteriosos a Ken.

¿Por qué en círculo?

No lo sabía, pero el entusiasmo de un descubrimiento siempre estaba compuesto de dos partes: el descubrimiento en sí y el desciframiento gradual de su significado.

Casi no podía creer que él, Ken Lauder, de Oakland (California), que había llegado a África con el Cuerpo de Paz, que había estudiado paleoantropología en la Universidad de Kenia, mientras se ganaba la vida como rastreador, guía de safaris, camarero en el bar del hotel Naivasha de Nairobi, que se había ganado su licenciatura a base de excavaciones despiadadas que habían derrotado a otros estudiantes, víctimas del calor y la disentería, en suma, su antiguo yo, al que conocía demasiado bien, hubiera hecho dos descubrimientos en un día.

Uno, el fósil, de valor científico definitivo.

Ni siquiera quería pensar en el otro con demasiado detalle. Disparaba su mente. ¿Otro rastro de huellas de homínido, un segundo Laetoli? No, imposible. Un caso de «síndrome de Dubois», como Randall Phillips decía a los estudiantes demasiado seguros del valor de sus hallazgos. Incluso antes de que Eugène Dubois, descubridor del Hombre de Java, llegara a Java en 1891, estaba convencido de que nadie sino él descubriría el primer «eslabón perdido». Eso era fe, solía repetir Randall, no ciencia.

Sin embargo, daba la impresión de que aquella profesión necesitaba casi tanta fe como ciencia.

Ken estaba muy seguro de que no debía presentar su hallazgo a Cyril Anderson. Aun así, se sentía frustrado. Cyril era una institución, y no sólo por méritos académicos. De hecho, los méritos académicos sólo constituían la parte más insignificante de su aura. Cyril había trabajado con Louis Leakey, el padre de la paleantropología moderna. Ya de muy joven, Cyril había sido ayudante de Raymond Dart, quien había descubierto el *Australopithecus* y acuñado el nombre de la especie. Dart fue también el primero en afirmar que la cuna de la humanidad era África. Su atrevimiento desató una tormenta de protestas científicas. ¡No, no, no, el antepasado de nuestra raza no podía ser de África! ¡Lo que Dart había encontrado era un descendiente de chimpancé, un descendiente de gorila, un descendiente de babuino!

Había transcurrido más de medio siglo, y África había sido aceptada como cuna de la humanidad. Por asociación, Cyril había llegado a simbolizar el alma de aquella generación pionera. El resplandor de Leakey y Dart, reflejado en un sucesor, creó el superestrellato. Éste se tradujo en honores académicos, lucrativas ventas de libros y el título de conservador adjunto de la cámara de fósiles de la universidad.

La cámara era un lugar asombroso. Situada en el sótano del edificio que alojaba el departamento de paleontología, a la que se llegaba por un pasillo que se ramificaba a la derecha del que conducía al laboratorio (Ken recordó una vez más que Corinne lo dirigía ahora), era una especie de refugio antiatómico, con una puerta de acero tan sólida como la de un banco de Nueva York. Era un fuerte, y guardaba en cajas de aluminio etiquetadas los huesos de homínido más famosos del mundo. Yacían en el interior de sus pequeños ataúdes metálicos, sobre lechos de tela y arpillera, bajo la vigilancia de cámaras de televisión conectadas en circuito cerrado, así como varios termómetros e higrómetros, varios, para que las condiciones atmosféricas del interior de la cámara no fueran víctimas del fallo de ningún instrumento.

Ken recorrió en su mente aquel fabuloso lugar. Allí se almacenaban los restos de los primeros homínidos, su sucesión como una serie de adelantos tecnológicos, si bien en este caso la tecnología era el sistema reproductivo humano, y la línea de montaje, la áspera sabana prehistórica que Ken se proponía explorar más adelante. Allí había huesos y cráneos de *Homo habilis*, el fabricante de herramientas, y del primitivo *Homo sapiens*, el pensador. Y una cohorte de modelos anteriores, los australopitecos, los humanos simios, cuyos especímenes de huesos más pequeños se llamaban gráciles, y las versiones más corpulentas se conocían como robustos. Estaban tan cerca de los monos que en un tiempo se les llamó eslabones perdidos.

Ahora, después de haberse encontrado tantos humanos simios, los llamados eslabones perdidos de la cadena eran más largos que los otros eslabones, y entre el mono puro y el humano desarrollado existía una intrigante fase intermedia, cuyo misterio fascinaba a Ken. Si el fósil que había encontrado tenía en verdad dos millones de años, podría iluminar ese misterio.

Ken recordó que Corinne tenía libre acceso a lo que el resto del mundo jamás vería. El noventa y nueve coma nueve por ciento de la humanidad nunca gozaría de la oportunidad de ver a sus antepasados. Pero ella, con toda probabilidad, podía visitar las joyas de la corona de la evolución humana cuando le viniera en gana. Al igual que Leakey y Dart habían dotado de aura a Cyril, éste dotaba ahora de aura a su mujer.

No se podía negar que Cyril era todo un personaje. Un inglés nacido en Kenia, grande, de cabello blanco y hombros hundidos, que hablaba con afectación, pero con una voz de alcance maravilloso, que transformaba aquella afectación en deliciosa, en lugar de ridícula. Cyril cantaba sus conferencias. Vestía chaquetas a cuadros, camisas almidonadas y corbatas de club, y cuando el clima templado de Nairobi daba paso a la lluvia, se paseaba por el campus con un paraguas victoriano negro.

El despacho de Cyril en el edificio de paleontología era enorme, como él, y estaba abarrotado de recuerdos de sus amistades históricas. Su escritorio parecía un banco de laboratorio, pero los instrumentos que descansaban sobre él no estaban manchados por el trabajo de laboratorio, sino inmaculados. Un tamiz para lavar especímenes, por ejemplo, nunca había sido utilizado, porque estaba hecho de oro. Era un regalo de la Corporación Mitsubishi, copatrocinadora de un documental de la BBC que Anderson había narrado.

—Cyril es la perfecta estrella del rock para el programa «Los orígenes del hombre» —había dicho en una ocasión Randall Phillips—. El acento perfecto, las relaciones perfectas y un montón de oratoria. Salta del cambriano a hoy en una frase. Vuelve al cambriano en la siguiente frase. Somos una ciencia corta en datos y larga en oratoria. Ahora, Cyril es tan largo en oratoria que se ha quedado sin datos. Pero se ha fabricado su imagen: el filósofo del hombre. A la gente le encanta.

–Parece celoso –contestó Ken. Podía decirlo porque Randall le había ofrecido su amistad, pese a la diferencia de edad y de triunfos académicos.

–Estoy celoso –admitió Randall–. He dedicado mis últimos treinta años a la ciencia, y Cyril los ha dedicado a su propio éxito. ¿Quién cree que se ha divertido más?

Al principio, la imagen de Cyril había cautivado a Ken. La primera vez que vio a Cyril fue en 1985, en Nueva York, cuando algunos de los fósiles más preciados del mundo, asegurados en medio millón de dólares cada uno, habían sido enviados al Museo Norteamericano de Historia Natural, para una exposición titulada «Antepasados. Tres millones de años de humanidad».

Era un frío día de primavera, y el cielo no dejaba de descargar lluvia sobre la multitud que cercaba el museo, continuaba por Central Park West y bloqueaba el tráfico. Ken, de diecisiete años, estaba embutido entre aquella muchedumbre. Había llegado en avión a Nueva York el día anterior, solo, con un billete de segunda que había comprado con sus ahorros de los trabajos de verano, para ver la exposición de los antepasados. Ken había empezado como paleontólogo aficionado tres años antes, en las playas del norte de California, en busca de la huella del plancton fósil en rocas de piedra caliza.

Vio que Louis Leakey y Cyril Anderson subían por la escalinata del museo, acompañados por el alcalde de Nueva York. Leakey sonrió a la multitud, una sonrisa fugaz pero cálida, un hombre famoso que seguía siendo sencillo en el fondo. Un paso detrás, Anderson dedicó una amplia sonrisa a las cámaras de los fotógrafos. Su cabello aún no había virado del gris al blanco. Tenía unas manos blancas y hermosas con las que sostenía en alto su paraguas negro, así como un ejemplar del *New York Times* con su cara plasmada en primera plana. El titular rezaba: «Filósofo del hombre pregunta: ¿Sobrevivirá el hombre otro millón de años?».

Mientras Ken miraba, absorto, el distinguido grupo desapareció en el interior, para descubrir al mundo los huesos ancestrales de toda la gente que se apretujaba en la calle.

Aquella noche, en un hotel barato, casi aterrador, de la calle Catorce, Ken releyó el artículo del *Times* sobre Anderson. Después, vio a Anderson en la tele. Leakey y otros científicos eran mesurados en sus declaraciones, pero Anderson formuló con voz potente las preguntas que casi todo el mundo se hacía: ¿son los humanos de hoy, en esencia, los mismos de hace tres millones de años? ¿Adónde va la humanidad? ¿Está «agotada» o aún sigue pletórica de energía, capaz de cambiar? Sus respuestas no eran científicas, sino visionarias y poéticas. Pero todo el mundo se sintió complacido, y Ken también. Anderson consiguió que Ken soñara con las cualidades del ser humano, y con África.

Dos días después, tras dos peregrinajes más a la exposición, Ken regresó con su billete de segunda a Oakland. Daba vueltas en su cabeza a un plan que era un salto en su destino, como lo había sido el viaje a Nueva York. Ir a África.

Poco había que comunicar a su familia sobre el plan. Ken vivía con su madre, pero ignoraba el paradero de su padre. Sus padres se habían conocido en el San Francisco de las flores en el pelo, y le engendraron entre porro y porro. El embarazo les despertó a la realidad. Se trasladaron a Oakland. El padre consiguió un empleo en la oficina de correos. Un día, cuando Ken tenía cinco años, salió de casa para ir a trabajar y nunca se supo nada más de él. La madre, para poder criar a Ken, vendía vestidos de fibra orgánica. Hablaba poco. Pasaba días sin pronunciar palabra.

De esta forma, Ken creció libre. ¿Quién decía que no podía ir a África? El Cuerpo de Paz era una forma tan buena como otra.

Ken llegó a Nairobi y encontró a Anderson metido en intrigas académicas. Le hablaron del hombre que había fundado el departamento de paleontología, Randall Phillips. Randall tenía todos los números para ser nombrado conservador de la cámara de los fósiles. Anderson hizo la pelota al gobierno de Kenia, con el argumento de que podía ser de gran valor para el joven país que le nombraran conservador adjunto. Randall no podía oponerse a su nombramiento si lo recomendaba el primer ministro, porque nadie podía tomarse a la ligera al primer ministro.

Después de crearse el puesto de conservador adjunto, Anderson empezó a sembrar de obstáculos el camino de Phillips hacia el cargo de conservador único. Siguió haciendo la pelota al gobierno y ofreció su fama y relaciones para ayudar a conseguir préstamos del extranjero. Y por cierto, daba la impresión de preguntar Anderson, ¿era Phillips la bandera más brillante que podía ondear, no sólo sobre la cámara, sino sobre todo el departamento de paleontología, famoso en el mundo entero?

Hacía poco, Randall había anunciado que pasaría un año sabático en Estados Unidos, el primero fuera de Nairobi. Esto significaba que Cyril tenía todas las facilidades para apoderarse del departamento. A los estudiantes les encantaba la voz de Cyril. Y nunca les había gustado la de Randall. Randall era monótono, impaciente y sarcástico. No era un sacerdote del pasado, que condujera a sus discípulos hacia una maravillosa iniciación.

El resto, como de costumbre, era historia.

«Basta», pensó Ken. Allí estaba él, en el culo del mundo, pasando revista a las guerras del departamento. Has estado demasiado apegado a Randall Phillips, se reprendió. Deja en paz a Caruso una temporada (Caruso era el mote que Randall daba a Anderson).

Le costó, y sabía por qué. Anderson había destruido las ilusiones de Ken sobre el mundo de la ciencia. Cuando era estudiante, Ken había intentado conseguir a Cyril como tutor, pero había tantos anotados en la lista que tuvo que buscarse otro. Eligió a Randall por sus méritos académicos, sin saber que la elección comportaba grandes riesgos. A partir de aquel momento, descubrió que le daba la espalda, en la biblioteca, en clase, en el laboratorio. Anderson siempre dejaba bien claro a quién consideraba su «gente». Cuando Ken presentó su examen de licenciatura, Anderson lo revisó, y entregó a Ken sólo media página de notas mecanografiadas. La entrevista duró cinco minutos.

Por suerte, Ken ya se había dado cuenta de que lo más importante en la ciencia era el trabajo de campo. Estableció sus propias relaciones, se hizo amigo de Ngili y se dedicó a excavaciones independientes, en plan guerrillero. Cuando se licenció, Anderson no puso obstáculos. Ken carecía de toda importancia. Anderson no supo que, antes de que Corinne y él se casaran, ella y Ken habían vivido un breve romance, justo después de que se conocieran en el laboratorio.

Cuando terminó, dos meses después de encuentros secretos en el apartamento de Ken (muy directa como científica, Corinne era muy celosa de su intimidad como mujer), estuvieron de acuerdo en comportarse como si nada hubiera pasado entre ellos. Cuando Corinne se casó con Anderson, Ken se dijo que daba igual, que era una buena palinóloga, y que Cyril había tenido suerte, como siempre.

Ken tenía una licenciatura y quería quedarse en África, para aprender y para llegar a ser un auténtico paleontólogo. Pero necesitaba experiencia, así que se entregó sin reservas al trabajo de campo. Fue a yacimientos exóticos, como el de Tilemsi, en el Sáhara, donde la tierra se rompía con sólo acariciarla y dejaba al descubierto huevos de cocodrilos y tortugas, de unos trescientos millones de años, que en otro tiempo habían habitado el mar cercado de tierra. Fue a Olduvai, erosionada no sólo por el tiempo sino por miríadas de científicos que la invadían más por su fama que por la riqueza de sus lechos de fósiles. Trabajó con ahínco, y padeció calor y frío, deshidratación y diarrea, picaduras de insectos y fiebres intermitentes. Fue al lago Turkana. A Koobi Fora, a Kromdraai. A todos los yacimientos legendarios.

Lo consiguió, en ocasiones a fuerza de aceptar trabajos como conductor de camión o proveedor de alimentos. Se deslizaba a hurtadillas en los yacimientos después de anochecer o antes de amanecer, a veces sobornando a los vigilantes, pero lo logró, aun a sabiendas de que no obtendría ningún fósil significativo, porque tenía muy poco tiempo y las piezas importantes ya habían sido descubiertas. Pero lo principal era estar allí, con los gigantes. Los gigantes del pasado, los fósiles; los gigantes del presente, sus descubridores.

Perdió su romanticismo, y le supo bien. Como el sabor de la verdad en la lengua, refrescante y penetrante.

Aun así, sus sentimientos hacia Anderson eran hostiles, y no sólo porque había matado sus ilusiones. ¿Por qué tenía que ser vacuo, egoísta y mezquino?, se preguntaba Ken. No había motivos. El destino le había deparado todo. Anderson habría podido ser un dios. En cambio, era un político.

Ken no supo cuándo se había dormido, ni por cuánto rato. Tomó conciencia de que se estaba despertando, y de que algo se movía cerca.

Nubes delgadas, en forma de pluma, jugueteaban con la luna. Se incorporó y miró hacia el montículo, y vio que la tela alquitranada había resbalado del fósil, empujada por la brisa o desplazada por algún hundimiento del suelo. La calavera, al descubierto, miraba a Ken. Las cavidades oculares, más oscuras que el resto de la cara, le observaban fijamente.

Se estremeció a causa del frío. Habló a la calavera mentalmente: Aunque estoy seguro de que tenías frío cuando caminabas por esa estribación, ahora ya no tienes que preocuparte por ello. Es uno de los privilegios de los muertos.

En un silencio que parecía extrañamente expresivo, la calavera le miraba, como si el hombre-mono que había sido pudiera escuchar los pensamientos de Ken. Era una pena que no pudiera contestar y explicar por qué había caminado en círculo, con sus parientes, sobre aquella estribación desnuda. Pero los australopitecos no habían desarrollado un lenguaje oral.

La luna se asomó por encima de una nube. Los ojos del fósil parecían más oscuros, como llenos de una mirada auténtica, mientras la luz resbalaba sobre su cráneo, brillante después de que la hubieran limpiado. La magia de la noche dificultaba creer que, pese a carecer de ojos y cerebro, la calavera no poseyera cierta conciencia del mundo de los vivos al que había retornado.

Ken oyó que las alas de un murciélago batían el aire. Y a

continuación pasos leves. Se volvió y vio una pequeña tropa de musarañas con trompas similares a las de elefantes. Parecían ratas, a excepción de sus hocicos largos y flexibles. Se deslizaban entre una corta zona de terreno despejado, entre un grupo de matorrales y otro. La más grande, probablemente la madre, dirigía la expedición con su hocico pegado al suelo. Ken tiró a un lado la manta, se levantó y siguió sus movimientos con la mirada. Entonces vio a un chacal dorado, inmóvil entre unos arbustos. Vio su pelaje amarillento que destacaba contra las hojas, a la espera de que las musarañas se acercaran más.

«No tan deprisa», pensó Ken, y buscó bajo la manta la linterna que había cogido del avión. Bastaría con encenderla, y el chacal huiría. Encontró la linterna, la apuntó al chacal y apretó el botón. La luz no se encendió.

Volvió a intentarlo. Nada. La pila se había agotado. Fantástico, muy propio de Hendrijks, pensó Ken. Hendrijks nunca cuidaba de sus aparatos pequeños. Lo único que le importaba era el avión.

El chacal saltó, cogió a la madre entre sus fauces y le rompió el espinazo con un chasquido. Se oyó un chillido agónico, y el chacal se alejó con su presa entre los dientes, mientras las musarañas se dispersaban.

Ken embutió la inútil linterna en su bolsillo, se echó la manta a la espalda y paseó alrededor del montículo de tierra, temblando. Al resplandor de la luna cubierta por las nubes, vio formas oscuras que se movían en la inmensa sabana. Hienas y perros salvajes ladraron, y vio una hilera de animales que corrían a unos doscientos metros de distancia. Cerdos salvajes, pensó. No era una gran noticia encontrarse con una manada, porque podían devorar a un ser humano hasta dejar sólo los huesos en cuestión de minutos, pero no le atacarían, se tranquilizó. Había bestias salvajes por todas partes, pero ninguna estaba lo bastante hambrienta aquella noche para detenerse a devorar a un ser humano.

Su mente trató de controlar su miedo, pero su cuerpo lo experimentaba con absoluta claridad. Su pene se contrajo, y sintió los testículos del tamaño de un guisante cuando su escroto tenso los atrajo más cerca de la dudosa protección de su cuerpo. De súbito, pensó que custodiar aquellos viejos huesos, mientras arriesgaba los suyos, era una estupidez. Miró hacia el avión, que era el objeto más brillante de la sabana. Daba la impresión de que estaba muy lejos. Pensó en acercarse a él, pero no supo si era por prudencia o nerviosismo, causado por la oscuridad y la linterna sin pilas.

Experimentó la sensación de que la noche era una máquina del tiempo, y que le había catapultado a la prehistoria. Los huesos junto a los cuales estaba pertenecían a un humano muerto sólo días antes. Un cazador, un camarada. O una mujer, una esposa. Sintió todo el peso del miedo.

Entonces, su miedo se combinó con una curiosa fantasía. Sintió un peso en la parte posterior de sus piernas, en las pantorrillas, como si fueran más gruesas y cortas. ¿Cómo sería compartir la sabana con cerdos salvajes y leones, y medir sólo un metro veinte, en lugar de un metro ochenta? Sin linterna, sólo con los poderes de procesamiento de luz de unos ojos australopitecos. Sin defensas naturales contra leones u otros depredadores...

Se estremeció. «Me tenderé —se dijo—. Hace frío, y estoy temblando de miedo.» Rodeó el montículo, demasiado asustado para ser consciente de su miedo.

Un león se estaba acercando a la tela alquitranada que había resbalado del fósil. Era un macho joven, y tenía una gran melena negra. Avanzaba a pasos cortos, agachado, como si fuera jorobado. Llevaba la cabeza gacha, y olfateó el olor sucio de la tela, con la expresión de los leones confusos por algo que no esperan. Parecía casi humilde, lo cual sólo significaba una suspensión temporal de su instinto agresivo.

Ken dejó de moverse y apretó los dientes para impedir que castañetearan. Al mismo tiempo, no pudo reprimir una sensación de puro placer visual, de admiración por los movimientos flexibles del felino. El león andaba con la energía ingenua de los depredadores novatos. ¿Acaso veía por primera vez a un humano, o un objeto fabricado por el hombre?

El animal llegó al borde de la tela y se detuvo, mientras sacudía la cola. Bajó el hocico, adelantó una pata y examinó el extraño objeto con unas garras que arañaron la tela. Luego alzó la cabeza y vio a Ken.

Sólo tenía una forma de afrontar la situación: mirarle de frente. Ken lo hizo, pensando en que sus ojos de primate eran mucho menos luminosos que los del felino, pensando en que si no le devoraba tendría que dar las gracias a sus glándulas sudoríparas. Para un león, un humano olía mal, de una forma amedrentadora.

El león bajó la cabeza y recobró su postura de felino. Sin apartar los ojos de Ken, se sentó.

Ken emitió una tosecilla. Las orejas ocultas en la melena oscura se enderezaron, y el animal dejó caer la mandíbula y gruñó. Después, dio un salto en dirección a Ken. Éste levantó el único objeto que tenía como arma, la linterna.

«No —pensó—. Esto no puede terminar así. Es demasiado estúpido.»

Se preguntó si tenía alguna esperanza de sobrevivir en caso de arrojar el objeto con todas sus fuerzas contra la cara del felino. El león estaba acortando distancias. Todo terminaría en un segundo.

Por puro nerviosismo, el dedo de Ken apretó el botón de la linterna. Un postrer vestigio de potencia encendió la bombilla y un rayo de luz bañó la cara del león.

Cegado, el animal saltó hacia arriba para detener su movimiento. De su pecho surgió un chillido, más que un rugido, y debido al salto fallido y a la ceguera momentánea cayó hacia atrás con un golpe sordo.

Aquel instante fue suficiente. Ken, sin saber cómo, se descubrió todavía de cara al león, pero a veinte metros de distancia. El animal se levantó y se alejó. Sólo el meneo de la cola traslucía su nerviosismo.

El haz de la linterna vaciló y volvió a apagarse, pero Ken respiró con alivio, con la sensación de haber liberado su pecho del peso de toda la noche.

Volvió hacia el montículo. Sin pensar, se agachó para recoger la tela alquitranada y cubrir el fósil.

Después regresó a toda prisa hacia el avión, sin pánico pero sin perder un instante. De camino oyó movimientos de vida nocturna, mucha y variada. Había mucha caza en aquel lugar. Si la noche bullía de tal actividad, sería mejor no pensar en cómo habría sido tres millones de años antes.

Lo primero que Ken oyó al despertar fueron los graznidos penetrantes y ásperos de un ave: *Go-uar! Go-uar!* El sonido le ayudó a imaginar el ave incluso antes de abrir los ojos. Era un turaco gris, popularmente conocido como «pájaro go-uar», propio de los desiertos y los bosquecillos de acacias.

Oyó el graznar nervioso de varias aves, seguido por un estampido breve y seco: un disparo. Se levantó de un brinco, se frotó los ojos y miró hacia el avión, que parecía ladeado de una forma curiosa. Vio que Hendrijks estaba de pie empuñando un rifle. Daba la impresión de que la parte superior del fuselaje iba a despegar, porque se agitaba y aleteaba. Las aves se habían posado sobre ella, y el disparo las había dispersado. Hendrijks, sin soltar el rifle, corrió alrededor del avión, se detuvo en el claro y disparó varias veces. Ngili llegó corriendo desde la sabana y gritó a Hendrijks que dejara de disparar. Ngili blandía el machete. Ken observó que la hoja del machete estaba amarillenta a causa de haber excavado con ella, y que tenía la punta torcida. Se preguntó a qué hora se había despertado Ngili. Hendrijks se volvió, tropezó y el rifle se disparó accidentalmente; la bala pasó rozando a Ngili, que se agachó para luego abalanzarse hacia el piloto con el machete en alto y la cara tensa de furor.

Ken se lanzó hacia los dos. Sus pensamientos eran confusos todavía, pero su cuerpo bullía de tensión. El día había empezado mal, muy mal. Consiguió interponerse entre los dos hombres enfurecidos y preguntó con voz aún vacilante por el sueño qué demonios había pasado.

—¡Mire mi avión! —fue lo único que Hendrijks consiguió articular.

En ese momento Hendrijks vio un par de aves que regresaban. Intentó apuntar su rifle, pero Ngili le sujetó. Las insufribles aves aterrizaron sobre el avión y reanudaron sus espantosos graznidos.

Ken contempló el avión. Una pata del tren de aterrizaje, la del lado de babor, se había hundido hasta la mitad. El avión estaba inclinado, con el extremo del ala muy próximo al suelo.

Ken preguntó qué había pasado. Hendrijks le espetó que anoche, mientras dormían, los muelles del interior de la pata, probablemente dañados durante el aterrizaje, habían cedido. La explosión de ira de Hendrijks contra las aves se debía a la frustración sufrida al descubrir dicha circunstancia. Miraba el machete que empuñaba Ngili como si agravara aún más su ira. Ngili explicó que lo había utilizado para excavar. Hendrijks gritó que el machete era suyo, y que no debería haberlo hecho. Ngili le recordó que la noche anterior Hendrijks les había prestado el machete, la brocha de afeitar e incluso su navaja. Hendrijks saltó a la sola mención de la navaja, dispuesto a pelear de nuevo.

Ken apartó a Ngili del piloto. Después sujetó a Hendrijks por los hombros y clavó la vista en su cara sonrosada.

—¿Puede despegar con esa pata? —Hendrijks echó un vistazo al ala y apretó los dientes, pero asintió—. Entonces, ¿por qué no se calma y termina de arreglar el timón?

Hendrijks se soltó de los brazos de Ken con un empujón que no correspondía a su fuerza real.

—Estoy colocando un último soporte alrededor del timón —chilló—, y después me voy. Tienen una hora. ¡Si no están en el avión dentro de una hora, me iré sin ustedes!

Subió a la cabina. Ken y Ngili cambiaron una mirada. Ken lo cogió por el brazo.

—No te preocupes. Se está desahogando. Efectos colaterales de la resaca, ya sabes.

Ngili respiraba a bocanadas lentas y profundas.

—¿Se está desahogando con un rifle cargado? Prefiero una buena pelea a puñetazos. —Volvió sobre sus pasos, en dirección a la sabana—. ¡Ven, he encontrado otra cosa! —gritó sin volverse.

Parecía muy animado, aunque tenía la cara demacrada y su estómago gruñía con más fuerza que la noche anterior.

—Fíjate en esta rama de espinos silbantes —dijo, señalando una de las ramas que había cortado con el machete la noche anterior.

Tenía un grumo de barro seco, del tamaño de una manzana, empalado en su extremo. Era un nido de hormigas.

Ngili cogió los espinos y guió a Ken hasta un hueco practicado en la tierra con el machete. Ngili había soltado una placa de piedra caliza, que descansaba sobre la tierra. Dejó los espinos al lado de la muestra de roca.

El mismo dibujo de espinos silbantes estaba impreso en el interior de la roca. Los mismos perfiles nudosos y retorcidos de las ramas, los mismos entramados espinosos, incluso un nido de hormigas idéntico, del tamaño de una manzana, empalado en el extremo de una rama, estaban impresos en la roca, fosilizados.

Los espinos silbantes vivos parecían idénticos a sus antepasados.

—¿Qué te parece esto, profesor Lauder? —preguntó Ngili.

—Fabuloso. ¿Ya me has hecho profesor?

—Tendrían que nombrarte, aunque no lo harán, por supuesto.

Ngili se paseó junto a las plantas fosilizadas. Estaba hermoso, sin afeitar, con los ojos enrojecidos debido a sus genes masai y la falta de sueño.

—Ésta es la mejor prueba de tu teoría, Ken. Este hábitat no ha cambiado en tres millones de años.

Cayó de rodillas y acarició con dedos sucios de polvo la forma de las flores antiguas, con cuidado de no alterar sus formas conservadas.

—Si los niveles de temperatura, o la cantidad de lluvia hubieran variado considerablemente desde el Plioceno, estas plantas habrían desaparecido, o habrían experimentado tantas adaptaciones que no se parecerían en nada a las actuales. Pero fíjate, son absolutamente idénticas.

Ken carraspeó.

—¿De veras piensas que es una prueba tan concluyente?

—Esto es sólo una muestra. Sólo Dios sabe cuántos arbustos y hierbas de por aquí son iguales a los fósiles conservados en las rocas. Me pregunto qué habrá mantenido estables las condiciones climáticas.

—¡Eso! —exclamó Ken, y señaló con el dedo. Ngili miró hacia las crestas del Mau. Estaban envueltas en una niebla espesa y lechosa—. El Mau es un estabilizador climático. Mantiene la humedad. No cabe duda de que pasan muchos días sin llover en esta zona, pero esa niebla desciende como lluvia sobre las crestas, y el vapor húmedo y frío llega hasta la llanura. No lo parece, pero esta sabana es una de las más húmedas de África.

—En ese caso —Ngili extendió sus ahuesados brazos masai hacia la sabana circundante—, esto es el Plioceno viviente, Ken. Y tú lo adivinaste.

—Gracias.

Ken se sentía conmovido, tímido y afortunado hasta extremos inconcebibles. Ngili bajó los brazos. Ken estrechó con firmeza una de las polvorientas palmas masai.

—Eres un buen amigo, Ngili.

—Gracias. Espero llegar a ser un buen geólogo.

—Si tu padre te deja.

—Tendría que empezar a ceder después de este hallazgo. Podríamos conseguir un permiso de excavación, hasta una subvención, sólo con esto. La continuidad inalterada del hábitat.

—Pero también tenemos un fósil —le recordó Ken.

—Exacto, y si la pelvis de ese ser demuestra hasta un punto razonable que era bípedo, lo cual significaría que el hombremono caminaba erecto, habremos conseguido lo que buscábamos, ¡los humanos primitivos en su exacto hábitat! —De repente, se agachó para examinar la huella de una pisada de león. Desvió la vista hacia la tela alquitranada, y luego se echó a reír—. ¿Esto fue lo que te obligó a volver al avión?

Ken asintió y explicó su encuentro con el león.

—Idiota —dijo Ngili—. Podrías haber muerto antes de completar tu gran descubrimiento.

Lo cual le recordó que aún debían excavar un poco más. Cogieron sus herramientas improvisadas, Ngili el machete y Ken la navaja.

–Recuerda, la pelvis lo revela todo –bromeó éste–. Y estamos en la era de la pelvis.

La manera en que los fémures están soldados en las articulaciones de la pelvis indica si el ser caminaba erecto de forma habitual, y la anchura de la pelvis indica si el espécimen era macho o hembra. «La era de la pelvis» era una especie de chiste, porque se refería al cambio radical en las convicciones científicas sobre las causas que habían inducido a los homínidos primitivos a caminar sobre los pies.

Los científicos habían creído tradicionalmente que los humanos no caminaron erectos hasta que sus cerebros aumentaron desde los quinientos centímetros cúbicos del *Australopithecus* hasta los setecientos cincuenta del *Homo habilis*, el fabricante de herramientas. Se pensaba que caminar erecto era consecuencia directa del aumento de capacidad cerebral, pero a mediados de los años setenta se descubrieron más esqueletos completos de australopitecos, incluyendo la famosa homínida *Lucy*, cuya pelvis demostró que ya caminaba erecta tres millones doscientos mil años antes, y con sólo cuatrocientos centímetros cúbicos de capacidad cerebral.

Estos descubrimientos hicieron sentar la cabeza a la teoría evolutiva, por así decirlo. Si caminar erecto era posible con un cerebro de mono, eso significaba que otra causa había provocado que los humanos primitivos aprendieran las ventajas de caminar sobre los dos pies y nunca volvieran a ponerse a cuatro patas. Nadie sabía cuál era. Restos petrificados, como el que Ken y Ngili estaban liberando de la tierra, proporcionaban las pistas una a una.

El estómago de Ken también gruñía, y su dolor de cabeza había vuelto, pero continuó trabajando con la navaja de Hendrijks.

Se preguntó si aquel hallazgo presagiaba más años de trabajo solitario para él o, al contrario, una oportunidad mejor de ganar dinero, casarse y tener hijos. Era difícil saberlo, porque en su caso la bola de cristal del futuro era una pelvis sepultada de hombre-mono.

Aquella pelvis contenía información fascinante, si era capaz de descifrarla. Durante el estadio del hombre-mono, la anatomía de los humanos primitivos había sufrido cambios drásticos. Nadie sabía exactamente cómo o por qué había sucedido, pero cuando los homínidos se alzaron sobre dos patas, las hembras empezaron a llevar los genitales escondidos entre las piernas, en lugar de colgados bajo sus posaderas, muy hinchados en el período de máxima receptividad sexual y expuestos por completo. Los machos empezaron a llevar sus penes frontalmente, al descubierto, más grandes y visibles que en cualquier otro mamífero. Durante el estadio del hombre-mono, el hueso del pene desapareció de forma misteriosa, y el pene aumentó casi cuatro veces de tamaño, y sólo dependía para sus erecciones de las irrigaciones de sangre. La sangre del hombre-mono circulaba por sus venas con mayor rapidez que la de los demás monos, y tenía más. Las hembras aún tenían más, y empezaron a sufrir hemorragias una vez al mes. El sexo, aún una de las funciones más misteriosas de la vida, había cambiado de manera fundamental durante la conversión del mono en humano moderno.

Ken atacaba el misterio que tenía ante sí con la navaja, y notaba que la hoja vibraba a medida que la tierra se iba haciendo más resistente. De pronto, la navaja se escurrió de su mano y la hoja se rompió.

Ken contempló el trozo de acero unido al mango. Guardó la navaja rota en su funda y la metió en el bolsillo. Después buscó otra herramienta alrededor. Se desabrochó el cinturón, soltó la hebilla y la utilizó.

—Brecha —dijo Ngili, en referencia a la mezcla de piedra caliza y grava depositada por los años—. Ahora estoy golpeando brecha, por todas partes. El tipo está hundido en ella de cintura hacia abajo.

Se secó la frente con la manga. La mafia de la era del Plioceno había sellado su fósil con cemento, bromeó Ken.

—No podremos desenterrar esta cosa en una mañana. Puede que nos lleve todo el día, incluso parte de mañana.

—Tendremos que hablar con Hendrijks.

—Él viene a hablar con nosotros —dijo Ngili, y señaló con el dedo.

Hendrijks zigzagueaba entre los arbustos, con el rifle colgado al hombro. Mientras se acercaba, Ken observó una docena de antílopes que pastaban.

Oyó las pisadas de Hendrijks acercarse. El viejo llevaba su sombrero, y bajo el ala su cara parecía grisácea y granulada, como una roca erosionada por el clima.

–Parece muy serio. ¿Qué pasa? –preguntó Ken para llevar la iniciativa.

–He escuchado otro parte meteorológico –replicó Hendrijks–. Esa tormenta de arena avanza desde Tanzania. Llegará aquí a eso de las cuatro de la tarde.

–Puede que ya hayamos acabado para entonces.

–Quiero marcharme antes. No puedo permitir que nos aparte de nuestra ruta. Las condiciones del avión no son óptimas.

–Dijo que sólo tenía que colocar un soporte más alrededor del timón.

–Ya lo he hecho.

–Entonces el avión está en perfecto estado, y usted también.

–Tal vez sólo tenga hambre –añadió Ngili con sarcasmo.

Hendrijks miró a Ngili con tanta rabia que Ken se preguntó qué le pasaba al viejo. Nunca le había visto tan nervioso.

–Vamos a hacer un nuevo trato –dijo Ken para hacer las paces–. Puede que necesitemos quedarnos otro día aquí. Negociemos el precio por un día más.

–No pienso quedarme aquí por nada –dijo Hendrijks–. Y no quiero esos huesos en mi avión. Dejen marcas y vayámonos. Alguien les traerá la semana que viene.

Hendrijks paseó la vista alrededor. Ahora que el sol estaba alto, la sabana lucía en todo su esplendor, salpicada de flores blancas y rojas, y ondulada debido a los lomos de animales. No obstante, el piloto la examinaba con una mirada entornada y opaca, como si fuera un cementerio poblado por fantasmas. Carraspeó y añadió con algo más de suavidad que apenas había conseguido escuchar el parte meteorológico. Por lo visto, la radio del avión estaba en las últimas. No quería sufrir más contratiempos, y aquella parada forzosa auguraba mala suerte, muy mala suerte. Ngili le dijo que no fuera supersticioso.

—¿Tú dices eso? ¿Tú? —repuso Hendrijks.

Ngili le traspasó con la mirada, arrojó el machete al suelo y dijo que si Kenia lanzaba campañas públicas contra los brujos kamba, Hendrijks bien podía actuar de una forma razonable. La cara granulada que asomaba por debajo del sombrero parecía animada por una segunda vida, la de su piel. Daba la impresión de que sus granos y arrugas temblaban de ira contenida.

—No tenemos comida —barbotó Hendrijks.

—Lleva un buen *bunduki* colgado del hombro —dijo Ngili, utilizando la palabra swahili para el rifle—. He visto cincuenta liebres entre esos matorrales. Podría cogerlas con las manos. Nosotros lo hacíamos cuando éramos niños.

Ken había visto hacerlo, tanto a niños como a adultos. Las liebres corrían en línea recta hacia los matorrales, pero casi siempre giraban a derecha o izquierda en ángulo recto, y después se pegaban al suelo, a la espera de que el peligro pasara. Si sus perseguidores se lanzaban hacia aquel lugar, aunque no pudieran ver al animal, la mitad de las veces aterrizaban sobre ellos.

—¿Cazabas liebres y después te las comías crudas? —preguntó Hendrijks.

—Pasaré eso por alto —repuso Ngili.

—¡Yo no voy a pasarte ni una por alto!

—No le he oído —replicó con frialdad Ngili—. Esta mañana está hecho un imbécil. Cuando bebe demasiado se pone hecho un imbécil.

Hendrijks viró a un color casi lila. Emitió un sonido que Ken nunca le había supuesto capaz de hacer, una especie de siseo.

—No te atrevas a decirme eso —sibiló—. No te atrevas a decirme nada. ¿Me has oído, muchacho?

—*Toto* es más adecuado —dijo Ngili—. ¿Por qué perder el tiempo con «muchacho»? Llámeme *toto*, o *mpishi*.

Aquellas palabras significaban «criado» y «cocinero» en el precario swahili de los antiguos amos blancos. La voz de Ngili también había adquirido un tono extraño, como un rugido entre los dientes apretados.

—O kaffir, ¿eh? ¿No es usted de los que solían llamarles kaffirs?

—¡Ya está bien! —protestó Ken.

No podía creerlo. Hendrijks se acercó más a Ngili, que no retrocedió ni un paso, y dijo al joven geólogo que había nacido rico y no sabía nada de nada. Hendrijks había volado por África el doble de años de los que tenía Ngili, había trabajado en esa tierra y había sufrido. Ngili contestó que la gente como Hendrijks no había sufrido en África ni un día. Hendrijks gritó que durante la guerra de guerrillas anterior a la independencia, los blancos habían tenido que cerrar con llave sus dormitorios para que sus criados negros, por los que habían hecho todo, no les mataran mientras dormían, ellos habían salvado a los negros de tener que robar, y salvado a las chicas negras de que las vendieran en el mercado por una caja de jabón cada una. De pronto, pareció darse cuenta de lo que estaba diciendo.

—Tu padre sabría de lo que estoy hablando... —Se interrumpió, confuso.

Los ojos de Ngili se entornaron hasta parecer la hoja del machete.

—Ya basta.

Ken se interpuso entre los dos. Dijo a Hendrijks que volviera al avión, bebiera un poco de agua, se calmara y pidiera disculpas a Ngili, pero Hendrijks parecía tan hinchado como una rana en celo.

—Me voy —amenazó, y se alejó.

Ken miró a Ngili y tuvo ganas de tocarle el brazo, tal como había aprendido de los africanos, que pocas veces consideraban inadecuadas las expresiones de afecto, incluso entre hombres. Pero no quiso que Ngili pensara que le estaba consolando. Murmuró algo acerca de las salidas extemporáneas de la generación de Hendrijks.

—Que se vaya —dijo Ngili, tenso pero frío—. Siempre que consigamos subir al avión antes de que despegue, llamar por radio a Nairobi y conseguir que otro piloto nos recoja. No quiero que Um'tu se preocupe.

Su cara parecía cincelada, debido al hambre y la ira reprimida. Por lo general, Ngili parecía incluso demasiado apuesto. Ahora parecía menos perfecto, pero real de una forma básica, ruda.

—Ese bastardo se ha echado un farol —masculló Ken y cogió el machete—. Vamos, a trabajar.

El machete empezó a cortar una zanja circular alrededor de la gran piedra de brecha en que la parte inferior del fósil estaba encajada. Tuvieron que cavar hasta por debajo del fósil para no dañarlo, y después tiraron de la piedra, con el fósil intacto en su interior.

El machete abrió paso, y la hebilla le siguió. Avanzaban centímetro a centímetro, penosamente. Ken se preguntó si valía la pena, pero Ngili señaló que, sin aquella pelvis, no sabrían qué habían encontrado.

Ken calculó que el trabajo se prolongaría hasta el ocaso.

Cuando oyeron el motor del avión, se les antojó un sueño.

Hendrijks había girado el aparato hacia el Mau, de espaldas a un viento ligero empujado por la montaña, y estaba calentando el motor. Hijo de puta. Bastardo. Pedazo de mierda, maldijo Ken. Salió de la zanja y corrió tan deprisa como pudo para alcanzar el avión.

Ngili también corrió. La hélice ya estaba levantando un pequeño ciclón de viento polvoriento, que les golpeó en la cara, abrió sus camisas empapadas de sudor y revolvió el cabello sucio de Ken.

Ken llegó al avión y evitó el lado de babor, cuya ala se inclinaba en un ángulo amenazador. Corrió por debajo del ala derecha, y se detuvo a unos metros de la hélice. Hendrijks avanzaba poco a poco, como si reconociera el terreno, y su ventanilla estaba abierta. Ken cruzó los brazos varias veces por encima de su cabeza.

—¡Alto! ¡Alto!

La hélice disminuyó la velocidad y se hizo visible. Hendrijks había reducido la potencia del motor a la mitad. Asomó la cabeza y gritó que lo llevaría a él, pero no a Ngili.

—¡Olvídelo! —replicó Ken—. ¡Yo tampoco voy!

Hendrijks le gritó que subiera. Ngili podía esperar otro avión, que Ken enviaría desde Nairobi.

Ken formó con la boca la palabra «jódete», porque el ruido de la hélice impedía que le oyera.

Ngili le alcanzó y dijo que se marchara con Hendrijks. Una vez en Nairobi, bastaría con que Ken llamara a su padre desde el aeropuerto. Ken negó con la cabeza y repitió que Hendrijks se estaba echando un farol. Se apartó del camino del avión.

Hendrijks aceleró de nuevo. El aparato de aluminio tomó impulso y afeitó los arbustos con el extremo de un ala. Salió disparado a toda velocidad, con el viento de cola.

Pero al poco aminoró la velocidad y dio media vuelta.

El extremo del ala de babor parecía destrozado. La luz de navegación colgaba de ella, con la bombilla rota. Los ojos de Ken examinaron el terreno. Con el ala de babor en aquel ángulo era imposible que el avión despegara sin arrancar ramas o golpear rocas.

El avión se detuvo y Hendrijks bajó. Caminó casi con agilidad hacia Ken y Ngili.

—El tren de aterrizaje está averiado —exclamó—. No podremos despegar sin practicar antes una pista de despegue. —Ken se fijó en la utilización del plural. Hendrijks se detuvo a su lado—. Después de que ustedes dos descansen un poco, lo haremos juntos, ¿de acuerdo? Y si ha de ser mañana, será mañana. ¿De acuerdo?

Por un instante dio la impresión de que Ngili iba a acceder. Los ojos de Ken suplicaron a su amigo que no lo hiciera. Pero éste se limitó a recordar al piloto que aún no habían desenterrado por completo el fósil.

Hendrijks sonrió.

—Por supuesto. ¿Quieren un poco de agua? Aún queda algo.

Les condujo hasta el avión.

Ngili formó con la boca la palabra «radio». Ken asintió. Subieron de uno en uno. Ngili cogió una taza de hojalata que le tendió Hendrijks, y éste le sirvió agua, mientras Ken buscaba los auriculares y encendía la radio. Sólo oyó un silencio absoluto. Apretó los botones y escuchó, conteniendo la respiración, pero la radio no funcionaba.

Hendrijks se puso los auriculares y manipuló los botones. Luego dejó el aparato mudo sobre el asiento del piloto.

–Déme ese rifle –dijo Ken.

Hendrijks había recobrado el sentido común. Sabía cuándo ceder y cuándo no. Tendió a Ken el arma, que la cogió. Dijo a Hendrijks que amarrara el avión de nuevo y a Ngili que echara la tela alquitranada sobre la excavación y descansara. Ken iba a conseguir algo para cenar.

Ken se internó en la alta hierba, en busca de un bosquecillo de acacias. Las acacias, los típicos árboles de las sabanas, espinosos y de copa llana, proporcionaban muy poca sombra, porque sus hojas eran delgadas como alfileres y se arracimaban de forma horizontal, como bandejas verdes alzadas al sol. De todos modos, era mejor que recibir el sol de pleno. A aquella hora, la mayoría de los antílopes estarían descansando a la sombra, masticando la hierba del desayuno.

La mañana habría sido un momento más propicio para atacar, pero ya no había remedio.

Grandes acacias se alzaban junto a una larga hilera de salientes rocosos, una empalizada rocosa casi ininterrumpida que dividía la pradera y se alejaba hasta fundirse con las últimas estribaciones del Mau. Ken se encaminó hacia la empalizada, con la esperanza de encontrar antílopes, que tenían pezuñas pequeñas y eran tan capaces de trotar por la sabana como de abrirse paso entre las rocas. Azuzar a los antílopes hacia las rocas era una buena estrategia. Entre la hierba, si fallaba el disparo, se dispersarían en todas direcciones. Junto a la empalizada, se estrellarían contra las rocas.

Su paso inseguro le reveló el cansancio que le embargaba, el hambre que le debilitaba.

Llegó a la línea de árboles y descubrió que los troncos de las acacias eran negros como el carbón. Habían sobrevivido a un incendio forestal. Proporcionaban poca sombra, pero los antílopes estaban allí, tendidos como almohadones bermejos con cabeza de antílope. Las franjas negras de sus frentes se movían con delicadeza de arriba abajo mientras masticaban, y sus pequeñas patas delanteras y pezuñas negras en reposo parecían delicadas, demasiado frágiles para sostenerlos. Ken decidió acercarse lo máximo posible. No quería malgastar balas ni prolongar la agonía de un animal con un mal disparo. Le miraron con inocencia y empezaron a levantarse, pero sin miedo. Todos los animales de aquella zona parecían poco acostumbrados a la presencia del hombre, pensó, o tal vez no le tenían miedo.

Atontado por el calor del mediodía, se preguntó si tendría fuerzas para cargar con un antílope muerto. Levantó el rifle y movió la mira telescópica entre una serie de cabezas oscuras, demorando el disparo y permitiendo que más animales se levantaran y huyeran hacia las rocas. Vio que había una serie de senderos entre las rocas, cubiertos de balluecas y equisetos. Al otro lado, las rocas se elevaban hasta formar un segundo piso irregular. Podía ser un terreno ideal de caza, lleno de sitios donde emboscarse.

Tropezó, y su tobillo izquierdo se torció hacia fuera. Emitió un grito de dolor, y los antílopes, espabilados por completo, huyeron a mayor velocidad hacia las rocas, mientras Ken cojeaba detrás de ellos. Apoyó el rifle contra el hombro, inmovilizó el cuerpo, disparó y falló. Los últimos antílopes desaparecieron, agitando sus cortas colas.

Se había quedado solo, sin blancos.

Ken lanzó una risita. Se sentía relajado y estúpido. Se puso de rodillas, masajeó su tobillo hinchado y se internó cojeante entre las rocas, convencido de que podría alcanzar al pequeño rebaño. Buscó huellas de pezuñas y vio que se alejaban. Se detuvo, sin saber si debía continuar. Cuanto más se alejara, más distancia tendría que acarrear con su presa hasta el avión, cojeando a causa del tobillo torcido.

Volvió sobre sus pasos, distraído, hambriento y, al fin, irritado, hasta que llegó de nuevo a las acacias. Buscó huellas de animales para calcular otras posibilidades de caza, y reparó en que algunas se habían superpuesto a una huella de pie alargada, con el talón muy marcado. Se detuvo, demasiado asombrado y fatigado para sentirse conmocionado.

Las marcas de pies eran alargadas, bien formadas. El dedo gordo sobresalía hacia fuera. Puso la bota al lado y vio que la huella medía la mitad de su pie, como la de un niño. Parecía la huella de un homínido primitivo.

Retrocedió para no alterarla y pisó otra huella de pie. Saltó a un lado para no pisotear una breve hilera de ellas, que se cruzaban con huellas de antílopes.

Su corazón sintonizó con su cerebro y se aceleró. Empezó a contar: una, dos, tres, cuatro... Siete huellas en total, algunas casi borradas por los animales.

Se acuclilló y apoyó con cuidado una palma sobre una de las huellas. La tierra se rompió bajo sus dedos y las marcas de dedos perdieron su forma. Las huellas eran recientes.

Tenían horas de antigüedad, un par de días a lo sumo. No podían ser más antiguas, teniendo en cuenta el tráfico constante de antílopes.

Aquellas huellas eran recientes.

De pronto oyó un retumbar de cascos. Los antílopes volvían en estampida. Levantó la vista y vio un enorme macho que parecía correr en línea recta hacia él. Una ancha franja de sangre resbalaba sobre su frente. Ken alzó el rifle, pero no tuvo necesidad de apuntar. El blanco venía recto hacia él. Apretó el gatillo y vio una breve llama en el extremo del cañón. Un orificio se abrió en el pecho del macho. El antílope cayó, resbaló sobre las huellas de homínidos y quedó inmóvil.

Aves en las que Ken no había reparado emprendieron el vuelo, entre ellas un par de turacos grises, que emitieron sus desagradables graznidos. Muy cerca, una liebre se escurrió entre la hierba.

Tuvo la sensación de que se estaba despertando. El antílope agonizaba a sus pies, y sangre oscura brotaba de su pecho herido, en tanto la sangre de la herida que tenía en la frente casi se había secado.

Ken volvió a cargar el rifle y se irguió sobre el animal, mientras sus ojos paseaban desde la herida del pecho, de la que sabía con seguridad que era el causante, a la herida de la frente, que no era obra suya. Era como si viera, con tres miradas simultáneas, tres imágenes diferentes. Una eran las huellas de pisadas que acababa de examinar. Otra era la herida en la frente del macho. Y aparte de esas dos, aunque simultánea, aparecía una tercera imagen, la de otra persona, un ser desnudo, de piel morena y frente estrecha, que caminaba al otro extremo de la senda que los antílopes habían tomado.

Alguien se escondía en aquellas rocas. El ser que había dejado huellas de homínido. Los antílopes le habrían sorprendido, y había herido al macho que conducía la estampida. Si no, ¿por qué habrían regresado aquellos estúpidos antílopes, después de que Ken los ahuyentara, e incluso hubiera disparado contra ellos?

Había alguien en las rocas de allí delante.

Cuando el macho corría hacia aquellas rocas, ese alguien le había arrojado algo, con fuerza suficiente para herirle, aunque no lo bastante para matarlo. Y Ken había concluido el trabajo.

Comprobó el rifle, si bien lo había recargado segundos antes. Estaba temblando. Por fin, se colgó el arma al hombro, se agachó para coger el macho y lo cargó a la espalda. Sus cuernos ensangrentados colgaban hacia adelante. Caminó por el sendero que los antílopes habían tomado.

Estaba invadido por balluecas y otras malas hierbas, pateadas dos veces por la frenética huida de los animales asustados.

Una vez en el sendero, Ken anduvo más despacio, consciente del peso que doblaba su espalda. Levantó la vista. Se encontraba en el interior de un paso angosto y sinuoso, flanqueado a ambos lados por rocas amontonadas.

No vio a nadie.

Avanzó muy despacio. Paso a paso.

Dejó atrás varias formaciones rocosas extravagantes, esculpidas por la fantasía inagotable del calor y el viento. Más allá el camino se ensanchó. Una especie de claro se abría adelante, un corral natural vallado por amontonamientos rocosos de escasa altura. Cuando Ken entró, tuvo la impresión de que parecía peligrosamente diferente del resto del hábitat.

Había mucha grava, y más malas hierbas pisoteadas que no conservarían huellas de pies, pero...

En mitad del claro, sobre una extensión de hierba arrancada y aplanada, había una piedra negra que mediría la mitad de la mano de Ken, tan indiscreta como si alguien la hubiera dejado a propósito. Era el único objeto negro a la vista. Las rocas circundantes eran de piedra caliza, de tonos que variaban entre el gris y el amarillo, y las malas hierbas eran de un verde polvoriento.

Ken recogió la piedra. Sus dedos se encogieron, debido a una sensación viscosa. Dio vuelta a la piedra y la alzó hasta sus ojos. Era plana y astillada, como si hubiera golpeado contra otra piedra. Un extremo estaba mojado de un líquido negruzco. Ken dejó caer la piedra y se llevó los dedos a los labios.

Sangre. La sangre del antílope macho.

Se agachó y dejó el antílope sobre la hierba. Se irguió y empuñó el rifle, con el dedo en el gatillo.

Tuvo la sensación de verse a través de los ojos de otra persona. Los del otro cazador. Ken le había arrebatado su presa. Con su bala había finalizado la cacería que el otro había iniciado.

No se creía presa de sus fantasías. Estaba despierto, pensaba de forma racional y lógica. Sólo imaginaba que el otro cazador le espiaba, y tenía miedo de su reacción. Le estaban espiando, desde los salientes agrietados, desde detrás de los arbustos.

Esperó.

Al cabo de un instante comprendió que estaba solo. El otro cazador se había marchado, alertado por el disparo del rifle. En cuanto a lo de arrojar la piedra, Ken se preguntó si habría sido un puro acto defensivo, más que un intento de cazar y matar.

En todo caso, estaba la piedra, la herida del antílope y las huellas de pies.

Alguien se escondía entre aquellas rocas.

Miró la piedra de nuevo, impulsado por una irresistible necesidad de hacerlo dos veces, incluso de pensar dos veces. Contempló la sangre, que se estaba secando, y que cada vez más semejaba una mancha de tierra en el extremo mellado de la piedra. No había forma de impedir que se secara. No había forma de transportarla protegida, a menos que abandonara su presa, junto con el rifle.

Registró sus bolsillos. Encontró un puñado de calderilla keniata en uno, un encendedor en el otro. Siempre llevaba un mechero a la selva, para encender fuegos de campamento. Trasladó el encendedor al bolsillo de la calderilla y dejó caer la piedra en el otro.

Después recogió el antílope y el rifle, y volvió por el sendero que serpenteaba entre las rocas.

Regresó a la llanura, con la cabeza del antílope colgando sobre su hombro derecho. La sangre manchaba su camisa, pero le ayudó a convencerse de que no había sufrido alucinaciones ni vivido un momento de locura.

En el pequeño espacio rodeado de rocas transcurrieron unos instantes, o tal vez varios minutos.

La duración del tiempo había cambiado de repente. El cazador que utilizaba piedras tenía un buen sentido del paso del tiempo, pero el suyo era un tiempo global. Para él, aún no había sido dividido en pequeños espacios artificiales, como horas o minutos.

El cazador salió de su escondite y siguió al extraño visitante por aquel tortuoso pasadizo. Lo hizo con suma cautela, mientras el latido de su corazón se propagaba a todo su cuerpo, que se alzaba un metro veinte de estatura y pesaba menos de una quinta parte del de su visitante.

—Jaaaah —exclamó, un sonido apagado que surgía de una laringe muy cercana a su larga boca de paladar bajo. El significado de aquella exclamación era inconfundible: puro miedo.

Sin embargo, era diferente del miedo habitual del cazador. Si pensara en palabras, habría descrito aquel miedo como si lo estuviera soñando.

Las cosas que había visto desde la noche anterior eran tan increíblemente extrañas que sólo podían compararse con las combinaciones inarticuladas, horripilantes e incomprensibles que conjuraba en su mente cuando dormía y soñaba. O tal vez con el aspecto sorprendente que presentaba su hábitat cuando los destellos de los relámpagos iluminaban el cielo y la tierra.

Colocó sus largos pies, de dedos salidos hacia fuera, sobre las marcas ovales dejadas por las botas del intruso, y notó las sensaciones que nacían en las palmas y los dedos de los pies, corrían por sus nervios y recorrían las sinapsis de su cerebro, como una tormenta cognitiva. Las botas habían allanado la tierra y la grava hasta convertirlas en superficies completamente niveladas, desconocidas para los sentidos del cazador.

Nunca había experimentado tales sensaciones, y eran tan intrigantes que se detuvo, se agachó y posó una palma larga y estrecha, de dedos largos, sobre una huella de bota, para saber cuál era la sensación de aquella perfección.

Nunca se había encontrado con una superficie perfectamente plana, ni con una línea recta.

Se puso en pie y apresuró el paso. Su campo visual, definido por los ángulos superpuestos de sus ojos cejijuntos y estrechos, proporcionaba una vista casi dolorosamente clara hasta un máximo de doscientos metros. Sus ojos casi eran armas. Desmenuzaban la realidad con una precisión desarrollada en un hábitat anterior, mucho más oscuro y confuso.

Al llegar al punto en que el pasaje rocoso se abría a la sabana, el cazador osó aventurarse al exterior. Se quedó al borde de la hierba alta y cimbreante, miró por encima de ella, de manera que su cara asomara. Desde lejos sería difícil diferenciarle de algún animal de la sabana.

Miró al visitante, casi sin dar crédito a lo mucho que aquel ser alto y extraño se le parecía. Al igual que el cazador, el visitante empleaba un movimiento peculiar para atravesar los espacios abiertos. Sólo apoyaba sobre el suelo sus extremidades inferiores, pero sostenían todo el cuerpo.

A unos doscientos metros de distancia, la visión del cazador sufría un cambio inesperado. Aún era clara, pero se hacía plana, como si no fuera necesario ver lo que había más allá de aquel límite invisible.

Pero hoy, el cazador se vio obligado a mirar hacia aquel espacio misterioso, porque allí había algo asombroso, relacionado con todos aquellos extraños visitantes. El día anterior, había visto a dos de ellos de cerca, uno con un tono de piel clara y el otro oscuro como un árbol después de un incendio.

El tercer visitante se había quedado cerca de aquella cosa distante, que era grande y en forma de tubérculo, como una raíz comestible de gran tamaño. El tubérculo brillaba como si una película de rocío lo envolviera por completo, resistiéndose a que el feroz sol la secara.

Los tres seres tenían una forma extraña de desaparecer en el interior del tubérculo, para luego reaparecer.

En aquel momento, borlas de hierba se movían delante de las aletas nasales, redondas y hundidas, del cazador (fragmentos de su sistema de referencia inmediato), mientras a lo lejos el otro cazador, con el antílope a la espalda, se movía contra un cielo que se había oscurecido de súbito. Una columna de polvo humeante avanzaba desde el horizonte.

El cazador se preguntó si la tormenta de polvo haría desaparecer el tubérculo, o a los tres seres que habían llegado en él. Se irguió y reflexionó sobre esto último, hasta que la columna de polvo estuvo casi encima del avión. El tubérculo no desapareció.

El cazador dio media vuelta y, mientras empezaba a llover polvo, buscó refugio entre las rocas.

Al recordar la tormenta de polvo de la que Hendrijks había hablado, Ken echó a correr hacia el Beech Lightning lo más rápido que pudo, estorbado por su presa y el dolor del tobillo torcido.

Instantes después de llegar al avión y de tirar el antílope al suelo, la tormenta se desató sobre la hierba y los árboles.

Durante la tormenta, Ken y Ngili estuvieron tendidos en el suelo debajo de una tela alquitranada, agarrados a las cuerdas que amarraban una de las ruedas delanteras del Beech Lightning, mientras Hendrijks hacía lo mismo con la otra rueda. De esta forma, los tres sumaban peso al avión. Sus pulmones luchaban por respirar el escaso aire que penetraba en el interior de la tela, que era caliente pero libre de polvo. El viento maltrataba el fuselaje. La cola y la rueda de popa se movían de un lado a otro.

La tormenta llegaba en grandes oleadas de arena, y en los momentos de relativa calma Ken hablaba febrilmente a Ngili.

–¿Qué opinas? ¿Qué opinas? –le preguntaba sin cesar.

–Creo que ese antílope corría delante del rebaño, presa del pánico, y se golpeó la cabeza contra un saliente rocoso. A menos...

Ngili hizo una pausa. Ken oía el ruido del polvo al asaetear la tela. La lluvia más fina nunca podría igualar aquel sonido, aquel mínimo pit-pat.

–A menos que lo hirieras con el primer disparo –terminó Ngili.

Ken se esforzó por recordar, para adquirir la absoluta certeza de que el hambre y el agotamiento que experimentaba cuando se topó con los antílopes no hubieran confundido sus recuerdos.

Contestó con seguridad, mientras respiraba el aire caliente y rarificado de su improvisado refugio.

–Disparé por primera vez cuando los antílopes huían de mí. Esa bala no pudo pasar de largo del antílope, dar media vuelta y alcanzarlo en la frente. Era un disparo perdido. Había alguien más allí, al final del sendero. Alguien que tiró la piedra a este animal.

Sacó la piedra negra del bolsillo.

–El antílope dio media vuelta, el rebaño le siguió y alcancé al animal en el pecho.

Ngili encendió una linterna a la que aún quedaban pilas. Cogió la piedra y la examinó desde todos los ángulos. Ya estaba seca por completo, y limpia después de haber sido manoseada por dedos nerviosos.

–¿No había rocas negras allí? ¿Depósitos basálticos de algún tipo? –preguntó Ngili.

–No, te lo juro. Al menos, yo no vi ninguno.

–No hace falta que jures.

–Estoy seguro de que esto fue lo que golpeó al antílope. –Ken recobró la piedra. Su tacto era tan real como antes, e igual de misterioso–. ¿Cuál es tu teoría?

–No tengo ninguna. No dudo de tu palabra, pero no tengo ninguna explicación. –Ngili hizo una pausa y reflexionó, mientras siglos de arena caían sobre sus espaldas y cabezas–. ¿Esas huellas parecían de homínido?

–Por completo. Buenas yemas de los dedos, bien desarrolladas, buenos talones. El dedo gordo está salido hacia fuera. Los demás dedos son largos, algo curvados hacia abajo. Mejores para trepar a un árbol que los tuyos o los míos.

–¿Estás seguro de que viste todo eso?

–Dios. ¿Si estoy seguro? Después de lo de hoy, ya no estoy seguro de nada.

–Tal vez hubo tribus aquí en otro tiempo.

–¿En otro tiempo? ¿Qué me dices de ahora?

–Dímelo otra vez: ¿eran muy largas esas huellas?

Con la habilidad de un investigador de campo curtido, Ken imaginó una regla al lado de las huellas.

–Unos quince centímetros cada una.

Ngili no hizo comentarios. No había nada que decir. Aquel tamaño de pie sólo podía corresponder a un niño o un chimpancé. Pero los chimpancés, en realidad, no tenían pies. Como todos los monos, tenían cuatro manos, dos arriba, dos abajo.

Sería imposible encontrar las pisadas a la mañana siguiente, después de que el viento hubiera barrido durante horas la llanura y la empalizada rocosa.

Pero se llevarían una brújula para establecer un cálculo de posición.

Ken pensaba en las otras huellas, las que había en la estribación del Mau. También desaparecerían bajo varios centímetros de polvo.

La tormenta amainó antes de medianoche. La sabana parecía cubierta de nieve. Los tres hombres sacudieron el polvo de los tallos cortados de los espinos silbantes para encender otro fuego. Ken y Ngili limpiaron de polvo el antílope. Lo despellejaron con un cuchillo prestado por Hendrijks. Había una bala alojada en su pecho, pero no un segundo orificio de bala en su cabeza o partes delanteras.

Asaron el antílope. Hendrijks compartió el whisky que quedaba, sin dejar de repetir una pregunta: ¿a qué hora de la mañana empezarían Ken y Ngili a practicar una pista para despegar? En cuanto pusieran en el avión el fósil y las demás muestras, era la respuesta de los científicos.

La radio seguía muda.

Durmieron en sus sábanas de tela alquitranada. Eructaron mientras dormían a consecuencia de la carne mal cocida, y estornudaron debido al polvillo que seguía aposentándose sobre el avión y colándose por sus mantas improvisadas.

Cuando se levantaron, amanecía. Hendrijks se sentó junto al avión, ladeado como un gorila huraño en un templo de cenizas.

Ken y Ngili terminaron de desenterrar el bloque de brecha que sellaba las partes inferiores del fósil. Lo dejaron junto al montículo y tomaron una medida de posición, utilizando la cámara, la brújula y un rollo de cinta métrica que habían encontrado en la caja de herramientas del avión. Ken tomó fotografías del montículo y las formaciones rocosas circundantes. Lamentó no tener más carretes, pero después de la orgía de fotografías que había hecho mientras colgaba del avión, estaba a mitad de su último rollo.

La radio del avión seguía sin funcionar.

Ken y Ngili se dirigieron hacia las acacias para tomar otra medida de posición.

—Llevamos treinta y seis horas perdidos —musitó Ngili—. Um'tu debe de estar terriblemente preocupado.

—Estás muy unido con tu padre. No hablas de tu madre, y casi nunca de Yinka y Gwee.

Yinka era la hermana menor de Ngili, y Gwee el hermano pequeño.

—Eso es normal. Por ser el primogénito, soy muy importante para Um'tu. ¿No siente tu padre lo mismo por ti?

Ken lanzó una carcajada.

—¿No recuerdas que mi padre se largó cuando yo tenía cinco años, y que nunca volvimos a saber nada de él? Así de importante era yo para él.

Ngili no comprendía una historia semejante.

—Tu padre está aquí —dijo, y señaló con la barbilla hacia la sabana polvorienta.

Ken sintió una punzada de dolor y quedó tembloroso de miedo. Ngili leyó algo aterrador en la expresión de su amigo, porque se apresuró a añadir:

—Quería decir que, sin una infancia tan penosa, no serías tú, y lo más probable es que nunca hubieras venido a África.

Ken aún notaba el temblor. Una garra estrujaba su corazón.

El arbusto se agitaba. Los roedores huían, tras haber roto el sello de polvo de sus madrigueras. Las aves volaban, y algunas todavía se sacudían el polvo del plumaje.

Repitieron el procedimiento junto a las acacias, cuyas ramas parecían doradas. Ken encontró el sendero entre las rocas por el que había seguido a los antílopes el día anterior. Guió a Ngili. Pisaban una capa de polvo tan fina como harina.

Ken se quedó sorprendido al darse cuenta de lo poco que recordaba del sendero. Tal era su nerviosismo, que apenas había prestado atención a las formaciones rocosas. En un punto, el sendero se bifurcaba en otros dos. Ken no recordaba la bifurcación, pero optó por tomar la de la izquierda.

No pudieron encontrar el claro, ni las malas hierbas pisoteadas. Tras varios centenares de metros entre pedruscos de piedra caliza, el nuevo sendero desembocaba en una amplia meseta irregular, entre más pedruscos y salientes mellados, más allá de los cuales las formaciones rocosas se alejaban hacia otro trecho de sabana. Ken estaba seguro de no haber pisado aquel lugar, pero al mismo tiempo experimentaba la inquietante sensación de que unos ojos invisibles le observaban, como el día anterior.

De repente, Ngili emitió un «¡Ja!» breve y agudo, que sonó como si se hubiera hecho daño al tropezar. Ken giró en redondo y le descubrió tras una hilera de arbustos, bajo una roca que sobresalía, casi oculto por completo.

Bajo la roca había varios guijarros grandes que habían escapado a la invasión del polvo. Los guijarros eran negros, basálticos. Y había varias huellas de pisadas en el suelo, pisadas pequeñas, más o menos como la mitad del pie de Ngili.

Ngili alzó una piedra hacia los vacilantes rayos del sol. Era redonda, un esferoide casi perfecto, pero un extremo estaba astillado, convertido en un arma para cazar.

Ken cogió la piedra de la mano de Ngili. Sacó la otra y las comparó.

—Esta criatura caza con frecuencia —dijo.

Las piedras eran diferentes en forma y peso, pero muy similares, como dos animales de la misma especie, por obra de las alteraciones sufridas por ambas.

Ngili miró a Ken mientras parpadeaba rápidamente. Ken casi tuvo la convicción de que el cerebro de su amigo chisporroteaba, debido a la celeridad de sus procesos mentales.

—No puede ser un chimpancé. Los chimpancés no cazan con piedras.

Se acuclillaron con la sensación de que les espiaban. Y de que les escuchaban.

—¿Te queda carrete en la cámara? —susurró Ngili.

Ken asintió.

No llevaban equipos para tomar moldes, pero tenían una cámara. Ken la apuntó hacia las pisadas, con la sensación de que no sólo estaba mirando por el objetivo aquella polvorienta mañana de primavera, sino el Plioceno.

—No utilices todas las fotos —le advirtió Ngili.

Estaban pensando con una sola mente. Ken quería guardar algunas fotos, por precaución.

Ken dejó que la cámara colgara sobre su pecho y recogió la piedra de nuevo. Los pedruscos y salientes circundantes eran de piedra caliza amarilla, roca sedimentaria rica en carbonato cálcico. Los pequeños proyectiles de piedra eran basálticos, fragmentos de roca volcánica, mucho más antigua y dura. Los habían transportado desde cierta distancia, de un lecho de roca basáltica.

Eso los convertía en *manuports*, piedras transformadas en herramientas por el simple hecho de que un homínido las había sacado de su lugar de origen para utilizarlas allí. Era un detalle muy significativo. Las alteraciones también, pero costaba decidir si eran obra del hombre o un fenómeno natural.

—Espera —dijo Ngili—. Si estamos hablando de *manuports*, también estamos hablando de homínidos.

—¿Qué más hay?

—Un miembro de una tribu extraviado, tal vez. Un marginado.

—¿Aquí? ¿No habías dicho que esta región estaba completamente deshabitada?

Ken consideraba asombroso que se enzarzaran en una discusión científica en las cercanías del ser que se había emboscado entre los arbustos el día anterior, y que casi había matado al antílope.

—Lo dije —admitió Ngili—, pero en otros tiempos las tribus solían expulsar a sus asesinos o violadores, a sus indeseables, precisamente a lugares como éste.

—¿De veras? ¿Cuándo?

—No hace tanto. Hace treinta, cuarenta años.

—¡Pero mira las huellas! —Ken tiró de Ngili hacia la zona de la roca que sobresalía—. Mira su forma y tamaño.

—No es posible —dijo Ngili—. Lo más probable es que se trate de un niño perdido de alguna tribu. Algunos rasgos anatómicos parecen atávicos, pero... —Ngili se debatía con ideas que no encajaban—. Pero no pueden ser del todo atávicos... porque los atavismos protohumanos no sobrevivirían tanto.

Ken se masajeó las sienes. No podía pensar con lucidez. Instó a su amigo a volver al avión, para acabar de desenterrar el fósil.

Guardó tres piedras más en su bolsillo y guió a Ngili hasta salir de las rocas. El día anterior se había llevado la presa del ser. Hoy le robaba sus armas o herramientas. Fuera lo que fuese aquel ser, pensaría de él que era un ladrón.

Hendrijks se dirigió hacia el yacimiento del fósil con el rifle colgado del hombro. Parecía fuera de lugar en aquel paisaje, y protestó al enterarse de que aún no estaban listos. Dijo que un pequeño avión les acababa de sobrevolar en dirección sur, a baja altitud, y que había agitado los brazos y disparado el rifle al aire, pero el piloto no había hecho ninguna señal para indicar que había reparado en él o en el Beech Lightning. Ken echó un vistazo a Ngili, que se encogió de hombros. Ninguno de los dos había oído los disparos, ni el zumbido del motor. No era extraño, teniendo en cuenta lo absortos que estaban.

Ngili pidió a Hendrijks que dejara el rifle y les echara una mano con la brecha. Los tres la transportaron hasta el avión, jadeando, maldiciendo y parando en varias ocasiones.

Por fin, la depositaron en el interior y la aseguraron entre la nevera y una caja. Ken esperó a que Hendrijks se volviera y le mirara, y entonces le preguntó de improviso si había estado antes en la sabana de Dogilani.

Algo se agitó en la cara del piloto.

—Volé sobre estos parajes en los años cincuenta —gruñó mirando fijamente a Ken, como si éste le hubiera hipnotizado para que dijera la verdad.

—¿Aterrizó aquí?

—No. —Hendrijks dirigió a Ngili una mirada cautelosa—. Transportaba soldados británicos desde Uganda a Nairobi, para ayudarles a sofocar la rebelión independentista de Kenia.

—En esas ocasiones, ¿vio esas huellas que fotografiamos ayer?

Hendrijks trasladó su peso de un pie al otro, y golpeó la cabina con su cuerpo. Una delgada capa de polvo cayó de lo alto del fuselaje.

—Vi algunas huellas por aquí —admitió—. Volaba bajo, y vi unas marcas oscuras que parecían huellas.

—¿Dónde? ¿En la misma estribación?

—¿Cómo quiere que lo sepa? Pensé que no eran dignas de atención.

Parecía sincero.

—¿Vio el...? —Ken tragó saliva—. ¿Vio a alguien? ¿Alguna persona que hubiera podido dejar esas huellas?

—No vi a nadie, sólo las huellas.

—Entonces, ¿qué le asusta de este lugar?

—Nada —le espetó Hendrijks—. Vayan a recoger los otros huesos y mi rifle. Voy a probar el motor.

Los dos amigos saltaron al suelo y se dirigieron hacia el yacimiento.

Para entonces, Ken ya pensaba con coherencia. Tendrían que volar de vuelta a Nairobi, entregar los huesos y las muestras de tierra a Randall, y volver aquí lo antes posible con carretes, tal vez con una cámara de vídeo, y moldes de yeso para estampar las huellas de pisadas, así como útiles para excavar y comida. Una expedición en toda regla, bendecida oficialmente o no. Ya no quería especular más sobre quién o qué vivía allí, excepto que la criatura era un cazador, y que había utilizado *manuports* antes.

Cuando regresaban al avión con el cráneo, las plantas fósiles y el rifle, vio un gran bulto amarillo atravesar la llanura en dirección a ellos. Era un vehículo. Un Safari Cub fabricado en Inglaterra, el tipo de furgoneta que se utilizaba para transportar a los turistas a las reservas de caza, con un techo que se abría para tomar fotos de los animales. Pero éste había perdido la capota y las puertas. Su superficie estaba cubierta de un polvillo dorado que se elevaba como un grácil penacho cada vez que el vehículo saltaba sobre una rugosidad del terreno.

Ngili lo miró sorprendido.

—Tal vez sean guardias de la reserva enviados por mi padre.

—Sean quienes sean —sonrió Ken—, llegan a tiempo de ayudarnos a practicar la pista de despegue.

Una silueta emergió por el techo abierto del Safari Cub. El tubo de escape tosió repetidas veces. De repente, Ken se dio cuenta de que el ruido no procedía del tubo de escape. Era alguien que disparaba con una escopeta contra el avión. Hendrijks, silueteado contra el aparato, se arrojó al suelo, mientras el conductor del Cub aceleraba.

—¡Van a embestir el avión! —gritó Ken cuando ya no hubo duda sobre la dirección que llevaba el Cub.

Cogió el rifle. El vehículo se lanzó hacia el Beech Lightning, pero entonces se encontró con la fila de rocas bajas que el avión había arrollado mientras tomaba tierra, ocultas ahora por el polvo. El Cub brincó sobre ellas y aterrizó con un chirrido de amortiguadores moribundos.

El motor se ahogó. Ken y Ngili oyeron cómo el conductor intentaba encenderlo de nuevo. El motor cobró vida y gimió cuando el conductor pisó el acelerador. El Cub cargó como un rinoceronte enloquecido.

Ken se encontraba a un centenar de metros de distancia, y Ngili chillaba que disparara contra los neumáticos del Cub. Ken se lanzó al suelo. Enfocó la rueda delantera con la mira telescópica y apretó el gatillo. El hombre de la escopeta se volvió y disparó contra Ken y Ngili, originando pequeñas nubes de polvo. Pero de pronto el Cub volcó de lado, como golpeado por la mano invisible de un dios.

El conductor salió a toda prisa y huyó hacia la sabana.

Ken y Ngili corrieron. El tirador había salido despedido de la cabina y yacía sin vida, con las piernas y los brazos extendidos. De su sien fracturada manaba sangre, que caía al suelo y era absorbida por el polvo, como si fuera papel secante.

El hombre era un africano de edad madura, bajo y desnutrido. Sus palmas rojizas, con los dedos engarfiados y de uñas muy largas, se abrían al cielo en una plegaria indescifrable. Tenía los ojos abiertos, pero ya vidriosos. Parecían inyectados en sangre, casi a causa de una hemorragia interna. Llevaba un jersey vulgar, pantalones cortos militares de faena, con colores de camuflaje, y sandalias con suelas de neumático.

Hendrijks se acercaba a toda prisa, gritando algo. Ken sólo distinguió las palabras «cazadores furtivos».

Ken echó un vistazo al interior del Cub. La furgoneta sólo tenía unos años de antigüedad, pero los malos tratos y el sol la habían corroído por todas partes, agrietado la pintura, roto y parcheado la tapicería, reventado los asientos. Olía a algo indefinido, aunque desagradable, pero por lo demás estaba desnuda, sin siquiera un barato amuleto de la suerte colgado en el retrovisor. La guantera se había abierto a consecuencia del impacto, pero no contenía nada.

No llevaba matrícula. Su parte inferior expuesta, una confusión de cables de transmisión y combustible, olía a aceite caliente y frenos humeantes.

Ken respiró hondo. Demasiados pensamientos se agolpaban en su cabeza.

Reprimió el asco, se acuclilló y pasó las manos sobre el cadáver del tirador, en busca de un billetero u objetos personales. El cuerpo estaba caliente, olía a sudor y suciedad, y tan delgado que parecía ligero como un maniquí. El desconocido estaba en los huesos. Mientras Ken registraba el cadáver, todos sus pensamientos se redujeron a uno: ¿Qué está pasando? ¿Qué está pasando?

Entretanto, el conductor era un punto en la lejanía.

—¿Nada, no lleva papeles ni nada? —preguntó Hendrijks.

Ken se levantó tembloroso, y meneó la cabeza. Se secó las manos en los pantalones. Hendrijks propinó un puntapié al cadáver.

—Basta —gruñó Ken.

—De acuerdo —dijo el holandés—. Nos vamos ya. No mire más, no sirve de nada. Nos vamos ahora mismo.

Cogió el rifle y se encaminó hacia el avión.

Ken y Ngili intercambiaron una mirada, faltos de palabras, de explicaciones.

—¿Crees que eran cazadores furtivos? —preguntó Ken al fin.

Ngili negó con la cabeza.

—Los cazadores furtivos no atacan un avión si lo ven en la sabana. Esperan a que el escenario se despeje para dedicarse a lo suyo. ¿Huele este tío a cazador furtivo? —preguntó retóricamente. Se agachó, volvió el cuerpo y lo registró de nuevo a fondo—. Huele a crimen, no cabe duda. Has pasado por alto esto.

Ngili sacó de debajo del jersey del tirador una pequeña

pistola Walther PPK. Abrió el cargador y enseñó a Ken seis balas, volvió a cerrarlo y puso la pistola en la mano de su amigo.

—Cógela, puede ser una prueba útil. En cualquier caso es una buena protección, y tú eres más vulnerable que yo.

—¿Por qué? —preguntó Ken con voz ronca.

—Imagina por un momento que esto no haya terminado. —Ngili hizo una pausa para mirar el cadáver que yacía a sus pies—. No tienes protección familiar, eres un extranjero, y eres de lo más llamativo, por ser blanco. Signifique lo que signifique esto, por tanto, corres más peligro que yo.

Ken cogió la Walther y la guardó en el bolsillo, donde golpeó contra una de las piedras prehistóricas, el encuentro de dos armas. Después cogió la escopeta por el cañón y la destrozó contra un pedrusco. La culata se desprendió, el cañón se torció, gatillo y guardamonte cayeron sobre la piedra.

—Recojamos las plantas fósiles —dijo Ngili—. Tal vez el conductor del Cup se dirija a una especie de campamento base. Si envía más tiradores, seremos blancos muy fáciles.

—¿Llamaremos a la policía cuando lleguemos a Nairobi? —preguntó Ken.

Ngili reflexionó antes de contestar.

—Yo no lo haría. Es la mejor manera de complicar nuestro regreso aquí. Prefiero contárselo todo a mi padre.

—¿Qué puede hacer tu padre?

—Enviar exploradores de confianza, batir la zona. Si no hay peligro, volveremos y lidiaremos con ese otro acertijo.

Ken pensó en el otro acertijo. El misterioso ser. Lo dejarían a merced de la amenaza inexplicable de aquellos tiradores. Desvió la vista hacia la empalizada rocosa.

Ngili siguió la mirada de su amigo.

—Vamos —dijo en voz baja—. Esa criatura conoce la sabana perfectamente, y es capaz de esconderse mejor que nadie. Ven, ayúdame.

Empezó a limpiar los espinos silbantes fosilizados. Mientras ayudaba a Ngili, Ken no cesó de repetir «¿Qué demonios está pasando?».

Ngili se encogió de hombros, claramente preocupado.

Pese a la ansiedad y el nerviosismo, los dos transportaron las plantas petrificadas hasta el avión con sumo cuidado.

Ya en el avión, Ken comprobó que había perdido el encendedor. Pensó en ir a buscarlo, pero podía haberse caído en una docena de sitios mientras corría y disparaba contra el Safari Cub. Le molestaba dejar abandonado un objeto inflamable, pero dentro de un mes la maleza estaría seca por completo, y el sol provocaría más incendios espontáneos que cualquier objeto fabricado por el hombre.

Hendrijks indicó que colocaran el pedrusco de brecha en estribor y se sentaran al lado. El peso añadido provocaría que el ala derecha descendiera, en tanto el ala izquierda caída se elevaría medio metro. Obedecieron, y el ala se alzó lo suficiente para dejar de rozar el suelo. Bien, dijo Hendrijks. Iba a probar suerte.

Dirigió el Beech Lightning hacia el Safari Cub, dio media vuelta, aceleró hacia las rocas bajas, y el contacto con ellas propició que el avión se elevara como por una rampa.

Las alas se equilibraron al instante, el Beech Lightning ascendió bruscamente y todo lo que había abajo pareció irreal. Ken, protegiendo con los brazos el fósil, torció el cuello y pegó la cara a la ventanilla, por si podía ver un campamento de cazadores furtivos. Sólo vio la inmensa extensión amarilla, moteada de animales, pero por lo demás, majestuosamente vacía.

Hendrijks se desvió hacia el sur, para evitar vientos violentos. Al cabo de un rato manipuló la radio.

—*Got Verdomma*, maldita sea, no me jodas.

La radio del avión volvía a funcionar. Estableció contacto con el aeropuerto de Embakasi y anunció su llegada.

Después, Ngili aprovechó para llamar a su padre.

Ken escuchó mientras Ngili hablaba por la radio. Le oía y no le oía. Se oía a sí mismo, su recuerdo, sus botas al aplastar los guijarros de la sabana, sus pisadas sobre el polvo, siguiendo los pasos del otro cazador. ¿Era posible? ¿Había esperado siempre un encuentro semejante? ¿Estaba destinado a vivirlo?

—¡Síndrome de Dubois! —comentó para sí, e incluso oyó reír a Randall Phillips.

No, no podía ser. Aunque muy nervioso y agotado, era un hombre joven y sano, un investigador, paciente y escéptico casi siempre, un científico. Tenía que volver allí, eso era todo. Volvería, como científico.

Se relajó en su asiento y cerró los ojos, pero en cuanto lo hizo, la pregunta retornó, volando en círculos como un buitre de la sabana: ¿Qué está pasando? ¿Qué está pasando?

El cazador de las piedras había visto el Safari Cub desde unos centenares de metros, desde aquella perspectiva lejana en que, para él, el tamaño y posición relativos de las cosas se hacían planos y confusos. Debido a esta perspectiva, el tiroteo, la vuelta de campana del vehículo y los movimientos veloces de los extraños se le habían antojado algo irreales. No obstante, la escena le había cautivado hasta el punto que sus largas manos se convirtieron en puños. Uno de los puños se cerró alrededor de una piedra de caza, y la apretó con más fuerza y precisión que ningún mono.

La furgoneta había dejado de moverse momentos después de su aparición, como si algún animal grande de la sabana, un búfalo o un rinoceronte, hubiera recibido una picadura mortal de serpiente. Pero el cazador nunca había visto que una serpiente matara a una bestia de forma tan instantánea.

Aquella cosa seguía inmóvil, y los visitantes volvían a toda prisa a su tubérculo, cuyo brillo estaba oscurecido por la tormenta de arena. Eso reveló al cazador que lo que veía no era un sueño, porque sabía que la tormenta de arena había ocurrido. El tubérculo hizo ruidos cuando empezó a moverse. Estaba vivo. Giró en redondo, y el cazador vio sus alas de nuevo, extendidas hacia fuera, como un insecto. Se comportaba como un gran insecto, se agitaba y zumbaba otra vez, como si se estuviera reanimando después de una noche fría o un chaparrón.

Despegó gracias a sus alas, subió, subió más alto que ningún insecto conocido por el cazador, aunque lo empujara una ráfaga de viento fuerte. Esperaba que un ave, un buitre o una cigüeña, lo atacara y borrara del cielo al brillante tubérculo/insecto, pero las aves no reclamaron su presa, pese a que el tubérculo/insecto era grande y ruidoso, y se quedó quieto en el cielo un buen rato.

Por fin, abandonó la sabana, ileso. Desapareció detrás del horizonte y el cielo quedó silencioso y vacío de nuevo.

Todo había terminado, como si acabara de despertarse en su mundo familiar. Quizá sólo había sido un sueño.

Pero no. Cuando volvía a su guarida de las rocas, el cazador pisó el encendedor, caído a sólo unos centímetros del sendero que el cazador y el intruso habían recorrido de un lado a otro. El encendedor estaba casi escondido debajo de una gran hoja palmeada cubierta de polvo. Una delgada película de polvo se había posado sobre el encendedor, pero cuando el cazador lo pisó, su pie desnudo volvió a conocer la experiencia de otro mundo.

El cazador se agachó para recogerlo. Cuando lo levantó, la capa de polvo cayó, y sus dedos alargados lo analizaron. Suave, sin textura y nada granuloso, pero también terminado de una forma cuadrada (todas las cosas de la sabana terminaban en bordes rugosos, irregulares, o en diluciones vagas y amorfas). Obligó a su cerebro a asimilar estas nuevas percepciones. Invadido por una curiosidad terrible, el cazador dio vueltas al encendedor entre sus dedos alargados, y comprendió que el ser que le había robado sus piedras de caza había dejado aquella extraña piedrecita en su lugar.

Su mente rememoró la cara del extraño visitante, que el cazador había espiado el día anterior desde pocos metros de distancia. Aquella cara era diferente de la suya. Y no obstante, ciertos rasgos, en particular la colocación de los ojos y la cualidad de su mirada, eran perturbadoramente iguales. Como la forma en que el extraño caminaba.

Con aquel objeto en su mano, el pequeño cazador se encaró al alto visitante en su mente, tan cerca como si se produjera un silencioso diálogo entre ambos. Un extraño anhelo tomó forma: la esperanza de que hubiera otros encuentros. Y aquella esperanza se aposentó en el cerebro del muchacho homínido de piel morena.

Segunda Parte

El plioceno viviente

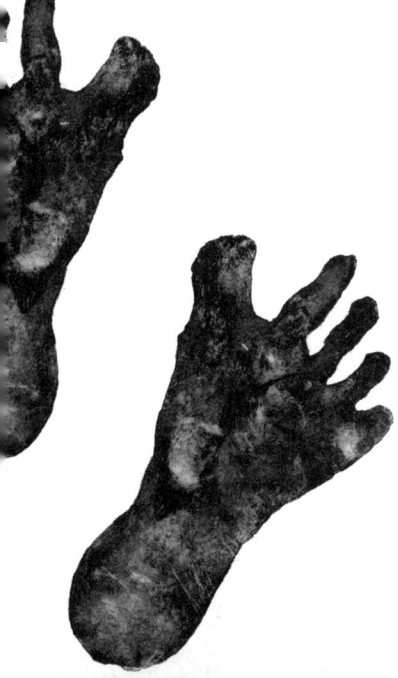

Desde el cielo, el centro vertical de Nairobi y sus suburbios, bajos y extensos, se parecían a cualquier ciudad norteamericana. El aeropuerto Jomo Kenyatta, que mucha gente llamaba por su nombre antiguo, Embakasi, semejaba un extraño calamar de cemento, pues sus terminales se extendían como tentáculos desde su cuerpo esférico.

Alrededor del aeropuerto, diversas carreteras hendían la vegetación. Cuando Ken llegó por primera vez a África, los antílopes aún cruzaban aquellas carreteras, y la distancia de quince kilómetros hasta la capital era una agradable extensión de campos sembrados de acacias. Ahora, los rebaños habían desaparecido y las carreteras estaban colapsadas de vehículos. Los campos iban desapareciendo bajo barriadas pobres. Los habitantes de las chabolas habían cortado casi todas las acacias para encender fuegos y cocinar.

Hendrijks sobrevoló las casas de los chabolistas, que consistían en cabañas de cartón, tiendas hechas con bolsas de plástico, y cobertizos tribales de ramas cubiertos con trapos. Muchas de las casas no tenían tejado porque la estación de las lluvias había terminado, y era más fácil abrir los tejados para dejar entrar la luz y el aire que practicar ventanas en las frágiles paredes. En el interior, las madres daban de mamar a sus bebés o cocinaban, mientras otros niños levantaban la vista y saludaban al avión.

Cuando se aproximaban a la pista de aterrizaje, Hendrijks indicó a Ken y Ngili que se desplazaran a estribor y después tocó tierra con un chirrido. El extremo del ala derecha rozó la tierra y levantó una nube de chispas, pero se enderezó a unos centímetros sobre la pista. Hendrijks frenó y todas las junturas del avión crujieron y gimieron; luego avanzó hacia la terminal de aviones ligeros.

Un africano alto y musculoso, ataviado con un *kikoi* de un rojo rabioso, el manto tribal masai, se erguía en la pista. Contemplaba con angustia el avión ladeado. Cuando fue aminorando la velocidad, se tranquilizó y saludó con una enorme palma rosada.

—¡Um'tu! —sonrió Ngili, y se puso en pie de un brinco.

Hendrijks le gritó que se sentara, rodó unos cuantos metros más y se detuvo junto a una verja que separaba la terminal de la maleza. Al otro lado de la verja, una larga franja de alquitrán hendía la vegetación, una pista para aviones de reacción sin terminar.

Hendrijks se secó la frente.

—Ya veo que su padre está aquí —gruñó a Ngili—. Quiero que me extienda dos talones. Uno por la semana, y el otro por los daños que ha sufrido mi avión.

—Le pagará los mil ahora —replicó Ngili—, pero ¿cómo puede calcular los daños sin una inspección mecánica?

—En ese caso, le pasaré la factura a su oficina. ¡Quiero que me reembolsen las reparaciones hasta el último chelín!

Ken vio la ira reflejada en la cara de alcohólico de Hendrijks y tuvo ganas de reír. El padre de Ngili era un experto en aviones. Pagaría el precio de las reparaciones, pero ni un centavo más.

La escotilla se abrió y Ken y Ngili saltaron al suelo. El seco aire de Nairobi estaba impregnado de humo. Se oían fuertes chasquidos, como los de los látigos africanos para conducir ganado, y voces airadas, de las que Ken no hizo caso al principio. En un aeropuerto africano siempre había algún alboroto.

Jakub Ngiamena, parlamentario y superintendente de reservas de caza, corrió para abrazar a su primogénito. Con su kikoi aleteante, parecía uno de los reyes tribales que habían concedido asilo a David Livingstone. Llevaba la prenda en honor de su heredero, pero también porque pesaba casi doscientos kilos. Entre sus brazos, Ngili parecía una caña.

Junto a la puerta de cristal de la terminal, que por un instante resultó extraña a sus ojos acostumbrados a la sabana, Ken vio a la hermana menor de Ngili, Yinka, que trabajaba como periodista en el *Nairobi Daily Herald*. También era alta y delgada, y llevaba un kikoi de un azul fuerte. Un destello dorado iluminaba su frente.

Ken levantó la mano y saludó, pero Yinka no le devolvió el saludo. Se limitó a desviar los ojos hacia Ken. Como todos los Ngiamena, tenía unos ojos fantásticos, negros como el azabache.

Jakub Ngiamena soltó a su hijo y abrazó a Ken.

—¿Cómo estás, mejor amigo de mi hijo? —preguntó poéticamente—. ¡Daos prisa, vámonos! —les urgió, mientras lanzaba una mirada preocupada hacia el avión.

Ken siguió la mirada de Ngiamena hacia la pista sin acabar. Al lado estaba el campamento de los chabolistas. Durante unos segundos vio con toda claridad la franja de alquitrán que temblaba por obra del calor, así como las cabañas y tiendas. Entonces los acontecimientos se precipitaron. Un grupo de apisonadoras se lanzó hacia el campamento de los chabolistas, arrasando cobertizos y tiendas. Hombres, mujeres y niños huyeron al instante y cruzaron la pista sin terminar en dirección al aeropuerto. En cuestión de segundos, la verja de tela metálica se cubrió de manos y pies que trepaban por ella.

Detrás de los fugitivos, las apisonadoras atacaron la siguiente hilera de cobertizos y tiendas, y otra oleada de chabolistas escapó hacia el aeropuerto. Las mujeres se agachaban para recoger a los niños, en tanto los hombres cogían colchones y utensilios de cocina, y se esforzaban por apoderarse de gallinas y cabras sueltas. Una apisonadora aplastó varias cabras aún atadas a un poste, mientras pataleaban y balaban.

Los chasquidos de látigo eran disparos. Un helicóptero de la policía sobrevolaba la multitud, y una voz retumbó desde el aparato, primero en inglés y luego en swahili, advirtiendo a los chabolistas que se mantuvieran alejados del aeropuerto. Furgonetas del ejército y la policía atravesaban la pista asfaltada para unirse a las apisonadoras. La combinación de ruidos era ensordecedora.

–¿Qué pasa? –gritó Ngili a su padre.

–¡Refugiados de Ruanda! –contestó el hombretón–. Se han infiltrado en nuestros campamentos de chabolistas, y el ejército los está expulsando. Daos prisa. ¿Habéis traído algo?

–¡Unos huesos muy valiosos! ¡Aún están en el avión!

–¡Id a buscarlos ahora mismo, u olvidaos de ellos!

Gritaban como si soplara un viento huracanado. Ken corrió al avión y se zambulló en su interior, seguido de Ngili. Ngiamena miró hacia la verja, que se balanceaba bajo el peso de los fugitivos. Unos segundos más y se rompería.

Ken y Ngili salieron dando tumbos del avión cargados con el pedrusco de brecha. Yinka se acercó con absoluta parsimonia, pese al alboroto. El brillo de su frente procedía de una cadena tribal dorada que colgaba justo sobre sus cejas.

–Hay más huesos en el avión. ¿Puedes ayudarnos, Yinka? –preguntó Ngili casi sin resuello.

Ella le miró como una princesa a la que hubieran pedido algo indigno. Su cara era muy masai: estrecha, de nariz pequeña y recta, aletas esculpidas, y una delicada hendidura en su labio superior. Alzó una mano larga, de uñas rosadas, y empujó la cadena dorada hacia arriba.

–¡Muévete, Yinka! –ordenó Ngiamena, y su voz inyectó algo de rapidez a sus elegantes movimientos.

Por fin, la verja cedió bajo el peso de varios cientos de hombres, mujeres y niños. Ken vio a una mujer colgada sobre la tela metálica, que intentaba entregar un niño a un hombre que acababa de saltar a la pista asfaltada. El hombre tropezó y desapareció entre la multitud, y la mujer dejó caer el niño entre una masa de cuerpos que se desplomaban chillando sobre la pista.

Ngili tiró del pedrusco de brecha, arrastrándolo junto con Ken hacia la terminal. Yinka y Jakub Ngiamena recogieron del avión los últimos huesos, mientras Hendrijks gritaba algo acerca de su dinero. El ruido era tan fuerte que Jakub leyó el movimiento de sus labios, pero no lo oyó. Los refugiados que habían caído junto con la verja se lanzaron de nuevo hacia delante, y estaban tan cerca que Hendrijks se olvidó del dinero y corrió para proteger su avión. Ngiamena trotó detrás de Ngili, Yinka y Ken. Las puertas de cristal de la terminal se abrieron con un sonido sordo.

Hendrijks trepó a su avión, cogió el rifle y se mantuvo de guardia, hasta que la policía y el ejército repelieron a los refugiados hacia la zona donde las apisonadoras estaban terminando de destruir sus chabolas. Sólo entonces, Hendrijks respiró aliviado. Había visto bastantes estampidas africanas, tanto humanas como animales, y aquélla le había rozado muy de cerca.

Había oído decir a Ngiamena que aquellos individuos eran ruandeses, pero a él le parecían keniatas sin techo, con sus kikois sucios, camisetas y tejanos rotos, descalzos o con sandalias de suelas hechas de neumáticos. Todos eran negros, a quienes los británicos habían concedido estúpidamente la libertad en los años sesenta. Este país no ha tenido un gobierno decente desde entonces, se dijo. ¿En qué coño pensaron los ingleses? Y encima lo hicieron después de las revueltas más sangrientas, cuando un hombre blanco no podía salir a cagar sin arriesgarse a recibir una bala de la guerrilla.

Dentro de la terminal, Ngiamena hizo señas a dos porteadores, ambos descalzos pero con las gorras reglamentarias, que contemplaron el montón de tierra que cargaban Ken y Ngili y luego se apresuraron a ayudarles. Los dos amigos les enseñaron a transportarlo de forma que no sufriera daños.

—Gracias, Yinka —dijo Ken, mientras se frotaba sus manos arañadas. La joven sostenía varios huesos que habían perdido su envoltura por completo, fragmentos petrificados de prehistoria que rozaban su hermoso kikoi—. Ngili y yo hemos encontrado un fósil increíble.

Ella le dedicó una fría sonrisa.

—Me alegro por ti, colono.

Ser llamado «colono» en Kenia era lo mismo que ser llamado «chico blanco» en Estados Unidos. Ken no hizo caso de su burla. No era la primera. Hoy, Yinka llevaba muy pocos adornos. Ken la había visto cargar con toda una joyería sobre la frente, tropezando cuando caminaba porque apenas podía ver por culpa de la masa colgante.

Atravesaron la terminal a toda prisa y salieron por la entrada principal. El ambiente allí parecía más pacífico. Un gran letrero anunciaba un millón de turistas por año, pero todo el mundo sabía que la cifra real era muy inferior. Pandillas de adolescentes asediaban a los coches que avanzaban pegados unos a otros. Algunos hombres pregonaban las excelencias de bananas verdes y bolsas de café. Mujeres jóvenes agitaban folletos que anunciaban safaris, hoteles, tiendas de curiosidades.

Ngiamena les guió hasta un coche aparcado que parecía cubierto de nieve, porque cuatro pilluelos lo estaban enjabonando celosamente. Ngiamena les ordenó que lo enjuagaran, cosa que hicieron con cubos de hojalata llenos de agua espumosa. El coche era un Mercedes 600, algo abollado, con las puertas rayadas y falto de un tapacubos, pero aun así un Mercedes 600 en África.

Ken había dejado su Land Rover aparcado en la mansión de los Ngiamena, en el exclusivo suburbio de Karen. Preguntó al padre de Ngili si podrían parar de camino en una tienda de fotografía. Estaba ansioso por revelar las fotos. Ngiamena aceptó, lanzó unas monedas a los muchachos y pagó a los porteadores. Ngili y Ken depositaron con precaución los huesos en el lujoso coche.

—Um'tu, Yinka, hemos encontrado un fósil increíble en un hábitat único —no cesaba de repetir Ngili, pero ellos no parecían compartir su entusiasmo—. ¿Qué os pasa?

—Han pasado muchas cosas desagradables por aquí —dijo Jakub—. El ejército está expulsando a los ruandeses a su país, pero para retornarlos primero hay que encontrarlos, de manera que la policía está peinando los suburbios. Es una pena, pero los ruandeses están abusando de nuestros servicios sociales...

A su lado, Yinka enarcó sus cejas en forma de media luna cuando se refirió a los servicios sociales.

Ngili miró a su padre.

—¿Qué ruandeses, Um'tu? Esos pobres diablos no parecían ruandeses.

—Bueno, la policía dice que lo son. Se llama Operación Limpieza. Siéntate delante conmigo, Yinka. Chicos, ¿podéis llevar sobre las rodillas ese pedazo de tierra?

—Pesa demasiado, Um'tu. Pondré mi camisa debajo.

Ngili se quitó la camisa y la extendió sobre el asiento trasero. Los dos amigos se sentaron con la brecha entre ellos, mientras Yinka se acomodaba delante, al lado de su padre.

Cuando Ngiamena giró la llave del encendido, se oyeron los motores de un avión que volaba muy bajo. El ruido resultó ensordecedor para los ocupantes del Mercedes. La multitud de buhoneros que invadía la calle levantó la cabeza y vio un avión de transporte con la insignia del ejército keniata en las alas, que parecía a punto de aterrizar ahí mismo.

Entonces, el avión se desvió hacia la ciudad. Ngiamena aprovechó la distracción de los demás conductores para ascender por una rampa y desembocar en una autopista de seis carriles. La habían terminado menos de un año antes, y ya había perdido la mitad de anchura de su superficie pavimentada. Ken miró por la ventanilla y vio que el avión se dirigía hacia Ngong Hills, donde los barrios más exclusivos de la ciudad se arracimaban entre campos de golf y senderos para pasear a caballo.

—¿Por qué vuela tan bajo? —preguntó, nervioso. Daba la impresión de que el avión estaba condenado a estrellarse contra la cima de las colinas.

—Porque va cargado con doscientos refugiados y sólo hay sitio para cien personas —explicó Yinka desde el asiento delantero—. Y también para dar un mensaje. Piensa un poco. ¿Qué hay ahí? —preguntó, y señaló hacia Ngong Hills.

—¿Tu casa? —probó Ken.

—Frío, colono.

—¿Las embajadas extranjeras?

—Caliente.

—¿La residencia del embajador norteamericano?

Ken respiró aliviado cuando el avión dejó atrás las colinas.

—Caliente caliente. Te has quemado. Esos aviones pasarán sobre la residencia del embajador una y otra vez, hasta que él y los demás diplomáticos comprendan el mensaje: Tenemos ruandeses, ayudadnos. —Yinka hizo una pausa y miró a su padre—. Hay quienes dicen, claro está, que la Operación Limpieza no tiene nada que ver con los ruandeses, sino que están sacando a los sin techo de nuestra capital.

—Joder, menuda forma de solucionar un problema social —murmuró Ken.

—¿A que es inteligente, colono? Limpias Nairobi, y lanzas una nueva campaña para conseguir ayuda extranjera. —Yinka hablaba un inglés aún más ágil e impecable que Ngili. Posó un largo antebrazo sobre el respaldo del asiento y miró a Ken—. Apuesto a que uno de nuestros generales fue el que tuvo la idea. Es demasiado inteligente para la mente de un paisano.

—¿Qué tonterías son éstas, Yinka? —preguntó Ngiamena—. No existe ningún plan perverso para asustar a los diplomáticos extranjeros. —Dirigió una sonrisa tensa al asiento trasero—. Lo que pasa es que estamos en África, Ken. Somos propensos a los arranques de fantasía más excesivos.

—¿Tú qué opinas, Ken? ¿Nuestros refugiados ruandeses son reales o imaginarios? —preguntó Yinka.

Sus iris parecían de un negro profundo, pero cuando los iluminaba un rayo de sol adoptaban un tono pardo lustroso, más cálido y suave.

Ken se puso en guardia. Yinka intentaba arrastrarle a una discusión política, y él estaba decidido a no permitirlo, si bien seguía recordando a aquellos hombres y mujeres cargados con sus pertenencias e hijos. Los agarraban con tanto frenesí como Ngili y él se habían aferrado a su fósil. Ken silenció una voz interior que no paraba de preguntarle qué habría podido hacer en el aeropuerto. La cruda verdad era que nada. Era un extranjero carente de todo poder en un país dolorido. El presidente Donald Angus Noi estaba convirtiendo Kenia en una dictadura pura y dura, y los pocos vestigios de libertad se desvanecían día a día. Aquél no era el país que Ken había conocido al llegar.

—Por cierto —dijo Yinka, volviéndose hacia Ken y su hermano—. Acaban de cerrar mi periódico. Estoy en el paro.

—¿Qué?

Ngili se incorporó con brusquedad. Su esbelto torso brillaba a causa del sudor que el aire acondicionado del coche había secado.

—¿Es una broma, Yinka? —preguntó Ken.

—En absoluto. El *Nairobi Daily Herald* ya no existe.

Ken captó la amargura de su voz. Yinka había estudiado periodismo en Inglaterra y regresado a casa con la idea de que una prensa libre sería capaz de enmendar los errores sociales de su país. El hecho de tener un buen empleo en el mejor periódico de la capital alimentaba su idealismo, por supuesto. Gracias a la influencia de su padre podía permitirse el lujo de escribir artículos corrosivos sobre las miserias de su país sin que la tildaran de subversiva.

Pero ahora, el *Nairobi Daily Herald* había cerrado, uno más en la larga lista de periódicos y revistas liberales e imaginativos clausurados.

Ken miró a Jakub Ngiamena. Conducía con agresividad, y los coches que circulaban en dirección contraria parecían apuntar a los retrovisores laterales del Mercedes con los suyos, pero era lo habitual en las carreteras de Nairobi. Jakub no solía conducir así, pero hoy retaba al tráfico opuesto, que se apartaba a los carriles exteriores, mientras él apenas giraba el volante de su gigante alemán.

Algo estaba pasando.

Los pensamientos inmediatos de Ken eran egoístas. ¿La situación política afectaría las actividades de los científicos extranjeros, en especial las suyas? ¿Estaban perdiendo influencia los Ngiamena? El padre contestaba a sus hijos de una forma rara, como un portavoz gubernamental.

El hecho de haber sido prácticamente adoptado por los Ngiamena había favorecido mucho a Ken. Cuando necesitaba una prolongación de su visado, por ejemplo, un grave problema para cualquier científico extranjero, le bastaba con entregar su pasaporte a Ngili, que lo daba a su padre. Al día siguiente, sin necesidad de esperas o sobornos, el nuevo visado estaba estampado en su pasaporte. Y había otras ventajas, menos prácticas pero más satisfactorias desde el punto de vista sentimental. Como la fiesta de cumpleaños sorpresa que los Ngiamena le habían preparado cuando cumplió veintisiete años. O el interés por sus ideas acerca de África, que aún debía expresar con cautela porque los africanos eran tan susceptibles como curiosos sobre las opiniones de los extranjeros.

Los Ngiamena siempre eran cariñosos y amables con Ken cuando volvía de una excavación. Preparaban una cena exquisita y sentaban a Ken en el otro extremo de la mesa, enfrente de Jakub, el rey de la tribu. También surgían algunos problemas en esta relación, por supuesto, como su exagerada conciencia de que era norteamericano, y sus intentos de conseguir su apoyo durante una discusión política. Aun así, Ken no podía imaginar su África sin los Ngiamena, y por eso le entristecía tanto verles pelear.

–Basta de tonterías, Yinka –dijo con aspereza Jakub–. El gobierno no ha cerrado tu periódico.

La joven frunció los labios en un gesto de desdén. La parte interior era de un rosa brillante, como una fruta madura.

–Lo sé, ha sido una coincidencia. Publicamos un reportaje especial sobre Nairobi. La delincuencia callejera, la decadencia de la que fue llamada la ciudad de las flores, la aparición de chacales en nuestros barrios pobres... Un interesante efecto ecológico colateral de la dictadura. Al día siguiente, el presidente llamó a sus consejeros económicos, y el precio del papel de imprimir se puso por las nubes.

–¡Yin-ka!

Una vena latía en el cuello de Jakub.

–¿Sí, Um'tu? –preguntó la joven, imitando el tono de una hija sumisa.

–No somos una dictadura. Autoritarios sí, confusos sí, y muy a menudo errados. Pero somos libres. ¡Derramamos sangre por nuestra libertad, y lo que hacemos ahora es asunto nuestro!

La voz de Jakub atronó dentro del coche. Yinka cerró los ojos un segundo, y luego los abrió apenas, como si filtraran una respuesta silenciosa a la explosión de su padre. Jakub continuó, algunos decibelios más bajo.

–Dimos a nuestros hijos libertad, dinero, oportunidades. Juguetes bonitos y caros, que nosotros nunca tuvimos. Pero ahora tenemos problemas graves, de modo que ha llegado el momento de que dejes a un lado tus juguetes.

Ngili se inclinó hacia delante.

–¡Basta, Um'tu! –suplicó.

104

Los ojos de Yinka se habían encendido. Se decía que los masai se ruborizaban con el blanco de los ojos. Ken esperaba un estallido de orgullo indignado, pero su respuesta fue de una suavidad sorprendente.

—No pasa nada, Ngili. Ocuparé mi lugar en la sociedad africana, como es el deber de toda mujer. Gracias, Um'tu. Puedes devolverme el juguete.

—Pero, Yinka, yo no he sido el que...

Jakub, exasperado, sacudió la cabeza. De pronto, sus brazos se petrificaron sobre el volante.

Un *matatu*, un cruce de taxi y camión de mudanza típico de Nairobi, se dirigía en línea recta hacia el Mercedes. Cuando la distancia entre los vehículos disminuyó, un puñado de africanos sentados sobre la plataforma se puso en pie y empezó a aplaudir. Ngili se irguió en el asiento posterior, y Yinka lanzó una exclamación ahogada cuando vio que el matatu no cambiaba de dirección. Ken vio que Ngiamena giraba el volante para dirigir el Mercedes hacia la cuneta. El otro conductor perdió el valor y pasó como un cohete a su lado, mientras los pasajeros caían unos sobre otros, pero sin dejar de jalearle.

Jakub volvió al carril central, con la respiración agitada.

—Casi todos los hombres de ese camión deben tener mujeres e hijos... ¿Habéis visto cómo jugaban con sus vidas? —El sudor resbalaba por su sien y seguía los arabescos diminutos de sus cabellos grises y rizados—. África, ¿eh? —comentó a Ken—. Creo que cambiaré de tema. Bien... ¿Qué es eso tan fantástico que habéis desenterrado, Ngili?

No parecía entusiasmado, pero tal vez se debía al cansancio.

—Un *Australopithecus* robusto. Si sus pies están intactos aquí —Ngili dio unos golpecitos sobre la brecha—, obtendremos nuevas pistas sobre la causa de que los humanos primitivos empezaran a caminar erguidos, que nos pondrán a mí y Ken en órbita. Has dicho que pararías en esa tienda de fotografía, Um'tu.

—No lo he olvidado, hijo. Allá vamos.

Jakub giró el volante y entró por una rampa agrietada en el contaminado centro urbano.

Minutos después, el Mercedes avanzaba centímetro a centímetro entre el tráfico congestionado del centro, rodeado por matatus asmáticos, coches abollados y camiones de todas las edades concebibles. El tráfico era tan lento que Ken se ofreció a bajar y correr a la tienda. Alcanzaría al Mercedes a mitad de la siguiente manzana. Ngili quiso acompañarle, pero su padre le detuvo. Tenían que hablar de asuntos familiares.

Ken supuso que Jakub se refería a los preparativos para la inminente boda de Gwee, el hermano menor de Ngili. Dos días antes de volar a Dogilani, Ken y Ngili habían utilizado el Land Rover de Ken para entregar un bote de cuarenta y cinco litros de miel sin depurar en casa de la novia. La miel indicaba la intención de Gwee de casarse con la muchacha. Era una costumbre masai a la que denominaban *esiret e nkoshoke*, «el regalo del estómago», que las mujeres del clan de la novia debían comer si aceptaban la declaración. La aceptación se anunciaba al no sacar a la puerta el bote de miel. Ken y Ngili habían esperado ante la puerta una hora, pero nada había salido despedido. Volvieron a la mansión de los Ngili y dijeron a Gwee que podía presentarse en la casa con una carga de miel mucho mayor, para que fuera transformada en *tembo*, la cerveza nativa, y disfrutada por los hombres del clan de la novia.

Para la boda de Gwee, los Ngiamena habían decidido ir ataviados con sus indumentarias tribales. Las chicas de la familia habían estado ensayando danzas masai, y estaban decorando un salón alquilado del hotel Naivasha con escudos y lanzas. Las dos familias discutían cómo parecer más auténticas, porque ambas pertenecían a la elite de la ciudad, y no habían cazado o pastoreado ganado en la sabana desde antes de la independencia.

Ken corrió hacia unas galerías comerciales de dos pisos. Subió al segundo piso, pasó bajo un letrero de neón tembloroso, y entró en Artículos de Safari y Revelado Fotográfico En Una Hora de Theo.

—No tendré tus fotos reveladas antes de las siete —explicó Theo, un hombre corpulento y parlanchín de fisonomía griega—. Estoy terminando un encargo muy importante para unos hindúes que se van del país. Como despedida, tomaron un millón de fotos de su casa y su piscina.

Etiquetó los rollos de Ken y los lanzó a un cajón con el letrero PENDIENTES.

—De acuerdo. —Ken consultó su reloj. Eran casi las cinco de la tarde—. Con tal que las tenga esta noche...

Demacrado, bronceado, sucio, había tal brillo en los ojos de Ken que Theo se sintió también emocionado, incluso antes de sumergir los rollos de Ken en el tanque de revelado. Hacía años que Theo revelaba las fotos de Ken. Vendía artículos de safari a científicos, y por ese hecho creía que pertenecía al ambiente.

—¿Es él? ¿El grande?

Se refería al descubrimiento que convertiría a Ken en una estrella de la paleontología.

—Tal vez. —El pensamiento de lo valioso que podía ser el descubrimiento corría por las venas de Ken como una inyección de alcohol puro—. He de pedirte un favor, Theo. Tú serás el primero en ver esas fotos. No hables a nadie de ellas, ¿de acuerdo?

—No te preocupes. Soy un profesional. Además... —La cara de Theo se oscureció bajo su pigmentación griega—, no me gusta lo que está pasando aquí, y mi hermano y yo nos iremos pronto.

—Bromeas. ¿Adónde iréis?

—Al sur, supongo, quizá probemos Johannesburgo. El señor Mandela parece tener la situación bajo control. O tal vez Texas... Tenemos un primo en Texas.

—Eso también está en el sur. Les encantará ese tipo de mercancía.

La otra mercancía llenaba el resto de la tienda. Pistolas y rifles de caza, cuyo brillo metálico se extendía de pared a pared. Aparatos para ver y escuchar: prismáticos normales, prismáticos para ver por la noche mediante infrarrojos, micrófonos diminutos. Los micros funcionaban con pilas y se garantizaba que eran capaces de registrar los sonidos más íntimos de la sabana. ¿Querías escuchar la tos nocturna de un leopardo? ¿Los desgarrones y crujidos producidos por las mandíbulas de una hiena? Se podían adquirir allí mismo, con aquellos artilugios de diseño.

—¿Necesitas alguno de ésos? —preguntó Theo—. Reviento los precios cada día.

Ken volvió a consultar su reloj. El Mercedes ya debería estar avanzando por la misma manzana. Se acercó a los artículos de safari. Ansiaba ganar dinero suficiente para comprar casi todos. Theo intentó endosarle un teléfono inalámbrico con una antena en miniatura. Sólo pesaba trescientos gramos, incluida su pila de litio. Se podía llamar desde cualquier rincón de la tierra a otro que tuviera teléfonos, gracias a que sus impulsos iban saltando por setenta y siete satélites situados en órbitas bajas. Por eso se llamaba Iridium, el elemento número setenta y siete de la tabla periódica de elementos.

—No, gracias. No necesito algo tan sofisticado.

—Sólo es uno de los grandes, Ken. —La cara de Theo se contrajo cuando mencionó el precio—. Podrás llamar a tu madre a Oakland desde la selva. ¿Cuándo fue la última vez que hablaste con tu madre?

—Fui a verla por Navidad.

—¿Se encuentra bien?

—Sí, muy bien.

En el recuerdo de Ken, una mujer alta y flaca, vestida con ropas de fibra orgánica, le abrazaba tiesamente cuando bajó del avión en Oakland. Tenía el labio superior veteado por diminutos capilares rotos, debido a los años de fumar compulsivamente. El olor de los cigarrillos era el olor de la infancia de Ken. Su madre aún fumaba, pero comía alimentos macrobióticos, y estaba escribiendo un libro de cocina New Age. Después de varios años de relacionarse sólo mediante postales, Ken había vuelto a verla, y ella había organizado una fiesta para agasajarle, en la misma casa de tablas de chilla donde había crecido. La música era New Age mezclada con el rock de Grateful Dead. Algunos amigos de su madre habían conocido al padre de Ken, el cartero fumeta.

Había pasado cinco días en la casa de Oakland, a la espera de que su madre le preguntara algo, lo que fuera, sobre cómo vivía, sobre lo que hacía. En cambio, pidió que le enviara fibras orgánicas africanas y recetas de comida.

—Voy a echarte de menos, Ken, diablo —dijo Theo espontáneamente. Se miraron con timidez, dos hombres que no se habían dado cuenta del afecto que sentían el uno por el otro.

Detrás de ellos, un repartidor de periódicos arrojó la edición vespertina del *East African Standard* al interior de la tienda. Theo lo recogió, echó un vistazo a la primera plana y frunció el entrecejo. El titular rezaba: «Richard Leakey abraza la causa de la oposición keniata en Londres. La traición del famoso científico irrita a los africanos».

Debajo había una foto de la finca de Leakey en las afueras de Nairobi, ante cuya puerta se agolpaba una multitud enfurecida.

—Esto estaba condenado a suceder —dijo Theo con genuina preocupación solidaria—. ¿Cómo reaccionará el gobierno contra los demás científicos? Sólo tú, Ken, tienes las espaldas bien cubiertas.

—No estés tan seguro —musitó Ken, mientras recordaba el extraño comportamiento de Jakub en el coche.

Sus ojos se posaron sobre un pequeño anuncio que había pasado por alto la primera vez. Estaba a la izquierda del artículo sobre Leakey, bajo el titular «De la oficina del presidente de la república».

Ken leyó las líneas con tal rapidez que no extrajo ningún sentido de las palabras. Volvió a leerlas. «Es con profundo pesar —afirmaba la oficina del presidente— que, debido a los abusos de la hospitalidad del país por parte de científicos extranjeros, todas las investigaciones en marcha realizadas por científicos nacidos en el extranjero se paralizarán inmediatamente. La conveniencia de la continuación de cada proyecto será revisada por una comisión gubernamental, cuyo alcance y poderes serán decididos por el parlamento.»

Ken tiró del cuello de su camisa de trabajo, y el último botón se soltó. Cayó al suelo, pero ninguno de los dos hombres le prestó atención.

—Mierda —dijo Theo—. Tal vez nos encontremos en el mismo avión.

Un espantoso dolor de cabeza martilleaba las sienes de Ken. Intentó rechazarlo con la desesperada esperanza de que el anuncio no dijera en serio lo que afirmaba. No estaba claro qué quería decir el gobierno con «inmediatamente». En África era un término variable.

–He de irme –dijo, y dejó caer el periódico.

–¿Te encuentras bien?

–Tan bien como cabría esperar. Hasta las siete.

Ken salió de la tienda en un estado de pánico controlado, y se quedó sorprendido al ver el aspecto normal que presentaba la calle. Caminó entre las multitudes, cubierto por un sudor frío. Quizá no pudiera volver nunca a Dogilani.

Richard Leakey había sido en otro tiempo el responsable de la preservación de los recursos naturales de Kenia, nombrado por el gobierno en un esfuerzo por recuperar su credibilidad y conseguir nuevos préstamos del extranjero. Sin embargo, el honrado Leakey nunca se había llevado bien con el régimen, y ahora lo denunciaba sin ambages. Ken temía que la entrada de Leakey en la política empujara al régimen hacia una posición más tiránica y paranoica. Oyó que otro avión del ejército sobrevolaba la ciudad y se preguntó qué vendría después de aquella Operación Limpieza. ¿Un estado de excepción? ¿Toques de queda? ¿La expulsión de extranjeros, incluidos los científicos? Esas cosas estaban ocurriendo en muchas partes de África. ¿Por qué no podían suceder aquí?

Se sintió algo alentado por el movimiento y variedad de la calle. Indiferente a la crisis, el alma africana estaba decidida a vivir, y a vivir con alegría. Los chicos bailaban y tocaban música de rap sobre bidones de hojalata. En los balcones, chicas en biquini charlaban y se frotaban su piel negra con Coppertone. Ejecutivos con ternos se detenían a comprar conjuros a doctores kamba callejeros por unos pocos chelines. Las mujeres se hacían la manicura de los dedos de los pies en la acera. Los artesanos tallaban madera y martilleaban latón. *Pipits*, golfillos callejeros llamados así por un ave de la sabana muy veloz, corrían de un lado a otro para ofrecer sus servicios. Incluso los olores poseían una causticidad excitante: humo de las basuras quemadas, frutas podridas, cuerpos sin lavar.

Se encontraría una solución. Tal vez el nuevo decreto nunca se impusiera. Muchos científicos estaban patrocinados por corporaciones extranjeras, susceptibles de aplicar una significativa presión política.

A una manzana de distancia, Ken vio a Yinka asomada por una ventanilla del Mercedes para comprar un ejemplar del *East African Standard*.

Corrió entre el tráfico, abrió la puerta y subió.

—¿Has visto lo que pone en la primera página? —preguntó. Ngili tenía la vista clavada en el pedrusco de la brecha—. Es terrible. En la práctica, se me prohíbe regresar a Dogilani.

Ngili no levantó la vista. Yinka había abierto el periódico sobre sus rodillas, pero no lo estaba leyendo. Jakub Ngiamena se erguía en silencio detrás del volante.

—¿Qué pasa? —preguntó Ken.

Yinka se subió con furia la cadena de oro sobre la frente, y luego le dijo que su padre acababa de ordenar a Ngili que cancelara todos sus planes para futuras expediciones. A la vista de la situación política, Ngili debía presentarse en el Ministerio de Asuntos Exteriores el lunes siguiente, para seguir un cursillo de preparación antes de ingresar en el servicio diplomático del país.

Sobre la sabana, el sol había iniciado su descenso hacia el brumoso horizonte. El muchacho homínido estaba sentado sobre un alto *kopje*, una pila de rocas que había sido arrastrada hasta aquel punto millones de años antes, a causa del movimiento de un glaciar o del impetuoso empuje de la lava de un volcán en erupción.

Para el ojo de un geólogo, el pardo amarillento y las profundas grietas irregulares de aquellas rocas sugerirían el desplazamiento de un glaciar antes que la erupción de un volcán. De haber sido escupidas por la feroz garganta de la tierra, habrían sido de un color gris oscuro o negras, y los ciclos de calor diurno y frío nocturno no habrían dejado su huella con tanta facilidad. El pedrusco superior de la pila descansaba sobre los fulcros puntiagudos de dos piedras más pequeñas, y daba la impresión de que iba a caer de un momento a otro. Eso también indicaba el gigantesco poder del glaciar, que había alzado aquellas rocas como si fueran guijarros, arrastrándolas ciegamente hasta amontonarlas al azar. Cuando el glaciar empezó a fundirse al aumentar las temperaturas, las rocas permanecieron donde el hielo las había reunido, prodigios de equilibrio que un día parecerían peligrosamente inestables a ojos humanos.

Pero el chico homínido estaba sentado en su trono de roca, indiferente a su aspecto precario. Y la roca era tan indiferente a su presencia como lo había sido a los nidos de aves, a las disputas de los mandriles y a los diluvios de lluvia que habían erosionado sus grietas.

El muchacho estaba sentado en silencio, al parecer sin pensar, pero se estaba enfrentando a un complejo problema. Había observado a los visitantes y su tubérculo/insecto durante casi tres días, hasta que habían desaparecido como criaturas fantásticas en un sueño. El muchacho no pensaba «soñar» como una palabra, porque no tenía palabras para nada, si bien utilizaba sonidos. Cuando su mente evocaba algo, era una conciencia de algo familiar, lo bastante conocido para formar parte de su bagaje mental.

Soñar era algo que ocurría cuando dormía.

Pero este sueño había ocurrido de una forma muy diferente. No recordaba haber caído dormido, las sensaciones familiares de despertarse, estirarse y oler el aire de la mañana. Ignoraba cuándo había penetrado en aquel sueño peculiar, y cuándo había salido.

Al contrario que sus otros sueños, aquél había dejado cambios en su mundo, fragmentos de otro mundo. Como la piedrecilla brillante que le había dejado en el suelo el visitante de piel clara.

Contuvo el aliento y apuntó su boca de labios gruesos hacia el lugar que había vigilado durante tres días, mientras sus ojos entornados lo exploraban con nerviosismo. Un temblor de decisión se apoderó de él. Sus cabellos, largos y finos, lacios y sucios, casi se erizaron en su cabeza. Sus orejas, bien apartadas de su cabeza, vibraban cuando recogían los sonidos circundantes. Su nariz, pequeña y casi sin puente, olfateó el aire, con las aletas transformadas en dos orificios palpitantes.

Decidió investigar los bosques que el tubérculo/insecto había dejado atrás cuando se alejó rodando sobre sus extraños pies redondos.

El muchacho medía casi un metro veinte de estatura. Tenía el estómago liso, y brazos y piernas de músculos abultados. Su torso carecía de vello, pero una fina capa de pelo cubría su región lumbar hasta el principio de las nalgas, cuya piel tirante estaba sucia de haberse sentado sobre rocas polvorientas. Pelos cortos y finos ensombrecían tímidamente sus ingles. Un pene pequeño y curvo colgaba de su entrepierna, delicado en contraste con su cuerpo musculoso.

Tenía las rodillas redondas y grandes. Toda su carne estaba concentrada en sus masas musculosas. Por lo demás, no tenía ni un gramo de grasa. Sus vértebras parecían una ristra vertical de cuentas, y sus omóplatos se movían en relieve bajo su piel color café, como pequeñas alas aplastadas. Los dedos gordos de los pies, que apuntaban hacia fuera, estaban recorridos por espasmos nerviosos. Se aferraban a la roca, y los diez dedos se agitaban apenas, como las garras de un ave antes de emprender el vuelo. Como si anticipara su siguiente movimiento, la bolsa escrotal se tensó alrededor de sus pequeños testículos, y los pelos de la bolsa se erizaron y arañaron sus muslos.

Para armarse de valor, abrió la boca y emitió un áspero sonido gutural, más parecido a una amenaza que a una exclamación de miedo. Luego bajó de la roca y avanzó, con una piedra casi esférica aferrada en su mano derecha. La piel de sus manos era beige, cruzada por tantas cicatrices, producto de innumerables cortes y arañazos, que parecían tatuajes. Marcas más grandes en su pecho, estómago, espalda y muslos completaban la sensación.

En su estómago, una cicatriz corta, pero profunda y aterradora, señalaba el lugar donde un jabalí le había corneado antes de la última estación de lluvias. Ya curada, su color era más claro que el de la piel. Justo encima, su ombligo, pequeño, redondo y oscuro, parecía un insecto dormido sobre el cuerpo de su anfitrión.

Dedicó a la sabana una última inspección.

Casi por todas partes, lejos y cerca, los cuerpos de antílopes, ñus, antílopes negros e impalas asomaban sobre la hierba como periscopios. Se repetían los enfrentamientos entre machos, y los herbívoros bramaban sin cesar, hasta el punto de parecer una sola voz con la asombrosa cualidad de cambiar a voluntad de tono.

A la izquierda del muchacho, en una extensión de hierba de mediana altura, un grupo de buitres saltaba sobre el suelo, aleteaba y cloqueaba. El chico sabía que aguardaban la oportunidad de hacerse con una presa. No podía verla, pero sabía que la presa había sido abatida por leones. Si los leones cazaban algo, los demás comedores de carroña esperaban a que los leones se hartaran. Eso sólo era cierto con respecto a los leones. Ningún otro carnívoro era merecedor de tanto respeto. En ese momento los leones estaban comiendo, y las aves de presa esperaban a que terminaran de comer y echaran una siesta. Eso concedía tiempo al chico para explorar el misterio que habían dejado aquellos seres fantásticos.

Aferró la piedra con más fuerza, bajó la cara y empezó a caminar con rapidez entre la hierba. El lugar donde había aterrizado el tubérculo/insecto estaba fuera de su territorio. Se hallaba a varios saltos de león de la empalizada rocosa y del bosquecillo de acacias, espacios donde se sentía a salvo a causa de las rocas altas y las ramas nudosas, que proporcionaban excelentes refugios de los depredadores que comían carne. El muchacho recordaba esas cosas con su cuerpo tanto como con su mente. Sus piernas y brazos, sus dedos de manos y pies, recordaban la facilidad con que trepaban por un árbol o una escalerilla de piedra. Sus sentidos calculaban sus posibilidades de sobrevivir en un determinado tramo de terreno con más exactitud de la que lograría la mente de un sapiens, dos millones de años después.

El espacio situado entre su morada y el lugar de aterrizaje del tubérculo/insecto era peligroso, porque no albergaba árboles ni rocas altas. El único lugar donde ocultarse de los grandes carnívoros era la hierba oscilante.

Pero, pese a tales peligros, debía penetrar en aquella zona para examinar lo que quedaba del sueño y extraer alguna conclusión.

El muchacho se encontraba a un salto de felino de la hierba, bajo el sol de la tarde. Sentía que el sudor brotaba de sus poros, debido al calor y el miedo. Se detuvo junto a un hormiguero alto y estrecho que se alzaba unos seis metros y parecía un árbol sin ramas, extraño y consumido, como golpeado por un rayo. Las hormigas no tardaron en descubrir sus pies, pero apenas sintió sus mordiscos. Le caían bastante bien las hormigas. En una ocasión se había deslizado en el interior de un hormiguero semejante para escapar de un jabalí enfurecido, pero las hormigas le habían expulsado. El jabalí le había clavado un colmillo en el estómago y huido a continuación, agitando su corta cola blanca estriada de negro, muy bonita para un animal provisto de verrugas, cuernos y colmillos tan horribles.

Mientras sangraba y se retorcía en el suelo, el chico había imaginado su muerte con tanta claridad como le permitía su cerebro de quinientos centímetros cúbicos. Pero había sobrevivido gracias a las hormigas. Había utilizado los dedos para cerrarse la herida, mientras las hormigas no paraban de picarle el estómago. Apenas sintió sus picaduras, porque no eran nada en comparación con la agonía de la herida. Las hormigas pellizcaron los labios de la herida, y el muchacho las barrió con su otra mano, pero partió sus cuerpos y dejó sus mandíbulas cosidas a la piel. Por fin, las mandíbulas de las hormigas suturaron una buena porción de la herida. Se arrastró hacia una charca y aplicó un vendaje de barro mojado al resto del corte. La herida cicatrizó. La bárbara cirugía de aquellos insectos había salvado al muchacho de una infección que le habría matado.

El chico había reaccionado a su supervivencia como cualquier niño. No tardó en olvidar el peligro mortal y empezó a jugar. Se quedó fascinado por las hormigas y demás insectos, observó sus movimientos, reparó en la diversidad de colores y formas, y los persiguió como las crías de león perseguían a los roedores. Capturó muchos insectos, se los llevó a la boca y averiguó que algunos eran buenos para comer.

Se sacudió las hormigas de las piernas, se metió unas cuantas aplastadas en la boca y corrió hacia el rastro dejado por el tubérculo/insecto. Cuando el chico pisaba, utilizaba sus dedos largos y ágiles para agarrarse levemente al suelo cada vez. Sus dedos pellizcaban el espacio donde pisaba el pie, como si fueran antenas que analizaran peligros invisibles. Los músculos situados en la parte posterior de sus pantorrillas se tensaban y le impulsaban hacia arriba.

Sus saltos delataban cierta angustia. Mientras un pie se alzaba y el otro se preparaba para aterrizar, la memoria ancestral colectiva le traía recuerdos de una época terrible y azarosa, cuando sus antepasados se habían visto obligados a caminar erguidos. Tuvieron que arreglárselas para sostenerse sobre una columna que no había sido diseñada para aguantar tanto peso. Su supervivencia había dependido de mantener la cara cada vez más alta, hasta el punto superior de su cuerpo.

De esa manera, sus ojos pardos oscuros podían barrer el horizonte, en busca de depredadores. Ahora, el recuerdo vivía sin palabras en los cimientos de la mente del muchacho.

Pisó uno de los surcos dejados por una rueda del avión y respiró hondo. Miró las huellas. El muchacho estaba aquí, ahora, y su sueño había terminado, había dejado algo atrás.

Se sentó en el suelo y pensó sin palabras.

Los sueños no dejan huellas.

Los sueños no dejaban nada atrás, excepto al soñador.

Eso era él, y allí estaba.

Pero también las huellas dejadas por el sueño.

Dejó caer su piedra de caza, adelantó las palmas y palpó el interior de un surco de rueda. Era suave y redondo, como algunas formas que había tocado antes. El polvo se deshizo bajo sus palmas y se alejó, acarició su piel con finas partículas de tierra.

Oyó un leve siseo y se puso en pie de un brinco, empuñando la piedra negra.

Sólo era una serpiente, una pequeña mamba verde que siseaba mientras huía de un serpentario. El ave, sin dejarse impresionar por el siseo, siguió avanzando sobre sus patas en forma de zanco, mientras la serpiente retrocedía por el surco de la rueda. De pronto, el ave se precipitó sobre la cabeza de la mamba y la destrozó con una pata que golpeó como un martillo. La mamba se retorció, y luego quedó inmóvil. El serpentario picoteó la cabeza aplastada y graznó.

De alguna manera, el triunfo de una bestia sobre otra insufló al pequeño homínido una idea de su propio poder. La tirantez de sus músculos disminuyó. Sus válvulas y tapaderas cerradas se abrieron. Como un animal que marcara su territorio, apuntó su pene y orinó sobre uno de los surcos, como si pusiera bajo control aquel sueño.

Ahora estaba menos asustado, y casi dispuesto a jugar. Corrió con saltos ágiles y alegres hacia un coro de aves graznadoras que habían salido de detrás de una masa enorme, más grande que un rinoceronte, tendida inmóvil, rodeada de manojos de hierba. Su color aún era borroso debido al polvo con que lo había cubierto la tormenta.

Se detuvo a unos pasos del Safari Cub volcado, con la piedra bien asida. Era muy posible que la gran bestia aún fuera capaz de ponerse en pie y atacar, aunque las aves que graznaban tan cerca de ella eran una buena señal de que había perdido su poder y casi con toda seguridad estaba muerta. Levantó el puño, preparado para lanzar la piedra, y dio la vuelta al Safari Cub con sigilo.

Se quedó inmóvil junto al techo del vehículo, intentando detectar su respiración o un gruñido de sus tripas. Al mismo tiempo, buscaba una cabeza o una cola, un delante o un detrás. Sin embargo, aquella cosa no era como las demás criaturas grandes de la sabana. Olía a humo y calor, pero de una forma repelente, diferente de los campos después de un incendio. Además, no había insectos ni parásitos aferrados al gran animal.

El muchacho rodeó el cascarón del vehículo. Faltaba la capota, y echó un vistazo al espacio vacío. Ya no tenía miedo, y tocó el techo con una palma, mientras la otra apretaba con prudencia la piedra. El techo de la furgoneta era liso, opaco, sin vida. No le gustó.

Dio la vuelta al vehículo por el otro lado. Sus cables de combustible y transmisión aún desprendían calor. Arrugó la nariz. Había olido una vez una fumarola sulfurosa, y recordaba vagamente aquel olor agrio y sofocante que proyectaban las entrañas de la tierra.

Observó que aquella cosa no estaba desapareciendo. Al contrario que el tubérculo/insecto, se quedaba allí, como una parte fija del paisaje.

Oyó los desgarrones, cortes y ruidos de engullir que hacían las aves. Evitó un extraño cuerno que sobresalía (el parachoques delantero doblado de la furgoneta), y vio las aves y lo que estaban comiendo.

Un buitre, con las garras hundidas en el pecho del tirador muerto, le estaba sacando un ojo a picotazos. Dos milanos negros y varios halcones daban saltos alrededor de la cara, intentando apoderarse de un pedazo, pero cada vez que se acercaban el buitre, mucho más grande, los repelía con el pico o agitaba sus enormes alas grises para proteger su presa. Por fin, abandonó el pecho y se posó sobre la cara ensangrentada, para devorar el cuello y la garganta. Las demás aves, lanzando graznidos, atacaron las manos y los pies del cadáver, o buscaron acceso a más carne a través de las ropas destrozadas.

La criatura que estaban devorando se parecía a las demás criaturas del sueño, excepto en que estaba muerta. Una vez más, aquella fantasía soñada pasaba a integrarse en el mundo del chico. Las aves eran una buena prueba de ello.

Fascinado, vio con qué rapidez las aves estaban cambiando la apariencia del tirador muerto. Los dos ojos ya habían desaparecido, y brillantes pozos rojos de carne desnuda le miraban desde la cara. El extremo puntiagudo de la barbilla sobresalía de una forma extraña, toda picoteada y roída, mientras la nariz, medio arrancada, era aún mucho más grande que la del muchacho. La frente del tirador también era de un rojo brillante de sien a sien, pues las bestias habían arrancado toda la piel. Aún presentaba el mismo aspecto de los demás visitantes, los que habían llegado en el tubérculo/insecto, pero de una forma horripilante, sangrienta.

El cabello del chico se erizó alrededor de su cara. El sonido gutural que surgió de su garganta se convirtió en un largo aullido semejante al de un perro, y por un instante dio la impresión de que iba a saltar sobre el cadáver para mutilarlo de una forma más horrible que los buitres, con una rabia aterradora. Había visto la muerte muchas veces, pero no aquella clase de muerte. El chillido del muchacho provocó que las aves alzaran el vuelo entre graznidos. El muchacho tropezó, cayó hacia delante, se puso en pie de nuevo y se dio cuenta de que había perdido la piedra.

La buscó en el suelo, pero no la encontró.

Un tintineo le obligó a volverse. Un trozo de cristal había caído del parabrisas destrozado del Cub en un charco de cristales rotos formado junto a la parte delantera de la furgoneta.

No encontró su piedra, por más vueltas que dio alrededor de la furgoneta y el cadáver. Por fin, desvió la vista hacia el bosque de acacias, intentando decidir si debía volver poco a poco o corriendo. Guardaba otras piedras de caza en el bosque, en montoncitos reunidos cerca de los arbustos y los árboles. Era fácil trepar a las ramas de los árboles, y las rocas se alzaban justo detrás de los árboles.

Correr era peligroso porque atraía a los carnívoros, pero era más rápido, así que decidió correr. A aquella hora, casi todos los grandes depredadores estaban dormitando, perezosos y con el estómago lleno. Olía el olor que desprendían al sol las presas aún no devoradas por completo, y oía el veloz zumbido de las moscas que revoloteaban sobre las tripas de los antílopes diseminados sobre la hierba.

Corrió hacia las acacias, y ya estaba a mitad de camino, cuando vio el bulto de un león solitario delante de él. Disminuyó la velocidad para comprobar en qué dirección se movía. El león levantó la cabeza a mayor altura que la del muchacho. Era muy grande, un macho joven, de un metro y medio de alzada, con una melena poco crecida. Podría cazar al muchacho con unos cuantos saltos.

El león vio al chico.

La mente del muchacho, del tamaño de un puño, supo que habría debido coger más de una piedra. Vio que las acacias movían sus hojas espinosas detrás del león. Aquél era el territorio del muchacho, donde había trepado incontables veces a los árboles.

Pero el león se movía describiendo un arco, entre él y los árboles.

Su encuentro con los surcos del avión y la furgoneta había hecho sudar tanto al chico que ahora tenía mucha sed y la lengua se le pegaba al paladar. El león había captado su olor, de la misma forma que el chico empezaba a percibir el hedor del león, que se había revolcado en charcos de agua embarrada y arrastrado carne de herbívoro degollado. Se mezclaba con un olor fétido de sus glándulas almizcleras, que secretaban más de lo habitual. Era un león joven, fogoso e inexperto, con ganas de copular. Sólo había un rayo de esperanza: se movía con desgana, como si ya hubiera comido.

El chico podía quedarse quieto o avanzar en dirección al

león, comportándose como un animal que le superara en tamaño y fuerza.

El león tomó la iniciativa: se acurrucó y luego saltó hacia el chico, apartó la hierba con el pecho, la aplastó con sus patas traseras y la azotó con su cola peluda mientras cargaba, enorme, mortífero, pero juguetón y saciado. Dispuesto a matar, no para comer sino por diversión.

El muchacho homínido contempló los largos saltos amarillos que se acercaban. Nada podía detenerlos.

De repente, se convirtió en una burbuja de miedo viviente. Huyó hacia atrás y emitió un chillido.

Las cabezas de varios búfalos se alzaron sobre la hierba. Una de ellas estaba muy cerca, con los ojos entornados, mientras un estornino picoteaba sus fosas nasales. El muchacho reparó en que aquellas aletas eran gigantescas, lo bastante grandes para que el ave posada sobre su nariz metiera toda la cabeza dentro y le aliviara de moscas y otros insectos. El muchacho corrió hacia ellos, y su mente formuló una súplica sin palabras de que el león se detuviera para atacar a los búfalos. Lanzó de nuevo el chillido penetrante, un sonido casi humano de desesperación, el cual provocó que los búfalos se incorporaran, agitando las orejas. Unos cuantos airones, blancos y pequeños, alzaron el vuelo sobre ellos. El búfalo más cercano, enorme, lanzó un bramido, agachó la cabeza y cargó contra el muchacho moreno.

El chico no tenía miedo de la boca abierta del búfalo. Comía hierba y hojas. Había que cuidarse de las pezuñas, de manera que saltó a un lado.

El búfalo disminuyó la velocidad, confuso. El muchacho corrió alrededor de su enorme flanco, pero la gruesa cola del búfalo le azotó en el pecho. Agarró la cola, y habría hundido sus dientes en ella si el búfalo hubiera necesitado algún estímulo más, pero el animal echó a galopar como alma que lleva el diablo, arrastrando al chico.

El búfalo avistó al león que se dirigía hacia él. Sin dejar de galopar, bajó sus enormes cuernos. Para detener su carrera, el león desvió su salto en pleno vuelo y cayó sobre la hierba, como el nadador que se da una panzada. Cuando el león se incorporó, el búfalo había pasado de largo. El muchacho soltó la cola del animal, rodó por el suelo, se levantó y corrió hacia el refugio de sus acacias.

Era fácil trepar a las acacias. Casi todo su follaje se concentraba en las ramas superiores, como paraguas planos. No costaba distinguir leopardos en sus ramas inferiores, desprovistas de hojas. Cuando un leopardo trepaba a una acacia, casi siempre lo hacía con un antílope colgando de sus fauces. Las extremidades fláccidas de la presa y la piel moteada del leopardo destacaban contra el tronco gris de las acacias.

Había una docena de acacias en aquel bosquecillo, dispuestas en forma irregular. El chico no conocía los números, pero conocía la diferencia entre muchos y pocos, y entre rico y complejo como opuesto a raro e insignificante. Las distancias entre los árboles eran de longitudes diferentes, interrumpidas por arbustos que ofrecían un refugio adicional. Todos estos elementos le proporcionaban muchas formas de escapar si un depredador se internaba en el bosquecillo.

De hecho, ése era su territorio de caza favorito. Derribaba antílopes, que se empeñaban estúpidamente en volver a rumiar bajo las acacias, donde el chico había matado a su primer ejemplar antes de la última estación de lluvias.

Además, en el perímetro más ancho de su hogar estaban las rocas, donde descansaba y dormía. Desde los puntos más altos de las rocas podía ver en todas direcciones. El muchacho alzó la vista, eligió una acacia desierta y se aferró al tronco con manos y pies. Las articulaciones de sus codos se flexionaban y tiraban, mientras que sus piernas empujaban. Trepó como una máquina natural.

Abajo, el león y el búfalo decidieron eludir una confrontación en serio. El león se agachó y esperó, mientras su cola levantaba pequeñas nubes de polvo. El búfalo le miró malhumorado durante un rato, y luego volvió poco a poco hacia su rebaño.

Cuando el león buscó por fin al muchacho, vio un manchón de piel morena escabullirse detrás de una acacia con sorprendente celeridad. El muchacho saltó al suelo, corrió hacia otra acacia y se agachó. Cogió algo, y luego trepó por el tronco como un insecto al que no afectara la gravedad.

El león trotó hacia el árbol. El muchacho se encontraba a dos metros y medio del suelo, y había pasado una pierna por encima de una rama.

Había almacenado varias piedras negras al pie de aquel árbol, como un diminuto depósito de municiones. Ahora, sujetaba dos.

El león saltó. Rugió, y casi tocó la rama con sus fauces. El muchacho retiró el brazo con un movimiento instintivo. Después arrojó una piedra contra los colmillos del león; falló por unos centímetros pero el animal recibió la pedrada bajo un ojo. Lanzó un gruñido de dolor y cayó al suelo.

En ese momento otro león emitió un rugido. El león joven se incorporó, aún aturdido, vaciló, y después se alejó con la cabeza gacha y la cola azotando la hierba. El chico vio cómo se reunía con el otro, bastante más viejo, y ambos desaparecían entre los árboles.

De momento, el muchacho estaba fuera de peligro. Alzó su boca protuberante y lanzó una carcajada aguda. Era una risa de triunfo homínido que aplacaba su miedo y le daba una sensación de confianza incongruente con sus dientes, pequeños y planos, y sus uñas redondeadas. Ahora que el peligro había pasado, tocaba jugar. Saltó de rama en rama y volvió al suelo. Salvó corriendo el breve espacio que separaba los árboles de la empalizada rocosa.

Menos de media hora había transcurrido en el centro de Nairobi, y el Mercedes seguía avanzando a paso de tortuga hacia Karen por la autovía.

Nadie hablaba en el coche. La decisión de Jakub no era una sorpresa. Siempre se había dado por sentado que al primogénito de Jakub se le exigiría tarde o temprano asumir su papel en la vida pública. La decisión ya estaba tomada, y a Ngili le costaba creerlo.

No va a pasar por el tubo, pensaba Ken. Ngili no pasará por el tubo, primogénito o no.

Yinka miró a Ken. Sentía pena por Ngili y estaba enfadada con su padre, pero sentía más curiosidad por la reacción de Ken que por la de Ngili. Yinka predecía las reacciones de los blancos con bastante acierto, y se enorgullecía de su habilidad. Sin embargo, no estaba tan segura con respecto a Ken, quien carecía de algunas motivaciones propias de los blancos y poseía otras, muy características de él.

Kenia se había independizado de Inglaterra en 1963, después de una devastadora guerra de guerrillas que había durado diez años. Tanto Yinka como Ngili habían nacido después de la independencia. Cuando ella tenía seis años y Ngili ocho, les enviaron a vivir con sus abuelos en una aldea, porque estaba de moda entre la nueva elite negra enviar a los hijos a conocer las raíces de su pueblo. No conocieron a un blanco hasta que fueron adolescentes. Cuando regresaron a Nairobi para asistir a la escuela secundaria y la universidad, Kenia se había convertido en una de las nuevas naciones más prometedoras de África, con el poder en las manos de Jomo («Lanza Ardiente») Kenyatta y algunos de sus amigos. Uno de estos amigos era Jakub Ngiamena, también conocido en el movimiento independentista como Simba, «león» en swahili.

Simba Ngiamena envió a sus hijos a los mejores colegios de Nairobi, donde conocieron a lo que quedaba de la comunidad blanca. Yinka entabló amistad con muchachas blancas, la mayoría de descendencia inglesa. Conoció a sus padres blancos, todos ellos personajes importantes en el protectorado británico de Kenia, pero ya no en la república negra libre. Ahora eran «sanguijuelas».

La mayoría de las sanguijuelas blancas tenían motivaciones muy simples. Se habían quedado en Kenia para hacer dinero. Otras eran científicos que estudiaban África, y después estaban los antiguos cazadores blancos que ya no encajaban en ningún otro sitio. Para la mayoría de blancos el dinero significaba posición social, seguridad y confianza. En la Nairobi poscolonial, la confianza de los blancos se basaba en los negocios, una cuenta bancaria o un trozo de tierra. Para conservar dichos bienes, los blancos establecieron alianzas predecibles con los negros que habían tomado el poder. Si las alianzas de un blanco se venían abajo, tenía que abandonar el país, así de sencillo.

Era casi imposible ver a los blancos acomodarse a un conjunto de normas tan groseras sin pensar que eran groseros, carentes de alma y de contradicciones internas. Yinka consideraba a los blancos muy poco complicados, pero sorprendentemente engreídos, teniendo en cuenta su precaria posición. Un hombre blanco que era complicado sin ser engreído constituía una contradicción *per se*. Una imposibilidad.

Ken era una imposibilidad, el único de su especie que había conocido: actuaba con confianza pese a no tener cuenta bancaria, actuaba con confianza sin apoyo o credenciales visibles, a menos que, razonaba Yinka, basara toda su confianza en la amistad con su hermano.

También pensaba que no era mal parecido para ser un blanco. Yinka había tenido varios amantes blancos cuando estudiaba periodismo en Inglaterra. Consideraba más fácil copular con blancos que mirarlos. Desnudos en la cama, le recordaban musarañas africanas, descoloridas y de ojos diminutos. De vez en cuando, un blanco bronceado le recordaba a una anatomía normal, oscura. Ken era uno de los pocos blancos de físico aceptable que había conocido. Estaba bronceado, y se afeitaba pocas veces. Olía fuerte cuando volvía de sus excavaciones, después de no ducharse durante días, pero también Ngili. No eran sucios *per se*, porque la sabana no era sucia, sino un lugar donde los olores y las secreciones eran naturales, secados por el viento y quemados por el sol.

Le sorprendía que la amistad de Ken con su hermano durara tanto, pero la relación era muy beneficiosa para Ken. Yinka predijo que Ken no discutiría la decisión de su padre sobre el futuro de Ngili. Aún podía obtener provecho de la buena voluntad de los Ngiamena, cuando Ngili se viera obligado a abandonar la geología.

Daba la impresión de que Ken había despertado a una cruda realidad, lo cual divertía a Yinka. *Mzoori* (fantástico), pensó. Vamos a ver si el colono vuelve de su fantasía prehistórica y se enfrenta al África real.

Ken clavó la vista en la ancha espalda de Jakub, carraspeó y habló con voz pastosa y entrecortada.

—Lo siento, señor, pero... retener a Ngili en Nairobi equivale a repudiar todos sus años de estudios. Sobre todo ahora, cuando hemos encontrado algo capaz de proporcionar fama y respeto en la profesión...

—Lo siento, señor Lauder, pero usted no comprende la situación.

Hacía años que Jakub no llamaba señor Lauder a Ken.

—Temo, señor, que usted no comprende a Ngili.

—Ngili es mi hijo, señor Lauder. Aquí tenemos una concepción diferente de la familia. El hecho de que ustedes dos sean amigos no le da derecho a confundir sus prioridades.

—Creo que Ngili tiene muy claras sus prioridades. ¿Qué es más valioso para su nación, otro diplomático o un científico de fama mundial?

—Basta, señor Lauder. Hemos sido muy hospitalarios con usted, y lo seguiremos siendo si reconoce que este problema no le concierne.

El ultimátum no podía ser más claro. Yinka estaba asombrada de que el colono hubiera expresado su opinión, y en términos tan claros.

Ken parecía abatido, sin duda debido a la amenaza que pesaba sobre su gran oportunidad científica. De pronto, tensó la mandíbula como si fuera a bajar del coche y salir de la vida de los Ngiamena, pero siguió sentado al lado de su hermano. Yinka se preguntó si era una señal de debilidad, y entonces recordó que el Land Rover de Ken estaba aparcado en su casa.

—Tiene razón —dijo Ken en voz baja—, no es mi problema. Sólo Ngili puede decidir su futuro.

Yinka estudió a su hermano. Ngili apretó los dientes, pero no dijo nada. Transcurrieron varios minutos. Yinka vio que su padre tensaba las manos sobre el volante. Jakub conducía casi con imprudencia.

Ngili continuó sentado en silencio, con la cara esculpida como la de una deidad tribal, sin decir nada. Las otras tres personas del coche pensaron lo mismo al instante, casi con las mismas palabras: ¿Qué iba a hacer el primogénito, obedecer a su padre o desafiarle?

Mientras esperaba a que el coche llegara a Karen, Ken intentó formar pensamientos prácticos, racionales. Sin Ngili, las cosas serían difíciles. Ngili le había proporcionado cartas de presentación, camaradería científica, un conocimiento ilimitado del swahili y dinero cuando sus recursos se agotaban. Sería duro volver a trabajar solo. Ken apretó la rodilla contra la brecha mellada y sintió una inmediata comunicación con el misterio de aquella mañana. Las huellas de pisadas, y después el tirador muerto junto al Safari Cub volcado.

La pistola Walther del muerto seguía encajada en su cinturón. En lugar de darle una sensación protectora, el arma le hacía consciente de su vulnerabilidad.

Ken y Ngili se habían conocido seis años antes, cuando se ocupaban del bar del hotel Naivasha, cuyo gran salón habían alquilado ahora los Ngiamena para la boda de Gwee. Ken ha-

bía aceptado el trabajo para financiar un generador y un puri-
ficador de agua en vistas a sus futuras excavaciones (un anterior trabajo de camarero le había financiado su Land Rover
de segunda mano). Una noche, el director del hotel le pidió
que diera un curso acelerado de preparar combinados a un joven keniata recién contratado. El nuevo empleado actuaba
como si nunca hubiera lavado un vaso en su vida, pero aún
conservaba el empleo porque se llamaba Ngili Ngiamena.

Ngili se había marchado de casa después de que su padre le
prohibiera estudiar geología. Necesitaba un lugar donde vivir, y un aprendizaje de camarero. Ken le invitó a compartir
con él su apartamento de Tom Mboia Road, y le enseñó a
preparar combinados y lavar vasos, vaciar ceniceros y reorde-
nar sillas, limpiar los retretes del hotel y hacer una reverencia
cuando le daban propina. Lo más importante: reveló a Ngili
que él también era un adicto a la ciencia.

Aquello les unió. Hablaban de ciencia mientras sacaban
brillo a la barra de marfil, muy antigua y astillada, del bar. En
los años treinta, cazadores blancos que bebían en aquella barra
habían regateado sobre ella sus deudas, y pagado la cuenta en
cuernos de antílope o pieles de león. Eso, al menos, decía una
leyenda, repetida una y otra vez a los grupos de safari. Ese
tipo de leyendas no impresionaban a Ken y Ngili. Soñaban
con encontrar a la siguiente Lucy.

Aquel trabajo humillante tenía sus compensaciones. Jugaban a tenis en las pistas del Naivasha, gratis porque el monitor
de tenis era primo de Ngili. Jugaban a dobles con chicas in-
glesas, holandesas, alemanas y norteamericanas («Coñitos rosados de memsahib», como decía Ngili), que se volvían locas
por el príncipe masai y su amigo blanco. A menudo, después
de una partida, recogían a las chicas, las amontonaban en el
Land Rover de Ken y corrían al apartamento de éste, donde
los fósiles envueltos en arpillera, calibradores y demás parafer-
nalia antropológica acababan de excitar a las muchachas. Ken
bajaba las persianas, Ngili servía copas de licor Mount Kenya,
las chicas se quitaban su indumentaria tenística, y segundos
después los cuatro se sentían transportados al séptimo cielo. A
la mañana siguiente, Ken y Ngili corrían a la universidad para

no llegar tarde a las clases de evolución humana que dictaba Randall Phillips.

Al cabo de cuatro meses, el padre de Ngili cedió y le dio permiso para estudiar geología... de momento. Aquel «de momento» transitorio contenía una promesa de permanencia africana. En cualquier caso, Ngili volvió al redil familiar y se llevó a Ken con él.

Entonces, Ken y Ngili realizaron sus primeras excavaciones y se convencieron de que allí, entre colinas anónimas, entre ñus que pacían en la hierba oscilante como nadadores morenos en olas de gran altura, allí, en las incontables cañadas del Rift Valley, las manos de un dios con mente de científico habían mezclado los genes del hombre como en un tubo de ensayo. Y esa circunstancia les unió todavía más, y les transformó. Como Ngili dijo una noche, junto a la hoguera de un campamento: «Adiós al tenis y a los coñitos rosados de memsahib. A partir de ahora, sólo ciencia».

En aquel preciso momento, como para subrayar las palabras de Ngili, oyeron un profético rugido de leones. Recordaba a cualquiera con un mínimo de sensibilidad que los leones no habían cambiado su fisiología y comportamiento en un millón de años. Habían sido testigos del amanecer del hombre. Aquello también era parte de la ciencia.

De momento, para Ngili la ciencia había terminado.

—Ya hemos llegado —dijo Jakub Ngiamena.

Habían entrado en Karen. Como si una lente distorsionante hubiera caído de un visor, dio la impresión de que la carretera se enderezaba. Aparecieron aceras, flanqueadas de acacias tipo jardín que hendían el aire con sus hojas en forma de aguja. Verjas de hierro forjado y madera protegían lujosas mansiones. Los caminos particulares estaban ocupados por relucientes Jaguars, BMW y Toyotas. No se veían policías, pero el propio ambiente proporcionaba a los vecinos una sensación de seguridad. Residentes blancos ataviados con pantalones cortos y camisas floreadas regaban la hierba, o enseñaban a niños a nadar en piscinas de agua transparente. Ninguno de ellos tomaba fotos nostálgicas que indicaran una partida inminente.

Un cartero negro que iba introduciendo cartas en los buzones era el único africano en la calle. Una pelota de baloncesto salió disparada desde un patio, y Ngiamena frenó cuando un muchacho blanco rubicundo salió a la calle para recuperarla.

El coche entró por una puerta majestuosa y rodó por una callejuela flanqueada de castaños de El Cabo en flor. Una mansión con columnas, semioculta entre los árboles, se fue revelando a la vista, con una fila de matas de café junto a la escalinata. Los anteriores propietarios eran productores de café que habían abandonado África mucho tiempo atrás. Ken sabía que Yinka había insistido en que Jakub borrara las huellas del viejo orden, pero como para enseñar a sus hijos una lección, Jakub se había negado. Nuestro poder surgió de un poder anterior, les dijo.

Un garaje con capacidad para varios coches se abría a la derecha. Aparcado delante, polvoriento y con el chasis abollado debido a un accidente en la sabana, se veía el viejo Land Rover de Ken.

Ngiamena bajó del coche. Patrick, el anciano mayordomo de la familia, salió de la casa con una bandeja de bebidas de papaya. Era negro como la caoba y ostentaba tatuajes tribales en las mejillas. También lo habían heredado del viejo orden, y a veces comentaba en broma que los Ngiamena le trataban mucho mejor, porque le dejaban llevar un kikoi e ir descalzo, en lugar de insistir en la chaqueta y los zapatos negros del viejo orden.

Patrick puso los ojos en blanco cuando vio bajar del coche a Ngiamena, Yinka, Ngili y su amigo con una expresión tan tensa, pero no dijo nada y corrió dentro para traer una camiseta a Ngili, mientras éste y Ken empezaban a transportar bultos desde el Mercedes al polvoriento Land Rover.

—Vamos a comer algo, y después llevaremos esto a Randall Phillips —musitó Ngili con la vista baja, como si hablara para sí mismo—. No voy a presentarme el lunes en el Ministerio de Asuntos Exteriores —añadió en un susurro, pero todo el mundo le oyó. Jakub, que estaba subiendo por la escalinata, se volvió y miró a su hijo mientras transportaba los huesos de un vehículo a otro–. No voy a abandonar la ciencia –afirmó Ngili, ahora en voz alta, pero aún sin mirar a su padre.

Jakub habló desde lo alto de la escalinata, como para dar mayor énfasis a sus palabras.

–He tomado una decisión, Ngili. El lunes empezarás un curso especial en la Escuela de Diplomacia del Ministerio de Asuntos Exteriores. Dentro de unos meses te unirás a la delegación de Kenia en las Naciones Unidas como agregado de prensa.

En el camino particular, con un combinado de papaya en la mano, Yinka lanzó una risita cuando oyó la palabra «prensa».

Ngiamena no le hizo caso y caminó hacia Ngili.

–Ésta es una de esas ocasiones en que un país necesita a sus mejores jóvenes en el frente. El gobierno cree...

Ngili se alejó de él, y casi tiró un bulto en el Land Rover. Ken apretó los dientes. Ngili se volvió hacia su padre con ojos llameantes.

–¡El gobierno nos ha metido en este lío! Vaciaron la tesorería para llenarse los bolsillos. Decretaron que el sida era un complot contra nuestra imagen nacional. Nuestra economía se está derrumbando, nuestra administración está moribunda, la caza furtiva es aún peor que en los tiempos del sultán de Zanzíbar...

–Lo siento mucho –dijo una voz bien timbrada–. Creo que he interrumpido una discusión familiar...

Todos se volvieron. Cyril Anderson se acercaba a la casa. Llevaba un sobre de papel manila. Saludó a cada uno de los Ngiamena, y dedicó una amplia sonrisa al padre.

Ken observó que Cyril no vestía el traje de tweed y la corbata del club habituales, sino una chaqueta caqui claro, pantalones de gabardina y sandalias. Casi indumentaria de safari. Aquello era muy peculiar. ¿Qué se llevaba Cyril entre manos?

–Tal vez tú puedas ayudarnos a solucionar esto –dijo Jakub. Estrechó la mano de Anderson, con su rosada palma africana contra la manaza de Anderson, surcada por venillas azules–. Patrick, ¿quieres servirnos el café en la terraza?

–Sí, *mkubwa* –dijo Patrick, utilizando la palabra que en el viejo orden significaba amo.

Anderson también vivía en Karen. Al no ver ningún vehículo al final del camino, Ken concluyó que había venido a pie. ¿Desde cuándo era tan amigo de Jakub? Ken se puso en tensión cuando Jakub le explicó el motivo de que su hijo y él estuvieran discutiendo. Ngili tenía que responder a la llamada del deber. El extraordinario material que Ken y él habían encontrado podía esperar de momento, como lo había hecho durante mil años.

Anderson dirigió sus ojos entornados hacia los objetos envueltos que estaban transportando de un coche a otro. Sonrió a Ngili.

–Puede que tú y yo tengamos el mismo dilema.

–¿Por qué? –preguntó Ngili con hostilidad.

–He recibido una oferta del gobierno para ser nombrado secretario de estado de Cultura y Antigüedades. Un puesto recién creado. –Anderson alzó el sobre–. Aquí hay un resumen de mi cargo y deberes. No sé qué responder.

–Es un honor –dijo Ngiamena–, y eres la persona más adecuada para el puesto.

Tenía que ser una consecuencia directa de la deserción de Leakey, pensó Ken. En cuanto al cambio de indumentaria de Cyril, éste ya estaba intentando imitar a Leakey. Ken reprimió una sonrisa con esfuerzo, pero se heló en sus labios cuando se dio cuenta de que... la comisión estatal nombrada para revisar el trabajo de los científicos extranjeros estaría presidida, sin duda, por el nuevo secretario de Cultura y Antigüedades. Es decir, Cyril Anderson.

–Lo haría por la ciencia –declamó Anderson, sonriendo a su escaso público–. Somos un país demasiado importante para la comprensión de los orígenes del hombre. Necesitamos estabilidad política, y me encantaría ser útil, pero... La oferta no lleva aparejado un presupuesto, y tampoco queda claro si podré elegir mi equipo.

¿Una negociación?, se preguntó Ken. Probablemente.

–Vamos a hablar de eso –dijo Jakub–. No sé cuáles son tus necesidades, pero me gustaría escucharlas para poder transmitirlas, si son razonables.

¡Todas las piezas iban encajando en su sitio!

Ken se recordó que debía llamar a Randall. Captó la mirada de Ngili, hizo un gesto en dirección al Mercedes, y los dos se dispusieron a sacar la brecha, que cargaron hasta el Land Rover.

—¿Qué vas a hacer? —susurró a su amigo, mientras depositaban la brecha sobre el asiento trasero del Land Rover.

—No lo sé —murmuró Ngili—. ¿Has leído lo que pone el periódico?

—Sí, lo leí en la tienda de Theo.

—¿Qué piensas hacer?

—No tengo ni idea, pero hemos de ayudarnos mutuamente.

—No creo que esta vez puedas ayudarme —dijo Ngili—. Es divertido: según la declaración del gobierno, yo podría volver a Dogilani, pero tú no.

—Quizá deberíamos intercambiar nuestras identidades.

Ngili emitió una seca carcajada y se volvió hacia Anderson y Ngiamena.

Anderson sonrió.

—Hay formas de combinar el placer y el deber —dijo—. Podría organizar una exposición de fósiles en Nueva York, por la imagen del país. ¿Te gustaría ser el comisario de la exposición, Ngili?

Ngili le miró sin expresión y se encogió de hombros. Patrick se asomó por una ventana y anunció que el café estaba servido en la terraza.

—¿Vienes a tomar el café con nosotros, Ken? —preguntó Ngiamena—. A menos que quieras darte antes una ducha...

Contempló con excesiva preocupación la camisa arrugada de Ken.

El descaro de Ngiamena sorprendió a Ken.

—Si no le importa, he de hacer un par de llamadas telefónicas —contestó.

—Por supuesto, utiliza el aparato de mi despacho. —Ngiamena se volvió hacia Yinka—. ¿Qué vas a hacer? —preguntó, dejando claro que no estaba invitada a tomar café.

—Yo no he de hacer llamadas telefónicas, así que voy a probarme el kikoi de la boda —dijo la muchacha con calma, y se alejó.

Pese a su mal humor, Ken la imaginó como una leona que se dirigía a cazar en solitario, sin la menor intención de volver con algún resto para el macho viejo y amargado.

Ngiamena apoyó su manaza sobre la espalda de Ngili y le empujó hacia la terraza. Anderson pasó al lado de Ken. El estruendo de otro avión del ejército pasó sobre Karen, en un ángulo tan forzado que Ken murmuró:

—Si esos idiotas siguen volando así, se estrellarán y matarán a doscientas personas.

—Y les depararán un final piadoso —dijo Anderson. Ken le miró. Anderson sostuvo su mirada con una sonrisa radiante—. ¿Habéis traído algo interesante? ¿Qué contiene ese pedazo de brecha?

—Un mono —mintió Ken, irritado.

—Si hay algo más, avisadme.

Anderson sonrió de nuevo y se alejó en dirección a la terraza.

—¿Que habéis desenterrado un fósil con qué? —preguntó Randall Phillips al otro lado de la línea telefónica. Lanzó una de sus escasas carcajadas cuando Ken describió de nuevo las herramientas que habían utilizado: el machete, la navaja, la hebilla del cinturón—. ¡Asombroso, absolutamente asombroso! Ojalá pudiera contar esta historia a los chicos del Instituto Berkeley de los Orígenes Humanos...

—No, por favor. Se empecinarían en que el fósil no fue desenterrado de una forma correcta.

Escondido en el despacho de los Ngiamena, Ken estaba utilizando un teléfono antiguo de baquelita, una reliquia colonial a la que Patrick había sacado brillo. Veía la terraza por la ventana más próxima. Jakub, Anderson y Ngili bebían *kahawa*, el cargado café de Kenia, en tazas con minúsculos granos de café pegados al borde, para proporcionar a los labios de los invitados una agradable sensación granulosa.

Anderson estaba hablando. Inclinado hacia Ngili y cortando el aire con sus hermosas manos blancas. Parecía muy confiado en sus poderes de persuasión.

A cinco kilómetros de distancia, en un barrio decadente, Randall Phillips lanzó un bufido.

—¿Puedes traerme esa cosa? —preguntó—. Ahora no, pero sí en un par de horas. Marcia y yo acabamos de discutir. Está disgustada por dejar Kenia, aunque ella era la que más insistió, y se ha enfadado porque olvidé comprar otra maleta.

—Le compraré una por el camino —se ofreció Ken—. La necesitará para guardar las muestras de huesos y tierra.

—Estupendo. Mierda, ¿de veras van a nombrar a Caruso secretario de Antigüedades? Tal vez no debería irme, tal vez ese hombre renuncie a ser conservador adjunto de la cámara de fósiles... No, ese hombre nunca renuncia a nada —musitó Randall con amargura—. Bueno, viviré en California, donde mis hijos aprenderán a faltar al respeto a sus padres, y Marcia se hará un *lifting*. ¿Eso es todo?

—No —contestó Ken.

Describió el rastro circular de pisadas en la estribación. Y luego las pisadas que había visto después de la tormenta de polvo.

Randall escuchaba con atención, tan callado que puso nervioso a Ken.

Finalmente, habló.

—Uau —fue su exclamación, tan espontánea como poco científica.

Ken se imaginó a su antiguo profesor. Randall Phillips era bajo, musculoso como un marinero, pero con una oronda panza, escaso cabello y gafas de cristales gruesos. Un marinero panzudo, calvo y miope. Tenía dos especialidades académicas, paleoanatomía y evolución humana. Costaba impresionarle, y Ken le acababa de impresionar por partida doble.

—Dame más datos —dijo Randall.

—No tengo más datos. Sólo tengo pruebas de que alguien con pies protohumanos está cazando con utensilios protohumanos en un hábitat protohumano. Mis pruebas consisten en fotografías y piedras. Están revelando las fotografías, y las piedras están en mi bolsillo.

Deslizó la mano por su costado, encontró las piedras y acarició sus formas silenciosas e inanimadas.

—Uau —repitió Randall—. ¿Qué demonios es ese ser?

Ken respiró hondo.

—No lo sé, pero me he hecho una idea de lo que no es. He examinado este enigma desde todos los ángulos, y he repasado las explicaciones razonables, que son tres: un niño salvaje, un miembro de una tribu que se ha extraviado, o una variedad desconocida de mono. —Volvió a respirar hondo y se apresuró a continuar—. Bien, Randall, ninguna de estas explicaciones me parece correcta. La hipótesis del mono es la menos probable, porque los monos tienen manos en lugar de pies, y aunque cacen, cosa que sólo hacen los chimpancés con regularidad, no utilizan instrumentos de caza.

Calló, recobró el aliento y esperó con nerviosismo a que Randall hablara.

—De acuerdo —dijo éste con paciencia—. Eso nos deja las teorías del extraviado y del niño salvaje.

—Exacto. Vamos a suponer que el extraviado, un caso muy raro, también tiene unos pies de lo más atávico. Bien, ¿no cree que un extraviado, sea un miembro de una tribu o un colega científico, intentaría indicar su presencia con el fin de que le rescataran? ¡Estuvimos allí, en un terreno completamente despejado, durante tres días! Tendría que habernos visto, o al avión. En cuanto al niño salvaje, ¿cómo podría sobrevivir en ese lugar? —Ken lanzó una carcajada tensa y seca—. Dormí unas horas junto al yacimiento, y me desperté casi ante las narices de un león. Las posibilidades de que un niño sobreviva solo en ese lugar son una entre un millón. ¿No le parece? ¿Qué opina, Randall?

—Creo que tienes razón. Ninguna de esas hipótesis parece del todo convincente.

Ken respiró hondo y experimentó un extraño alivio.

—Bien, ¿qué tenemos entre manos? —preguntó Randall.

—No lo sé. Tengo la poderosa sensación de que, sea lo que sea, no se perdió ahí por accidente. Forma parte del hábitat.

—De acuerdo... —la voz de Randall se enronqueció, como si su mente científica se hubiera zambullido en las profundidades de un rompecabezas—. Habéis traído de Dogilani un fósil, y pruebas de un ser vivo. Un fósil es un fósil. Es sólido, real, material. ¿qué es esa otra cosa? ¿Otro Big Foot?

—¡Vamos, Randall! —Ken se sintió insultado.

—Te lo diré de otra manera. Un niño puede perderse en la sabana, y también un adulto, pero si este ser nació en la sabana, no estamos hablando de un solo individuo, sino de una familia. Estamos hablando de una población. —Hizo una pausa—. ¿O me estás diciendo que un fósil volvió a la vida y se puso a caminar?

Ken abrió la boca para contestar, pero no emitió ningún sonido. Tuvo la impresión de que su mente se expandía en todas direcciones. En el interior de la inmensidad que abarcaba su cabeza, se encontró en la sabana, cara a cara con aquel ser moreno, el homínido que cazaba con piedras negras y al que no había visto, salvo sus pisadas. El homínido levantó la cabeza y miró a Ken, que se encogió de miedo. Lanzó una exclamación ahogada, respiró hondo, y el homínido desapareció.

Muy bien, pensó Ken, es un problema de puro agotamiento. Fatiga, hambre, desfallecimiento. Del cuerpo, del cerebro. Recobró el control.

—No tengo nada más que decir, Randall. Recogeré esas fotos dentro de una hora, y las analizaremos juntos.

—Muy bien, ardo en deseos de verlas. Por cierto, ¿te acuerdas de Raj Haksar? Era el catedrático del departamento de antropología cultural.

Ken asintió.

—Claro. Costumbres tribales. Ritos de iniciación y virilidad. Ahora estará jubilado.

—Sí, se jubiló hace unos años, pero deberíamos hablar con él, si esas huellas de pisadas las dejó un muchacho que hacía un paseo tribal.

Ken pegó un respingo.

—¿Qué paseo? ¿De qué está hablando? ¡En Dogilani no vive ninguna tribu!

Ken ya había pensado y descartado aquella posibilidad.

Un paseo era un rito de iniciación y consistía en un viaje solitario por la sabana o la selva, que los varones jóvenes de una tribu debían realizar para demostrar su virilidad. Tenían que internarse en el terreno elegido sin compañía y sin ayuda, y sobrevivir gracias a sus propios recursos. A veces se les permitía llevar lanzas o arcos y flechas, pero sólo excepcionalmente. El paseo podía durar varias semanas, y la edad del paseante variaba según la tribu. En algunas pocas tribus, los muchachos emprendían el paseo a la edad de nueve años.

–Lo sé. Sólo estaba haciendo de abogado del diablo –contestó Randall–, y aún no he visto tus fotos. Sin embargo, si tus huellas de pisadas no las dejó un muchacho de una tribu durante un paseo, o un mono, o un extraviado, entonces, para citar a Sherlock Holmes, lo que queda, por improbable que sea, ha de ser la verdad. ¿Estás preparado para afirmar que hay protohumanos vivos en Dogilani?

Un espantoso dolor de cabeza palpitaba en las sienes de Ken. Buscó en su mente al ser moreno, pero en su lugar encontró la noción de un ser moreno, la noción de un protohumano vivo. Se sintió intimidado por su enormidad, y avergonzado por haberse comportado con tanta seguridad y entusiasmo ante su antiguo profesor.

–¿Tiene el número de teléfono de Haksar? –murmuró.

–Estará en la guía, a menos que haya muerto. Muy bien, campeón –concluyó Randall–, tráeme tu misterio. Por cierto, que Caruso no se entere de tu descubrimiento antes de que sepas lo que es. Te apartará a un lado, sobre todo ahora que cuenta con la excusa perfecta, inventará una explicación y lo proclamará a los cuatro vientos.

–Lo sé. Tranquilo, Randall, no soy un irresponsable.

–No he dicho que lo fueras –rió Randall–. Hasta ahora.

Colgaron.

Ken se quedó mirando, distraído, un anuncio victoriano enmarcado sobre el teléfono: «Hotel Comercial de Nairobi. Precios razonables. Porteros uniformados. Los colonos de El Cabo encontrarán a un viejo amigo en el propietario».

La casa estaba desierta y silenciosa, de una forma poco usual. La madre de Ngili, Itina, y Gwee y Wambui, las niñeras que había cuidado de todos los pequeños Ngiamena, habían salido para asuntos relacionados con la boda. Ken echó un vistazo a la terraza por la ventana. Jakub era el único que hablaba, y Ngili escuchaba. Jakub tenía las palmas apoyadas sobre la mesa. Ken rezó para que el anciano mostrara alguna flexibilidad. Después, un tozudo pensamiento se enseñoreó de su mente: Tal vez no había sido un paseo.

El rito tribal del paseo había hecho correr mucha tinta. También había provocado la muerte de unos cuantos antropólogos románticos que habían intentado seguir a los muchachos, ignorantes de los peligros de las mordeduras de serpientes, la disentería y la deshidratación.

Era una prueba de resistencia heroica y durísima. Los muchachos tenían que sobrevivir a base de cazar y comer hierba, pues las demás fuentes de alimentación estaban prohibidas. Si hacían trampa, eran expulsados de la tribu. En algunos casos, paseantes que habían aceptado comida de misioneros y exploradores habían sido asesinados por sus padres, que no toleraban la violación de aquel acto sacramental.

Ken siguió un curso sobre costumbres tribales el primer año de carrera. Recordaba que Haksar, para empezar, les había pasado una serie de diapositivas sobre los pies de los muchachos tras haber finalizado con éxito su paseo. Los pies de los muchachos estaban polvorientos, embarrados y cubiertos de sangre seca. Algunos exhibían heridas sin cicatrizar y fracturas que impresionaron a los estudiantes. En lugar de deplorar el bárbaro rito, Haksar había comentado con tono lírico la energía y resistencia de los paseantes.

—Los muchachos africanos son los más valientes del mundo, damas y caballeros, cuando afrontan la prueba del paseo, una cuestión de vida o muerte. Pero ni siquiera son conscientes de su bravura, cuando sus pies, los más robustos de cualquier población humana, pisan terreno abrupto, arena ardiente, espinos afilados, arañas y reptiles mortíferos. Los pies africanos, damas y caballeros, simbolizan la valentía de la marcha del hombre hacia su futuro...

Había hecho una pausa y contemplado los pies de sus estudiantes africanos, que asomaban bajo los pupitres. Los estudiantes se apresuraron a embutir sus pies en las sandalias y zapatillas que se habían quitado durante la clase. Muchos no habían utilizado zapatos antes de entrar en la universidad. Haksar sonrió y continuó, explicando cómo aquellos muchachos se procuraban el alimento con las manos desnudas. Bebían agua que exprimían de hojas y tubérculos, y esperaban horas junto a panales de miel para llevarse a la boca un poco del preciado néctar. Vencían su repulsión, desenterraban cadáveres sepultados por hienas y rompían huesos que las poderosas mandíbulas de las hienas habían dejado incólumes, con el fin de extraer unos pocos gramos de médula podrida. Cogían larvas de insectos, las aplastaban y comían. Cuando el calor era insoportable, orinaban en la tierra, convertían la tierra en barro, esparcían el barro a la sombra de un árbol y se acostaban sobre él, para proporcionar a sus cuerpos algo de humedad. Comían huevos de todas clases, incluso de cocodrilo, a cuyo trasluz se veían las sombras de los embriones, cuando una madre desnaturalizada los había abandonado al sol.

En suma, un paseante se convertía en una enciclopedia viviente de supervivencia natural. Si lo lograba, transmitía sus conocimientos a sus hijos, y luego los abandonaba a su suerte.

Al final de la lección, Haksar había recibido un aplauso espontáneo, pero cuando Ken iba por el pasillo hacia su siguiente clase, había oído a dos jóvenes africanos comentar que Haksar resultaba divertido, para ser un viejo «aliento a curry», un insulto heredado de los ingleses. Los jóvenes africanos vestían polos, pantalones caqui ajustados y mocasines sin calcetines. Uno de ellos captó la mirada sorprendida de Ken.

−¿Qué pasa, tío? −preguntó con tono jovial.

Ken encontró una rápida réplica.

−Nada. Como siempre.

Se alejó, mientras se preguntaba si Haksar sabía que sus estudiantes le llamaban aliento a *curry*, o *tandoori*. Haksar tenía que saberlo, por supuesto. Había vivido siempre en Kenia, lidiando toda la vida son sus complicaciones raciales y tribales. Durante el período colonial, los blancos estaban arriba y los negros abajo, y pese a su odio mutuo ambos detestaban a los intermedios, los hindúes. En lo tocante a las tribus, la situación no era mucho mejor. Después de la independencia, setenta tribus de Kenia y más de doscientas de África oriental reanudaron sus viejas rivalidades y convirtieron la zona en un caldero hirviente de celos y desconfianza.

Pero en Dogilani no había tribus que enviaran a sus jóvenes a realizar paseos iniciáticos. O tal vez... no había tribus conocidas.

Pero la hipótesis de una tribu desconocida tampoco tenía sentido. La selva africana no era la Amazonia. ¿Dónde se ocultaría una tribu desconocida?

El dolor de cabeza de Ken no cesaba de empeorar. Se masajeó las sienes y se contempló las manos. Las imaginó tirando piedras. Imaginó una garra de homínido moreno que tiraba piedras, con puntería, con una coordinación de la mano y el ojo que ningún simio poseía, si bien los simios también arrojaban tierra y palos cuando se irritaban. Tirar con puntería significaba cazar con regularidad, lo cual significaba humanidad.

Otro rugido de un avión de transporte. Las ventanas vibraron. Una puerta tembló al otro lado del despacho y empezó a abrirse. Ken oyó una radio. Tambores Digo, que el ruido del avión ahogó al instante.

La puerta se abrió por completo y reveló un dormitorio, y una joven de perfil que se miraba en un espejo. Era Yinka, y estaba desnuda, salvo por unas bragas blancas de algodón. Hizo una mueca cuando oyó el estrépito del avión, pero siguió mirándose al espejo. Alzó varias ristras de cuentas de colores. Deslizó una alrededor del cuello, dobló otra y la pasó por su muñeca izquierda.

Tenía los pechos pequeños, pechos masai, de adolescente, que seguirían así hasta que los henchiera la leche materna. Eran muy bonitos, pero poco excitantes. Lo que hizo tragar saliva a Ken fueron sus muslos: largos, esbeltos, de gacela. Iluminada desde el interior, Yinka aparentaba un metro sesenta y cinco, pero sus muslos parecían largos, lentos e imperturbables. Como las extremidades de una jirafa, lentas incluso cuando el animal galopaba a toda velocidad.

Levantó un pie, lo colocó detrás de la otra rodilla y se mantuvo erguida así, como los vigilantes masai de ganado cuando custodiaban un rebaño. Eran capaces de aguantar en aquella postura durante horas. Yinka, como una verdadera africana, se estaba probando los collares aguantándose con una sola pierna, y sin cubrirse los pechos.

El estruendo del avión se alejó. Ken oyó los tambores Digo, cinco, cada uno afinado en una nota diferente. Su ritmo intenso y preciso recordó a Ken los Mombasa Lions, un grupo popular. Se dijo que debía alejarse de puntillas antes de que Yinka le viera, pero no logró moverse. Contempló en silencio su inocente desnudez.

Yinka se volvió y le vio.

Ken permaneció inmóvil, ruborizado. Ella le estudió con ojos impenetrables, como había hecho en el aeropuerto. Después, movió aquellas piernas imperturbables y se volvió por completo hacia él. Sus muslos eran perfectos, y una leve sombra de vello púbico seguía el contorno de sus bragas.

—¿Qué haces, colono? —preguntó con sequedad—. ¿Dando un buen vistazo colonial a una chica negra desnuda?

Desapareció de su vista, pero sin cerrar la puerta. Ken oyó que se cubría con algo. La joven reapareció ataviada con un kikoi blanco, bordado con siluetas de arqueros que cazaban antílopes. Avanzó hacia él y habló con voz serena.

—¿Qué pasa, Ken? ¿Has pasado demasiado tiempo mirando a los babuinos que se montan al sol?

Ken lanzó una carcajada hueca.

—Podría disculparme si te ahorras esos comentarios sarcásticos, empezando por ese estúpido «colono».

Ella le miró con frialdad.

—Sólo bromeaba a medias. ¿No solicitaste la residencia en este país?

—¿Que yo...?

Ken miró su kikoi. Apenas cubría sus pechos.

—Solicitaste la residencia en este país. Lo sé por una fuente del Ministerio del Interior. Pensaba que lo habías hecho para conseguir permisos de excavación y cosas así...

—Nunca he solicitado nada por el estilo.

—Estás en alguna lista gubernamental...

—Tal vez esté en la lista de los que van a ser expulsados del país. Ya no me sorprendería nada.

—¿Quieres conocer a algunos estudiantes de periodismo norteamericanos? —preguntó la joven de improviso. Ken se preguntó si habría inventado la lista del gobierno para justificar sus burlas—. Han venido para un intercambio cultural, un hombre, dos mujeres. Todos negros, por supuesto.

—Estoy seguro de que podrán divertirse sin mí.

—El tipo ya lo hace. Tiene más citas de las que puede aguantar. Pero las chicas no, porque nuestros chicos quieren chicas blancas. Están desesperadas. ¿Qué me dices, col...? Perdón. Entre los prejuicios de nuestros chicos negros y la calentura de nuestras chicas negras, ésta es tu oportunidad.

—No, gracias. Prefiero mirar a los babuinos. Hacen gala de estrategias reproductivas muy interesantes.

Abandonó el despacho, salió a la escalinata del porche y respiró el cálido aire de la noche.

Se sorprendió al oír unos pasos a su espalda. La joven se paró a su lado. Contemplaron el cielo rojizo.

—Hay dos cosas que no deberías hacer a partir de ahora —dijo Yinka—. Primera, no saques fósiles del país. Aparte de las leyes existentes, se va a aprobar una nueva ley contra el saqueo de nuestra riqueza nacional, dirigida especialmente hacia los descubrimientos científicos que lleven a cabo extranjeros. Y segunda, no te opongas a mi padre.

—La segunda ya me la había imaginado, y me temía la primera. Gracias, de todos modos. ¿Cuándo crees que entrará en vigor la nueva ley?

—A finales de esta semana, probablemente.

Randall se iba al día siguiente. Aún podía llevarse algunos fragmentos de fósil, guardados en un recipiente de aspecto inocuo, como una bolsa de tabaco o una caja de caramelos.

Yinka contempló a Ken con sus brillantes ojos pardos, cuyas profundidades él solía evitar.

—¿Quieres volver a esa sabana? Convence a Ngili de que vaya a la Escuela de Diplomacia, y después pide a Um'tu que te ayude. Ya encontrará una forma.

Ken rió, en parte porque su mirada brillante conseguía que la sugerencia pareciera simple, casi inocente.

—¿Cómo voy a hacerle eso a Ngili? Es mi amigo. Ni hablar.

—Tú decides. ¿Por qué es tan especial ese esqueleto que habéis traído?

—Es sexy —barbotó Ken—. ¿Sabías que hace dos millones de años los protohumanos inventaron el orgasmo? Los machos tenían más sangre que los monos, de manera que sus erecciones eran mucho más tumefactas y satisfactorias. —Ella entornó los ojos. Ken intentaba escandalizarla, pero ignoraba si lo estaba consiguiendo—. En cuanto a sus hembras, desarrollaron ese útero en forma de cuello de botella, que se contraía y hundía en el charco de esperma después de que fuera depositado en su vagina. Así fue como empezó el orgasmo femenino, y se desarrolló para que las hembras pudieran tener hijos con el macho de su elección. Si les gustaba, se corrían. Si no les gustaba, se quedaban secas y no salían hijos. Fue la primera vez que las hembras pudieron intervenir en la forma de reproducción.

—¿Es eso cierto? —preguntó Yinka.

—Ya lo creo. Fue un gran progreso en la estrategia de la reproducción. Por eso, incluso hoy las mujeres tardan más en llegar al orgasmo que los hombres. No es democrático, pero es bueno para el futuro de la raza.

La joven sonrió. Vieron que Ngili se acercaba desde la terraza.

—Eh, Ngili —exclamó Yinka—, ¿te ha contado Ken sus teorías sobre el orgasmo de los protohumanos?

Ngili llegó al lado de Yinka y la rodeó con un brazo.

—Las teorías de Ken, como todas las teorías, son difíciles de demostrar. Pero tiene razón cuando dice que existen algunos indicios de que los australopitecos iniciaron la monogamia, y que eso motivó que se preocuparan más por su progenie, y que la población aumentara de forma considerable.

—Fascinante —dijo Yinka—. ¿Todo eso ha salido de la cabeza de Ken?

—Casi todo. —Ngili sonrió, algo tenso—. Yo me limito a recoger muestras de rocas.

—Chico blanco ser muy listo —dijo Yinka en son de burla. Se puso seria de repente y desvió hacia Ken sus ojos brillantes—. Ken.

—¿Qué?

—¿Cuándo surgió el amor?

Él reflexionó. ¿Cuándo empezaron a formarse vínculos comparables a los modernos? Era menos una cuestión de fecha que de fase de desarrollo. En el seno de aquel laberinto de interrelaciones positivas que habían convertido a los australopitecos y habilinos en los grandes experimentadores de la raza humana, la vida sexual alcanzó tal grado de calidad que los machos empezaron a ser monógamos.

—En pocas palabras, nos enamoramos cuando copulamos cara a cara, en lugar de por detrás —explicó—. Era más agradable copular cara a cara con un macho que revolcarse con toda una horda. La copulación cara a cara unió a nuestros antepasados primitivos y benefició a los hijos, para los cuales los padres monógamos empezaron a cazar y forrajear con gran éxito...

Enmudeció. Ngili le había dejado con la palabra en la boca para entrar en la casa.

—Fascinante —repitió Yinka—. ¿Seguro que no quieres conocer a esas periodistas?

—No, gracias.

Vaciló un momento y pidió a Yinka que le acompañara hasta el Land Rover. Desenvolvió el fragmento de piedra incrustado de espinos silbantes y se lo enseñó. Los ojos de la joven se dilataron, y empezó a respirar poco a poco, mientas miraba la forma de los espinos, tan perfectamente petrificados. Ken volvió a envolver los espinos fósiles.

—Voy a dártelos. Quiero que tú los guardes.

Una delicada sonrisa entreabrió los labios de Yinka. Su boca brilló, púrpura y carnal.

—¿Por fin me has traído flores, Ken?

Él rió.

—Sí, a mi manera. Durarán mucho tiempo, y no hará falta que las cuides mucho.

—Deben de ser muy valiosas. ¿Por qué me las das?

—Compro tu silencio sobre todo este asunto —sonrió. Se puso serio de repente—. No lo sé. Por si Ngili se hace diplomático, yo vuelvo a Dogilani solo y... algo inesperado me ocurre. Tendrás la prueba de lo que fuimos a investigar. Un hábitat viviente del Plioceno.

La joven sacudió la cabeza con decisión.

—Nada va a sucederte. Cuando se calme, Um'tu enviará un ejército de guardias de la reserva a Dogilani para comprobar que no existe peligro.

—Fantástico —murmuró Ken—. Estupendo para los animales, estupendo para el hábitat.

—¿Qué tiene de especial ese pedazo de tierra desierta? —preguntó la joven, molesta—. ¿Por qué se comporta Ngili como si no volver allí fuera una especie de sentencia de muerte?

—Es un lugar fascinante, Yinka. Encontré un fósil fabuloso al poco de aterrizar. —Señaló el manojo de flores petrificadas—. A la mañana siguiente, Ngili encontró esto. En mi opinión, lo más importante es que el aislamiento de la zona combinado con unas condiciones climatológicas únicas ha creado una ecología invariable durante más de dos millones de años. Es posible que existan especies vivas, inalteradas e inmutables desde antes de Adán.

Yinka contempló las flores petrificadas, y después lanzó una carcajada.

—Eso es imposible. No existe un lugar semejante en la tierra.

—Tal vez, pero he de volver a comprobarlo.

Ella reflexionó, y después habló con una ira contenida que daba cuenta de su estado de ánimo.

—¿Quieres decir que ese lugar y sus especies no han sido descubiertos durante los últimos veinte años de fotografías por satélite? Eres consciente de que vuestros servicios de inteligencia espían África con saña, ¿no? Cuando Idi Amin gobernaba Uganda, la CIA fotografió hasta el último centímetro cuadrado de territorio keniata, con la excusa de los contactos de nuestro vecino con la OLP...

—Un discurso muy patriótico, Yinka. En cuanto eso de hasta el último centímetro cuadrado, te diré algo. En la fotografía por satélite, las resoluciones más pequeñas son de unos pocos metros en tamaño real de la tierra. En otras palabras, no son lo bastante pequeñas para registrar seres humanos. Desde doscientos cincuenta kilómetros de altura, un ser humano no es ni la mitad de grande que medio pixil, la mitad de un punto negro o blanco capaz de crear el mínimo contraste que dé como resultado una imagen visual. No se ven hombres, animales ni rebaños desde un satélite, salvo como manchas difusas.

La joven irguió su largo cuello masai.

—Pero habrá resoluciones mejores que se guarden en secreto, ¿no crees? Tu CIA no va a pregonar los resultados de su mejor tecnología.

—Creo que eso es periodismo, Yinka. En cualquier caso, he de volver allí.

Fantástico, vuelve allí solo, idiota, pensó ella, cansada de los egos hinchados de todo el mundo: su padre, su hermano, aquel norteamericano blanco.

—¿Vas a ir a la boda de Gwee? —preguntó sin transición. Se echó a reír—. Vamos a bailar el arriba-abajo. ¿Te imaginas al primer ministro bailando el arriba-abajo, o a Cyril Anderson?

Él también rió cuando se imaginó a Cyril bailando el arriba-abajo. Tendría que hacerlo, sobre todo si entraba en el gabinete ministerial.

El arriba-abajo era un baile de proezas sexuales llevado a cabo por jóvenes guerreros masai delante de sus futuras esposas. Los jóvenes bailaban sin moverse de su sitio con grandes saltos verticales. Las novias, con la cara oculta bajo montones de cadenas, ajorcas y aros, miraban por debajo de sus adornos, riendo como tontas, para vislumbrar los atributos masculinos de sus prometidos, que se revelaban en ocasiones cuando sus kikois subían y bajaban.

—Iré —prometió Ken—. Bailaremos el arriba-abajo juntos.

De pronto, Yinka le apretó la mano. Tenía los dedos fríos, pero enviaron oleadas de sangre a su cara. Ella le miró sin expresión, al tiempo que le entregaba aquella señal secreta de interés, y luego relajó la mano en la suya. Ken contuvo el aliento y le acarició los dedos, disfrutando del tacto de una mano femenina, prácticamente olvidado.

Ella soltó su mano.

Ngiamena y Anderson se acercaban desde la terraza. Anderson estaba terminando una frase.

—Lo mejor es deslumbrarles con ellos en Nueva York y Washington. —Ken supuso que se refería a la cámara de los fósiles—. Después de deslumbrarlos, hablaré del país y les preguntaré sin más quién va a aportar fondos, y cuánto.

—Es un buen plan. Espero que funcione —dijo Ngiamena.

—Funcionará —replicó Anderson, sereno, majestuoso. Entraron en la casa antes que Ken y Yinka.

El mercado al aire libre de Muindi Mbingu Road era como un bazar de las mil y una noches. Se vendía comida y especias, cabras y perros guardianes, loros y monos, sillas de jardín de bambú, ollas y cazuelas de latón, alfombras persas de valor dudoso, así como alianzas de oro y plata. Por una ironía, la sección de carne fresca estaba al lado de una hilera de cabañas de puertas estrechas, cubiertas por cortinas de ducha. Albergaban una comunidad de prostitutas, cuyos nombres se anunciaban en pequeños letreros de madera. Las prostitutas eran cordiales y alegres. Con un atavío sucinto, paseaban por el mercado para comprar una taza de kahawa o verduras, y luego volvían a sus cabañas con un cliente. Una se hacía llamar Madonna. Otra era conocida como Annie Sin Pomo, debido a su negocio adicional de mostrar a la gente de la ciudad que no tenía «pomo», es decir clítoris. Le habían mutilado el clítoris y parte de los labios vaginales en la pubertad, en alguna aldea que todavía practicaba la circuncisión femenina, cuyo propósito era asegurar la fidelidad de la mujer en el matrimonio. La tradición continuaba en las zonas rurales, aunque estaba prohibida por la ley. Annie no se había convertido en una sumisa esposa africana, sino que había transformado su pérdida en una pequeña atracción turística.

Ken y Ngili, que habían recuperado las fuerzas a base de una ducha y una rápida cena consistente en filete, *githeri* (un plato de maíz y judías) y *matoke* (una especie de quiche de banana ugandesa), paseaban en busca de una maleta para Randall. Ken preguntó a Ngili de qué habían hablado mientras tomaban café en la terraza de los Ngiamena. Ngili explicó que su padre, en un intento de llegar a un compromiso había insistido a Ngili en que aceptara la oferta de Cyril de custodiar la exposición de fósiles itinerante. Sería una gran oportunidad para Ngili de conocer a los mejores paleontólogos del mundo, y podía combinarlo fácilmente con sus deberes diplomáticos.

–No es lo mismo que volver a terminar nuestro descubrimiento, Ngili. Es nuestro descubrimiento, y puede que sea extraordinario. Sé que sólo contamos con unas pocas piezas del rompecabezas, pero tal vez encontremos las demás –suplicaba Ken por encima del griterío–. Si crees que puede ser de ayuda deja que hable con tu padre...

–No –repuso Ngili, hosco–. Tú no puedes intervenir en esto.

–Por el amor de Dios. ¿Es el momento de formalidades africanas? Esto es importante para el mundo.

–No sabes si es importante, y no quiero herir a mi padre.

–¿De qué forma podrías herirle?

A juzgar por los rasgos tensos de Ngili, Ken supuso que no obtendría una respuesta directa. Se preguntó si Jakub temía perder su posición social, debido al carácter caprichoso e impredecible del presidente. Eso explicaría su exhibición de lealtad patriótica, pero... Jakub lo estaba haciendo a expensas de su hijo.

Ken pensó que ya había una nota de autotraición en la voz de Ngili. Frustrado, pero sobre todo inseguro respecto a continuar solo aquella gran empresa, le habló con brusquedad.

–¿No quieres herir a tu padre? A él no le ha costado nada herirte.

–¿Tú qué sabes? –replicó Ngili–. ¿Qué coño sabes sobre padres e hijos africanos?

Se alejó con semblante sombrío y se detuvo junto a una pila de artículos de viaje. Pidió en swahili con altivez que le enseñaran algunas maletas, eligió una y regateó. Ken sacó un rollo de billetes para pagar la mitad. Ngili apartó la mano de Ken, pagó todo de su bolsillo y cogió la maleta.

–Escucha –dijo mientras salían del mercado–, a mi hermana le gustas. ¿La has alentado?

–¿Qué?

Ken se echó a reír. La idea de alentar a Yinka era cómica. Hacía lo que le daba la gana sin necesidad de que nadie la alentara. Estuvo tentado de decir que sí, pero se dio cuenta de que Ngili, en su estado actual, no aceptaría ninguna broma.

–Nunca me he insinuado, si te refieres a eso –dijo.

–Será por eso que le gustas.

–No es verdad, Ngili, al menos de la forma que piensas.

Recordó el suave pero firme tacto de sus dedos contra su palma, encallecida por años de utilizar martillos para desmenuzar rocas.

–Me he dado cuenta. Incluso en el coche, por la forma en que se volvía hacia ti y te miraba. A partir de ahora no la alientes. ¿De acuerdo?

–En el coche se estaba desahogando sobre la situación política. Yinka es una chica estupenda. Sabe cuidar de sí misma.

–Es una chica africana, y tú eres un norteamericano blanco –dictaminó con severidad Ngili–. Aquí cuidamos de nuestras hermanas. Tú y yo somos diferentes, somos hombres y compartimos algo: el pasado. Pero tú y ella no compartís nada. ¿Entendido?

Se adelantó hasta el Land Rover aparcado, y pateó el suelo con impaciencia.

Ken se había parado junto a un cercado de cajas de cartón vacías, que llevaban impreso el nombre de marcas de ordenadores y televisores: IBM, Apple, Sony. EL JARDÍN DE LA PAZ DE DIOS: UNA AYUDA, POR FAVOR, rezaba una frase pintada a mano sobre los nombres de las marcas. En el interior de aquel recinto, una familia asolada por el sida, padres e hijos demacrados y cubiertos de pústulas, estaba muriendo en silencio. Había agujeros en los cartones. Algunos transeúntes introducían chelines por aquellos agujeros. Las monedas caían con ruido metálico en unas latas sujetas a las paredes.

Ken no había parado por casualidad. Aún sostenía en la mano el dinero con el que iba a pagar la mitad de la maleta de Randall. Vio el jardín de paz y muerte, y tuvo la sensación de que una muda llamada pasaba entre los billetes y aquellos agujeros, oscuros y tristes, como cuencas oculares vacías. Hizo un rollo con los billetes y los embutió por un agujero. Gritos exaltados sonaron al otro lado de la pared, y una víctima invisible recogió el inesperado regalo.

—*Ahsante, ahsante sana* —dijo una ronca voz masculina desde el interior—. Muchísimas gracias.

Una mujer rió en el jardín de la paz, una risa joven.

Ngili gritó a Ken que se diera prisa. Ya voy, muchachote, pensó Ken, irritado. Subió al coche, decidido a conducir hasta casa de Randall en silencio, pero cuando introdujo la llave en el contacto no pudo contenerse.

—¿Qué coño te has creído, darme un aviso semejante? —espetó a Ngili—. Como amigo tuyo, ¿crees que insultaría a tu hermana? ¿Cómo te ocupas de ella, tratándola como si fuera de tu propiedad y negándole la libertad de que se enamore de mí, o de quien sea?

—Ahórrame la canción de la libertad —replicó Ngili, con expresión sombría—. Es un gran éxito norteamericano, pero aquí no suena tan bien. Hace tiempo que quiero decírtelo, Ken: eres ingenuo y presuntuoso.

—Y tú un niño mimado que desconoce sus potencialidades.

Ngili no contestó. Salieron del mercado. Cuando se detuvo ante un semáforo, Ken consultó su reloj. Theo ya habría revelado las fotos. Decidió dirigirse hacia la tienda. Miró hacia el oeste, por encima de la confusión de la calle.

Dogilani se extendía hacia el resplandor persistente del crepúsculo. El pasado. El pasado era mejor, más limpio. En el pasado cabía todo el mundo.

En la sabana, el muchacho homínido subió por un sendero entre las rocas y se acuclilló junto a un grupo de piedras negras que había escondido entre la ballueca. Cogió una piedra más y la encajó en su axila izquierda. Después, dejó que su brazo colgara encima de ella, como si la hubiera guardado en un bolsillo.

Aquél era su territorio, donde había almacenado piedras en lugares bien grabados en su mente. Allí estaban, a la espera de que las necesitara. Ningún depredador las movería de su sitio, ni las relacionaría con el muchacho. La única vez que ocurrió fue cuando el depredador estaba recibiendo una lluvia de piedras, arrojadas por el muchacho. Obraba un efecto atemorizador en las bestias, y cuando los proyectiles se terminaban, el chico ya había trepado a un árbol o una roca.

Las piedras del muchacho eran de un negro profundo, muy diferentes de los salientes rocosos amarillentos circundantes. Cuando se había instalado en la zona, encontró muchas piedras de aquel tipo, diseminadas en el suelo o escondidas entre la hierba. Durante los meses siguientes, mientras se improvisaba un hogar, las había coleccionado y distribuido por los senderos y lugares de emboscada que utilizaba. Ahora las manejaba a diario, las tiraba contra su presa y las recogía después de derribar la presa. Las amontonaba y volvía a cogerlas. Por la noche sujetaba una en la mano antes de dormirse, y cuando despertaba sus dedos aún seguían engarfiados a su alrededor.

Salió al claro situado entre las rocas donde las criaturas oníricas habían examinado las huellas de sus pisadas. Se habían movido de un lado a otro, acuclillado para mirarlas, robado sus piedras para examinarlas, sin olfatearlas, sino alzándolas hasta sus ojos. No habían olfateado nada. Sólo habían tocado, cogido y mirado.

Se detuvo y recordó el aspecto de los seres.

Sus caras. La expresión de sus caras.

Carecía de palabras para ello, pero sabía que se habían quedado asombrados de lo que veían. No era una emoción desconocida para él. Sin embargo, el grado de perplejidad de los seres le había impresionado. Habían parpadeado repetidas veces, y sus labios habían elaborado sonidos como los picos de los turacos.

Su mundo estaba lleno de novedades, pero nada le había confundido tanto como la visita de los seres y lo que habían dejado. Se acuclilló junto a las pisadas de los seres, que eran ovales y sin marcas de dedos. No las habría reconocido como huellas de pisadas de no haber visto a los seres caminando entre las rocas.

Apretó las piedras con más fuerza. Estaba tenso y asustado, casi como si esperara un castigo, mientras arrastraba sus pies descalzos sobre las extrañas pisadas.

No pasó nada.

Las borró por completo, y después destruyó sus propias pisadas pasando la planta del pie derecho sobre ellas, rompiendo sus contornos. Luego rebuscó entre otro montón de rocas y sacó el encendedor. Lo había guardado antes. Le tenía fascinado, pese a que, después de intentar arrojarlo, comprobó que no servía para cazar.

Lo había dejado caer sobre un saliente de piedra recalentado por el sol. Poco después lo cogió de nuevo y se quemó los dedos. Lo tiró junto a un matorral y paseó en círculos alrededor, molesto con el extraño visitante porque le había jugado una mala pasada. Utilizó una hoja para recoger su tesoro, y sintió su calor a través del tejido.

Ahora, mientras sostenía la curiosa piedra, no sabía hasta qué punto se trataba de un sueño, cuándo había empezado y terminado. El día antes, cuando los antílopes habían cargado de forma inesperada contra las rocas, apenas había tenido tiempo de agarrar una piedra de caza, antes de que el enorme macho que galopaba delante se lanzara sobre él. El muchacho había alcanzado al macho y detenido la estampida. El macho había girado en redondo, arrastrando tras de sí al resto de la manada. La piedra de caza había caído sobre un montón de malas hierbas pisoteadas por el rebaño.

Al cabo de poco rato, el ser había aparecido con el macho cargado a la espalda. La cabeza del ser parecía muy pesada, y su cara le recordó al muchacho la de un león, debido a sus ojos pardos, el hocico sonrosado y una corta melena parda. Cara-de-león.

El ser se había internado entre las rocas, muy cerca de un arbusto verde de espinos entrelazados cargados con bayas maduras. Se había detenido al lado del arbusto, con su altura imponente, que sólo superaban las jirafas y los elefantes.

Había dejado caer el macho muerto, cogido la piedra de caza y advertido la sangre fresca que la manchaba. Durante todo el rato, el chico había estado acuclillado detrás del arbusto. El ser había examinado con atención el arbusto, pero no se había fijado en dos bayas que temblaban: los ojos del muchacho.

El muchacho recordó que el ser cargaba otras cosas, pero no les había prestado atención porque estaba fascinado por la cara de león, su aspecto y movimientos. Cara de león no había olfateado nada. Se había mantenido erecto sobre sus patas traseras todo el tiempo, incluso con el peso del antílope a la espalda, y caminaba erguido, a veces deprisa, a veces despacio, igual que el muchacho.

El ser caminaba, se mantenía erguido y cargaba cosas igual que el muchacho.

Al muchacho no le costaba recordar al hombre desconocido con el antílope a la espalda. Le había impresionado demasiado aquel porte tan extraño, pero al mismo tiempo tan familiar. Para recordar al hombre sólo debía entregarse al impulso de recordar. Había intentado reprimir aquel impulso, anular lo que significaba, porque... el muchacho nunca había conocido a alguien que caminara como él, o se mantuviera erecto como él, o hiciera cosas como él. Nunca había existido nadie como él. ¿O sí?

154

Se encomendó una tarea. Recordaría algo muy familiar, algo que evocara con toda exactitud su vida como había sido antes de la llegada de aquellos seres. Decidió concentrarse en el lugar donde dormía.

Pensó en la pequeña colección de pertenencias personales que poseyó durante un tiempo. Vio la colección en la pantalla de su memoria. Un colmillo de cría de jabalí, largo, afilado, con un extremo aguzado. Le gustaba jugar con él, rascarse la piel y hacer dibujos absurdos en el polvo. También guardaba varias piedras a su lado, a modo de fieles guardianes de su sueño.

Tenía una pluma de buitre gris, larga, veteada de negro y terminada en crespones negros. Era uno de los objetos más livianos que había sostenido. También tenía un hueso blanco, seco y desprovisto por completo de tejido. No recordaba cómo había llegado a sus manos aquel hueso. Añadió la extraña piedra brillante a sus tesoros.

Empezó a escalar las rocas, con el calor del sol sobre su cabeza. Su pecho aspiraba bocanadas de aire caliente y seco. Avanzaba con parsimonia y portaba sus piedras casi como si no pesaran. Casi siempre se alzaba a mayor altura que los demás seres de la sabana, salvo las aves. Desde la copa de un árbol, o desde lo alto de sus murallas rocosas, sabía dónde estaban los invasores y asesinos salvajes, y si se aproximaban, y cuál era su estado de ánimo. Ser más alto, al igual que caminar erguido, eran sus principios básicos de supervivencia. La supervivencia estaba tan grabada a fuego en su cerebro y coordinada con sus actos, que casi nunca le pillaban desprevenido.

A los grandes asesinos les encantaría atrapar y destripar a un ser tan blando, sin prestar atención a sus chillidos de agonía. Su piel era fina y su carne fácil de penetrar. No tenía un pellejo áspero que cubriera sus músculos y tejidos. Sus huesos eran ligeros, gráciles, deliciosos de masticar. En cuanto a armas personales, carecía de garras, y sus dientes eran insignificantes.

Su mejor arma era su mente. En la fase evolucionaria de quinientos centímetros cúbicos ya había desarrollado las asombrosas funciones de estrategia y planificación.

Cuanto más se acercaba a lo alto de la empalizada, más consciente era del cambio de luz, a medida que el sol descendía. Desde aquella altura se producían sutiles cambios en los colores, en la temperatura, incluso en el sabor del aire, mucho antes de que los notaran los seres que pululaban más abajo. Un olor a humedad bajaba desde la cúspide del Mau, donde una niebla, antes invisible, se estaba transformando en una corona de nubes.

Las nubes almacenaban agua de lluvia, que tal vez llegara al suelo si la temperatura nocturna bajaba lo suficiente.

Aún era de día, pero el muchacho ya olía la noche inminente.

En las praderas, el terreno había empezado a cambiar. Las sombras se alargaban, las hendiduras del suelo se acentuaban. El follaje y las flores adquirían un tono pronunciado del que carecían iluminados por el sol. El sol no tardaría en morir, como cada noche, y dejaría que la sabana se deslizara en el limbo angustioso del anochecer. El anochecer significaba el despertar para los animales nocturnos, y la invitación a los diurnos a que volvieran a sus madrigueras, nidos y escondrijos. Algunos sobrevivirían a la noche, otros no.

Cerca de lo alto de las rocas, el muchacho echó la cabeza hacia atrás y escudriñó el cielo durante un rato. El aire parecía hecho de oro líquido, un lago dorado que engullía la bola incandescente del sol. El buitre que había visto antes volaba lentamente en círculos sobre su cabeza, al capricho de las corrientes altas. Más abajo, dos milanos negros volaban en anchas órbitas, y volvían la cabeza para examinar el suelo con un ojo, y después con el otro.

Como de costumbre, las aves de presa no dejaban de vigilar el movimiento de los depredadores terrestres. Cuando localizaban una presa, las aves se arrojaban en picado, y el viento silbaba a través de su plumaje. En ocasiones, anticipaba el lugar de la matanza con asombrosa precisión. Cuando los leones o hienas abatían a un ñu entre los matorrales, en un breve combate final que agitaba los arbustos y levantaba polvo, las aves ya estaban en el suelo, dispuestas a compartir su parte del festín. El muchacho leía señales en el cielo y los matorrales que otros seres pasaban por alto.

Saltó sobre un reborde plano situado bajo el último peñasco y oyó gruñidos y chillidos. El corazón empezó a tamborilear en su pecho, mientras sus órganos internos se tensaron casi como antes de llegar a las huellas del avión.

Una tropa de mandriles había invadido su reborde.

Tembló, y sintió en los huesos el día en que había corrido un peligro semejante. En cierta ocasión había sido atacado por mandriles, y aún conservaba una profunda cicatriz en la espalda, ocasionada por un macho grande que le había sorprendido en terreno despejado y casi le había matado. Desde entonces el muchacho había aprendido a evitarlos. No servía de nada tirarles piedras, porque los mandriles siempre se desplazaban en hordas más numerosas que sus piedras.

Se quedó sorprendido al verlos. Los mandriles solían cazar animales pequeños, pero lo único que iban a encontrar en aquellas rocas serían lagartos. Sin embargo, el jefe de la horda estaba desgarrando un pedazo de carne con su boca, similar a la de un perro. Tres machos subordinados estaban sentados sobre sus cuartos traseros, y contemplaban a su líder con tal devoción que movían el hocico al mismo tiempo que el suyo.

El gran mandril ahora trataba de romper el cráneo de un antílope para devorar los sesos. Un desagradable olor a descomposición hirió el olfato del muchacho. Él había matado al antílope antes de que llegaran los seres misteriosos. Los mandriles lo habían olido y seguido la pista hasta una hendidura en las rocas, donde el muchacho tenía su despensa.

El muchacho no reaccionó de inmediato. La invasión de su hábitat era demasiado inesperada. Se irguió, totalmente visible, sin la menor protección, y contempló a los monos mientras engullían pedazos pequeños de carne. Se siseaban mutuamente con aire amenazador y ahuyentaban una espesa nube de moscas. La horda estaba compuesta por machos y hembras adultos, además de jóvenes y crías, todos nerviosos porque los adultos de más edad parecían decididos a quedarse con todo el cadáver. La tropa sería mucho más agresiva debido a la presencia de las hembras y los jóvenes. Los enormes machos, con sus temibles caninos desnudos, atacarían a cualquier intruso, excepto un león o un leopardo. Si veían al muchacho, le matarían antes de que las hembras tuvieran tiempo de proteger a sus crías.

Por suerte, estaban ocupados de momento. Algunos comían, otros miraban a los que comían.

La única arma con la que contaba el muchacho era la huida.

Tanteó con el pie la roca que tenía detrás, y descubrió que era lisa y regular. Retrocedió, vigilando que ningún mono le viera. Por fin, dio media vuelta, preparado para bajar corriendo por las rocas.

Se detuvo. Dos grandes machos que subían desde un reborde más bajo le cortaban la retirada. El primero corría de una forma extraña sobre tres patas, porque aferraba en una mano algo blanco y resplandeciente. Sus ojos, en forma de semillas negras y brillantes, parecieron iluminarse cuando vio al muchacho. Más abajo, otros mandriles trepaban sobre las rocas, con las colas erguidas y sus extremidades alejadas del cuerpo, como si se dispusieran a excretar.

El muchacho, aterrorizado, abrió la boca y su laringe emitió aquel sonido gutural, *rrr*. Sabía que iba a morir. En pocos instantes le estarían devorando en compañía del antílope podrido. Dentro de unas horas, las aves picotearían sus huesos, y por fin quedaría diseminado por toda la sabana, una parte dejada caer por un ave, otra arrastrada por un roedor, otras abandonadas hasta que se secaran donde las habían devorado, hasta que las siguientes lluvias le sumaran a la basura orgánica anónima de la estación anterior.

Tanteó desesperadamente, en busca de una escapatoria. El primer macho le enseñó los dientes, mientras aún sostenía en una mano un hueso de brazo blanco. Los mandriles habían descubierto y saqueado su despensa.

Aquello le dio valor. Atrapó al mono por la cintura cuando saltó, lo volteó en el aire con violencia, y lo arrojó contra una roca. Sangre y sesos rezumaron del cráneo partido. Antes de que el mandril expirara, el muchacho lo agarró por la cola y lo descargó contra los demás como si fuera un garrote. El cadáver del mono derribó a los de su especie y el gruñido del muchacho se convirtió en un agudo aullido. Golpeó con el cadáver al jefe de la manada, cuyos colmillos perforaron el cuerpo peludo y se clavaron en el brazo derecho del muchacho.

Pero el muchacho no cesó de golpear, ni de aullar. A cada impacto, el cuerpo que sujetaba en sus manos se iba transformando en una masa informe y sanguinolenta, y los mandriles machos seguían cayendo ante él. Entretanto, las hembras chillaban y llamaban a los machos para que huyeran. Por fin, un mandril saltó sobre la espalda del muchacho, pero éste se lanzó hacia atrás contra el peñasco más alto. Sintió los dientes y las garras del mandril hincarse en su espalda, y al punto oyó el crujido de los huesos del animal al romperse, hasta que quedó inmóvil. Se liberó del cadáver, se volvió y hundió sus cortos dientes en el cuello del mandril agonizante.

El brillo de sus dientes ahuyentó a los demás mandriles, que escaparon chillando y escupiendo. Se irguió sobre los monos que había matado, sobre las rocas, vivo.

Nunca había matado algo tan grande como un mandril, ni más de uno a la vez. De hecho, siempre se había escondido de una horda de mandriles hostiles, pero nunca habían invadido su madriguera. Tenía la garganta seca.

Desconocía al ser feroz que había surgido de él y matado, pero era tranquilizador, de una manera aterradora, que pudiera convocarle y pedir su ayuda de nuevo.

Paseó la vista en torno, consciente de que había salido del sueño. Vio el hueso de brazo que habían robado de su madriguera. Lo cogió, pero volvió a tirarlo, como si el vínculo entre él y aquella cosa se hubiera roto. Buscó la curiosa piedra brillante que había traído consigo del sueño, pero no pudo encontrarla. Esta vez había desaparecido definitivamente.

Buscó sus piedras de caza, pero tampoco las encontró. Se habían extraviado en la refriega.

Las rocas estaban sembradas de cadáveres de monos, manchadas de la sangre que había brotado del cráneo roto de un mandril, y cubiertas por los excrementos que habían dejado escapar los jóvenes al ver la furia desatada del muchacho.

Caminó hasta una capa de rocas más baja y se agachó para entrar por la hendidura donde había dormido. Al hacerlo, pisó excrementos frescos. Entrecerró los ojos para ver el estrecho espacio. No sólo su tesoro había desaparecido, sino que habían pateado y destruido su cama de hojas secas. Su madriguera era un agujero maloliente de pelos y heces de mono, manchado de orina y babas.

Salió y se secó los pies varias veces en una roca lisa. Después, volvió al escenario de la batalla, donde las aves ya volaban en círculos sobre los monos muertos. Una oleada de cólera le impulsó a patear los cadáveres, hasta que cayeron por el borde de las rocas. Instantes después, dos columnas de aves carroñeras se lanzaron hacia el punto donde habían caído.

Se tendió, pues empezaba a sentir dolor en sus heridas.

El sol se estaba poniendo.

La luna se alzó.

Estaba tendido sobre el reborde superior, junto al gran peñasco, insomne.

Hilillos de nubes se desprendieron de la cresta del Mau y se alejaron poco a poco hacia el este, como pelusilla de algodón. Para los ojos del muchacho homínido parecían siluetas encorvadas que abandonaran la cresta boscosa y empezaran a caminar, asustadas e indecisas, por la sabana oscura del cielo.

El muchacho cerró los ojos y el ser de piel clara volvió a su memoria con tal nitidez que el muchacho se echó a temblar de nuevo, temiendo y deseando al mismo tiempo que pudiera abrir los ojos y descubrir al ser a su lado, iluminado por la luna, con su extraña cabeza inclinada sobre la del muchacho.

El chico respiró hondo. En su mente, miraba al ser imaginado, y éste le devolvía la mirada. Se examinaron durante un buen rato.

Finalmente el chico abrió los ojos.

Estaba solo, pero su mente no. Su mente alimentó un anhelo acerca del extraño, y aquel anhelo viajó hasta la luna, y luego hacia los lejanos extremos de la sabana.

Un haz de memoria surgió de la estrecha cavidad craneal del muchacho homínido, atravesó el mundo que conocía y buscó a aquel hombre desconocido.

—Asombroso. Es asombroso que el fósil esté tan completo.

Randall Phillips guiaba un taladro por las capas exteriores de la brecha en zigzag. Se detuvo, se quitó las gafas protectoras e inhaló el aire recalentado por la lucha del taladro contra el cemento de dos millones de años fabricado por la naturaleza.

Trabajaban en una sencilla mesa de cocina vieja y desvencijada. Marcia Phillips, una mujer gruesa y adusta, con un acento norteamericano casi desvanecido, había limpiado la mesa con agua y jabón antes de que Ken y Ngili llegaran, como precaución mínima contra la contaminación. Randall había trasladado la mesa al garaje vacío de los Phillips, donde el suelo estaba manchado de aceite del cárter y de huellas de neumáticos. Los Phillips ya habían vendido sus coches y comprarían otros nuevos en California.

—Éste es el esqueleto de australopiteco más completo que se ha descubierto jamás, lo cual es suficiente para haceros famosos. ¿Cuánto desenterraron del esqueleto de *Lucy*, el cuarenta por ciento? —El corazón de Ken se había desbocado. Randall estaba comparando su hallazgo con aquel descubrimiento de fama mundial—. Aquí debe de haber el setenta por ciento, intacto.

En 1974, Don Johanson, de Berkeley, había encontrado en Hadar (Etiopía) una mujer mono, cuya anatomía demostró que había andado erecta tres millones de años antes de la era actual. Sin embargo, no se habían encontrado los pies de *Lucy*. La prueba de que había caminado erecta residía en la estructura de una articulación femorotibial. La única pieza completa de la cabeza de *Lucy* era su mandíbula inferior.

Los pies del fósil de Ken aún estaban encajados en la brecha, pero Randall ya estaba convencido de que ella (la pelvis ancha sugería una mujer) había caminado erecta.

—¡Mirad esta articulación de la rodilla! —exclamó—. ¡Los huesos de su pierna se encajaban en su rodilla como mástiles de una tienda de campaña!

Ken se volvió hacia Ngili e intercambiaron una mirada de entusiasmo, todavía tensos.

La articulación de la rodilla era una demostración de manual de cómo las piernas de un humano, al contrario que las de un gorila o un chimpancé, se mantenían verticales como columnas que sostuvieran el resto del cuerpo, y de cómo contribuían a que el cuerpo conservara el equilibrio. Un músculo de la nalga humana, el *gluteus maximus*, fuertemente desarrollado, ayudaba a conservar recta la columna vertebral, e impulsaba al cuerpo hacia delante al caminar. La pelvis y la rodilla demostraban que aquella hembra estaba muy bien adaptada a la verticalidad. Gorilas y chimpancés, si bien caminaban en alguna ocasión, carecían de nalgas propiamente dichas que les ayudaran a conservar el equilibrio de su columna y la parte superior del cuerpo, y sus rodillas no se trababan. Cuando se erguían, lo hacían con las rodillas dobladas. Cuando caminaban sobre dos patas, sus torsos colgaban hacia delante, una postura doblada muy incómoda, agotadora, y que pronto abandonaban.

Ken acarició los huesos de las piernas con la mirada, y vio en su mente a la hembra viva. Erguida. Torpe, pero al mismo tiempo graciosa. Miró sus dientes, achatados a fuerza de comer semillas, hierba y tubérculos. Los labios habrían sido carnosos y lozanos, y su aliento olería a dieta vegetariana.

—¿Sigues con nosotros, Ken? —preguntó con sarcasmo Randall—. Parece que esta damisela te está derritiendo. ¡Martillo! —vociferó.

Ken se adelantó con un martillo para picar piedra. Insertó su extremo puntiagudo a intervalos regulares, siguiendo el rastro del taladro. Después giró el martillo hacia arriba y de lado, desprendiendo grandes fragmentos de la placa de brecha.

—¡Cincel! ¡Aguja! —pidió Randall como un cirujano.

Ken y Ngili trabajaron con los instrumentos y quitaron restos que se habían fusionado tozudamente con el hueso. A menudo, el hueso y los restos eran tan parecidos de color que sólo el ojo experimentado de Randall era capaz de identificar dónde terminaban los restos y empezaba el fósil. Ken procedió a una limpieza minuciosa, eliminando los restos de tierra con una aguja montada, en tanto Ngili hundía los trozos de hueso limpiados en un cubo con una solución débil de sosa.

El proceso era lento y fatigoso. Había que limpiar con una destreza singular, como en la cirugía por láser.

Sólo faltaba un trozo diminuto de la mandíbula inferior. Hombros, brazos, manos, caja torácica y columna vertebral estaban completos, al menos en un setenta por ciento. Las costillas de la izquierda estaban hundidas, como si un mazo gigantesco hubiera machacado el cuerpo. La articulación femorotibial y el fémur estaban intactos, pero la tibia y el peroné de la pierna derecha estaban rotos en pedazos diminutos. El fémur izquierdo estaba roto en tres fragmentos. Por debajo de la rodilla daba la impresión de que la pierna izquierda había sido aplastada por la misma presión mortífera que habían detectado antes en las costillas. De todos modos, sería fácil volver a montar la mayoría de los huesos. Lo cual significaba que la vieja dama todavía estaba intacta.

—Parece que un protorrinoceronte o un deinoterio la pisoteó hasta morir —comentó Ken.

—Probablemente sucedió después de su muerte —dijo Ngili—. El terreno que había sobre ella se aposentó y aplastó una parte del lado izquierdo.

—Supongo que tienes razón —dijo Ken.

—Creo que tendremos problemas con los pies —anunció Randall—. Las tibias se desmenuzan por encima de los tobillos.

Ken pensaba que su corazón no había dejado de martillear desde que habían empezado a trabajar.

—Vamos a ver el estado de los pies —les urgió.

Se resistía a pensar que la suerte fuera a abandonarle, pero cabía la posibilidad, y la prueba definitiva de que la mujer había caminado sobre sus pies residía precisamente en los pies.

–Espera –dijo Randall–. A juzgar por la anchura de la pelvis, yo diría que esta vieja frau ya había tenido hijos. Es preciosa, tan generosa y básica. Menuda suerte habéis tenido. Ken, ¿crees que las fotos ya estarán reveladas?

Lo había preguntado varias veces.

Ken se encogió de hombros. De camino, Ngili y él habían pasado por la tienda, pero Theo aún no había terminado el trabajo.

–Lo siento, Ken, esos hindúes volvieron para que les ampliara algunas fotos de despedida. Dime en qué numero estarás. Te llamaré cuando las haya revelado.

Ken le había dado el número de Randall. Pasaban de las nueve, y Theo aún no había llamado. Ken le había telefoneado dos veces, pero en ambas ocasiones comunicaba.

–Le volveré a llamar dentro de unos minutos.

–Martillo –pidió de nuevo Randall.

La casa de los Phillips estaba en venta, pero aún no habían recibido ofertas. Se alzaba en una zona en otro tiempo elegante, pero que ahora había sido invadida por hindúes pobres, de los que rezaban en el templo hindú y dejaban los zapatos en la puerta. Los nuevos ricos africanos no querían establecerse entre aquella minoría, pese a que hubieran vivido en el país durante más de trescientos años. Nuevas normas habían sido dictadas contra los negocios de los hindúes a lo largo del último año. En consecuencia, se iban marchando lenta pero incesantemente.

Randall había sacado todas las herramientas de paleología que no había enviado a Davis, pero los cepillos estaban ya empaquetados. Corrió a casa del vecino para pedir prestados unos cepillos. El vecino pintaba letreros de restaurantes, por supuesto hindúes. En su ausencia, la mujer de Randall, Marcia, ayudó a los dos ex estudiantes a limpiar la mesa de nuevo.

—Es una vergüenza lo que está pasando con los hindúes –dijo–. Ellos construyeron este país. Aún más que los ingleses.

Ngili lanzó una risita gélida.

—Gracias, Marcia. A los negros nos dejas fuera por completo. Como en los tiempos de la segregación racial.

—Piensa en vuestros propios prejuicios –replicó la mujer con repentina hostilidad–. Viaja en un tren de cercanías y verás en cuántas estaciones no han sustituido los antiguos letreros de las salas de espera, los que ponían «europeos» y «gente de color». Si ése es el mensaje que tu gobierno envía a tu propio pueblo, ¿por qué he de ser políticamente correcta?

Su rostro había enrojecido. Ken percibió un olor a licor en su cuerpo, debido a las numerosas libaciones de whisky. Marcia era una bebedora, todo el mundo que conocía a los Phillips lo sabía. Su matrimonio se prolongaba por pura inercia. Ngili apretó los dientes y se acercó a un sofá amarillo cargado de objetos desechados, incluyendo una vieja radio. La encendió. Se oyó una conocida voz ronca, y Ngili se quedó petrificado a causa de la sorpresa.

«Somos como una manada de leones –dijo la voz de Jakub Ngiamena–. En estos días, cuando el mundo se apresura a juzgar a nuestra nación, hemos de recordar que no somos como otras naciones. Nuestros viejos leones todavía son la garantía de liderazgo y prosperidad de la manada. Aconsejo a nuestra juventud que siga a nuestro gobierno y nuestro presidente...»

Interrumpió otra voz, joven y contemporánea:

«Están escuchando a Jakub Ngiamena, superintendente de las reservas de caza y miembro del gabinete. Señor Ngiamena, su estilo debe mucho a la poesía masai...»

Randall entró en ese momento, con un puñado de cepillos.

—¡Eh, eh! –gritó–, tu viejo no es proclive a tales alabanzas. ¿Qué está pasando, Ngili?

—¡Nada! Como miembro del gobierno, mi padre apoya al gobierno. ¿Qué tiene de raro?

Ngihi se abalanzó sobre la radio y, al apagarla, la tiró contra el respaldo del viejo sofá.

—¿Qué pasará a continuación? —preguntó Randall—. A mí me huele a ley marcial, incluso a disolución del parlamento.

—¿Y a usted qué le importa? Se va mañana.

El inglés de Ngili había perdido su perfección de Cambridge. Hablaba con voz apagada, con las vocales reducidas a lo básico, como un verdadero africano.

Randall apoyó la mano sobre el hombro de Ngili.

—Me preocupo por mis estudiantes. Y lamento que tu padre se haya mezclado en esto. Es un tipo decente. —Cogió sus gafas protectoras—. Muy bien, Ken, Ngili, ¿preparados? Vamos a quitarle los calcetines.

El fino humo del taladro empezó a cosquillear sus narices de nuevo. Una lluvia oscura de astillas de brecha cayó sobre el suelo del garaje.

A cada embestida del taladro y golpe del martillo, lo que quedaba del recubrimiento inicial iba disminuyendo. Ken se preguntó si lo que sentía podía compararse al júbilo del escultor cuando su cincel liberaba del mármol amorfo la forma definida de una estatua. No. Se parecía más a una satisfacción sexual. Estaba viendo por fin lo que anhelaba ver. Enfermo, diría Yinka. La imaginó en la habitación, testigo de su obsesión, y sonrió. Exacto, Yinka. Valía la pena perseguir a una mujer como la de la brecha.

De repente, los últimos restos de brecha que rodeaban el pie derecho se desintegraron en una nube de polvo grisáceo. Cuando el polvo se dispersó, vieron los huesos del pie. O lo que quedaba de ellos.

Se habían roto por completo en pedazos ínfimos debido a la presión de la tumba anónima de la protomujer. Aunque estaba enfadado, Ngili miró a Ken con auténtica compasión.

Ken se apresuró a sujetar la mano de Randall.

—¡Deje ese taladro! ¡Está convirtiendo el pie en polvo!

—¡Ya es polvo! —casi gritó Randall, tan decepcionado como su ex estudiante—. ¿Crees que te las puedes arreglar mejor con el martillo? ¡Adelante!

Apagó el taladro, retrocedió, y cruzó los brazos.

Tembloroso, con la sensación de que todo el significado del descubrimiento estaba desapareciendo ante sus ojos, Ken se inclinó con el martillo y la aguja sobre los restos de brecha, una placa fina, que encerraba el otro pie. Con las manos cargadas de herramientas, meneó la cabeza para intentar aclarar la mente y enfocar la mirada. Después atacó la brecha, casi sin respirar.

Debajo de una capa exterior dura, la brecha era tan frágil que empezó a pulverizarse en cuanto la tocó.

Profundizó un poco más, mientras su corazón latía poco a poco, con una desagradable premonición. Abrió el quebradizo capullo, que se derrumbó sobre sí mismo.

En el silencio del garaje, sólo se oyó el chasquido de la lengua de Randall.

Entonces, Randall se movió con energía, como un cirujano que devolviera la confianza a un paciente después de una amputación.

—Perfecto, perfecto. ¿Qué tenemos aquí? ¿La Afrodita del Plioceno sin pies? Da igual, sigue siendo Afrodita. La mayoría de esas maravillosas estatuas fueron desenterradas sin nariz, y muchas veces sin cabeza. Ken, Ngili: el vuestro es el australopiteco más intacto jamás descubierto. Fijaos en esto, por ejemplo. —Alzó la articulación femorotibial, limpiada antes, y tocó varios bordes irregulares del interior de la articulación—. Éste es el ligamento que une la cadera. Fosilizado. Petrificado. Las partes humanas que no son huesos casi nunca llegan a petrificarse. Sólo con este ligamento podremos preparar algunas increíbles proyecciones por ordenador. Podremos reconstruir el funcionamiento de esto con tal precisión —movió la pelvis y el hueso de la cadera articulados— que seremos capaces de determinar la masa de sus ligamentos y músculos, la longitud de su paso, incluso su edad, con tanta precisión como si analizáramos sus dientes.

Se interrumpió y trató de determinar el estado de ánimo de sus estudiantes.

—No estéis tan abatidos. Gracias a lo que tenéis aquí, podremos empezar a explicar muchos misterios relativos a la evolución, empezar a vislumbrar por qué el hombre se puso de pie y caminó erecto, que es el gran misterio de la evolución.

—No podremos —dijo Ken—. Sin los pies no.

—¿Y por qué no habéis traído los pies, chapuceros? —Randall intentaba bromear—. Bien, volveréis allí y excavaréis un poco más, y encontraréis los pies intactos. Entretanto, yo me llevaré esto a California y lo fecharé. Es demasiado tarde para que yo investigue la formación de la humanidad, pero no para vosotros dos —concluyó Randall, con la amargura latente que Ken había detectado por teléfono.

—¿Va a llevarse el ligamento a California? —preguntó Ken.

—Por supuesto. Lo ataré alrededor de mi cuello si es preciso para pasar la aduana. —Palmeó el hombro de Ken—. Eh, yo también estoy decepcionado, y ya sabes que soy un fetichista consumado.

Ken se volvió hacia Ngili.

—Tendrías que llamar a tu padre. —Ngili le miró sin comprender. Ken le apremió con suavidad—. Ve a llamarle, Ngili. Independientemente de lo que tú y yo decidamos, reconcíliate con tu padre y te sentirás mucho mejor.

Ngili vaciló. Luego dio media vuelta y salió a toda prisa del garaje en dirección a la casa.

—Bien, ahora que no está aquí, decidamos cuánto me llevo y cuánto dejo al gobierno de Kenia —dijo Randall. Ken le miró con sorpresa—. No me mires así. Los fósiles son propiedad de Kenia, y sabes que Ngili hará cualquier cosa con tal de reconciliarse con su padre. No podemos perder el fósil por culpa de la actual crisis política.

Ken sintió una punzada en el pecho. Randall había verbalizado sus temores. Era desagradable, pero resistió.

—No sea paranoico, Randall. Ngili es un científico.

—Todos somos científicos, hasta que llega el momento crucial. Ha sido muy amable por tu parte decirle que llamara a su padre, pero no ha sido desinteresado. Si hacen las paces, volverás a Dogilani en las mejores condiciones. —Ken notó que se ruborizaba. Randall tenía razón. Ken apreciaba a Ngili, pero su consejo no había sido del todo desinteresado—. Por cierto, deberías nombrarme coordinador científico del proyecto. De esta forma, si algo te pasa, podré montar un escándalo internacional para protegerte a ti y tu fósil.

Ken reflexionó. Randall estaba en lo cierto, pero se estaba promocionando sin la menor ambigüedad. ¿Cómo iba a protestar Ken?

—De acuerdo —dijo, en lucha contra su habilidad política, recién adquirida y no muy agradable.

—Gracias —contestó Randall—. Has tomado la decisión correcta. Ngili debería pedir a su padre que guardara el resto del fósil y se encargara de ahorrarme problemas en el aeropuerto mañana, cuando pase la aduana con una esposa gruñona y unos chicos revoltosos, además de un cráneo y una pelvis del Plioceno. —Ken se paseaba de un lado a otro, inquieto—. ¿Qué te ocurre?

—Se ha vuelto un cínico, Randall. No me gusta.

—A mí tampoco, si te consuela. Con el tiempo le pasa a todo el mundo. Ahora, Ken...

—¿Qué?

—Esas huellas de pisadas que viste en Dogilani... Tu piloto, Hendrijks, ¿dijo haber visto antes esa clase de pisadas?

—Sí, pero quién sabe, es un viejo borrachín.

—Yo en tu lugar, le untaría un poco y trataría de averiguar qué vio. —Randall hizo una pausa y señaló los huesos—. Ken, ¿has pensado que esto puede ser un subfósil?

—¿Un qué?

—Un esqueleto mineralizado en parte, pero muy reciente. Menos de diez mil años de antigüedad.

Diez mil años era el umbral que separaba los fósiles de los subfósiles.

—¡Vamos, Randall! ¿Quién tiene ahora el síndrome de Dubois?

Randall paseaba de un lado a otro, muy agitado, como imitando a Ken.

—Ken, es muy extraño que hayas encontrado este esqueleto tan entero. Incluso sin los pies, está intacto en un setenta por ciento, tal vez un setenta y cinco por ciento. No sé cómo demonios ha soportado el entierro, la petrificación, el levantamiento, las fracturas y la erosión sin sufrir apenas daños.

Randall se refería a los ciclos del movimiento de un fósil a través de los estratos de la tierra. Dichos ciclos lo habían hundido a gran profundidad, empujado hacia arriba, hundido de nuevo, perturbado una vez más, resquebrajado su lecho a causa de terremotos o actividad volcánica. El tiempo había sometido a aquel material perecedero, un esqueleto humano, a las vicisitudes más terribles, durante millones de años. Incluso cuando los minerales invadieron los poros de los huesos y los transformaron paulatinamente en piedras, era sorprendente que los restos de la mujer no hubieran perdido su forma y apariencia, hasta convertirse en roca inidentificable.

Ken sonrió, y pensó de nuevo que se trataba de un hallazgo único.

—Es posible desde un punto de vista, Randall. Todos esos ciclos se redujeron al mínimo en Dogilani. Como el hábitat no cambió, su estratigrafía tampoco. Debería ir, Randall. Es como el principio del mundo. El Plioceno viviente...

—¿Cuál crees que es la extensión de la llanura?

—Unos siete mil quinientos kilómetros cuadrados.

—Un grupo de bosquimanos africanos necesita sólo seiscientos kilómetros cuadrados para organizar un hábitat estable —reflexionó en voz alta Randall—. Y vagabundeaban más que cualquier tribu nómada de África. Por otra parte, una horda de mandriles necesita menos de treinta kilómetros cuadrados, y una familia de gorilas menos de quince. Eso significa... —Daba la impresión de que estaba hablando para sí, pues casi susurraba—. Eso significa que existe espacio más que suficiente para albergar una población primitiva. Una población criada por mamás como ésta. Cabe la posibilidad de que dos curvas de alta improbabilidad, la supervivencia de una población semejante y el que tú la hayas descubierto, se hayan cruzado hace tres días, cuando aterrizaste en ese lugar. Obtendremos una medida fiable de esa posibilidad cuando llegue a Davis y calcule la edad de este fósil.

Ken experimentó la necesidad de mirar alrededor. Espacios polvorientos, un armario de herramientas roto. El sofá desechado, la vieja radio. Una manguera de jardín enrollada, una cortadora de césped. Levantó la vista. Insectos minúsculos se habían introducido dentro de dos bombillas desnudas que colgaban del techo. Ahora, abrasados por la electricidad,

yacían en el fondo de las bombillas como sedimentos orgánicos negros, calentados y recalentados por los filamentos in-
candescentes.

La realidad se sostenía, pese a que las palabras de Randall
eran tan asombrosas como el discurrir de sus pensamientos,
desde el escepticismo a las especulaciones más desenfrenadas.

—Ken, ve a buscar esas fotos.

—De acuerdo. Volveré a llamar a Theo. Ya tiene que haber
terminado.

Ken salió a toda prisa del garaje. Cruzó un patio trasero estrecho, entró en la cocina y vio a Ngili sentado sobre una en-
cimera vacía, hablando por el teléfono de la cocina. Con su
padre, sin duda. Ngili parecía bastante relajado, y movió la
mano en dirección a Ken.

Ken volvió a sentir aquel dolor de cabeza. Entró en un
dormitorio desordenado y se detuvo, Marcia estaba tendida
en la cama, vestida, al lado de una maleta a medio llenar.
Roncaba ruidosamente. El teléfono estaba sobre la mesita de
noche, y junto al aparato había un vaso de whisky casi vacío.

Ken se acercó de puntillas al teléfono y marcó el número
de Theo.

Seguía comunicando.

Un calor seco cubrió sus mejillas. ¿Habría pasado algo en la
tienda de Theo? ¿Un incendio, un atraco, un asalto de la brutal y corrupta policía de Nairobi?

Decidió acercarse en coche.

Las palabras de Randall acerca del tamaño de Dogilani y la posibilidad de que pudiera albergar una raza primitiva habían aumentado la excitación de Ken. Condujo el Land Rover sudando, en un momento pensando que estaba loco y al siguiente convencido de estar a punto de sacar a la luz una revelación sin par sobre la humanidad.

Si en Dogilani existía una raza homínida, aquello significaba que había más de una especie humana en la Tierra.

Más de una especie humana en la Tierra...

Lanzó una exclamación ahogada. Tanto si la especie era una reliquia de un período anterior, como si era un vástago que conducía a un nuevo estado divergente, significaba que la humanidad continuaba evolucionando.

Ken pisó el freno antes de chocar con el coche de delante. No era el momento más oportuno para sufrir accidentes. Dejó atrás la última manzana de hindúes. Grupos de chicos con camisas blancas y pantalones oscuros haraganeaban en las aceras y charlaban con chicas que se asomaban por ventanas de vidrieras reticuladas, vigiladas por las sombras de sus madres.

Cuando llegó a la zona africana, la escena cambió drásticamente. Pese a lo avanzado de la hora, chiquillos casi desnudos se perseguían por las aceras, y los bares y restaurantes estaban abiertos. Música ensordecedora surgía por las puertas. El tráfico era caótico, adolescentes que bebían cerveza con descaro se gritaban unos a otros desde coches abollados. La pantalla de un cine al aire libre proyectaba rostros gigantescos hacia el cielo, por encima de los tejados bajos.

De repente, toda la corriente eléctrica de la calle se apagó. Los semáforos, las ventanas y portales de los apartamentos se desvanecieron como si hubieran apagado un interruptor central. Sólo se veían los faros de los coches, bajo un gajo de luna.

Una camioneta golpeó el parachoques posterior de Ken, pero éste decidió hacer caso omiso. Se alejó y rezó para que el corte de electricidad no estuviera relacionado con la situación política. De pronto, delante de él, el cielo pareció partirse en dos cuando el haz de un proyector gigantesco se alzó en la noche y engulló el resplandor amarillento de la luna.

El haz hipnotizó por completo a los adolescentes. Se oyeron golpes sordos sucesivos, a consecuencia de los coches que colisionaban unos con otros. El tráfico se paralizó delante del Land Rover de Ken. La tienda de Theo sólo estaba a dos manzanas de distancia y Ken decidió aparcar el coche y continuar a pie.

Subió las ruedas delanteras a la acera, aparcó entre dos árboles y bloqueó el volante, con la esperanza de que el escaso espacio disminuyera el peligro de que le robaran el vehículo. Salió, pero volvió a subir enseguida. Abrió la guantera, sacó la pistola Walther y la metió bajo el cinturón. Volvió a salir.

Al instante vio a otro conductor, un africano, aparcar el coche, un Toyota muy abollado, sobre la acera, a pocos metros del suyo, y bajar. Ken le dedicó una sonrisa de camaradas unidos por el infortunio. El hombre, alto y vestido con una camisa de corte militar, le miró y señaló con el dedo, indicándole que había querido aparcar donde Ken. Después, se perdió entre la multitud.

Ken corrió por la acera. Pisó la espuma blanca derramada por una colada familiar, sorteó ropas colgadas en un árbol para que se secaran, y recibió en la cara un resplandor tan intenso que le pareció estar siendo sometido a una radiografía de cuerpo entero, junto con el resto de la calle.

Era el mismo foco gigante, que proyectaba su luz desde un lugar cercano. Habían inclinado el ángulo para que barriera las calles horizontalmente. Ken se encontraba detrás de las galerías comerciales que albergaban la tienda de Theo. La escalera posterior que conducía a ella empezaba al borde de un estrecho aparcamiento. Varios pilluelos estaban escarbando en el interior de un cubo de basura. Ken se encaminó a toda prisa hacia la escalera y subió. Llegó al vestíbulo del segundo piso, paró para recobrar el aliento, y de nuevo le radiografió la gigantesca luz azulina.

Parpadeó y miró hacia abajo. Delante de las galerías, un camión del ejército jugaba con el gigantesco proyector montado sobre su plataforma. Tres soldados colgaban de las asas del reflector, y utilizaban su peso para alterar el ángulo. Al lado del camión había un tanque, cuyo comandante tenía medio cuerpo fuera de la escotilla y daba órdenes a los soldados que manejaban el reflector. El foco barría poco a poco fachadas de apartamentos, patios y tiendas. Otros soldados armados reían y recorrían la calle. Rostros de hombres y mujeres africanos empezaron a salir de la oscuridad de ventanas y portales. El comandante del tanque les dijo en swahili que no tuvieran miedo.

A medida que más rostros iban surgiendo de las tinieblas, el resplandor azulino del reflector dotaba a su piel de un color extraño, casi azul marino. El reflector se detuvo en la cristalera de un bar. Varias chicas con minifalda y tacones altos salieron del bar. Una saludó con timidez a los soldados.

—¿Te gusta lo que ves? —preguntó una voz al lado de Ken.

Ken pegó un respingo. Era Theo. El enorme foco resbaló sobre los dos y tiñó de azul la cara de Theo. La puerta de la tienda de fotografía estaba a dos pasos de distancia, abierta de par en par. El hermano de Theo estaba dentro. Seleccionaba papeles a la luz de una vela. Ken murmuró que había estado llamando toda la noche.

—Hemos estado hablando por teléfono con un agente de bolsa, para pedir consejo sobre nuestro paquete de acciones —explicó Theo—. Hemos de venderlo *pronto*.[1] Hemos decidido marcharnos antes de cuarenta y ocho horas.

—¿A qué viene tanta prisa? ¿Qué ha pasado?

—¿No te has enterado? El presidente ha implantado la ley

1. En castellano en el original. *(N. del T.)*

marcial. Dijo que todo el mundo debería subirse los calcetines, pero mi hermano y yo nos largamos. No creo que a nadie le haga demasiada gracia subirse otra vez los calcetines, por eso el ejército ha salido a la calle.

«Subirse los calcetines», una expresión colonial a la que el presidente era muy aficionado –prometía con frecuencia que él sería el primero en subírselos–, significaba «apretarse el cinturón», en una región donde la gente ya se lo había apretado al máximo.

–No sabía nada. ¿Has terminado mis fotos?

–Claro, ahora te las saco. Cuando se fue la luz, estábamos cargando varias cajas que se han desparramado por todo el local.

Entraron en la tienda, en dirección a la llama oscilante de la vela. Ken miró a la calle. Seguía saliendo gente de las casas, con cautela pero con ganas de juerga. El comandante del tanque charlaba con la multitud, mientras los soldados continuaban apuntando el reflector hacia el bar. Ken conocía el sitio de vista, y sospechaba que era la fachada de un burdel, porque sus camareras eran muy atractivas y poco diestras.

–Toma –dijo Theo, y le entregó un sobre–. ¿Quieres entrar? No deberías ir por la calle a esta hora.

–No, he de volver...

El haz se alejó del bar y regresó hacia el vestíbulo de las galerías. Ken lo sintió en la nuca. Inundó el vestíbulo y la escalera posterior. Ken miró hacia lo alto de la escalera, donde un hombre estaba alzando una enorme automática con ambas manos, y la apuntaba a Ken.

Ken lanzó una exclamación ahogada cuando reconoció al africano que había aparcado cerca de él en la calle. El haz del reflector iluminó al pistolero, cegándole por un instante.

Ken gritó y se agachó, mientras Theo le imitaba, y sacó la Walther del cinturón. Vio los destellos que escupía la pistola del desconocido y dirigió sus disparos a sus manos enlazadas. La luz se apartó justo cuando el hombre lanzaba un grito de dolor.

En la calle, algunos soldados dispararon sus rifles al aire. Theo gateó hacia la tienda y salió al cabo de un instante con un fusil de asalto que parecía gigantesco en comparación con su corta estatura. Apuntó con él y gritó a Ken que se moviera, pero no llegó a disparar. Se detuvo en lo alto de la escalera y miró hacia el aparcamiento.

Ken no recordaba haber soltado el sobre, pero sus fotos estaban dispersas por todo el vestíbulo. Una aún seguía dando vueltas en el aire. La atrapó con una mano temblorosa y se agachó para recoger las demás. Después corrió hacia Theo.

—No le alcanzaste —gruñó éste—. Dame eso. —Su fuerte mano izquierda arrebató la Walther a Ken—. ¡Esto no es una pistola, es un juguete! ¿Quién te la tiene jurada? ¿Qué cojones está pasando?

Daba la impresión de que sólo habían transcurrido unos segundos, pero podían ser varios minutos. La luz volvió, y Ken vio con claridad el aparcamiento, ahora vacío por completo.

Ken seguía temblando.

—Ese pistolero... —balbuceó— me perseguía... Le vi antes, en la calle.

—¿Dónde?

—Donde aparqué mi jeep.

—Menuda suerte has tenido —repuso Theo—. Estabas de pie contra esa barandilla como un blanco en una barraca de feria. Ese foco le cegó. De lo contrario estarías muerto.

Volvieron a la tienda. Alguien dentro de Ken movía las manos de Ken. Alguien en su interior hablaba mediante sus labios. Pagó las fotos y se dispuso a despedirse de Theo y su hermano.

—¿Estás loco? —estalló Theo—. Te estarán esperando cerca de tu jeep. Ken, ¿qué está pasando? ¿Estás mezclado en contrabando de marfil o algo por el estilo?

—No, nunca me he mezclado en esas cosas. En nada, excepto... —Iba a decir «ciencia», pero la palabra se le antojó de una irrelevancia patética—. Cogeré un matatu —dijo, y comprendió al instante que nunca encontraría un taxi en aquella locura—. O iré a pie.

—¿Armado con ese juguete?

De repente, los dos hermanos agarraron la mano de Ken y depositaron en su palma un Rhino del 38. Sólido, sudafricano.

—¿Quieres ver a tu mamá pronto? —preguntó Theo.

Ken meneó la cabeza y soltó una carcajada histérica. No, a su mamá no, quería ver otra cosa antes que a su mamá.

—Encontrarás tu Land Rover mañana, donde lo dejaste —dijo el hermano—. Sin batería ni neumáticos, pero lo encontrarás. Ven con nosotros. Te acompañaremos.

Ken iba en el coche, detrás de los hermanos griegos. Theo conducía. La ciudad era un caos. Había tanques y camiones militares en cada cruce, y algunos camiones estaban distribuyendo cerveza. Hombres y mujeres bebían cerveza. Se iniciaban bailes confusos, que luego se interrumpían. Retratos del presidente asomaban por encima de las multitudes.

—Ese cabrón debería dar de comer a su pueblo en lugar de emborracharlo —dijo el hermano de Theo.

Ken pensó en Ngili y en Yinka. Confió en que ésta no estuviera presenciando la locura de la ciudad famélica. Llevaba las fotos sobre el regazo.

—Éstas han salido todas borrosas —dijo Theo, y señaló el dibujo circular de pisadas sobre la estribación desnuda—. Tu película no era lo bastante rápida para la velocidad del avión, pero se ve que están hechas por el hombre, porque son regulares. Fíjate en éstas, son espléndidas. —Silbó y señaló las huellas del ser de la sabana—. ¿Qué clase de animal las hizo, un colobo?

Ken sonrió, pero no tuvo fuerzas para contestar. Los pies de un mono colobo no se parecían a éstos. Varias fotos también plasmaban la huella de la bota de Ken, mucho mayor, que había estampado en la arena para comparar los tamaños. Las huellas de homínido no medían ni la mitad de las suyas. Parecían huellas de pies de niño. Un niño desnudo, en la sabana.

La Rhino 38 reposaba sobre el regazo de Ken, al lado de las fotografías. Ken la empuñó. Theo vislumbró el movimiento por el retrovisor.

—Tranquilo, no sea que nos levante la tapa de los sesos.

—¿Tienes más cargadores para esta pistola?

—¿Ya no te acuerdas? Te metí dos en el bolsillo cuando estábamos en la tienda. ¿Dónde demonios estás?

—Aquí. —Y mañana volveré allí, como sea, pensó. Si sobrevivo a esta noche.

Ya no temblaba.

El coche de Theo, un Mini Morris, entró en la calle de Randall. Un silencio absoluto reinaba en la parte hindú. Un coche aparcado delante lanzó destellos de sus faros. Era el Mercedes 600 de Jakub. Ngili, Jakub y Randall estaban en la acera. Theo, desafiante, detuvo el Mini a escasos centímetros del Mercedes. Ken bajó.

—¿Qué ha pasado? —preguntó Ngili, y corrió hacia él.

Ken sabía que no podía ocultar lo sucedido.

—Alguien me disparó delante de la tienda de Theo. —Hizo una pausa y examinó la expresión de los demás hombres—. Quizá fue un error. Quizá me confundió con otra persona.

Jakub Ngiamena le miró fijamente. Randall desvió la vista hacia su casa, donde su mujer y sus hijos dormían.

Jakub Ngiamena movió su cuerpo majestuoso y obeso, con aspecto confuso y preocupado.

—Ken, ¿quieres dormir en nuestra casa esta noche?

—Eh... no. Prefiero volver a mi apartamento.

—Acompañaremos a Ken a casa —anunció Theo desde el diminuto coche.

Ken pidió a Theo que esperara cinco minutos. Extendió el sobre de las fotos a Randall, que lo cogió y entró con él en la casa, seguido por los demás, excepto Theo y su hermano.

Ya en el interior, Randall desplegó las fotos, y todos las estudiaron en silencio. Ngili miró a Ken.

—Creo que de momento es mejor que guardéis los huesos —dijo Ken.

—Ya lo habíamos pensado —contestó Jakub—. Los guardaré en mi caja fuerte hasta que se levante la ley marcial.

—No vuelvas a casa —advirtió Ngili a Ken.

—Si no vuelvo a casa, ¿cómo sabré si este ataque ha sido una equivocación o no?

—Ven con nosotros—repitió Jakub—. Yinka también había salido cuando todo esto empezó, y aún no ha vuelto.

—Gracias, pero me voy a casa.

—Llama a Kwezi —le aconsejó Jakub. Kwezi era el portero del edificio de Ken. Jakub recordaba su nombre de la época en que Ngili había vivido con Ken—. Asegúrate de que nadie sospechoso te está esperando.

—De acuerdo. —Ken se volvió hacia Randall y señaló las fotos—. ¿Qué opina?

Randall se humedeció los labios.

—¿Que qué opino? Creo que son muy intrigantes. Debería llevarme un par, puesto que me llevo muestras de tierra y huesos. Me gustaría una en que salga tu bota, para comparar tamaños.

Ken eligió dos y se las entregó. Ngili leyó en la lentitud de los movimientos de Ken una decisión trascendental. Rodeó la mesa y se puso al lado de su amigo.

—¿Qué vas a hacer, Ken?

—Voy a volver allí como sea. Pronto, puede que mañana. —Jakub frunció el entrecejo y se dispuso a decir algo. Ken levantó la mano y Jakub le dejó continuar—. He de hacerlo, tanto si me acompañas como si no, Ngili. Descubrimos algo increíble, en un lugar que parecía inaccesible, y fuimos atacados allí. Y ahora han vuelto a atacarme, pese a que nunca había tenido problemas en este país. —Jakub le observaba con el entrecejo fruncido—. Cuesta creer que no existe relación entre ambos ataques. Además, ¿por qué se produjo el primero nada más realizar nuestro descubrimiento? Desconozco las respuestas a estas preguntas, y no sé cómo buscarlas, pero sean cuales sean, alguien ha de volver allí, para completar nuestro descubrimiento y para protegerlo.

Hizo una pausa. Después, extendió la mano hacia las fotografías, seleccionó varias y las guardó en el bolsillo superior de la chaqueta. Amontonó las demás, con los negativos encima, y las entregó a Jakub, que dijo:

—La explicación del primer ataque puede ser muy sencilla. Unos fugitivos de la justicia cruzaron la frontera con Tanzania, en un vehículo de safari robado, y se perdieron. Confundieron vuestro avión con uno de los guardias, y decidieron no arriesgarse.

—Ojalá sea cierto —dijo Ken—. En cualquier caso, teniendo en cuenta lo que revelan esas fotos, me parece claro por qué debemos guardar el secreto, hasta que sepamos con exactitud qué tenemos entre manos.

—Puedes contar con mi silencio —le tranquilizó Ngiamena—. En este momento me agobian otras preocupaciones. De todos modos, todavía pienso que deberías consultarlo con la almohada.

—Lo intentaré —dijo Ken, sin humor.

—Ken, no vuelvas allí sin decírmelo —le advirtió Ngili.

—No lo haré.

—Buenas noches, amigo de mi hijo. Buenas noches, profesor Phillips —se despidió Jakub. Salió seguido de Ngili, como un rey con un séquito de un solo hombre.

Randall miró a Ken como si le viera por primera vez.

—¿De veras estás decidido a volver allí?

Ken asintió con un movimiento de la cabeza.

—Maldita sea, yo guardaba una pistola en algún sitio —se quejó Randall—. ¿Crees que debería buscarla?

Theo y su hermano acompañaron a Ken a su apartamento de Tom Mboia Road. La amplia calle parecía desierta. Sus habitantes habían ido al centro. Theo conducía despacio, mientras su hermano examinaba los coches aparcados, con el fusil de asalto sobre el regazo y los dedos en el seguro. No vieron a nadie sentado en coches aparcados, ni sombras sospechosas en la calle. Theo frenó delante del edificio de Ken. La entrada estaba bien iluminada. Los hermanos salieron con Ken, pero éste les impidió que entraran en el vestíbulo.

Comprobó que el seguro de la Rhino estuviera puesto, pero que pudiera liberarse con una leve presión del pulgar. Metió la pistola en el bolsillo derecho de los pantalones y entró.

Kwezi, el portero, estaba viendo la televisión en un pequeño aparato en blanco y negro. Se retransmitían escenas del centro de la ciudad, mezcladas con documentales sobre el presidente. Algunos pilluelos de la calle que Kwezi dejaba dormir sobre el suelo del vestíbulo casi todas las noches estaban tumbados alrededor de su mostrador.

—Bienvenido, señor Ken —dijo Kwezi, y alzó un sobre blanco—. Un caballero acaba de dejar esto para usted.

Ken cogió el sobre. Por el tacto, el papel parecía caro.

—¿Quién era?

—Un tal señor Anderson.

Ken estaba demasiado estupefacto para reaccionar. Carraspeó y preguntó a Kwezi si alguien más había ido en su busca, alguien que le hubiera parecido sospechoso. Kwezi negó con la cabeza.

—Pero alguien le está esperando, señor Ken.

Señaló hacia un banco de madera, casi oculto tras una hilera de palmeras plantadas.

La mano de Ken resbaló hacia el bolsillo derecho, mientras intentaba reconocer a su visitante entre las palmeras. Un cuerpo flexible adornaba el banco, en contraste con sus ángulos rectos y poco invitadores.

—Hola, colono —dijo Yinka desde detrás de las palmeras.

Ken miró hacia la entrada e indicó a Theo con un gesto que esperara. Después corrió hacia el cercado de palmeras.

Yinka siguió sentada, pero su expresión cambió cuando Ken se inclinó hacia ella y habló con un brillo casi febril en los ojos.

—He estado con unos amigos que podrían llevarte a Ngong Hills. Quiero que te vayas ahora. Alguien intentó matarme hace una hora, y no sé si estarás a salvo conmigo. —Se le ocurrió que tal vez había ido a su casa debido a la locura que reinaba en las calles—. La situación parece controlada —dijo—. Pediré a Theo...

—Tengo un coche —le interrumpió ella—. Si aquí no estoy a salvo, ¿por qué has vuelto? ¿Quién intentó matarte?

Ken se encogió de hombros sin decir nada.

—Pareces bien equipado para repeler más ataques.

Sonrió y se levantó.

Ken bajó la vista hacia sus pantalones. Una enorme erección parecía abultar su bolsillo derecho, donde había guardado la Rhino. Cubrió el bulto con la chaqueta.

—¿Qué quieres, Yinka?

—¿Qué te ha escrito Anderson?

—¿Le viste entrar?

—Les vi. Espié por entre las plantas. Si me pides que suba, te diré quién iba con él.

—No quiero pedirte que subas. Vete a casa. Tu padre estará preocupado por ti.

—Deja que se preocupe. Ya sé cómo puedes volver a Dogilani.

—Muy amable por tu parte. De hecho, sé muy bien cómo volver.

La joven se estiró como una jirafa y dirigió sus largas piernas hacia la entrada. Ken vaciló y después la detuvo, contrito. Muy bien, podía subir. Se volvió e indicó a Theo que podía marcharse.

Dogilani, pensó. Debía tener en cuenta la ayuda que Yinka podía proporcionarle.

—¿Qué te ha escrito el profesor bwana? —repitió Yinka.

Ken abrió el sobre.

Una nota escrita a mano, en el papel de Anderson, invitaba a Ken a reunirse con él en su despacho de tutor, para informarle sobre los resultados de su excursión a Dogilani. ¿Cómo coño sabía dónde habían estado?, se preguntó Ken, irritado. Anderson esperaba conocer todos los detalles sobre la naturaleza del proyecto, y ofrecía a cambio su apoyo a las posteriores expediciones de Ken. La situación política, subrayaba, requería su influencia para que prosiguieran las investigaciones particulares. «Ken, éste no es el momento de charadas científicas», concluía la nota, cordial pero ominosa. Estaba firmada «C. H. A.», por Cyril Hewett Anderson.

Pasó la nota a Yinka, mientras reflexionaba. Anderson lo sabía. Lo sabía, pero no todo. Yinka echó un rápido vistazo a las líneas, esbozó una expresión desinteresada y se la devolvió.

—¿Quién le acompañó? —preguntó Ken.

—Ese profesor jubilado, Raj Haksar. Ayer estuvieron juntos en casa.

—¿Qué coño hacían allí?

—Ayer por la tarde, después de veinticuatro horas de no poder establecer contacto por radio con Ngili y contigo, Um'tu se puso nervioso y llamó a Anderson. Yo estaba en el despacho de Um'tu y le oí decir que habíais salido en avión a hacer una estratigrafía. Preguntó a Cyril si tenía alguna idea sobre dónde os habíais perdido. Cyril preguntó si podía encontrar notas de vuestras anteriores expediciones. Um'tu le dijo que esperara y fue a mirar al estudio de Ngili. Yo descolgué el teléfono del despacho y escuché su conversación, porque quería saber dónde estaba Ngili. Um'tu encontró algunas notas estratigráficas en el estudio y las leyó a Cyril, y éste dijo que, por la composición de la roca, estabais cerca de la estribación situada más al sur del Mau. Probablemente en Dogilani. Después preguntó a Um'tu si podía ir a verle.

—¿Lo hizo?

—Se presentó al cabo de media hora, con Haksar. Um'tu me pidió que preparara té, así que interpreté el papel de obediente hija africana. —Yinka frunció el labio inferior en un gesto de desdén—, y les llevé el té, de manera que oí casi todo lo que dijeron. Anderson no parecía muy informado sobre Dogilani, pero Haksar habló sobre unos nativos que vivían en la zona. Tenía miedo de que alterarais su hábitat.

Ken sufrió una descarga de adrenalina.

—¿Qué clase de nativos?

—No me enteré de los detalles. Iba de un sitio a otro, pero creo que eran nómadas. Haksar pidió a Um'tu que no os hablara de la conversación.

—¿Tu padre no lo consideró extraño?

—Sí, y lo dijo. Haksar comentó que pensaba ir allí, y que la profesión era muy competitiva. Um'tu se lo prometió, lo único que le importaba era saber dónde estaba Ngili, y también que enviaría un avión de la reserva a buscaros.

—¿Envió ese avión?

De repente, Ken recordó que Hendrijks había hablado de un avión que les había sobrevolado mientras Ngili y él fotografiaban las huellas.

—Mmmm, lo envió a primera hora de esta mañana, pero cuando localizó el Beech Lightning en tierra, se había quedado casi sin combustible y no pudo establecer contacto por radio con el Lightning, de modo que regresó. Unas horas después, creo que arreglasteis la radio, porque el aeropuerto de Embakasi nos llamó para comunicarnos que acababais de pedir permiso para aterrizar.

Yinka respiró hondo. Ken estaba tenso y silencioso.

Así que Haksar sabía algo acerca de los extraños habitantes de Dogilani. Pero ¿cuánto sabía?

Caviló a toda prisa. Tal vez no gran cosa. Haksar no era un investigador de campo. Más que visitar Dogilani en persona, habría topado con algún informe de campo antiguo, o habría escuchado rumores. De todos modos, el interés de Anderson se había despertado, de lo contrario no habría escrito a Ken una nota semejante, que habría redactado mientras Haksar miraba por encima de su hombro. Anderson y Haksar no congeniaban, pero Dogilani había borrado sus diferencias.

¿Habría estado un profano en Dogilani y visto a los protohumanos? ¿Habría corrido la voz? La cara de Hendrijks se formó en la mente de Ken. Recordó lo que Randall había dicho: yo en tu lugar le untaría un poco...

Muy bien, *Menheer* Hendrijks, pensó utilizando una de las pocas palabras holandesas que conocía, averiguaré lo que sabes. Haré algo más que eso: te llevaré de vuelta allí conmigo para que cierres el pico.

—Sube —dijo, y cogió el brazo de Yinka.

La guió hasta el ascensor. Su luz había fenecido mucho tiempo atrás, sus paredes de madera estaban agrietadas, su suelo de linóleo olía fatal. Se acercó para percibir el perfume de la joven. Ella no retrocedió.

—Tengo un plan muy sencillo para que puedas volver allí esta semana —dijo Yinka.

—¿Esta semana?

Ella asintió.

—¿Cuál es el trato?

—Ninguno. Tú convence a Ngili de que se quede aquí y arrime el hombro por la patria, diciendo que más tarde podrá reintegrarse al proyecto compartiendo la autoría contigo. Entretanto, esta crisis pasará, con suerte. A cambio, yo convenceré a Um'tu de que te envíe a Dogilani con un permiso de la reserva, y financiado con fondos de la reserva.

—Eso me parece muy generoso.

—No lo es. Mi padre teme estar perdiendo el poder. Quiere recuperarlo haciendo toda una exhibición de compromiso con la patria, y cree que Ngili puede ayudarle.

Lo cual explicaba el comportamiento tenso del viaje, su mensaje radiofónico...

—De todos modos, hay una condición —dijo Ken—. Iré a la sabana solo.

Solo como ese niño, pensó.

Ella le midió con la mirada. El juego de luces y sombras en la cabina del ascensor, a medida que las plantas iban pasando, acentuaba la belleza indescriptible de sus ojos.

—¿Eso es lo que deseas?

—Sí, eso. ¿Qué deseas tú?

—Estoy hasta el gorro de este periodismo de pacotilla —replicó sin vacilar—, y creo que ya he pagado mi deuda al pueblo. Si encuentras algo sensacional en esa planicie, quiero ser la primera en llegar. Y quiero...

El ascensor se detuvo. El piso de Ken estaba a oscuras por completo. Los ojos de Yinka se transformaron en pozos de noche.

—Quiero comprenderte.

—¿Por qué?

—Eso es asunto mío. ¿De acuerdo, colono? ¿Trato hecho? —Se observaron en silencio, mientras los cables del ascensor crujían por encima de sus cabezas—. Podrías volver a Dogilani la semana que viene.

Jesús, pensó Ken. La semana que viene.

—De acuerdo. Trato hecho. Ngili ya habrá llegado a casa. Vamos a llamarle.

La guió hasta la puerta de su apartamento. Se sentía un poco aturdido y le costó introducir la llave en la cerradura. Mientras abría, ella comentó que aún no sabía por qué todo el mundo estaba tan obsesionado con el estudio de los humanos primitivos. Entró en la estrecha sala de estar y contuvo un grito cuando vio a los dos seres desnudos que se erguían en la estancia, el hombre mono y la mujer mono.

Eran réplicas en yeso a tamaño natural de una pareja australopiteca, de menos de un metro y medio de estatura y piel morena cubierta de vello negro. Sus bocas tenían labios finos y protuberantes, y las narices eran chatas, sin puente. La frente era estrecha. Tenían ojos de cristal con iris pardos y blancos opalescentes, muy hundidos bajo las cejas sobresalientes. Eran tan realistas que a Yinka le pareció que algo vivo anidaba en su interior, encarcelado allí por el siempre impredecible Ken Lauder.

—¿Ésta es tu familia? —bromeó.

Ken murmuró que eran útiles de enseñanza que había comprado cuando la universidad renovó el laboratorio de paleoanatomía. Sacó una pila de revistas científicas de un sofá para que ella se sentara, y después descolgó el teléfono.

Primero, Ken habló con Ngili, que presentaba una voz cansada pero serena y clara. Se mostró de acuerdo con el plan, con la condición de volar a Dogilani cada semana para seguir el curso de la investigación, para llevar a Ken provisiones y para recoger sus informes de campo. Fijaría los vuelos para los fines de semana, y estaba seguro de que su padre aceptaría el acuerdo. Luego, Yinka habló con Ngili.

—Bien, ven a recogerme si así te quedas más tranquilo —dijo—. Corta el rollo, ya no tengo doce años —añadió.

Ken supuso que Ngili la estaba reprendiendo por haber ido sola a su casa.

Ken pensaba que Ngili hacía el papel de hermano mayor para guardar las formas. Ngili volvía a ser el mismo de siempre. Todos volvían a ser los de siempre, ahora que Ngili había apaciguado la tensión con su padre.

«La paternidad —pensó Ken—. Uno de los misterios de la humanidad.»

Paz, una paz dulce y exhausta invadió sus miembros. Iba a volver a Dogilani, y eso era lo único que contaba. Cuando Yinka colgó, le preguntó si quería una copa, y ella negó con la cabeza. Él necesitaba una, así que rebuscó en los armarios, localizó dos dedos de Johnny Walker en el fondo de una botella polvorienta, y los vertió en un vaso.

Tomó un sorbo y miró a Yinka, que estaba de pie en la sala de estar, contemplando a los protohumanos.

El hombre era el más peludo. Abundante vello cubría el pecho y el estómago, y en la entrepierna se convertía en un ancho triángulo frontal. El pene colgaba como un grueso dedo marrón. De la misma forma, la zona genital de la mujer estaba muy bien marcada. Un curso de vello empezaba debajo de su ombligo y descendía hasta ser absorbido por un espeso triángulo púbico. En conjunto, era menos peluda, lo cual revelaba que carecía de bolsas de grasa. Incluso sus nalgas y muslos almacenaban la grasa extra en sus músculos poderosos. Casi no tenía vello facial, apenas una sombra de bigote encima del labio superior, y Yinka pensó que poseía una especie de erotismo animal.

En conjunto, la hembra parecía menos simiesca. Estaba más cerca de la mujer que un día, cientos de miles de años después, utilizaría lápiz de labios y desodorante. El hombre caminaba delante de la mujer, con una expresión interrogadora. La expresión de la mujer era expectante. Parecía más angustiada, aunque también confiada en que el hombre sería capaz de enfrentarse a lo que fuera.

Yinka lanzó una risita nerviosa.

—Da la impresión de que esta pareja se ha lanzado a conquistar el mundo.

—Y así fue. ¿Quién puede decir que no lo sabían? —preguntó Ken, y tomó otro sorbo.

—Pero su actitud es muy tradicional. Mira, ella camina detrás del macho.

Ken se encogió de hombros.

—Estas figuras tienen unos cuarenta años de edad, pero la realidad es que su hábitat no era Londres o Nueva York. Era la sabana de hace dos millones de años, y el macho era el protector, el que abría el camino.

—Sí, el protector, el líder, el que llevaba la iniciativa. Toda esa mierda.

Ken frunció el entrecejo y después se explicó como un profesor en un aula.

—Las mujeres australopitecas no eran estúpidas, Yinka. Tenían trabajo que hacer, tener hijos para preservar la especie, y no estaban dispuestas a lanzarse a las fauces de un tigre dientes de sable para dar ejemplo. Ése era el trabajo del hombre, y él sabía que eso implicaba un riesgo. Si abría un camino y se metía en las fauces de un tigre dientes de sable, se iba a la mierda. Era un trato muy ventajoso para la mujer, ¿no crees?

—Sí, claro, presentado así... ¿Por qué lo aceptó el hombre?

—Porque estaba dedicado a transmitir sus genes, mezclados

con los de ella, por supuesto, aunque ello implicara morir por esos genes. Ella tampoco se negaba a quedar embarazada, aunque muriera en el parto, cosa que ocurría a menudo.

Yinka guardó silencio.

Al cabo, comentó con sarcasmo que el artista había puesto especial énfasis en los genitales de sus figuras. Ken contestó que los australopitecos habían vivido un estado de experimentación sexual. La posición de sus genitales había cambiado. Los del macho quedaron más expuestos que los de cualquier otro mamífero, mientras que los de la hembra estaban prácticamente escondidos, comparados con los de la hembra de un mono. Era normal que la naturaleza descartara publicar su nueva localización. Había hecho lo mismo con las glándulas mamarias, situándolas en tetas con forma de taza. En el ínterin, el sexo oculto de la mujer había adquirido cierto misterio, una cualidad desconocida o carente de importancia en otros animales, pero esencial en los humanos para la creación de las relaciones monógamas.

—Da la impresión de que el sexo nos hizo humanos —sonrió la joven.

Ken la miró fijamente, como si estuviera decidiendo revelarle un secreto.

—¿Quieres saber mi teoría? —Yinka se volvió hacia él, toda oídos—. Cinco transiciones fundamentales nos hicieron humanos. Una: los ojos delante, en lugar de a los lados de la cara, lo cual nos proporcionó visión tridimensional, de modo que ya no tuvimos que depender del olfato para orientarnos. Dos: pisar terreno llano y despejado, debido a la deforestación, y luego erguirnos para detectar los movimientos de los depredadores que no podíamos dejar atrás corriendo o repeler con nuestros modestos dientes planos. Era esencial que nos mantuviéramos a distancia de ellos, cosa imposible sin ponernos de pie. Tres: utilizar nuestras manos para ayudar a nuestros pobres dientes a coger la comida y cortarla. Cuatro: la pérdida de nuestro vello corporal, para poder desarrollar glándulas sudoríparas y sobrevivir al mortal sol de la sabana. Como resultado, adquirimos nuestra piel desnuda. Y cinco... el placer, que aumentó mucho con la piel desnuda —concluyó Ken, y disfrutó al ver la expresión de perplejidad de la joven.

—¿Placer? —repitió ella.

—Placer. Más que cualquier otro animal, contamos con células preparadas para experimentar placer en nuestros cuerpos, y conexiones para procesar placer en nuestros cerebros. No olvido que el agrandamiento de nuestro cerebro nos permitió el pensamiento abstracto, pero creo que la cualidad humana básica es la apreciación. Así nos diferenciamos del resto de la naturaleza. Así llegamos a ser conscientes de nosotros mismos.

Yinka dedicó una rápida mirada a inspeccionar el desordenado apartamento.

—Para alguien tan consciente del placer —murmuró—, no parece que aprecies mucho la calidad de vida. ¿Nos veremos antes de que vuelvas a Dogilani?

—Es probable que no.

Daba vueltas al vaso vacío en sus dedos. Ella lo cogió, engulló las últimas gotas y dejó caer el vaso. Al mismo tiempo, le rodeó el cuello con sus largos brazos y le besó con los labios y la lengua. Fue un acto íntimo, pero frío y distante, como si le estuviera poniendo a prueba. Todo su cuerpo, flexible y fuerte, se adhirió al de Ken. Éste sintió su estómago liso y tenso, sus rodillas redondas y firmes, y sus pechos, que parecían fuertes, llenos y más grandes de lo que había pensado aquella tarde.

Ella le apartó. Se miraron en silencio. El teléfono sonó sólo una vez.

—Es Kwezi, desde abajo —susurró Ken—. Ngili ya habrá llegado.

—Buena suerte, colono.

—Hasta la vista.

Ken cerró la puerta después de que ella saliera. Se sentó ante un escritorio lleno de cosas y se tocó los labios con la palma abierta, como para convencerse de que el beso había sido real.

Se levantó y comprobó que la puerta estaba cerrada con llave. Sacó la Rhino 38 y la dejó sobre el escritorio, con el seguro quitado.

Cogió pluma y papel y empezó a escribir notas sobre el

equipo que necesitaba. Sacó viejas listas de alimentos deshidratados, elementos de acampada y un amplio plano del oeste de Kenia. Empezó a redactar una nota sobre tabletas para purificar el agua, pero su cabeza se deslizó hacia delante, y todo su torso se aposentó sobre el escritorio.

Ken durmió.

Seis horas después, el sol africano desató el calor de un nuevo día, pero los rayos que se filtraron por las persianas del apartamento de Ken no le molestaron. Dormía, con la cabeza apoyada en el escritorio.

En la sabana, el sol ascendía con la rapidez propia de los amaneceres africanos. El muchacho homínido ya estaba despierto y se removía en su nicho de piedra.

Oyó el sonido de pies desnudos que se acercaban por el borde de la hierba, que oscilaba por obra de la brisa matutina, y la muralla rocosa.

Varios pares de pies caminaban por el sendero paralelo a la base de las rocas. Sus grandes y desnudos *calcanea* (talones) aplastaban la arena. Los dedos de sus pies, largos y dispuestos en un amplio ángulo, pisaban el terreno con fuerza, ruidosamente, en tanto sus pechos cóncavos exhalaban un jadeo ronco, casi doloroso.

Los pasos y los jadeos hacían vibrar el aire, hasta llegar a las orejas de lóbulo largo del muchacho homínido. En fragmentos de segundo, el cerebro del muchacho procesó los sonidos. Se levantó, tembloroso de miedo, cogió dos piedras de caza y asomó la cabeza unos centímetros por encima del borde rocoso.

En la neblina azulina del sendero, todavía a oscuras, distinguió bultos peludos de cuello y hombros que parecían casi negros. El muchacho apoyó los puños sobre el saliente rocoso, mientras apretaba los dientes para no emitir el menor sonido. Se aplastó contra la cara rocosa, y sintió su mente como una caja de humo.

Entonces su memoria regresó. Recordó a los enormes seres que pasaban por debajo, y lo que su presencia significaba.

Casi en ese preciso momento, vio el encendedor. La extraña piedra brillante, el regalo dejado por el extraño que viajaba en el tubérculo/insecto. Había caído en una hendidura de la roca, tras ser arrojado por los mandriles que habían invadido su morada. Y había reaparecido casi por arte de magia. Los labios del muchacho se abrieron en una sonrisa de asombro.

Lo recuperó de la hendidura con sus dedos largos y delgados, lo guardó en su nicho y reapareció con el hueso de brazo que había encontrado antes. Encajó el encendedor bajo su brazo, sujetó el hueso entre los dientes y escuchó.

Los pasos habían cesado. Volvieron a sonar en varias direcciones a la vez, cuando la patrulla se dividió para registrar las rocas.

Su pequeña mente vio al instante la oportunidad de moverse. En ese momento los invasores invisibles sólo oirían sus mutuos pasos. Y adivinar la dirección no era su fuerte.

Tiró una piedra de caza hacia el sendero, lejos del sol naciente. Oyó su ruido al caer, seguido por el movimiento de cuerpos pesados. Corrió hacia el borde de la roca y saltó por encima del sendero sin que le vieran. Aterrizó sobre la hierba, y provocó el mayor alboroto posible. Después volvió hacia el sendero, se agachó y esperó.

Grandes sombras cruzaron el sendero de un lado a otro, confusas. Luego se alejaron y empezaron a registrar la hierba.

El muchacho homínido se levantó. Miró hacia atrás, rodeó con sigilo una esquina de la empalizada rocosa, y después siguió los bastiones que se extendían hacia el norte, como un ejército petrificado, hasta que terminaban en un conglomerado de salientes y terrazas que se fundían con las estribaciones del Mau.

El sol continuó su ascensión y puso en movimiento otro día. En la lejana ciudad, las horas transcurrían. En la sabana, se tomó conciencia de posibilidades bióticas, y las especies dieron otro paso hacia su supervivencia o extinción.

Siete horas después, el ordenador zumbó en el apartamento de Ken, y destelló la señal de que había recibido correo electrónico por Internet. Una StyleWriter anticuada empezó a imprimir un artículo del *Quarterly Review of Biology*. Ken se sentó al lado de la impresora, vigilando el papel perforado.

Sonó el teléfono. Se levantó, hizo una mueca al sentir las agujetas de su espalda y hombros, y descolgó el auricular.

—¿Una taza de café para una periodista en el paro? —preguntó Yinka.

Ken, sorprendido, lanzó una risita.

—¿Dónde estás?

—Justo en la esquina.

—Creo que el café se me ha terminado, pero tal vez tenga un poco de té...

—Fantástico. Ahora voy.

—Espera... —Había pensado dedicar el día a buscar suministros para la expedición—. Quizá no sea el mejor momento, la casa está hecha un asco...

—Tienes dos minutos.

—¿Qué haces en esta parte de la ciudad?

—Fui a una comida ofrecida por lo que queda del club de prensa extranjera. No te preocupes por el desorden, ya sabes que tengo un hermano desordenado.

—De acuerdo. —Al fin y al cabo, ella le había ayudado a organizar la expedición—. ¿Pueden ser cinco minutos?

—Dos. Desde aquí veo tu edificio.

Yinka colgó.

Ken sacudió la cabeza. La StyleWriter había terminado de imprimir. Arrancó la última página, recogió el montoncito de papeles y fue de un lado a otro en busca de su bata. La encontró doblada sobre una silla de la sala de estar. Tiró los papeles sobre el sofá, agarró la bata, corrió al cuarto de baño y rezó para que el agua funcionara. Funcionaba. Tomó una ducha fría, rascó su piel mientras se enjabonaba, se enjuagó, se secó y consiguió ponerse la bata cuando el portero llamó para anunciar la llegada de Yinka.

Dijo al portero que la dejara subir, corrió de nuevo al cuarto de baño, cogió el cepillo de dientes, exprimió las últimas gotas de dentífrico que contenía el tubo, se cepilló con vigor, hasta que sus encías sangraron, y salió como un rayo hacia la sala de estar.

Alguien llamó a la puerta, un golpe rápido y leve, la llamada de una mujer.

Abrió. Yinka entró, vestida con un sencillo vestido de algodón blanco, de solapas estrechas, y zapatos blancos de tacón alto que la hacían parecer más alta. Tuvo la sensación de que la veía por primera vez.

—Llevas una indumentaria muy formal.

Se pasó la palma por la barbilla. Había olvidado afeitarse.

—Sí, pensé que debía vestirme así. Fue una especie de funeral.

Captó en su voz el mismo tono amargado que había predominado durante el trayecto en el coche de su padre. Ira controlada. La joven echó un vistazo al apartamento, a las figuras de yeso, que a la luz del día se veían mucho más falsas.

—¿Estás bien, Yinka?

—Algo cabreada. ¿Dónde está el té?

—Siéntate aquí. Voy a prepararlo.

Corrió a la cocina americana y abrió ruidosamente una alacena para sacar las tazas. Será mejor que controle mis manos, se reprochó. ¿Desde cuándo le preocupaba tanto lo que pensara Yinka Ngiamena? Creo que estoy hecho polvo. Cerró la puerta de la alacena con el codo.

—He convencido a Um'tu de que te consiga dos equipos de supervivencia —dijo la joven desde la sala de estar—. Del almacén de la reserva. Los necesitarás, en caso de que pases un tiempo solo.

Ken casi dejó caer una taza a la que estaba sacando el polvo con el borde de su bata.

—¿Cómo lo conseguiste?

Los equipos de supervivencia, pequeños campamentos en sí mismos, eran el material de safari más apreciado. Los robados costaban mil dólares en el mercado negro.

—Porque es posible que su adorada hija se deje caer por allí para escribir un artículo.

Ken pegó un respingo. Yinka había entrado en la cocina sin hacer ruido y se perfilaba contra una ventana que enmarcaba un fragmento del contaminado Nairobi. No le miraba.

—Um'tu ordenará que lancen en paracaídas los equipos so-

194

bre la sabana, pero tú puedes decir al piloto dónde ha de arrojarlos, y si rompes uno no tendrás que pagarlo.

Salió sin mirarle, caminando sobre aquellos tacones blancos tan silenciosos.

Ken amontonó hojas de té en un colador, mientras la tetera empezaba a proyectar nubecillas de humo. Vertió agua caliente en dos tazas, introdujo el colador en una, depositó todo sobre una bandeja desteñida y salió de la cocina.

Yinka estaba de pie al lado del sofá, pasando las páginas del *Quarter Review of Biology*.

—¿Qué es esto? —preguntó, y las alzó.

El titular estaba impreso en un tipo de imprenta vulgar: «La misteriosa sexualidad femenina: un arma en la guerra reproductiva».

—Es investigación.

Ken sacó el colador de la taza de Yinka, lo hundió en la suya y ofreció la taza a la joven. Ésta tiró las páginas sobre el sofá y se acercó a la ventana más amplia.

—La luz es muy fuerte. ¿Te importa? —Dejó caer la persiana de aluminio, se sentó en el sofá y cogió su taza humeante—. ¿Estás contento, colono?

—Claro. ¿Cuánta sangre tendré que derramar para pagar mi deuda?

—Has de escribir un informe sobre la fauna para Um'tu. Pan comido para un tipo de tu CI.

Ken sorbió su té, y lo encontró caliente y soso. Miró las piernas de Yinka, tragó saliva y la miró a la cara. Ella dejó la taza sobre la mesita.

—Estoy enfadada, colono.

—¿Por la situación política?

—Por todo. Mi periódico ha cerrado y Gwee va a casarse. Era mi hermano pequeño y podía hacer con él lo que me daba la gana, pero ahora le perderé... Y tú partes en busca de la fama y la aventura...

—¿Tan importante soy?

—En este momento lo único en que puedo colaborar es en tu expedición. Bien. Háblame de la misteriosa sexualidad femenina.

—¿Crees que es un tema apropiado para la hora del té?

—Hablo en serio. Tal vez llegue a escribir sobre ciencia.

La mirada atenta de la joven, como la de una estudiante, le tranquilizó, pero la visión de sus rodillas le dio ganas de salir huyendo. Explicó, con un tono que pretendía sonar indiferente y pedagógico al mismo tiempo, que la sexualidad femenina se había hecho cada vez más enigmática a medida que la humanidad evolucionaba. La ovulación de monas, vacas, perras o leonas era evidente. Todos proyectaban olores e indicaban su predisposición con una lascivia imposible de pasar por alto. No sucedía lo mismo con las hembras humanas. Una levísima elevación de su temperatura corporal era la única señal de la ovulación, muy poco fiable y fácil de pasar por alto. Sin embargo, aquel cambio de la exhibición más descarada a un secretismo casi total debía tener en cuenta el período en que las posibilidades reproductivas eran más altas. Ninguna especie iniciaba semejantes cambios a menos que beneficiara la reproducción de la especie.

Ken observó que la joven le seguía con una mirada cada vez más oscura, y una postura más rígida.

—La última vez predicaste la monogamia —le interrumpió ella—. No parece que este misterio aliente la monogamia.

—Pues sí, en cierta forma, porque el macho se vuelve loco cuando intenta retener a la hembra para sí. Entretanto, permite a las mujeres la posibilidad de la infidelidad, imposible de detectar. El macho oficial suele proporcionar un nido excelente, pero no siempre los mejores genes.

Ken se puso en pie y dejó la taza, para liberarse de un objeto que temblaba en su mano. Cuando se volvió hacia ella, su mirada era aún más oscura, y su postura revelaba una notable tensión.

—Algunos estudios demuestran que las mujeres orgasman más a menudo cuando son infieles —añadió con voz vacilante—, lo cual parece obvio, pero en las relaciones ilícitas los machos también producen más esperma, de modo que «desbordan» la competencia de un marido o de otro amante...

Yinka también dejó la taza y se levantó.

—Según tú, somos unas putas egoístas y reservadas.

—Egoístas es una palabra demasiado fuerte. Creo que la vida en la sabana estaba tan llena de peligros que las mujeres tenían que ser oportunistas. Si perdían un macho a garras de un felino, tenían que conseguir otro macho, pero ¿cómo convencerle de que cuidara de su anterior progenie? Puede que las relaciones ilícitas fueran una forma de crear vínculos secundarios, que empezaban a funcionar cuando cesaban los primarios, sobre todo si cesaban de una forma trágica. Quizá conservar a un macho en un estado de inseguridad celosa era una manera de obligarle a seguir en la... relación. Dios, cómo detesto esa palabra.

Lanzó una carcajada seca.

—¿Vas a perderte la boda de Gwee?

La boda de Gwee. Ummm. Lo había olvidado. Casi se ruborizó.

—Claro que sí. Eres un macho de lo más egoísta.

Yinka cogió su mano, la acarició con sus dedos fuertes y estrechos, colocó el brazo de Ken sobre su hombro y le besó en la boca con premura, casi con brusquedad.

—La puta verdad es que no sabes una mierda sobre las mujeres —susurró—. No entiendo por qué me pone tan nerviosa que lo adivines todo sobre mí con tu mente científica.

Le besó de nuevo, retrocedió, con los labios brillantes de saliva. Su desgarbo la convertía en una mujer diferente, imperfecta.

—¿Tienes una cama, hombre mono? —preguntó, y Ken comprendió que había ido para hacer el amor. No para beber té y desfogarse sobre la situación política.

Señaló el dormitorio con la barbilla. La joven se dirigió hacia allí, mientras empezaba a desabotonarse el vestido. Ken la siguió, y entró en la habitación cuando Yinka se bajaba la cremallera del costado, de modo que el vestido perdió su forma. Lo dejó caer al suelo, se desabrochó un sujetador diminuto, lo arrojó a un lado, se quitó los zapatos con un movimiento brusco de los pies y se inclinó para sacarse las bragas. Caminó hacia él, desnuda en un abrir y cerrar de ojos, alta, toda piernas.

—Quítate esos andrajos —susurró, y tiró de su bata.

Él la dejó caer al suelo, y se descubrió desnudo y erecto, en la semioscuridad que suavizaba el impacto visual de la desnudez. Respiró hondo y la guió hacia la cama. Una foto en blanco y negro de Ngili y él en su primera excavación sonreía desde la cómoda.

Los pechos de Yinka eran redondos y adorables, y no tenía ni una arruga en el estómago. Su triángulo de vello púbico era pequeño, atractivamente discreto. Se tendió de espaldas. Ken se acostó a su lado, la tomó entre sus brazos, y ella susurró que estaba ardiendo.

—Ésa es la diferencia entre machos y hembras en la guerra reproductiva —murmuró Ken entre dientes—. Somos claros como el agua. Vosotras sois frías, misteriosas, calculadoras.

—Cierra el pico.

Le colocó sobre ella de un tirón, pero Ken se detuvo, inquieto por una duda, pese a que aquella ninfa negra flexionó las piernas y separó los muslos.

—¿Has venido para hacer el amor conmigo o con mis teorías?

—Con tu valentía. Tu parte más sexy.

No hubo juego preliminar. Ella estaba abierta de par en par, y él la penetró sin la menor vacilación. Ken se hizo sitio en su interior, mientras ella le besaba sin cesar con un temblor angustiado, como si tuviera miedo. Él preguntó si le hacía daño. Ella meneó la cabeza con impaciencia, y empezó a moverse bajo él, primero poco a poco y después con rapidez. Ken contuvo su orgasmo, sorprendido por lo mucho que deseaba proporcionarle placer.

Encontró una forma de reprimir su ansia, se quedó casi inmóvil, escuchando la respiración de Yinka y sintiendo su cuerpo largo y maravilloso. Después de un celibato tan prolongado, recreó mentalmente su estómago, su ombligo, sus muslos soberbios, su vello púbico mezclado con el de él, y sobre todo su piel. Todo en movimiento contra su cuerpo, más grande y más lento. Después, Yinka dejó de moverse, su vagina absorbió el pene de Ken hasta la raíz y se fundieron en un abrazo largo, cálido y apasionado. Ken embistió las profundidades de su vagina, hasta que ya no pudo contenerse.

Apretó los dientes para no gemir. Ella le abrazó con fuerza, y él sintió que el cuerpo de la joven vibraba bajo el suyo, desde la tensión máxima a la relajación.

La soltó, se tendió de espaldas y miró a la mujer desnuda. Ella estaba tendida de costado, con los ojos abiertos y dirigidos hacia él. Luego, apoyó una mano larga sobre su mejilla y acarició su barba incipiente.

—Bien —susurró—. ¿Así lo hacían entonces?

Ken tuvo ganas de decirle que sí, pero con muchas menos interferencias de hermanos posesivos, y barreras políticas y culturales. Pero permaneció en silencio. «Es probable que esto no vuelva a ocurrir. No lo estropees, Lauder.» Yinka, adivinara sus pensamientos o no, pareció captar la magia melancólica del momento, porque se puso sobre él, como si le prohibiera pensar. Le miró con curiosidad y luego susurró una pregunta.

—¿Cómo puedes vivir sin mujeres?

Ken sabía que era su mentalidad africana, siempre incapaz de aceptar el celibato, el monacato, desperdicio del cuerpo cuya principal función era ser fértil.

Sonrió.

—En este momento me estoy haciendo la misma pregunta.

Tal vez ella captó en su respuesta algo no verbalizado, porque le aplastó con toda la longitud de su cuerpo y se besaron sin hablar, los rostros húmedos de la mutua saliva, con ojos ya no tímidos, hasta que volvieron a empalmarse, con toda naturalidad, un pene duro, una vagina dispuesta. Ken sólo pensaba en una cosa: que aquélla era la última vez, y eso le provocó un ansia violenta, una silenciosa desesperación de penetrarla y poseerla lo más completamente posible. Rodó sobre ella. Yinka quiso rechazarle, pero él pesaba demasiado; no obstante le comprimió con la vagina y los labios, como si le castigara por imponer la ley de su fuerza. Le mordió el hombro, y Ken sintió espasmos en su pecho y estómago. Enloqueció de excitación y la penetró con brusquedad, mientras ella le mordía el labio inferior y le abrazaba con ardor, pero sin emitir ni un sonido, hasta que su frente se cubrió de sudor.

Por fin, se separaron. Ken la apretó contra sí, y se sintió conmovido de una forma ridícula, casi enamorado, y rezó para no demostrarlo. Al cabo de un instante, Yinka se estremeció un momento y lanzó una carcajada.

–Eh, hombre mono, acabo de correrme. Después de ti, como dijiste.

–No me tomes el pelo.

–Sí, en serio. Me he corrido. Sólo un poco, pero me he corrido. Eres un buen amante –dictaminó con tono objetivo.

Su tono arrogante le enfureció.

–Gracias. Eres muy generosa.

Yinka le dio un rápido beso, se levantó y fue al cuarto de baño. Ken la oyó abrir los grifos de la ducha.

Mientras esperaba su regreso, tuvo una sensación de *déjà vu* de sus tiempos universitarios, cuando, después de lograr llevarse a la cama a una mujer atractiva, veía su entorno familiar a través del aura de aquella diosa desnuda. Era como si su amante ya hubiera partido, aunque siguiera presente. Había utilizado aquella ducha. Se había acostado en aquella cama, con él. Nunca había logrado aferrarse a aquellas especiales, las que de verdad le gustaban, pese a su potencia, que era normal, o a su deseo de verlas de nuevo. Todas le abandonaban por un motivo u otro, como si intuyeran su falta de disponibilidad. Ahora no era tan joven, pero seguía siendo una persona inquieta. La mujer que acababa de abrirle las profundidades de su femineidad era, de hecho, la que le enviaba a su siguiente estancia en tierras salvajes. No podía culparla por no decir más, después de haberse fusionado dos veces con él, piel contra piel, boca contra boca, órganos reproductores contra órganos reproductores, pero sin la menor certeza de que un día llegaría a conocerle mejor.

Se duchó después de ella, volvió al dormitorio y la encontró vestida con su indumentaria blanca. Se estaba poniendo los zapatos. Le pidió que preparara más té, pero cuando Ken lo trajo, Yinka rozó la taza con los labios, le besó y se marchó.

Para evitar pensar, Ken salió de la habitación. Fuera había una nota. Decía: «Colono: Me he comportado como una hembra oportunista, pero en lo que a ti y a mí concierne, es la única forma de escapar de este mundo cortado en blanco y negro, Kenia y Estados Unidos, macho y hembra, presente y pasado. No permitas que te maten allí, por favor. Vuelve, y tal vez me enseñarás qué más cosas se hacían entonces. Y».

Comprendió que Yinka había empezado la nota mientras él se duchaba, y después le había pedido más té para terminarla. Una sorpresa, para alguien que nunca se quedaba sin palabras.

¿La había escrito para que tuviera algo de ella?

En condiciones normales, habría sonreído para sí, orgulloso de la prueba de afecto que le deparaba una mujer. Ahora, no tuvo ganas de sonreír. Se puso los pantalones y la camiseta, y salió en busca de pertrechos para la expedición.

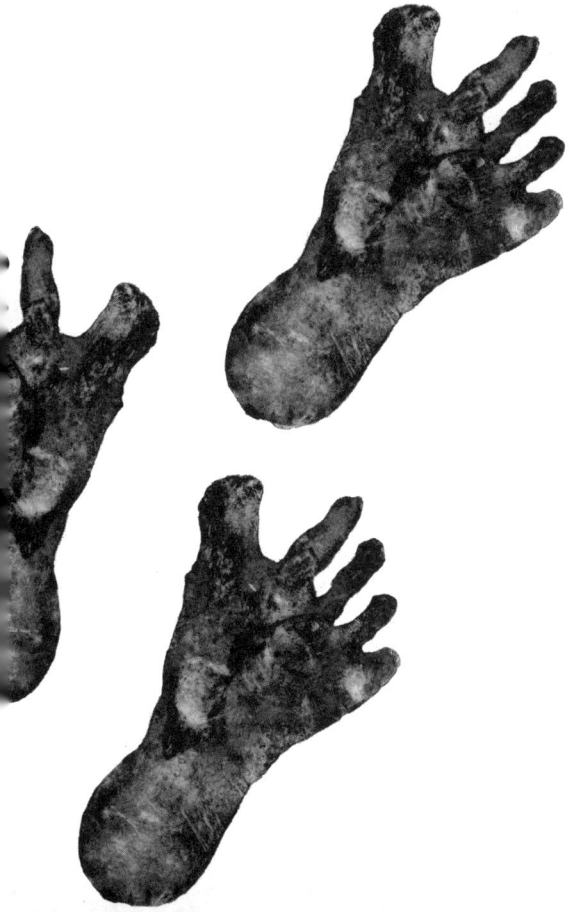

Tercera Parte

Caza humana

No lejos de su vieja guarida, el muchacho se sintió casi a salvo. Paró, se arrodilló junto a un brote de hierba oleosa gigante y arrancó laboriosamente un puñado de hojas. Después eligió las más anchas y tejió una pequeña bolsa con una cinta, para guardar sus posesiones: el hueso de brazo, el encendedor y la piedra de caza que le quedaba.

Pasó la cinta sobre su hombro y siguió caminando, entre el borde de la alta hierba y las murallas rocosas.

Caminaba con paso firme y decidido, aunque en realidad no sabía a dónde iba. Escudriñaba el cielo en busca del tubérculo/insecto, pero no había ni rastro de él, lo cual le sorprendió, porque aún estaba amaneciendo y los insectos siempre pululaban más al amanecer y al anochecer.

Un rato después, cazó una musaraña y la comió, pero durante la cacería perdió la piedra. Por suerte, no tardó en encontrar una piedra nueva, que golpeó con fuerza contra la muralla rocosa. Se desprendieron escamas afiladas, hasta quedar un núcleo más o menos redondeado. Ahora llevaba el núcleo en la boca, para activar las glándulas salivales y apaciguar su sed.

Metió las escamas, buenas para cortar, en la bolsa de hierba.

El muchacho caminó hacia el norte, sin más molestias que algún eructo de vez en cuando. Cuando el día terminó, estaba sentado en un saliente, pensando en el regreso de los seres grandes. De repente oyó el zumbido del tubérculo/insecto sobre su cabeza. Lo vislumbró un momento, pero lo perdió de vista cuando se zambulló en una nube. No se le ocurrió que tal vez no fuera el mismo tubérculo/insecto. Una amplia sonrisa se dibujó en su rostro. No había dudado ni un momento de que volvería.

Al pie del Mau, el terreno era más rocoso. Riachuelos de agua de la montaña descendían más a menudo. La niebla que envolvía las crestas se condensaba en breves chubascos, que caían de improviso y empapaban las colinas.

El muchacho continuó su camino y llegó a un amplio campo de rocas negras, placas gigantescas de lava seca que se habían partido en fragmentos lisos, suspendidos en ángulos extraños. Formaban un laberinto de cascotes negros primitivos. Aquella colección de hendiduras, chimeneas, túneles y canteras creaba una arquitectura mágica y alegre, y proporcionaba una miríada de escondites.

El muchacho se olvidó de todo y soltó la bolsa. Emitió un aullido de júbilo y saltó de pedrusco en pedrusco, ágil y seguro sobre sus pies encallecidos, disfrutando con el esfuerzo de sus músculos. Parecía un chimpancé juguetón.

De pronto se desencadenó una tormenta y empezó a llover a cántaros. Los pedruscos se hicieron resbaladizos, lo cual aumentó el reto que suponía el juego.

Sin hacer caso del peligro, saltó sobre las crestas, al tiempo que lanzaba aullidos de primate e inventaba una danza sin nombre. Sus pies sangraban a causa de pequeños arañazos. No sentía el dolor. Siguió bailando, mientras su juventud se refocilaba con la ilusión de la inmortalidad, reforzada a cada salto.

Un rayo cayó pocos metros más abajo. La electricidad saltó alrededor de la piedra y brotó humo de ella. La ensordecedora descarga sorprendió al muchacho cuando brincaba en el aire. Sobresaltado por el ruido, cayó desde una placa de lava a una situada más abajo, y quedó inmóvil.

Recuperó el sentido cuando la lluvia remitió. Se levantó dolorido, pero sin grandes molestias, y recordó su bolsa.

Bajó del laberinto y encontró la bolsa por casualidad. Entonces, un recuerdo sepultado emergió a su cerebro, vívido y detallado. Permaneció inmóvil mientras las gotas de lluvia se secaban sobre su piel, y contempló el recuerdo como si la escena se estuviera desarrollando ante sus ojos.

Vio homínidos, machos y hembras, correr desde la sabana hacia el laberinto rocoso, en busca de escondites. No consiguieron llegar a ellos. Caminó entre las rocas hasta que se abrió ante él una inmensa hondonada rocosa, similar a una cantera. Entró, miró un momento, dio media vuelta y salió. Al regresar, vio un campo de huesos descarnados, pulidos por animales salvajes y por el tiempo, lavados una y otra vez por la lluvia.

Permaneció en silencio y sufrió el recuerdo hasta que se diluyó.

Pensó de nuevo en el ser al que había visto desenterrar aquellos huesos de la sabana. El extraño y su acompañante los habían desenterrado con un cuidado revelador de algo que ni siquiera ellos sabían sobre sí mismos.

Recordó las manos del extraño con cara de león, mientras liberaba los huesos. Lenta, paciente, cariñosamente.

El muchacho se tendió en una angosta chimenea de lava, agotado por sus pensamientos.

Despertó a una nueva tormenta.

Salió de su refugio. Un riachuelo crecido descendía hasta una charca rodeada de cañas que crecían de forma irregular dentro del agua. Varios búfalos, que la niebla borroneaba, se erguían con estoicismo en la orilla. Un ñu, aguijoneado tal vez por algún insecto que buscaba un refugio seco en su cuerpo, pegó un brinco, pataleando en el aire, y se lanzó de cabeza hacia su rebaño, con la intención de iniciar una estampida, pero sólo consiguió provocar un pequeño alboroto.

El chico oyó de nuevo al tubérculo/insecto. El avión volaba bajo, como una abeja gigantesca que amenazara con aterrizar. La estampida de ñus se reinició al instante. Cargaron contra los búfalos, que mugieron irritados y echaron a correr sin demasiada convicción.

El piloto africano se volvió hacia Ngili, que estaba sentado a su lado en el viejo Helio Courier perteneciente al departamento de reservas de caza. Se estaban formando nubes delante. Hilillos insignificantes se transformaban en balas de algodón grisáceas. El piloto quería saber si aún debía lanzar una carga de suministros y provisiones, que Ken esperaba recibir en la estribación del Mau situada más al sur.

Había pasado una semana exacta desde que Ken había cerrado su trato con los Ngiamena.

Ngili cogió la radio y habló con Ken, que estaba organizando su campamento veinticinco kilómetros al sur de aquella estribación, a un kilómetro de donde habían aterrizado con Hendrijks y encontrado el fósil. Ken había llegado la mañana anterior, después de cuatro días de duro viaje desde Nairobi en un camión conducido por un guardia de la reserva. Detrás del camión, otro guardia de la reserva conducía el Land Rover de Ken, recién reforzado con nuevas barras protectoras delanteras.

Había logrado encontrar el montículo del fósil, hundido y ahuecado, sin la ayuda de Hendrijks. Durante los últimos siete días, nadie había visto ni oído hablar de Hendrijks. Su teléfono sonaba, pero nadie contestaba. Su oficina del centro estaba cerrada a cal y canto, y la puerta de cristal cubierta por dentro con una persiana bajada que parecía devorada por las moscas. Lo más extraño era que Hendrijks no había llamado ni aparecido para reclamar su talón.

—Suelta la carga ahora —ordenó Ken—, antes de que se formen más nubes. Corto.

—Estamos lejos de donde la querías, a varios kilómetros de la estribación. Corto.

—Lo escogí al azar —replicó Ken—. Tira la carga y calcula la posición. El paracaídas es de un naranja fluorescente. Podré localizarlo sin problemas. Corto.

—Muy bien. Nos veremos ahí dentro de unos minutos —dijo Ngili—. Corto y cierro.

El muchacho homínido no pensó en esconderse. Estaba asustado, pero tan fascinado que se quedó quieto mientras el avión volaba sobre él. Apareció una brecha en el cuerpo del tubérculo/insecto, y un extraño objeto, similar a un huevo, cayó lentamente, suspendido de algo parecido a una flor naranja. El tubérculo/insecto se alejó, mientras su huevo caía sobre las rocas. El paracaídas mojado se apiló sobre sí mismo y quedó atrapado por el borde de una placa de lava elevada. Su tela naranja parecía tan diferente de los colores nativos circundantes que el chico se preguntó si volvía a soñar.

Oyó una especie de chirrido. El peso sujeto al paracaídas era un cilindro metálico grande. Como había caído sobre una superficie rocosa inclinada, ahora estaba resbalando, arañando la roca, y las cuerdas que lo sujetaban al paracaídas mojado se estaban tensando.

El chico se precipitó al ver la caja, cuyo deslizamiento sobre la roca le fascinaba. Las cuerdas, que tiraban del paracaídas, rozaban los lados mellados de la placa. Empezaron a partirse. Una se rompió. El peso aumentado de la caja tiró de las tres cuerdas restantes, que se fueron rompiendo una a una. La caja cayó y desapareció por una chimenea de lava.

Sólo quedó el paracaídas, similar a una gigantesca flor anaranjada, oprimido por la lluvia.

El avión se alejó de las estribaciones en dirección sudoeste, donde arrojaría otro equipo de supervivencia.

—¿Profesor Laudah? Yo ser sargento Jonas Modibo, profesor —dijo el menudo africano, que ostentaba en la mejilla izquierda un tatuaje tribal a base de puntos negros, en forma de cuadrado irregular—. He venido para ayudar a montar su campamento. La situación es que no hay cazadores furtivos en la zona, pero he venido a ayudar.

Medía metro y medio de estatura, tenía un fuerte acento tribal (no parecía kikuyu. ¿Sería kipsigi o luo?, se preguntó Ken por un momento) y vestía un viejo gabán del ejército inglés, con la parte inferior cortada para adaptarlo a su corta estatura.

Ken no daba crédito a sus ojos, en mitad de la sabana y a un kilómetro del montículo de los fósiles. El hombre aparentaba unos cincuenta años. Llevaba una carabina inglesa Enfield, cosecha de la Segunda Guerra Mundial, colgada al hombro, no por una correa de cuero sino por una cuerda que parecía confeccionada con pelo de animal entretejido.

Ken había montado el campamento en el punto más despejado que pudo encontrar, sólo hierba y arbustos, con el fin de perturbar lo menos posible el hábitat que pensaba observar. El emplazamiento le proporcionaba una vista clara en todas direcciones, incluyendo las empalizadas rocosas y los bosquecillos de acacias dispersos. Sin embargo, tenía la desventaja de estar expuesto a la luz del sol, que bañaba el lugar y le daba un aspecto surrealista, como de pesadilla.

Ken, que sudaba bajo su sombrero, escuchó a Modibo, que había aparecido de la nada, calzado con unas botas altas hasta los tobillos, al parecer sin calcetines. Modibo afirmaba que el departamento de reservas de caza había transmitido la orden a un puesto fronterizo, del que Ken nunca había oído hablar, de que un suboficial conocedor de la sabana se trasladara al campamento del profesor Laudah. Porque, como dijo Modibo, diez días antes, el profesor había tenido «visitantes».

—¿Cómo se puso en contacto con usted el departamento de reservas de caza?

—La reserva de caza no. Ejército. Yo ser ejército, patrulla fronteriza. Por radioteléfono desde Nairobi con mi puesto.

—¿Y cómo ha llegado hasta aquí?

El puesto fronterizo más cercano tenía que estar a casi ciento cincuenta kilómetros de distancia.

—Camión del ejército desde frontera con Tanzania hasta unos cuarenta y cinco kilómetros de aquí. Después, tres días de viaje a pie.

—¿Ha recorrido esa distancia solo?

—Sí. Vigilé depredadores, para su protección, profesor. —Jonas Modibo esbozó una sonrisa casi de felicidad e introdujo una mano oscura, similar a una garra, en su descolorido gabán—. Éstas ser mis credenciales.

Si bien daba la impresión de ir desnudo bajo el gabán, extrajo una cartilla del ejército del tamaño de un billetero, arrugada y sucia, pero dentro había una foto, sellos y una fecha de caducidad.

Detrás de Ken, los guardias enviados por Jakub Ngiamena observaban boquiabiertos al extraño hombrecillo. Con sus blusas color caqui, pantalones cortos y boinas azul oscuro, parecían *très chic* en comparación, incluso después de dos días de viajar por el desierto de Nyiri y una noche de acampada al raso. Aguzaron el oído cuando Modibo dijo:

—Mi orden procede del ejército, recibida del superintendente Ngamena.

Ñamena, lo pronunció con una fuerte exhalación nasal, y Ken se preguntó si aquélla era la pronunciación auténtica, antes de que los Ngiamena se trasladaran a las ciudades y engrosaran las filas de la elite destribalizada.

Ken experimentó tal sensación de incredulidad que le costó creer todo lo demás.

—¿Se lo ha inventado, sargento?

—No, profesor.

Ken echó un vistazo al grupo de guardias de la reserva. El jefe del grupo, un joven bien parecido, se encogió de hombros para indicar su completa ignorancia sobre la circunstancia. Él y el otro guardia habían peinado los arbustos y extensiones rocosas el día anterior, en camión y a pie. Se mostraron de acuerdo con Modibo en que allí no había cazadores furtivos, a menos que se ocultaran muy bien.

—¿Ha visto leones? —preguntó Ken, sólo por decir algo.

—Sí, dos machos. Uno viejo y uno joven. Perseguían a un grupo de... —Modibo entornó los ojos y contó mentalmente— cinco leonas con cachorros.

Ken asintió. Conocía la costumbre. Los leones perezosos intentaban unirse a una manada mediante el expediente de matar cachorros de leonas. Si lograban matar a casi todos los cachorros, las leonas no tardaban en volver a estar en celo. Se revolcaban sobre el suelo, agitaban la cola y gruñían para que los machos les hicieran nuevos hijos. La pulsión de ser fértiles estaba grabada en su código genético con más fuerza que la rabia de la maternidad herida. En consecuencia, los machos tomaban el mando de la manada y se aprovechaban de las habilidades cazadoras de las leonas.

—¿Vio algo parecido a esto?

Ken sostenía una tablilla con sus listas de equipo y planos, así como una libreta. Efectuó un veloz bosquejo de la pisada de homínido y la enseñó al sargento Modibo.

El negro tatuado le echó un rápido vistazo.

—No. ¿Por qué? ¿Sus visitantes tener pies raros?

Indicó con la barbilla el Safari Cub, abandonado desde hacía diez días en la sabana, que se había integrado de una forma asombrosa con el entorno, debido al polvo, las manchas de polen, los insectos aplastados contra su carrocería y las aves posadas sobre él.

—No. Me refiero a las pisadas de una especie de... primate.

El hombre hizo caso omiso de sus palabras.

—Mal sitio para acampar —dijo con tono autoritario—. Mala situación, en pleno camino de estampidas de ganado. Hay una a punto de llegar. —Se arrojó al suelo y aplicó el oído a tierra—. Ahora mismo. Mover el campamento allí.

Se levantó y movió una mano en dirección a una colina desnuda y empinada, de cumbre llana.

Ken sacó los prismáticos del estuche y barrió los trescientos sesenta grados de horizonte. Vio nubes de lluvia que ocultaban el Mau, pero ninguna polvareda levantada por una estampida de herbívoros. Si llovía, el polvo estaría mojado cerca del Mau, por supuesto. Se tiró al suelo con uno de los guardias. Cuando se levantaron, intercambiaron una mirada y se encogieron de hombros, porque no habían oído el menor ruido de pezuñas.

Modibo le miró como si leyera su mente.

—Espere, ya venir. No querer usted que sus papeles se arruguen, profesor.

—No soy profesor —barbotó Ken—, y no vamos a mover el campamento.

Diez minutos después, Ngili llamó. Desde la ventanilla del avión había visto una manada de ñus y búfalos en estampida. Ngili informó a Ken de que en una hora le harían una visita informal.

Cuarenta minutos después, un río negro de búfalos pasó junto a la colina, seguido de ñus enloquecidos. Cuando la estampida terminó, Modibo, que estaba sentado en la hierba comiendo un bollo de *posho* que había sacado de su raído gabán, se levantó y se marchó sin decir palabra. Ken lo vio detenerse junto al Safari Cub. Lo examinó, rebuscó en el interior y salió con una llave de tuerca en la mano.

Volvió y contó a Ken su teoría de que los pistoleros eran criminales fugados de Tanzania. A veces cruzaban el desierto en vehículos robados, en busca del relativo refugio de Uganda.

—El avión de su amigo venir —advirtió a Ken, que no oyó el ruido del motor por más que se esforzó.

Minutos después, un triángulo oscuro similar a un buitre creció hasta transformarse en algo rígido, obra del hombre. Aterrizó en la pista practicada por los guardias y las pezuñas de los búfalos.

«Este hijoputa debe de tener poderes psíquicos», pensó Ken. Quizás había divisado el avión, pero ningún oído normal habría podido captar el ruido de aquella estampida lejana. ¿Cómo demonios había localizado la llave en el Cub? Ngili y él lo habían registrado y no habían encontrado nada.

El Land Rover de Ken, conducido colina arriba por uno de los guardias, se caló. Finalmente consiguió llegar a la cumbre, pero a costa de toser como un anciano después de una caminata agotadora. Modibo se levantó de la hierba, blandiendo la llave, y afirmó que había sido mecánico en el ejército y sería aconsejable que le dejaran echar un vistazo al motor. Antes de que Ken pudiera oponerse, ya había levantado el capó recalentado por el sol y examinaba su interior. Ken cerró el capó con violencia, y casi pilló los dedos de Modibo. Él, en persona, se ocuparía del jeep más tarde. Regresó a la tienda, irritado por haber perdido el control de forma tan manifiesta. Un guardia le informó de que alguien le llamaba por radio desde Nairobi.

Apareció Ngili, sudoroso, después de haber subido a pie la colina, y encontró a Ken sonriendo a la radio. Hablaba con una voz de mujer, clara y melodiosa.

—Es más fácil decirlo por radio. Eres un hombre que goza

de una libertad inusitada, Ken, teniendo en cuenta que careces de dinero y poder. Espero que te proporcione algún placer estar ahí.

—¡Muchísimo! —gritó Ngili, y corrió hacia la radio y la voz de su hermana—. ¡Esta noche se lo va a pasar bomba, porque irá solo a una inspección de depredadores, corto!

—¿Estabas escuchando? —preguntó Yinka—. ¿Qué es una inspección de depredadores?

—No voy a ir a ninguna clase de inspección. Sobre todo esta noche —interrumpió Ken.

Pensaba dedicar una noche a estudiar manadas de leones y jaurías de hienas, pero no las primeras noches, cuando, después de dos días de sobrevolarla a baja altura, la sabana estaría recorrida por estampidas. Los inevitables movimientos de estampidas acababan de empezar, y continuarían hasta el borde del desierto, para volver sobre sus pasos, hasta que los animales asustados volvieran a establecerse en sus terrenos de pastizaje. Allí, los ataques de los carnívoros les asustarían y provocarían nuevas estampidas, pero la distancia recorrida sería mucho menor.

Murmuró un adiós apresurado a Yinka, apagó la radio y se volvió hacia Ngili.

—Es increíble lo bruto que eres a veces. Además, ¿de dónde cojones ha salido ese sargento metomentodo? —Modibo, en cuclillas y con el gabán subido, estaba orinando sobre un arbusto, demostrando que no llevaba nada debajo de la prenda, excepto los calzoncillos—. ¿Quieres hacer el favor de llamar a tu padre para que saque a este tipo de aquí?

—No voy a llamarle para eso, te lo aseguro. No sabía nada de este tipo, pero te servirá de protección extra.

—No necesito protección extra. Pensaba que iba a emprender la investigación solo.

—¿Y no es así? ¿No eres el único jodido científico en seiscientos kilómetros cuadrados de territorio?

El propio Ken había delimitado la zona, bordeada por las empalizadas rocosas en el extremo norte-sur, con un equipo de supervivencia en las esquinas nordeste y sudoeste. Pensaba recorrerla a pie, cargado con su tienda ultraligera y un recipiente de agua de diez litros, peinando extensiones de ocho kilómetros de anchura, en ambas direcciones. Para cubrir el máximo territorio posible, trasladaría el campamento base al primer equipo, y después al segundo, y llevaría a cabo tantos recorridos secundarios como pudiera.

Era un plan muy ambicioso. Lo dejaría correr mucho antes de lo que esperaba, probablemente. Sin embargo, podía encontrar lo que buscaba.

Ngili se calmó.

—Lo siento. El viejo cabrón no se interpondrá mucho en tu camino. Se zampará tu comida durante unos días y luego se largará. Estoy cabreado porque verás lo que verás sin mí.

—Puede que no vea nada.

—Lo harás tú solito.

—Bien, has de hacerte a la idea. De todos modos, cada semana vendrás en avión. Es lo máximo que pudimos lograr, y tú estuviste de acuerdo.

—¡Lo sé! —replicó Ngili, exasperado—. Yinka tenía razón. Eres libre, y yo no lo soy tanto como tú. No soy un huérfano yanqui, libre y afortunado. —En uno de sus bruscos cambios de humor, tocó el brazo de Ken, aún irritado, pero afectuoso y sincero—. Lo siento, ¿de acuerdo?

—De acuerdo. —Ken se levantó y se alejó—. Voy a preguntar a ese pajarraco cuánto tiempo piensa quedarse.

Pero no pudo hacerlo, porque Modibo se había esfumado.

Ken preguntó a los dos guardias dónde había ido Modibo.

Estaban examinando el camión que les conduciría de vuelta a Nairobi. Modibo acababa de aconsejarles que se fueran antes de lo previsto, porque «acercarse otra gran estampida, la más grande», y pisotearía el terreno situado en la base de la colina hasta hacerlo impracticable. Los guardias se habían quedado impresionados, y habían preguntado a Modibo desde cuándo conocía Dogilani. El hombre contestó que había estado «en este lugar desde los años cincuenta, de una forma u otra. Como guerrillero Mau Mau, después en safaris y luego en el ejército».

Pero ahora no se le veía por parte alguna. Casi no existían pruebas de su presencia, salvo unas migas de su bollo de posho, y el arbusto que había regado con su orina antes de irse, como un animal que marca su territorio.

Por fin, Modibo reapareció cuando los guardias, Ngili, Ken y el piloto keniata estaban compartiendo una tensa cena. El piloto también quería marcharse antes, lo cual frustraba a Ngili. En cuanto a Ken, estaba tenso porque sólo se había organizado a medias, y había contado con recibir más ayuda antes de que le dejaran solo.

Modibo se sentó, cogió la ración de un guardia y comió en un silencio absoluto, sólo interrumpido para anunciar que las leonas de los cachorros acababan de aparecer muy cerca del campamento. Se habían instalado junto a un bosquecillo de acacias.

—Muy interesante —dijo Ken—. ¿Vendrá conmigo después de que anochezca, para filmarlas con mi cámara de infrarrojos?

—No. Yo proteger campamento, ser mis órdenes. No filmar leones. No mis órdenes.

—Estupendo, sargento. Repasaremos nuestras respectivas obligaciones después de cenar.

—Claro, profesor.

Modibo escupió un trozo de pollo frío. Ken se levantó, lo recogió y tiró en una bolsa de plástico.

—Regla número uno —dijo—: Nadie hará guarrerías en mi campamento.

—Lo siento con corazón —dijo Modibo con burlona efusividad—. En cuanto a los leones, iré con usted si usted desear.

—No hace falta. Aténgase a sus órdenes. Por cierto, ¿dónde están sus búfalos? No oigo ni veo ninguna estampida.

—Ya venir.

—Antes de marcharse, habló como si fueran a hacernos fosfatina a los pocos minutos. Puso a todo el mundo nervioso, con ganas de salir pitando, pero no veo ningún búfalo —dijo Ken, más por los guardias y el piloto que por él.

—Yo sentir. Búfalos más tarde.

Modibo escupió otro trozo de pollo, que luego recogió con los dedos e introdujo en la bolsa de desperdicios con solemne afectación.

—Voy a calentar el motor —anunció el piloto, y se puso en pie.

No miró a Modibo, pero Ken adivinó que el piloto estaba inquieto por la prometida estampida de búfalos que destruiría la pista de aterrizaje y le dejaría atrapado allí con alguien como Modibo, el explorador menos tranquilizador que Ken había conocido en su vida.

Ngili también se levantó. Evitó sus ojos.

—Ken, te ayudaré a buscar leña para el fuego de esta noche.

Cuando regresaron con la leña, sintiéndose más unidos después de cortar media hora bajo el acero fundido del sol, Modibo había vuelto a desaparecer.

Y no había búfalos a la vista, ni tampoco ñus.

Por fin, todos se despidieron. Ken estrechó la mano de los guardias y el piloto. Los guardias se despidieron de Ngili y el piloto. Ken y Ngili se abrazaron.

—*Kwaheri na kuona* —le dijo Ngili—. Hasta que volvamos a encontrarnos.

En todos sus viajes, Ken nunca había vivido dos despedidas simultáneas. El camión descendió la colina y el avión despegó al mismo tiempo.

Al cabo de pocos minutos, el camión era un punto móvil, y el avión una cruz que brillaba en el cenit del cielo aún incandescente, cuando el piloto giró después de ascender y pasó justo por encima de Ken, en dirección a Nairobi. Las alas del Helio recibían tanto resplandor del sol que parecían rayos láser.

Era imposible que Ken no contemplara al camión y al avión, cada vez más lejanos, con cierta angustia. La humanidad había dejado a uno de los suyos abandonado, y aquel humano era él.

Ngili había dicho a Ken que mantuviera la radio conectada durante un rato, por si veían al sargento desde el avión, aunque creía que el hombre estaba cerca y reaparecería tan inesperadamente como las anteriores veces.

Ngili había ayudado a Ken a cortar espinos silbantes, hasta formar una pequeña pila para ser convertida en el fuego del campamento. Ken sólo tenía que encenderla, pero antes tenía que dotar de cierta seguridad al entorno. Para ello, se puso a caminar de un lado a otro de la cumbre llana, no con la delicadeza que emplearía normalmente en un hábitat natural, sino pisando fuerte con las botas para ahuyentar a roedores y otros mamíferos pequeños, con el propósito de reducir las probabilidades de que una serpiente grande, incluida la mortífera mamba negra, hiciera acto de aparición más tarde. El fuego mantendría a raya a otros animales peligrosos.

Cuando la luna empezó a elevarse, la radio de Ken crepitó. Ngili no había visto al sargento ni a nadie más en su viaje hacia el sur. Se estaban acercando a Nairobi y quería desear buenas noches a Ken.

Ken se acostó en la tienda, a pocos metros del Land Rover. Pensó que se había dormido, pero luego se descubrió despierto. Se levantó, salió, subió al Land Rover y lo aparcó unos veinte metros más allá. De esta forma, nadie podría ocultarse tras el jeep para atacarlo por sorpresa. Tranquilizado por aquel pensamiento, volvió a su saco de dormir y tanteó en busca de la Rhino 38. La cargó y dejó a su lado, con el seguro puesto. Sabía que no era un buen augurio empezar su investigación solitaria en tal estado de nervios.

Se despertó de nuevo, sin saber cuándo se había dormido. Lo había hecho al lado de la tienda, al aire libre.

Un león macho rugió en las cercanías, como una advertencia ancestral. Y varias hembras chillaron en respuesta. Parecían irritadas y doloridas, como heridas en sus entrañas.

¿Qué coño está haciendo ese idiota?, se preguntó Ken. Estaba convencido de que Modibo se dedicaba a espiar a los leones, pese a las órdenes. Se esforzó por distinguir el breve estampido del Enfield. Un pluriempleado como Modibo no dudaría en matar leones para vender su piel a los cazadores furtivos.

Se incorporó y combatió la tensión que le provocaban aquellos rugidos cercanos. Los había oído cientos de veces, pero nunca dejaban de asustarle. No le daba vergüenza. Tener miedo era casi genético.

—Los leones haber cogido algo —dijo Modibo.

Ken dio un respingo tan brusco que estuvo a punto de caer hacia atrás. Modibo estaba de rodillas, a menos de un metro de Ken, con el fusil a su lado. Había levantado las manos, con los dedos extendidos y engarfiados, para imitar las garras de los leones.

—¿Qué han cazado? —preguntó Ken, sin aliento.

El sargento le miró fijamente, como si dudara en contestarle o no.

—No puedo decir. Las presas no gritar ni hacer ruido. Quizá coger algo ya muerto.

Un pensamiento cruzó la mente de Ken. Tal vez era el niño. Tal vez ya estaba muerto, se dijo. Tranquilo. No pierdas la calma.

Pero no pudo impedir que su mente divagara. ¿Era el niño? ¿Ya estaba muerto porque Modibo lo había matado con su fusil?

Modibo apoyó las manos en su regazo. En ese instante Ken se dio cuenta de que intentaría apoderarse de la Rhino 38, que tenía muy cerca.

También había un arma al alcance de Ken. El Enfield del sargento.

Calculó que sus brazos eran más largos que los de Modibo y que era un peculiar duelo estilo Salvaje Oeste. En lugar de desenfundar, los pistoleros debían adelantarse al otro y coger el arma ajena.

—¿Qué ha sido de esa estampida? —preguntó Ken con voz ronca—. ¿Aún no llega?

Modibo forzó la vista en la oscuridad, como perplejo por la pregunta.

La mano de Ken salió disparada hacia delante y agarró el cañón de la Enfield. Si bien escrutaba la cara de Ken con sus ojillos, el sargento no estaba preparado. Cuando bajó su mano, tocó hierba. El fusil ya estaba en las manos de Ken.

—Venga conmigo, a ver qué han cazado los leones —dijo Ken.

Apretó el fusil contra su costado y retrocedió sin volverse hasta su mochila. Notó las formas de sus prismáticos nocturnos Starlight, de una radio de campo que llevaba y de una pala. Se hundieron en su columna vertebral y en la zona lumbar, pero no le importó. Se levantó, sujetando la mochila, la Rhino 38 y el fusil.

—¿Tanta protección necesitar? —preguntó Modibo, mirándole como un duende resucitado. Asustaba a Ken más que los leones—. ¿Adónde va, profesor? ¿Me deja aquí sin armas?

—Los leones no subirán la colina para atacarle, como ya debería saber —murmuró Ken.

Se sentía avergonzado, aunque aliviado al escuchar su cobardía. Cuanto más miraba aquella cara innoble, la barba y el bigote ralos, y el tatuaje, más intuía que ni siquiera había llegado a sospechar la verdad sobre el hombrecillo.

Modibo, sin abandonar su posición arrodillada, lanzó una carcajada estentórea, que no casaba con su rígido comportamiento. Era enorme, dramática.

—*Mzungu* loco —dijo, utilizando el despectivo africano de hombre blanco.

—Exacto —dijo Ken—. Muy loco. Ya me lo aclarará cuando vuelva.

Se alejó del hombrecillo, que se quedó solo en lo alto de la colina, inmóvil.

«Primero, vamos a ver qué es esa historia sobre los leones», se dijo Ken.

Oyó que la grava de la colina crujía bajo sus botas y se dio cuenta de que no se las había quitado antes de acostarse. Un afortunado error. Suerte en todo, hasta el momento. Se dio la vuelta por fin, cargó la pesada mochila a la espalda y echó a correr en la noche.

Delante, una leona lanzó un gruñido de dolor o indignación, seguido por el rugido combinado de dos leones, la misma leona, u otra, y un macho. Daba la impresión de que estaban luchando boca a boca, colmillo a colmillo.

Mientras corría, Ken rebuscó en la mochila y extrajo sus gafas nocturnas. Se detuvo a ponérselas, y después corrió hacia los rugidos. Las gafas teñían la sabana de un verde fosforescente. Puntos luminosos de fuego verde indicaban los ojos de los animales, o los colmillos que destellaban en sus fauces abiertas. El horizonte parecía iluminado por un aliento cósmico ámbar verdoso. Las estrellas, a miríadas, también parecían ojos, y su fijeza las dotaba de un aspecto siniestro. Estaban muertas e inmóviles. De repente oyó un estruendoso coro de rugidos. El miedo le atenazó.

Vio un grupo de leones cerca de una acacia. Estaban despedazando algo. Distinguió un cuerpo oscuro entre los animales.

Corrió mientras gritaba «¡Ho ho!», un grito primario espontáneo. Dejó caer la mochila y se encontró blandiendo el fusil del africano. La culata era muy liviana, como hecha de bambú, y el cañón demasiado pesado para apuntar. Lo tiró y cogió la Rhino, más de confianza.

El cuerpo zarandeado entre los leones se levantó, cayó, volvió a levantarse. Ken estaba convencido de que era el homínido. Sintió el horror que todo humano experimenta cuando garras y colmillos destrozan a otro humano.

—¡Ho! —chilló Ken como un poseso, sin dejar de correr.

No podía disparar contra aquel hacinamiento de cuerpos, por si daba a la presa. Dejó caer la Rhino y el Enfield y cargó hacia delante con las manos desnudas. Se agachó para recoger piedras y tirarlas a los leones, pero sólo encontró guijarros y arena. Una de sus uñas se partió. Se encogió de dolor, pero lo olvidó al instante. Se dispuso a tirar un guijarro, pero detuvo el movimiento a la mitad. Dos leonas estaban saltando hacia las ramas inferiores de otra acacia. Saltaban y gruñían, como atraídas por alguna presencia en el árbol.

Apuntó las gafas nocturnas hacia la extraña escena, una danza de cuerpos poderosos y hambrientos. Escudriñó las hojas, vio una forma redondeada en la horquilla de una rama alta, y no supo si era un mono agachado, una excrecencia del corcho, o un nido gigantesco.

Los leones del primer grupo estaban en silencio, tirando de un cuerpo mutilado que sin duda estaba muerto. No podía hacer nada. Un león macho se alejó de la pelea con un pedazo colgando de la boca. Ken se quedó sin aliento. Miró horrorizado, dando por sentado que era un miembro humano...

Era un cachorro muerto que colgaba de las grandes mandíbulas del macho, y en tierra yacía una leona muerta. Otros dos machos la estaban devorando. Las otras hembras alejaron a los cachorros supervivientes con fuertes empujones de sus hocicos, y algún arañazo ocasional de sus garras.

La presa de los leones no era un homínido.

Las leonas dejaron de saltar hacia el árbol y se unieron a la manada que se alejaba. Sus colas levantaron nubecillas de polvo, perfectamente visibles a la luz ámbar de las gafas nocturnas. Ken se preguntó qué otro animal, refugiado en las ramas, las había provocado. Los machos se quedaron a devorar lo que habían matado. Volverían a unirse a la manada, pero mañana no. Durante las dos noches siguientes, se revolcarían bajo los árboles, hasta volver a tener el hambre suficiente para atacar a los de su misma especie.

Ken observaba a los machos que comían y a las leonas que se alejaban bajo la luz de la luna. El espectáculo de la eterna primacía del instinto había terminado, de momento.

Volvió sobre sus pasos y encontró las armas que había tirado. Se agachó para recogerlas, desvió la vista hacia la cumbre de la colina y un rayo de luz le cegó, tan inesperado y deslumbrante que lanzó un grito apagado. Sus gafas nocturnas, que aumentaban hasta setenta mil veces la luz ambiente, no habían enfocado un débil rayo de luna o un destello de colmillos, sino una fuente de electricidad viva. Cayó de rodillas, cerró los ojos y se quitó las gafas. Parpadeó con cautela y calmó sus ojos doloridos en la oscuridad de la sabana, exuberante y real.

El rayo de luz bailaba en lo alto de la colina alrededor de la forma cuadrada del Land Rover. Los ojos de Ken, ya adaptados, vieron que el capó estaba subido. Después, el haz de luz se apagó y oyó un ruido metálico, como metal contra metal.

Recogió la Rhino, la mochila y el fusil, y reemprendió el camino. Vio el jeep al llegar a la cumbre de la colina. El capó estaba bajado. Se preguntó si había imaginado verlo levantado. Entonces, la luz se encendió de nuevo. Modibo estaba sentado al volante del jeep. La llave de tuerca destellaba en su mano. Martilleó con ella, y se oyó aquel ruido de metal contra metal.

Ken miró, completamente inmóvil, en tanto su cerebro procesaba lo que veía. De pronto lo comprendió: Modibo era el hombre que conducía el Safari Cub la semana pasada. Tenía que ser él. Y había escapado hacia el corazón de la sabana.

Echó una rápida ojeada a la colina, localizó un arbusto y dejó el Enfield detrás sin hacer ruido, por si Modibo intentaba arrebatarle el fusil. Encajó la Rhino bajo su cinturón y trato de avanzar en silencio hacia el coche. Llegó a la puerta del vehículo y la abrió.

La barra de dirección parecía destripada. Tiras de plástico colgaban de un lado destrozado, y los tornillos brillaban en el interior como huesos que una fractura hubiera dejado al descubierto. Modibo estaba destrozando la barra de dirección, con la intención de aflojar los tornillos que la conectaban con el mecanismo que movía las ruedas del coche.

Modibo se volvió repentinamente y lo golpeó en la cabeza con la llave, con tal fuerza y rapidez que Ken cayó sobre él. Ken percibió el olor a macho viejo y sucio, un aroma a dientes cariados y comida vulgar, una vaharada a mantequilla rancia con la que el sargento tal vez había untado su cabello. Los olores combinados impidieron que se desmayara. Notó sangre sobre la frente, caliente y pegajosa, la saboreó en la comisura de la boca y la vio ante sus ojos. Lo veía todo como a través de una película rojiza.

Ken esquivó otro golpe de la llave, y un tercero. Finalmente se la arrebató y la tiró lejos. Asió al sargento por su cuello sudoroso, lo sacó del Land Rover y concentró toda su fuerza en un puñetazo en la barbilla. El sargento cayó contra el jeep. Sus manos volvieron a cerrarse sobre el pringoso cuello de Modibo, y lo sacudió.

—¿Por qué? —preguntó, siseando entre dientes—. ¿Quién? ¿Quién le ha enviado?

Modibo fingió derrumbarse. Ken le soltó, y el sargento le dio una violenta patada en el estómago, derribándolo. Modibo lo pisoteó y tanteó a ciegas en busca de la llave. Ken sentía el corazón en la garganta. Se lanzó hacia delante y aferró una estropeada bota del ejército. Modibo dejó la bota, polvorienta y maloliente, en las manos de Ken. Rió como un gnomo y bajó a toda prisa por la pendiente, mientras Ken cogía la Rhino y se ponía al volante. Se enjugó la sangre de la cara con el dorso de la mano y esbozó una sonrisa malévola. No podía permitir que Modibo escapara. Modibo ya había escapado aquella mañana en que el Safari Cub cargó contra ellos, y otra persona había intentado matar a Ken aquella misma noche, delante de la tienda de Theo.

Accionó el contacto y el motor cobró vida. Giró el volante y oyó un crujido en la barra de dirección, pero el volante respondió. Modibo no había logrado destruirla. El vehículo brincó hacia delante. La senda de grava parecía sembrada de baches. El Land Rover derrapó y despidió una nube de guijarros y grava. Ken pisó el freno, que se hundió hasta el suelo del vehículo y no volvió a alzarse. Ken hizo lo único que pudo: aferrarse al volante.

Modibo había cortado la conexión entre el depósito del líquido de frenos y las pastillas que los accionaban, y había bastado un pisotón fuerte sobre el pedal para que los frenos perdieran toda compresión. Ken imaginó la parte inferior del Land Rover, que estaría derramando lágrimas de líquido de freno sobre la antiquísima colina.

Todo esto se mezclaba en su mente con las curvas de la pendiente, con la grava traicionera, con los baches que salvaba a una velocidad mareante. Lanzó un grito para exorcizar pensamientos inquietantes. Con el fin de concentrarse, clavó la vista en el gabán militar del sargento, que huía a todo correr. Se aferró al volante y a la vida.

El Land Rover traqueteaba, temblaba y resbalaba de una forma aterradora. Ken giró el volante con violencia para evitar volcar y rodar colina abajo. El jeep se enderezó y rugió, como si las furias lo persiguieran. Ken sólo podía conducir, agarrarse a las curvas, intentar predecirlas y rezar.

Subir por aquella pendiente había costado diez minutos, pero descenderla menos de dos, que se le antojaron una eternidad. Para disminuir la velocidad, Ken cambió de marcha, sin el menor resultado. Al final de la colina, el jeep iba a ciento cincuenta por hora. Pisó un pedrusco y la frente de Ken se estrelló contra el retrovisor. No sintió el golpe porque tenía la vista fija en Modibo, el cual estaba al pie de la colina, casi en posición de firmes, con el gabán abierto sobre el pecho y los blancos dientes centelleantes.

Ken podría haberle disparado, de no haber estado sus manos fusionadas con el volante. Pasó muy cerca del hombre, y su cerebro se esforzó por retener toda clase de detalles que más tarde sirvieran para seguirle la pista. Experimentaba la sensación de estar participando en un juego cuyas reglas desconocía, en una carrera que acababa de empezar. Había sobrevivido. No había encontrado la muerte en el jeep. Entonces, ¿por qué reía Modibo?

El jeep se adentró en la sabana, y sus faros alumbraron una inmensa extensión de cuernos. Por eso reía Modibo. No era una estampida de búfalos, pero estaban allí, trotando pacíficamente en la noche fría. Sus cuernos ocupaban toda la llanura, a unos doce metros de la colina.

Ken no tenía tiempo para decidir si debía seguir en el jeep o saltar. Sus nuevas barras protectoras alcanzaron a un enorme búfalo, que salió catapultado por los aires y cayó como una ballena sobre las olas oscuras de otros búfalos. La manada onduló como la tierra cuando se desencadena un terremoto. El jeep, que no había volcado, se incrustó en la masa de animales como una bala que golpea con todo su impacto.

¡CRUUUNK! Por el lado izquierdo, un par de cuernos atacaron la abollada carrocería, por encima de la rueda trasera. La ventanilla lateral saltó en pedazos. Por el lado derecho, una hembra que protegía a su cría lanzó sus cuernos contra el neumático derecho. Ken giró el volante instintivamente, de forma que el extremo derecho de las barras protectoras alcanzó a la hembra en el cuello. Ken lanzó un grito. Una semana antes había sobrevivido a dos ataques, pero esta vez no tendría tanta suerte. Por eso reía Modibo. Estaba condenado, tanto si abandonaba el jeep como si no. Encontrarían sus restos ensangrentados esparcidos por la sabana, hombre y coche fundidos en una sola pieza después del incendio que provocaría el motor al estallar. Los cuernos atacarían al jeep hasta derribarlo, y el incendio era inevitable. Y...

Y ellos tenían la prueba de su hallazgo.

Lo comprendió con un estremecimiento cegador.

Ellos, fueran quienes fueran, sabían que él había descubierto aquel fósil. También sabían dónde vivía, o podían averiguarlo con facilidad. Había grabado su hallazgo en dos *floppys*, que ahora contenían detalladas descripciones del fósil y las huellas de pisadas. Había guardado los discos en su apartamento, en un cajón cerrado cuya llave colgaba de su llavero. No obstante, en cuanto sus perseguidores irrumpieran en su apartamento, sólo necesitarían unos minutos para forzar aquel cajón. Había depositado los negativos de la película de las huellas en la caja de seguridad de un banco, pero ni siquiera eso le parecía ya tan seguro. Hasta sus útiles de excavar constituían una prueba de su hallazgo, y todo estaba en el campamento, y la mayor parte en la mochila que había dejado caer en la cumbre de la colina de una forma tan idiota.

Nunca volvería a ver aquella cumbre. Se desharían de él, y se apoderarían de todas las pruebas.

Ellos...

¿Quiénes eran? ¿Le perseguían por el fósil, o por las huellas de homínido?

El horror de aquellos pensamientos le devolvió la razón. Por mínimas que fueran sus posibilidades de sobrevivir, tenía que intentarlo.

El jeep sufría continuas embestidas de cuernos, hasta que se internó en una sección diferente de la manada, formada por búfalos más pequeños que incluso atacaban con más saña la carrocería del vehículo. Eran, sobre todo, hembras que protegían a sus crías. Los golpes venían de todas direcciones. Una media docena de hembras intuyeron la debilidad de Ken y empezaron a rodearle en un círculo de cuernos y le embistieron al mismo tiempo por delante, por detrás y por los lados. El jeep se sacudía como una carcasa que un perro hubiera extraído de la basura y no estuviera dispuesto a soltar. Todas las ventanillas laterales se habían hecho añicos, una abollada puerta posterior se había abierto. La luz del techo permanecía encendida y a Ken le costaba ver lo que había delante. Los dos faros se habían apagado. Sólo pensaba en huir de aquellas hembras enfurecidas.

Aún le quedaba algo de gasolina. La transmisión y la dirección todavía funcionaban. Incluso la radio del tablero funcionaba, pero Ken no tenía tiempo de enviar señales de auxilio. Además, Modibo estaría registrando el campamento y sería el primero en recibir el mensaje. Al instante, llamaría por radio a sus amigos, que se apresurarían a venir para rematar a Ken, si aún no había muerto.

Sonrió entre dientes. La estampida era su única salvación. Aceleró y tiró del flojo volante. O los tornillos se habían soltado, o las ruedas estaban atascadas en un búfalo caído. Siguió tirando del volante mientras aceleraba frenéticamente y...

Poco a poco, el jeep emergió de la manada de hembras y pasó a la principal.

Ahora corría con ellos. Aún le lanzaban cornadas por los lados, pero permitían que participara en su estampida, casi como si le aceptaran. Su única posibilidad era integrarse en la estampida y prolongarla, convirtiéndose en el elemento provocador del rebaño. Si la estrategia funcionaba, acabaría lejos del campamento y los pistoleros.

Al final, si la gasolina se agotaba y el jeep volcaba, sólo sobreviviría si eso ocurría a plena luz del día. Tenía que transformarse en la estampida, ser su alma, hasta que amaneciera.

Al compás del vaivén de la puerta abierta, la luz del interior se apagaba y encendía. Ken sólo veía algo cuando se apagaba, de modo que le propinó un puñetazo. Sintió una atroz quemadura y fragmentos de cristal arañaron su piel, pero consiguió cegar aquella maldita luz. Ahora, la estampida y él, como un todo armónico, corrieron bajo la luna.

Transcurrió un período de tiempo que se le antojó eterno, y por fin, a la derecha de Ken, una franja roja rasgó el horizonte, como una herida en la piel de una fruta madura. A lo lejos, la niebla era más espesa. Las nubes se amontonaban sobre el borde nordoriental de la sabana. El Mau parecía muy lejano, y estaba casi oculto por la niebla.

El Land Rover disminuyó la velocidad y fue corneado desde atrás. Ken rezó para que la manada lo abandonara junto a un bosque, el mejor refugio provisional para que no le descubrieran desde el aire. Pensó en saltar del jeep, pero aún estaba rodeado por una densa masa de búfalos furiosos. Los árboles se acercaban. Intentó identificar su especie, así como otras características del hábitat. Un obstáculo natural invisible lanzó al jeep hacia lo alto. Una luz cegadora se abalanzó sobre Ken cuando saltó por los aires, con jeep y todo, y su cabeza chocó contra el techo del vehículo.

El jeep cayó de lado, y varios pares de cuernos lo perforaron furiosamente, empujados por el impulso de la manada, y se quedaron atascados en el techo.

Los cuernos arrastraron el jeep, pero su peso les impidió correr. Por fin, como una piedra atrapada en mitad de un torrente, el jeep se detuvo. En el interior, el hombre quedó como muerto, mientras los búfalos pasaban por su lado y se alejaban.

Pasó un tiempo indefinido. Ken tosió, abrió los ojos y forcejeó con la puerta del vehículo. La abrió e intentó saltar fuera, pero las rodillas le flaquearon. Cayó del Land Rover y gateó unos metros. Después, las fuerzas le abandonaron. Permaneció inmóvil, inconsciente.

Oyó un gorjeo de pájaros. Un fuerte *vrrrr* agitó el aire delante de su cara. Colibrís, pensó. Parpadeó y abrió los ojos, rompiendo una costra de sangre.

Estaba tendido en un matorral de hojas pequeñas y unas frágiles flores azul pálido. Sobre su cabeza, la copa de un gran árbol parecía oscura, de una forma tranquilizadora. Trató de incorporarse, pero notó un agudo dolor en un tobillo y cayó junto al matorral. De momento no podría sostenerse sobre aquel tobillo. Aquello le despertó del estupor en que le había sumido el accidente.

La hembra de leopardo acababa de tener cachorros. Su estómago aún colgaba por debajo de su cuerpo, por lo demás esbelto, distendido y ahuecado por el embarazo. Tenía un hambre feroz. Durante la última semana apenas había comido una insignificante liebre y su propia placenta. El hambre la había impulsado a salir a la luz del día. Se internó en el claro, entre dos grandes árboles de los que solía caer fruta al suelo, que los parásitos estropeaban y sólo servía de alimento a gacelas que digerían la parte carnosa y excretaban las vainas. Tal vez hubiera gacelas entre aquellos árboles. El leopardo avanzó de puntillas, pero estaba demasiado hambriento para ser cauto. Salivaba, y un audible gruñido se escapaba de su boca.

Poco a poco, Ken empezó a arrastrarse hacia el Land Rover volcado, con la idea de buscar su pistola. Había oído al animal antes de verlo. Ningún otro animal de la sabana emitía aquel sonido gutural. Cuando apareció ante su vista, una mirada a su estómago, con las grandes tetillas rosadas colgando, reveló a Ken que acababa de dar a luz, por lo cual era doblemente peligrosa. Dio gracias por no tener más heridas y avanzó hincando las manos en la tierra y tirando. Estaba débil, pero lúcido. Si encontraba la Rhino, aún tendría una oportunidad.

El leopardo se agachó, sorprendido, mientras golpeaba sus flancos con la cola. Luego se irguió y olfateó el aire. Un pájaro zumbó ante su hocico, y el animal lanzó una garra hacia él, pues detestaba, como todos los felinos, que le distrajeran antes de matar. Su estómago segregaba jugos gástricos que subían hasta su garganta. Emitió un gruñido más fuerte, mientras surgía espuma de su boca.

Ken había llegado a la parte delantera del jeep. Observó que los extremos laterales de las barras protectoras habían sido arrancados como palitos de cerillas. Las cornadas que aparecían en toda la parte delantera recordaban agujeros de bala, y el parachoques había desaparecido. Los faros eran ciegos huecos metálicos.

De pronto apoyó los pies en el suelo, y el dolor enloquecedor del tobillo subió como una flecha hasta su cerebro. Un sudor frío bañó su cuerpo. El sudor se mezcló con la sangre de su cara y le dio un aspecto horrible, ni humano ni animal. Se agarró a las barras protectoras para izarse, pero estuvo a punto de desmayarse. No podía estar de pie. No podía abrir las puertas abolladas.

El leopardo se encontraba a pocos metros de distancia. Calculó que pesaba más de ochenta kilos. Tanteó desesperado el cinturón. Aún conservaba un cuchillo, en forma de bayoneta, que utilizaba para cortar leña pequeña cuando tenía que encender un fuego.

Lo sacó de su funda de piel y trató de decidir cuál era la mejor posición para defenderse. Nunca derrotaría al leopardo tendido en el suelo, a menos que la suerte le acompañara y lo alcanzara en el corazón. La mejor opción era apoyar la espalda contra lo que quedaba de las barras protectoras. Logró izarse, se volvió y cayó contra el jeep. Dobló las piernas y se sentó, empuñando el cuchillo.

El leopardo estaba acurrucado a dos metros de distancia, preparado para saltar.

Pensó que tendría suficiente presencia de ánimo para esperar al salto, pero la concentración en aquellos ojos amarillos centelleantes le provocó un estremecimiento. El leopardo estaba tan pegado al suelo que casi desaparecía entre la hierba.

Ken sólo veía su cara, así como su lengua pálida, que se agitaba hambrienta, resbalaba sobre su hocico negro y humedecía sus bigotes. El pánico se apoderó de él. Abrió la boca.

—¡Hooooo! —gritó, con voz potente. Fue un grito tan fuerte que, cuando se quedó sin aliento, aún siguió gruñendo entre dientes. Cerró los ojos y procuró ahuyentar al animal con su fuerza de voluntad.

El leopardo retrocedió, intimidado. Ken sujetó el cuchillo entre los dientes, agarró las barras y se incorporó. Apoyó su tobillo dolorido, pero se sostuvo. Gateó sobre el costado del jeep con la cara vuelta hacia arriba y descubrió que la puerta había caído hacia dentro. Se asomó al interior, pero no vio la pistola. Tanteó y palpó los diversos huecos del vehículo. Sus dedos encontraron algo, lo cogieron y alzaron, temblorosos de esperanza.

Eran sus gafas nocturnas.

Las dejó caer en el jeep y volvió a tantear. Ninguna arma. La pistola habría volado por los aires en el momento de la colisión.

Pensó que sus fuerzas para gritar se habían agotado. Y el enorme felino seguía sentado sobre su cola moteada, a pocos metros del jeep.

De pronto, trastabilló y cayó al suelo. El felino se abalanzó sobre él al instante, como fascinado por su repentino movimiento. Posó una pata sobre su camisa, que llevaba botones de cobre. Adelantó el morro hacia su cara y Ken emitió el aullido más horroroso que había oído en su vida, proyectando su aliento hacia el felino.

El leopardo sacudió la cabeza, como ensordecido por su grito, y se apartó de su pecho. Retrocedió, mientras azotaba el aire con la cola. Ken se incorporó, tan tembloroso que la cabeza le daba vueltas y veía borroso.

La proximidad de la muerte le enloqueció. Aunque no había un cielo despejado al que rezar, echó la cabeza hacia atrás, en el típico gesto humano de súplica desesperada.

Vio una cara encima de él, y no era la de un niño. Un adulto (piel morena, frente estrecha, labios largos, brazos largos) colgaba cabeza abajo de una acacia, casi encima de él. Tenía los brazos musculosos de alguien que trabajaba con ellos, y la boca abierta. Parecía dispuesto a imitar a Ken y gritar al leopardo.

Otros dos seres, algo más arriba, intentaban tirar del curioso, para impedir que revelara su presencia. Ken apenas vislumbró las otras dos caras, porque estaban ocultas por las hojas. La boca de Ken intentó formar otro aullido, pero fracasó. El ser colgado sobre él abrió los labios, que adoptaron una forma de embudo, emitió un aullido agudo y penetrante, y el leopardo reculó, como admitiendo su derrota. El ser lanzó otro chillido, una especie de «eee-eee-eee-ehhh» que dio la impresión de paralizar toda la vida animal circundante. Hasta los pájaros, que surcaban los rayos del sol un momento antes, parecieron desaparecer.

Después esperó, perfilado con claridad contra el verde de las hojas. Ken vio la curva de su cráneo, similar al de un chimpancé, y calculó que tal vez, sólo tal vez, admitiera quinientos centímetros cúbicos de cerebro. Estaba coronado por una hendidura mellada pero evidente, una cresta sagital encargada de sujetar los potentes músculos de la mandíbula.

Parecía un homínido.

Ken sonrió con sus labios agrietados. El sueño perfecto de un agonizante, Lauder. En el momento preciso y en el lugar preciso.

Los demás seres empezaron a tirar del que estaba colgado. No iban a permitir que se arriesgara más, participando en una pelea que no les incumbía. Era un hermoso gesto destinado a salvar a su idealista compañero, que había sentido solidaridad por el extraño acorralado.

Ken se preguntó si estaba soñando. La visión apenas duró unos segundos más, antes de que los otros dos izaran al tercero, al tiempo que revelaban un trasero humanoide, sin cola, sin callosidades isquiáticas, sin excrecencias de chimpancé. Después, los tres desaparecieron en lo alto del árbol.

Ken se quedó exultante, a punto de desmayarse, pero feliz. Les has visto, Lauder. El destino te ha deparado ese regalo, de modo que ya puedes morir.

Aunque sólo se tratara de una visión, pensó que le habían

ayudado a salvar la vida. El leopardo se alejaba, sin dejar de rugir amenazadoramente, en busca de una presa más ortodoxa.

Se introdujo como pudo en el jeep, cerró la puerta averiada y pensó que sus posibilidades de sobrevivir habían aumentado.

Durante los siguientes minutos (¿o fueron horas?), Ken registró el jeep, pero no encontró la pistola. Su mente no aceptaba la idea de haberse quedado sin armas. Tuvo un momento de lucidez y comprendió el motivo de su comportamiento ilógico: la falta de agua estaba minando su resistencia. Después, la lucidez regresó y volvió a buscar el arma.

Salió otra vez, y presionó la cabeza contra la maleza para combatir un espantoso dolor de cabeza y recobrar el control de sus pensamientos. Tal vez la Rhino estaba cerca, expulsada del vehículo a consecuencia del impacto, pero cargada y preparada para ser utilizada. Su tobillo lesionado le impidió buscarla.

Había encontrado sus llaves en el suelo del jeep, y ahora estaba forcejeando con el llavero, separando la llave del encendido de las de su apartamento de Nairobi, de la caja del banco y del cajón de su escritorio. Guardó la llave del encendido en un bolsillo de la chaqueta y las demás en un bolsillo posterior de los pantalones, junto a su cartera y el permiso de trabajo para extranjeros en Kenia.

La breve búsqueda le había agotado. Se sentó sobre la hierba, con el tobillo hinchado como un balón de rugby. Punzadas de dolor se propagaban a su rodilla y muslo, con tal intensidad que tuvo que apretar los dientes para no gemir. No había comido ni ingerido líquidos desde hacía más de dieciséis horas. Lo único que podía mejorar su estado era el descanso.

Encontró su cuchillo en la hierba, a escasos centímetros de donde estaba sentado. No recordaba cuándo había resbalado de sus dedos. Con el cuchillo aferrado en la mano, se tendió de costado, mientras repasaba en su mente la fantasía sobre los protohumanos. Era una fantasía, no cabía duda. Incluido el chillido. Decidió que no había mejor visión para un hombre agonizante, y cerró los ojos.

Notó que había dormido, pero tuvo la impresión de que sólo habían transcurrido unos minutos. Estaba anocheciendo y seguía tendido junto al jeep.

No había comido ni ingerido líquidos desde hacía casi veinticuatro horas.

El anochecer frío le hizo recobrar cierta cordura. Empezó a confeccionar una lista mental de su estado actual. Tenía el tobillo hinchado, e ignoraba cuál era su auténtico estado. No sabía si el jeep estaba en condiciones de funcionar después de haber volcado, pero primero había que enderezarlo, y él solo no podría hacerlo. El jeep tenía un manubrio que funcionaba mediante pilas y un cable, montados detrás de las barras protectoras, sobre un puntal metálico. Si conseguía asegurar el cable sobre una rama gruesa de acacia y conectar el manubrio, podría enderezar el jeep. No conseguía recordar si tenía una lata de gasolina extra en el arcón que había detrás del asiento trasero. Y no había forma de arreglar los frenos.

Para colmo, carecía de agua y comida, y de brújula. La brújula se había quedado en el campamento, con el resto de su equipo.

No pudo por menos que recordar sus variados y sofisticados instrumentos de trabajo, pero ahora se habían perdido. Incluían su tienda, el saco de dormir, el botiquín, las linternas, pilas de repuesto, su reloj (anoche se lo había quitado y guardado en un bolsillo del saco de dormir), sus gafas de sol, los prismáticos, la cámara, con lentes y cintas de repuesto, planos, sartenes y ollas, libretas, plumas y lápices, bengalas de señales y un paquete de toallitas húmedas, idóneas para toda clase de necesidades higiénicas. También tenía tabletas para purificar el agua, y comida, desde sopas de sobre y conservas de carne hasta mezclas de cereales y tabletas de sal.

Llevaba consigo todos los adelantos del hombre moderno, y los había perdido en cuestión de minutos.

De todas las pérdidas, el reloj era la que más se notaba, literalmente, porque era un Seiko digital que brillaba en la oscuridad. El tiempo significaba poco en la sabana, pero de alguna manera Ken se sentía ligado, casi de una forma rutinaria, con su transcurso. A menudo, cuando la noche caía sobre la majestuosa desolación, consultaba la hora para saber el momento exacto en que el sol desaparecía y daba la señal de partida a los cazadores nocturnos.

Ahora el reloj se había esfumado, junto con todas las invenciones del hombre.

No sabía a qué distancia se encontraba del campamento. Había mirado en repetidas ocasiones el cuentakilómetros durante su carrera en el jeep, pero ahora no recordaba las cifras. Además, recordarlo no habría servido de nada sin saber en qué dirección había avanzado, y el jeep no tenía brújula en el tablero de instrumentos. Cuando amaneciera, podría orientarse mediante el sol y la cresta del Mau, siempre que su tobillo hubiera mejorado y pudiese caminar.

Ken sabía que podría sobrevivir sin comida durante cinco o siete días, aunque sudara y evaporara minerales, pero si no encontraba agua perdería la razón en un máximo de setenta y dos horas, por no mencionar sus fuerzas. Experimentaría alucinaciones visuales y auditivas, así como los pensamientos más extravagantes, incluso de tipo autolítico.

Lo principal era encontrar agua y, luego, llegar a los equipos de supervivencia.

Para ello necesitaba fuerza física. Se preguntó si se sentiría muy débil a la mañana siguiente, suponiendo que aquella noche no tuviera que repeler el ataque de otro leopardo o alguna otra bestia, circunstancia que podía ser fatal.

Entonces recordó al sargento Modibo y su risa de gnomo. El sargento Modibo no había logrado matarle, pero tampoco había fracasado. Ken añadió a su lista de peligros la posibilidad de que Modibo y sus amigos salieran a buscarle. Recordó el Safari Cub. Si estaban organizados, tendrían otros vehículos.

Se reprendió por sucumbir al pánico. Modibo debía pensar que había muerto. Y los seres del árbol beberían agua, de modo que habría una charca en las cercanías. No llevaba encima tabletas purificadoras, pero ya había bebido en otras ocasiones agua de charca, sufrido las inevitables diarreas y sobrevivido. Llegaría como fuera a aquella charca, aunque fuera arrastrándose.

«Estúpido —pensó—, solo en la oscuridad. Estúpido.»

Confiaba en dormir, pero no pudo. Seguía recordando los equipos de supervivencia, en un intento de ser optimista, que habían sido aprobados por la generosidad de Jakub Ngiamena, el cual esperaba un informe semanal de Ken sobre la flora, la fauna y el estado del terreno en la zona investigada.

Jakub Ngiamena...

«Mi orden procede del ejército –había dicho Modibo–. Del ejército, que la recibió de la oficina del superintendente Ngiamena.»

El sargento Modibo... El superintendente Ngiamena...

Se irguió, lanzó un grito cuando apoyó en el suelo el pie dolorido y cayó. Pero el dolor físico no era nada comparado con su desazón, cuando se dio cuenta de que si la oficina de Ngiamena se había puesto en contacto con aquel puesto fronterizo, era posible que Ngiamena hubiera ordenado a Modibo que... que... ¡que le matara!

Se produjo un cortocircuito en la cabeza de Ken cuando colocó al apestoso sargento junto al majestuoso y paternal rey masai.

Se le estaban cruzando los cables.

¿O no?

Razonó febrilmente. ¿Por qué no iba a querer matarle Ngiamena? Ken era un extranjero, un norteamericano, un rostro pálido, una mala influencia y una distracción indeseable para su hija. Además, Ken había descubierto un tesoro único en una tierra pobre, durante una época de feroz nacionalismo. Un sudor frío le empapó. Yinka le había contado que el viejo tenía problemas. Los Ngiamena se estaban jugando posición social, dinero y un puesto en la elite y la historia del país, y tal vez pudieran retenerlo todo mediante un gran acto de lealtad hacia su país en medio de la crisis. No había mejor forma de arrebatar aquel increíble descubrimiento a aquel extranjero, aquel intruso, o «agente», como sin duda le describirían.

Se estaba volviendo loco a causa de la deshidratación, la falta de agua y el aterrador e inesperado aprieto en que se encontraba. Cualquiera en su situación empezaría a ver fantasmas y maquinaciones por todas partes. ¿Ngiamena un asesino? Había luchado contra los ingleses, sí, pero cuarenta años antes. Pero espera un momento...

Ken se estremeció. Sabía que los leones, el símbolo de la nobleza en tantos escudos de armas, el orgullo alzado sobre pedestales y columnas de tantos monumentos, no eran más que asésinos malvados y perezosos, que se comían a sus propias crías, robaban las presas de las leonas y nunca compartían la comida antes de atracarse lo suficiente. Eran malolientes, pasivos, infantiles y unos criminales redomados. Olfateó el aire, para intentar descubrir si Ngiamena olía como un verdadero león. Pero entonces Ngiamena se transformó en su hija. «¿Trato hecho, colono?»

Yinka olía como una flor y era tan fría como ellas. O tan fría como el agua. Ken comprendió, en mitad de su delirio, hasta qué punto necesitaba el agua. Yinka, agua. ¿Significaría su nombre fuente o algo por el estilo, en algún dialecto tribal? ¿Yinka significaba agua?

Yinka se convirtió en Ngili. «Serás el primer científico en ver esto —dijo Ngili, sombrío y vengativo—. El único en seiscientos kilómetros cuadrados.»

Eso era cierto. Un atisbo de cordura se abrió paso en su cerebro. Si había logrado engañar a Modibo, estaba vivo y solo y era el único humano en seiscientos kilómetros cuadrados.

Tendría que haber dejado de sudar mucho antes, debido a la falta de agua, pero aún seguía sudando, pese al frío de la noche, y rezó para que su locura remitiera. Pero no fue así. Si Ngiamena había ordenado eliminarle, lo cual era muy lógico, ¿qué papel interpretaba Ngili?

¡Ngili!

No, pensó. De ninguna manera. Jesús. Ngili era su mejor amigo. Ngili le había salvado la vida tan sólo diez días antes, cuando volaban sobre aquella estribación y Ken estuvo a punto de caer del avión de Hendrijks. No, no, Ngili era su amigo. Aún era su amigo. Pese a su ridícula reacción ante el interés de Yinka por él, si es que en realidad abrigaba tal interés...

Yinka...

Sintió su beso en los labios, en la boca, y luego comprendió que estaba sintiendo su paladar reseco. Parecía seco como un desierto. Arrancó un botón de la camisa y se lo metió en la boca. Mordió el cobre y dejó que la boca reaccionara. Sabía amargo, oxidado, pero su paladar y mejillas segregaron diminutas gotas de saliva.

Yinka había sido quien le había convencido del trato... Yinka participaba en él. Todos participaban...

Pero ¿por qué él? Era inocente. ¿Por qué le castigaban?

Precisamente porque era inocente, decidió. Como un recordatorio de la inocencia de África, destruida a lo largo de siglos de pillajes, matanzas y despiadadas tiranías extranjeras. La historia de África era una historia de crueldad.

Tembló en la oscuridad. Estaba triste, pero reconocía que sus falsos amigos tenían derecho a cierta venganza. Su odio se había alimentado desde los tiempos de los faraones y los romanos, cuando los primeros esclavos africanos fueron vendidos en Tebas, Bizancio y Roma. Después, árabes, turcos, ingleses, holandeses, franceses, alemanes, portugueses, norteamericanos, todos les habían invadido, quemado, azotado, golpeado, empujado hacia barcos donde los cautivos encadenados, privados hasta de la libertad de saltar por la borda y ahogarse, se suicidaban conteniendo el aliento hasta que el corazón se detenía, un hecho que la medicina occidental no podía explicarse. Por lo tanto, los africanos odiaban por naturaleza, como una forma de vivir y una adaptación a la historia, y ahora utilizaban a Ken Lauder para sentir menos odio. Y tenían derecho a su odio, que no se apaciguaría por la farsa de la democracia y los ingresos de las reservas de caza.

Ken empezó a temblar con tanta fuerza que puso las manos bajo el pecho y subió las rodillas hasta la cara, con la vana intención de controlar su cuerpo. Él había cometido un error al aceptarlos como eran, al sentarse a su mesa y disfrutar de su ayuda, al creer en el privilegio de la amistad, cuando no era más que una tregua, al pasear alegremente con la estúpida idea anglosajona de que el pasado era el pasado. Bien, pues no. Y si intentaba llevarse los huesos de sus antepasados, insultaba la memoria de todo cuanto habían perdido, y merecía ser castigado. ¡Merecía morir ignorante de su sentencia!

La sangre hervía en sus venas. Su cerebro ardía.

Se tendió. Un par de ojos brillaban en la acacia, sobre su cabeza. Colocados delante, muy separados, como si fueran humanos. Estuvieron inmóviles unos segundos, fijos en Ken. Luego oyó que las hojas se movían, y desaparecieron.

«Veo alucinaciones», decidió.

La alucinación había cambiado el curso de sus pensamientos. Se sintió un poco más racional.

La principal prioridad, pensó, no es el agua, sino caminar.

Se levantó y cojeó sobre su pierna buena hasta las raíces expuestas de la acacia. Le costó mucho rato, un par de centímetros por minuto. Una enredadera parasitaria se arrollaba alrededor de una rama. Introdujo su tobillo hinchado entre la enredadera y la raíz, como si fuera un lazo corredizo. Cayó al suelo, blasfemando y sudando. Su pie maltrecho estaba bien sujeto en aquel lazo. Tiró poco a poco.

El sudor que provocaban los dolores goteó al suelo.

Tiró de nuevo y oyó un crujido en el tobillo, como si un hueso dislocado hubiera encajado en su sitio. Se mordió el labio inferior hasta que sangró, y tiró otra vez. El dolor llegó mezclado con un extraño alivio. Liberó el pie, lamió la sangre del labio y se incorporó con grandes dificultades. Ahora, podía estar de pie con menos dolor.

Incluso podía dar pasitos, sin notar dolor excesivo. Había enderezado el hueso dislocado. La hinchazón disminuiría. En el combate por conservar la razón, había ganado el primer asalto. Sólo tenía que retenerlo.

Quizá no se tratara de una conspiración...

Aguzó el oído. Incluso ahora, cada sonido, cada grillo, cada rugido o aullido distante, se le antojaron de una belleza inusual. Junto al tronco de un árbol, una enorme luciérnaga africana cortó el aire. Su abdomen se encendía y apagaba como las luces de posición de un avión. Después se posó sobre el tronco y siguió parpadeando, convocando a un macho. La luz, brillante y amarilla, hacía que el insecto pareciera tan grande como un gorrión. Apareció un segundo insecto y se dirigió en línea recta hacia el primero, con la luz parpadeando al mismo ritmo, pero de un resplandor diferente, menos intenso y verdoso.

Ken se dio cuenta de que, por la mañana, llevaría treinta y seis horas sin comer ni beber. Aun así, había sobrevivido. Y tal vez había visto a los seres de sus sueños.

El punto de referencia invisible de las treinta y seis horas llegó y pasó. Se acercaban las cuarenta horas.

Ken había despertado con una precisión de pensamiento que casi le asustó. Tomó conciencia de que tenía agua al alcance de la mano, en el radiador del Land Rover. Se arrastró al interior del vehículo y utilizó el cuchillo para cortar el tapizado de los asientos. En cuanto tuvo suficiente, confeccionó una tosca calabaza con una estrecha abertura. Gateó con ella hasta la parte delantera, a sabiendas de que sólo podría hacerlo una vez, y que debía estar preparado para apoderarse hasta de la última gota de agua oxidada que cayera. Consiguió una cantidad equivalente a una lata de refresco. Cerró los ojos y bebió la mitad. Tenía el paladar tan seco y la lengua tan hinchada que casi no la saboreó.

Poco a poco se fue recobrando.

Salió cojeando del bosquecillo y se quedó estupefacto. Suponía que el Mau se elevaría delante de él, hacia lo que él creía el oeste. En cambio, el Mau estaba muy lejos, con aspecto bajo y descolorido bajo un cielo lleno de nubes. Daba la impresión de que se alzaba casi hacia el norte, a más de un día en coche del lugar donde se encontraba. La estampida había conducido a Ken cerca del desierto contiguo a la frontera con Tanzania.

De todos modos, se sentía más lúcido y fuerte. Como podía moverse con normalidad, la situación ya no parecía tan desesperada. Encontró la gasolina extra del jeep. La vertió en el depósito, pasó el cable del manubrio sobre la raíz del árbol y conectó el manubrio.

El cable tiró y gimió, y la raíz crujió, pero aguantó.

El jeep no tardó en estar casi enderezado, y luego por completo, dispuesto para ser conducido, aunque sin frenos. Conduciría muy despacio. Para enfriar el motor, lo apagaría.

Guardó el manubrio. Encendió y apagó el motor varias veces para comprobar su estado. Aguzó el oído y pensó que el árbol estaba demasiado silencioso.

Miró al azar entre dos acacias y vio un vehículo cruzar la sabana, muy despacio. Era otro Safari Cub.

No me hagáis esto, suplicó a sus cansados sentidos, poco fiables.

Pero el Cub no se desvaneció, por más que forzara la vista. Oyó el motor. Una rama que se extendía sobre su cabeza se agitó con fuerza y le obligó a levantar la vista. Una vez más, se resignó a ver lo que parecía real y quizá lo era: una silueta morena avanzaba hacia el extremo de la rama. El ser se detuvo, y la rama osciló bajo su peso. Se inclinó hacia la sabana, como si la escudriñara.

El ser extendió un brazo moreno y peludo. Su larga palma se alzó para dar sombra a sus ojos, en un gesto tan humano que Ken lanzó una risita silenciosa. La risa provocó un calambre en su estómago vacío. El gesto de la criatura era tan humano y primitivo que, por un momento, Ken se olvidó del Safari Cub.

Entonces vio a otro ser. Tal vez era el que había chillado la mañana anterior para ahuyentar al leopardo. O tal vez era otro. Estaba sentado en la horquilla de dos gruesas ramas, con la atención dividida entre Ken y el vehículo que se acercaba, los ojos dilatados de miedo.

El Cub se detuvo. Ken se protegió los ojos con la mano del resplandor del desierto, y miró. Vio a cuatro hombres bajar del vehículo. Tres africanos, uno blanco. Se acuclillaron, y Ken supuso que estaban buscando las huellas del Land Rover, bajo las pisadas de búfalos. Los búfalos habían pisoteado tanto el suelo que hasta a Modibo le costaría mucho leerlas. Y Modibo estaba allí. Se encontraba demasiado lejos para que Ken distinguiera sus facciones, pero reconoció sus movimientos de cangrejo y el gabán abierto.

Ken oyó un sonido procedente de arriba, un gemido de miedo. Pensó: «Si esto es real, estoy escuchando el primer sonido de la Edad de Piedra».

Pero estaba demasiado agotado para sentir emociones. «De acuerdo —dijo en silencio a los misteriosos homínidos—, estáis asustados de esos bandidos. Encontraré una forma de ahuyentarles. Yo os protegeré.»

Encajó el cuchillo bajo el cinturón, agarró su cantimplora improvisada y subió al jeep. Encontró sus prismáticos nocturnos, que habrían resbalado de debajo de un asiento cuando el jeep se enderezó. Se sentó al volante y encendió el motor.

Los cuatro hombres no oyeron el Land Rover cuando aceleró, ni tampoco podían verlo a causa de los árboles. Cuando salió del bosquecillo, se movió con tal rapidez que sus ojos no lo localizaron hasta que salió a terreno descubierto y se alejó.

Maldijeron, se precipitaron dentro del Cub y persiguieron al Land Rover, que se movía como poseído por mil demonios. Pegó un brinco, provocado tal vez al golpear una roca, luego dio la impresión de que se hundía, y desapareció en una hondonada. De pronto surgió una nube de humo. Una alta columna de restos se elevó y cayó.

Los tres africanos del Cub lanzaron hurras.

—Estupenda jodienda de frenos —dijo uno.

Llevaba una chaqueta de uniforme descolorida y remendada, y una gorra de punto amarilla. Los otros dos también llevaban uniformes desteñidos, mal conjuntados y de tallas grotescas.

Sus palabras no impresionaron al hombre blanco.

—Estupenda jodienda de frenos, tres días después. Vamos a comprobar que esté muerto.

Al cabo de pocos minutos llegaron a la pequeña hondonada, donde yacía el Land Rover humeante. No se podía ver el interior debido al humo.

Modibo olfateó el aire, con el fuego muy cerca de su cara. Después se volvió con parsimonia y dijo a Hendrijks, en voz baja para que los demás no le oyeran, que no olía a cuerpo carbonizado.

—Puede que el mzungu saltara, pero ningún problema, sólo una charca de agua por aquí, y no la encontrará. Así que morir.

—¿Qué cojones quieres decir con que saltó, de qué mierda estás hablando? —replicó Hendrijks.

Tenía la vista clavada en el humo y el fuego que una brisa

perezosa se estaba llevando. Ahora resultaba más fácil ver el Land Rover, pero no parecía que hubiera un cadáver dentro, aunque cabía la posibilidad de que alguien yaciera sin vida entre el asiento delantero y el salpicadero.

Hendrijks estaba tan frustrado que se quitó el sombrero y lo golpeó contra sus rodillas. Una nube de polvo se elevó hacia su cara y le hizo toser. A través del polvo, vio una sonrisa en la cara de Modibo.

—Ve a buscarle —chilló—. ¡Ahora!

—No —dijo Modibo con suavidad—. Volver. No tener agua.

—¿Y si no muere?

El viento y el humo se llevaron su voz.

—Él morir —le tranquilizó Modibo.

—O volveré y le liquidaré yo mismo —gruñó Hendrijks.

Modibo regresó hacia el Cub, seguido por los otros hombres.

Hendrijks miró hacia la lejanía. Una cadena de salientes rocosos empezaba a unos setenta metros de distancia, medio oculta por el humo. Se extendía hacia el Mau, envuelto en la bruma. No podía explorarlo solo. Se volvió y siguió a los africanos.

Ken, que observaba a través de una hendidura en lo alto de un cerro, oyó a Hendrijks con claridad: «¿Y si no muere?». Y después: «O volveré y lo liquidaré yo mismo».

Temblaba con tal violencia que los prismáticos nocturnos, colgados sobre su pecho, repiqueteaban contra la roca. Los apretó con el pecho para silenciar su miedo. Vio que sus perseguidores subían al Cub y se marchaban.

¿Qué estaba haciendo Hendrijks allí? ¿Por qué se había conchabado con Modibo? ¿Por qué querían matar a Ken Lauder? Él buscaba homínidos, que para Hendrijks o Modibo no debían tener ningún valor.

Con otro estremecimiento, recordó que Jakub Ngiamena se había entrevistado con Hendrijks antes de aconsejar a Ken y Ngili que contrataran sus servicios para volar a Dogilani. Compradle whisky y dejadle en paz, hará un buen trabajo.

Y habían desenterrado el fósil en su presencia, y mencionado su valor, y que iba a cambiar sus vidas.

¿Podía ser el fósil? Parecía demasiado sofisticado para Hendrijks o Modibo. Hendrijks no era más que un «cerdo alado», como Ngili le había llamado en una ocasión, un vagabundo de la sabana envejecido, que volaba por pequeñas sumas, volvía y dilapidaba el dinero en discotecas nativas, y dormía la mona sobre colchones rígidos de semen reseco hasta su siguiente trabajo. En cuanto a Modibo...

Comprendió que, al menospreciar a Hendrijks y Modibo, sólo trataba de tranquilizarse. En realidad, no sabía nada de los dos. Y eso tampoco contestaba la pregunta principal: ¿por qué?

¿Qué estaba sucediendo allí, para que le persiguieran con tal saña?

Decidió descansar a la sombra durante el día y moverse de noche. Casi todas las sierras compuestas de pequeñas colinas desembocaban en el Mau, el lugar más probable donde encontrar agua. Seguiría la sierra. Miró hacia el bosquecillo donde había pasado casi dos días. Los árboles poseían una belleza mágica, como los árboles de un sueño.

Cuando el sol bajó, bebió las últimas gotas de su cantimplora improvisada y siguió lamiendo su interior húmedo hasta que ya no pudo mover la lengua. Después se tendió de espaldas. Las nubes se estaban abriendo. Estrellas asustadas parpadeaban en el cielo.

Las pocas gotas de agua y la noche le revivieron. Se sintió más fuerte que en los últimos días, aunque aún no había comido. La niebla se elevó, y vio el Mau donde suponía que estaba. Pensó que, de alguna manera, podría llegar a sus colinas y al equipo de supervivencia que le estaba esperando, según creía.

Empezó a caminar, provisto de sus prismáticos nocturnos, que le ayudarían a ver posibles atacantes en la oscuridad. Estaba débil, pero sentía ligeros los pies. Ya avanzada la noche, cuando la luna dibujaba su sombra en el suelo, llegó a una confusión de paredes rocosas ennegrecidas que se alzaban ante él, con un aspecto tan extraño que bien habría podido ser otra alucinación.

Avanzó hacia ellas y las tocó.

Una especie de aleteo se oía en lo alto de una placa rocosa inclinada. Consiguió erguirse sobre una piedra más baja, lo bastante cerca del ruido para imaginar lo que era.

Era el paracaídas, que buscó con los dedos.

Las cuerdas que sujetaban la caja metálica al paracaídas se habían cortado. No había reservas de agua, comida o equipo colgados de la tela.

En la oscuridad, los dedos de Ken tantearon las cuerdas cortadas. Notó los extremos de nailon seccionados con tal limpieza que todos sus pensamientos se resumieron en cuatro palabras: ellos habían estado allí. Habían cortado las cuerdas y robado la carga, para culminar el sabotaje de su coche, la persecución por la sabana, la búsqueda de sus huellas y escondite, y la promesa de volver para liquidarle.

Le habían asestado el *coup de grâce*. Y hasta cabía la posibilidad de que le estuvieran espiando desde algún lugar cercano, disfrutando con sus penalidades, dispuestos a impedirle sobrevivir. No había escapatoria.

Esperó. Durante varias horas, la muerte no llegó. La muerte se retrasaba.

Se preguntó cuánto tiempo quedaba hasta el amanecer. Hacía tres o cuatro días que había perdido la noción del tiempo.

Por fin, intentó incorporarse y lo consiguió. La luna, casi llena, iluminaba las rocas de lava. Cojeó hasta unos árboles que se alzaban a poca distancia. Bajo uno de ellos había un montón de lo que parecía fruta oscura. Se precipitó en aquella dirección, y descubrió que eran nueces de mungongo. Eran comestibles, una nutritiva fuente de proteínas, y el elemento principal en la dieta de algunas tribus.

No tenía nada para romper las nueces, de manera que lo hizo con los dientes, se desgarró las encías y sus labios sangraron, pero consiguió abrir la corteza. Estaba tan ansioso que se tragó la nuez entera. Se atragantó, tosió y recobró la respiración.

Consiguió abrir la segunda nuez, y esta vez procuró comerla despacio, a lo cual contribuyó una extraña reacción emocional. Las nueces prolongarían su vida durante unas horas, y entonces se dio cuenta de lo mucho que anhelaba seguir vivo. Sus ojos se nublaron.

Masticó, tragó, se humedeció los labios y atacó otra nuez. Sudaba mucho, y después tuvo que levantarse y bajar la cremallera de los pantalones para no mearse encima. Daba la impresión de que todas sus funciones corporales, alertadas sobre la posibilidad de continuar con vida, se reafirmaban.

Se refugió bajo un árbol, comió más y siguió sorbiendo la sangre de sus labios agrietados, como si fuera una especia agridulce.

Cuando miró hacia arriba, vio más nueces en un árbol. Estaba claro que no vivían tribus en las cercanías, de lo contrario se habrían apoderado de todos los mungongos. De momento, el árbol era todo suyo. Al menos tenía para una comida más.

Se acostó junto a las rocas y se durmió, mientras se preguntaba vagamente si los árboles y las rocas tenían alguna conciencia de él, que había llegado como por arte de magia, como una criatura de la era a la que pertenecía. Se levantó antes que el sol, torturado por un hambre latente, pero se sentía más fuerte y más lúcido. Gateó bajo el árbol, cogió más nueces de mungongo, hasta que su deliciosa monotonía le hartó. Después se alejó cojeando para explorar el terreno circundante. La niebla se había espesado y envolvía rocas y árboles.

Se quedó petrificado cuando oyó pisadas.

Hendrijks, pensó.

Durante la noche, Hendrijks («Yo mismo le liquidaré») se había convertido en una amenaza más acuciante que Modibo.

Las pisadas estaban cerca. Buscó el cuchillo en sus ropas desgarradas, lo encontró y aferró.

Las pisadas se desvanecieron en la niebla gris.

Volvió a moverse. Acababa de encontrar algo de comida. Si quería sobrevivir, tenía que seguir moviéndose. Se adentró en la niebla y forzó la vista para descifrar las sombras, sin dejar de sujetar el cuchillo. La niebla empezó a clarear, y descubrió una hondonada poco profunda, salpicada de acacias, a medio kilómetro de las rocas. La hondonada le condujo a un arroyo fangoso que había perdido caudal y desaparecía bajo una ancha charca.

Olvidó los demás peligros, dejó caer el cuchillo y hundió su cara en el agua, sin hacer caso de las espinas vegetales, manchas de tierra e insectos muertos que flotaban en la superficie. Bebió, con la sensación de estar ingiriendo no sólo con la garganta y el estómago, sino también con los pulmones, corazón, riñones y todo el cuerpo. Se imaginó el bendito líquido, sucio y de mal sabor (pero líquido al fin y al cabo), que penetraba en su cuerpo, lo alimentaba, lo regeneraba. Se detuvo para sentir la caricia fría del agua sobre sus mejillas. Volvió a beber. Respiró, continuó bebiendo, cegado y ensordecido por el propio acto de beber.

Entonces oyó los pasos como un submarino que resonara en las profundidades del agua.

Se irguió de un brinco, goteando. Los pasos se acercaban.

Tuvo tiempo de asir el cuchillo y ladearse para mirar. Daba la impresión de que la persona o animal que se acercaba, corría. Echó su brazo hacia atrás para arrojar el cuchillo con más fuerza. Una silueta oscura pareció precipitarse hacia él, pero se lanzó al agua, oculta en parte por un arbusto de agave, cuyas flores rojas y azules parecían grises a causa de la niebla.

Ken oyó a algo o alguien sorber, larga e ininterrumpidamente. Su perseguidor parecía casi tan sediento como él. Tal vez tan falto de energías como él.

Se arrastró por el borde de la charca, cuchillo en mano, para ver quién era. Se apoyó sobre una rodilla y miró por encima del arbusto. Vio la espada desnuda de alguien alzarse en toda su estatura. Era un muchacho pequeño, de cabello largo y sucio, en el que se habían enredado espinas de acacias y follaje suelto. El muchacho bebía y respiraba ruidosamente, sin apartar los labios del agua. De pronto, alzó la cabeza y paseó la vista alrededor. Luego volvió a beber, con la boca pegada al agua, resoplando mientras lo hacía.

De perfil, sus labios eran largos, fruncidos de una forma cómica a causa de la sed. Tenía la nariz chata, sin apenas puente, pero con anchas aletas, muy dilatadas. Ken pensó que sería un experto en percibir olores inusuales.

Pero lo que fascinaba a Ken no era el perfil del muchacho, sino la forma en que bebía.

Los humanos modernos no podían beber y respirar al mismo tiempo. Tenían la laringe demasiado baja. Los monos lo hacían, y también los bebés recién nacidos, cuyas laringes aún no habían descendido. Lo mismo se pensaba de los australopitecos.

Lo que respiraba y bebía al mismo tiempo podía ser un bebé o un mono. Pero no era un bebé. Era demasiado grande. Tampoco era un mono, porque había corrido erecto hasta la charca. Era un muchacho homínido, que bebía como un australopiteco.

Sin pensarlo, Ken cometió el pecado mortal de la antropología. Saltó sobre su espécimen y gritó:

—*Hujambo. Habari?* Hola, ¿cómo estás?

El chico se zambulló entre las hojas espinosas del arbusto de agave, indiferente a los pinchazos que recibía su piel. Las hojas espinosas no eran muy amables con las pieles desnudas. Entre dos macizos de hojas de agave, sus ojillos castaños espiaron a Ken, que dio un paso adelante y recibió un fuerte golpe en el hombro derecho. Una piedra resbaló sobre su sucia camisa. El muchacho huyó del arbusto. Tenía los puñitos cerrados sobre su pecho. Sus labios emitieron una especie de silbido, en tanto sus fosas nasales se dilataban a causa del miedo. Ken calculó de un solo vistazo que la línea que unía su frente y sus labios se inclinaba en un ángulo de casi cuarenta y cinco grados.

Veo alucinaciones, pensó Ken.

Se llevó la mano a la boca y mordió la muñeca. El dolor le sobresaltó.

Un par de nalgas desnudas, que brillaban como si estuvieran aceitadas aun a pesar de la niebla, corrieron hacia las acacias, y después desaparecieron. Ken salió en su persecución. El chico se había dirigido hacia la parte más espesa del bosquecillo. Ken tuvo que parar para recuperar el aliento. Aún no se había recuperado lo bastante para correr.

Salió de las acacias y se quitó las espinas clavadas en su camisa y brazos. Se frotó el pectoral derecho, que le dolía.

Vio una piedra negruzca en el suelo. La recogió y sintió su calor, como si la hubieran sujetado con fuerza.

Aquí estoy, robándole las armas otra vez, pensó Ken.

O sus herramientas.

¿Herramientas? Si utiliza herramientas, ya no es un australopiteco, sino un *Homo habilis*.

Se sentó en el suelo y trató de recordar, con todos los detalles posibles, lo que había experimentado al ver al muchacho. ¿Cuánto había durado? ¿Dos, tres minutos? ¿Cinco? ¿Cuánto tiempo había estado bebiendo el muchacho en la charca?

Se puso en pie y regresó hacia las acacias, sin molestarse en ser sigiloso. El sonido de sus botas anunciaba su llegada con toda claridad. Estaba demasiado excitado para ir despacio o tomar precauciones. No era probable que los asesinos estuvieran en las inmediaciones. En ese caso, el homínido no habría salido a terreno descubierto ni bebido con tanta ansia, como un niño agobiado por la sed después de dormir demasiadas horas.

La tierra que rodeaba las acacias estaba seca y sombreada de guijarros. Encontró algunas depresiones, pero era imposible identificarlas como huellas. Recordó que había tirado los prismáticos nocturnos y el cuchillo, que tal vez le costaría encontrar. Se deshizo de aquel pensamiento insignificante, como se había deshecho ya de otros.

Al otro lado de los árboles había una cadena de salientes rocosos, agrietados y tallados por el calor y el viento. El chico podía estar en cualquier parte, escondido cerca o muy lejos.

Entró en una zona rectangular cerrada por un baluarte rocoso. Ken cayó de rodillas en el interior del rectángulo irregular. Estaba rodeado de piedras negras, como la que el muchacho le había arrojado. Contuvo el aliento y las contó. Nueve piedras, pequeñas pero pesadas, basálticas. Debía de ser una especie de almacén, una pila destinada a la caza. Habían sido astilladas de rocas más grandes y convertidas en aquellos proyectiles arrojadizos millones de años antes, o tal vez sólo unos meses. El niño y las piedras pertenecían a la misma era, y esa era estaba sepultada en el pasado... ¡pero también existía en el presente!

Ken sentía la necesidad de hacer algo, de pronunciar alguna palabra o hacer un gesto indefinido, sólo para liberar tensión. Necesitaba expresar lo importante que era todo aquello. Era como si hubiera pasado por un portal invisible a una era pasada y presente a la vez, y por tanto infinita.

No sabía qué hacer. Pensar en los pistoleros que acechaban no muy lejos (si bien creía que el peligro había disminuido) contribuyó a calmarle. Se sentó en el suelo.

El sol estaba despejando la niebla. Parecía una esfera radiante que abriera los cielos. Ahora podrían verle con facilidad desde un avión, pero hasta eso había perdido importancia.

También estaba convencido de que el día anterior había visto protohumanos en los árboles, cuando el leopardo le había atacado. Eran protohumanos, no chimpancés o colobos.

Y si el muchacho estaba allí, también habría adultos.

No podía actuar con imprudencia. Aún representaba la era moderna, la ciencia, y debía comportarse con frialdad. Levantó la vista y volvió a ver al muchacho.

Esta vez, lo primero que llamó su atención fue la multitud de cicatrices que surcaban su cuerpo.

El muchacho había vuelto a aparecer mientras Ken examinaba sus piedras de caza. Se erguía en terreno despejado, con el aspecto de un hombre moderno, con el entrecejo fruncido. Sus brazos, hombros y muslos estaban cubiertos de cicatrices, que parecían curadas. Todas eran superficiales, como si hubieran sido producidas por espinos, a excepción de una grande que surcaba su estómago. También parecía curada. Ken supuso que se habría ensanchado a medida que su cuerpo crecía, pero también pensó que nunca llegaría a saber su causa, o cómo había pasado.

Lo que ya sabía era que aquel muchacho llevaba cierto tiempo solo... y había sobrevivido.

Ken se dispuso a hablar, pero no lo hizo. Hablar se había convertido en algo carente de sentido e innecesario.

Contempló al muchacho, con la sensación de haber caído en el túnel del tiempo.

Su carita tenía una barbilla protuberante, una boca de labios bien formados, cuyo tono rosado destacaba en la piel marrón claro. Una fina manchita de vello aterciopelado corría sobre su labio superior, y el cabello tenía algunas mechas descoloridas, con aspecto de ser obra del sol más que del polvo. Ken se quedó algo tranquilizado al comprobar que el sol de la sabana podía blanquear un cabello de un millón de años antes, al igual que había descolorido el suyo.

El chico tenía la piel clara, un bípedo primitivo de la sabana que aún no había tenido la oportunidad, hablando desde un punto de vista genético, de acumular suficiente melanina para contrarrestar los efectos mortales del sol tropical.

Ken sintió sus ojos atraídos hacia cada detalle de aquella asombrosa aparición. La nariz era chata, de aletas diminutas pero bien redondeadas, y daba la impresión de que olfateaban y clasificaban olores sin cesar. El pequeño pecho se hinchaba y hundía. El chico jadeaba, tanto a causa de correr como de la tensión. Tenía las mejillas llenas, las cuencas oculares pronunciadas y su frente estrecha se fruncía cuando algún pensamiento acudía a su mente. Su puñito aferraba otra piedra, con una precisión que Ken reconoció al instante. El pulgar del muchacho estaba apretado contra el extremo visible de la piedra, con las articulaciones flexionadas, lo cual demostraba que se doblaba con facilidad. Los demás dedos envolvían la piedra en una presa cómoda y curva, mejor que la de cualquier mono.

El dorso de su mano era un poco velludo. Tenía pelos en las piernas y los brazos, pero pocos en el cuerpo. En contraste, su cabello era abundante. Los pies, que Ken examinó a toda prisa, estaban bien formados y tenían los dedos largos. Su pene, pequeño y corvo, cubierto de polvo debido a que se había arrastrado sobre el estómago, brotaba de un pequeño pliegue de grasa, la única grasa visible en el cuerpo nervudo del chico.

El sol iluminaba de pleno aquella escena increíble. El muchacho se encontraba a unos tres metros de Ken. La distancia temporal ya no parecía existir.

Ken rebuscó en sus bolsillos, sacó las llaves de su apartamento y las agitó.

El muchacho retrocedió un par de pasos. Su brazo se tensó, con la piedra a la altura del hombro. Se humedeció los labios, en una pose adorable de furia infantil. Ken agitó las llaves, que sonaron como campanillas, y luego las lanzó al suelo.

El chico dio media vuelta y escaló el baluarte rocoso, meneando sus nalgas relucientes. Los talones de sus pies, de un tono más claro, avanzaban con rapidez sobre las placas de piedra.

Desapareció. Ken le siguió y vio cómo saltaba al otro lado. Aterrizó sobre sus cuatro extremidades, se enderezó y corrió erguido hacia la confusión de rocas de lava negras. Caminaba sin ningún esfuerzo visible, sin necesidad de movimientos secundarios, pero de vez en cuando se agachaba, como si se protegiera tras la abundante ballueca. Ken divisó su cuerpo moreno por más de un minuto. Después, el muchacho se volvió, le miró, y dio la impresión de que el revoltillo de rocas le absorbía.

Ken se preguntó si debía seguir al chico, ilusionado por la perspectiva de otro encuentro. ¿Qué estaba pasando, en realidad? ¿Qué estaba haciendo?, se preguntó, al recordar que carecía de utensilios, de instrumentos, de aparatos de grabación, hasta de papel y lápiz, que había dejado la ciencia atrás.

«Se siente más como en casa y preparado a la edad de ocho años que yo a la de veintiocho», reflexionó Ken, con la sensación de que su falta de preparación se debía a algo más que a la pérdida de su campamento y la persecución que había sufrido.

Calculaba que el niño tenía ocho años, a tenor de su tamaño, pero su seguridad, la forma en que actuaba, como si estuviera en su elemento, le hizo preguntarse si era mucho mayor. Probablemente no se le podía adjudicar ninguna edad. Si el chico era de una raza diferente, su especie tenía su propio reloj biológico, así como duraciones concretas de la niñez, la adolescencia y la madurez.

Ken se abrió la camisa. Tenía una buena contusión en el pecho. Se la frotó, y después volvió a recuperar sus llaves.

Las llaves no habían impresionado al muchacho. «Tendré que encontrar algo mejor», pensó Ken.

Entonces vio al muchacho, que salía de entre las rocas. Corría de aquella forma semiagachada, con aspecto decidido y concentrado. Ken sonrió. Todos los niños eran muy activos, y aquél no sería diferente.

Pero no regresaba hacia el baluarte rocoso. Miró una sola vez a Ken, por espacio de unos segundos, y después se abrió paso entre la alta hierba oscilante, hasta desaparecer. Ken trepó a las rocas y corrió hacia la hierba. Empezaba a enderezarse de nuevo, y ocultaba el sendero que había seguido el muchacho. Le invadió el pánico ante la idea de que iba a perder su rastro. Mierda, no se estaba comportando como un científico, y ni siquiera era cuidadoso. Escudriñó el cielo hasta el horizonte, por si veía señales de Hendrijks o de otros visitantes. Pero parecía que no había más representación de la humanidad que el muchacho y él.

Los extremos terminados en borlas de las hojas de hierba se iban cerrando, como protegiendo al muchacho. Tenía que darse prisa.

La charca era pequeña, no mucho mayor que una pista de tenis, y tan invadida por hierbas y cañas que Ken se metió de lleno en ella. Apartó un macizo de cañas que había al final del sendero, y se encontró de repente con el agua hasta las rodillas. La charca era profunda. La cantidad inusitada de lluvia que caía en la zona la mantenía bien surtida. Turacos, sílvidos y culiblancos remontaron el vuelo, y la húmeda brisa del agua bañó la cara acalorada de Ken.

Un rinoceronte retozaba en mitad de la charca, como si fuera su bañera particular. Esos bichos son tímidos y solitarios. Cuando oyó los chapoteos de Ken, meneó sus pequeñas orejas y empezó a salir por el otro lado, más despejado de arbustos. El rinoceronte suspiró y trotó junto a tres búfalos que descansaban y un barbudo gamo negro que hundió su hocico en el agua.

Había arbustos florecidos al otro lado de la charca, invadidos por pájaros ansiosos de polen. Ken había visto pájaros de aquel tipo sobre todo en los bosques, pero los de allí se habían adaptado con éxito a los prados. Daba la impresión de que había más de ésos que estorninos y sílvidos. En la orilla opuesta se veía una especie de playa fangosa, donde el muchacho homínido se había tendido. Cuando el rinoceronte salió del agua, el muchacho se limitó a apartarse, como un empleado del zoológico familiarizado con las costumbres de un animal grande.

Ken jadeó, olvidando que estaba con el agua hasta las rodillas. Ahora que podía ver al chico, el sueño volvía a empezar.

«Si no se pone a jugar al escondite, puede que consiga no perderle de vista –pensó–. Si lo hace, mal asunto, porque mis fuerzas no son comparables a las suyas.»

Intuía que el muchacho ya le había visto antes. Reaccionaba con demasiada tranquilidad ante la presencia de Ken, y hasta parecía a gusto. ¿Cuándo había sucedido? Tuvo que ser durante el anterior aterrizaje de Ken en la sabana, junto con Ngili y Hendrijks. Claro que eso había sido treinta kilómetros al sur. Era extraño que el muchacho (si se trataba del mismo espécimen) hubiera cambiado de lugar y reaparecido en el camino de Ken. Quizá no era el mismo homínido...

Los pies del muchacho, que tenían forma de mano, habían dejado huellas en el barro de la charca. Ken conjuró su recuerdo de las fotografías, y después estudió las huellas que tenía ante él. Parecían idénticas.

Había varias piedras tiradas delante del muchacho, en el barro húmedo. Ken vio que cogía una, y la volvía a dejar. Cogió otra, la tiró también, y escogió una tercera, con la concentración silenciosa de un humano que buscara unos gemelos concretos entre un montón que fueran pequeños y parecidos. El chico eligió un arma y se levantó, como si se dirigiera a algún sitio en concreto. Después miró a Ken y pareció abandonar su plan anterior. Paseó, tiró la piedra, se puso a cuatro patas y dio la impresión de examinar el suelo con la concentración de un físico que examinara el núcleo de un átomo a punto de fisionarse.

Una cita de Darwin pasó por la mente de Ken: «Todos los seres sienten extrañeza, y algunos exhiben curiosidad». Bien, éste pasaba de la curiosidad a la extrañeza, y luego volvía a la curiosidad. Casi sonrió al suelo, frunció el entrecejo, enarcó las cejas, las frunció de nuevo y volvió a sonreír. El esfuerzo intelectual del muchacho casi estaba fascinando a Ken. Desde la primera vez que lo había visto, el pensamiento parecía estar impreso en la pequeña cara del homínido, y en todas sus variaciones: curiosidad, decisión, duda, certeza, atrevimiento y expectativas de jugar. Tal vez tuviera más de quinientos centímetros cúbicos de cerebro.

Y ahora, daba la impresión de que el chico estaba estudiando la tierra por el puro placer de estudiarla. Tal vez fuera del tipo que pensaba durante largos períodos de tiempo y obtenía revelaciones repentinas e inauditas. De pronto, el muchacho miró a Ken, una mirada que parecía un cortocircuito del tiempo.

Ken le devolvió la sonrisa.

—Deja de desvariar, Lauder —murmuró en voz baja. Salió del agua y se encaminó hacia el muchacho—. No está aquí para obligarte a formular teorías. Está aquí para estar aquí, y deberías olvidarte de todo lo demás, y estar tú también...

Era difícil. Ken se había enorgullecido de ser más práctico que otros investigadores, menos especulativo y retorcido que otros paleontólogos. Fruncía el entrecejo cuando alguien le llamaba «Vaquero Lauder», pero en el fondo se sentía halagado por lo que querían decir. Era un descubridor más que un pensador, y eso era bueno. Ya tendría tiempo para pensar más adelante, cuando ya no pudiera descubrir cosas, y escribiría sobre prehistoria a partir de sus experiencias, en lugar de hacer un refrito de las ideas de otras personas. Ken, desde luego, había fantaseado con un momento como éste, cuando una investigación y una observación únicas darían lugar a nuevas teorías, nacidas de él. Pero su mente no estaba para teorías. Preguntas más prácticas le acuciaban, como cuántos especímenes más había en la zona, y por qué se escondían mientras el chico se dedicaba a una verdadera orgía exhibicionista. ¿Cómo iba a aguantar aquella marcha en su debilitado estado? Si Hendrijks y sus hombres reaparecían, ¿qué harían y, sobre todo, qué podría hacer Vaquero Lauder para defenderse?

Cuando Ken se acercó más, el muchacho miró por encima

de su hombro, casi sin vello, que brillaba como aceitado. Estaba claro que tenía glándulas sudoríparas muy activas, que dependían del agua. Si Ken le seguía, estaba seguro de que terminaría cerca de agua.

El muchacho tensó los labios y cerró los ojos, en una expresión de concentración o advertencia. Ken se recordó que no debía acosarlo, y se acuclilló a unos metros de distancia, mientras nuevas preguntas invadían su mente. ¿Cuál era la edad exacta del muchacho? Su curiosidad juguetona y su extrañeza le situaban entre los seis y ocho años, pero poseía la agilidad y el dominio sobre su entorno de un niño de diez años. Si en verdad estaba solo, no había sobrevivido en la sabana por pura magia. El muchacho tenía la edad del lugar. Era eterno, recién nacido en cada minuto, al igual que la sabana.

Ken examinó su cuerpecillo, en particular los grandes dedos de los pies. Cuando estaba inmóvil, los dedos del chico parecían manos estrechas, con dedos cortos en comparación y huesos de la muñeca hiperdesarrollados que se habían convertido en talones, pero que aún parecían muñecas.

Ken estaba asombrado de que un pie con una forma tan primitiva pudiera caminar y correr tan bien. Se preguntó qué comía el muchacho. Tenía que haber mucha carroña en aquel lugar, reflexionó, consciente de que el sol quemaba su cabeza, y de la brisa balsámica que acariciaba su nuca. Detrás de él, la hierba exuberante se extendía hacia una sabana tipo jardín que contrastaba con la aridez del otro lado de las rocas negras. Este lado, recogido en un pliegue de las estribaciones del Mau, era como una franja estrecha de vegetación húmeda, mucho más exuberante que el lugar donde Ken había encontrado el fósil. La corona de Mau mantenía viva la humedad, mediante aquella perpetua suspensión de nubes. Incluso ahora, a pleno sol, la escarpa desaparecía en la niebla, y sus bosques más altos eran de un tipo más cercano al de la selva que al de la sabana. En lo tocante a clima y flora, el lugar era un refugio protegido, y eso significaba que habría mucho de comer, tanto fresco como podrido.

El chico recogió las piedras, encajó dos en la axila izquierda y dejó que su brazo colgara sobre ellas. Ken midió con la vista el pequeño bulto que el músculo formaba en el brazo. El chico giró en redondo y se alejó, dejando más de aquellas pisadas por las que Ken habría matado apenas unos días antes.

Caminaba con parsimonia y miraba por encima de la hierba. Observaba columnas de aves que se alzaban, rompían la formación y volvían a integrarse. Aves grandes constituían una buena señal de cadáveres de animales, y también de los lugares de reposo de los felinos, la mayoría adormilados junto a sus presas muertas. Si las aves eran más pequeñas, solía significar agua, en cuya cercanía picoteaban la hierba y babosas de concha blanda.

En cuestión de pocos minutos llegaron a una charca más grande, de un color más claro, con una orilla arenosa e irregular. El chico dejó caer las piedras. Corrió, agitando el sucio cabello, los ojos fijos en el suelo, y se lanzó sobre algo.

Ken, sin poder correr apenas, llegó detrás del muchacho justo cuando éste se levantaba, con manos que parecían aletear. Aferraba una enorme musaraña que medía más de medio metro desde el hocico a la cola. Su hocico, ahora inútil, se retorcía impotente. El homínido la golpeó en el cuello con la palma de la mano, volvió a asirla con las dos manos y la golpeó contra el suelo, irritado porque la suavidad de la arena no la había matado al instante. La golpeó contra la arena una y otra vez, y de pronto apareció una piedra afilada en su puño. La musaraña chilló débilmente mientras la degollaban. El cazador cayó de rodillas, esperó a que su presa se debatiera por última vez, y paseó la vista alrededor.

Localizó a Ken. Entonces, alzó su presa y hundió los dientes en ella.

Había demostrado su habilidad, y estaba comiendo. Una acción compleja, doblemente gratificante, se había llevado a cabo.

Ken se sentó al lado de la charca. El sol calentaba, y no tenía su sombrero. Hundió las manos en el agua, recogió un poco en la palma y se mojó el pelo. Después esperó en silencio, contento con sólo mirar.

Contempló al chico mientras comía, mordía con apetito y enseñaba los dientes en repetidas ocasiones. Tenía los dientes planos, y sus caninos apenas se alzaban sobre el nivel de los molares e incisivos. Los caninos de un mono grande serían largos, puntiagudos y trabados, pero los dientes del muchacho no tenían nada de simiesco. De hecho, ahora que estaba sentado, con los dedos de los pies hundidos en la arena, su único rasgo algo simiesco era la frente estrecha, que indicaba un cerebro más pequeño. Pero ¿quién podía decir que un cerebro mayor era preferible? Ken sonrió al muchacho, a la charca, a la pequeña bandada de lavanderas que chapoteaban en el agua y la exploraban con sus picos, largos y esbeltos. Extendió las piernas, relajado, exhaló un suspiro de satisfacción, pero se irguió de repente, todos sus sentidos alerta de nuevo. El muchacho desgarró con los dedos un pedazo del estómago de la comadreja. El pedazo, de un rojo brillante, viajó en su larga mano, pero no en dirección a su boca, sino hacia la cara de Ken.

Era una ofrenda.

Ken parpadeó al ver el pedazo de carne informe y rojiza, y se preguntó qué debía hacer. Si lo cogía, establecería un vínculo más íntimo. Así que lo cogió. Era blando, sanguinolento, aún caliente de la vida que acababa de abandonarlo.

El chico le observaba.

«Fingiré», pensó Ken. Lo levantó hasta su boca, mientras el australopiteco le miraba. Lo apoyó contra los labios y un deseo de probarlo le invadió, pero al mismo tiempo una sensación de asco se apoderó de su estómago, mientras su garganta tragaba en vano. Era proteína pura, y hacía tiempo que no tomaba ninguna, a excepción de aquellas pocas nueces. Ahora tenía comida, y significaba envenenamiento o supervivencia.

Tomaría sólo un pedacito, se tranquilizó. La musaraña era un insectívoro, no comía carne, no era un carroñero. De hecho, sería más sana, y más próxima a lo que el cuerpo humano debía consumir en teoría, que los pollos vendidos en los supermercados norteamericanos. Había bebido agua de aquella charca, y hasta el momento su estómago no se había rebelado. Titubeó con la carne cerca de su cara, y después tomó un trocito.

La carne casi no tenía sabor, y era viscosa. Un átomo se deslizó garganta abajo sin haber sido masticado, y la idea casi le hizo vomitar. Después descendió hasta su estómago, y aquella primera muestra pareció estimular su apetito. Sólo había comido un bocado. Intentó obligarse a tirar la carne, pero se sentía desfallecido, y en su mano había comida.

Mordió otro pedazo, masticó, notó que se le hacía la boca agua. El tejido era suave, y no parecía muy nutritivo. Una frugal colación para la Edad de Piedra.

Experimentó unas náuseas tremendas, se puso en pie de un salto, intentó llegar a un arbusto y vomitar sin que el chico le viera, pero cayó de rodillas y expulsó el trozo de carne, junto con todos sus jugos gástricos, al tiempo que se daba un suspenso en adaptación para la supervivencia. Otros habían sobrevivido en desiertos y selvas a base de comer sus cinturones y zapatos, o ratones y pájaros crudos, o incluso camaradas muertos. No era de esa clase.

Se secó la cara con la manga de la camisa. La cabeza le daba vueltas, se sentía hambriento y humillado, terriblemente enfadado consigo mismo.

El chico seguía donde le había dejado, dedicado a triturar con los dientes la cabeza de la musaraña, haciendo tenues ruiditos. Pertenecía a un estadio de la evolución en que no existía respeto por otro ser una vez muerto. La carne era carne.

Ken miró al muchacho. Éste cogió el pedazo que Ken había rechazado y se lo metió en la boca. Luego se inclinó hacia el agua y bebió. Ken recogió agua en sus palmas y bebió también, como aproximándose con modestia a la fase del buen salvaje. El chico eructó, se pasó una mano satisfecha sobre su estómago repleto y recogió sus piedras.

Momentos después volvían a caminar, el muchacho de la Edad de Piedra delante, el humano moderno detrás.

El muchacho portaba las piedras con tal naturalidad que era como si hubiera crecido con ellas. Ahora, Ken estaba convencido de que las piedras procedían de aquella confusión negra de rocas de lava. No había otro lecho de rocas negras en las cercanías. Eso significaba que las piedras que Ngili y él habían visto por primera vez treinta kilómetros al sur habían sido transportadas allí. Y esa circunstancia las convertía en herramientas. El transporte y uso para cazar convertía a su usuario en un *homo habilis,* que, según la antropología clásica, no había surgido antes de que el cerebro humano hubiera aumentado hasta los setecientos cincuenta centímetros cúbicos.

Pero la mente que caminaba ahora delante de Ken, girando a derecha e izquierda, lanzando miradas a los arbustos y a Ken, no podía medir más de quinientos, tal vez menos, dependiendo de cómo fueran los huesos del cráneo. A medida que el muchacho madurara, la masa cerebral aumentaría, pero no mucho, no lo suficiente para traspasar el umbral.

Los delicados miembros del muchacho eran como los de un australopiteco en particular, el *gracilis* («delgado» o «esbelto» en latín), que tenía los huesos aún más pequeños que su primo el *robustus.* Algunos científicos creían que el *gracilis* sostenía una competencia evolucionaria con el *robustus.* En cualquier caso, ni el *gracilis* ni el *robustus* habían traspasado el umbral de fabricar herramientas y utilizarlas.

Ken reprimió una carcajada. Aquí no había umbrales. El muchacho, que parecía un *habilis* en el cuerpo de un *gracilis,* pertenecía a una especie diferente. Sólo Dios sabía cuántas líneas evolucionarias de hombre mono habían existido, competido o colaborado en entrecruzarse, hasta que el *sapiens* (la línea de Ken y Ngili) empujó a todas las demás a un callejón sin salida, y emergió dominante.

Ken experimentaba un curioso afecto por el muchacho, que caminaba delante de él, reluciente a causa del sudor. Estaba perdiendo minerales a una velocidad terrorífica, lo cual significaba que debía aprovisionarse a menudo. «Así que sólo eres una máquina de comer y beber», pensó Ken. Sus talones se alzaban y descendían con energía, sus nalgas sudaban, y su cabeza se bamboleaba a derecha e izquierda como si escuchara un ritmo propio.

Se estaban acercando a las rocas negras, y Ken vio la sombrilla naranja del paracaídas y varias cuerdas cortadas limpiamente. Eso le recordó a Hendrijks, y el pánico estuvo a punto de invadirle.

Entonces, apareció ante su vista el mungongo. Vio su cuchillo en el suelo, lo cual interpretó como una señal de que sus enemigos no habían penetrado en la zona. Se sintió jubiloso de alivio. Levantó la palma, y el muchacho se detuvo.

Tiró el cuchillo contra las ramas del mungongo y cayeron varias nueces. Recogió una, la cortó, la dividió en dos partes, comió una mitad y ofreció la otra al muchacho, tal como él le había ofrecido la carne. El chico extendió la mano. Ken palpó las yemas de sus dedos. El chico se llevó la nuez a la boca. Masticó, compuso una expresión de desagrado, la escupió y roció de saliva a su anfitrión.

«Creo que no te gusta mi dieta más que a mí la tuya», sonrió Ken. El chico le observaba, y luego le devolvió la sonrisa con un destello cegador de dientes blancos. Aunque Ken y él pudieran divertirse juntos, no era aficionado a los mungongos, la nuez más apreciada por todas las tribus del este de África.

Lo cual daba cuenta de la vida del muchacho en su aislamiento, o de su fase de evolución. No obstante, la expresión del muchacho, su sonrisa cegadora, aquella mirada de confianza, alejaron las especulaciones científicas de la mente de Ken. Se sintió tan gratificado que reprimió el impulso de acariciar al chico o de abrazarle. No le asustes, Lauder.

Contempló embelesado la expresión del muchacho, mientras debatía vagamente algunas cuestiones aún incógnitas: ¿dónde estaba la familia del chico? ¿Le conduciría hasta los adultos de su raza, o a alguna especie de madriguera? ¿Por qué se había trasladado el muchacho desde su territorio, kilómetros al sur, junto al yacimiento del fósil, hasta aquí?

Confiaba en encontrar pronto respuesta a tales preguntas, aunque no demasiado. Había una especie de magia en el hecho de estar a solas con aquel ser. Decidió hacer lo posible por prolongarla, de manera que se sentó bajo el mungongo y, tras una breve vacilación, el muchacho le imitó, a una prudente distancia. Daba la impresión de que al chico también le gustaba aquella intimidad, en el sentido de que gozaba de la posibilidad de observar a su visitante, cosa que hizo con tanta atención como Ken.

Ken no era consciente de lo relajado que se sentía. Se quedó dormido sentado.

Estuvo a punto de caer a un lado y se despertó. Vio que estaba solo de nuevo.

«No me ha conducido hasta su madriguera», pensó.

Da igual, siempre hay un mañana. El breve sueño había renovado sus energías y confianza. Cuando vuelva a verte, buscaremos juntos «guías de miel». Había pájaros pequeños de la sabana, pardos y blancos o aceitunados y blancos, que se alimentaban de la miel y las larvas de las abejas. Si uno seguía a un guía de miel, siempre acababa en una colmena repleta de miel, colgada de un árbol. Las tribus nómadas ahuyentaban a las abejas con humo y después robaban la miel. Por lo general, dejaban trozos de colmena a los pájaros que les habían guiado.

«Te enseñaré algunos trucos que, en teoría, tardarás otros diez mil años en aprender», pensó Ken, y sonrió al desierto arbusto, feliz por un instante.

La diarrea se manifestó justo después de anochecer.

Ken entonó una invocación:

—Oh, Dante, poeta de renombre mundial, en tu *Divina Comedia,* sección «Infierno», olvidaste incluir entre las torturas más horribles del averno las diarreas africanas.

Estaba acuclillado por sexta (¿séptima?) vez en las dos últimas horas, expulsando un líquido maloliente por el trasero. Entre defecación y defecación, tenía que acostarse porque estaba agotado y derrotado a causa de los dolores de estómago. Como ya no tenía control sobre los esfínteres, se quitó los pantalones y los dejó tirados sobre la hierba.

Era posible que la musaraña hubiera envenenado sus tripas, pero se decantaba por culpar al agua. Una cruel ironía, porque la diarrea iba a deshidratarle por completo, y tendría que reponer el agua perdida bebiendo otra vez, si quería vivir algunas horas más. Sólo llevaba puestos los pantalones, la camisa, los calzoncillos y los calcetines de lana que utilizaba con sus botas para el desierto. Para no manchar las prendas, se las quitó una a una, excepto las botas. Las apiló sobre la hierba, y dio gracias a la noche por ocultar su humillación.

Aunque Hendrijks hubiera aparecido en ese momento, Ken no habría podido sentirse más abatido o cercano a su fin. Se tendía de espaldas entre acceso y acceso, se masajeaba el estómago con las manos y trataba de convencer a su tripa de que se calmara.

—Vamos, muchacho, gimió, ya me has castigado bastante.

Pero su tripa no le perdonó. Tenía la sensación de que una palanca le estaba perforando la región lumbar.

La luna se alzó, y los ataques se hicieron más frecuentes. Empezó a tener una fiebre elevada, y temblaba con tal violencia que sus dientes castañeteaban. Pensó en comer hierba, o masticar una corteza de árbol, para distraer su estómago, pero no le quedaban energías para arrancar hierba o arrastrarse hasta un árbol.

Sabía que llegaría un momento en que ya no podría moverse, sino que se lo haría encima. Para colmo, su sed regresó, quemó sus entrañas y resecó su boca. La fiebre le daba la sensación de respirar fuego.

Después se oyó jurar en voz alta. Dio una conferencia sobre el origen de los bípedos y contestó a preguntas del público. Cuando las preguntas terminaron, se encontró ante la charca, bebiendo. La charca había menguado, y la siguiente vez que se arrastrara hacia ella ya no quedaría agua.

Se alejó tambaleante, sintiéndose algo mejor. Los ataques se espaciaron, tal vez uno por hora. Luego cada dos, tal vez tres horas. En un momento dado, encontró sus calzoncillos y se los volvió a poner, pero no localizó los pantalones ni la camisa. Le dolían tanto los miembros que el acto de vestirse le hizo gemir. Intentó volver hacia el mungongo, pero se encontró en un trecho árido, bajo una luna alucinante. Estaba tan agotado que esperaba morir de un fallo cardíaco. En aquel estado, oyó el sonido de tambores, pero no eran tambores. Eran gotas de lluvia grandes, que caían con lentitud sobre las hojas de hierba.

La niebla de la escarpa descendió en forma de chubasco, el último de una estación de lluvias demorada. Ken se tendió sobre la hierba con la boca abierta y los ojos cerrados, y bebió el agua de lluvia, que le hizo atragantarse y toser.

Después perdió el sentido.

Cuando recobró el conocimiento, estaba tendido en un espacio angosto y oscuro, y respiraba un aire que olía a frío y acre, como a excrementos de murciélagos en una caverna. Tal vez había caído en un agujero subterráneo y lo había regado con sus propios excrementos, al igual que había regado la hierba.

No lo sabía. Aún se encontraba muy débil, aunque la fiebre había remitido, por fortuna.

Un resplandor de luz indirecta venía de alguna parte, pero ignoraba cuál era su fuente. Estaba tendido de espaldas, sus tripas no le dolían de momento, pero estaba tan agotado que no podía levantar los brazos, si bien era consciente de que estaban en contacto con algo que parecía tierra fría y húmeda.

Sintiéndose como una momia enterrada, siguió el cambio gradual de luz durante lo que se le antojaron muchas horas. Por fin, se alzó sobre los codos, se sentó y notó un agudo dolor cuando su cabeza chocó contra un techo de roca bajo.

Se arrastró hasta un espacio más grande y abierto. Levantó la vista y vio una abertura redonda y grisácea que resultó la boca inferior de un pasadizo similar a una chimenea. El tubo de roca conducía a un hueco de la superficie cubierto de arbustos. La luz del sol dotaba a los arbustos de un aspecto transparente y hermoso. Debía estar a muy pocos metros bajo tierra, pero el tubo de roca, en otro tiempo el pasadizo producido por una emisión de gas volcánico, era largo, y parecía muy difícil subir por él para salir al exterior.

De todos modos, era un alivio saber que no estaba sepultado vivo, y que probablemente no era un prisionero. Se podía subir por el tubo. Sólo necesitaba esperar a recuperar sus fuerzas.

La luz del día que se filtraba por el agujero iba aumentando de intensidad, y cuanta más luz entraba en la cueva, más veía Ken que la chimenea había sido utilizada durante un tiempo, si bien no tenía derecho a quejarse de malos olores, se dijo. Parecía que alguien había dormido en un espacio del suelo gris oscuro, y al lado había dos objetos.

Ken, vacilante, extendió la mano y se encontró con un trozo de hueso blanco, que devolvió a su sitio, y cogió el otro objeto. Era su encendedor, que había perdido en su último viaje a Dogilani. El chico lo había cogido sabiendo que era suyo; por tanto, estaba más familiarizado con Ken Lauder de lo que éste había imaginado, lo cual explicaba la relativa facilidad de su primer encuentro y la confianza del muchacho.

Pensó a continuación que se hallaba en la madriguera del

chico, y que no se veían señales de nadie más. El chico estaba solo y había estado sin parientes durante diez días, como mínimo, tal vez más.

El chico cazaba al aire libre pero pasaba las noches allí, en su morada nocturna bien protegida. El muchacho no se escondía, pero era muy consciente de los depredadores, y tal vez incluso de los enemigos.

Por fin, Ken comprendió que el chico estaba reforzando su confianza inicial al llevarle a su madriguera. Ken se sintió conmovido.

Cogió el hueso de nuevo. Parecía un hueso de brazo humano. ¿Por qué conservaba aquel hueso? ¿Era una herramienta, un juguete o un recuerdo de algún pariente muerto?

Abrió el mechero y lo encendió; la llama empezó a arder, azul y baja. Lo apagó, con la sensación de que tener fuego, aun tan modesto, le catapultaba de vuelta a sus capacidades y poder normales.

De pronto, una luz cegadora descendió por la chimenea, cuando la pantalla de arbustos que cubría el hueco de la superficie fue apartada a un lado. Después, un cuerpo que descendía a cuatro patas cortó la luz al instante. Ken levantó la vista y vio una cara enorme con un par de ojos hundidos. Fuera lo que fuera, emitía un sonido similar a *mmfff mmfff* mientras bajaba.

Ken estaba demasiado débil para sentir mucho pánico. Esto es el fin, se dijo, una silenciosa batalla entre un animal hambriento y su debilitado yo. Una lucha ciega, breve y anónima bajo la tierra. Intentó imaginar qué clase de animal era a partir de sus sonidos, pero no parecía felino ni primate.

Era el muchacho. Se quedó sorprendido al ver a Ken al otro extremo de la cueva, donde le había dejado, y chilló, tirando algo que llevaba en la boca.

Era un erizo muerto, que el chico había despellejado, a excepción de un fragmento de pellejo que cubría la cola.

Siguieron sentados en la oscuridad, midiéndose con la mirada. Entonces, el homínido se volvió y subió corriendo por la chimenea.

Instantes después, regresó con más lentitud y cautela que

antes, esta vez moviéndose sólo sobre tres extremidades. En su mano derecha sujetaba una gran hoja llena de agua.

Era casi más extraordinario oírlo que verlo.

En aquel reducido espacio, Ken era aún más consciente de la desazón del muchacho. Éste dejó en el suelo la hoja y se sentó, impaciente, mientras su pecho exhalaba una especie de suspiro *(haah-haah-haah)*, su jadeo después de cargar con la comida y el agua. Meneó la cabeza de un lado a otro, estornudó y se tragó los mocos, y luego olfateó el aire, como comprobando que el olor de Ken se había mezclado bien con los olores de su casa. Extendió su mano, que a los rayos indirectos del sol parecía diabólicamente oscura, y señaló el erizo. Ken percibió el leve olor a sangre y tripas arrancadas, y tuvo ganas de vomitar otra vez. Apretó los dientes, logró controlarse y experimentó una sensación de triunfo. Volvía a ser el mismo de antes. El chico debió de darse cuenta, porque se quedó inmóvil y escrudiñó con atención la cara de Ken.

Después, zangoloteó de nuevo. Era la palabra más precisa. Señaló el agua con un largo dedo, que refulgía en el interior de la gran hoja. Hundió el mismo dedo en el erizo, con cierta crueldad, en opinión de Ken, pero con la crueldad propia de la sabana, fugaz y desprovista de sadismo. No cabía la menor duda. Quería saber si Ken iba a comerlo. Si no, aún tenía hambre. Ken rió en silencio. Después, paró, al comprender que el nerviosismo del muchacho tal vez se debiera a su proximidad, y porque era la primera vez que el chico le consideraba un agresor en potencia. En la superficie, huiría en un periquete, pero allí estaba a merced de un animal más grande.

Ken rió, una pura descarga nerviosa.

El niño australopiteco también rió, sin previo aviso.

Emitió un sonido agudo y leve, mediante una laringe que no era lo bastante profunda para emitir sonidos hablados vibrantes. Pero era una carcajada, tensa, carente de humor y humana. El muchacho estaba reaccionando como un humano pomposo atrapado en un ascensor con un extraño.

Hazle reír, pensó Ken.

Ken alzó la hoja palmeada, mientras intentaba pensar en algo humorístico. Antes de que se le ocurriera algo, estornudó con violencia sobre el agua, que mojó su cara y su pecho. El chico distendió sus labios protuberantes y la débil barbilla, y emitió una risotada chillona, casi un aullido. Ken golpeó la hoja, irritado, lamió su mano mojada, se pasó la lengua por los labios y volvió a lamerse la mano, por si quedaba alguna gota. El niño, que reía a mandíbula batiente, convirtió su aullido en una secuencia entrecortada de risitas similares a ladridos. Ken, mojado, frustrado y débil, rió también.

Ken pensó en lo mucho que le habría gustado tener una cámara de vídeo, y rió al pensar en lo absurdo de la idea. Ahora estaba en el Plioceno, donde no existían cámaras de vídeo.

Lo que importaba era la risa. Había visto a muchos animales jugando o satisfechos, pero carecían de humor *per se*. Era bien sabido que los chimpancés se gastaban bromas entre sí, a menudo muy pesadas, y que se alegraban mucho cuando les salían bien, pero el humor como forjador de confianza era una característica exclusivamente humana.

Sin dejar de reír por lo bajo, Ken señaló el erizo e indicó al muchacho que podía comerlo.

El muchacho extendió la mano para cogerlo, en un gesto tan instintivo, de animal, que Ken se encogió. El chico metió el blando estómago del erizo en su boca, con los ojos dilatados. Ken contuvo el aliento. Era como una advertencia. Sintió un violento temblor. Un trozo masticado, claramente visible, descendía por la garganta del chico, y éste se dio unos golpecitos en el pecho, para ayudarse a tragar.

Ken suspiró aliviado.

El erizo era una pequeña carcasa ensangrentada, y su consumidor de la Edad de Piedra estaba saciado por el momento. Eructó satisfecho.

Ken empezó a reír de nuevo. El chico le imitó, pero con una expresión algo sorprendida. No estaba seguro de por qué reía ahora, pero se unió a sus risas. Daba la impresión de que el homínido reía para que su invitado no riera solo.

«Imposible —pensó Ken con repentina ansiedad—. Este chico es demasiado listo y adaptable para ser lo que pienso que es.

»Tiene el ángulo facial simiesco, y también las mandíbulas, lo cual queda todavía más de manifiesto cuando come. Y además tiene esos pies peculiares.

Mono y hombrecito, hombre y monito, tenía que ser lo que era. No podía tratarse de un caso de atavismo múltiple, aderezado con tantos rasgos regresivos a la vez. A veces, los humanos modernos tenían frentes más estrechas, caras más largas, arcos ciliares más pronunciados, manos, pies y dedos de los pies más largos, pero nunca al mismo tiempo.

¿Dónde están los tuyos, chaval?, tuvo ganas de preguntar.

Tal vez nunca podría formular el equivalente a una pregunta a un espécimen como aquél, que ahora se estaba poniendo inquieto. Como Ken ya había observado, el chico tenía períodos de concentración, profundos pero breves. Tiró la carcasa al suelo de tierra y empezó a levantarse. Chasqueó la lengua, apoyó las manos en el tubo de la chimenea y se izó.

Ve a donde te llame la juventud. Sorprendió a Ken que un pensamiento de anciano pasara por su mente. Al fin y al cabo, sólo tenía veintiocho años. Pero veintiocho años era una edad muy avanzada para los protohumanos.

Ken perdió el sentido del tiempo. Se adormiló, despertó, durmió, con la sensación de que, mientras tanto, iba recuperando las fuerzas.

Otra mañana.

Oyó la risita, como el alegre ladrido de un cachorro, y después el homínido bajó por la chimenea, cargado con un tubérculo verde, de aspecto sólido. Patinó en el último tramo y saltó al suelo de la cueva. Sus grandes rodillas redondas se flexionaron, sus largos pies pisaron con seguridad. Volvió a emitir aquella breve carcajada, que se había convertido en un ritual compartido mientras entraba y salía entre los intervalos de inconsciencia de Ken. Éste también soltó una risita, a modo de saludo, en lugar de un gruñido, un resoplido o un contacto físico.

El chico se sentó y mordió el tubérculo para demostrar a Ken que podía comerse. Ken observó que el muchacho, hasta el momento, no había comido carroña, sino carne que había cazado, y también parecía reconocer el valor de un tipo de vegetal, como mínimo. ¿Habría aprendido tales habilidades de los suyos? ¿Lo había aprendido solo? No podía saberlo. Bajo una piel áspera, el tubérculo sabía aguado, amargo y ligero, pero Ken necesitaba alimentarse. Lo comió entero, incluida la piel, mientras el muchacho volvía a subir.

—Tres más —dijo Ken en voz no muy alta, lo suficiente para que le oyera.

El chico se limitó a mirarle, después le dio la espalda y ascendió por el tubo. No parecía asustado de la voz de Ken, ni sorprendido. «He hablado en sueños», se dijo Ken. O gritado cuando tenía fiebre.

Ken estaba irritado consigo mismo, por haber esperado una vez más que el chico se mostrara amedrantado, estupefacto, incluso aterrorizado. Tendría que renunciar a tales expectativas. «Relájate, Lauder, y disfruta del placer de no ser un científico. Para empezar, puede que la frente del chico sea estrecha, y que sus lóbulos frontales estén menos desarrollados que los tuyos, pero su memoria y especulación abstractas no necesitan estar desarrolladas en este estadio. Para eso son dichos lóbulos, y ahora no los necesita. Al fin y al cabo, ¿qué ha de recordar, excepto sobrevivir? ¿Sobre qué ha de especular? Además, siempre te has burlado de la antropología clásica, la cual asumía que los protohombres eran monos desmañados. Alégrate de estar analizando a un dedos largos que se adapta de una manera tan espontánea.»

Se interrumpió de nuevo. Nunca le había gustado analizar, pero ¿no era eso analizar?

Cada vez que el chico y él estaban cara a cara, experimentaba la sensación de que ya no era Ken Lauder: mucho más que Ken Lauder, y mucho menos. Se transformaba en un ser desconocido, confrontado a otro ser desconocido. Era consciente de que no estaba analizando aquello, sino absorbiéndolo. Con la nariz, los oídos, los ojos, sentido de la temperatura y tacto, absorbía al chico, y el chico le absorbía a su vez.

Ken aún se sentía invadido por un terror: que Hendrijks reapareciera junto a las rocas de lava. ¿Qué haría en ese caso?

Rezó para que la caza humana hubiera terminado.

–Sería mejor que, de entrada, no nos vieras a los sapiens en nuestra peor faceta, Pies Largos –murmuró a la oscuridad–. Sería mejor que perdieras tus ilusiones poco a poco, si es que abrigas alguna.

La pantalla de hojas se apartó de nuevo y le tiraron algo. Eran sus arrugados pantalones, que la lluvia había lavado.

El chico los había encontrado. Quién sabía qué había hecho con ellos, pero se los había devuelto cuando su invitado ya no se sentía enfermo e impotente.

Ken se levantó, un poco mareado y tembloroso. Estaba seguro de haber adelgazado. Cogió sus pantalones, introdujo una pierna, y luego la otra, recuperando la sensación del hombre moderno de ser más poderoso y estar más protegido si se vestía. Guardó el encendedor en el bolsillo. Era un objeto que el muchacho había recogido, pero así empezaba siempre la invasión de lugares salvajes, con objetos.

Se sentía lo bastante fuerte para subir. A pocos pasos de la chimenea, oyó el avión. Se detuvo, y trató de recordar cuánto tiempo llevaba allí.

Ngili y los exploradores habían abandonado Dogilani el domingo. Ken había viajado febrilmente durante dos días, tropezando con el chico después, y pasando luego dos, tal vez tres días, luchando contra la fiebre. Eso significaba que aún no era domingo, cuando Ngili regresaría para llevar provisiones y recoger el primer informe de campo de Ken.

Oyó que el avión se acercaba, y reconoció el motor.

Era el Beech Lightning de Hendrijks.

Se inmovilizó en el interior de la chimenea de lava. Después, intentó subir más aprisa, pero descubrió que la chimenea era resbaladiza, sin muchos salientes a los que agarrarse. Confusos pensamientos asaltaron su mente: ¿dónde estaba su camisa? Si la veían desde el avión, sería una pista definitiva. ¿Dónde estaban sus prismáticos nocturnos, que había perdido después de encontrar el paracaídas? Constituían otra pista. Se maldijo por no haberlos buscado ya.

También pensó en el muchacho homínido. ¿Qué le pasaría? Quizá tuviera que ver a Ken herido o asesinado. O peor, podían capturarle. Era improbable que Hendrijks entregara aquel espécimen único a la Universidad de Nairobi, departamento de Paleoantropología. Ken se imaginó al muchacho atado y arrastrado como un fenómeno de feria, entre rudas carcajadas viriles, hasta un maloliente campamento de cazadores furtivos o un decrépito puesto fronterizo.

Llegó al borde de la abertura y salió. Tropezó, cegado por la luz.

El chico estaba de pie al lado de un arbusto.

El homínido había oído el zumbido del avión y estaba muy excitado.

El extraño había llegado sin su tubérculo/insecto, lo cual era decepcionante, pero ahora el tubérculo/insecto le seguía.

Alzó la cara hacia el cielo, ansioso como un niño que esperara un juguete estupendo.

De todos modos, ya estaba de buen humor, porque los últimos días habían significado un festín de nuevos acontecimientos. El extraño era más fascinante de cerca, y más intrigante a medida que lo iba conociendo mejor.

Se quedó estupefacto al ver salir al extraño por la chimenea con sus pantalones arrugados. El extraño hacía unos ruidos muy feos (Ken estaba jadeando y blasfemando), y corría como un loco entre el trecho de hierba, la confusión de lava, el mungongo y el riachuelo, buscando su camisa.

El avión sonó más cerca. Ken logró controlarse e intentó utilizar el poder tranquilizador de su voz.

—No pasa nada, Pies Largos. —Se preguntó si debería hablar en swahili en lugar de en inglés, pero comprendió que el chico no entendería ninguno—. Sólo un jueguecito al que somos aficionados los sapiens. Guerras intestinas.

Se sintió atormentado por una cruel sensación de culpabilidad respecto del muchacho, y pensó en salir a terreno descubierto y entregarse, pero ni siquiera eso garantizaría la seguridad del homínido.

Necesitaba un arma. Tal vez encontraría su cuchillo cerca de la cueva, pero no era suficiente. «Necesito un arma», pensó.

El zumbido del avión varió de volumen, como si volara bajo, dando vueltas sobre un bosquecillo y después sobre otro.

No encontraba su camisa. La lluvia había hinchado el riachuelo. Tal vez se la habría llevado, pero no tenía tiempo de confirmarlo. El ruido del avión se oía cada vez más cerca. Tenía que buscar un escondite para el chico y para él.

Buscó en su bolsillo.

–Mira, Pies Largos –murmuró, y levantó el mechero.

El homínido vio la piedra reluciente en la mano del extraño. El pulgar del extraño frotó su parte superior.

El chico había visto fuego antes, pero nunca una llamita amarillenta. El extraño la acercó a su cara y sopló. Y luego la hizo reaparecer de nuevo. La levantó hacia la cara del muchacho y le dejó fascinarse con el diminuto fuego vivo. Ken volvió hacia la entrada de la cueva, y enseñó al chico que, recortada contra la oscuridad, la llama aún parecía más grande y luminosa. La lluvia había arrastrado la camisa de Ken a lo largo de varios kilómetros. Desplegada por la lluvia, y luego doblada de nuevo por los caprichos de la corriente, la camisa arrastró ramas rotas y terrones de tierra, hasta que por fin detuvo el agua como una pequeña presa. Avanzada la mañana siguiente, calmada la lluvia, la camisa se alzaba por su parte media, abultada y cubierta de barro como un animal ahogado.

Un marabú descendió y picoteó la camisa con curiosidad. Liberó una manga y la arrastró, pero como no sintió tejido ni sangre en ella, perdió el interés, dejó caer la manga y alzó el vuelo.

El barro se secó bajo el sol ardiente. Pasaron las horas.

En la cueva, Ken movió su dedo un instante sobre la diminuta llama. Sintió su mordisco y movió el dedo en dirección contraria, realizando el experimento ante los ojos centelleantes del homínido.

Intentaba enseñar al muchacho que aquel pequeño juego no era peligroso, pero el chico no se atrevió a comprobarlo. Ken aprobó su decisión. Cuanto más se demoraran, más posibilidades habría de que el avión diera media vuelta y se marchara.

No obstante, debía ir con cuidado, porque la gasolina del encendedor no era ilimitada, y no quería perder el único medio directo de hacer fuego. Tendría que encontrar algo que sustituyera a esa llama. Pero ¿qué?

Entonces, el muchacho extendió la mano hacia el encendedor, y Ken guió su pulgar, que parecía muy robusto para su tamaño, hacia el mechero. Apretó el pulgar contra la ruedecilla, mientras su cuerpo controlaba el estremecimiento de su primer contacto corporal con el muchacho.

El pulgar del chico apretó con demasiada fuerza. Falló. El encendedor estaba caliente. El homínido lo soltó y apartó la mano.

Ken recogió el mechero y volvió a manipularlo, mientras oía el ruido del avión y se esforzaba por analizar su situación desde el punto de vista práctico. No había encontrado aquella carga de supervivencia. La otra se hallaba en el extremo opuesto de su zona de investigación. Tardaría o tardarían varios días en llegar allí, viajando casi siempre por terreno despejado. Y ahora estaba seguro de que le perseguían.

La respuesta se hallaba en otro lugar, y lejos de su punto de encuentro con Ngili. ¿Qué pasaría si no acudía a su siguiente cita con Ngili... suponiendo que Ngili no estuviera implicado en la conspiración?

Comprendió que los vallecitos boscosos hundidos entre las estribaciones del Mau eran la respuesta. Eran estrechos y sinuosos, casi imposibles de escudriñar desde un avión que volara bajo. Sus perseguidores tendrían que ir a pie. Eso le ofrecía mejores probabilidades.

«Necesito un arma —se dijo—. No puedo permitir que otro leopardo nos ataque. O un león... Necesito un arma. Voy a fabricar una.»

La llama del encendedor estaba ya muy baja, y quedaba muy poca gasolina. Tenía que encontrar un sustituto.

El niño cogió el encendedor de su mano mientras la llama seguía ardiendo. Su garganta emitió un *rrrr*. Ken arrancó un bolsillo de sus pantalones. Estaba arrugado, pero seco debido al contacto con su cuerpo. Le aplicó la diminuta llama y sonrió cuando la tela ardió y la llama azulina viró al amarillo.

El chico guardó silencio. Sólo sus ojos dilatados daban cuenta de aquel momento especial. Sus globos brillaban, opalinos, con una fina iridiscencia rojiza que rodeaba sus pupilas dilatadas.

Entonces, el muchacho pilló a Ken por sorpresa. Retrocedió dos pasos, y después cayó al suelo a cuatro patas y se quedó así, con la cara en alto, en señal de subordinación y falta de autoprotección.

Ken soltó la tela en llamas y se sentó. El chico rodó y se sentó al lado de Ken, casi hombro con hombro. Después se apoyó contra Ken, temeroso, pero al mismo tiempo con ansia, como si el contacto le diera fuerzas para enfrentarse al fuego. Los dos siguieron sentados con la vista fija en las llamas, cada uno sabiendo que el otro estaba mirando el mismo caprichoso ser de fuego.

Ken estaba sudando. Apretó los dientes.

Bingo, pensó. Confianza total.

Pensó que la confianza no se expresaba con palabras, sino con la cualidad especial de aquel momento, y que penetraba hasta los cimientos de su ser.

Quizás era la potencia del momento, o sólo imaginaciones suyas, pero creyó que el ruido del avión sonaba más distante.

Después, por fin, ya no lo oyó. El zumbido del motor se había desvanecido por completo.

A media tarde, una mano similar a una garra se apoderó de la camisa de Ken, mientras varios pares de pies calzados con botas se congregaban alrededor del montículo de barro seco. Modibo alzó la camisa y la palpó con los dedos.

—¡Está muerto, muerto! —fue lo único que pudo decir Hendrijks.

Ejecutó una especie de danza grotesca, dio saltitos y extendió la mano hacia la camisa. Modibo la apartó. Hendrijks se echó el sombrero hacia atrás, y dejó al descubierto la marca que había dejado la horma del sombrero en su frente purpúrea.

—Está muerto, ¿verdad? ¡¿Verdad?! —aulló.

Por fin podía liberar la tensión de los últimos cinco días de volar y aterrizar, de escudriñar la sabana minuciosamente, y con una mano siempre sobre su pistola suiza Sig/Hammerli del 45. Había dormido a ratos de quince minutos, como los mandriles y ciertas aves de la sabana. Había pagado a Modibo y los demás africanos por cinco días de caza humana, pero se había negado a llevar a otro *witte* («blanco» en el holandés de El Cabo) con él. En consecuencia, había pasado las peores noches de su vida, torturado por la paranoia de que los negros le matarían y venderían el avión.

—¡Habla, maldita sea! —gritó Hendrijks a Modibo.

El sargento estaba estirando la camisa, cerca de sus ojos brillantes, dándole vueltas. Hasta la olió. Después, la dejó caer.

—Tal vez no muerto —murmuró con aire pensativo—. No hay sangre, parecer.

—¡Pero ha llovido! ¡La lluvia habrá limpiado la sangre!

—Tal vez tener sed y beber la lluvia.

Hendrijks pensó que iba a enloquecer. Echó un vistazo a la llanura, vio a un chacal sentado entre la escarpa brumosa, con la lengua colgando a causa del calor, pero con ojos centelleantes que parecían mirarle con sarcasmo.

—Tal vez nos engaña con la camisa, como nos engañó con el coche.

Modibo se rascó la desnuda y polvorienta pantorrilla de su pierna izquierda con la punta gastada de su bota derecha.

—¿Dónde está, entonces? —tronó Hendrijks.

Se quitó el sombrero, pero, en lugar de azotar sus ropas con él, se arrojó a un arbusto. Un repentino siseo surgió de debajo del sombrero y Hendrijks se precipitó a cogerlo, pero saltó hacia atrás de una manera grotesca: una serpiente surgió de debajo del ala y el arbusto, y se alejó. Hendrijks estaba tan furioso que se abalanzó para aplastar al reptil, pero falló. La serpiente se irguió sobre su cola, con los colmillos superiores al descubierto. La luz del sol se reflejó en los colmillos cuando lanzaron una descarga de líquido venenoso que salpicó a Hendrijks.

El piloto oyó reír a los africanos. Se puso lejos del alcance de la serpiente y se volvió con una mano sobre la pistolera sujeta a la cadera.

Los negros dejaron de reír. Hendrijks contempló las gotas de veneno que manchaban su camisa. Tuvo la idea irracional de que iba a filtrarse por la tela e impregnar su piel.

—Déjela secar al sol. No pasa nada —dijo Modibo, que intuía su temor.

Hendrijks, que se había calmado un instante, estalló de nuevo.

—¿Crees que el kaffir volvió aquí y se reunió con Lauder?

—¿El kaffir? —preguntó Modibo, algo burlón.

Tres caras africanas miraron a Hendrijks.

—Él —balbuceó—. Ngiamena, quiero decir. El geólogo.

—No —contestó Modibo. Escupió por un hueco entre sus dientes inferiores—. El mzungu y el kaffir, un equipo muy fuerte.

Modibo recordaba el momento en que Ken había corrido rifle en mano, caído de rodillas y apuntando al Safari Cub. Ngili corría un paso detrás de él, sin dejar de gritar: «¡Dispara a los neumáticos! ¡Dispara a los neumáticos!».

—Un equipo muy fuerte, poder matarnos —dijo Modibo, que disfrutaba viendo la expresión del piloto.

Hendrijks tragó los mocos de su boca, que le supieron amargos, como impregnados de bilis.

—Si está vivo, ¿qué crees que está haciendo?

—Quizá fue allí.

Modibo señaló los bosques del Mau.

—¿Y después?

—Tal vez muera. —Modibo se lo estaba pasando bomba—. O vuelva, y nosotros también.

No esperaba que Hendrijks replicara, y no lo hizo.

—Volved al avión —gruñó—. Os dejaré en el campamento.

—¿Adónde va?

—A Nairobi —dijo Hendrijks con un tono que insinuaba planes de venganza. Intentó ponerse el sombrero, pero el arbusto había rasgado la copa.

Los africanos sabían cuándo debían reírse del piloto blanco y cuándo parar. Esta vez se contuvieron. Uno de ellos recogió el rifle que había dejado resbalar hasta el suelo, y todos se encaminaron hacia el Beech Lightning.

Hendrijks parecía perdido en sus pensamientos.

Estaba mirando la escarpa, escudriñando sus partes más altas. Por un instante la niebla se disipó a gran altitud, dejando al descubierto el verde de la vegetación, que pareció pegarse a los ojos de Hendrijks. El piloto se sobresaltó y luego meneó la cabeza, como si se sacudiera de encima visiones o recuerdos. Recordó la camisa de Ken y se agachó para cogerla. Hizo un bulto con ella, la encajó bajo el brazo y caminó hacia su avión.

El juego de hacer fuego en la cueva duró varias horas, y cuando terminó salieron al exterior. A unos cien metros de la boca de la cueva, Ken encontró su cuchillo.

Tendría que comer carne pronto, se dijo. Carne, el gran almacenador de proteínas que proporcionaba a los homínidos su energía inicial para explorar espacios abiertos, dejando de alimentarse a base de hojas y semillas en favor de dos o tres comidas al día. Carne carne carne. Carne. Soñaba con ella. Hasta carne cruda. Se descubrió fantaseando con un filete tártaro, crudo, viscosos jugos sanguinolentos resbalando por las comisuras de su boca.

«No soy yo cuando pienso así», se dijo.

Pero lo era.

Trepó sobre las rocas y buscó el avión en el cielo, pero no lo vio ni oyó.

Bajó, dedicó al homínido una sonrisa y abrió la marcha alrededor de las rocas, en dirección al primero de los sombreados valles que envolvían las estribaciones de la escarpa. Exploraron uno, dos, tres valles, y el siguiente les gustó. Se detuvieron bajo la protección de unas ramas, donde el muchacho vio que el extraño empezaba a mostrarse tenso y apresurado, porque la noche se acercaba y aún no tenía un arma.

Al muchacho no le preocupaban demasiado ambas circunstancias, porque estaba cautivado por el extraño. Al principio, el extraño se había movido con parsimonia, como si fuera incapaz de correr. Cuando el chico le había encontrado tendido en la hierba bajo la lluvia, le había arrastrado hasta la chimenea y notado el peso de la masa muscular, que el extraño, al parecer, no utilizaba. Había oído delirar a Ken, maravillado por los sonidos que emitía. El muchacho había salido de la cueva y tratado de imitar los sonidos del extraño, pero había fracasado. De todos modos, el extraño era un verdadero festín para los ojos y los oídos.

Ahora, mientras investigaban aquel valle protegido, el extraño actuaba como si hubiera recuperado sus fuerzas. Se movía con rapidez, y su porte y objetivo eran evidentes. Incluso parecía hermoso a su manera extraña, y le daba tranquilidad.

El chico disfrutaba de un placer abstracto: el de recordar que algo nuevo y excitante le estaba pasando. Se había despertado la noche anterior en la chimenea, y comprendido sin necesidad de palabras que no estaba solo. Al día siguiente volvería a disfrutar de aquella increíble asociación.

En la oscuridad, Ken roncaba pacíficamente, lo cual provocó que el homínido fuera consciente de que ciertos actos y expresiones del extraño sonaban o parecían similares a... a los de su especie. Sin embargo, unas pocas palabras que Ken pronunció en sueños contradijeron esa sensación.

El chico se acostó de nuevo, pero no pudo dormir. El juego, el espectáculo, la sorpresa renovada sin cesar de la presencia del extraño, aguijoneaban su mente. Durante todo el día, como un cachorro que mordisquea hojas de hierba o descubre el extremo de la cola de un adulto, había vivido en un estado de constante asombro.

Y ahora llegaba el segundo acto de la obra: recordarlo. Siguió al extraño hasta que llegaron a un lugar en que los elefantes habían arrancado una acacia y varios castaños silvestres semanas antes. El chico se sentó confiado en la hierba, con la piedra de fuego en el puño, mientras veía a Ken trepar a una rama baja para cortar leña. Ken sabía que tardaría un buen rato en cortar leña con su cuchillo, pequeño e ineficaz, pero no tenía otra alternativa. La noche empezaba a invadir el valle, como una marea tardía.

Ken encendió fuego por medio de su mechero medio vacío y otro bolsillo arrancado de sus pantalones.

Estaba inclinado para cargar otro montón de ramas secas cuando oyó el grito agudo del muchacho. El niño estaba erguido boquiabierto junto al fuego, y chillaba sin motivo aparente. La primera reacción de Ken fue pensar que una serpiente le había mordido, y se precipitó hacia él.

Pero el chico no estaba herido, porque empezó a moverse como un poseso y arrojó más y más ramas al fuego. Sin dejar de chillar, se tiró al suelo y empezó a arrancar hierba y lanzarla a las llamas, seguida de un arbusto florecido, demasiado verde para quemarse. El fuego empezó a desprender humo, como amenazando con apagarse. El niño se alejó corriendo. Chillaba, paraba a tomar aliento y volvía a chillar. Corrió alrededor de los árboles y arbustos en busca de cosas que alimentaran las llamas: un viejo nido que colgaba de una rama, una enredadera seca que había caído al suelo, otra enredadera, viva y verde, un racimo de nueces silvestres pisoteadas por un elefante, un montón de tierra llena de hormigas vivas. Todo lo tiró al fuego, y después se sacudió las hormigas de las manos y los brazos sin siquiera mirarlas, con la vista clavada en las llamas.

Ken, petrificado, vio que el muchacho rompía a sudar, mientras sus ojos destellaban, primero excitado y luego como si estuviera participando en un juego. Dejó de chillar, pero continuó saltando y retorciéndose, al tiempo que proyectaba una sensación de alivio, pues estaba exorcizando uno de sus más viejos temores, el temor al fuego, el azote mortífero de las sabanas africanas. El niño había albergado aquel temor durante mucho tiempo. Se había pegado a su piel, a sus huesos, como un recuerdo trágico.

Y ahora lo estaba expulsando, para sustituirlo por una sensación de poder sobre las llamas. Satisfecho de su explosión, al parecer, el pequeño demonio echó a correr de un sitio a otro en busca de más material para quemar. Hundió las manos en la hierba y las alzó con un lagarto de cuello negro, que lanzó al corazón de las llamas. Se retorció unos instantes y luego se asfixió. El olor a carne asada despertó una punzada de hambre en el estómago de Ken.

Ken se acuclilló e intentó sacar al lagarto de las llamas con una rama, pero ya estaba muerto. Produjo un chasquido cuando su garganta y estómago se hincharon y estallaron. El olor a proteína quemada atormentó el olfato de Ken, como si se burlara de su compasión por el inocente animal. Sus instintos eran, en aquel momento, muy básicos: un hombre hambriento, un niño excitado, el fuego que consumía vida para proteger otra vida (la suya en este caso), el arbusto oscuro y la posibilidad de comer mañana.

El muchacho, como poseído por un frenesí triunfal, estaba saltando sobre el fuego. Chilló cuando se quemó los pies. Entornó los ojos, retrocedió, saltó una y otra vez, hasta que el hombre soltó el cuchillo y una rama seca, y agarró al niño por la cintura con ambos brazos. Cayeron sobre la hierba, el muchacho como una explosión de patadas, puñetazos y risas/lágrimas, hasta que Ken lo controló apretándole la frente contra su pecho, sorprendido por la fuerza del diablillo.

Soltó al chico. Las llamas habían menguado. El chico se tambaleó hacia ellas, y como para rematar su conquista orinó en el fuego.

Como no habían cazado nada, se quedaron sin cena.

Compartieron el fuego. El hombre tallaba una larga rama recta de castaño, mientras el muchacho contemplaba las llamas, con una cara que parecía a punto de estallar debido al pensamiento no verbalizado que el fuego incitaba en él. En un momento dado, Ken vio que el chico desviaba la vista hacia la oscuridad circundante. Los ojos de un búho brillaban en un árbol. Murciélagos zigzagueantes aparecían y desaparecían como por arte de magia, mientras volaban sobre la luz danzarina. Sus gritos penetrantes parecían absolutamente idénticos, como siempre, pero los murciélagos iluminados de forma intermitente por el fuego parecían nuevos, al igual que el vuelo irregular de un insecto en cuyas llamas se reflejaba el resplandor del fuego, y la lluvia abundante de insectos más pequeños que se precipitaban a las llamas, y la visión de la tierra cercana al suelo, suelo normal, compuesto de humilde tierra, pero ahora bañado por una luz radiante, con una fantasía de colores y movimientos como nunca se habían presenciado antes.

Mientras Ken tallaba su rama, miraba al muchacho de vez en cuando, complacido con su comportamiento dócil. Muy bien, Dedos Largos, tienes lo que hace falta en esa cajita de tu cerebro. Ken pegó un respingo: se había cortado el dedo.

Se lo metió en la boca, y mientras lo chupaba pensó: «Adiós, Prometeo. El hombre nunca robó el fuego a los dioses, ni un águila le devoró el hígado como castigo. Nunca se había buscado el fuego, porque el fuego siempre estuvo al alcance de la mano, prendido en los arbustos por el sol. El hombre no tuvo una necesidad imperiosa de fuego hasta la primera gran glaciación, cuando volvió a descubrir el don de su calor, y a cocinar la comida, sobre todo por la necesidad de derretir pedazos congelados de carne de mamut».

Las llamas se reflejaron en la madera amarilla del castaño. La rama se iba convirtiendo poco a poco en una lanza.

Dejó de tallar y deslizó el arma casi terminada hacia los pies del muchacho. Éste la exploró con las palmas, pero luego la olvidó, cautivado por el fuego.

No había sido difícil confeccionar la lanza, pero sería mucho más difícil utilizarla. Ken se imaginó corriendo con ella, fallando, acertando, todo ello bajo el ojo crítico de un joven australopiteco.

De repente, le invadió una sensación de incredulidad. ¡Aquello no estaba pasando! Pensó que si cerraba los ojos y volvía a abrirlos aquel ser desaparecería. Esto no está pasando, se repitió. Pero se encontraba apenas a treinta kilómetros al norte del lugar donde había descubierto aquel fósil, y también allí había pronunciado las mismas palabras: «Esto no está pasando».

Sin embargo, estaba pasando.

Sabía que aceptaría con más facilidad aquella realidad irreal de no haber conocido a un solo espécimen, sino a varios. Una familia, a la que podría dejar el niño, y después... después, ¿qué?

Al final los abandonaría a todos, admitió. Volvería al lugar de donde procedía. Pero esa familia tal vez ni siquiera existiera. Sólo él y el chaval, una extraña pareja, que no quería separar.

Aquel pensamiento trajo otro, sobrecogedor a causa de la responsabilidad que implicaba. Si ése era el caso, ¿qué iba a hacer? ¿Qué iba a hacer Ken Lauder, como humano y como científico, después de haberse encontrado con un protohumano solitario?

«En menudo lío me he metido —pensó—, y no sólo por culpa de Hendrijks.»

Pero también había que contar con eso.

Ojalá pudiera vaciar su memoria de todo lo ocurrido antes de los últimos días. Estaba aquí, había superado su enfermedad y tenía un compañero extraordinario. Qué fantasía. Bastaría con olvidar por qué había venido, y de dónde venía. Y después, qué liberación y qué diversión, unirse al objeto de su ciencia, pero sin las obligaciones de un científico, y corretear por el Plioceno juntos, sin más.

El chico se había aovillado al lado del fuego, sin dejar de contemplarlo con los ojos entrecerrados. Sus párpados descendieron, parpadearon, descendieron de nuevo y siguieron cerrados. Ken se tendió de espaldas, preparándose para una noche de sueño intermitente. Flotar en la ola oscura del sueño, incorporarse como un rayo, con la mano sobre la lanza inacabada. Escudriñar la oscuridad, echar un vistazo al fuego, dormir otra vez, despertar otra vez. Dos minutos de vigilancia por cada diez o quince de descanso. Dormiría como un hombre primitivo.

Empezó a asustarse. Notaba el peso opresivo del silencio. Había pasado demasiado tiempo desde que había hablado, pero no le entendería y sólo lograría desconcertar a su amigo. Pero tenía que comunicarse con él de alguna manera. No se le ocurría ninguna, pese a que le había conducido hasta aquel lugar nuevo, y estaban mirando el fuego juntos.

Cazaremos, decidió.

Cazaremos. Mañana.

Se le antojó mágico. Tan preciso como el lenguaje, o mejor aún.

Cazaremos.

En Nairobi se había impuesto un toque de queda que entraba en vigor a las ocho de la noche, pero las patrullas del ejército sólo se habían ocupado de su cumplimiento durante los primeros días. Después, una industria de falsas exenciones había florecido, dirigida por el propio ejército, que montaba controles en los cruces principales para detener a los automovilistas provistos de falsas exenciones y multarlos. Las retenciones y embotellamientos de tráfico no tardaron en reproducirse. Mientras la zona del centro ocupaba la atención de las patrullas, los suburbios volvían a bullir de vida nocturna.

—Dóbleme la multa, pero déjeme pasar —suplicó Cyril Anderson al teniente de la policía metropolitana.

Su permiso era genuino (expedido por el Ministerio del Interior), pero estaba retenido en un control desde hacía media hora y deseaba alejarse de aquella avenida llena de humo, rodeado de coches y matatus recalentados.

El policía contestó que esperara su turno, lo cual significaba que, si volvía al cabo de un minuto y Anderson aumentaba la oferta, le dejaría pasar. Anderson maldijo en voz alta con su voz shakespeariana, cogió el teléfono inalámbrico y marcó un número del extranjero, un número que había llegado a conocer bien durante los dos últimos días.

Cuando un recepcionista contestaba en el hotel Mayfair de Londres, Anderson preguntaba si la señora Corinne Anderson había vuelto a su habitación. Si no, pedía que la buscaran en el vestíbulo, en el bar, en el restaurante, etcétera. Esperaba con rabia incontrolable. A primera hora de aquel día y el día anterior no había localizado a Corinne. Por tanto, se sorprendió cuando su voz serena y clara respondió.

—¿Cyril? Sabía que eras tú. Me has pillado por un pelo. Voy a salir otra vez, para tomar una copa con el presidente de la conferencia.

—Te lo estás pasando en grande, ¿eh?

Una breve pausa.

—¿No crees que ya me tocaba, después de años de esperar a que volvieras de tus conferencias y simposios?

Sabía cuál debía ser su respuesta: «Por supuesto, querida, y éste es tu primer acontecimiento científico, así que juega, me da igual». No obstante, tenía la impresión de que un grifo se había abierto en el interior de su mujer, un grifo de revanchismo. Dijera lo que dijera, ella le daría la vuelta y lo relacionaría con el desequilibrio de su relación. Durante años, él había hecho lo que le venía en gana, y ahora le tocaba el turno a Corinne de abrir la puerta y entrar y salir a su antojo. Tuvo ganas de gritar por el teléfono que había perdido la razón, que no sería nada sin él. Y además, ¡se había casado con ella por su físico! Sería estupendo degradarla tan por completo, pero ya no podía hacerlo, porque hacía poco Corinne se había revuelto contra él como una serpiente y siseado que se había casado con él para hacer una carrera científica, y ya era hora de que cuidara esa carrera, puesto que él le había entregado poca cosa más. La herida que ella le había infligido era mucho peor que la que él le había asestado.

Aquella conversación cambió su relación. Intentó calcular cuándo había dejado de reaccionar al aura Anderson. Se había llevado otras estudiantes a la cama, por supuesto, las había seducido con sus cálidas caricias, las había visto gemir y jadear de admiración por él. O eso había pensado. Si se hubiera casado con cualquier otra, también ésta habría despertado a la independencia y la revuelta como Corinne. Tal vez el lecho profesoral no era un auténtico espejo de sus proezas, sino un escenario en que sus estudiantes representaban orgasmos con él, mientras en la vida real los disfrutaban con bastardos polludos como Lauder y Ngiamena.

Durante los seis años de su matrimonio, había sufrido dolorosos ataques de celos debido a la relación de Corinne con Ken. Había sucedido antes de que se fijara en ella, pero su «no significó nada, cariño» le decía que había significado algo, y que le habían aventajado antes siquiera de empezar. Ella le había dejado, decía la voz de su orgullo, pero ¿estaba en lo cierto su orgullo o se equivocaba? Corinne había preferido a Lauder para su placer egoísta, pero sólo le había dejado cuando vislumbró su oportunidad con Anderson.

Ahora había volado a Londres para asistir al congreso sobre el cerebro aumentado, y se dio cuenta de que la deseaba a su lado. Aunque ni la cama ni nuevos y excitantes descubrimientos les unieran ya, había... había... costumbre.

Ni siquiera le estaba prestando atención, ahora que sabía dónde estaba, en compañía de un inofensivo evolucionista francés al que él conocía desde hacía años.

—Es tan fascinante —dijo Corinne—. Los investigadores están presentando trabajos que parecen directamente inspirados en lo que me dices cuando cenamos. Lebenson presentó un análisis genético del aumento de peso del cerebro relacionado con los cambios de dieta. Fidos y Oppelman presentaron la alometría de la irrigación sanguínea cerebral relacionada con el enfriamiento del clima.

Anderson la interrumpió.

—Fidos y Oppelman son alemanes. Ya verás que los científicos del Tercer Mundo los despedazarán por insinuar que el cerebro humano alcanzó su tamaño máximo en Europa.

—No iba por ahí. Tú imaginas todas esas direcciones mientras desayunas.

Sabía a dónde quería llegar.

—Esa gente son ratas de laboratorio, Corinne. No son dignos de asociarse conmigo.

—Algunos son muy brillantes. Lebenson no presenta un trabajo, sino dos. El segundo trata sobre la optimización de la disposición del componente neutral en los primates superiores. Lo compara con el problema de la minimización de la disposición de la canalización eléctrica en los microchips...

—¿Quieres parar con esa jerga? ¡Decidí que no quería apoyar la informatización de nuestra ciencia! —«No podía» era una expresión más precisa, pero no iba a darle aquella satisfacción—. Encuentra una fundación que se interese por mí, Corinne, o un programa internacional que pueda dirigir. De lo contrario, me estás haciendo perder el tiempo.

—¿Perdón? Pensaba que eras tú quien me llamaba. Estoy haciendo esperar al presidente de la conferencia, para hablarle de tus problemas.

¿Sus problemas? Si hubiera podido hacerlo por teléfono, la habría estrangulado.

—¿Alguna noticia sobre la investigación de Ken? —preguntó Corinne de repente.

A través del humo, Anderson vislumbró una reyerta en la acera. Hombres, una mujer que llevaba un turbante, una confusión de cabezas y espaldas que golpeaban a alguien atrapado en el corro. Un carterista, seguramente. La justicia había pasado a las manos de las multitudes. Anderson consideraba espantoso aquel tipo de crueldad. Desde hacía poco se sentía como aquella víctima anónima, pues recibía golpes por todas partes, de la edad (la espera de un análisis de próstata le ponía bastante nervioso), de la crisis política, de la esposa desleal.

—¿Por qué hemos de hablar de Lauder?

Nunca le llamaba Ken.

—Eres tú el que no para de hablar de él, de lo interesante que parecía la pieza que trajo, incluso a simple vista. Preguntaste a Ngiamena si Ken volvería solo a Dogilani, y Ngiamena se mostró evasivo, pero tampoco lo negó...

—¿Y qué?

Extrajo su cartera. Hizo un rollo con el dinero que llevaba, a la espera de que el teniente de la policía se acercara.

—Ken tiene suerte, más suerte que nosotros dos, pero puede que su suerte sea también la tuya, Cyril. Si ha vuelto a Dogilani solo, no lo tendrá fácil. ¿Por qué no vas a buscarle y le ofreces ayuda? Te convertirás en su coordinador científico, no le quedará otro remedio.

—No digas tonterías. Se lo ofreció a Phillips, estoy seguro.

Pensó en Ken y él juntos en la sabana. Tenía poca experiencia de campo, comparado con la energía y la capacidad de improvisación de un joven ambicioso. Dios. Ni hablar.

–Lauder necesita a Phillips porque es mediocre en lo tocante a elaborar conceptos. Siempre ha sido su punto débil.

Indicó al policía que se acercara, agitando el rollo de billetes.

–Pero tú eres bueno en eso, mejor que Phillips. Además, Phillips se va, Ken necesita tu ayuda, y tú necesitas un descubrimiento.

–¿Por qué el de Lauder? Si ni siquiera puede...

–Basta, Cyril. Ken no ha de largar el rollo, sólo dar el callo. –Una forma muy científica de expresarlo, pensó Anderson, irritado–. La forma más fácil de implicarte en su...

Sacó la mano por la ventanilla del coche y el policía cogió el dinero. Anderson logró controlar su deseo de gritar por el teléfono inalámbrico.

–Sería indigno de mí actuar de comparsa en el descubrimiento de alguien, en lugar de al revés.

–¿Qué he de hacer para convencerte? –preguntó Corinne, sin perder la paciencia.

–¿Por qué piensas que ese hallazgo es tan extraordinario?

–Tú también lo piensas.

La lógica era aplastante, pero daba la impresión de que se había abierto una puerta a un cambio en su relación, y trató de aprovecharla.

–Muy bien, hemos de hablar más sobre esto. ¿Cuándo me llamarás mañana?

–Yo diré una hora, tú dirás que la tienes ocupada y me darás otra, sólo para demostrarme lo importante que eres. –Su tono era sereno, pero de irritación–. Eres el rey de la manipulación, querido.

–No sé de qué estás hablando –replicó con sequedad Anderson. Ella tenía razón y a él le daba igual, lo principal era decir la última palabra–. Mañana a mediodía me va bien, querida. Como en la tutoría. ¿De acuerdo, Corinne?

El policía guardó el dinero en su bolsillo. Indicó a otro coche que diera marcha atrás y dejara salir a Anderson.

Su silencio estaba impregnado de desprecio.

–¿De acuerdo? –gritó, perdiendo la compostura–. ¿Corinne? –Silencio. ¿Habría colgado?–. ¿Corinne?

El tono de marcar.

Soltó el teléfono, pisó el acelerador y salió disparado a tal velocidad que el policía retrocedió hasta quedar apoyado en el capó de otro coche. Anderson condujo sobre la acera, tocando la bocina a las caras africanas, que se apartaban del furioso coche y maldecían al conductor.

Pensó en llamar otra vez a Corinne, y le costó tanto reprimirse que se puso a sudar. Se secó la frente con la manga de su chaqueta blanca. La mancha de sudor quedaría. Le había colgado. ¿Qué significaba? ¿Llamaría al día siguiente, o tendría que perseguirla?

Esquivó un gran socavón y golpeó una señal de obras. El coche brincó, lo cual le ayudó a recuperar parte de su control. Levantó el pie del pedal. Se miró en el retrovisor. Parecía el mismo, su abundante cabello cano bien peinado, el rostro imponente. En la penumbra del coche, su pelo parecía luminoso, su rostro esculpido, majestuoso. Tomó contacto con lo que veía: un maestro en su campo, el amo de su vida. Pero ella le había colgado.

Anderson echó un vistazo a una nota que llevaba una dirección, y salió del centro, en dirección al caos de edificios bajos y descuidados que rodeaban la antigua estación de ferrocarril. La zona olía a desesperación urbana, y era consciente de lo mucho que destacaba su Land Cruiser.

Aparcó en el patio interior del motel Nyassa, cerró el coche con llave y bajó. Sus oídos distinguieron al instante el sonido de gemidos sexuales humanos, que se imponían a algunas radios y a una cortadora de césped que, por absurdo que fuera, estaba cortando la hierba a aquella hora.

Un chico pasó corriendo delante de él con una pila de cajas de cartón humeantes que anunciaban PIZZA BUCCI. LAS MEJORES DE ÁFRICA. Anderson, con la nota en la mano, llamó a una puerta, mientras el chico llamaba a otra. Una mujer en sujetador blanco abrió la puerta, y los gemidos sexuales se oyeron más.

La puerta a la que había llamado Anderson se abrió unos

centímetros y se encontró cara a cara con un hombre regordete y de cara rojiza, en camiseta.

–Profesor –dijo el hombre, sonriente–. Pensaba que no iba a venir.

–Por poco, señor Hendrijks.

Vio que detrás del piloto había una mesa redonda, iluminada por una lámpara suspendida de una cadena. Distinguió la forma de otra caja de pizza. Hendrijks retrocedió, como para invitarle a entrar, pero Anderson no lo hizo.

–He reflexionado sobre nuestro primer encuentro, señor Hendrijks. Me es imposible pagarle el dinero que pidió.

La primera entrevista se había desarrollado en la abarrotada Tienda de Hierbas y Fósiles de Zhang Chen. Ofrecía semillas y raíces a «precios asequibles y curas para todo», que podía significar para todo el mundo o para todas las enfermedades. Hendrijks lo había sugerido.

–Entre un momento. Tengo algo que tal vez consiga hacerle cambiar de opinión, profesor.

–No, de veras. He venido a decirle que no me interesa, de modo que deje de llamarme y enviarme notas.

–¡Sólo un momento, *verdomma*! –Hendrijks se dio cuenta del tono que había utilizado, de la blasfemia–. Lo siento –rió–. Hablo en voz alta porque... –Los gemidos sexuales llenaban su habitación, más fuertes que en el exterior–. Se está rodando un porno en la habitación de al lado. Reverbera por las tuberías del aire acondicionado. El equipo de sonido es tan antiguo que han de gritar... Pase un momento, por favor.

–Un minuto.

Anderson entró.

Hendrijks cerró la puerta, se encaminó a la mesa y apartó a un lado la caja de pizza. Al moverse, reveló algo que había detrás: una pistola desmontada, con una recámara cuyo extremo del cargador mostraba la pauta plateada de la bala superior. Anderson temió por un momento que Hendrijks la cogiera pero en cambio acercó dos fotografías y alzó la mano para ajustar la longitud de la cadena que sujetaba la lámpara. La alargó y enseñó a Anderson las dos fotografías, que plasmaban las huellas de pisadas, muy nítidas, de un homínido.

—Lauder tomó las fotografías —explicó Hendrijks—. La bota que se ve en el fondo es la de él.

—¿Usted también vio las huellas?

Hendrijks asintió.

Anderson carraspeó.

—¿Vio los especímenes vivos?

Hendrijks asintió una vez más. Anderson enrojeció. Carraspeó de nuevo.

—¿Cuántos especímenes vio? —El piloto guardó silencio—. ¿Dónde está ese lugar?

Hendrijks rió y sacudió un dedo, como un adulto que regañara a un niño. No, no más información hasta que acordara una cifra como pago. Ni siquiera entonces revelaría el emplazamiento del lugar. Anderson sabría dónde estaba cuando volaran sobre él juntos.

—¿Por qué me ha contado esto precisamente a mí? —preguntó Anderson.

—Porque Lauder y Ngiamena no paraban de hablar de usted. Les oí decir cuánto le gustaría a usted apoderarse de este hallazgo. Lo oí en el avión, y en la sabana.

—No me sirve usted de mucha ayuda —dijo Anderson. Carraspeó—. ¿Cómo puedo confiar en alguien que, sin la menor duda, ha robado esta información?

Hendrijks rió de la misma manera que antes. No, él no robaba nada. Se limitó a ir a cierto banco y habló con el director, inquiriendo sobre una caja de seguridad a nombre de Lauder, un cliente que no le había pagado una semana de vuelos. El director accedió a que Hendrijks abriera la caja de seguridad de Lauder.

—¿Accedió? —preguntó Anderson entre carraspeo y carraspeo.

—Sé cómo convencer a la gente. —Hendrijks cogió la Sig/Hammerli y empezó a ensamblarla—. ¿No le sorprendió, profesor, que supiera su número de teléfono?

Anderson se sobresaltó. De hecho, no se había cuestionado la forma en que Hendrijks había averiguado su número, que no constaba en el listín. Una visita a la compañía telefónica, sonrió Hendrijks. Una charla con un supervisor. A los supervisores de la compañía telefónica les pagaban una miseria.

—Ya ve, profesor, alguien como usted no posee la argucia necesaria para seguir a alguien como Lauder. —Hendrijks terminó de montar la pistola—. Apuesto a que ni siquiera sabe disparar un arma. —Introdujo el cargador—. O leer huellas, o encontrar agua en la sabana. Tengo a alguien tras la pista de Lauder. Se llama Modibo, un rastreador increíble y cazador furtivo durante años. Aunque está en el ejército, aún es cazador furtivo. —Dejó la pistola, abrió el cajón, sacó una camisa arrugada y descolorida y la arrojó sobre la mesa. Cayó sobre la pistola y la caja de la pizza.

—Ésta es la camisa de Lauder. Mi rastreador y yo la encontramos cerca del Mau.

—¿Está muerto?

—Creemos que no. De hecho, creemos que los Pies Raros lo encontraron.

Anderson respiró hondo.

—Muy bien, haremos un trato. ¿Dónde está?

Sabía dónde estaba Ken. Cuando Ngiamena le había llamado, ansioso por conocer el paradero de su hijo, Anderson había supuesto Dogilani. Al día siguiente, Ngiamena confirmó que el avión de la reserva había visto a los dos jóvenes en Dogilani, exactamente donde Anderson había pensado. ¿Dónde, si no, podía estar Ken ahora?

—El precio de toda la información depende de la clase de trato que hagamos. Seguir a Lauder tiene un precio, pero quitarlo de en medio... —Anderson compuso una expresión de horror, y Hendrijks lanzó una risita— cuesta más. Pero aún se lo podrá permitir.

—No sé de qué me está hablando.

—De quitar de en medio a Lauder —dijo Hendrijks—. No es caro. Cinco mil.

—He de pensarlo —dijo Anderson—. Nunca he tomado una decisión así.

—Esas cosas no se hacen por la ciencia —rió Hendrijks—, pero considérelo una guerra. Él es el enemigo, y está en su territorio.

—Está hablando de asesinato, señor Hendrijks.

—Si mata a Lauder, conseguirá lo que él encontró en bandeja de plata. ¿Cree que cinco mil es excesivo? De acuerdo, ¿pagará cuatro?

Más barato que tú, Corinne, pensó Anderson. Homínidos vivos a cuatro mil.

Se apoyó contra la mesa.

—¿No tiene miedo de que, si lo capturan y juzgan, yo declare contra usted?

Hendrijks compuso la misma expresión divertida, como un adulto que hablara a un muchacho.

—Durante mucho tiempo nadie va a ser juzgado en este país. Se avecina un poder completamente nuevo, y yo estoy bien relacionado con él.

—Señor Hendrijks, Lauder era estudiante mío.

Hendrijks rió.

—En la vida hay ocasiones en que los robos no son robos, profesor, y los asesinatos no son asesinatos. Escasean mucho, y ha tenido suerte de tropezar con uno.

Hendrijks cogió la camisa de Ken. Anderson se precipitó hacia la Sig/Hammerli justo cuando la tela arrugada se alzaba de la pistola. La cogió, la amartilló con el pulgar y la hundió bajo la caja torácica de Hendrijks. El contacto del cañón con el cuerpo ahogó el tiro como un silenciador.

Las rodillas de Hendrijks se doblaron. Cayó al suelo, pero uno de sus hombros tropezó con una silla, lo cual evitó que se desplomara, y quedó casi sentado. Murió en algún momento de su caída. Anderson había oído hablar de la expresión de sorpresa en los rostros de personas asesinadas, provocada por el fallo final de la vida sináptica del cerebro. Pero Hendrijks no expresaba sorpresa. Parecía resignado, como si aceptara lo que le estaba pasando.

Anderson sostuvo la pistola durante unos segundos y luego la dejó caer junto al cadáver del piloto. Experimentaba una extraña sensación de aturdimiento. Había sido muy fácil.

Esperó sentirse mareado, pero no fue así. Un leve temblor agitó las facciones de Hendrijks. Puso los ojos en blanco y el aire escapó de sus pulmones, de forma que emitió una especie de tos.

Anderson se volvió y apagó el aparato de aire acondicionado. Se oyeron gemidos procedentes de la habitación donde se estaba rodando la película porno.

Había sido fácil, pero ahora tenía que encontrar algo para limpiar el arma. Tiró de las sábanas de la cama, pero eran gruesas y olían a sudor de viejo. Anderson sintió náuseas.

Entró en el cuarto de baño, encontró una toalla sucia colgada junto al lavabo, intentó cogerla, pero no tuvo ánimos para ello. Apretó los dientes y desvió la mirada hacia un espejo que tenía grietas verdes en su superficie, parecidas a algas. Aún se parecía al hombre que conocía, y ese hombre aún tenía buen aspecto. Mientras se miraba, a Anderson no le costó aceptar al ser en que se había convertido. Le costaba más manipular las pertenencias del muerto.

Apretó los dientes, cogió la toalla, volvió a entrar en la habitación y limpió la pistola, en tanto una especie de canción demencial empezaba a sonar en su cerebro. Era fácil. Fáááciil.

El hombre muerto no era Lauder, pero eso también sería fácil.

Dejó caer la pistola, tiró la toalla al suelo y registró armarios y cajones, en busca de más pruebas de los homínidos, en fotografías o notas. No había ninguna, pero encontró un mapa de Dogilani, con un sitio en particular marcado con una cruz en bolígrafo rojo. Lo estudió, y descubrió que coincidía casi completamente con sus propias deducciones respecto al emplazamiento de las rocas estratigrafiadas por Ngili y Ken, justo al lado de la estribación del Mau situada más al sur. Dobló el mapa y lo guardó en el bolsillo interior de la chaqueta.

Eso le recordó que debía quitarse la chaqueta para examinarla. No encontró sangre en ella, ni en sus demás ropas. Pensó en que había matado de una forma rápida, hábil y eficiente, y en que había logrado minimizar la hemorragia, hundiendo la pistola en el blando estómago del piloto. Pensó en ello, y en su mente sonó de nuevo aquella canción. Fááá-ciil.

Todo sería fácil a partir de ahora.

Aún debía obrar con cautela, se dijo. Limpió con la toalla las huellas de dedos en la superficie de armarios y cajones, y luego los cerró uno por uno, con el hombro. Quería deshacerse de la toalla, pero se puso paranoico por algún motivo ignorado y la ocultó debajo de la chaqueta. Después, cerró el interruptor con el hombro. Abrió la puerta, escudriñó el aparcamiento abarrotado y supo que iría a Dogilani, para matar a Ken Lauder.

Sería fácil.

Pensó en las otras personas enteradas del hallazgo. Ngili. Randall Phillips. Rak Haksar.

Haksar había llamado a Anderson, sorprendiéndole con una historia acerca de que, en una ocasión, había visitado Dogilani. Se había negado a precisar cuándo, pero dijo que había visto a unos extraños seres que se refugiaron en el bosque cuando se dieron cuenta de que les estaban observando. No había dado detalles, y Anderson no le había prestado demasiada atención, al suponer que Haksar había visto a algunos miembros de la tribu desconocida. A Anderson le interesaban los fósiles, y Haksar no había encontrado fósiles, sino que había visto una tribu. De pronto, la idea de una tribu de protohumanos se impuso en Anderson, y comprendió que, al fin, había hecho su gran descubrimiento.

¿Habría publicado Haksar algo sobre la tribu que había visto? Anderson tuvo ganas de precipitarse hacia su teléfono inalámbrico y llamar al viejo, pero a partir de ahora las cosas iban a ser fáciles y no debía actuar con precipitación o imprudencia.

Haksar había dicho a Anderson que deseaba su colaboración. Había insinuado volver a la zona con Anderson. ¿Qué quería Haksar en realidad? ¿Dinero, como el piloto? ¿Una posibilidad de eliminar a rivales en potencia? Lanzó una risita. Haksar era frágil, y padecía diabetes. Anderson no podía imaginarle como alguien peligroso.

Cada cosa a su tiempo, se dijo. Mañana iría a ver a Haksar y averiguaría de qué había hablado. Después, iría a Dogilani, para acabar con Lauder.

Acabar con Lauder. Eso era fundamental.

La idea de su descubrimiento, de su enormidad y valor, apenas vislumbrado, volvió a imponerse en su mente. Había surgido como de la nada, de una forma misteriosa e irrevocable que implicaba un asesinato, y exigiría uno más como mínimo, el del fugaz amante de su esposa.

Y sería fácil.

Se dio cuenta de lo que estaba haciendo, y cerró la puerta a su espalda.

La puerta de la habitación contigua estaba cerrada. Había cajas de pizza apiladas en el exterior, y en aquel momento los gemidos se interrumpieron, y una voz pidió que la cámara se desplazara a otra posición, y luego todos podrían ducharse.

Anderson se encaminó al coche. No estaba abollado ni rayado, y conservaba todas sus ruedas, lo cual era una buena señal. Entró, encendió los faros y puso en marcha el motor, y reparó en que su mano no temblaba, su pie no vacilaba sobre el acelerador, y ya no se mordía el labio inferior.

Salió del patio del motel.

Cinco minutos después, torturando los neumáticos excelentes del Land Cruiser sobre sendas polvorientas, tiró la toalla por la ventana. Después, dio media vuelta y se dirigió al centro de la ciudad, mientras se preguntaba si debía llamar al hotel Mayfair de Londres y dejar a Corinne el mensaje elíptico de que había sido fácil.

No. Era demasiado pronto. Lo haría después de encargarse de Haksar y, sobre todo, de liquidar a Lauder.

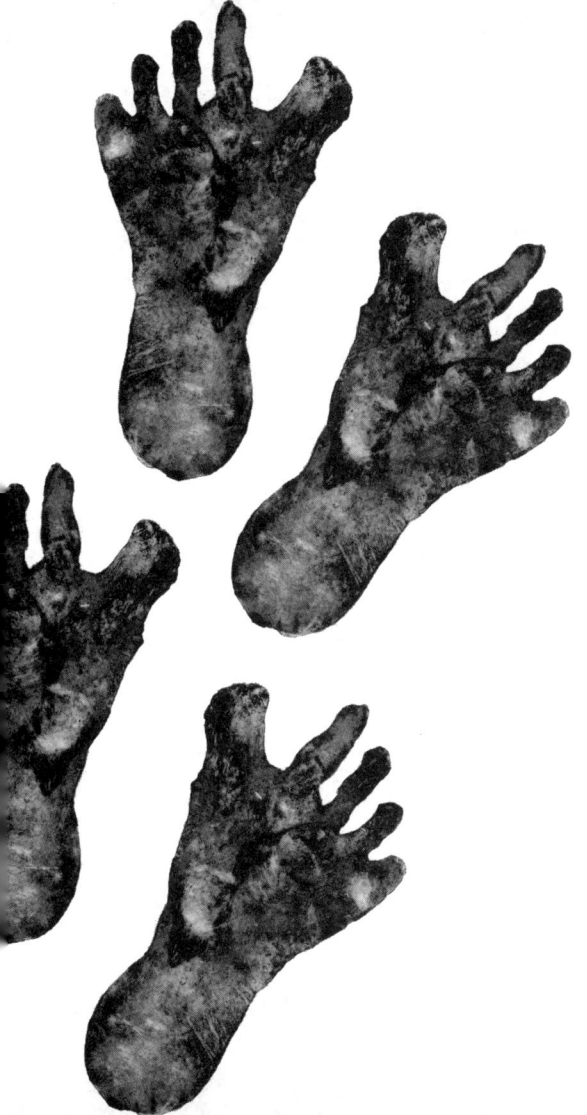

Cuarta Parte

La canción de la sabana

Cada día, los dos despertaban a la misma hora, aunque no estaba medida por un reloj. Además, Ken estaba empezando a olvidar lo que era llevar reloj. Allí, el tiempo no estaba compuesto de segmentos regulares, iguales y abstractos, como las horas, minutos y segundos. Estaba compuesto de períodos de seguridad y peligro, de cazar y ser cazado, de estar vivo y triunfar en la caza.

Su hora de despertarse siempre parecía la misma. Aparecía la luz del día y teñía la oscuridad de un tono grisáceo, hasta que se desplegaba todo el espectro de colores vivos y cálidos. Los pájaros empezaban a cantar y aletear, y un aliento frío soplaba desde el Mau, en forma de niebla húmeda, que hacía toser a Ken.

Cuando tosía, el niño se removía, o a veces se incorporaba con brusquedad. Sus párpados aleteaban, con los ojos legañosos, y el muchacho lanzaba una veloz mirada alrededor.

Cuando veía a Ken, sus labios se fruncían al reconocerle. Se frotaba los ojos con los puños, mientras sus piernas se agitaban como si estuviera combatiendo el sueño, y pataleaba a Ken con la espontaneidad de un adolescente.

Luego eructaba, no porque estuviera lleno después de comer, sino porque el cambio en la posición del cuerpo expulsaba el aire atrapado en el estómago. También era un eructo de hambre. Casi siempre, el niño saltaba y buscaba los restos de la última comida, que había cubierto con tierra la noche anterior. Ése era el desayuno de los protohumanos: restos de carne con huesos rotos, venas y tendones seccionados, y grumos de sangre coagulada, todo homogeneizado por la invasión de hormigas de la sabana.

El muchacho soplaba las hormigas, o incluso las sacaba con los dedos, antes de atacar la carcasa. A veces, Ken abría un hueso grande para chupar su médula, fresca y turbia. Ése era el desayuno de los dos homínidos, uno antiguo y otro contemporáneo.

Ken estaba aprendiendo que casi ningún animal despreciaba la presa abatida por otro. Aunque se decía que el tejón sólo comía miel silvestre; el zorilla, insectos y huevos; y las mangostas, lagartos y serpientes, ninguno rechazaba carne porque no la hubiera perseguido y cazado. La carne era la proteína natural prioritaria, por escasa, reseca o descompuesta que estuviera.

Ken se estaba acostumbrando al olor de las carcasas descompuestas, y descubrió que transportaban cierto dulzor de proteína podrida. El otro olor dulzón que se percibía en aquella tierra salvaje era el de las flores y la fruta madura. Eran las dos únicas excepciones en el espectro olfatorio de la sabana, repleta de olores rudos, amargos, brutales: a excrementos de antílope, a orina de león, hiena y chacal, que así marcaban su territorio, a árboles quemados por el último incendio, a carne podrida, a barro que hervía al sol, a polvo antiguo, que la lluvia limpiaba dos veces al año.

Ken pensaba que su sentido del olfato se había transformado. Su nariz, pequeña comparada con los hocicos de muchos animales, pero muy grande comparada con la del muchacho, se había convertido en un elemento tan crucial para él como la vista.

Incluso percibía sus olores corporales de una manera diferente. Estaba armonizado con el significado de sus olores, y casi le daba igual no haberse duchado, limpiado los orificios, o lavado los dientes en... ¿cuántos días ya? Lo ignoraba.

Estaba solo en la sabana desde hacía once o doce días, pero ese número se le antojaba abstracto. Se rascó su barba crecida, aceptando el tiempo que indicaba, pero sin ser capaz de relacionarlo con el desarrollo de un día en la sabana. Aquí no había horas, al menos no de tiempo moderno, artificial. Los días y las noches se dividían en cinco períodos principales: despertar y prepararse para la caza; cazar; comer la caza y después relajarse hasta antes del crepúsculo; elegir un sitio para dormir; dormir.

La vida de Ken se concentraba sobre todo en observar al muchacho protohumano, en protegerle de los peligros y en compartir las funciones de su vida. Y vivía para comprenderle, asimilarlo y llevarle en el interior de su yo moderno, o lo que quedaba de él. Kenneth T. Lauder ya no estaba seguro de cuánto quedaba de Kenneth T. Lauder en aquel momento, y no tenía mucho tiempo para pensar en ello.

Los dos tenían que dormir y comer, juntos.

Pero para comer, antes debían evitar ser comidos.

Ken estaba aprendiendo a escapar de una amplia variedad de mandíbulas de león, colmillos de hiena, cuernos de jabalí y antílope, cascos de búfalo, dientes de serpiente, colmillos de elefante y rinoceronte, picaduras de insecto. Por la noche, cuando cerraba los ojos, veía un desfile de peligros arrostrados durante el día. Eran innumerables. De algunos había escapado con demasiada celeridad para registrarlos. Otros, los felinos, jabalíes, hienas labradoras y búfalos enloquecidos, estaban impresos con tal fuerza en sus sentidos que se preguntó cómo había ignorado hasta tal punto el reto que representaban para la raza humana.

El niño se dormía enseguida. Para él, aquella existencia era normal, pero para Ken significaba la supervivencia en su máxima expresión. En ese sentido, se sentía más débil que el muchacho.

Independientemente de cuál de los dos estuviera en mejores condiciones, tenían que evitar el peligro y plantarle cara todo el tiempo. También tenían que cazar, lo cual exigía tiempo, energía, un esfuerzo físico extraordinario y, por parte de Ken, una especie de súplica muda que solicitaba suerte.

Hasta el momento, sus útiles de caza habían sido piedras. Ken había fabricado otra lanza, pero el cazar con lanza aún no había sustituido al cazar con piedra. Casi siempre llevaban piedras encima, pero cuando les pillaban con las manos vacías, podían coger cualquiera de las piedras diseminadas por sus terrenos de caza.

Conservar aquellas piedras para cazar significaba recordar dónde estaban y dejarlas a propósito en ciertos puntos. Así, Ken adiestraba a su mente a conocer el territorio. Dependían en gran parte de las piedras. Los animales no las tocaban, a menos que las dejaran encima de alguna madriguera, o en un camino frecuentado por garras y cascos. Tenía que dejar sus reservas de armas para cazar fuera del camino de la caza, pero lo bastante cerca para garantizar una buena caza. Aprender a distinguir entre buenos y malos lugares era esencial para mejorar el conocimiento del territorio.

Y las actividades de Ken y el muchacho aún no habían terminado. También tenían que buscar comida que no fuera carne, lo cual significaba nueces de mungongo, arbustos, semillas, tubérculos y raíces, que antes debían probar para saber si eran comestibles. De hecho, algunos eran muy tóxicos, y el modo de experimentar consistía en probar y esperar.

El chico no parecía conocer muchos vegetales comestibles, excepto los húmedos tubérculos. Ken llegó a la conclusión de que los suyos debían alimentarse principalmente de carne.

Por fin, tenían que buscar agua, la fuente de vida que Ken se imaginaba como ríos y lagos transparentes, pero que allí nunca era límpida y transparente, a menos que la encontraran recogida en hendiduras rocosas después de llover. Por lo general, se encontraba en charcos, tremedales y charcas, llenos de insectos muertos y polvo aluvial. Esta agua les mantenía con vida; de no beberla, morirían de deshidratación.

El estómago de Ken tal vez no se habría adaptado nunca a aquella agua de no haber sido por la ayuda del muchacho. Durante el tercer acceso de diarrea de Ken, el muchacho le enseñó una pequeña bola de tierra húmeda y se la metió en la boca. Ken la masticó y tragó, y después quedó tendido sobre la hierba, exhausto, hasta que los retortijones y la diarrea desaparecieron.

Aquella tableta de tierra debía tener un efecto péptico. Sonrió agradecido al muchacho, y éste se puso tan contento que corrió a la orilla fangosa de un riachuelo casi inexistente, cogió más tierra con los dedos y regresó mientras la masticaba. Eso recordó a Ken a un farmacéutico que removiera una medicina en un cuenco con una cuchara. El cuenco del muchacho era su boca y la cuchara, sus dientes y lengua. El chico lo escupió y empujó un grumo entre los labios de Ken, mientras le animaba con la mirada: ¡Vamos, traga!

Ken sabía que no podía haberlo aprendido solo. Ken masticó la arcilla húmeda, y experimentó desagrado y una interesante sensación de afinidad al mismo tiempo. El muchacho tenía que haberlo aprendido de los suyos. ¿Dónde estaban los suyos?

La peculiar medicación mejoró su estado, y no tardó en volver a comer carne cruda durante el día. Por la noche, después de encender el fuego, asaba trozos de lo que cazaban. Era un asado superficial, pero lograba que la carne supiera mucho mejor. Sin embargo, no tenía ganas de encender un fuego cada vez que necesitaba ingerir proteínas, y en tales momentos debía comer carne cruda, como un sapiens agotado que consumiera un trozo de pizza frío, a menos que lograra reunir suficientes nueces. Con la ayuda de una bola de tierra de vez en cuando, su estómago parecía empezar a adaptarse a aquella dieta mixta de sapiens y protohumano.

El episodio de la bola de tierra selló un pacto entre Ken y el muchacho. Cuidaban el uno del otro. Otra función esencial.

Y aún había otras funciones importantes. Mantenerse limpio consistía sobre todo en secarse los restos de comida y heces. Si los chimpancés sabían convertir las hojas en toallas sanitarias (incluso en tampones menstruales), dos homínidos también podían sacar partido de hierbas y hojas. También tenían que vigilar cuando se acuclillaban. Ken aprendió a defecar sin dar la oportunidad a una serpiente o un insecto de que mordiera sus tobillos o nalgas desnudos, o a un depredador de que se acercara lo bastante para comer sus heces. Las hienas y los perros salvajes nunca hacían ascos a las heces, empezando por las propias. Eran los recicladores definitivos de la sabana, y como resultado, la sabana se conservaba limpia.

Vivir en el Plioceno exigía tanto que, a mitad del día, Ken y el muchacho necesitaban un breve pero intenso período de descanso, que disfrutaban sentados sobre la hierba, espalda contra espalda. De esta forma podían vigilar la sabana, siempre pendientes de que la oscilación de la hierba indicara la presencia de grandes carnívoros.

Ken sentía la espalda firme y huesuda del muchacho contra la suya. O bien, el muchacho dejaba caer su cabeza, sorprendentemente pesada para su tamaño, sobre el hombro de Ken. El chico no era cariñoso ni zalamero. Sólo había demostrado delicadeza una vez, y tampoco en exceso, cuando Ken se había encontrado mal en la chimenea de lava.

Para llamar la atención de Ken, el chico le daba leves patadas, y para detenerle le cogía del brazo con rudeza. Empujaba a Ken en arranques de entusiasmo, o para hacerle cambiar de dirección. Cogía trozos de caza de las manos de Ken, con una naturalidad que habría parecido engreída, pero Ken lo consideraba una señal de confianza.

Aquella confianza desarmaba por completo a Ken. Se descubría anhelando la siguiente patada, codazo o empujón. En realidad, el chico no podía hacerle daño. Ken todavía era una masa abultada de hombre moderno, reconvertida en máquina de músculos por dos millones de años de evolución. Había perdido bastante peso, pero aún estaba en plena forma.

Toda su indumentaria estaba descolorida y sucia. Tenía los pantalones rotos, blanqueados a causa del intenso sol, y cubiertos de barro y polvo. Parecían una capa de piel reseca que, por algún motivo, no se hubiera desprendido. Sus botas de montaña estaban rajadas y sus cordones se habían roto, lo cual le obligó a atarlos con grandes nudos. En cuanto a su ropa interior mugrienta y calcetines malolientes, los había abandonado, y había perdido el sombrero, lo cual significaba que desde la mañana hasta el anochecer tenía que ir con los ojos entornados, para protegerlos del resplandor. Además, sufría quemaduras solares, especialmente dolorosas en el puente de la nariz.

Se decía en broma que el motivo de que el hombre primitivo tuviera la nariz aplastada era para ahorrarse quemaduras solares. Reía de su chiste, y lamentaba no poderlo compartir con el muchacho. Tenía arañazos y cicatrices en toda la superficie expuesta de su cuerpo. Sentía la lengua como hinchada. Su tobillo dislocado había sanado, pero no por completo, ya que no paraba de forzarlo. Por la noche, intentaba masajearlo, mientras el muchacho le miraba, y Ken reflexionaba que aquel sencillo gesto no necesitaba traducción ni explicación. Tanto hacía dos millones de años como ahora, un tobillo dislocado era un tobillo dislocado.

Una mañana, las patadas matutinas del chico dieron de lleno en su tobillo dañado. Reprimió una maldición, se incorporó y olió a leones.

Ken se incorporó de un salto, presa del pánico. Habían dormido sobre una repisa de roca, que las cenizas tibias de los fuegos encendidos durante varias noches habían convertido en un lugar acogedor. El muchacho se removió, se volvió de lado y siguió durmiendo.

El chico sin duda había olfateado el olor a leones. Su sistema de alarma olfativo era más agudo que el de Ken. ¿Había decidido que el peligro aún estaba lejos, o le tranquilizaba la presencia de su amigo? En ese caso, el muchacho estaba poniendo en peligro su vida.

Ken contempló su pequeña cara y sintió que su puño se cerraba alrededor de la lanza. Acto reflejo, sin necesidad de pensar. Haría cuanto pudiera por defender al muchacho, y a él mismo.

Olió de nuevo los leones y oyó un leve rugido. Los sonidos eran distantes, o tal vez los apagaba la niebla.

Experimentó una sensación de solidaridad con todos los humanos, presentes y pasados, que habían luchado contra felinos. Homínido *versus* felino, la guerra entre especies más larga y dura del hombre. Ahora le tocaba a él participar en ella.

Notó que su escroto se tensaba y el ano se contraía. Una punzada de miedo surgió de su entrepierna, ascendió por el estómago y el pecho, hasta que su desagradable tensión alcanzó sus mandíbulas.

Sus reflejos de supervivencia querían concretar dónde estaba el enemigo, a qué distancia, y si era muy fuerte. Tenía que ver al enemigo, y para eso necesitaba ponerse en pie, erguido, sobre la mayor altura disponible.

Escaló el saliente rocoso, utilizando la lanza a modo de bastón. Llegó a la cumbre, inhaló la niebla, tosió y se maldijo por hacer un ruido que pudiera traicionar su presencia. Percibió el olor característico de los leones machos.

«Maldita sea. Ojalá tuviera mis prismáticos», pensó.

Pero estaban perdidos, junto con sus demás elementos de acampada, en el lugar donde había luchado con Modibo. Aún no había logrado definir qué hacía Modibo en su campamento, o el papel de las demás personas y acontecimientos (¿relacionados con Modibo, o independientes de él?), que le habían conducido hasta aquí, en lo alto de la elevación rocosa, con una lanza en la mano.

Ahora, sus ojos eran sus prismáticos.

Esperó, con el corazón acelerado.

Unas formas empezaron a moverse con parsimonia entre la niebla. Dos puntos amarillos adquirieron forma, y luego dirección. Dos manchas marrón oscuro se convirtieron en las cabezas melenudas de dos leones machos, que se encaminaban hacia el saliente rocoso.

Maldita sea, pensó. Dos machos, y además grandes y hambrientos.

Vio sus estómagos vacíos y distendidos, que colgaban entre los movimientos ondulados de sus cuartos delanteros y traseros. Movió los ojos a derecha e izquierda, con la esperanza de que apareciera un antílope y distrajera a los leones. Bastaría con que mataran a una presa para que se tendieran durante días sin hacer nada, tiempo suficiente para que los homínidos se mudaran a otro terreno.

Entonces, Ken vio algo más en la niebla, y fue tan inesperado que su corazón le dio un vuelco: a sólo cincuenta metros a la derecha de los machos, una masa amarilla mucho mayor se extendía en la niebla, como una ola de materia viva. Al principio, la niebla creó la falsa visión de que era algo homogéneo.

Ken forzó sus ojos hasta tal punto que las venas de sus sienes se marcaron, pero empezó a distinguir animales diferentes. Contó uno, dos, tres... Daba la impresión de que eran siluetas, que se balanceaban sobre una masa dorada. Hacia la derecha, la niebla empezaba a disiparse, y aparecieron los números cuatro, cinco, seis, siete y ocho, y cada vez que se definía uno, peor se sentía Ken.

Estaba contemplando una extensa manada de leones, siete u ocho adultos, más un número indeterminado de cachorros. Éstos, pequeños y pegados al suelo, también iban adquiriendo definición, como oro mojado con franjas y puntos marrón oscuro que eran sus hocicos, orejas y ojos.

No había manchones marrones grandes en la manada. Ni melenas. Ni adultos machos.

La manada se dirigía hacia el saliente rocoso y el Mau, y en su camino se encontraba una charca en forma de L irregular, en cuyas orillas crecía hierba, pero no arbustos ni cañas. El muchacho y él bebían allí, y allí cazaba el muchacho pequeños roedores. Era su charca.

«Tendremos que abandonarla y trasladar el campamento hoy –reflexionó–. Tendremos que alejarnos con cuidado.»

Si bien el peligro aumentaba a cada segundo que transcurría, Ken dejó que sus ojos se deleitaran unos instantes en el movimiento de las leonas. El suave ondular de los cuartos delanteros bajo el pelaje amarillo, la flexibilidad de los cuellos, el contoneo de su andar en la niebla, casi con un atractivo sexual humano.

Salió de su ensoñación, dio media vuelta y vio al pequeño homínido, que esbozó una sonrisa, mientras Ken jadeaba a causa de su veloz ascensión. Tres días antes, Ken había confeccionado una segunda lanza, que luego endureció al fuego y entregó al muchacho. Éste había distendido los labios en una sonrisa, dos millones de años de diferencia evolucionarían borrados en una fracción de segundo.

El chico se volvió para mirar a los leones. Sus mejillas se hincharon y sus ojos brillaron más. Luego miró a Ken, examinó su lanza como un militar comprobando que su camarada estaba armado y preparado para el combate. Su expresión era tan expresiva que sólo faltaban las palabras. Como de costumbre, no había palabras, pero sí sonidos. Estaba aquel *rrr*, el sonido básico del muchacho, gutural, seguido por un *eeee* de sorpresa y desafío. *Eeee,* eso son leones. *Eeee,* hay muchos. *Eeee,* vamos a divertirnos acercándonos a ellos.

Ken había aprendido que aquellos *eeee* solían indicar acción. Era el sonido número 5 de lo que había empezado a llamar la gama de «lenguaje mono 36» del muchacho. Ken basaba su sistema en la gama de un chimpancé, que comprendía como mínimo treinta y seis sonidos diferentes, todos comprensibles y comunes a los demás chimpancés. Ken había observado que las señales de emergencia y peligro propias del muchacho estaban definidas y estereotipadas, como las de los chimpancés, y se producían sin fallo, en tanto los sonidos de satisfacción, alegría y relajación eran mucho más fortuitos. El lenguaje exigía una estructura social y nacía de la necesidad primordial de alertar a los demás del peligro.

Los sonidos 1 a 4 del muchacho eran advertencias. El *eeee* básico era una advertencia de presencia. Un *grrrr* mucho más feroz era una clara demostración de hostilidad, que el muchacho utilizaba cuando cazaba. Un *wraaa* brutal culminaba las advertencias. Ken también había oído al niño emitir sonidos cuando dormía, y a continuación le había visto incorporarse con brusquedad, como si ahuyentara una pesadilla. Un *wahhh* grave y lacónico indicaba cansancio, y el niño lo emitía si se desplazaban demasiado rato sin beber ni descansar. *Eeee* era excitación, y *maah* o *naah* significaban hambre.

—Eeee!

Ken intentó imitar el sonido del muchacho, y éste le miró sobresaltado, pero después sonrió. ¿Te burlas otra vez de mi acento?, parecía decir. Bajó por la pared rocosa. ¿Adónde demonios iba? Ken sintió miedo. ¡Espera, Dedos Largos! Hemos de alejarnos de esos leones. Hemos...

El niño continuó descendiendo por la pared rocosa. Las plantas marrones de sus pies parecían volar sobre los peldaños naturales de la roca, hasta que desaparecieron. Ken maldijo, agarró la lanza y saltó de roca en roca. Se imaginó al muchacho atrapado por los leones y despedazado antes de que pudiera defenderse.

Corrió, tropezó y cayó, volvió a levantarse y siguió corriendo. «Me romperé el cuello intentando proteger a esta pequeña máquina de cazar, que hasta el momento se lo ha montado muy bien sin mi protección.» Saltó desde la roca hasta una franja de grava, recorriendo la muralla rocosa en toda su longitud. Al otro lado de aquellos guijarros, producto de la erosión de millones de años, empezaba la hierba alta. Entre hierba y roca, la franja de grava se extendía, serpenteaba y volvía a extenderse como un pasadizo.

No vio a nadie.

Pateó el suelo con su pie desnudo, envuelto en la bota pegajosa. Le dolía el tobillo, y se sintió al borde del agotamiento. Nadie podía aguantar aquel tiovivo emocional. Si iba a perder al homínido en las garras de un león... Bien, sería muy duro.

Giró en redondo.

El chico estaba detrás de él, con un ojo entornado, casi como si lo guiñara. Ken dejó caer la lanza y extendió los brazos hacia él, dispuesto a darle alguna apariencia de seguridad, pero no había más seguridad que la proporcionada por el trabajo en equipo contra las sorpresas de la sabana.

El niño se internó por el pasillo de grava, pero se detuvo un momento y pasó la mano sobre la pared de roca casi vertical, para informar a Ken de que por allí dejarían atrás a los leones. Echó a correr otra vez.

Era un cambio inteligente de territorio, y Ken sabía que el nivel de energía del muchacho significaba que estaba preparado para cazar.

«De acuerdo, Dedos Largos —pensó Ken—. Vamos a cazar algo para comer, o a servir de comida a bestias que merecen perpetuar sus genes más que nosotros.»

Los dos leones machos nunca habían estado tan cerca de la escarpa del Mau, y hacía una semana que avanzaban hacia ella. El macho más viejo cojeaba a causa de una herida recibida durante la lucha con aquella leona que defendía a sus cachorros. La cojera disminuía su velocidad, pero las hembras a las que acechaban no podían escaparse de ellos, debido a que sus cachorros, algunos de apenas dos semanas, las estorbaban.

Aquella manada grande consistía, en realidad, en dos manadas que se habían juntado después de que aquellos machos asesinos de cachorros las hubieran atacado en repetidas ocasiones. Las dos mermadas manadas se habían fundido en una, pero las leonas aún no habían estructurado una jerarquía clara, ni una pauta de trabajo en equipo.

Si la manada hubiera adoptado una estrategia común contra aquellos dos machos, los habrían repelido, pero las leonas dudaban entre aceptar o no a los machos. Las hembras que ya habían perdido sus cachorros eran los vínculos débiles. Sus hormonas las azuzaban a ser madres de nuevo. Mientras se movían entre la hierba, oleadas de ansia sexual recorrían sus flancos y el interior de sus vaginas. Bajo la protección de sus colas, habían empezado a formarse pequeñas costras mucosas, que impregnaban el aire con una llamada al apareamiento. Los machos captaban la señal, pero esperaban el momento adecuado.

Los machos habían comido poco durante las dos últimas semanas, por eso parecían desmejorados. Su pelaje era opaco y sus ojos, entornados y apagados. Sus labios, habitualmente brillantes, estaban agrietados. Deseaban tanto comer como copular, y estaban dispuestos a apoderarse de lo que cazaran las leonas, más rápidas y esforzadas en la tarea.

De hecho, la parte del león era la parte del macho. En la sociedad leonina no existen hembras consentidas, y los machos no se matan trabajando, a menos que vivan solos.

Los dos leones seguían avanzando, y las leonas seguían retrocediendo.

Aquel día, en cuanto el alba despuntó en el horizonte, los dos machos empezaron a rugir, y obligaron a las hembras a levantarse y alejarse con sus cachorros. Entonces, los machos dejaron de rugir y siguieron a la manada al interior de la niebla, donde podrían cazar y matar a los cachorros rezagados.

Las leonas miraban a sus cachorros, los perdían en la niebla, se detenían y los buscaban con nerviosismo. Los cachorros, sorprendidos y asustados, gemían y estornudaban, hasta que inevitablemente se rezagaban y extraviaban.

Los machos se acercaban sobre sus patas acolchadas, con las orejas bien alertas. Cuando oían los lloriqueos de los cachorros, cargaban en aquella dirección, con sus grandes dientes ansiosos de desgarrar crías, mientras sus ojos amarillentos vigilaban a las madres.

Aquella mañana, el macho cojo dirigía la patrulla asesina, con su cuerpo de doscientos kilos. Lanzaba gruñidos graves al macho más joven, que estaba haciendo un buen trabajo, ahuyentando a las hembras con sus rugidos y su olor. El macho viejo escudriñó el cielo, donde el sol estaba disipando la niebla, lo cual significaba que sólo les quedaban unos minutos para cazar.

Se detuvo y esperó, inmóvil por completo, hasta que oyó dos gemidos diferentes, de dos cachorros perdidos.

Bostezó y descubrió sus colmillos, que medían unos trece centímetros desde la raíz a la punta. Se pasó la lengua pardusca por los bigotes y se aplastó contra la hierba. Dejó una pata en reposo sobre la hierba, y después la movió hacia delante mientras avanzaba. La garra segó las hojas de hierba, hasta que encontró una cría no mayor que un cachorrillo.

Era una hembra. Tenía el cuello roto, pelaje moteado y una cola de extremo afilado, nudosa y corta.

El cachorro vio la enorme pata, pero no la identificó como tal. Era casi tan grande como él, y su apariencia no era amenazadora. Extendió una patita vacilante, y después se levantó sobre las cuatro patas, los ojos convertidos en puntos de mercurio, y saltó sobre la pata de la hembra, mientras su pequeña cola azotaba el aire neblinoso con alegría.

El gran macho bajó su cabeza como un martillo hambriento y rompió el espinazo de la cría. Se oyó un último gemido, mientras los colmillos amarillentos se clavaban en su cuello como un cuchillo en un filete.

Un cachorro menos. Un paso más hacia el liderazgo de la manada.

A su derecha, cerca, otro cachorro estaba llamando. Su gruñido más fuerte y profundo indicaba que era un cachorro crecido.

El asesino se aplastó de nuevo contra la hierba y extendió la garra hacia delante, como un cebo.

Los ojos del cachorro, al igual que los de su hermana, se sintieron atraídos hacia aquel señuelo peludo. Estaba a punto de arañar la pata cuando levantó la vista, sorprendido. Unas mandíbulas se abalanzaron en la niebla, pero no lo suficiente. El cachorro retrocedió sobre sus frágiles patas traseras, más asombrado que a la defensiva. El macho viejo sintió apenas en el hocico el arañazo de las tiernas garras del cachorro, y una vez más, los colmillos cortaron como cuchillos la blanda carne.

El león no perdió el tiempo. Con el cachorro en sus fauces, arrancó la cabeza del cuerpo moteado con sus formidables garras, y se la zampó. Entonces, un cachorro más crecido, confuso y asustado, corrió hacia el viejo león, lo vio y, en un ataque suicida, se lanzó hacia la cara del asesino. El gran león, sorprendido, intentó inhalar, y tragó la cabecita sin masticar.

El enorme león, desprovisto de aire por un momento, saltó y aterrizó sobre la hierba. El golpe empujó la cabeza del cachorro hacia su estómago. El aire penetró en sus pulmones. Rugió, mató al tercer cachorro de un mordisco en la yugular y bebió su sangre para calmar su estómago revuelto.

Se levantó.

Las leonas habían oído sus movimientos y regresaban corriendo, demasiado tarde. El macho joven venía con ellas, la cara ensangrentada a causa del arañazo de una leona. El macho viejo se balanceó sobre la alta hierba y volvió a aplastarse contra el suelo.

La madre de los dos cachorros llegó al claro, con las orejas echadas hacia atrás y un hálito de dolor en el gruñido. Encontró a una cría destrozada, y después a la otra decapitada. Tardó casi un minuto, mientras lanzaba rugidos de dolor y estupefacción, en comprender que los dos cachorros estaban muertos. Tenía dos más, con el resto de la manada. El miedo por su vida la impulsó a correr hacia el Mau, gimiendo su pérdida a los jirones de niebla.

Cuando el sol bañó el escenario de la matanza, Ken comprobó que la madre había desaparecido, y vio que el macho viejo se tambaleaba como un borracho hacia un grupo de arbustos. Se detuvo ante uno y empezó a comer hierba y hojas. El macho más joven lo miró con la expresión estúpida de la inexperiencia. El viejo sabía lo que hacía, porque se inmovilizó en una postura de curiosa incomodidad, abrió sus mandíbulas y vomitó la cabeza no digerida del cachorro. Ken y el muchacho vieron cómo salía de la boca del león y rodaba por la hierba.

El aire de la sabana, empujado por el frío, que descendía del Mau, arrastró el olor de la cabeza regurgitada, envuelta en acres jugos gástricos. El hedor procedente del estómago del león flotó hacia los antílopes que despertaban de su sueño. Lo percibieron los monos que despertaban en los árboles, y también una familia de jabalíes que chapoteaba en un charco de barro. Era un aviso a cualquier cosa que tuviera olfato, y una razón para temer a los leones.

Ken miró al muchacho, que estaba emitiendo un sonido nuevo. No era un aviso, ni el excitado *eeee* de curiosidad que había lanzado apenas una hora antes. Era un *uuuurrrggg* prolongado que nacía en el fondo de sus entrañas, un gruñido tan lleno de odio y bilis que el muchacho, por un momento, pareció un ser aterrador. Un inesperado pensamiento cruzó la mente de Ken: tal vez los ecologistas de su época se preocuparan por la extinción de los grandes felinos, pero aquí, en el Plioceno, todo lo humano se revolvía contra los dientes y garras más poderosos de la vida salvaje.

Y la única protección que ellos tenían contra aquellos dientes y garras eran sus lanzas de madera y sus mentes.

Apoyó la palma sobre el hombro desnudo del muchacho. El chico miró a Ken y su odio empezó a aplacarse, sustituido por un estado de ánimo más práctico. Sigamos con nuestra caza, parecieron decirle aquellos iris negros como balas.

El chico giró sobre sus talones y se encaminó hacia el sendero de grava, abriendo la marcha como de costumbre.

Caminaron a paso ligero. Había otra charca a una buena distancia. Era pequeña y atraía a un reducido número de herbívoros, pero estaba a salvo de los felinos porque sus orillas eran fangosas, libres de hierba alta y arbustos. Sería fácil ver u oler a cualquier depredador que se acercara. Con los felinos en la otra charca, los animales que iban a beber allí no estaban demasiado alertas. Ken tomó nota mental de que si iban a cazar con lanzas probarían primero en aquel lugar.

Sujetaba la lanza en la mano, y el muchacho empuñaba la suya. «Hoy le daré la primera lección de arrojar lanzas», pensó Ken, entusiasmado. Lo más sensato era encaminarse a la charca «fácil», porque Ken, el profesor, aún tenía que aprender a cazar con lanza.

Aprendería practicando.

Se echó a reír. «Estaría menos nervioso si los departamentos de paleontología y antropología en pleno me estuvieran mirando —pensó—, en lugar de este niño de ocho años con el cerebro del tamaño de un puño. Ya me inventaré algo. Le vi cazar antílopes con piedras. ¿Cómo lo hace? Se desliza detrás de ellos mientras beben y tira piedras, no a un antílope en particular, sino al montón. Se asustan y salen de estampida, y muy a menudo derriban a una hembra débil o a una cría. Mata al que ha caído. No es cacería de alta precisión, pero funciona.

»Ya se me ocurrirá algo por el estilo, y tendré suerte. Conozco esa costumbre de los antílopes. Casi nunca huyen del peligro en línea recta. Empiezan a correr describiendo amplios círculos, intentando regresar con sus rebaños o al sitio donde estaban pastando. Tiene que haber una forma de predecir ese tipo de movimiento. De lo contrario, no habría manera de cazarlos.

»Y hay una forma de tirar con precisión. Desde tirar piedras a lanzar naves espaciales, pasando por lograr triples en el baloncesto, lo importante es no fallar.

Parece muy sencillo.

«Maldita sea, Pies Largos, las cosas que me obligas a hacer», pensó, y sonrió, a pesar de que corrían y estaba sudando. Su nerviosismo se estaba disipando, y se sentía tan confiado como cualquier homínido que fuera de caza lanza en mano. «Tendré suerte», se dijo.

Llegaron a la charca, y la tuvo, aunque no de la forma que había esperado.

Esperaron un rato, hasta que un gran antílope kudu se acercó al agua, solo. Tenía la cornamenta completamente desarrollada, majestuosa y grisácea. Las franjas blancas de sus flancos se movían mientras caminaba, como una túnica oscilante. A Ken los kudus machos le parecían curas, por la forma en que erguían sus cuernos acaracolados, como un tocado solemne. El animal se irguió e inspeccionó a los dos homínidos. No falles, se dijo Ken.

Pero nunca había arrojado una lanza, y si fallaba, demostraría al chico que no tenía idea de lo que estaba haciendo.

Levantó la mano con que sujetaba la lanza, sintiendo la tensión en el codo y el hombro. Inhaló, exhaló y volvió a inhalar. ¡Uau!, pensó, y echó a trotar hacia delante al tiempo que arrojaba la lanza sobre el agua. Sintió una punzada de dolor en la articulación, pero no le importó.

La lanza se clavó en el cuarto delantero izquierdo del kudu. El enorme animal se volvió y huyó, mientras la lanza colgaba de su cuerpo como un insólito cuerno. Ken miró al muchacho, mientras su rostro, quemado por el sol, dibujaba la más deliciosa sonrisa de orgullo. «Lo he conseguido», se dijo con júbilo. Una inmensa alegría floreció en su interior, pura y primaria, como si hubiera esperado ese momento durante dos millones de años.

De pronto la lanza se soltó, y el animal siguió corriendo, con los cuernos bien erguidos.

Seguido del muchacho, Ken rodeó la charca y recuperó la lanza. La punta estaba manchada de sangre. El chico se la arrebató a Ken y la sostuvo ante su cara. Aquella herramienta se había convertido en algo muy diferente: una eficaz arma a larga distancia.

El chico emitió su *¡eeee!* agudo, que acabó con una sonora carcajada, y empezó a pasarse la lanza de una mano a otra. Tocó la parte ensangrentada y dirigió a Ken una mirada de felicitación.

El pie del muchacho pisó la otra lanza, la que Ken había abandonado sobre la hierba cenagosa. La empujó de una patada hacia Ken, y cogió la que ya había utilizado con éxito.

Ken rodeó la charca, lejos del muchacho, para intentar aclarar sus ideas, pero el chico le siguió como un cachorrillo. Es demasiado listo para utilizar palabras, pensó Ken, y se preguntó si otro sapiens lo vería como un niño flaco, insignificante, deforme y feo como un demonio. ¿Asustaría a sus contemporáneos? Ken recordó a Fuegia, la india de la Patagonia descubierta por

317

Darwin. Éste pensaba que era hermosa, pero sus contemporáneos la vieron como un ser de pies planos, rechoncho, cuyos pechos eran como melones colgantes, y cuyo útero era un horno de procreación bestialmente caliente. Arrancada de su hábitat, Fuegia se convirtió en un fenómeno de feria.

Ken se paseó por la orilla solo y pensativo. Tenía miedo de que su antiguo yo se estuviera desmoronando en exceso. «¿En qué me estoy convirtiendo? —se preguntó—. ¿Qué queda de los veintiocho años que he vivido de una forma civilizada?»

«Civilizada» se le antojó una palabra inhumana. Empezaba a considerar a los habitantes de la tierra como prisioneros a quienes un sistema carcelario, compuesto de avances tecnológicos y culturales, negaba una existencia primitiva. Ahora, había roto sus cadenas, pero no era propio de él considerar la civilización una cárcel. Siempre le había gustado vivir al aire libre, pero no era un extremista. La civilización poseía unos valores que debían ser protegidos tanto como los territorios vírgenes. Una no excluía a los otros.

Pero ninguna de aquellas palabras altisonantes le parecía convincente.

El relativo éxito con el kudu había aumentado las ansias de caza de Ken. Se alejaron de la charca hasta emerger en un mosaico de hierba y árboles, y vieron rebaños de antílopes de lomo amarillo.

Los antílopes estaban gordos, y la franja amarillenta de su lomo se ensanchaba como un triángulo alrededor de sus amplios cuartos traseros. Ken levantó la lanza para imitar el acto de arrojarla, pero en respuesta el chico levantó la suya y salió corriendo.

Maldición. Ken sólo había querido indicarle que él tiraría primero. ¿Cómo iba a parar a aquella máquina?

Corrió tras los pies morenos, y sintió que sus talones tocaban el suelo, las plantas se apoyaban en toda su extensión, los músculos de la pantorrilla elevaban de nuevo los pies desde los talones, en tanto las yemas de los dedos impulsaban hacia arriba las piernas. Una gran inyección de energía física era aplicada desde los pies a las pantorrillas, continuaba hasta las rodillas, muslos, nalgas y columna.

Así corría el *homo sapiens*.

El chico también corría así, pero de una forma algo diferente. Sus talones tocaban el suelo de la misma manera, pero se hundían más, dejaban una huella que parecía desproporcionada en relación a su pequeño cuerpo. Los dedos de sus pies, largos y curvos, se hundían más y necesitaban un esfuerzo mayor para liberarse. Cuando los dedos impulsaban al muchacho hacia arriba, los músculos de sus pantorrillas abultaban como los de un jugador de fútbol. No era de extrañar que el chico se cansara antes que Ken y consumiera, en comparación, ingentes cantidades de agua y comida.

El chico se volvió hacia Ken, señaló la manada con el brazo izquierdo y al mismo tiempo se desvió hacia la derecha. Ken comprendió que él debía azuzar a los antílopes por la izquierda, para que corrieran hacia la derecha, donde el muchacho les estaba esperando. Buena estrategia, Dedos Largos.

La manada intuyó la presencia de Ken. Varios machos alzaron la cabeza de la hierba, sin dejar de masticar, y uno de ellos bramó estentóreamente. Al instante, las hembras se volvieron y echaron a correr por la hierba, mientras Ken esgrimía la lanza y corría hacia ellas con los pulmones a punto de estallar. Por un instante pensó que iba a alcanzar a la manada. Un animal especialmente gordo se estaba rezagando, y Ken rezó para que el muchacho hubiera ocupado su posición. Cuando el animal se volvió, presentando el flanco y un ojo de herbívoro asustado, Ken vaciló y bajó la lanza.

Volvió a levantarla, pero se había quedado atrás. Los antílopes corrían a toda la velocidad de que eran capaces. Ken empezó a desfallecer, con los pulmones ardiendo y los ojos cegados por el polvo.

Los antílopes dejaron atrás una masa de arbustos. Ken no vio al muchacho. Vio sólo la lanza, que brilló cuando cortó el aire y cayó entre dos antílopes. Los otros continuaron la estampida y dieron media vuelta. Un macho cayó bajo sus cascos y los demás se lanzaron en dirección a Ken. Podría haber alanceado con toda facilidad a uno más.

Vio al chico ponerse en pie, pero le perdió de vista al segundo siguiente, como si le hubieran derribado. Se olvidó de la cacería y echó a correr, irritado y temeroso. ¿Qué demonios había pasado? El muchacho era tan diminuto, tan fácil de derribar y patear... ¿Por qué no se levantaba de nuevo?

Corrió, se desvió de los antílopes, y por fin llegó junto a un gran torbellino de polvo remolineante, que resultó ser el muchacho, tras haber sido arrastrado al suelo por aquel antílope gordo. El pequeño demonio no resistió la tentación de clavarle la lanza en el cuello. El animal moribundo arrastró a lanza y muchacho en un enorme arco de polvo remolineante, porque la lanza no quiso romperse y el muchacho no quiso soltarse, y el antílope no quiso morir sin un final adecuadamente dramático.

Ken corrió, pero antes de decidir lo que iba a hacer, la polvareda lo envolvió y la pezuña del antílope le alcanzó en el tobillo resentido. Manoteó al azar, encontró la dura crisma del animal, la aferró y procuró detener su carrera. El chico se incorporó tambaleante y volvió a caer, tal vez herido, o sólo mareado. A través de la espesa polvareda, mientras Ken y el muchacho luchaban por soltarse del antílope, vieron que una cabeza se alzaba, enorme debido al halo oscuro de su melena, con las fauces abiertas y los colmillos al descubierto.

Era el león joven que azuzaba al rebaño de leonas.

Antes, las leonas habían acampado junto a la charca, y los dos machos hambrientos habían decidido buscar otras presas, o los cachorros que habían matado pero no devorado. El león más joven había decidido que no iba a compartir lo que encontrara, y se había ido solo.

Había estado a la espera de que un rebaño de antílopes le trajera una presa fácil a domicilio. Ahora, el león vio los movimientos frenéticos del antílope agonizante, se alzó en toda su estatura y avanzó confiado. Lo único que debía hacer era acabar con la presa. Sus jugos gástricos fluían, ansiosos por recibir comida.

Un hombre se irguió al lado del macho, y una forma similar, más pequeña, se alzó junto a él. Parecían un pequeño rebaño de dos. Eso haría el ataque más divertido, y hasta mereció un sonoro rugido del león.

En el cerebro de Ken, un pensamiento solitario tomó forma cuando levantó la lanza: NO FALLES.

Teniendo en cuenta la estatura del chico, un metro veinte, éste vio que el león aumentaba tres veces de tamaño en menos de dos segundos. Los colmillos goteaban saliva espumante, los ojos se dilataron y las fosas nasales resoplaron. El chico emitió un sollozo ronco. El león era demasiado grande, y corría a demasiada velocidad. No había tiempo de huir.

El chico, olvidando su valentía habitual, se abrazó a Ken, que empuñó la lanza.

El chico levantó la vista, horrorizado e hipnotizado.

Ken levantó la lanza con lentitud, hasta que apuntó a la cara del león. Bajó el extremo, para alinearlo con las mandíbulas del animal, y luego lo bajó un poco más. No falles, se repitió.

No podía permitirse el lujo de errar el punto de alineación entre el extremo de la lanza y la garganta del león. A medida que la bestia se acercaba y su silueta crecía en proporción geométrica, a Ken le resultó imposible conservar la inmovilidad de las manos.

Reprimió el impulso de tirar la lanza y huir. Sudaba tanto que sus pantalones, ya rígidos debido al sudor de los primeros días, se oscurecieron en segundos.

No falles.

El muchacho aguantó casi hasta el último instante, pero no pudo observar la carga del león. Ken abrió la boca más de lo que el chico le había visto hacer, de forma que aquella boca extraña, de dientes pequeños y lisos, se le antojó casi ridícula. De ella surgió un aullido agudo, y sin embargo profundo.

Ken no había previsto emitir aquel sonido, pero la lanza se había desalineado. Tuvo que apuntarla de nuevo a su blanco.

No falles.

Siguió aullando como un poseso, alzando el sonido como si fuera otra lanza. El felino, en su salto final, se le antojó tan grande como la escarpa. Empequeñeció a Ken, que aulló y apuntó la lanza hacia lo alto, y después se impulsó hacia arriba.

La lanza alcanzó al león debajo de la garganta y la perforó. El peso del felino al derrumbarse empujó la lanza hacia abajo, mientras los brazos de Ken temblaban tanto que, por un momento, temió que fueran a dislocarse. La lanza sostuvo el peso de la bestia durante un instante milagroso, mientras la espuma que derramaban sus fauces salpicaba la cara del hombre.

Ken tuvo que soltar la lanza, y el león la rompió como si fuera una cerilla. Después, cayó al suelo, hundiéndose más el extremo roto en el cuello. Un estremecimiento mudo sacudió la lengua colgante, y el león quedó inmóvil.

Ken retrocedió tambaleante. Los brazos del muchacho abrazaron frenéticamente su rodilla derecha. Ken contempló la lanza rota.

Intentó reír, pero soltó un ruidoso hipido.

El niño extrajo la otra lanza del antílope, sin dejar de mirar a Ken. La sostuvo en alto y con un movimiento del hombro invitó a Ken a seguirle: Vamos, se han acabado los problemas, hay más caza y el día es joven.

Pero cuando el chico dio unos pasos, torpes y pesados, Ken advirtió que estaba demasiado conmocionado. Ken le cogió por detrás y lo tendió sobre la hierba. El chico estaba tan sudoroso que se escurrió entre las manos de Ken como un pez. Ken le inmovilizó contra la hierba.

—No vas a ningún sitio, ¿me has oído? —dijo en voz baja—. A ningún sitio —repitió, e inyectó en aquellas tres palabras toda su necesidad de proteger aquel pequeño cuerpo y proporcionarle una seguridad relativa.

El niño lanzó unos chillidos de protesta, pero como si hubieran descubierto un lenguaje común, los dos se gritaron al mismo tiempo. A través de la cascada de sudor que cubría sus caras, lágrimas o algo similar inundaron los ojos del muchacho, en tanto Ken, el rostro mojado por la saliva del león, apretaba los dientes para controlar sus emociones.

—A ningún sitio —suspiró por fin.

Y el muchacho, como si se rompiera por dentro, alzó sus labios simiescos hacia el cielo de la sabana. Con un leve aullido, un aullido de alegría liberada, contó al paisaje circundante el miedo que había pasado y el asombro de seguir con vida. Y después lloró, con los puños apretados, con el pecho apoyado contra el de su extraño protector.

Pasó algún tiempo, y águilas, buitres y marabúes se congregaron sobre los cadáveres del león y el antílope, dispuestos a comer.

Ken y el chico yacían sobre la hierba, agotados pero con la sensación de que la muerte del león les había garantizado una inmunidad temporal.

Ken pensó en el momento en que había decidido no huir y demostrar un grado de valentía y energía que nunca había existido en él. Nunca lo había sabido, nunca, se repetía, al igual que había repetido unos minutos antes «a ningún sitio». Había abrazado al muchacho con la sensación de que lo único importante era tenerle a su lado.

Ken se sorprendió pensando en su padre, que había desaparecido de la vida de Ken como si el esperma inyectado en el óvulo de una mujer, y el producto resultante, no significaran nada para él.

Yinka también acudió a su mente. ¿Acaso no había sido su cópula un simple caso de excitación mutua, que un hombre y una mujer deshinibidos habían consumado de manera espontánea? Eso era todo. ¿O no?

Se imaginó el estómago desnudo de Yinka. La imagen era tan poderosa que se puso en tensión, pero no estaba reaccionando con lujuria hacia aquel cuerpo fresco y aquellos delicados senos que le habían subyugado en su dormitorio. Antes al contrario, recreaba con avidez la anchura de sus caderas, el generoso tamaño de su pelvis y la perfección de sus órganos mamarios. Yinka era una hembra sana, perfectamente proporcionada, el depósito ideal para los genes de un macho.

El rostro de su madre se materializó en su casa de Oakland. La reprendió en silencio. Era una mujer sensible, pero la pasada Navidad no había notado nada en él, nada que indicara una emoción oculta madurando en el interior de su hijo. Había hablado de ella misma como de costumbre. No había intuido nada, no había preguntado nada. Aquella vegetariana imbécil no era más perspicaz que un herbívoro de la sabana. La imaginó sentada en una silla del comedor y preguntando: «Ken, hijo mío, ¿cuándo vas a casarte? —Su corazón se habría desbocado—. ¿Cuándo vas a hacerme abuela? Ken, hijo, a la mierda la comida macrobiótica y la cocina New Age, quiero ser abuela. Aunque no quise ser madre, necesito saber que hay una madre esperando, la madre de tus hijos. ¿La hay? ¿La hay, hijo?»

No había hecho esas preguntas, por supuesto, pero ¿qué habría contestado él? No tenía respuestas, pensó.

Se levantaron y marcharon, el chico delante, como de costumbre. Mientras escudriñaba los tramos de hierba, Ken vio al león viejo, el que cojeaba, sentado en la hierba. Tres leonas jóvenes lo acosaban, en competencia por atraer su atención. Una saltó ante sus narices y azotó su cara con la cola. Las otras gruñeron, flirtearon y se frotaron la vulva contra la áspera vegetación, buscando alivio a su comezón hormonal. El deseo de quedar preñadas las consumía.

El chico le dio un codazo y avanzó más deprisa, no sin mirar hacia atrás para comprobar que Ken le seguía.

Ken se rascó la cara. La saliva del león se había secado sobre sus mejillas y labios. Sonrió y apresuró la marcha.

El muchacho desapareció tras una columna de lava petrificada que se alzaba entre arbustos, como la columna rota de un templo perdido. Ken apoyó un momento la palma contra ella. La superficie rocosa le resultó tan familiar que sonrió. Se internó en un angosto espacio que corría entre las rocas y aterrizó sobre un esqueleto humano.

Intentó encontrar un hueco despejado, pero había huesos por todas partes, diseminados en un estrecho rectángulo irregular encerrado entre las rocas. Tropezó y cayó, y se puso en pie sobre manos y rodillas.

Una calavera descansaba sobre el suelo, a medio metro de distancia. Tenía la frente muy estrecha. Faltaba la mejilla izquierda, como si la hubieran destrozado de un golpe. Al lado había un gran canto rodado, y varias piedras desmenuzadas. Sus formas parecían oldowanas, herramientas de cortar primitivas, que Mary Leakey había llamado así por la garganta de Olduvai.

El muchacho se detuvo y le dirigió una mirada indescifrable, pero Ken no prestó atención. Estaba echado sobre el estómago, y su nariz casi rozaba los huesos de un pie. Extendió la mano hacia ellos, con una impaciencia similar a la que había mostrado la noche transcurrida en el garaje de Randall, cuando limpiaba el fósil.

Aquel pie no era un fósil. Estaba recién limpiado y seco. Los dedos estaban esparcidos por el suelo, mezclados con los huesos del torso, los cuboides, navicular y cuneiformes, así como el talus y el calcáneo, los huesos del tobillo y el talón. En apariencia, el pie estaba completo.

Cogió el talón y lo sopesó en la mano. Quienquiera que hubiera caminado sobre aquellos huesos tenía un pie grande y carnoso. Cogió el dedo gordo y dedujo que apuntaba hacia fuera, como en las fotos que había tomado. Había sido grueso y musculoso, para aferrarse y para trepar. Este pie era el modelo primitivo del caminador, antes de que los humanos hubieran dejado de trepar a los árboles. Procedía de la era anterior a que la evolución produjera los pies esbeltos y estilizados de la línea sapiens.

Ken había encontrado el eslabón perdido del bipedismo.

Examinó el cercado rocoso. Habría una docena de esqueletos, completos o parciales. Empezó a reunir los huesos del pie, sin hacer caso del muchacho, que se erguía silencioso sobre sus pequeños pies, que crecerían hasta alcanzar el tamaño de los esparcidos ahora en el suelo. Pensó en cómo iba a recoger aquel hallazgo.

Por un instante volvió a ser el científico Ken Lauder. Hasta le molestaba que el muchacho estuviera presente. Entonces se avergonzó. El niño le estaba mirando. ¿Qué va a pensar?, se dijo. Ya recogeré este pie más tarde.

Se levantó y se paseó con cautela. Los huesos eran protohumanos. Los ángulos faciales de las calaveras eran poco marcados, y las mandíbulas alargadas. La pelvis tenía ilias anchas, no simiescas. Esos huesos tendrían que haber sido fósiles, pero eran recientes. Eran firmes, pero no se habían mineralizado. La tierra sobre la que descansaban era húmeda y compacta, y sugería que los huesos habían permanecido en aquel lugar durante apenas dos estaciones lluviosas, en lugar de varios millones de años.

Levantó la vista hacia el muchacho, y luego miró los huesos. Después contempló sus botas sucias. Todo era real, aunque cada elemento perteneciera a épocas diferentes.

La sensación de que el tiempo se contraía y dilataba le aturdió.

Había una caja torácica a pocos metros de distancia, con el esternón aplastado, y las costillas inferiores casi pulverizadas, como si un elefante hubiera pateado aquel pecho. Al lado había un canto rodado de buen tamaño. La pequeña cantera era el cementerio de la raza del muchacho, tal vez incluso de sus parientes. Aquí tenía la prueba de que el chico no era un niño salvaje de anatomía extravagante. Ken recordó el hueso de brazo humano que había descubierto entre las pertenencias del muchacho.

Una imagen destelló en su mente con tal celeridad que se tambaleó. Al ver el cercado rocoso, con el pequeño homínido erguido en su centro, también vio a un adulto protohumano, un macho, musculoso pero bajo, que no sobrepasaría el metro y medio. El macho sostenía una piedra en la mano. Su brazo se levantó, flexionó, y la piedra pasó silbando junto a Ken... en su imaginación, pero aun así se encogió.

Ken casi pudo oír la carcajada del chico. Lo imaginó corriendo detrás de la piedra. La recoge e intenta devolverla al adulto protohumano, quien no la acepta, sino que cierra el puñito del muchacho alrededor de la piedra, y lo coloca de cara a la sabana abierta.

El protohumano guía el bracito, lo echa hacia atrás, flexiona el pequeño bíceps, le enseña a lanzar la piedra.

Su padre yace aquí. Uno de estos protohumanos muertos era su padre.

Ese hueso de brazo que lleva a todas partes era el brazo de su padre.

La visión se desvaneció.

Ken comprendió algo casi tan asombroso como la visión: el muchacho se había comunicado con él.

Había once esqueletos en el extraño cementerio, y todas sus pelvis parecían estrechas, no ensanchadas por el embarazo, lo cual significaba que habían pertenecido a australopitecos machos. Todos estaban destrozados. Era como si un elefante hubiera irrumpido en aquel cercado y pateado los cadáveres. Pero los elefantes no se aventurarían en aquellas rocas, donde no había hierba, árboles o agua. ¿Quién o qué había matado a los protohumanos?

No se habían producido muchas inundaciones en la zona, incluso cuando los ríos convertían en torrentes los hilillos de agua que descendían del Mau. Los once machos no se habían ahogado.

Los huesos no parecían carbonizados, de manera que un incendio estaba descartado. Tal vez habían transportado los cadáveres a aquel corral rocoso, pero ¿quién y por qué?

Ken deambuló por el lugar, con la sensación de que debía guardar alguna relación con el chico. Éste le había llevado allí, y esperaba una reacción.

Siguió paseándose, y de vez en cuando dedicaba una sonrisa vacilante al muchacho, que deambulaba por el osario con desenvoltura. Conocía bien el lugar.

Ken lo comprendió repentinamente: «Me está contando una historia —pensó—. Me ha traído aquí para contarme por qué está solo.»

El muchacho se estaba comunicando. Su padre debió de ser uno de estos cadáveres, pensó. Su padre, que en otro tiempo le había enseñado a cazar.

Daba la impresión de que grandes peñascos habían caído desde lo alto de la escarpa. ¿Cabía la posibilidad de que se hubieran desplomado sobre aquel pequeño grupo de homínidos, mientras se escondían allí, tal vez durante una escaramuza de una guerra desatada entre especies?

Las piedras de caza, las hachas y las hachuelas demostraban que los machos se habían refugiado armados en el cercado. En ese caso, ¿era el niño el único superviviente de su especie?

Además de todos aquellos pensamientos que le daban vueltas otro tomó forma en la mente de Ken: Tal vez el muchacho responda a esa pregunta, y pronto.

Cogió el puñito del muchacho y abrió sus dedos engarfiados. Cogió la piedra y la sustituyó por la lanza, que el chico aceptó.

Ken apoyó una rodilla en tierra. Recogió los huesos de pie en sus palmas unidas, después los dejó bajo un saliente rocoso y los protegió con una muralla de rocas improvisada. Sabía que se estaba desprendiendo de algo que poseía un valor extraordinario, pero no podía ocuparse de los huesos y del niño al mismo tiempo.

Se levantó y lo miró a los ojos. Como antropólogo, Ken había oído hablar de abismos culturales borrados en un instante por la inteligencia de miembros de tribus primitivas, de «salvajes». Con el homínido, la sensación de ser comprendido era más poderosa que todo cuanto había vivido como antropólogo. Era completamente absurdo. El niño no podía comprenderle, pero sin embargo...

Hiciera lo que hiciera Ken, creía que el chico lo comprendía de una manera tan básica que, de los dos, Ken era el menos informado. Él era el lento, el estudiante.

Ken cogió la otra mano del chico y le acompañó fuera del cementerio.

—Esto es un avión. —Ken dibujó en la tierra con el dedo la forma de un aeroplano, reducido a sus mínimos detalles—. ¿Lo ves? A-vión.

Dividió la palabra en sus sílabas y las pronunció con

paciencia, pese a saber que no transmitía nada a los quinientos centímetros cúbicos de cerebro que había tras aquellos ojillos inexpresivos.

Dibujó una hélice, se incorporó y convirtió sus dos brazos en las palas de una hélice, y los hizo girar. Imitó el zumbido de un avión. Se detuvo y apuntó el dedo al avión dibujado en el suelo.

Los brillantes ojos del chico tomaron nota de todo, pero no reaccionó.

Ken hizo un dibujo de sí mismo: un hombre moderno y grande, con una lanza en la mano. Tampoco obtuvo la menor reacción.

«Soy un idiota —se dijo—. No es que no comprenda, sino que los dibujos son bidimensionales, mientras que su realidad es tridimensional. He de emplear otro método.»

Dejó el cuchillo en el suelo, y después dibujó su imagen con el dedo. La reproducción bidimensional al lado de su modelo tridimensional. Tampoco esperaba ninguna reacción, pero el muchacho alzó el cuchillo y miró a Ken. Pasó el antebrazo sobre el dibujo, y después dejó el cuchillo en su lugar.

Pues claro, pensó. Qué hombre mono-más listo. ¿Quién necesita la imagen inanimada e inutilizable de un cuchillo, cuando tienes a mano el objeto verdadero?

Volvió a sentarse, cansado. Ya basta de experimentos etnocéntricos. Si quería darle un mensaje, tenía que inventar uno que perteneciera al mundo del muchacho, no al suyo.

Algo se movía en sus ojos. Caminó hacia Ken y se arrojó contra él. Su suave piel desnuda se frotó contra el pecho de Ken, quemado por el sol, y sus pantalones, húmedos y sucios. El chico emitió una especie de bufido, que casi sonó como «Estamos juntos en esto, así que ¿qué demonios querías decirme?».

Se estaba comunicando de nuevo. Con los medios más sencillos, pero muy eficaces.

Ken se tendió de espaldas al lado del muchacho y contempló a las aves de la sabana, que volaban sobre ellos.

Un rato después, volvieron al lugar donde yacían los cadáveres del león y el antílope. Las hienas estaban dando cuenta de ambas carcasas, tan despedazadas que costaba distinguir al felino del herbívoro. El chico cargó contra las hienas, las dispersó, y después se precipitó hacia las carcasas sanguinolentas. Arrancó una pata trasera del antílope, se la cargó al hombro y abrió la marcha hacia la muralla.

Una vez allí, tiró la carne al suelo y la cubrió con tierra.

Anochecía.

Ken estaba reuniendo leña para pasar otra noche en la sabana.

«¿Qué voy a hacer? —pensaba, casi asustado—. ¿Qué me he hecho?»

Pero ¿a quién se refería? Hacía poco había matado un león con un arma de fabricación manual.

Llevó la leña hasta la muralla. Habían descubierto un buen lugar donde dormir, sobre una superficie rocosa lisa y regular, a unos dos metros y medio por encima del nivel del suelo. Ken subió la leña al saliente, hizo fuego y se acostaron.

El niño buscó su mano y empezó a tocar la yema de los dedos de Ken con las suyas. Se incorporó sobre un codo y, con las llamas bailando en sus ojos, tocó la cara de Ken. Sus palmas dieron unos golpecitos ligeros sobre las mejillas. Un dedo siguió la curva de la barbilla, y luego el borde de su nariz. Después, el muchacho jugó con su pelo, y hasta tiró de él.

«Sabe que voy a marcharme —comprendió de repente Ken—. Quiere recordarme.»

Ken enrojeció. Gracias a Dios estaba oscuro. Sin embargo, el niño acercó tanto los ojos que Ken tragó saliva y se preguntó si aquellos ojos australopitecos podían ver en la oscuridad. Quizá la extrema dilatación de los iris los convertían en nictálopes.

No pudo soportar la mirada del muchacho y cerró los ojos. Después, volvió a abrirlos y estudió el juego de las llamas sobre el pecho y los hombros del niño. «No puedo dejarle aquí. Pero ¿cuál es la alternativa? ¿Llevarle a Nairobi? ¿A Londres? ¿Al Instituto de los Orígenes del Hombre de Berkeley?»

Era más fácil cerrar los ojos otra vez. Lo hizo y vio a su madre, joven, con el útero hinchado por el embarazo. Vio a su padre, un joven larguirucho con gafas y pelo recogido en una cola, que ayudaba a su madre a salir de un baqueteado Volkswagen y la acompañaba a la entrada de un centro médico de Oakland. Pero no podía recordar a su madre embarazada, porque aún no había nacido.

Sintió de nuevo los dedos del chico. Estaban explorando una vez más la cara de Ken.

Siguió despierto después de que el muchacho se durmiera, con la vista fija en el fuego, en un silencio absoluto. ¿Se quedaría o marcharía? ¿Se llevaría aquellos huesos al mundo civilizado, causaría un gran revuelo en la comunidad científica, y todas las personalidades de la especialidad volarían a Dogilani? Nadie le juzgaría mal por hacer famoso el paleohábitat y a su criatura única.

Nadie, excepto la criatura.

Se imaginó Dogilani convertida en una atracción turística, con aviones y helicópteros volando de un extremo a otro, el aire crepitando de mensajes por radio, las rocas excavadas, las variedades de plantas contadas, las especies animales etiquetadas. Los guardias de la reserva montarían vigilancia, los periodistas se congraciarían con los investigadores, la junta de antigüedades del país concedería permisos, y Ngili, Randall y él presidirían la hora cero de la evolución humana.

Se preguntó qué haría un verdadero científico, uno al que no importaran la fama y el éxito, sino sólo la ciencia.

Quedarse, contestó. Quedarse y observar al muchacho. Intentar localizar a su especie, y observarla.

¿Qué haría un padre?, se preguntó.

Intentó calmar sus movimientos, para no despertar al chico. Él no era un padre. No podía jugar a ser padre de aquel hijo de la sabana.

Tenía que volver a Nairobi y comunicar la noticia a sus camaradas científicos, que ahora se le antojaban unos extraños totales. Se preguntó cuál sería su reacción al ver al muchacho. Tal vez Raj Haksar sabría manejar la situación. Era un experto en tribus primitivas. Anderson buscaría la publicidad, organizaría un congreso científico y haría una gira mundial con el protoniño. Ken no estaba tan seguro respecto a Randall Phillips. Le había parecido muy tenso y amargado. Su mujer era una cruz; su matrimonio, un fracaso. Hay que tener cuidado con un hombre que pierde su sistema de apoyo. Y además estaba Ngili, con sus cambios de humor y su dependencia de sus lazos africanos. Ngili sería quien haría gala de un comportamiento más científico, y también más humano.

Echaba de menos a Ngili.

Pensó en él y en Yinka.

El chico se puso boca arriba y roncó levemente. Su aliento vibraba bajo su paladar largo y bajo. Ken buscó una de las piedras de caza. Después, se levantó y bajó a la altura del suelo.

Caminó por la hierba, vagamente iluminada por el resplandor del fuego agonizante. Pensó en lo que Yinka le había dicho en Nairobi, acerca de que Anderson y Haksar habían ido a ver a Jakub Ngiamena la noche antes del regreso de Ken y Ngili. Haksar afirmaba que una tribu vivía en Dogilani, y que estaba intentando organizar una expedición. Eso podía significar que Haksar había viajado a Dogilani. Tal vez había visto a uno o varios protohumanos. Pero ¿por qué había guardado el secreto?

Ken volvió sobre sus pasos, y se preguntó si alguien más había visto a los protohumanos. Los masais tenían una interesante leyenda sobre una raza de humanos primitivos llamados los mangatis. Según la leyenda, los masais habían derrotado a los mangatis, expulsándolos a las montañas boscosas de Kenia, de las que nunca habían vuelto a salir. ¿Contenía la leyenda algo de verdad? ¿Eran los mangatis los auténticos humanos primitivos, no sólo en un sentido folklórico, sino también antropológico?

Una jauría de perros salvajes se estaban peleando por los restos del león. Al oír sus ladridos y aullidos, Ken pensó en el otro león, el asesino de cachorros, y se arrepintió de no haberle matado también. Tal vez un día de éstos. Se estremeció a causa del frío. ¿Cuánto tiempo más iba a quedarse?

No se había presentado a su primera cita con Ngili, pero si

su sentido del tiempo no había quedado afectado por completo, Ngili volvería al cabo de unos días, quizá tres. Se quedará de una pieza cuando me vea, y cuando vea al niño... ¿Qué pasará cuando el niño vea a Ngili?, se preguntó. ¿Cómo reaccionará el niño?

La respuesta a eso, y a muchas preguntas más, estaba acostada junto al fuego, durmiendo como un bendito.

–¿Raj? –Cyril Anderson hablaba por el teléfono de su coche–. Me dejé caer por tu casa y llamé a la puerta, pero no contestaste. ¿No oíste el timbre?

Raj Haksar respondió con voz temblorosa.

–¿Cuándo fue? No oí nada, Cyril...

–¿De veras?

Ciryl conducía bajo una lluvia menuda por las calles que rodeaban la casa de Haksar en Little Benares, la parte más antigua del barrio hindú de Nairobi.

–Hace unos veinte minutos. Oí el timbre, y toqué al menos una docena de veces. ¿Dónde estabas?

La puerta de Haksar era de teca bruñida, adornada con inscripciones indostanas taraceadas. Cyril conocía bien la casa. La entrada conducía a un atrio redondo que abarcaba los tres pisos, hasta llegar a un techo abovedado, como la estupa de un templo de Sri Lanka, lo cual convertía la casa en una gigantesca caja de resonancia. Era imposible que Haksar no hubiera oído el timbre.

–Veinte minutos... Oh, sí. Lo siento, Cyril, estaba... fuera.

–¿Adónde fuiste?

Viejo mentiroso, pensó. Anderson había visto el coche de Haksar, un venerable British Humber de los años cincuenta, en el camino particular, con los neumáticos desinflados por la falta de uso.

–A ningún sitio. Me dan esos desmayos... Supongo que me había dado uno...

Era posible. Su diabetes había empeorado, y en los últimos

tiempos había desarrollado una intolerancia a la insulina, el único fármaco que controlaba su enfermedad. Anderson sabía que niveles bajos de insulina acababan por freír el cerebro. Los diabéticos que vivían solos, como Haksar, solían alcanzar tal grado de irracionalidad que dejaban de comer, o de medicarse, lo cual podía arrastrarles al coma diabético.

—Ahora me siento un poco mejor... y mi médico prometió cambiarme la medicación. ¿Qué pasa?

—Abre la puerta. Iré y te lo diré.

—Dímelo por teléfono.

—¿No dijiste que debíamos vernos?

—Estoy muy cansado... Reservo mis energías para el médico. Dijo que tal vez vendría hoy... Está muy ocupado... ¿No me lo puedes decir por teléfono?

—¡Raj!

Anderson frenó en el último segundo para no atropellar a una mujer hindú que atravesaba corriendo la calle con dos niños. La lluvia difuminaba el amarillo de sus pies desnudos y el rojo de su sari.

—Raj, ¿qué clase de sociedad formamos? ¿Cómo voy a encontrar alguien que financie tu expedición si sólo hablamos por teléfono, aprovechando las caprichosas apariciones de tu médico?

No sabía muy bien qué creer sobre la salud de Haksar. Cuando los dos habían visitado a Jakub Ngiamena la mañana anterior al regreso de Lauder y Ngili, Haksar parecía estar en buena forma. Había usado un pañuelo para secarse la frente y había ido al baño tres veces, pero era diabético. Anderson se arrepintió de no haberle hablado con claridad aquel día: ¡Ni un minuto de mi tiempo, ni un penique de mi bolsillo, a menos que me cuentes todo el jodido secreto!

Pero, claro, no sabía que había un secreto... hasta que Hendrijks le enseñó las pisadas que aparecían en las fotos de Lauder.

El recuerdo de que había matado a Hendrijks atenazó el cuerpo de Cyril. ¡Tan fááá-ciiil! Sin embargo, el zumbido del crimen había sojuzgado su razón. Sólo después de dejar a Hendrijks en el suelo de aquel mugriento motel, había comprendido Cyril que un fósil viviente era más precioso que cualquier esqueleto, pero Cyril, el aprendiz de asesino, se las había arreglado para que el piloto no le dijera dónde debía buscar.

¿Habría visto alguien más, aparte de Ngili y Lauder, a aquel ser?

¿Lo había visto Haksar?

Haksar, en presencia de Jakub, había hablado de haber visto una tribu en Dogilani, tiempo atrás. «Una tribu anómala», habían sido sus palabras, una frase que seguía dando vueltas en la cabeza de Cyril. ¿Significaba una tribu de fósiles vivientes? Sólo Haksar tenía la respuesta.

Dos días después de matar a Hendrijks, Anderson había ido a ver a Haksar para decirle que había visto las fotos de las pisadas, pero no quién se las había enseñado. De pronto, Haksar había aducido una fuerte jaqueca, y que un desvanecimiento era inminente: los síntomas de la falta de azúcar. Había pedido a Cyril que le trajera un frasco de insulina que guardaba en el botiquín de su despacho, y que regresara más tarde. No le gustaba tener testigos cuando se inyectaba. Varias horas después, Anderson había vuelto a Little Benares. Haksar se había acercado a la puerta arrastrando los pies, le dijo por la mirilla que no se sentía bien, y después cegó la mirilla y se alejó. Durante la semana siguiente, Haksar no había contestado a las llamadas telefónicas de Cyril, o sacaba a colación su enfermedad para abreviar la llamada.

Esto significaba, en opinión de Anderson, que conocía la existencia del ser y no quería que Cyril lo supiera. También debía significar que Haksar se había vendido a otra persona.

Lo cual volvía loco a Cyril. Cabía la posibilidad de que el secreto se le estuviera escapando de las manos en aquel mismo momento, a mayor honra y gloria de otro científico, hasta de Lauder. Tal vez Lauder y Ngili estaban conchavados con Haksar, y la ayuda que Haksar había pedido a Cyril no era más que un truco. Por eso Cyril quería llamar al nuevo jefe de policía de Nairobi, el poderoso y temido Arnold Kalangi. Se habían hecho muy amigos en las reuniones del gabinete, y se hacían favores mutuos. Pero eso significaba revelar el secreto a un intruso...

Estos pensamientos daban vueltas de una manera obsesiva en la mente de Cyril. Dividían a las personas en dos categorías: las que le ayudarían a alcanzar su merecida gloria, y las que debería aplastar para liberar el camino de obstáculos.

—Raj —dijo con tono persuasivo—, lo que sabes sobre ese lugar es más grande que tú... y más grande que todos nosotros. Necesitas un socio... —Quizá ya tenga uno, interrumpió su paranoia—. Entretanto, no puedes pedirme que busque financiación basándome sólo en insinuaciones. Sobre todo porque el dinero escasea mucho, y hasta el momento no he localizado a ningún financiador.

Eso era cierto. Ni siquiera había empezado a buscarlos.

—Si no has localizado a ningún financiador, ¿de qué hemos de hablar?

—¡Raj, por los clavos de Cristo!

La mujer hindú acompañada de sus hijos había engrosado una modesta multitud hindú que soportaba la lluvia ante un restaurante popular, algunos con paraguas negros, la mayoría sin protección. Esperaban a que salieran actores vestidos y pintados como los dioses Brahma, Vishnu, Shiva, y su mujer divina, Parvati. Después, la procesión desfilaría pese a la lluvia y el barro hasta el río Nairobi, donde los tradicionalistas celebraban una fiesta al final de cada estación lluviosa.

El río Nairobi no era el Ganges (un asqueroso riachuelo en el que chapoteaban cerdos y ladraban perros perdidos), pero los creyentes debían tener su río sagrado. Por eso, aquella parte de la ciudad hindú se había ganado el sobrenombre de Little Benares, y hasta constituía una modesta atracción turística para los hindúes que habían abdicado del hinduismo para abrazar la religión anglicana.

—Ni siquiera puedo llegar hasta la puerta, Cyril —repitió Haksar—. Reservo mis energías para corregir algunas notas sobre lo que observé en la sabana... ¿Por qué está tan mal la situación monetaria?

La mención al dinero era descarnada, práctica.

—Por la forma en que te estás portando con un colega por encima de toda sospecha, no debería decirte ni una palabra.

Notas, había dicho Haksar. ¿Qué clase de notas?

—Entonces, voy a colgar...

—¡Espera, Raj! —Cyril casi volcó su Land Cruiser Toyota—. Raj, te lo juro, eres el más astuto, mentiroso... —Oyó un ruido al otro extremo de la línea y chilló—: ¡Si cuelgas llamaré al jefe Kalangi! En estos días los tesoros antiguos son propiedad nacional, y estás ocultando información conducente a uno. Conseguiré una orden judicial, entraré por la fuerza en tu asqueroso templo y haré que te detengan, y después podré registrar con toda libertad tus cajones y archivadores. ¡No puedes hacer... —Iba a decir «hacerme esto», pero como un actor que intuye la necesidad de mejorar una línea, cambió al instante—: esto a la ciencia!

—Lo siento, Cyril.

El tono de marcar.

Anderson deseó tener de nuevo a aquella mujer hindú y a su camada delante del coche, para poder atropellarla, sólo para ver su sari volar por los aires. Quizás Haksar moriría de un infarto, o le encerrarían en la cárcel sin sus inyecciones de insulina.

Haksar le había colgado. Como Corinne. Corinne no había vuelto a Nairobi. Se había quedado en Londres y no había vuelto a llamarle.

En ese sentido, Cyril y Haksar eran parecidos. Los dos estaban sin sus mujeres. Cyril se acordaba de Ranee Haksar, la mujer de Raj, una mujer diminuta, de color aceitunado, que siempre llevaba la cereza roja de su casta pintada en la frente, y que siempre servía y obedecía a Haksar, casi con idolatría. Antes de que muriera de cáncer, Ranee preparaba complicadas comidas, que alimentaban prácticamente a toda la facultad. Cocinaba todo en persona y a mano, y también agasajaba a cada invitado. Sin embargo, comía sola en la cocina después de que la cena terminara, porque su endiosado esposo así lo deseaba.

«Has obtenido mejor rendimiento de ella que de mí», pensó Anderson con irritación.

Observó los movimientos del vecindario para decidir si sería muy arriesgado entrar por la fuerza en casa de Haksar. Tenía que averiguar lo que Haksar ocultaba. Tal vez un registro de lo que había descubierto. Las notas.

Se concentró en la casa. Se alzaba sola entre *dukkas* (tiendas), ahora cerradas por la fiesta. Se apilaban periódicos en el camino particular, no lejos del coche inutilizado. Las ventanas habían cosechado porquería y telarañas. En la acera, un artista callejero había dibujado con tiza una gigantesca reproducción de Hanuman, el dios mono hindú. Lo más importante fue que Cyril no vio ninguna patrulla de policía, una buena señal de que el barrio estaba en decadencia.

Aparcó el Land Cruiser junto a un largo puesto de flores protegido por una tela alquitranada sostenida mediante postes, y cerró con llave la puerta del vehículo. Caminó bajo la lluvia, consciente de que su aspecto era muy diferente del de los demás peatones. Un hombre que parecía exhibir con orgullo los muñones amputados de sus brazos custodiaba un altar callejero, dedicado a Rama y otras figuras míticas. Al lado vendían cerámica sin vidriar, y un grupo de chicos jugaba con aros de latón, intentando que conservaran la verticalidad mientras rodaban en el barro.

Todos me ven, pensó Cyril. ¿Y qué? Pasó ante la mirada muerta del artista callejero. Ninguna de aquellas personas existía, pensó Cyril. Están vivas y son reales, pero poseen tan poco poder e influencia que da igual si me ven o no.

Pisó las baldosas irregulares del camino particular. Una figura de fuente rota, que imitaba la forma de Vishnu con cuatro brazos, hollaba los orígenes de la creación, en tanto un diminuto Brahma surgía de su ombligo. Vishnu había perdido casi todos sus veinte dedos, y alguien había intentado arrancar el Brahma del ombligo divino, pero sólo había conseguido torcerlo. Anderson imaginó a Haksar muerto, y pensó enfurecido: «No te llevarás el secreto a la tumba, viejo chutney. Si es necesario, te arrancaré las uñas para obligarte a hablar». Fáciiiil. Pulsó el timbre de la puerta.

—Hola —gruñó Haksar por un altavoz situado junto al timbre.

—Soy el doctor Sharwati —dijo Cyril, utilizando el nombre de la lavandería hindú a la que llevaba sus camisas.

—¿Perdón? ¿Por quién pregunta?

—Por el profesor Haksar.

–Tiene que haber un error. Yo soy Haksar. Mi médico es el doctor Gupta.

–Lo sé, profesor. El doctor Gupta está ocupado hoy, y me encargó que le visitara. Diabetes mellitus, ¿verdad? Me dio una muestra de comprimidos nuevos para usted.

–Tomo inyecciones, no comprimidos... Demasiadas inyecciones... Seis al día...

–Lo sé –contestó Cyril–. Por eso el doctor Gupta pensó en probar con usted estos nuevos comprimidos.

–¿Cómo se llaman los comprimidos?

No había pensado en eso.

–Tienen una base de insulina... con un nuevo... licuador añadido.

–Quiero saber el nombre del... medicamento.

–Hay un camión del ejército en la calle, y están aligerando los bolsillos de los transeúntes –dijo Anderson–. Si quiere que me vaya, allá usted, pero es probable que abran mi maletín, y esos comprimidos vienen de Suiza. Pensarán que son alucinógenos ingeribles. Hasta la vista, profesor...

–Espere...

Cyril se pegó a la puerta para que Haksar no pudiera verle desde la ventana. Oyó pasos acercarse a la puerta.

–¡Cyril! –Por la rendija de la puerta, Haksar parecía acechado por la muerte, pero su mirada era vigilante, de sorpresa–. ¿Qué clase de truco estás...?

Cyril cargó contra la puerta y entró como una furia en el vestíbulo. Haksar fue a parar contra una pila de periódicos amontonados junto a un paragüero, que levantaron una nube de polvo. Cyril cerró la puerta de una patada.

–¿Qué clase de truco te llevas entre manos, Raj? ¿A qué viene tanto secretismo?

Haksar, que vestía una chaqueta estilo Nehru de cuello redondo, parecía insomne y sucio. Empezó a sudar, y grandes gotas resbalaron sobre sus mejillas hundidas. Lloriqueó algo acerca de que necesitaba dinero.

–¿Para qué coño lo necesitas? –se burló Cyril–. ¡Apenas puedes valerte por ti mismo!

Haksar pilló a Cyril desprevenido cuando agarró un bastón

340

y le golpeó. La punta de acero alcanzó a Cyril desde el extremo de la ceja hasta la mejilla. Mientras caía sangre sobre los periódicos, Haksar corrió hacia el interior de la casa.

Cyril salió tras él, mientras observaba las señales de descuido que caracterizaban la casa. Puertas abiertas, habitaciones vacías, un horno de cocina manchado de guisos derramados de las cacerolas. La casa olía a especias y retretes atascados.

Al pie de una amplia escalera, Haksar tropezó y lanzó el bastón contra las piernas de Cyril, que cayó al suelo polvoriento, en tanto Haksar subía gimiendo. Su mano derecha colgaba fláccida.

—Mi muñeca, me has roto la muñeca...

Aún encontró energías para subir por la escalera antes de que Cyril pudiera alcanzarle. La idea de que Haksar podía llegar a su escondite y destruir alguna información dio alas a Cyril.

Afuera empezaron a sonar tambores, demasiado potentes para que la lluvia los ahogara. El actor que interpretaba a Shiva, con la cara pintada de azul y el torso desnudo, salió del restaurante y practicó un pasillo entre la muchedumbre, seguido de sus «atributos divinos»: un enorme tambor que cargaba sobre la cabeza otro actor, un gran tridente portado por otro, un largo lingam, o columna fálica, de cartón piedra, cubierto de tela como un monstruoso condón sobre la cabeza y hombros de un hombre. Los cuatro avanzaron hasta encontrarse con otra columna de actores que simbolizaban la esposa de Shiva, Parvati, con sus propios avatares. Se produjeron redobles de tambor, chirridos de flautas y más clamores. En el mismo momento que Shiva alzaba la mano para apaciguar a la multitud, Cyril atrapó por fin a Haksar.

Los ruidos festivos del exterior apagaron los puñetazos que Cyril descargó sobre el frágil hindú. Anderson golpeó al indefenso hombrecillo hasta que la sangre que manaba por el corte de la cara le obligó a parar y dirigirse como una exhalación hacia el cuarto de baño, donde sólo encontró papel higiénico para detener la hemorragia. Hizo una pelota, la apretó sobre el corte, y después volvió y encontró a Haksar... ¡hablando por teléfono! Arrancó el auricular de sus débiles manos y el cable de su enchufe.

—¿A quién ibas a llamar? ¿A quién?

Entonces, se detuvo. Haksar estaba fláccido, como sin vida.

—¡Deja de fingir! —ordenó Anderson.

Empujó a Haksar hasta una silla de aluminio situada al lado de un escritorio funcional y limpio, sobre el cual descansaba un ordenador, un fax y el teléfono. El estudio de Haksar era minimalista y moderno. Anderson sacó la foto que había hecho Lauder de las huellas del homínido y la colocó ante sus narices, dispuesto a empezar el interrogatorio, cuando alguien llamó al timbre.

—¿Quién es? —preguntó Cyril.

Haksar apenas parpadeó. Cyril le dio una bofetada. Haksar abrió los ojos.

—Debe de ser el joven Ngiamena... —jadeó Haksar, desfallecido pero con una sonrisa de astucia. Por un instante, sólo el insistente timbre evitó que Cyril le retorciera el cuello.

El odio que destilaban los ojos del viejo impresionó a Cyril, pero no tenía tiempo de castigarle. Ngili estaba allí, el amigo y socio de Ken Lauder.

—¿Para qué ha venido?

La sonrisa de astucia se ensanchó.

—Por el mismo motivo que tú, Cyril.

—¿Qué quieres decir? ¿A qué cojones te refieres?

Sacudió a Haksar, y se dio cuenta de lo ligero que era, sólo piel y huesos.

—Quiere saber... sobre Dogilani... y la selva...

—¿La selva? —repitió Cyril, perplejo.

El timbre repiqueteó de nuevo.

—¿Dónde has aparcado el coche? —sonrió Haksar con una mueca.

El Land Cruiser de Anderson era conocido entre los estudiantes como un distintivo personal, un blasón. Él lo había querido así. Ahora, todo el mundo que lo veía y conocía a Cyril sabría que estaba en el barrio. Y cualquiera supondría que había ido a ver a Haksar, no a comprar salsa de curry.

—No digas ni una palabra, o te mataré —advirtió Cyril.

Bajaría y se desharía de Ngili, pero no confiaba en Haksar.

Cogió unas tijeras del escritorio, cortó trozos del cable del teléfono y le ató las manos por detrás del respaldo de la silla, así como los tobillos. Después, se pasó una mano apresurada por su ropa arrugada y bajó corriendo la escalera.

A mitad de camino, se dio cuenta de que no llevaba encima su Sig/Hammerli. Si tenía que reducir a Ngili, lo haría con las manos desnudas. Aquella idea le devolvió cierta sensatez. ¿Pelear con Ngili? Ridículo. Cyril le diría que se largara.

Abrió la puerta.

—¿Pasa algo? —preguntó Ngili, sorprendido.

Se quedó inmóvil en el umbral, vestido con pantalones oscuros y un jersey, alto y esbelto. Simbolizaba al africano que Cyril detestaba. El africano seguro de sí mismo y sereno, porque los blancos no le asustaban ni impresionaban.

Ngili señaló la cara de Anderson. Cyril había olvidado que estaba sangrando.

—¿Se encuentra bien, profesor Anderson?

—Eh... sí, sí...

—¿Qué hace aquí? ¿Qué está pasando?

Cyril se secó el corte con el dorso de la mano. Se sentía tan disminuido ante los ojos del africano que habría podido matar a Ngili sólo para borrar el insulto.

—El profesor Haksar está muy enfermo... Me pidió que le ayudara a ir al cuarto de baño... y cayó... y yo caí con él.

Los ojos inteligentes de Ngili tomaron nota de su ropa. Cyril rezó para que no diera la impresión de que se había producido una pelea, pero sabía que no era así.

—¿Llamo a una ambulancia? —preguntó Ngili.

—No es necesario. Ahora se encuentra bien. ¿Qué quieres?

Avanzó hacia el masai. Ngili extendió una mano y detuvo a Cyril tocándole el brazo, sin brutalidad pero con firmeza.

—El profesor Haksar me llamó para pedirme que viniera.

Retiró la mano, como un hombre sobrio después de enderezar a un borracho.

—¿Te llamó? —preguntó Cyril—. Bien, ahora no puedes hablar con él.

Un recuerdo destelló en su cerebro. Se aferró a él como un náufrago a una tabla.

—Esta semana se celebra la boda de tu hermano, ¿verdad? La boda de Gwee. —El nombre del hermano de Ngili se le antojó a Cyril la palabra más fuerte que había pronunciado en su vida—. Debes de estar muy ocupado con los preparativos.

—En efecto, y la boda es esta noche, pero el profesor Haksar me dijo que era urgente que habláramos.

Ngili dio un paso adelante.

—Él no... no sabía de qué estaba hablando... —Cyril bloqueó su camino, como incómodo de que se viese el deterioro de un colega. Se llevó el dedo índice a la sien—. La falta de insulina le hace delirar...

—Pero insistió.

—No es necesario. Ya lo ha olvidado. Yo me he ocupado de todo.

Anderson pensó que no podría resistir mucho más la mirada inteligente del joven masai. Sus ojos se habían dilatado como una lente amplia, y abarcaban todo su cuerpo. Era la forma en que los masais, erguidos sobre un pie en la llanura, vigilaban todo un rebaño. No movían los ojos a derecha e izquierda, sino que los dilataban para abarcar una extensión más amplia.

Ngili se encaminó a la calle, pero dio media vuelta al instante.

—Dejémonos de rodeos. Cuando usted y el profesor Haksar fueron a ver a mi padre juntos, él dijo que en una ocasión había explorado Dogilani, y parecía irritarle que nosotros hubiéramos ido también. Usted no dijo nada por el estilo, pero ahora me dice que no debería hablar con el profesor Haksar. Eso es muy extraño, porque el profesor Haksar me pidió que viniera, y hasta me dijo algo sobre un legado que deseaba confiar a la persona adecuada...

—¿Y crees que eres tú? —Cyril soltó una carcajada—. ¡Si ni siquiera pudiste proteger a tu amigo Ken!

Su estocada dio en el blanco, Ngili lo fulminó con la mirada y Cyril se maldijo por no llevar encima la Sig/Hammerli. Rezó para que Ngili no hiciera otra cosa que clavarle los ojos, que habían adquirido la opacidad nebulosa del hierro templado.

Ngili se contuvo. La boda de Gwee iba a celebrarse dentro

de pocas horas. Ngili había accedido a la petición de Haksar con tan poco tiempo disponible porque tenía que recoger una entrega de bastones de madera tribales y escudos masais recubiertos de piel de vaca, restaurados por un artesano hindú.

—Dígale al profesor Haksar que volveré —advirtió Ngili—. Le sale un poco de cable del bolsillo. Creo que es cable de teléfono.

Se volvió y caminó hacia la calle.

Cuando Ngili se fundió con la llovizna, Cyril tanteó sus bolsillos y encontró un trozo de cable telefónico.

Volvió dentro y cerró la puerta de golpe, pero casi no oyó el ruido. El olor acre del fuego invadió su olfato. Corrió escaleras arriba hasta la puerta del estudio, donde vio una nubecilla de humo.

Se precipitó al interior. El respaldo de la silla de aluminio estaba en el suelo. Era desmontable, y Haksar lo había desprendido de la silla mediante el sencillo método de levantarse. Se había desatado las manos, con los tobillos aún inmovilizados, y estaba tendido en el suelo, dedicado a quemar páginas cubiertas de una caligrafía densa y regular en un fuego que había hecho en un cenicero de latón.

—Justo a tiempo —graznó con sarcasmo Haksar, mientras el fuego ennegrecía el último fajo de papeles. Gotas de sudor resbalaban por su barbilla, a causa del fuego y la creciente falta de insulina.

Anderson se precipitó y salvó algunas páginas. Estaban cubiertas de dibujos, dibujos de monos, como dedujo tras un veloz vistazo.

—¿Qué has destruido, Raj?

—Lo que todo el mundo persigue...

—¿Qué es?

Haksar se encogió de hombros. No iba a hablar.

Anderson avanzó un paso.

—No quisiste decírmelo pero llamaste a Ngili... ¿Por qué me pediste que te ayudara?

—Para averiguar si sabías algo —replicó el anciano—. Siempre estás fisgando, Cyril, siempre metiendo las narices en lo que no es tuyo. Tenía que averiguar...

—Me tomaste el pelo —gruñó Cyril.

—Yo no te t-tomé el p-pelo. —La falta de insulina hacía tartamudear al enfermo—. Sólo quería sa-saber quién se-sería el mejor guardián... de lo que descubrí... No eres tú, Cyril.

Anderson empezó a abrir los armarios del despacho. Pese a su estado, el corazón de Haksar palpitaba desbocadamente. Cyril se estaba acercando al armario donde...

Anderson lo abrió. Hileras de frascos de insulina reflejaron la luz, todos empaquetados con su correspondiente aguja.

Cyril tiró toda una hilera con un movimiento de la mano. Los frascos cayeron y la mayoría se rompió. Pisoteó los supervivientes.

El líquido mojó la sucia alfombra y formó un pequeño charco. Haksar dobló sus tobillos atados bajo el cuerpo y se sentó, como uno de los santones de la calle, y contempló el charco de insulina.

Anderson, con la respiración entrecortada, cogió la silla sin respaldo y se sentó. También contempló el pequeño charco y los frascos rotos.

—¿Lo ves, Raj? Tu vida yace hecha añicos en el suelo. Y se secará, a menos que me cuentes toda la historia.

Ngili maldijo a Anderson. Maldito bwana bastardo, *nyoka,* víbora, *mbaya ugonjwa,* plasta repugnante. Muy enfadado, lanzó el gran Mercedes de los Ngiamena contra los peatones, arrollando la falsa imagen formada en su mente, la del joven negro rico y mimado. Sin embargo, Anderson había dicho una gran verdad, y como afirmaba un proverbio africano, «la lengua del mentiroso habla la verdad más amarga». Ngili no había protegido a su amigo.

Ngili había dejado que Ken se perdiera en la sabana solo. La desaparición de Ken era un accidente, pero el carácter masai era el de un guerrero. Ngili creía que había abandonado a su socio y camarada. Para los guerreros, abandonar a un camarada era apenas menos honroso que perder la guerra.

Y aquel día estaba muy inmerso en la imaginería tribal. Los escudos masais y los bastones de madera repiqueteaban en el asiento trasero, un sonido vivo y acusador.

Ngili se dijo que había accedido a la petición de su padre, pero cada vez que se daba esa excusa, recordaba haber volado sobre aquellas llanuras cubiertas de rebaños, en busca de Ken. Ya lo había hecho dos veces, y examinado las praderas con sus prismáticos pegados a los ojos, para evitar el reflejo del sol sobre el avión. Como de costumbre, los movimientos de los animales eran atractivos y coloridos, pero los ojos de Ngili buscaban de una forma obsesiva los movimientos de un humano.

Pero no había visto a ningún humano.

Daba la impresión de que Ken se había volatilizado.

«Lo hice por mi padre», pensó. Ese pensamiento no le consolaba. Ngili echaba de menos a Ken, y estaba preocupado por él. En el fondo, echaba de menos una parte esencial de sí mismo, formada durante su amistad con el norteamericano blanco. Como muchos africanos cultos, Ngili oscilaba entre sus raíces y sus costumbres occidentales. Con Ken, Ngili podía exhibir esas costumbres occidentales con desenvoltura. De hecho, Ken le había ayudado a adquirir conciencia del otro Ngili, el que había crecido sigilosamente en su interior, invisible para su padre, siempre vigilante.

En momentos como éste, Ngili casi odiaba a su padre. Una nueva y sorprendente sensación que le asustaba.

No osaba confesar a su padre cuánto le gustaba ser amigo del mzungu, ni que tenía ganas de abandonar sus deberes familiares (que se habían complicado mucho más debido a la boda) y correr de nuevo a un avión, para seguir la búsqueda.

En estos momentos, Ken podía ser un puñado de huesos, dispersos a lo largo de varios kilómetros.

Y había algo más. La muerte de Hendrijks.

La policía metropolitana había llamado a Ngili y Yinka para que identificaran el cadáver de Hendrijks. Parecía extraño que el jefe Arnold Kalangi hubiera llamado también a Yinka, pero ella había conocido a Hendrijks, y accedió a su petición. Había entrado en la funeraria, respirando con la boca abierta, una típica señal de miedo.

La funeraria de la policía era un enorme cubo de cemento. En la cripta del sótano, el jefe Kalangi había tirado personalmente de una bandeja con un cuerpo envuelto en una bolsa, que parecía hinchado. El superintendente había bajado la cremallera. Hendrijks, pálido como la cera verde, les había mirado, inflado como cerámica tosca.

Yinka había corrido hacia una escupidera de latón, presa de náuseas, pero sin llegar a vomitar. Ngili la había sostenido.

El jefe introdujo de nuevo la bandeja en el congelador. Yinka se secó la cara con un kleenex, miró a su hermano y vio una pátina verdosa de miedo sobre sus mejillas. ¿Tenía miedo porque, después de la desaparición de Ken y el asesinato de Hendrijks, era la única persona que quedaba del viaje a Dogilani?

Ngili estuvo tentado de implicar a la policía en la búsqueda de Ken, pero se contuvo. Había demasiados policías implicados en tráfico de drogas y caza furtiva, si bien Kalangi, recién nombrado, había prometido limpiar el departamento.

Kalangi preguntó si los Ngiamena tenían enemigos personales. Ngili se encogió de hombros y sostuvo la mirada del alto, canoso y esquelético jefe de policía. Pensó que cualquier información proporcionada voluntariamente podría volverse contra él. De repente, se quedó pasmado al oír que el jefe recomendaba un grupo de ex policías como protección personal. Podía hacerse cargo de cualquiera en cualquier sitio, incluso en el extranjero.

Yinka se había encogido, sobresaltada.

—¿Está seguro de que esos hombres son ex policías, que no están en activo? —preguntó Ngili con tono gélido.

El jefe sonrió y se cubrió la boca para sofocar una tos.

—De acuerdo, si no los necesitan, olvídenlo.

Tenía un fuerte acento kikuyu, que a Ngili le sonó falso, y los dientes ennegrecidos de masticar madera dulce·de m'koko o nueces de betel.

—Menuda sabandija —comentó Yinka, ya en el coche. Miró a su hermano—. No creerás que corremos peligro, ¿verdad?

—No —contestó Ngili con sinceridad—. A Hendrijks lo mataron porque estaba metido en algo, seguramente drogas.

Yinka no le había preguntado si creía que Ken aún estaba vivo.

Eso había sucedido tres días antes, y ahora, delante del Mercedes se alzaba el hotel Naivasha, donde se celebraría la boda dentro de unas horas. El lugar donde Ngili y Ken habían servido bebidas y compartido sueños.

Yinka estaba de pie en la sala de baile del Naivasha, vestida con un majestuoso kikoi rojo como una llama. Llevaba un almacén de cadenas sobre la frente. Estaba supervisando el ensayo del arriba-abajo, la desinhibida danza sexual de los masais.

Veinte chicas, todas parientes de los Ngiamena, tenían que bailar el arriba-abajo delante de veinte chicos elegidos entre las mejores familias masais de Nairobi. El propio hijo del presidente Noi (que no era masai, pero ¿para qué discutir?) había sido invitado como líder de los bailarines masculinos. Aún no se sabía si participaría. Los chicos llevaban atavíos de caza, pero también relojes Vacheron y Rolex. Tanto los chicos como las chicas bailaban descalzos al compás de tambores Digo, de las cadenas que tintineaban sobre sus frentes, y de aros de plata y latón que chacoloteaban alrededor de sus tobillos y muñecas.

El significado de la danza estaba implícito, y se ejecutaba con toda la energía posible. Algunos chicos saltaban hasta un metro veinte del suelo, y algunas chicas hasta casi un metro. Se adivinaba con claridad en el meneo de hombros, pechos, caderas y nalgas. Para los chicos, los saltos y los meneos simbolizaban juventud, poder, alejamiento de la aburrida rutina cotidiana, anhelo de cazar y fecundar; para las chicas, juventud, diversión, alegría, deseo de atraer a un macho y transformar su semen en descendencia. Bajo sus kikois, ceñidos y estrechos, las chicas agitaban sus pechos y los chicos meneaban sus genitales. Los chicos cortaban el aire con caderas y entrepiernas, las chicas adelantaban las pelvis y luego las encogían, fingiendo que rehuían las embestidas de los chicos. No sólo les acompañaba la música, sino las risitas procedentes de ambos bandos. Las chicas, prácticamente cegadas por los adornos que colgaban sobre sus caras, tenían que mirar de reojo para no salirse de su formación, y para engañar a los chicos que bailaban sin tropezar con ellos, lo cual requería mucha habilidad.

Durante los años que Yinka había pasado en el pueblo de sus abuelos, había presenciado la danza ejecutada por jóvenes de la tribu, algunos de los cuales no habían cumplido más de diez años. Allí no había relojes Rolex, ni suelos relucientes de hotel bajo sus pies, sino tierra de la aldea. Allí, el baile era más desenfrenado, más picante. Era un auténtico rito de cortejo y apareamiento. Después del baile, los bailarines más desarrollados físicamente se alejaban en parejas hacia los matorrales, sin supervisión ni restricciones paternas. La fisiología señalaba la llegada de la madurez, el derecho a amar, beber y comportarse como un adulto. Los pezones apenas crecidos se ponían erectos. Los penes que se erguían bajo las ropas de cazador aprovechaban su ventaja. Los muchachos sabían cuándo eran aún muchachos, y también cuándo se convertían en hombres y mujeres.

Yinka lo recordaba todo, y era una buena profesora de baile. Había colocado a las chicas por talla y edad, las más bajas delante, para que bailaran con los chicos más bajos. También eran las más tímidas. Eran las encargadas de hacer entrar en calor a la multitud, saltando con inocencia y sin verdadero énfasis. Cuando saltaban, tenían que apartarse y dejar paso a las mayores, que albergaban planes más concretos para sus parejas del sexo opuesto. Entonces la danza se aceleraba, los tambores transformaban su ritmo ideal en un frenético *burrrrr*, y los pies, cuerpos y caras volaban, mientras los ojos ardían como teas bajo los adornos tribales. El sudor brillaba sobre las jóvenes pieles como cuentas de cristal. El público sentía el tamborileo en la sangre, fuera cual fuera su edad. Una sensación de juventud compartida inundaba a todo el mundo, y un orgullo común impulsaba a los parientes a sonreírse, olvidando desavenencias y celos.

Debía de ser una de las danzas más explícitas del mundo, pero era muy pura. Muchos de los que bailaban eran vírgenes, y ninguno de los chicos y chicas mayores estaban casados. Ponían tal entusiasmo en sus embestidas, brincos y meneos, que la danza perdía su lascivia por obra de su franqueza. Era una celebración del futuro.

Como se trataba de un acontecimiento ciudadano, el arriba-abajo de la boda se había modificado para incluir a los parientes de mayor edad y a los invitados importantes. Después de las tres primeras rondas ejecutadas exclusivamente por los jóvenes, el baile se abriría a todos aquellos que quisieran participar. Yinka había dicho a Ken que deseaba tenerle como pareja en el arriba-abajo. Sería divertido, y habrían bailado ante las sonrisas confusas de los familiares. Ahora se daba cuenta de cuánto lo había deseado. Cómo se había imaginado danzando con el colono, él con torpeza pero sonriente, y ella dando toda una exhibición de virtuosismo. Había pensado planear como un pájaro ante él, agitar los pechos ante sus narices, acercarse hasta que sus rodillas toparan con las suyas, alentarle y enardecerle con miradas ardientes. Él se habría esforzado al máximo, como buen perdedor que era, brincando con torpeza, sin perder su ancha sonrisa norteamericana. O quién sabe. Tal vez hubiera descubierto en su cuerpo moldeado por la sabana un ritmo propio. Quién sabe. Yinka, como africana, creía en la danza como comunicación. Sentía curiosidad por esa faceta de Ken. Y se habría convertido en su danza. Se habría sentido orgullosa de ser una experta, muy superior a él y en su elemento, pero habría recibido con agrado su inventiva, o al menos su valentía de seguir adelante.

Si hubiera estado allí, pero no estaba.

El recuerdo de la visita al depósito de cadáveres le revolvió el estómago de nuevo.

La cara de Hendrijks. Y después, en lugar de la de Hendrijks, la de Ken.

Aspiró por la boca. Ansia de aire, la señal del miedo.

¿Dónde estaba Ken? ¿Por qué se había ido solo, el muy idiota? Sin embargo, de ella había sido la inteligente idea de ayudarle a marchar solo.

Era imposible no pensar en él sin cesar, porque, después de su visita al depósito de cadáveres, temió por la vida de Ken tanto como por la de su hermano.

Ahora, Ngili llevaba un revólver, y lo llevaría esta noche, debajo de su atavío tribal. Yinka se había negado a llevar una pistola, y también a admitir sin ambages su preocupación. Cuando vio a Ngili entrar en la sala de baile, ordenó un descanso a los bailarines y le recibió con una amplia sonrisa.

—¿Todo va bien, hermano mío?

—Más o menos.

Ngili se dirigió hacia un vestidor improvisado para cambiarse de ropa.

Ella le siguió.

—¿Qué quería Haksar?

—No lo sé. No pude verle.

Entró en el vestidor, corrió una cortina y le contó lo sucedido. Yinka guardó silencio.

—¿Estás decepcionada? —preguntó Ngili, irritado—. Pensabas que me diría algo que nos ayudara a encontrar a Ken.

—Sí —admitió la joven, mientras se preguntaba por qué estaba tan enfadado su hermano.

—Temo que hay otras cosas de las que preocuparnos. Um'tu estaba hablando con Jack Dimathi al pie de la escalera. Me llamó.

Yinka escuchaba. Jack Dimathi era el propietario de la única compañía aérea privada de África Oriental. Ngili abrió la cortina. Estaba tan atractivo que hasta su sarcástica hermana contuvo el aliento por un instante. Ngili echó un vistazo a la pista de baile y comprobó que no había nadie cerca, pero aun así bajó la voz.

—Jack cree que va a haber un golpe de Estado. Y los masais llevaremos las de perder.

El nudo que se formó en la garganta de Yinka casi la ahogó.

—¿Por qué nosotros? Somos una tribu tan pequeña...

—Precisamente. No se atreverían con una tribu numerosa. Los kikuyus, su propio pueblo. O los embus.

—¿A quién te refieres? ¿Al ejército?

Ngili asintió. El ejército. La única institución de África que todo el mundo temía. Se esperaba que garantizara la estabilidad, pero siempre fomentaba los conflictos. Como propietario de unas líneas aéreas, Jack Dimathi era uno de los civiles mejor informados del país. Ngili explicó a Yinka que Dimathi había observado una pauta repetida. Sacaban a las tropas de sus barracones habituales y las trasladaban a zonas de tribus a las que no pertenecían. Las tropas realizaban maniobras y plantaban sus tiendas de campaña cerca de las zonas de pastos pertenecientes a los masais. Entretanto, algunos jefes masais habían empezado a hablar de «representación tribal».

—Alguien está poniendo esas palabras en sus bocas —terminó Ngili—. Alguien está intentando provocar a los masais para dar una excusa al ejército. —Hizo una pausa y miró a su asombrada hermana—. Al menos eso piensa Jack.

—¿Y Um'tu le ha tomado en serio?

—Sí. Los jefes tribales están tomando copas en el vestíbulo

principal, y Um'tu les va a advertir sobre los movimientos del ejército en sus territorios.

La boda no empezaría hasta dentro de una hora, pero la fila de recibimiento ya estaba en su sitio, porque los jefes tribales habían llegado con sus familias bastante antes, a bordo de sus coches y camiones poco fiables, por si se producían averías. Una buena multitud se había congregado en la entrada del hotel, bajo paraguas mojados, a la espera de entrar en el vestíbulo a razón de una familia cada cinco minutos, el tiempo que tardaría cada familia en cruzar veinte metros de espacio, saludando a Jakub e Itina, a Gwee, el novio, y a Wambui, la niñera que había cuidado a todos los bebés Ngiamena.

Wambui estaba deshecha en lágrimas, y no sólo por amor a la costumbre.

Los invitados desfilaban con una sonrisa de oreja a oreja, desprovista de alegría, pues era una expresión formal de cortesía, no la expresión de un sentimiento, y empezaban a recorrer la fila: *Hujambo! Habari?* (Hola, ¿cómo estás?), a lo cual los Ngiamena respondían al unísono: *Hujambo! Habari? Mzoori, ahsante* (Muy bien, gracias), decían los dos bandos al mismo tiempo, y se abrazaban con la misma sonrisa estereotipada, con la misma formalidad que en una fiesta colonial. Después, los invitados hacían las mismas preguntas, sobre la salud de todos, sobre el precio de la novia (los Ngiamena no habían pagado el precio de la novia; ésta era de una familia urbana y licenciada en derecho, pero había que respetar las costumbres), sobre por qué Ngili no había sido el primero en casarse, a lo cual Ngiamena debía insinuar, con fingida vergüenza, que Ngili ya estaba entregando su semen a alguien, y que tal vez una futura esposa estaría entre los invitados, aunque su nombre no podía revelarse, debido a la veleidad de algunos amantes. Entretanto, Ngili debería esforzarse más en cazar, para compensar el hecho de que no hubiera dado a sus padres el regalo de unos nietos listos y obedientes.

Los invitados masculinos llevaban capas de piel de leopardo y túnicas de leopardo y cebra; las mujeres, kikois muy trabajados y tiaras de plumas multicolores, de turaco de copete verde, loro de cuello marrón, cotorra de cabeza roja, comeabejas de pecho azul, viuda dominicana de alas amarillas, o cascasemillas de estómago negro, por no hablar de las numerosas variedades de nectarínidos. Era fácil saber, por el porte de los invitados, cuáles llevaban esos adornos a menudo, y cuáles estaban más familiarizados con trajes, corbatas y tacones altos. Sólo en un aspecto se mezclaba lo viejo con lo nuevo. Todas las piedras preciosas que llevaban las mujeres eran de Cartier o Bulgari.

El ruido de la fiesta recordó a Ngili que su hermana y él debían bajar con los invitados.

—Por cierto —susurró Ngili a Yinka—, el hijo del presidente no vendrá. He llamado a protocolo de palacio, y me han dado una excusa.

Maravilloso, tuvo ganas de decir Yinka. El hombre la había manoseado después del último arriba-abajo, y ella había tenido que pellizcarle con fuerza, pero no dijo nada porque si el presidente hubiera dado permiso a su hijo para acudir, habría sido una buena señal, mientras que en este caso se trataba de un mal presagio.

Ngili miró a su hermana y observó lo atractiva que estaba.

—Estoy segura de que Jack está paranoico —susurró ella—. Perseguir a los masais es ridículo. Sólo unos pocos tienen poder. Y el ejército no dará ningún golpe de Estado contra el presidente. El ejército está tranquilo.

—¿Y si el ejército y el presidente eliminan a toda la oposición en potencia, con nosotros como pretexto?

—Um'tu debería tener el sentido común de disfrutar de la boda —replicó Yinka, irritada, mientras bajaba a toda prisa por la escalera que conducía al vestíbulo—. ¿Qué me dices de Ken? —preguntó cuando oyó los pasos de su hermano detrás de ella—. ¿No vamos a enviar una partida de rescate?

—¿Y si no podemos?

—¿Quieres decir que vamos a abandonarle?

—Ken es un superviviente, y tal vez se encuentre más a salvo que nosotros...

Yinka se detuvo en seco y volvió la cabeza para mirar a Ngili.

—¿Cómo puedes hablar así de tu mejor amigo?

–Lo he dicho en serio, Yinka. –Ngili cogió su brazo desnudo, de forma que los brazaletes tintinearon–. Yinka, Ken sólo ama una cosa: la ciencia...

Ella le dirigió una sonrisa presuntuosa.

–¿De veras? No es un robot.

–¡Yinka! Él es...

–¿Blanco?

–¡Norteamericano! –exclamó Ngili, y ella rió. ¿No soñaban todas las keniatas en casarse con un norteamericano? ¿O la diferencia estribaba en que esos norteamericanos solían ser negros?

–¿Y si decido no vivir como una sumisa hija nativa, sino como una hembra oportunista? –preguntó Yinka, desafiante–. ¿No es así como llamáis a las féminas en vuestras discusiones sobre estrategia genética? ¿Y si decido que Ken no tiene nada de malo, en lo que a mí concierne? Es joven, voluntarioso, genéticamente válido, como tú dirías. Puede llegar a ser una estrella de la ciencia, si vuelve vivo...

–Si vuelve –subrayó Ngili, y la miró con aire amenazador–. Yinka, ¿habéis...?

–¡No es asunto tuyo!

En realidad, pensaba que sus motivos para preocuparse por el colono no tenían nada que ver con haberse acostado con él. Habían sido íntimos durante unas horas, y tal vez llevaba semanas muerto.

–Escucha. –Las facciones de Ngili se habían ahusado, su postura era rígida e inexpresiva, pero ella sabía que su postura significaba lo opuesto de lo que indicaba. Estaba preocupado–. ¿Y si Ken vuelve y no sucede nada entre vosotros?

–Tienes razón –replicó Yinka–. Puede que no pase nada.

Bajó a toda prisa, seguida de su hermano, y una salva de aplausos estalló en el vestíbulo. Cuando Ngili y Yinka bajaron la escalera con atavío tribal, formaban una pareja tan impresionante que la multitud reaccionó a una imagen idealizada. Yinka, con un tintineo de cadenas, se encaminó hacia un grupo que llegaba, y rodeó con sus brazos a una amiga del instituto.

Itina había utilizado el kikoi de Yinka en su boda, y en su

356

cuello iba cosida la gran semilla de un árbol. Un fetiche amoroso, un juju. Garantizaba que un hombre pensaría en la mujer que le atraía cuando ella pensara en él. Venga, juju, demuestra tu poder, pensó Yinka. Haz que piense en mí, si está vivo. ¡Haz que piense en mí!

Pensó que la semilla reseca había aumentado de peso, y la apretó contra su clavícula. Abrazó a la familia de su amiga, después se incorporó a la fila de recibimiento y se mantuvo algo ladeada, de cara hacia la ciudad hindú invisible. Tocó la semilla de su cuello, y rezó para que lo que Haksar sabía acerca de Dogilani sirviera para ayudar a Ken.

—La próxima glaciación... será dentro... de dos mil... años. Eso significa... cien generaciones humanas... Tiempo suficiente para encarrilar... una nueva especie humana...

Haksar estaba tendido en un sofá, con las manos y los tobillos libres. Su depleción de insulina estaba tan avanzada que Cyril se preguntó por qué tardaba tanto en morir el viejo hindú.

La casa estaba a oscuras, a excepción de la lámpara del escritorio. Anderson estaba sentado sobre el mueble, envuelto en el polvo de los libros y papeles viejos que había investigado, mezclado con el olor aséptico de la medicina derramada.

—Pero mucho antes de eso... el planeta se hundirá... bajo el peso de la superpoblación... —prosiguió Haksar, como una cinta programada para interrumpirse y volver a arrancar cada pocos segundos—. Dentro de dos mil años... habrá dos billones... de personas... en la tierra... Calculando a partir de... las actuales tasas de nacimientos... sólo el peso de los filipinos... superará el peso de la tierra... —Lanzó una risita cuando pensó en la idea del peso de los filipinos.

Anderson se puso en pie y estiró brazos y piernas. Un nuevo tipo humano sería estupendo, pero ¿cómo deshacerse del antiguo? ¿Y el agotamiento de los recursos? De pronto, rodeó el escritorio y se plantó ante Haksar con aire amenazador.

—¿Por qué desvarías sobre un nuevo tipo humano, Raj? ¿Quieres decir que te encontraste con esos seres, que copulaste con ellos?

Haksar aún no le había dicho nada. Nada había servido, ni siquiera hacerle daño. Cyril había estrujado la muñeca dolorida de Haksar y sentido el hueso mellado, tal vez roto. El hombre torturado había chillado, pero no había revelado la menor información.

–No... eso no habría sido... ciencia...

–Me alegro –rió Cyril.

Agitó las pocas páginas que había salvado del fuego. Eran diagramas de genitales masculinos, peludos y realistas. Mostraban los testículos y miembros en varias especies de primates. Desde un punto de vista anatómico eran correctos, y a tamaño natural. Anderson volvió a reír.

–¿Lo dibujaste tú, amigo? Supongo que ibas salido como la pipa de un indio en esa época. ¿Es esto lo que te ponía cachondo?

–Yo los dibujé... sí... en 1953...

En 1953 Anderson estaba en Oxford. Ese año no tuvo nada más de especial, excepto... oh, sí, por supuesto: en Kenia, la RAF arrasaba a los negros, durante la guerra de independencia contra los ingleses.

–Sí... Yo estudiaba zoología entonces... Déjalos... en paz...

–No te preocupes.

Anderson examinó las escasas páginas, se maravilló de la precisión de los dibujos, se maravilló de que la polla erecta de un gorila macho midiera menos de cuatro centímetros de largo (las cifras estaban anotadas al lado de cada dibujo), mientras la de un orangután medía cinco centímetros, la de un chimpancé poco más de seis, y la de un sapiens humano doce y medio, como mínimo.

–Siempre había pensado que cuanto más grande el mono, más grande la picha... –murmuró.

–Al c-contrario... –tartamudeó Haksar–. Los grandes monos... son lo bastante fuertes para... asustar a los... competidores... así que no necesitan penes grandes para... asegurar la fidelidad de las hembras... Estás flojo en... biosociología, Cyril.

–Cierra el pico.

–Demasiada política universitaria... Dios... Lo que vi allí...

—¿En la sabana?

—En la sabana... y en la selva... —Haksar se incorporó. Sus facciones parecían casi simiescas. Un brillo malévolo bailaba en sus ojos—. Aléjate de ese lugar, Cyril... Mata... No reporta gloria... sólo muerte. Consigues ver... la ascensión de la humanidad... y luego mueres...

—¿Crees que Lauder ha muerto?

—Tal vez... no...

Cyril reprimió las ganas de azotar al anciano.

—¿Por qué... no? —imitó al moribundo.

—Genes... muy fuertes...

La cabeza de Haksar reposó sobre su pecho, pero Cyril no dejó de vigilarle. ¿Y si el muy bastardo estaba fingiendo? En aquella posición, con su aliento apenas perceptible al oído, Haksar podía reducir su gasto de energía a veinte calorías por cincuenta kilos a la hora. De hecho, como Haksar pesaba menos de cincuenta kilos, aún podía reducirlo más. Hasta podía ser capaz de fingir su muerte. Los hindúes conocían toda clase de tretas raras...

Cyril vigiló al anciano mientras examinaba el reverso de otra página. La sangre subió a sus mejillas cuando vio diversas ilustraciones frontales de vaginas, dibujadas con minuciosidad y realismo, desde el lemur al humano, pasando por el mono. Todas estaban provistas de claros y grandes clítoris.

—¿Es esto lo que hiciste en Dogilani, Raj, perseguir coños de mona? —No podía creer en el efecto que aquellos dibujos estaban obrando en él—. Te pagaré una suscripción a *Penthouse,* Raj. ¿Raj?

Haksar parecía ahora una deidad corroída. Un leve sonido surgió de su espectral inmovilidad, pero era claro, sin tartamudeos.

—¿Sabes cómo son de grandes los cojones de un gorila, Cyril? El doble de los humanos... Pero se corren en menos de diez segundos... ¿Tienes los cojones muy grandes, Cyril?

—¡Vete al infierno!

—Los estudios de campo demuestran que... cuanto más grandes son las pelotas de un mono menos fiel es su pareja... Necesita pelotas tan grandes para poseer a muchas hembras, porque no puede conservar a una en particular... –Miró a Anderson con malicia–. Alguien me dijo que Corinne... se ha quedado en Londres...

Cyril pegó un brinco, agarró a Haksar y le sacudió.

–¡Deja de fingir, Raj! ¡Aún estás aquí! ¡Te llevaré a un hospital, te darán una inyección de insulina, luego me contarás lo que sabes y ganaremos dinero juntos!

–Cuánto dinero... por un nuevo tipo humano... ¡Nadie tiene bastante dinero para pagar eso!

–¡He esperado demasiado para dejar escapar esta oportunidad! –gritó Cyril–. ¡No voy a detenerme por un viejo cabrón!

–Quiero mucho dinero... –dijo Haksar– y lo que voy a contarte lleva tiempo. Consígueme un poco de... –su voz se arrastró de nuevo; aquella inesperada reserva de energía se estaba agotando– insulina... ¡ahora!

–¿Cómo? ¿La chupo del suelo?

Aún quedaba un poco de líquido en el charco de la alfombra.

–Trae una cuchara... y succiónala con la jeringa...

Anderson había pasado por alto las jeringas de plástico, que estaban empaquetadas en una caja separada.

Cyril acercó tanto su cara a la de Haksar que el aliento del moribundo inundó su olfato, agridulce y rancio, un olor horrible. Le dio igual. Le bañó con su propio aliento.

–Será mejor que valga la pena...

–Corre... una cuchara... en la cocina... A ver quién es más rápido... Tú... o mi muerte...

«Maldito seas –pensó Cyril, mientras corría a la escalera–. ¡Lástima que no pueda matarte de verdad!»

Ya solo, Haksar apoyó los pies en el suelo, enderezó su espalda y se levantó, tembloroso como una hoja. Se tambaleó hasta la ventana. Se mordió sus labios descarnados para reprimir un gemido de dolor y logró abrirlos.

El aire húmedo de la noche bañó su cara. Delante de su casa, la calle estaba desierta, pero al lado del restaurante, gente con velas, campanas y tambores miraba a los ermitaños hindúes que llevaban el pecho al descubierto y caminaban cantando hacia el río, con sus torsos desnudos cubiertos de cenizas. Los ermitaños tenían la vista fija en el suelo. Sus barbas y mechones enmarañados de pelo, así como sus cuerpos cubiertos de cenizas, brillaban allí donde la lluvia se había llevado las cenizas. El estrépito estaba llegando a su paroxismo. Esta noche, aquella gente era hindú, sólo hindú, en estrecha comunión con su fe y sus ancestros.

Haksar los miró y deseó con todas sus fuerzas participar también. Olvidar la ciencia y los extraños acontecimientos que le habían conducido hasta allí. Deseaba, a las puertas de la muerte, el poder fundirse con la eternidad en la que creía aquella multitud jubilosa.

Lo que sabía sobre el mundo y la raza humana pesaba sobre él como una losa. Lamentaba en lo más hondo no haber encontrado un heredero a quien confiar sus conocimientos.

La selva, pensó. No entres en esa selva, Cyril.

Aún estaba solo.

Vio un libro sobre el escritorio, despanzurrado a causa de las repetidas lecturas. Se arrastró hacia el mueble y abrió el libro. Tenía anotaciones en casi todas las páginas. Descansaba junto al único contacto con el exterior que había escapado al vandalismo de Cyril: el fax.

Pasó las páginas hasta encontrar la que buscaba y arrancó algunas. Echó un vistazo a un papel pegado al escritorio en que estaban anotados diversos números de teléfono, encajó las páginas en el fax y marcó un número del extranjero. Apretó el botón de «envío». Las páginas empezaron a atravesar el aparato con un suave zumbido, para reaparecer como copias en otro fax, a doce mil kilómetros de distancia.

Cuando Cyril volvió corriendo con una cuchara, vio que la ventana estaba abierta. Haksar se hallaba de pie junto a la ventana, en precario equilibrio, con la cara cubierta de sudor. El anciano se desplomó. Cyril saltó, pero no logró impedir su caída. Haksar parecía muerto, pero sus párpados se agitaban.

Cyril recogió líquido del suelo con la cuchara y hundió la aguja de la jeringa en él. Cyril nunca había puesto una inyección. Buscó un fragmento de tejido sano e introdujo la pequeña aguja en la palma de Haksar, que se estremeció. Cyril lanzó un gruñido de satisfacción. A fin de cuentas, Haksar había decidido no ser un traidor.

—¡Espera un momento, Raj! —gritó Cyril, sin reparar en el humor negro de su expresión.

Recogió más líquido, intentó hundir la aguja en él y se pinchó en la mano. Mierda. Mientras su sangre goteaba sobre la mano cadavérica de Haksar, hundió la aguja en la palma del hindú agonizante.

El viejo sufrió un espasmo y luego miró a Cyril.

Fuera, los ermitaños llegaron al río fangoso y se precipitaron en sus aguas, al grito de «¡Shiva! ¡Shiva!», el dios de la destrucción, pero también de la regeneración.

Haksar estaba muerto, y el dios no le había dicho en qué forma iba a regenerarle.

Cyril hizo la única cosa práctica adecuada al momento: cerró la ventana. Después, entró en la biblioteca de Haksar y rebuscó de nuevo, deprisa y al azar, arrancando páginas, aplastando volúmenes bajo los pies, desesperado por no haber arrancado a Haksar más información de la que Hendrijks le había facilitado. Por fin, encontró una caja llena de fotografías en blanco y negro, bajo un escritorio. Las esparció sobre el suelo. Una de ellas plasmaba la cresta oscura y puntiaguda del Mau.

Había tres hombres delante del Mau. Cyril reconoció, cuarenta años más joven, a un delgado y mofletudo Hendrijks. A su lado estaba Haksar, también joven, nervudo y con los ojos muy grandes, con el aspecto de una granada de energía nerviosa a punto de estallar.

La foto parecía haber sido tomada a principios de los cincuenta, cuando Anderson estaba en Oxford. Haksar vestía una camisa de tipo militar, con zonas descoloridas en los hombros y el cuello. Cyril se preguntó si era la marca de galones arrancados. Al lado de Haksar había un africano muy joven, esquelético y de piernas torcidas, con un tatuaje cuadrado en una mejilla. También llevaba ropas de estilo militar, con los galones arrancados. Un rifle Enfield colgaba de su hombro, pero la correa de cuero había sido sustituida por un cordel, que parecía trenzado con pelo de animal. La culata del Enfield estaba recortada. Recordó a Cyril las armas caseras, grotescas pero mortales, que las guerrillas Mau Mau habían utilizado durante la guerra de la independencia contra los ingleses.

El Mau Mau...

Miró la escarpa y después examinó al africano. Hendrijks y Haksar sonreían con el hálito de la juventud aventurera, pero el africano lo hacía con crueldad. Su expresión decía: os mataré. El africano podía ser un rastreador, y Hendrijks el piloto, pero ¿qué estaba haciendo Haksar allí?

Cyril intentó recordar lo que sabía sobre las guerrillas Mau Mau, pero en aquella época no estaba en África, y la guerra de la independencia no se había impreso tanto en su memoria como en la de otros europeos.

El Mau, casi oculto por la arboleda, se cernía sobre los tres hombres de la fotografía, como un barco de guerra del Plioceno, y Cyril comprendió por primera vez lo peligroso que sería seguir a Lauder hasta allí y robar su hallazgo.

Guardó la fotografía en el bolsillo. Haksar estaba muerto, y Ngili había visto a Cyril en su casa, sólo unas horas antes.

Ngili había visto sangrar a Cyril.

Y había amenazado con volver.

Cyril paseó la vista alrededor. A juzgar por el desorden, podía dar la impresión de que Haksar había sufrido un robo, pero los frascos de insulina destrozados en el suelo sugerían un asesinato.

El asesino novato perdió los nervios.

Minutos después, Cyril salía de la casa y corría bajo la lluvia hacia su Land Cruiser. Observó al pasar que el artista callejero, ahuyentado por la lluvia, ya no custodiaba su cuadro pintado en la acera.

Condujo el coche hasta un callejón. Una puerta mojada por la lluvia, practicada en una valla de madera, conducía a la parte posterior de la casa. Aparcó el Land Cruiser en el callejón, volvió a entrar en la casa y encontró el cuerpo donde lo había dejado.

Con lógica retorcida, decidió que el elemento acusador era el cadáver, y que debía deshacerse de él.

Instantes después, salió de la casa cargado con Haksar, cuyo cuerpo apenas pesaba. Desde lejos parecía que dos hombres caminaran deprisa juntos, casi mejilla contra mejilla, como dos hermanos siameses. Llegaron al coche, donde Cyril dejó el cadáver en el asiento trasero.

Cyril tuvo la impresión de que estaba conduciendo por instinto, paralelo a la orilla norte de aquel repugnante río. Por la ventanilla abierta vio gente rebuscando en las basuras. Un cadáver sería más discreto allí que en el vehículo de Cyril, caro y bien cuidado. Detuvo el coche y apagó el motor. Cogió el cuerpo y lo sacó fuera.

Por suerte, Haksar no pesaba nada y fue fácil arrastrarlo. Cyril no sabía dónde estaba el río, pero lo oyó. Era un charco rojizo y fangoso. Arrojó el cuerpo al agua, al caudal sagrado del río, pensando que estaba rindiendo a Haksar el homenaje más simbólico, al estilo hindú.

Volvió hacia su coche y de pronto se detuvo como alcanzado por un rayo. Arnold Kalangi, el jefe de policía, se erguía junto al coche de Anderson. Por una fracción de segundo, Cyril creyó que era una alucinación.

—Buenas noches, profesor —dijo Kalangi con su voz de acento kikuyu.

Un intercambio de palabras no fue suficiente para que la alucinación desapareciera.

—¿Cómo ha llegado aquí? —preguntó Cyril con voz ahogada.

—Le seguí —contestó el jefe—. Dejé mi coche allí.

Señaló con la barbilla.

Cyril vio un coche oscuro, camuflado entre una hilera de montañas de basura. Estaba aparcado en el lugar donde maniobraban los camiones de basura de la ciudad.

—¿Por qué? —preguntó Cyril.

—Porque las circunstancias dictaban que debíamos encontrarnos y hablar de ciertos asuntos —dijo Kalangi—. ¿Ya está libre, profesor?

—¿Eh? Yo... Sí, me iba... a casa.

—¿Le importaría acompañarme? Me dirijo a un lugar que hay detrás del bazar de Muindi Mbingu Road. Tal vez lo conozca: la herboristería de Zhang Chen. ¿Puede acompañarme?

Cyril se preguntó qué sabía Kalangi de lo sucedido en la casa de Haksar. ¿Era el artista callejero un agente camuflado? ¿Había pinchado Kalangi el teléfono de Cyril, o el de Haksar?

El policía desvió la vista hacia el lugar donde Cyril se había deshecho del cadáver de Haksar.

—El profesor Haksar estaba muy enfermo. No habría durado mucho tiempo más.

Cyril no hizo comentarios.

—Creo que no guardaba muchas notas en su casa —siguió el jefe—. Estoy seguro de que existen notas de sus anteriores expediciones en algún lugar... pero no creo que estén allí.

—¿Dónde están? —preguntó Cyril.

—Ya hablaremos de eso —dijo el policía—. Vámonos.

Para asombro de Cyril, Kalngi extendió una mano para ayudarle a pasar sobre los montones de basura, y se dirigieron hacia el coche camuflado.

Más o menos a la misma hora, en el hotel Naivasha los invitados a la boda estaban reunidos y la fiesta estaba en plena efervescencia. Jakub Ngiamena se llevó a Ngili a un aparte.

—Ngili, nuestro amigo Jack Dimathi se siente cansado. Dice que ya no está para estos trotes. ¿Te importa acompañarle a casa?

Dimathi estaba al lado de Jakub. Era un africano bajo de unos cincuenta años, muy acicalado, vestido con un esmoquin que destacaba entre los kikois. Era uno de los pocos gays de la elite ciudadana que no ocultaba su condición. Su compañero, mucho más joven, un árabe de Zanzíbar, tocaba tambores Digo en la orquesta contratada para la boda.

—También he olvidado el regalo de bodas en mi oficina —sonrió Jack, que no parecía cansado—. Si nos paramos de camino, Ngili, lo recogeré.

Ngili recordó que Jack no conducía, pero le sorprendió la sugerencia de su padre.

Miró a su padre y dedujo que era una orden.

—Claro —murmuró Ngili—. Voy a cambiarme de ropa.

Minutos después, vestido con pantalones y una cazadora, Ngili condujo a Dimathi hasta su oficina del centro. Jack entró, estuvo cinco minutos dentro, y regresó con un sobre de papel manila sin cerrar y un frasco de perfume Annick Goutal. Pidió disculpas porque el regalo no estaba envuelto. Ngili, desconcertado, cogió el perfume. Parecía un artículo libre de impuestos que Jack hubiera comprado en alguno de sus viajes. Ngili abrió el sobre. Contenía siete billetes de avión, sólo de ida, a Johannesburgo, en la línea aérea de Jack.

—Desde allí podéis viajar a cualquier parte... Londres, Nueva York —explicó Jack—. Los billetes son válidos durante tres meses.

Perplejo, Ngili preguntó si debía pagar los billetes.

—Me hacéis una transferencia cuando podáis. Si los utilizáis, por supuesto. Espero que no sea necesario.

Había suficientes billetes para Jakub y su mujer, Ngili, Yinka, Gwee y su mujer, y Wambui, a la que consideraban un miembro más de la familia. Las mejillas de Ngili se encendieron cuando miró al elegante hombre. Jakub había tomado medidas para que su familia pudiera huir del país.

—Nadie nos ha visto, nadie sabe nada. Llévame a casa y luego vuelve a tu fiesta.

—Jack...

Ngili conocía bien al hombre. Durante años, los Ngiamena habían volado en los aviones de Jack. Durante años habían asistido a las fiestas de Jack, y todos habían acudido a otros acontecimientos de la elite. Hasta la homosexualidad de Jack, algo muy mal visto en África, había sido aceptada como una extravagancia de un amigo de la familia. Sin embargo, Ngili nunca había hablado tan francamente con Jack.

—Jack, ¿estás preocupado por algo?

—Yo nunca estoy preocupado —sonrió Jack—. Sólo estoy enterado de ciertas situaciones. El ejército acaba de comprar cuatro aviones Embraer a Brasil, después de que sus transportes demostraran su influencia durante ese traslado de refugiados... Claro que —su sonrisa se ensanchó— el Embraer no es en realidad un transporte, sino un avión de combate, con ametralladoras montadas sobre alas, pero los funcionarios que cometieron el error y firmaron la orden de compra estaban demasiado avergonzados para suspender el trato... Las chapuzas habituales...

No eran las chapuzas habituales. No si se relacionaba los aviones con las concentraciones de tropas alrededor de enclaves masais. Y puede que también rodearan enclaves de otras tribus.

—No te preocupes por esas nimiedades. Tú eres un científico —concluyó Jack, mientras se inclinaba para entrar en el gran Mercedes de los Ngiamena.

Ngili puso en marcha el motor, bajó por la calle y tuvo que detenerse ante un atasco de un kilómetro de coches, provocado por un control policial. Dio marcha atrás, probó por Kaunda Street, encontró otro control, lo esquivó tomando una carretera secundaria, llegó a la autopista de Uhuru, que estaba despejada, y salió disparado hacia la casa de Jack, situada en University Way.

Dejó a Jack en su casa y trató de regresar a la autopista, pero un camión del ejército detenía el tráfico. Volvió a Muindi Mbingu Road y siguió por carreteras secundarias, bordeadas de dukkas árabes y chabolas africanas, con la esperanza de no encontrar controles, aunque vio más en otras calles, así como patrullas armadas que bajaban de los camiones para registrar a los automovilistas. A lo largo de sus principales arterias, la ciudad, una de las más grandes de África, parecía atrapada en un extraño juego de autoinmovilizarse. Por donde él circulaba, la pobreza garantizaba cierta sensación de libertad.

Ngili veía de reojo el sobre con los billetes de avión, sobre el asiento del pasajero.

Tuvo que parar detrás de un matatu abollado que se había calado mientras bajaba un pasajero. A un lado había un almacén transformado, con el letrero TIENDA DE HIERBAS Y FÓSILES DE ZHANG CHEN visible bajo una bombilla desnuda. Un aviso de la policía estaba pegado sobre el letrero.

Zhang, un corpulento chino de unos sesenta años, conservaba su negocio desde hacía mucho tiempo. Si bien la policía lo clausuraba a menudo porque comerciaba con artículos producto de la caza furtiva, siempre volvía a abrir después de untar a la policía. Si perdía el alquiler del local, siempre lograba reaparecer en otro lugar, a veces al lado del antiguo. Aquí era donde Ken y Ngili habían encontrado la bóveda de aquel cráneo australopiteco que Randall había dictaminado inadecuado para fechar con potasio-argón. Aquella noche, la tienda se encontraba en uno de los períodos que mediaban entre las clausuras y las reaperturas.

De pronto, Ngili se incorporó detrás del volante.

Vio a Cyril Anderson y a otro hombre, un africano, caminar hacia la tienda. El africano era el jefe de policía de Nairobi, Arnold Kalangi. Anderson parecía demacrado.

Ngili observó que llevaba la misma ropa que vestía por la mañana. Movió el retrovisor para enmarcar a los dos hombres, y después se hundió en su asiento. Vio por el espejo que Kalangi parecía explicar algo, con movimientos enérgicos, mientras los gestos de Anderson eran reservados y cautelosos. Kalangi se dirigió hacia la puerta de la tienda, la abrió con una llave, dejó que Anderson entrara y luego le siguió. Se encendió una luz. Silueteado tras una ventana, Kalangi se sentó, mientras Anderson se paseaba de un lado a otro.

El ruido del motor del matatu al cobrar vida sobresaltó a Ngili. Pisó el acelerador y salió detrás del taxi, alejándose de la tienda. Un par de puertas más abajo, un taller de planchistería estaba todavía abierto. Ngili entró, salió del coche y llegó a un acuerdo para dejarlo aparcado. Después, con todos sus sentidos aguzados, corrió hacia la herboristería.

Kalangi y Anderson aún seguían dentro, pero Anderson estaba sentado, como si hubiera accedido a ser paciente.

El instinto dijo a Ngili que había topado con una pista vital. Paseó la vista alrededor, en busca de un escondite. Una hilera de carretillas de mano estaban amontonadas contra una pared que hedía a orina, pero Ngili estaba demasiado concentrado en la tienda para preocuparse por malos olores.

Se deslizó con sigilo en el hueco entre la pared y las carretillas.

Apenas unos minutos después, un camión polvoriento apareció en la calle y aparcó delante de la tienda. Cuernos y cuerpos de animales resonaron sobre la plataforma. Dos hombres con trajes de faena raídos saltaron al suelo. De la parte delantera surgió un tipo patituerto y tatuado, en el que Ngili reconoció al hombre aterrador que había llegado al campamento de Ken justo antes de que éste desapareciera: el sargento Modibo.

Las crestas de los montes Aberdare impedían que las nubes de lluvia aposentadas sobre Nairobi derivaran hacia el oeste. Sólo unas pocas nubes, demasiado delgadas para descargar lluvia, llegaban a Dogilani. Cuando cubrieron la sabana, la noche estaba descendiendo, fría y seca.

La hora en que los cazadores y los cazados de la sabana arreglaban cuentas.

El cadáver del león muerto fue visitado por segunda noche consecutiva por dos manadas de carroñeros: una familia de hienas y una jauría de perros salvajes. La noche anterior habían luchado entre sí, dejando la carcasa casi intacta. Durante el día siguiente, la carcasa, cuyos olores a león aún perduraban, había asustado a varios buscadores de carroña. No era frecuente encontrar leones muertos. Por fin, las aves llegaron a la conclusión de que el león era inofensivo y descendieron con cautela para arrancar los ojos, los trozos blandos del hocico y la cara, la lengua colgante, los testículos y pedazos de la cola, en el punto donde se fundía con las nalgas.

La segunda noche, las hienas y los perros salvajes habían decidido conceder una segunda oportunidad al cuerpo, pero una vez más, las hienas, cuyas patas traseras parecían mutiladas en comparación con las delanteras, mucho más largas, tuvieron que competir con los perros salvajes, cuyas grandes orejas parecían trompas de gramófonos antiguos. Su pelaje tenía un desagradable moteado negro y amarillo, como si una bestia más grande hubiera vomitado sobre ellos. Ambos bandos estaban más hambrientos que la noche anterior, y ansiosos de pelea. La proporción era de dos hienas por tres perros. La única ventaja de los perros consistía en que eran mucho más audaces. Las hienas confiaban en su peso y fuerza superiores, los perros en la ferocidad de sus mandíbulas. Las hienas saltaban y rodaban en el suelo, aplastaban a los perros, que mordían como pirañas de tierra. Los aullidos de ambos bandos se elevaron sobre el valle y vibraron bajo la luna menuda.

Durante toda la refriega, el muchacho australopiteco roncó pacíficamente sobre una superficie plana de roca. A su lado, Ken pasaba su segunda noche de insomnio después de matar al león.

Se sentó sobre la superficie rocosa y observó que, durante las últimas semanas, sus ojos se habían acostumbrado a captar movimientos y objetos en la oscuridad. Vio que varios perros se arrojaban sobre una hiena grande, la hembra dominante de la familia, y se lanzaban a su cuello para dejar a la familia sin líder. Aunque otras hienas acudieron en su ayuda, ésta fue vacilante y confusa. La hembra dominante lanzó un aullido de pánico y alzó el hocico hacia la luna, y cuando el perro más grande cortó su yugular, tembló y se desplomó. Los perros aullaron en señal de victoria, y ejecutaron saltos y cabriolas, como acróbatas de cuatro patas. Los ladridos de las hienas se transformaron en lloriqueos, y se dispersaron. Los perros salvajes saltaron sobre el león.

Ken resbaló por la pared rocosa hasta erguirse al borde de la hierba. Se detuvo junto a aquella frontera sutil, donde los peligros de la noche se multiplicaban por cien. Sabía que él había provocado la lucha entre las hienas y los perros, porque había dejado la carcasa del león en la llanura. Había matado a aquella bestia feroz que todos los seres de la sabana temen. Ahora, era un cazador. En la universidad había sido un pardillo, ni siquiera un *boy scout*, y sin embargo, había matado un león.

Tuvo la impresión de que estaba examinando su alma, y se preguntó si sería capaz de vivir con tal naturalidad, sin las eternas preguntas y vacilaciones de los humanos modernos. ¿Podría vivir, simplemente? ¿Como Dedos Largos? Sin duda se trataba de una noción romántica. Dedos Largos no vivía sin conflictos. En aquel cementerio rocoso había confesado que el pasado le atormentaba.

Ken flexionó las rodillas, apoyó la espalda contra la pared rocosa y se sentó.

Descubría belleza en todo cuanto veía y oía, lo que en otro tiempo habría calificado de belleza cruel, pero aquí no había crueldad, ni tampoco bondad. En cambio, existía una especie de perfección desgarbada en todas las cosas. Los perros salvajes, pequeños, malvados y felices, parecían creaciones perfectas, justificadas en todo lo que hacían. El león muerto había adquirido un encanto posmórtem. Era una bestia ingenua que había proporcionado a Ken un viaje inesperado al fondo del alma de un cazador. Estaba agradecido al león, a todos aquellos seres, vivos y muertos, e incluso a la hierba que ensangrentaban, pisoteaban o comían. Ken era un cazador tribal, que daba gracias a su presa después de matarla, y luego conservaba los cuernos y pezuñas como amuletos.

Ahora adquiría sentido toda la antropología que había leído, toda la cultura tribal que había estudiado. Fetiches, encantamientos, canciones de caza, creencias y supersticiones tribales, todo adquiría sentido y se había integrado en él.

¿Todo por matar a un león? ¿O se debía al muchacho, la continua fuente de revelaciones de Ken?

Era todo: el muchacho, el león, el kudu, todos los animales que había cazado. Y el fuego, encendido con su mechero de chico urbano. Era todo lo que había sucedido en las últimas semanas, poseídas de una magia increíble.

Pero una vez más, primero y ante todo, era el muchacho.

Matar al león había disminuido el miedo de Ken hacia Modibo. Ahora, el hombre se le antojaba predecible, otro homínido más, provisto de herramientas perversas, armas de fuego. Si volvía a cruzarse con Modibo, solucionaría su asunto pendiente. Hombre a hombre, homínido a homínido.

Se acordó del chico, y decidió que no se aventuraría en la hierba. Se volvió y empezó a trepar por la pared rocosa.

Se durmió, con el deseo de recordar sus pensamientos por la mañana, para tomar nota. Entonces cayó en la cuenta que no tenía papel ni lápiz. Tendría que repetirlos sin cesar para recordarlos. Se volvió de lado, y su mano encontró el cuerpo del chico. Tranquilizado por su cálida presencia, Ken se tendió de espaldas, con la noche fría sobre la cara. Tal vez debería incorporarse y reavivar el fuego, pero estaba demasiado cansado. Se volvió de lado para sentir el calor que desprendían las brasas. Soñó con su calor, su suavidad y su delicadeza.

Una sombra que cubrió al hombre y el niño dormidos se cernió de repente sobre las cenizas, redujo su luminosidad grisácea y logró que los cuerpos dormidos parecieran más oscuros. Un pie, grande y con un dedo gordo salido hacia fuera, pateó las cenizas. Otro pie apareció al lado del primero y sus dedos jugaron con las cenizas, mientras el ser que se alzaba sobre ellos experimentaba un estremecimiento de placer. El ser se agachó, apoyó una rodilla en las cenizas y puso el puño delante de la rodilla. Una mano muy larga, pero de pulgar corto y rechoncho, tocó la lanza reluciente, la única que Ken había dejado.

La mano agarró la lanza cerrando cuatro dedos alrededor, pero el pulgar rechoncho intentó imitar en vano el movimiento. Después, ambas manos asieron la lanza. Vibraron a causa de los músculos peludos que abultaban los brazos, y apoyaron la lanza contra la garganta de Ken.

Ken sintió la lanza sobre su garganta y sus ojos se abrieron. Alzó la vista. Sobre su cara había una cabeza hirsuta.

Dos ojos captaron un pálido reflejo de luz de luna y le miraron. Un aliento cálido bañó la cara de Ken, tan cerca que lo inhaló hasta sus pulmones. Sintió que la lanza le estaba cortando la piel. No podía respirar. Aferró la lanza y empujó hacia arriba. Lanzó un grito, dobló las rodillas hasta tocar el pecho y lanzó los dos pies contra aquel ser peludo.

El muchacho se incorporó como un rayo.

Ken se levantó de un brinco y tropezó con otra forma borrosa. Los atacantes eran peludos y fuertes. La cara que Ken había visto era chata, sin el hocico de mandril tan parecido al del perro.

Otro ser agarró a Ken por los tobillos y lo hizo caer de bruces. Se puso en pie de nuevo, se volvió hacia el nuevo atacante, aferró sus brazos y pecho, notó la fortaleza de sus músculos, y ambos resbalaron por la pared rocosa.

Cayeron contra el suelo, aunque el impacto fue más leve que la sorpresa: estaba perdiendo la invencibilidad que había sentido después de matar al león. El ser con el que había caído emitió un gemido de dolor, mientras Ken echaba a correr y trataba de llamar al muchacho, pero éste no tenía nombre, y carecían de un lenguaje compartido.

—¡Eeee! —chilló Ken.

Arriba se oían los gruñidos de los agresores, y un gemido ahogado. Ken imaginó las manos del agresor sobre los labios del muchacho, silenciándole y asfixiándole. Mientras un sudor de miedo perlaba sus hombros, se izó sobre el saliente rocoso, oyó un golpe sordo y vio que un agresor retrocedía tambaleante, con las manos peludas en la entrepierna. Ken imaginó que el pequeño australopiteco había dado una buena patada a su atacante. Éste parecía un mono mangabey, con una cresta de pelo sobre la cabeza, pero era demasiado grande para ser un mono. El macho intentó coger otra vez al muchacho, y Ken observó su perfil y el ángulo de su cara. Era un australopiteco, pero de un tipo diferente al del muchacho: pesado, robusto, con la cabeza rematada por una cresta. Aquellos seres eran protohumanos, como el chico, pero de una variedad diferente.

Los pensamientos pasaban por la mente de Ken en rapidísima sucesión. El muchacho estaba luchando desesperadamente con los robustos, y los robustos buscaban al chico como si fuera un bocado delicioso. Por fin, Ken llegó a la conclusión de que a él le habían incluido por pura casualidad.

No tenía más tiempo para pensar. El chico lo cogió por el brazo y le arrastró al vacío. Los dos cayeron...

Ken aterrizó sobre el tobillo que nunca acababa de curar y lanzó un gemido de dolor. El chico le ayudó a levantarse. Varios seres aparecieron en la hierba.

—¡Corre, corre! —gritó Ken al chico en su inútil inglés, pero el chico ya se alejaba a toda velocidad.

El ser más cercano se precipitó hacia Ken, quien se agachó y echó a correr, cojeando, mientras el muchacho le miraba por encima del hombro. De pronto, se desvió en dirección al Mau. Ken le llamó, casi sin aliento, pero el chico desapareció en un bosquecillo.

Ken lanzó una maldición y penetró en un bosquecillo de castaños. Miró entre las ramas altas y vio las pendientes boscosas del Mau que se alzaban casi encima de él.

Corrió hacia el centro del bosque y se detuvo. Percibió el olor a vegetación podrida y a hongos.

Oyó detrás, muy cerca, el ruido de follaje rompiéndose. Uno de sus perseguidores se había subido a un árbol y le seguía de rama en rama. Se movía con tal celeridad que podía ver su sombra danzarina. Ken, aturdido, salió de los árboles y corrió colina arriba, cruzando una extensión de hierba. Una liana similar a una soga azotó su pecho desnudo. Se balanceaba desde un árbol que le recordó los que proporcionaban sombra a las avenidas de Nairobi. El árbol se alzaba sobre un promontorio algo más alto, y vio al niño subido al árbol. Tuvo ganas de gritar de alivio, pero se abstuvo. El chico, que parecía un mono, movió el brazo en dirección a Ken.

Empezó como un gesto circular, una llamada de atención, pero el brazo se enderezó con la mano extendida, como cuando cazaban. Señalaba hacia la escarpa, como si lo animara a seguir escalando. Luego, el muchacho desapareció entre el follaje, mientras la liana que había utilizado colgaba inerte.

Detrás de Ken, sombras simiescas saltaron al suelo desde las ramas. Ken se volvió y contó cinco. Se movían con más lentitud ahora que pisaban la hierba. Ken estaba menos preocupado por ellos que por perder a Dedos Largos. ¿Adónde se dirigía? ¿Había huido hacia los árboles impulsado por el miedo, o tenía un plan?

Entonces volvió a verle, bastante lejos, en las ramas. Tenía al chico delante, a los perseguidores detrás, y en el Mau boscoso sólo había dos direcciones: arriba o abajo de la pendiente. Si corría hacia arriba, como Dedos Largos, quizá no lo perdería.

Pasó bajo ramas entrelazadas, con los pulmones doloridos, vio una sombra enorme y tuvo miedo de que sus perseguidores le hubieran dado alcance, pero sólo se trataba de un nido de pájaro grande, hecho con barro.

El lecho del bosque era seco y crujiente. Producía un ruido ensordecedor que delataba su presencia. Entonces comprendió que el ruido no procedía del suelo, sino del follaje de los árboles que había dejado atrás. Sus perseguidores no habían cejado en su empeño.

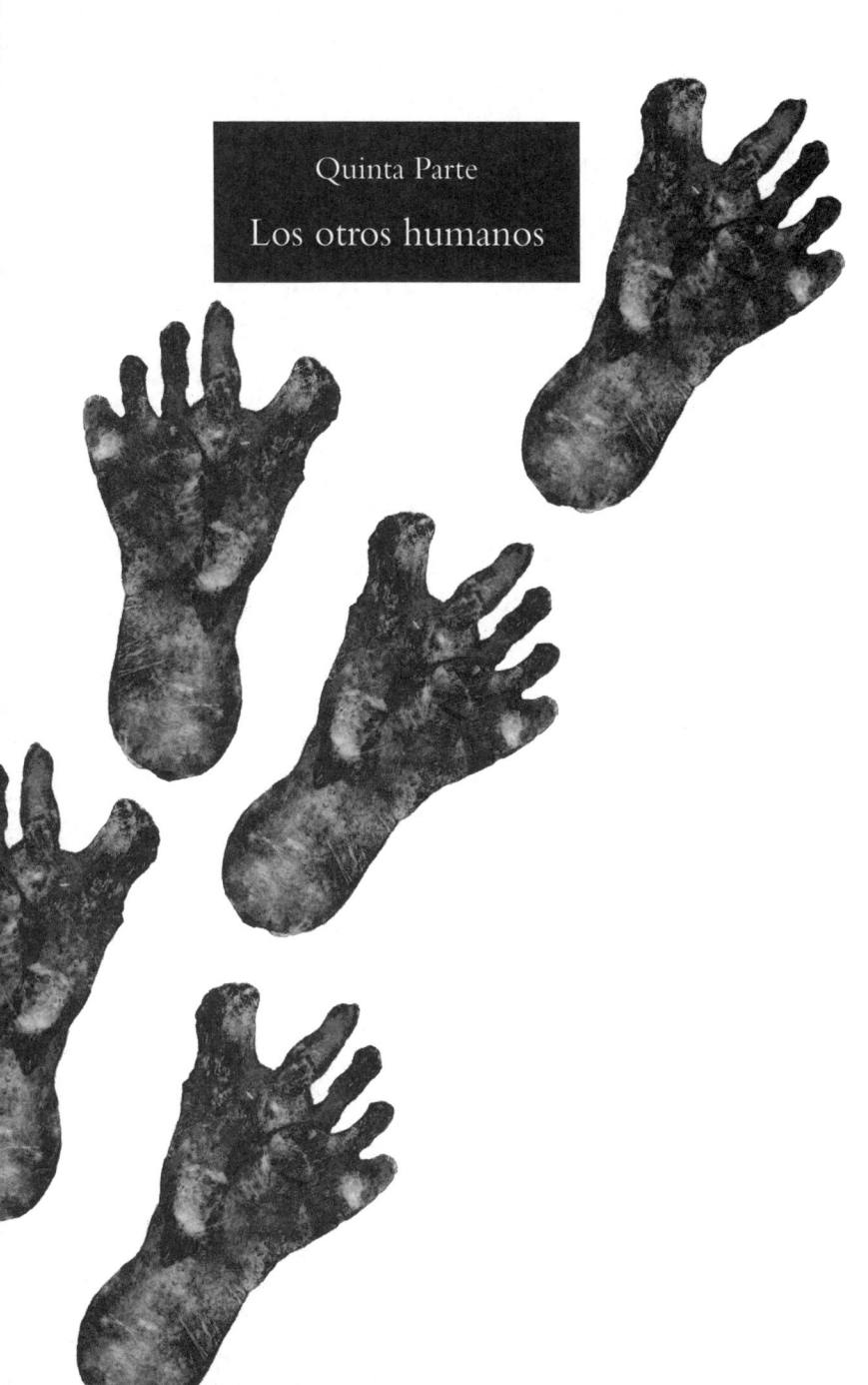

Quinta Parte

Los otros humanos

Ken corrió colina arriba.

Mientras lo hacía, se preguntó si el chico había querido que subiera la empinada pendiente del Mau. Pese a que las enredaderas y ramas arañaban sus brazos, se abrió paso entre la maraña de vegetación, temeroso de los reptiles venenosos que podían morderle en cualquier momento. También se preguntó si Dedos Largos continuaba avanzando por el dosel inferior del bosque, y qué peligros encontraría. Aquél era el hábitat de los leopardos, que acechaban entre la sabana y la selva. Tal vez el muchacho se había detenido, en busca de un escondite. «Yo también me pararé,» pensó.

Pero cuando aminoró la marcha, oyó que los robustos aún le perseguían. Se zambulló en la vegetación. Ken esperaba que pronto cambiaría el terreno y encontraría una zona de grandes árboles, sin tantos obstáculos en el suelo. ¡Vamos, árboles grandes, apareced!, suplicó.

Por fin, irrumpió en una zona despejada de follaje, y corrió bajo los arcos rotos de las ramas bajas. Un bulto oscuro se removió, y distinguió un rebaño de antílopes de bosque pigmeos, *mbolokos,* que empezaron a dispersarse. Ken pisó con las botas sus boñigas resbaladizas y los higos silvestres que estaban comiendo.

Corrió más despacio, incapaz de mantener el ritmo, y sus perseguidores se dejaron oír encima de él.

El ruido parecía omnipresente. Ken retrocedió, prestando oídos a los crujidos y chasquidos que se transformaban en una especie de zumbido global. Por fin, comprendió que la brisa nocturna, al descender desde la escarpa, estaba moviendo las copas de los árboles.

No le estaban persiguiendo, al menos en aquel momento. Pero tal vez le espiaran.

Un nuevo miedo se apoderó de él, y cada sonido que oía se le antojaba un rugido, y hasta la oscuridad parecía moverse, como si fuera a conjurarse en un millón de bestias hambrientas. Trató de decidir si continuar o esperar. Si esperaba, tal vez le encontrarían. Si se movía, cabía la posibilidad de que algún animal agresivo le descubriera. Y tanto si se movía como si no, algún otro cazador nocturno (un reptil, un murciélago) podía caerle encima. Distinguió un árbol joven delgado e intentó arrancar una rama, pero un líquido pegajoso le cayó sobre el dorso, una excreción caliente que un inocente animal había soltado en su sueño. Se secó la mano en los pantalones y después rompió la rama. Avanzó por un pasadizo natural hasta un punto en que una pálida cascada de luz lunar se filtraba por el dosel deshilachado. A aquella luz, el chico pasó a toda prisa de copa en copa.

Ken se inmovilizó.

El muchacho no se paró, aunque examinó arbustos y árboles a derecha e izquierda. «¿Me estás buscando, Dedos Largos?», pensó Ken. Antes de que pudiera abrir la boca, el chico desapareció. Ken, olvidando una vez más la cautela, tensó el cuerpo, dispuesto a precipitarse hacia el primer matorral que había ante él, pero...

Justo detrás del muchacho, tan sigilosos como entes de pesadilla, había tres de aquellos seres robustos. Ken los vio con claridad, de perfil, con sus largas mandíbulas colgando, las bocas abiertas debido al esfuerzo de trepar sigilosamente.

Caminaban con las rodillas dobladas debido al peso de sus voluminosos torsos. Pasaron ante los ojos aterrorizados de Ken, y el científico se puso al instante en estado de alerta, pero el miedo ante algo tan extraordinario y letal se impuso a su curiosidad.

Reprimió un movimiento instintivo y se fundió con el follaje. Los perseguidores del muchacho desaparecieron.

Pasaron varios minutos. Llegó a la conclusión de que debía

permanecer quieto hasta que se le presentara una oportunidad mejor de orientarse, y de fabricar un arma más eficaz que la rama rota. No descartaba encontrar al muchacho, pero vagar por la selva de noche era una forma segura de morir. Casi había conseguido que le mataran cuando se puso a luchar con los atacantes robustos en aquel saliente rocoso. Había luchado por puro instinto de supervivencia, sin saber a qué se enfrentaba, pero ahora el miedo a lo que había visto revolvió su estómago.

Sabía que aquellos seres no eran de la misma raza que el niño.

Pasaron más minutos, durante los cuales intentó recuperar su autocontrol.

«Soy Ken Lauder —pensó, como si transformara su nombre en una herramienta que solucionaría la situación—. Vine aquí como científico. Puedo marcharme mañana. Puedo marcharme porque... porque no soy el guardián del chico. Ponerme en peligro de esta manera es una insensatez. Tal vez no vuelva a verle nunca más. Ese vislumbre de su paso entre los árboles, hace unos minutos, tal vez haya sido mi última visión de él.»

Ken se tendió en el follaje, pensando que había recobrado su antigua personalidad. Podía pensar en su supervivencia, y si sobrevivía, volvería al redil de la ciencia, donde no se permitían las sorpresas, a menos que fueran científicas.

Sus ojos empezaron a cerrarse. Derivó hacia el sueño.

—¿Qué vas a hacer con él? —preguntó Yinka.

Se apretujó contra el cuerpo de Ken, pues ambos estaban tendidos en el lecho de la selva. Su cuerpo desnudo era tan oscuro como la oscuridad, pero definido.

Ken quiso rogarle que se levantara, porque un cuerpo desnudo sobre el lecho de la selva estaba expuesto a un sinfín de peligros, pero Yinka enlazó los brazos bajo la cabeza y dejó que el aire frío de la noche acariciara sus pechos, mientras sus ojos brillaban.

—¿Qué vas a hacer con él? —repitió.

Ken farfulló algo acerca del valor científico de Dedos Largos.

Ella meneó la cabeza con rabia contenida.

—Es un niño, Ken, primero y ante todo un niño. ¿Qué crees que estás haciendo? Te has entrometido en su niñez. Ahora te estás entrometiendo con su raza, y arrastrarás a todo el mundo detrás de ti.

Ken inhaló el delicioso aroma del cuerpo de Yinka, tan diferente del olor de la selva. Experimentó una excitación brutal y pensó que debía hacer o decir algo, aunque sólo fuera tomarla en sus brazos.

—¿Tú qué harías en mi lugar? —murmuró, mientras se inclinaba para ahogar su respuesta con un beso.

La joven sacó los brazos de debajo de la cabeza y se incorporó, anunciando que no estaba de humor para avances sexuales.

—¡Marchar! —dijo con tono autoritario.

—No puedo hacer eso...

—Haksar se marchó.

—¿Cómo sabes que estuvo aquí?

—¿Cómo sabes que no? ¿Para qué vino a ver a mi padre aquel día, diciendo que una vez había estado en Dogilani?

Ken meditó. Ella tenía razón. ¿Por qué estaría Haksar tan interesado en la sabana, si no hubiera estado antes?

—Has de abandonar tu egoísmo —dijo Yinka.

—¿Qué? ¿Egoísmo?

Ken se preguntó si había oído bien, pero ella continuó.

—Has de dejar de pensar sólo en ti mismo, y empezar a pensar en él.

—Pero si sólo pienso en eso...

La joven se levantó y se alejó. Ken vio que su carne y su piel desaparecían en la espesura, y se obligó a ponerse en pie y correr tras ella. No podía dejarla sola, sin protección. ¿Qué respuestas buscaba ella, internándose desnuda en aquel territorio desconocido?

Tenía que ser un sueño, se dijo, con la extraña lucidez que poseen algunos sueños. Pensó en Yinka y en su maravilloso cuerpo, tendido en su cama de Nairobi. Sintió un cosquilleo de orgullo machista. ¿Qué habría hecho desde que él se había marchado de Nairobi? Había bailado en la boda de Gwee, con algunos masais apuestos, maridos en potencia. Eso habría hecho feliz a Ngili. Se preguntó si sus años de amistad con Ngili, o sus instantes de intimidad con Yinka, eran simples interferencias en un mundo hostil y dividido.

La idea principal, la que de verdad importaba, se impuso a las demás: Dedos Largos.

Ken cerró los ojos, pero Dedos Largos no tardó en saltar por debajo de sus párpados cerrados. Dedos Largos sonrió con aquellos rutilantes dientes blancos. Se rascó con sus uñitas. Su estómago estaba hinchado porque acababa de comer. Su ombligo, como un botoncito marrón, sobresalía de su cuerpo. Saltó, caminó, corrió, se sentó, dormitó, roncó... todo en el interior de la memoria de Ken, en un millón de poses de una infancia increíble.

Ken nunca había prestado mucha atención a los niños. Siempre había anhelado ser un adulto, autónomo, racional, invulnerable. La paternidad nunca le había interesado. Consideraba a los hombres demasiado amantes de sus hijos blandos y sensibleros. Dedos Largos había borrado todas esas actitudes. Aquella cosa imposible de pellizcar (nada que pellizcar, nada de partes rechonchas, ni pliegues encantadores), aquel pigmeo imposible de abrazar (nunca había dejado que Ken le rodeara en un abrazo de afecto), aquella diminuta cosa rara, con los dedos de los pies apuntando hacia fuera, que no se estaba quieto, que tocaba, eructaba, reía y vocalizaba en Mono 36, lo había conseguido. Dedos Largos poseía el don de suscitar en Ken un sentimiento básico que no podía expresar en palabras. Las palabras no eran suficientes. El sentimiento nacía en algo mucho más profundo que la mente y el lenguaje.

Mientras se sentía atrapado por aquel sentimiento indescriptible, se imaginó haciendo el amor con Yinka. No estaba copulando con violentas embestidas, sino que sondeaba con paciencia la puerta de su útero, y alcanzaba el orgasmo al tiempo que guiaba su semen hacia el óvulo de la muchacha.

La paternidad era necesaria. La paternidad dota de humanidad a los humanos.

Y él también podía llegar a ser padre, si sobrevivía.

Aquella idea le ayudó a controlar los demás miedos. Se tendió y eligió, como estrategia de supervivencia, intentar dormir.

Hacia el este, el sol surgió del océano Índico, y minutos después su luz había atravesado África Oriental.

Las copas de los árboles del Mau se incendiaron. La oscuridad que se extendía bajo los árboles se diluyó en una tonalidad grisácea.

Aún dormido, Ken notó una picadura bajo la tetilla izquierda.

Extendió la mano y atrapó a un pequeño insecto, que aplastó entre el índice y el pulgar, a excepción de un fragmento duro e intacto, como una cabeza de alfiler. Era la cabeza de una hormiga safari, y sus mandíbulas, semejantes a pinzas, aún se movían.

Sintió dos, tres, cuatro, una docena de picaduras en el estómago que le hicieron incorporarse de un brinco, y pasó la mano sobre su piel. A su lado, vio un pequeño arroyo que fluía a través de la selva. Se levantó, con las rodillas hundidas en aquel riachuelo, pero se quedó sorprendido al no sentir la menor sensación de humedad. Una nube de insectos, polillas, mariposas soñolientas y saltamontes, emprendieron el vuelo, huyendo del riachuelo que ya se había extendido en todas direcciones, como desafiando a la gravedad.

Lo que Ken creía un riachuelo era una invasión de hormigas safari, que estaban abandonando su nido en busca de comida y un nuevo lugar donde asentarse.

Ken se puso en pie, con las rodillas hinchadas por grotescas esferas de hormigas. Alrededor, los animales corrían para salvar la vida, a menudo con demasiada lentitud. Una serpiente que zigzagueaba entre la hierba iba tan cargada de hormigas que moriría al cabo de breves instantes, devorada con tal eficacia que sólo quedaría su esqueleto. Uno de aquellos antílopes pigmeos galopaba en paralelo a la marea. Sus gráciles saltos le salvaban de la carnicería. Una enorme polilla giraba locamente, cargada de hormigas, hasta que cayó bajo el peso del enjambre. Ken miró a derecha e izquierda, pero no vio ningún sitio llano que estuviera libre de hormigas. Ken sabía que las hormigas emigraban en todas direcciones, que su única estrategia consistía en fluir a todas partes hasta que encontraban un nuevo hábitat satisfactorio. Podían ser cinco o veinte millones, y una columna de hormigas safari podía extenderse durante cien metros y vagar durante varios días, a una velocidad de cuarenta metros por hora.

Respiró hondo y corrió por un terreno invadido ya por el enjambre. Las hormigas seguían saliendo de su nido. De haberse interpuesto ríos en su camino, habrían construido puentes entretejidos con sus cuerpos. Lo único que podría detenerlas era el fuego, pero al cabo de pocos días serían sustituidas por los huevos de una de sus doce nuevas reinas. Se aparejaría con alguno de la media docena de machos alados.

Ken llegó a una extensión de selva todavía libre de la invasión y lanzó un grito de triunfo. Se arrojó al suelo y procedió a quitarse los pantalones. Sacudió hormigas de sus tobillos, rodillas y muslos, y después se frotó las muñecas y los antebrazos, eliminando a las hormigas que mordían su piel. Se quitó las botas, limpió el interior con hojas, y se las puso de nuevo, así como los pantalones. Volvió a quitarse cabezas de hormiga de las palmas y brazos. Miró alrededor y creyó ver al muchacho, apoyado contra el tronco de un árbol.

Corrió hacia él y cayó. Cuando volvió a levantar la vista, sólo vio un gran nudo en el tronco de un árbol, con forma de cabeza humana.

Experimentó la necesidad de acercarse al árbol y tocarlo. Después, volvió sobre sus pasos hasta que vio el enjambre de hormigas y supo que eran demasiado reales.

«Vamos, Lauder. Vamos.»

Empezó a subir la cuesta, tambaleante.

Poco a poco, el día fue desgranando sus diversas fases de luz solar. El follaje retenía el agua de la lluvia, y Ken se paró a beber.

Después, continuó su ascensión, hasta adentrarse entre los árboles gigantescos.

Durante miles de años, aquellos alcanforeros, fustetes y coníferas similares a cedros habían absorbido todo el sol y la humedad, sin dejar que creciera nada, salvo la maleza más raquítica. Bajo las hojas podridas que alfombraban el lecho de la selva había roedores, gusanos, gorgojos, arañas y ciempiés, mientras sobre el lecho vivían los bongos, vacas de bosque, okapis y mbolokos. Más arriba, las alturas de la selva estaban pobladas de monos, águilas y otras aves rapaces. Y en medio, había pottos, pequeños reptiles y carnívoros menores que pasaban toda la vida en la selva.

El hombre era muy diferente de la selva, pensó Ken, aunque en ella había sido creado.

El mediodía pasó. Ken estaba tan abrumado de cansancio que casi se dormía mientras andaba, como un sonámbulo.

Las pendientes del Mau se elevaron de manera irregular, hasta convertirse en mesetas. La bóveda deshilachada de árboles permitía que se filtrara un poco la luz del sol, que dibujaba trechos de hierba en el suelo de la selva.

Cuando Ken se detuvo al fin para descansar, miró hacia arriba y vio, perdidos en la maraña verde, retazos de cielo.

El clan de homínidos gráciles holgazaneaba en la hierba del claro, rodeado por varias lobelias gigantes y una masa de arbustos salvajes. Por encima de las lobelias se podía ver el borde del Mau y el cielo.

Un águila real volaba en círculos con tozudez. Una mujer que medía un metro veinte alzó la cabeza y miró al animal. Tenía los ojos castaños. Decidió que el vuelo del águila no indicaba ningún peligro cercano, de modo que paseó la vista en torno y contempló el grupo de homínidos que la rodeaba.

En apariencia reinaba la paz. Se levantó, disfrutó la caricia del aire cálido sobre sus pechos y estómago, carentes de vello, y apartó los gruesos mechones de pelo castaño que rozaban sus mejillas. Eran largos, fuertes y ásperos, y cuando se inclinaba hacia delante ocultaban su cara como una capucha natural. Su frente, mejillas y boca, de piel suave, carecían de pelo, y le daban un aspecto que la diferenciaban, a ella y los suyos, de los demás animales de la selva.

La mujer se pasó los dedos por el pelo para peinarlo, un movimiento que repetía a menudo. En la otra mano sostenía a un bebé cuyas piernas regordetas se aferraban a su esquelética cintura. La boquita del niño escupió cuando sus labios se soltaron del pezón, y la movió en busca de otro pezón.

El bebé no se parecía a la mujer. Tenía facciones grandes, mandíbulas largas y labios más finos, pero los sentía en su pezón como había sentido los labios de sus hijos. Apretó la parte superior del pecho con la otra mano, para que la leche fluyera mejor. Muchas generaciones después, la leche fluiría con mayor facilidad y el acto sería más agradable para las mujeres del futuro.

La mujer, que daba de mamar a aquel niño que no era suyo, había soportado el dolor de la boca en su pezón durante más de un año. Se había revelado una forma eficaz de no volver a quedar embarazada. Había evitado ser madre de nuevo porque era la líder del clan, situación que podía terminar en muerte violenta en cualquier momento. El clan estaba viviendo tiempos impredecibles y violentos.

No necesitaba palabras para saber cómo se había llegado a aquella situación. Recordaba los motivos a la manera de su nivel evolucionario, o sea, almacenando imágenes y otros indicios sensoriales de acontecimientos pasados en los lóbulos de la memoria incipientes, situados en la parte frontal del cerebro. Esos recuerdos (combinaciones de imágenes, olores y sonidos) eran tan numerosos como palabras tenían los sapiens, y era capaz de recordarlos, descartarlos, minimizarlos o ampliarlos en fracción de segundos, pues hasta un cerebro de unos pocos cientos de centímetros cúbicos poseía miles de millones de neuronas, y cada una enviaba corrientes eléctricas a miles de otras.

Cuando sostenía el bebé de otra parecía simiesca, pero también una mujer moderna. Su frente se inclinaba en un ángulo de cuarenta y cinco grados, sus ojos estaban aposentados bajo unas cejas pobladas, y sus fosas nasales estaban bien formadas, aunque la nariz era mínima. Tenía los labios gruesos y carentes de vello, y la insinuación de una barbilla la dotaba de un aspecto decidido. Tenía el ombligo alto y grande, porque su madre lo había arrancado de un mordisco cuando había nacido.

Ella también había cortado con los dientes los cordones umbilicales de todos sus bebés, después de dar a luz con las piernas abiertas y las manos aferradas a la rama de un árbol. Su estómago estaba bien formado, pero sin una arruga que delatara su maternidad o edad, que ya pasaba de los veinte años, casi la mitad de la vida para los de su especie. Abundante vello púbico crecía en su entrepierna. Tenía la cintura esbelta, las piernas robustas y musculosas, y sus pies de dedos extendidos hacia fuera tenían suelas similares a palmas.

Cuando estaba sentada, utilizaba con frecuencia los pies para tocar y acariciar, para dar una patada suave a un niño reclamando su atención, para reprender y castigar. En conjunto, a excepción de su frente estrecha y pies peculiares, su cuerpo se parecía mucho al de una mujer moderna.

Sin embargo, era diferente. Su cuerpo desnudo constituía un aviso de su presencia a otros homínidos, todavía un mecanismo genético joven y ardiente. Era la traducción externa de la angustia que albergaba su cerebro, ocasionada por lo que estaba sucediendo a su especie.

Era la mujer más importante del clan y hacía dos estaciones de lluvia que no quedaba embarazada. Salvo tres excepciones, incluyendo el niño al que daba de mamar, tenía vínculos de sangre con todos los demás miembros.

De las siete mujeres adultas, tres de las cuales estaban embarazadas, dos eran sus hermanas, dos más medio hermanas, y las otras primas más o menos cercanas. De los quince niños, aproximadamente, que corrían o jugaban a tirar de extremos opuestos de enredaderas caídas, tres eran sus hijas y uno era su hijo. También tenía un sobrino que no veía desde hacía tiempo, el hijo de una hermana que había muerto por la época en que su hijo menor había fallecido.

Ahora, el sobrino estaba sentado sobre la rama baja de un árbol, con la cara hinchada, las mejillas y el pecho arañados y amoratados, como si le hubieran dado una paliza.

Dedos Largos estaba sentado a suficiente altura para rechazar a patadas a cualquiera de sus primos que intentara tirarle al suelo para apalizarle, como ya había sucedido dos veces aquel día.

Pero les daría una ración de su propia medicina cuando menos se lo esperaran. Si se quedaba con el clan, claro está.

Aún no estaba seguro de lo que quería hacer, después del castigo que había recibido por desaparecer durante meses, y después de comer sólo hierba y hojas en todo el día, que habían irritado su lengua y agriado su aliento. La mujer que parecía y olía como una madre no era su madre, y su mirada inflexible significaba autoridad absoluta. Había olvidado lo que era vivir bajo una autoridad, pero ya se estaba acordando, y no le gustaba.

Otra hembra estaba muy cerca de la líder. Era más baja, pero tenía mandíbulas más fuertes. Su cabello era más grueso y áspero, y tenía los pies más anchos. Vello corto y oscuro, que también crecía en su cara, sombreaba sus hombros y nalgas. No obstante, sus ojos también eran de color castaño, y henchidos de una especie de ternura vulnerable que ponía nervioso a Dedos Largos.

Tenía una profunda herida en el muslo, mal cicatrizada. Se mantenía cerca de la líder, como si algún vínculo las uniera. Aquella aterradora cicatriz había sido curada por la líder, que la había limpiado con la lengua y cubierto después con barro mezclado con saliva. El bebé a la que la líder estaba dando de mamar era la hija de la otra mujer.

Dedos Largos nunca había visto que su especie de extremidades largas tolerara a un australopiteco robusto. La mujer robusta y su hija le desconcertaban en grado sumo, porque era demasiado joven para relacionar las realidades de dar el pecho, destetar y ovular de nuevo.

La mujer robusta no se oponía al comportamiento posesivo de la líder, sino que lo aceptaba como parte de aquel trato y vínculo. La líder grácil había salvado su vida, y reclamado luego su bebé para darle el pecho, porque su hijo acababa de morir. De vez en cuando, los ojos de la mujer robusta se oscurecían cuando miraba a la líder, sobre todo si trataba a la niña con lo que parecía brusquedad o despreocupación, pero se contenía y continuaba en su papel de dama de compañía.

La mujer robusta también tenía otro hijo, un macho no mucho mayor que Dedos Largos, que se pavoneaba con los otros niños del clan. La líder del clan había salvado la vida de la mujer robusta, y la había aceptado con sus dos hijos en el clan. Sin embargo, los tres robustos desconcertaban definitivamente a Dedos Largos.

No le sorprendió la ausencia de machos. Eso le hizo recordar acontecimientos pasados de la vida del clan, incluyendo cómo y por qué había huido a la sabana. Eran recuerdos dolorosos, que había bloqueado en la sabana, pero aquí ya no podía mantenerlos a raya. Todo se lo recordaba: el cansancio de los niños, la falta de carne, la tensión de su tía, la vista de la selva. Todo ello se combinaba para provocar una tristeza opresiva que sentía desde aquella mañana, cuando había descubierto su rastro y encontrado al clan de nuevo.

Por más que lo intentaba, nada le interesaba, ni siquiera saltar al suelo para ir a buscar una comida decente. Era como si la selva le abrumara con su peso, con una desesperación invisible, muy distinta de todo lo que había experimentado en la sabana. La sabana era demasiado activa. Allí había conocido el miedo y la alegría, pero nunca aquella depresiva falta de energía.

Y por algún motivo, pensaba que la líder, que le recordaba a su madre, era la responsable de que se sintiera así.

Sin embargo, haber vuelto al clan tenía sus compensaciones: la música de las bocas ocupadas en intercambiar sonidos, la cercanía aromática y cálida de los cuerpos. Algunas cosas eran nuevas y desconcertantes. Dedos Largos había estado tanto tiempo ausente que sus primas habían crecido de una forma drástica, hasta hacerse casi irreconocibles. Pechos como cúpulas diminutas adornaban a las hembras subadultas, incluyendo dos de las tres hijas de la líder. La forma de mirarle, con sus ojos redondos y las cejas enarcadas, le hacían sentir de una manera rara, que casi conseguía borrar de su mente la paliza y la dieta vegetal.

Las hijas de la líder paseaban juntas, lanzando risitas, con sus perfiles de cuarenta y cinco grados alzados, y fingiendo que no hacían caso a nadie. Recogían flores y fruta, y la tiraban a Dedos Largos y a los otros jóvenes. Cuando Dedos Largos se había reunido con el clan aquella mañana, las tres chicas le habían arañado y golpeado con saña, como si intentaran reunir información sobre él.

Todo esto había dejado a Dedos Largos con una sensación agradable/desagradable, lo bastante complicada para que pensara en huir de nuevo a la sabana cuando todo el mundo estuviera durmiendo. Allí no habría primas tontas y pelmas. Ni confusiones.

De bajada, registraría la selva en busca de su amigo el extraño, que se había perdido, lo cual no había sorprendido mucho a Dedos Largos, quien había observado la propensión de su amigo a distraerse por cosas que él, Dedos Largos, no consideraba fascinantes. Se habría perdido en la selva. Dedos Largos no estaba preocupado por su amigo. Lo había visto atravesar con una lanza a un león, mientras profería un rugido como no había oído en ningún animal. Aún vagaría por la selva a salvo de peligros, de lo contrario el muchacho le habría oído emitir aquel increíble rugido.

Dedos Largos encontraría a su amigo, y luego los dos volverían juntos a las praderas.

Desde su rama vio que uno de los subadultos, el hijo de la mujer robusta, se acercaba con parsimonia al árbol. Medía unos noventa centímetros de estatura, pero era más robusto y peludo que los demás jóvenes, y tenía una cresta sagital en lo alto del cráneo. Su cabello crecía alrededor de la cresta como si estuviera cortado a cepillo. Sus brazos eran más largos y gruesos, y tenía los pies más anchos que los demás.

Mientras caminaba hacia el árbol, varios jóvenes intentaron tomarle el pelo para que los persiguiera. Como sabía que era más lento, lanzó un gruñido, pero los demás no se rindieron. De repente, atrapó a uno y enseñó sus caninos.

Los otros se apresuraron a reaccionar con gritos fingidos, para alarmar a las madres. La líder se irguió. A su lado, la mujer robusta alzó la vista y emitió un silbido de advertencia. Las tres hijas de la líder corrieron a ejercer de árbitro, al igual que su único hermano, un joven nervioso y larguirucho, que no paraba de enseñar sus dientes brillantes. Todos juntos se impusieron al chico robusto, que empezó a gemir. Por fin, su madre se acercó meneando sus pesadas nalgas. Dedos Largos observó que dejaban al descubierto los labios hinchados de la vagina. Como no podía dar el pecho, estaba en celo de nuevo.

Las jóvenes princesas soltaron al chico robusto, que se alzó sobre una rodilla, con la cara encarnada y a punto de llorar. La madre robusta parecía dispuesta a pegar a su hijo. Los dos intercambiaron miradas reveladoras de que ambos desaprobaban su comportamiento mutuo. El chico ladeó los hombros, pasó al lado del árbol y, de repente, agarró a Dedos Largos y hundió sus dientes en la pierna del fugado.

Con la pantorrilla dolorida, Dedos Largos golpeó al robusto en la cabeza y aulló. Liberó su pierna y pateó el pecho del robusto, pero perdió el equilibrio y cayó encima de su agresor. Los dos fueron presa de la rabia y, al cabo de una fracción de segundo, rodaban sobre la hierba, gruñendo, dando puñetazos y patadas, y mordiendo. El robusto tenía la ventaja de sus dientes trabados, pero Dedos Largos había transformado en una desesperada ferocidad todos los miedos almacenados en la sabana.

Los demás chicos y chicas se congregaron alrededor, entre gritos y exclamaciones, pero Dedos Largos dominó a su atacante con tal celeridad que les asustó. Vislumbraron las situaciones mortales a las que había sobrevivido durante su ausencia. La madre robusta estaba muy asustada. Se precipitó hacia los contrincantes y los separó con facilidad, porque el muchacho robusto tenía ganas de abandonar la pelea. Después, la madre le administró un puñetazo en la mandíbula como castigo, al tiempo que Dedos Largos se cogía a una rama baja y empezaba a trepar hacia las ramas más elevadas del árbol.

La líder entregó la hija de la robusta a otra hembra y se acercó, dispuesta a castigar a todos los participantes en la escaramuza. Las primas cogieron puñados de tierra para tirar a Dedos Largos, que se hallaba a seis metros del suelo.

Deseó tener sus piedras de caza para vengarse de sus primas y su tía. Ésta cruzó los brazos bajo los pezones manchados de leche derramada, y permaneció inmóvil y en silencio. En aquel momento apareció su hijo, siempre sonriente, y lanzó una patada al muchacho robusto.

Dedos Largos ya había visto bastante, y estaba disgustado. Lamió el corte de la pierna, mientras miraba entre el follaje verde. Dos formas voluminosas estaban subiendo la pendiente, en dirección al territorio del clan.

Emitió el *grrrr* que indicaba máximo peligro.

Desde la mañana, cuando su sobrino había regresado, la líder había relajado su vigilancia. En las mesetas elevadas tenía menos miedo de los intrusos, porque el follaje no era uniforme y se podía ver a su través.

El suelo de la selva estaba más seco y crujiente en aquellas pendientes iluminadas por el sol, y durante los últimos años había llovido menos en las estaciones lluviosas. De todo ello había deducido que el Mau se estaba secando poco a poco.

Durante las diez últimas generaciones, las expectativas de vida de su raza habían aumentado. Ya había vivido más que su madre. Unas expectativas de vida más largas proporcionaban a su raza más oportunidades de observar la repetición en la vida, lo cual había creado a su vez una sensación primitiva de lo que era normal y lo que no. También habían experimentado mejoras físicas y mentales que habían ayudado a aumentar la población, preparándola para un salto evolucionario.

Pero tres generaciones antes se había producido una cruel alteración.

Hoy, el clan aún padecía las consecuencias. La líder no había sido testigo de la alteración. Había nacido una generación después, cuando la situación empezaba a mejorar, pero había vivido una existencia de disensiones y pérdidas, de violencia e improvisación. Había perdido varias parejas. Había escapado por los pelos de la muerte.

Con el aumento de capacidad cerebral de las últimas diez generaciones, plantó cara al reto del futuro sin descanso, gracias a su experiencia y a la experiencia recordada de sus antepasados, sin dejar de planificar.

Aunque su cerebro sólo tenía quinientos centímetros cúbicos de capacidad, era lo bastante grande para ser complejo, y funcionaba con tal coordinación que sus instintos básicos estaban presentes al mismo tiempo en todas sus zonas cerebrales, y se beneficiaba de todas sus diversas funciones. Sus instintos de territorialidad, agresión, lucha por la supervivencia y por el poder, y transmisión genética, con la capacidad de diferenciar sus genes de otros dentro del clan, y su especie genética de las otras, no eran tan diferentes de los mismos instintos en mamíferos sencillos, o incluso en reptiles y aves. Sin embargo, eran esenciales para su humanidad, porque poseían una fuerza poco común. Una fuerza mayor que en todas las especies humanas.

La mujercita del cabello castaño recio albergaba en su cerebro el inicio de una angustia consciente sobre el futuro de su raza. En ese sentido, su cerebro homínido, si bien similar a los cerebros de otras razas y casi idéntico a los cerebros de muchos monos, era diferente por completo.

Por lo demás, las diversas partes de su cerebro no eran diferentes, aunque la forma en que trabajaban era muy novedosa. El éxito de su cerebro se basaba en su fenomenal cooperación e integración, aún sin lenguaje. Por ejemplo, había ciertas partes de su cerebro, algunas redondas, otras curvas, que la ciencia llamaría más tarde el sistema libidinoso. Este sistema estaba relacionado con las emociones y motivaciones primarias. Intervenía en procesos invisibles, que se traducían en reacciones físicas evidentes. En consonancia, si la mujer experimentaba ciertas emociones o tomaba conciencia de ciertos propósitos, sus ojos brillaban más, su pulso se aceleraba, su temperatura aumentaba, o sudaba sin haber realizado ningún ejercicio físico. El sentimiento y el propósito cambiaban el tono de su voz, o impulsaban oleadas de sangre en sus mejillas o pechos.

¿Por qué esos cambios se consideraban valiosos, cuando escaseaban o estaban ausentes en la mayoría de las demás especies? ¿Por qué los homínidos expresaban tan abiertamente lo que sentían, cuando en el otro extremo de la escala animal, un cocodrilo permanecía inexpresivo y con cara de póquer durante todas las fases de su vida?

Porque los homínidos vivían para comunicarse y se comunicaban para vivir. Incluso cuando un homínido estaba solo, seguía expresando de forma física sus emociones, porque los homínidos, entre todas las especies, se comunicaban continuamente lo que sentían.

El pensamiento y planificación muy primarios que solían salvarle la vida también la absorbían y distraían. Aquella mañana no había apostado centinelas para avisar al clan de la presencia de intrusos. Y ahora, cuando tomó conciencia del peligro, uno de los merodeadores robustos se alzó sobre los matorrales cercanos.

Al instante, la mujer emitió un penetrante sonido gutural,

y todo el mundo entró en acción. Los bebés fueron apartados de los trechos de hierba, y los jóvenes conducidos a un arbusto situado al otro extremo del claro. Los machos jóvenes cuya envergadura les permitía luchar cortaron ramas para utilizarlas como palos, pero las hembras les empujaron hacia el arbusto. Dedos Largos miró hacia el extremo inferior del claro, donde estaban la líder del clan y su secuaz robusta, enfrentándose a dos machos de caras peludas y crestas sagitales. Combatían con las manos desnudas. El clan contaba con armas de piedra y hueso, pero no habían tenido tiempo de armarse.

La hembra robusta de los genitales hinchados se había vuelto instintivamente para proteger a su bebé y al hijo mayor, pero la líder había ordenado que plantara cara a los invasores. La hembra robusta se encontró cara a cara con un macho de su propia raza. Pelos largos brotaban hacia los lados de su pecho y estómago, como surgidos de un eje vertical central. Sus testículos, del tamaño de manzanas, eran de un pardo muy oscuro, pero su pene parecía retraído, diminuto. Sus brazos le colgaban casi hasta las rodillas, y los pelos de la cabeza crecían alrededor de su cresta sagital. Doblaba en tamaño a la mujer.

Las emociones sexuales de la mujer robusta estaban agitadas, pero sabía cómo disimularlas. Podría haber dado media vuelta y huido, pero las hermanas y medio hermanas de la mujer grácil tenían a sus hijos. El mecanismo de engaño primario entró en acción. Mostró los dientes en una sonrisa de bienvenida y se balanceó de un lado a otro, para que sus pechos oscilaran. Se volvió, fingió que huía, tropezó con mucho arte y aterrizó sobre las palmas de las manos, dejando al descubierto sus partes hinchadas. El macho que tenía detrás debía reaccionar de la forma adecuada. Entonces, consciente de que no la estaban montando, se incorporó.

El macho se había apartado, como si cediera la vez a otro, un gigante con la cresta del cráneo bordeada de pelos blancos, y cuya sonrisa revelaba algunos dientes ausentes. Esta vez, la hembra robusta tropezó de verdad, mientras los dos machos se precipitaban hacia ella.

El macho más grande cogió a la líder y la tiró al suelo. Su

vagina estaba peligrosamente expuesta, de modo que se batió con furia, y hundió las uñas en la cara del atacante. El miedo a ser inseminada por el corto pene del robusto le trajo recuerdos de su último bebé, tendido muerto en un barranco boscoso dos temporadas de lluvia atrás. Se había quedado junto al diminuto cadáver durante horas, echando el aliento sobre sus labios, para al fin arrancar tierra con las manos y depositarla sobre la criatura, con suavidad, como si temiera despertarla. Aquella muerte le había impulsado a evitar otros embarazos.

Poco después, había guiado al clan hasta la parte inferior de la selva, donde habían encontrado a la hembra robusta, herida y embarazada. Allí era donde se había forjado su extraño vínculo, y pocas semanas después la mujer robusta había dado a luz bajo los cuidados de la grácil.

Ahora, la hembra robusta tampoco quería quedar embarazada. El compañero que había perdido era un grácil, y albergaba la esperanza de que aún estuviera vivo en el bosque, escondido.

Casi penetrada, lanzó un grito de socorro, tan potente que las demás hembras refugiadas al otro lado del claro se encogieron.

Los machos subadultos del clan no pudieron resistirse. Dos, tres, cuatro, incluido el hijo de la mujer robusta, salieron de los arbustos, en busca de ramas y palos. Vieron delante a Dedos Largos, que saltaba del árbol, caía a cuatro patas y se aferraba al suelo.

Sólo pudo encontrar un fragmento de piedra arenisca, frágil pero pesado. No había mejores piedras a la vista. Tendría que servir.

Estaba recuperando sus recuerdos. Los huesos de los once machos dispersos en la cantera parecieron cobrar vida delante de sus ojos, y les vio combatir contra los atacantes robustos. Alzó la piedra y corrió.

La mujer robusta se había desembarazado de su atacante a base de rodillazos en su estómago peludo. La líder, que se esforzaba por seguir en pie, mordió a su atacante hasta que pudo salir de debajo de él, pero la agarró otra vez, desde atrás. Por suerte, los pliegues de sus labios estaban secos y tirantes. Engañado por su resistencia, el macho tenía el pene erecto, y eyaculó en aquel momento. Fue entonces cuando una piedra grande se estrelló contra su cabeza, causándole la muerte.

Atacaron con palos y tierra al otro macho robusto, que saltó hacia arriba, cogió una rama y trepó a un árbol, hasta perderse de vista.

Los pequeños machos jubilosos le habrían perseguido, pero la líder se puso en pie de un salto, con el rostro tan afligido que dio la impresión de no tener ojos. Propinó a su salvador, Dedos Largos, un terrible bofetón por haber acudido en su ayuda, y emitió el sonido agudo indicador de contar a los miembros del clan, recoger las cosas y marchar. Después, arrancó una hoja grande, la transformó en un trapo vegetal y se limpió el semen de la parte posterior de los muslos.

Mientras caminaba entre los árboles con su parentela, Dedos Largos lo recordó todo. Recordó otras caminatas como ésa, cuando los jóvenes eran desalojados de un lugar que ya no era seguro por un grupo de madres tensas y desabridas, en tanto los padres partían en misteriosas expediciones.

Los padres volvían de aquellas expediciones disminuidos en número y cojeando a causa de las heridas, con los brazos dislocados o rotos, apretados contra sus cuerpos contusionados. Algunos no regresaban.

Cuando volvían, los padres tenían una extraña expresión salvaje en los ojos, lo cual les daba un aspecto repulsivo, aunque heroico. Todos aquellos sentimientos dispersos se habían transformado para Dedos Largos en un poderoso anhelo de seguir a los machos, con el fin de averiguar qué hacían y convertirse en uno de ellos.

Por fin, había huido del clan cuatro estaciones de lluvia antes, casi dos años. Siguió a los machos, temeroso de que le descubrieran y de enfrentarse a la ira de su padre, pero también confiado en hacer acto de aparición en el momento apropiado y ser aceptado por la partida de guerreros.

Durante varios días les había seguido hasta salir de la selva y cruzar las llanuras, mientras esperaba el momento propicio.

Cuando estaba haciendo acopio de fuerzas para delatar su presencia, los machos gráciles fueron atacados por una extraña invasión procedente de las llanuras, que les repelió. Huyeron ensangrentados de rayos ensordecedores y extraños rugidos, hasta que cayeron en una emboscada de una banda de machos robustos, que les estaban esperando en la seguridad de las estribaciones rocosas. Los robustos descargaron una avalancha de rocas sobre los gráciles, y aplastaron a once componentes de la partida.

Así fue como murió el padre de Dedos Largos, sin saber que su hijo, el muchacho al que había enseñado a cazar, les había seguido.

El hijo había sido testigo de la carnicería, borrada posteriormente de su frágil memoria. No obstante, se había quedado en la sabana, liberado también de los recuerdos de los deberes habituales del clan.

Pero ahora había vuelto con el clan, y con sus recuerdos.

Esos recuerdos se agolpaban y le hacían temblar en la presa de un miedo frío y recordado.

Pero no era propio de Dedos Largos quedarse en la tierra triste del pasado. Tomó conciencia de que sus pies pisaban el suelo de la selva y de que los cuerpos de sus primas se movían cerca. Clavó la vista en la selva y en el presente.

A lo lejos, divisó una sombra alta, y su corazón se aceleró. Era su amigo, el extraño, que caminaba con aquel paso peculiar, recto como un poste.

No pudo reprimir una risita. El extraño tenía un aspecto muy cómico.

Después, imágenes de lo que debería hacer para que su clan no dañara al extraño destellaron en su mente. Debería correr y obligarle a dar media vuelta, para regresar los dos a los espacios abiertos, pero no había tiempo. El clan vio al extraño. Parecía muy diferente de todo lo que habían visto en su vida. El extraño levantó la vista, y la sorpresa que se reflejó en su cara pareció iluminar la maleza. Alzó ambos brazos, con un saludo que casi era una plegaria.

La victoria sobre los dos robustos había henchido de confianza a los jóvenes del clan. Corrieron hacia delante y cayeron sobre el extraño, arrojándolo al suelo reseco de la selva.

La adrenalina que electrizaba el cuerpo de Ken no se parecía a nada que hubiera sentido antes. Era como si le hubieran inyectado una droga en todos los órganos al mismo tiempo. Los latidos de su corazón le ensordecían. Su visión adquirió tal claridad que casi se convirtió en una imagen surrealista. Su estómago se contraía y distendía alternativamente, en tanto su bilis subía y bajaba de su garganta. Sintió sabor a sangre, y se preguntó si se había roto una vena. En realidad, había apretado los dientes con tal fuerza que se había herido las encías.

Si quería sobrevivir, no debía reconocer su miedo. Habría unos treinta homínidos, y una docena corrían hacia él para capturarle o matarle. Todos eran jóvenes, y medían entre noventa centímetros y un metro veinte.

También vio a Dedos Largos, que iba y venía entre la masa atacante, al tiempo que emitía sonidos. Ken le reconoció, pero no estaba seguro de que Dedos Largos se acordara todavía de él.

Otro chico, de pecho abultado, mandíbulas más largas y una cresta sagital bien definida, corría delante de los demás. Su pelo crecía muy tieso a ambos lados de la cresta. Dedos Largos intentó apartarle de un codazo, pero el de la cresta consiguió agarrar a Ken por un hombro, mientras una de las hembras subadultas le arrojaba al suelo. Al mismo tiempo, un joven macho que parecía sonreír en todo momento propinó un rodillazo en el estómago a Ken, y le hizo caer al suelo.

Todos tenían la frente estrecha, pero, por lo demás, eran tan variados que los ojos de Ken saltaban de uno a otro, observando detalles que su mente era incapaz de organizar. Los jóvenes aterrizaron sobre Ken, y una hoguera de jadeos barrió su cara.

Mientras recibía repetidos golpes, comprendió por qué le habían parecido tan variados. En sus fantasías, la imagen de Dedos Largos representaba a toda su raza. Había esperado que todos fueran réplicas del muchacho, que era uno de ellos, sin la menor duda. A excepción de sus frentes estrechas y mandíbulas protuberantes, todos eran muy diferentes; en la forma de la cara, en la musculatura, en la manera de reaccionar a su presencia. Pero ¿qué esperaba? ¡Era una raza viva! No había dos pechos iguales, ni dos estómagos curvados de la misma manera. Algunos labios eran delgados, simiescos, mientras otros insinuaban un grosor casi moderno. Lo mismo era cierto respecto a sus narices y orejas. Su única característica común era el asombro con que miraban a Ken.

Ken experimentaba el mismo estupor. Ni sus ojos ni su cerebro daban crédito a lo que veían y asimilaban.

Oyó que chillaban y gruñían encima de él, y distinguió la voz de Dedos Largos. Le gustaba el peso de los cuerpos encima de él, porque disminuía los temblores. Olió su sudor especiado. Uñas oscuras tironearon del vello de su pecho. Gruñó, y tiraron con más fuerza. Se retorció, y las jóvenes protomanos, de una fuerza aterradora cuando se unían, sujetaron sus brazos y piernas, para que otras protomanos pudieran palpar sus costillas, así como su estómago y entrepierna por debajo de los pantalones.

El botón de encima de la cremallera saltó, y la cremallera se abrió. La dura tela de sus pantalones cedió cuando los homínidos empezaron a destrozar sus pantalones y botas. Gritó y se revolvió, pero de repente se descubrió desnudo y cautivo.

Ken, en un gesto instintivo, se cubrió la entrepierna con las manos para protegerla pero eran sus pies lo que despertaba más curiosidad. Nunca había tenido cosquillas, pero los dedos que corrían sobre sus plantas, dedos y tobillos eran insufribles. Lanzó una risita y logró liberar sus pies.

Los homínidos retrocedieron unos centímetros, y Ken los miró boquiabierto, con la sensación de que estaba soñando.

Dedos Largos cogió a sus primos por los codos y los hombros y los echó hacia atrás. Ken vio su expresión angustiada cuando comprobó que Ken seguía vivo. Tuvo la impresión de que el niño quería que hiciera algo, pero no supo qué. Y entonces lo adivinó: Dedos Largos quería que emitiera aquel pavoroso aullido, capaz de asustar a un león.

Dedos Largos vio a su tía por el rabillo del ojo. Corría hacia ellos, seguida por las hembras adultas, incluida la hembra robusta. El grupo que rodeaba a Ken se apartó, y ella vio que Ken le miraba con ojos atónitos y aterrorizados.

Se inclinó sobre él en silencio.

Un nudo que se había formado en la garganta de Ken le impidió respirar. Sólo veía los ojos de la líder. Brillaban como los de una efigie viviente.

Observó las grandes areolas de sus pechos henchidos de leche, que suavizaban en parte su expresión agresiva. Sus manos de dedos largos y sus brazos velludos delataban una gran fuerza. Ella extendió una mano y le rozó, como para comprobar que era real. Su tacto era duro como la madera.

Mientras le miraba, Ken se levantó para mirarla cara a cara, respiró hondo y lanzó un aullido tan potente que la mujer retrocedió. Después, se plantó delante de todos los demás, con aire desafiante, aunque terriblemente vulnerable sin su ropa. Mientras duraba el efecto de su aullido, se dirigió hacia el árbol más cercano. Los machos del clan podían aparecer en cualquier momento, y los aullidos no les intimidarían tanto.

Se aferró al árbol, desnudo como los protohumanos, igual a ellos. «Músculos, extremidades, no me falléis ahora.»

Pero un ruido de pasos detrás de él le detuvo. Se volvió.

La líder guiaba al resto del clan hacia los árboles, alejándose de él, en una columna caótica. Dedos Largos y algunos otros se volvieron a mirarle. Sus miradas se le antojaron la forma más extraña de concluir la escena. Le abandonaban, un solitario visitante desnudo.

Al instante, Ken corrió tras ellos, pisoteando ramas caídas, hierba y residuos del lecho boscoso. Pensó un momento en las ropas que habían destruido, pero enseguida las olvidó, así como lo que representaban. Su futuro se reducía a los siguientes minutos, su mundo eran los siguientes metros, con aquella raza desnuda que caminaba delante de él.

No estaba acostumbrado a caminar descalzo, pero les alcanzó con facilidad, porque sus pies eran más apropiados para andar que los de ellos.

Ken recordó la mirada de esfinge de la hembra y su patente confusión. De momento, le había salvado la vida. No tenía claro qué era Ken, o cómo debía tratarle. Dedos Largos también había colaborado. Ahora la vida de Ken dependía de la voluntad de la líder y de la influencia de un niño de ocho años.

No obstante, corría detrás de ellos como un loco, en lugar de pensar en salvar su vida. Apresuró el paso. Atravesó una telaraña gigante. Había deseado caer atrapado en aquella telaraña, se había esforzado por estar donde estaba ahora. Sus pies descalzos pisaban huellas de pies primitivos auténticos, y su cuerpo desnudo se abría paso por una selva desnuda y carente de protección, en la que hasta el último latido de vida estaba desnudo, sin disfraces, desprotegido por la cultura.

Lo había deseado, y ya lo tenía.

Se imaginó a Ngili a un lado y a Haksar al otro, los tres desnudos, caminando por la selva. Los conocimientos de Haksar sobre tribus con las cuales aún no se había establecido contacto serían de incalculable valor.

Siguió los movimientos de la tribu. Por detrás se parecían a cualquier tribu aborigen, salvo por el modo de andar. No llevaban adornos, conchas, collares ni pendientes en las orejas. Era como si su sentido de la belleza personal aún no hubiera emergido.

De repente, su mente se concentró en el enigma de su presencia. Olvidó su hambre, miedo y agotamiento. ¿Cómo era posible, desde un punto de vista científico, que hubieran sobrevivido y pasado desapercibidos? La única respuesta era su hábitat. Se dijo que era un lugar único, un fragmento de Plioceno viviente.

Parecía una broma.

¿Dónde estaban los machos? ¿Habrían ido a cazar? Cuando regresaran, ¿cómo reaccionarían al verle? ¿Los seres peludos de la noche anterior eran los machos de esa raza? En tal caso, era absurdo que asolaran los límites inferiores de la selva, mientras aquel matriarcado se escondía en las estribaciones más elevadas. ¿Por qué el niño se había aventurado solo en la sabana?

Había muchas cosas que Ken no comprendía. ¿De qué servían sus mil quinientos centímetros cúbicos de cerebro, si no comprendía lo que veía?

Intentó decirse que no estaba solo, que tenía al niño, pero no funcionó. La sensación de ser un ejemplar único era abrumadora.

El muchacho y él ya no formaban una especie de sólo dos miembros.

El clan se adentró en un claro en el que crecían abundantes lobelias de tamaño medio y brezos alpinos gigantes, cubiertos de un musgo conocido como «barba de anciano». Al ver los brezos, Ken se preguntó si se encontrarían a más de dos mil metros de altitud, aunque el aire no era muy frío y respiraba sin dificultades. Los brezos solían crecer en las crestas elevadas, donde los vientos impedían el desarrollo de árboles altos. También había arbustos cargados de un tipo desconocido de nueces, que brotaban en racimos similares a los de las uvas. Dos bananos silvestres les proporcionaban sombra. Una peculiar corteza rojiza envolvía los frutos.

Ken vio en los bananos unos seres que no había visto en su vida, grandes animales tarsioides de ojos gigantescos, que se movían con parsimonia sobre patas similares a manos, pelaban las bananas rojas y comían su carne pulposa. Los tarsioides eran la raza que había dado nacimiento a los monos. Ken estudió las lobelias y los brezos, y observó que formaban un denso círculo alrededor del claro, que de esta forma quedaba aislado del resto de la selva. Aquel hábitat era aún más antiguo que los protohumanos. «Estoy atrapado en un agujero negro del Plioceno», pensó.

La líder se encaminó hacia Ken y se paró a unos pocos metros de distancia. Le examinó hasta que Ken comprendió que su mirada contenía algún tipo de advertencia. Retrocedió hasta topar con un árbol. Se dejó resbalar hasta sentarse en la hierba y se cubrió la cara, rezando para que su gesto transmitiera sumisión.

Esperó con los ojos cerrados, y la mente tan embotada que se le antojó extrañamente seca. Seca como un polvorín a la espera de que una chispa la transformara en una gigantesca llamarada.

Al cabo de unos minutos, como nadie se acercaba a él, se atrevió a mirar.

Los niños habían empezado a jugar a tirar de los extremos de lianas que colgaban de los árboles. La líder se había dirigido hacia los bananos, mientras la niña pequeña trotaba detrás de ella. La hembra robusta arrancó una mata de «barba de anciano» y entretuvo a la niña con ella, en tanto la líder escarbaba entre los bananos y tiraba de una rama seca grande, con nueces parecidas a anacardos. Después extrajo el flanco de un antílope mboloko cubierto de gusanos.

Por lo tanto, comían carne, y la almacenaban en aquel claro.

Ken se preguntó por qué comían carcasas, cuando había tanta caza en la sabana. El antílope era viejo, y sus patas delanteras golpeaban entre sí como bastones. Hacía veinticuatro horas que no comían, y la carcasa de mboloko sólo le pareció algo repelente.

El clan se congregó alrededor de la líder a codazos, de forma que se impuso la ley del más fuerte. La líder se alejó con la carne, indicando que algunos homínidos debían seguirla. Cuando volvió a sentarse, colocó a su familia en un orden distinto. Su niñera, la mujer robusta, se sentó a su lado. El joven macho de la sonrisa perpetua se sentó entre sus piernas, como un auténtico recién nacido. Los otros se sentaron más lejos, y se administraron mutuamente una caricia o un arañazo antes de que la comida empezara a llegarles. Las madres sostuvieron a sus hijos entre las piernas y compartieron la comida con ellos. En conjunto, hubo pocas discusiones, a medida que los pedazos de carne podrida iban pasando. Carne vieja de aperitivo, nueces secas de entrante, pensó Ken, y en efecto, repartieron las nueces a continuación. Entonces, los que tenían dientes más sanos rompieron la rama en pedazos y masticaron la madera seca.

Dedos Largos no dejaba de mirar a Ken. La líder le miró, y Dedos Largos clavó la vista en la carne que sujetaba y la masticó, completamente integrado.

La mujer robusta se agenció unos buenos pedazos para ella y su hija. Los masticó hasta convertirlos en una pasta y los pasó de su boca a la de la niña, que estaba en sus brazos. Otras adultas alimentaron a sus hijos de boca a boca, de forma que la comida se transformó en una exhibición de besuqueos desgarbados.

«Pudo ser así –pensó Ken–. El nacimiento del beso humano.»

La escena transmitía cierta sensación de afecto, por más rudo y silencioso que fuera. Mientras masticaba un pedazo de rama, Dedos Largos estableció contacto visual con Ken. Tal vez había deseado que Ken presenciara aquella escena. Tal vez había enviado a Ken aquel mensaje, después del ataque nocturno de los robustos: Sígueme y te enseñaré mi clan. Sígueme y te guiaré hasta otros humanos.

Ken intentó reír, pero su risa estaba muy cercana a las lágrimas. Menudo matador de leones estaba hecho.

La líder miró a Ken con una especie de descaro desafiante. Se frotó los pies en la hierba, como presa de un tic nervioso.

¿Qué haría si se levantaba y se acercaba?, pensó.

Sabía que la hembra no toleraría nada que pusiera en peligro a su pequeña tribu.

Dedos Largos estaba sentado sobre la hierba, rodeado por un grupo de niños que emitía sonidos cortos pero insistentes. ¿Le estaban interrogando sobre la sabana? ¿Tal vez acerca de Ken? Sus caritas no paraban de volverse hacia Ken, y luego hacia Dedos Largos. Cada vez que los ojos de Dedos Largos se encontraban con los de Ken, alzaba la vista hacia el dosel oscuro, tal vez para indicar que debían esperar a que anocheciera.

Ken contestaba con un cabeceo imperceptible.

Las adultas empezaron a moverse por el claro, preparando el sitio donde iban a dormir. Paseaban de un lado a otro delante de Ken y le dirigían miradas de curiosidad, sin acercarse en ningún momento. Ken se preguntó si la líder habría fijado unos límites.

Estaba claro que tenían un buen sentido del tiempo, porque sus lechos estuvieron preparados justo antes de que el sol desapareciera tras el horizonte. Entonces, se hizo de noche.

Ken esperó hasta que los ruidos del clan enmudecieron, y entonces se arrastró hacia donde Dedos Largos se había tendido para dormir.

Grandes polillas surcaban el aire y se perseguían, y se tendió de espaldas para contemplar sus evoluciones en la oscuridad. Entonces empezó a oír sonidos. Se incorporó y vio dos cuerpos fundidos en un abrazo. Uno era Dedos Largos, quien emitía un lloriqueo que sonaba como *niavú, niavú*. La líder le estrechaba en sus brazos, con su boca pegada al cuerpo del niño. Estaba curando sus heridas con los labios y la lengua.

Ken contuvo el aliento, compartiendo aquella intimidad única.

El niño volvió a emitir aquel sonido. La líder respondió con gruñidos suaves, y el niño se acurrucó más contra ella. La hembra volvió a calmar el dolor de sus arañazos y cortes con la lengua y los labios, o quizás expresaba un amor que había reprimido hasta aquel momento. Dedos Largos le devolvió sus abrazos, sin dejar de emitir su *niavú, niavú,* mientras ella curaba su hombro. Cogió algo, tal vez una astilla, con sus dientes protuberantes, y luego tiró. Sus labios escupieron algo. Si era una astilla, la había arrancado. Después emitió una especie de *uvai, uvai,* muy similar al lloriqueo de un bebé, mientras él contestaba *niavú*. Eran sonidos más complejos y cargados de significado que los emitidos por el muchacho en la sabana. Parecían casi silábicos.

Niavú… Un sonido similar, *niawo,* significaba «madre» en swahili.

¿Era acaso el sonido de una cría humana que reclamaba la teta materna? ¿Quién podía afirmar que las palabras más básicas no se habían creado de aquella manera? Ken escuchó, sin atreverse a respirar. ¿De veras estaban «hablando»?

Ken cambió de postura y la hierba crujió. La hembra alzó la cara, la tensión presente en la posición de sus hombros, y su laringe insinuó aquella advertencia gutural que sonaba rudimentaria y simiesca.

Ken esperó. La líder volvió a acostarse sobre la hierba, y el diálogo primario se reanudó.

Lo único que podía hacer era dormir acunado por la música de las laringes protohumanas.

Tuvo conciencia de que hacía frío, y que el lecho grisáceo del bosque estaba envuelto en una niebla amorfa.

Parpadeó y vio que había amanecido.

Alzó la vista y vio que la líder se había arrodillado a su lado. Partió un tubérculo con el canto encallecido de la mano, lo mordió y masticó. Apoyó las manos sobre los hombros de Ken y se acercó. ¡Quería alimentarle boca a boca!

Ken hipó a causa de la sorpresa y la rechazó. La pasta masticada del tubérculo cayó de su boca. Ella la recogió con los dedos y la metió en la boca de Ken. Cuando probó la pasta, agria, fláccida y tibia, Ken empezó a escupir y toser.

Oyó unas risitas guturales. Giró en redondo. Las tres jóvenes que se parecían a la líder estaban acuclilladas detrás de él. Sintió el calor de sus alientos, que su espalda congelada agradeció.

Se limpió los labios y la barbilla, irritado, y después se pasó los dedos por el pelo. Las hembras volvieron a reír, porque se había esparcido la pasta por el cabello. Se puso en pie de un salto y, al instante, tomó conciencia de su miembro desnudo colgante. La líder también se puso en pie, y Ken tuvo miedo de que sus genitales la fascinaran. Su estómago protestaba sin cesar. Tendría que haber aceptado el tubérculo, se reprendió. Idiota remilgado. He despreciado comida y un gesto amistoso que podría haberme admitido en el seno del clan.

Una de las hijas mordió el tubérculo con ansia. Ken tenía tanta hambre que se dejó caer en la hierba, mientras las chicas se levantaban y caminaban hacia los árboles, satisfechas con su forma de empezar el día. Ken hundió la cara en la hierba. Gotitas de rocío humedecieron su cara, y logró capturar algunas con su lengua reseca. Estaba mortalmente sediento.

Buscó a Dedos Largos, que se estaba levantando, al lado de otros dos chicos. Uno era el que siempre sonreía, y el otro el del corte a cepillo. Los tres se habían abrazado mientras dormían, olvidadas sus rivalidades.

La líder se acercó a Ken de nuevo y le tendió un puñado de hojas.

Ken las cogió e introdujo en su boca. Sabían fatal: amargas y polvorientas. Las escupió y emitió un gemido, al tiempo que se apretaba el estómago con las manos, con el fin de mostrar a la líder el aspecto más hambriento y desesperado que un antropólogo había exhibido jamás a una mujer mono.

La mujer sonrió. La madre que era no necesitaba más explicaciones. Se puso en pie y empezó a alejarse. Ken la siguió al instante, resuelto a no estropearlo de nuevo.

Dedos Largos les miró con ceño. Después se liberó del abrazo de otro chico y se incorporó.

Ken hizo de tripas corazón, por si le ofrecía otra carcasa polvorienta. Si aún conservaba algo de carne, mordería la capa exterior y masticaría hasta encontrar proteínas comestibles. Los rugidos de su estómago secundaron el plan.

La hembra caminaba a buen paso y se alejaba a toda velocidad del claro. Ken se dedicó a contemplar su asombroso cuerpo, erecto sobre ambos pies. La líder se detuvo para hundir los labios en una charca, y Ken también bebió. La hembra dejó la huella de sus pies en una zona de tierra húmeda, y Ken pisó sus huellas. Ella se volvió y le dirigió una sonrisa llena de dientes. Continuó su camino. Cuando él la alcanzó, la líder rozó un tronco cubierto de musgo con el hombro, le miró con las cejas enarcadas y bajó la vista. Ken lloriqueó de nuevo y se apretó el estómago una vez más. Ella alzó la mano para tocarle. Ken retrocedió de un brinco y lanzó una risita de pánico. ¿Le habría conducido hasta aquel lugar tranquilo acuciada por la necesidad de aislamiento que hasta los monos experimentaban cuando querían copular?

La líder le puso la zancadilla, y Ken cayó al suelo.

Ella se tendió al instante a su lado. Hundió las manos en la tierra y extrajo un largo gusano blanco. Le arrancó la cabeza de un mordisco y lo acercó a los labios temblorosos de Ken.

Pese al hambre que sentía, se echó a temblar cuando vio aquel gusano decapitado. Cerró los ojos y lo engulló. El gusano estaba frío y carecía de sabor. Su auténtico sabor eran los movimientos frenéticos que hacía contra la lengua y el paladar. Ken cerró los ojos y tragó. Cuando abrió los ojos, vio que la mujer introducía en su boca lo que quedaba del gusano, también con los ojos cerrados, como si intentara aprender una nueva habilidad.

Ken se puso a reír. La mujer abrió los ojos al instante, pero Ken no pudo dejar de reír, y se cubrió la cara con las manos. Cuando las bajó, ella también se había cubierto la suya. Dejó caer las manos, se puso de rodillas y, con un enérgico movimiento de hombros, le comunicó que debía escarbar en la tierra y buscar su propia comida. El impacto de sus rodillas sobre el suelo había provocado que un montón de gusanos surgiera de la tierra, y la líder se tendió sobre su estómago para coger un puñado. Una capa de sudor cubría su cintura asombrosamente estrecha. Se sentó, comió con apetito, y una idea asaltó a Ken: la hembra era una criatura de la sabana. Ella y los suyos no pertenecían a la selva.

Repelió la misma sensación que el niño le había provocado en la sabana, la de que no podía hacer preguntas ni esperar respuestas. Era una sensación mágicamente aterradora.

La líder se incorporó y depositó una docena de gusanos en el suelo. Después, avanzó hacia él. Ken confiaba en mantener la distancia, pero ella le acarició el estómago. Le embargó una oleada de pánico. ¿Estaba insinuando...?

Entonces comprendió que la mujer estaba preocupada por su estómago, que seguía rugiendo y gruñendo. Le acarició de arriba abajo, arriba abajo, como si intentara calmar a un niño. Después, retrocedió unos pasos y arrancó una fruta púrpura en forma de patata de un arbusto, y se la ofreció. Sujetó un trozo en la boca sin masticarlo, con sus hundidas mejillas hinchadas, tal vez para enseñarle que debía sujetarlo así para absorber su zumo.

Ken siguió las instrucciones y dejó que el grasiento zumo de la fruta lubricara su garganta.

La líder extendió las dos manos para palpar su pecho, hombros y brazos, hasta que Ken se puso nervioso otra vez. La hembra caminó hasta el punto más bajo del barranco, se agachó y hundió las manos en el suelo. Escarbó con lentitud, hasta que el agujero se llenó de agua fangosa. Alzó la vista. Movió los hombros de aquella manera autoritaria, para indicarle que probara.

Ken se arrodilló y escarbó, vagamente consciente de que el gesto de la mujer tal vez poseyera un significado adicional. No tardó en sentir los dedos mojados de agua fangosa, y el significado quedó claro. Se levantó.

La mujer había desaparecido. Había terminado de impartirle su cursillo de supervivencia, y le había abandonado. Había zigzagueado demasiadas veces para que fuera capaz de volver sobre sus pasos.

Lo habría hecho aposta. No quería que se sumara al clan porque era un estorbo, y tal vez pusiera en peligro a los suyos.

Al menos, la farmacopea de la Edad de Piedra había calmado su estómago revuelto. Se sentía lleno y a gusto.

Oyó unos sonidos delante de él, pero no se parecían a los del clan. Atravesó unos espesos arbustos, mientras se preguntaba si se había equivocado respecto a ella. Avanzó unos instantes, pisó algo resbaladizo y, cuando bajó la vista, retrocedió al instante y ahogó un grito.

Lo que había pisado era un torso de homínido, devorado a medias. Vio el interior de su cavidad torácica, en la que colgaban vasos sanguíneos seccionados, en el lugar que antes ocupaban el corazón y los pulmones. La cabeza, los brazos y las partes inferiores del cuerpo habían sido arrancadas. Se veían ligamentos, tendones y fragmentos de músculo, purpúreos a causa de la sangre seca, en el lugar de los miembros desaparecidos. Vértebras ensangrentadas yacían sobre el suelo del bosque, como cuentas destrozadas de un macabro brazalete.

Ken saltó adelante, se abrió paso entre el follaje y vio a cuatro australopitecos robustos, dedicados a trocear el cuerpo de otro homínido. Lo estaban devorando.

El sudor cubrió su piel. El macho más cercano era peludo y de ojos rojizos, provisto de una alta cresta sagital. Sus mandíbulas eran tan enormes que recordaban la «calavera negra» ante la cual se encogían los estudiantes cuando visitaban la cámara de fósiles de la universidad. Uno de los robustos dio un mordisco al homínido muerto, entre gruñidos y crujidos de huesos al romperse. La cara del cadáver casi había desaparecido, a excepción de una mejilla, una oreja y un lado del cuello. Era todo cuanto quedaba del homínido grácil, cuyas características eran las de la mujer que acababa de abandonar a Ken en la selva.

Dos de los comensales tiraron en direcciones opuestas para arrancar una entrepierna de la que colgaba un pene fláccido. Un crujido fuerte indicó que la pelvis se había partido. Los demás robustos se precipitaron a reclamar su parte de aquel bocado delicioso.

Ken consiguió mantener la cordura a base de un supremo esfuerzo. Retrocedió. Las hojas que había ante él recobraron su verticalidad, y le ahorraron la visión de aquel festín.

Al instante, su cerebro científico, una máquina de abstracción asombrosa, lo relacionó todo. El Mau y la llanura que había debajo, donde había encontrado al chico, formaban un ecotono, una zona donde se superponían varios hábitats ecogeológicos. La sabana y la selva, las pendientes boscosas y los claros herbosos permitían que una multitud de formas de vida sobrevivieran juntas. Sin embargo, la característica única de aquel ecotono era que no sólo se superponían varias formas de vida, sino que lo hacían en el tiempo. Regiones y bolsas antiquísimas, como el claro del Plioceno, se convertían en el lugar de encuentro de especies más jóvenes y más antiguas. Entre ellas, no una, sino dos razas de antepasados humanos habían encontrado las condiciones necesarias para seguir su propio reloj evolucionario, con un retraso de dos millones de años sobre el resto del planeta.

Pero lo que estrujaba el corazón de Ken era la evidencia de que, mientras otras razas se habían aceptado mutuamente con éxito, estas dos razas de homínidos estaban luchando hasta la muerte. Lo cual significaba que se habían visto forzadas en fecha reciente a ocupar un área demasiado estrecha, un fragmento del ecotono que constituía aquel particular extremo sur del Mau.

La coexistencia mágica del Mau se había roto aquí, debido a la guerra desencadenada entre sus dos especies más evolucionadas, los homínidos de la selva y los homínidos de la sabana desplazados.

No quiero ver esto, pensó Ken con furia.

Pero no había forma de marcharse y olvidar lo que había visto. Cerró un dedo alrededor de un tallo y lo apartó, para seguir contemplando el festín caníbal.

Una mujer que caminaba a cuatro patas irrumpió en la escena. Su hendidura genital colgante asomaba entre sus nalgas cuando pasó ante él. No tenía pechos, sino pezones desarrollados. Un niño se aferraba a su cuello. Otra hembra con un bebé salió erguida de entre el follaje, seguida por un grupo de hembras que caminaban también erguidas o a cuatro patas, todas cargadas con bebés, todas provistas de pezones pero sin pechos.

A Ken se le salieron los ojos de las órbitas. La hembra robusta que había visto en el clan era cimbreña y tenía pechos completamente formados. Debía ser un híbrido de segunda o tercera generación. Estos robustos arcaicos habían mezclado sus genes con los gráciles en repetidas ocasiones, pues se apoderaban de las hembras desprotegidas de los gráciles.

Ken siguió acuclillado tras su pantalla vegetal protectora, y observó que algunos machos también eran híbridos. El tamaño de sus mandíbulas y crestas sagitales variaba. No todos exhibían los mismos caninos trabados. Estas bolsas de homínidos debían llevar bastante tiempo mezclando sus genes.

Las mujeres lanzaron risas excitadas al ver la comida. Una, grande y joven, cuya cintura aún no mostraba las señales de la maternidad, meneó la cabeza y lanzó señales sexuales con su cabello. Las hembras se agacharon detrás de los machos, hasta que cada uno contó con un harén de varias madres, todas con un bebé a cuestas mientras se hacían sitio, con una actitud sumisa hacia los machos.

Ken prestó oídos, y se preguntó si había perdido la razón. Aquellos bultos peludos caminaban y «hablaban». No se limitaban a emitir señales de peligro, hambre o sexo. Transmitían mensajes personales. De hecho, los sonidos de las hembras producían la impresión de que conversaban.

Ken cerró los puños. Recordó su lucha contra los robustos peludos que le habían atacado a él y al muchacho. Habían traspasado el linde de la sabana en busca de carne de grácil. Recordó la tumba de los machos gráciles en aquel corral rocoso.

Habían caído en una guerra entre especies, pero ¿qué la había desencadenado?

Cuando los machos terminaron de refocilarse, las hembras se hicieron sitio para comer las sobras. Mordían la carne muerta de una forma diferente a los machos, con menos glotonería. Una joven madre miraba con fijeza al robusto grande que había llamado la atención de Ken. Esperaba aparejarse con él después de que terminara de comer.

Ken no daba crédito a lo bien que se habían adaptado sus ojos a aquella horrible escena. Tenía un nudo en el estómago y las uñas clavadas en las palmas, pero en esencia la escena no le repelía. Vio que un robusto grande se alzaba sobre sus piernas, algo flexionadas. Al verle erguido en toda su estatura, Ken comprendió que, pese a su tamaño, era muy joven. Sus músculos poseían la redondez corpulenta de un adolescente que está entrando en la edad adulta. Una bolsa escrotal muy grande adornaba su entrepierna, y su vello púbico sólo había empezado a tomar forma. Era la parte menos aterradora del ejemplar. El pene parecía ausente. Al fin, Ken distinguió un glande diminuto en forma de seta, con un orificio casi imperceptible, aplastado contra el hueso púbico por unos testículos de un tamaño inusitado. El macho paseó la vista alrededor, y otra hembra, la que había agitado su pelo, se acercó a él moviendo la melena para despertar su interés.

El joven macho no se decidía entre las dos hembras. Ken no pudo resistir la tentación de presenciar la escena. Salió de detrás del arbusto, corrió hacia el claro y se escondió detrás de otro arbusto. Las hembras, que intuían la indecisión del macho, empezaron a enviar más señales. Los tres se acercaron a un arbusto cargado de las patatas púrpuras que la líder había dado a Ken. La hembra más joven se agachó para coger fruta, lo cual dejó al descubierto su hendidura hinchada. La del bebé comprendió lo que estaba intentando la otra, y se arrimó al macho. Pasó la mano entre sus piernas. Al instante, el pene se puso erecto, todavía muy pequeño para su tamaño, pero la hembra más experimentada guió a su amante hacia sus labios posteriores, sin soltar al bebé. Se apretó contra su entrepierna, una, dos, tres veces, luego se despegó y se alejó a cuatro patas.

La rival joven no pareció desalentarse. Mordió una fruta y después atrajo al macho, sosteniendo en alto el resto de la pieza. El macho siguió su juego, con el pequeño glande tieso de nuevo.

Corre, semental, a la selva de la paternidad, pensó Ken con una risita.

Tuvo la sensación de que los movimientos de la horda eran más lentos, como si se dispusieran a echar una merecida siesta. Oyó un leve susurro del follaje encima de su cabeza. Alzó los ojos y vio que un homínido de miembros delgados se balanceaba de un árbol. Saltó de una rama alta a otra más baja, con movimientos torpes pero enérgicos, en completo silencio, porque todo el rato llevaba una piedra de caza entre los dientes. Parecía una versión más grande de Dedos Largos, sólo que su cara tenía una barba rala. Era un macho grácil, y reptó sobre la rama, paró y se sacó la piedra de la boca.

Ken examinó los árboles a toda prisa, pero no vio a más homínidos, de manera que desvió la vista hacia la maleza y vio una delgada hilera de machos gráciles que se aproximaban, agachados, asomaban la cara por encima de los arbustos, y luego volvían a ocultarla. Cada vez que sus caras se alzaban sobre los arbustos, observaban a los robustos tendidos perezosamente en el claro.

Ken abrió la boca para gritar, pero se mordió el labio inferior. El macho grácil del árbol alzó la piedra y esperó a que la rama dejara de oscilar. Los guerreros gráciles que se acercaban parecían delgados y estilizados, y había un número muy reducido. Cuando pasaron, uno de ellos vio a Ken a través de un arbusto.

El del árbol lanzó la piedra, y los otros gráciles cargaron contra los robustos, lanzando aullidos ensordecedores. Cuando cayeron sobre los desprevenidos homínidos, las dos razas dieron el aspecto de ser dos reflejos de la humanidad, uno algo más refinado que el otro. Ken no pudo controlarse y chilló. El grácil que constituía la retaguardia arrojó una piedra a Ken, pero falló. Ken siguió de pie y gritó, hasta que otra piedra le alcanzó en la cabeza. Se ocultó detrás del arbusto, como si nunca hubiera estado allí. La banda de gráciles tiraba sus piedras a los robustos, que habrían caído como moscas de no ser por el grito de Ken. De todos modos, había tres en el suelo, y los demás huían. Los machos robustos parecían mejor organizados. Las hembras jóvenes treparon a los árboles, y después extendieron los brazos desde las ramas bajas, para que las madres les entregaran sus bebés. Eran más ligeras que los machos, y podían escapar con mayor agilidad.

Varios machos robustos se apresuraron a coger tierra y ramas caídas. Los gráciles recuperaron sus piedras de los cadáveres, pero cuando se prepararon para arrojarlas de nuevo, un ser extraño desnudo irrumpió en la escena, gritando y aullando, saltando de un lado a otro como un mandril enloquecido. Los gráciles apuntaron sus piedras a Ken y le alcanzaron en la cabeza, el pecho y el estómago carente de vello. No obstante, continuó chillando hasta que las dos razas recularon. Cuando por fin se desplomó, dejaron de lapidarle. Los robustos huyeron sin vengarse, y los gráciles desaparecieron en las alturas invisibles, sin cantar victoria.

Ken se estremeció y recuperó el conocimiento. La batalla había terminado.

Se puso en pie, tambaleante, aterrorizado por lo que había descubierto.

Vio los cuerpos caídos de un grácil y tres robustos. Uno de los pies similares a manos del robusto se movía. Pertenecía al macho joven que había estado retozando unos minutos antes.

Espuma rosada brotaba de su boca y nariz. Un gruñido vibraba en su garganta. Su pecho se alzaba espasmódicamente.

Ken se apresuró a alzarle. Pasó los brazos bajo las axilas del robusto, enlazó los dedos sobre el ancho pecho, y después, sosteniendo la cabeza con la suya, le sentó. Detectó un latido bajo el pectoral izquierdo del hombre mono. Ken tuvo ganas de alentarle a sobrevivir. El hombre mono era tan pesado que se vio obligado a parar varias veces, hasta que llegaron al árbol y sentó al homínido con la espalda apoyada contra el tronco.

Al instante, la cabeza del hombre mono cayó a un lado. Ken la alzó con delicadeza, y calculó que la cabeza tan sólo pesaría unos quince kilos. Tenía hojas de hierba enredadas en su cara peluda de largas mandíbulas. El enorme ser parpadeó, agonizante pero curioso. Vio a Ken. Sus grandes dientes intentaron dibujar una expresión agresiva, pero no lo logró.

Aguanta, rezó Ken, y se dio un golpecito en el pecho. Un minuto antes estaba vivito y coleando, dando vida. Aguanta.

Ken cogió la gruesa muñeca y le tomó el pulso. No lo encontró.

La cabeza se inclinó a un lado, pero los ojos conservaban aquella vidriosa expresión interrogadora. Entonces, los anchos hombros se hundieron, como si hubieran perdido un apoyo interno. El ser había muerto.

Ken oyó la voz de Haksar a su espalda, tan clara en su cabeza como si estuviera con él.

—Ya estaba muerto. No valía la pena arrastrarle —dijo el viejo profesor—. Además, los robustos son callejones sin salida de la evolución. No pasaron de la mitad del Pleistoceno.

«Haksar no está aquí —pensó Ken—. Estoy imaginando esa voz educada y culta.»

—Los robustos no son callejones sin salida —contestó al bosque vacío, ya que no al viejo profesor—, al menos aquí no... Usted visitó este lugar. Por lo menos una vez, ¿verdad?

—Digamos que sí.

—¿Por qué no publicó un informe? ¿Por qué lo mantuvo en secreto?

—Digamos que fue un chiste privado. La broma gastada por un viejo hindú al resto del mundo. Sorpréndame, Lauder.

Arriesgue su vida por ese cuasi mono. Usted está hecho de la materia de los santos, de los psicóticos alucinados.

–Gracias.

–¿Qué quiere cambiar, Lauder? ¿Qué quiere mejorar si da a conocer este lugar? La evolución ha hablado, la selección natural ha hablado, la historia del hombre ha hablado. Estos australopitecos peludos, grandes o pequeños, robustos o gráciles, fueron declarados inferiores. Final de la historia, principio de la ciencia.

–Su concepción de la historia. ¿Qué hizo aquí, Raj? ¿Cómo encontró este lugar? ¿Cómo se fue?

–¿Por qué debo decírselo?

–Está claro que los gráciles son seres de la sabana. Nunca habrían regresado a la selva por voluntad propia. Es el hábitat de otra raza. No me extraña que luchen por él. Algo pasó. El hecho de que no se lo contara a nadie demuestra que algo pasó.

–Hay una pista en la selva. Si la encuentra, conocerá la historia.

–La descubriré.

–Mejor será que viva para contarla. Buena suerte, Lauder.

–¡Raj! –Todo era una fantasía, pero Ken llamó en voz alta al hombre que no veía desde hacía años–. ¡Alto! Usted puede ayudarme. No sólo a mí, puede ayudar...

–¿A quién? ¿A la humanidad? –La voz de Haksar, con su discreto acento hindú teñido de Oxford, adquirió un tono satírico–. ¿Para qué? Yo también quería una humanidad mejor, Lauder. La busqué en el pasado y recibí una lección. Además, la humanidad es un concepto relativo. Tiene miedo de que esa mujer grácil se encapriche de su polla, blanca como un lirio. Bien, ¿acaso no le parece del todo aceptable ahora, comparada con esos protocaníbales? ¿No le parece humana, deseable, follable? –En la cabeza de Ken la voz de Haksar sonaba como ansiosa de venganza–. Siempre le he odiado, Lauder. A usted y a Ngiamena. Un masai negro y un escocés rubio y pecoso. Sus genes se encuentran en extremos opuestos. Los míos están a la mitad, ni arios ni negros...

–Se odia a sí mismo, Raj. Además, es un mentiroso.

–Es posible. Soy débil. La debilidad engendra la mentira. Buena suerte, Lauder.

La voz empezó a despertar ecos y adoptó una extraña resonancia, como si cayera a través de capas temporales.

–Buena suertesuertesuerte, Lauderlauderlauder...

Ken despertó. El cuerpo que yacía a su lado era real, y también los cuerpos tendidos a pocos metros de distancia.

Una piedra de caza se estrelló contra el árbol, muy cerca de su cabeza, y cayó entre él y el cadáver. Otra dio de lleno en el pecho del cadáver, y Ken vio cómo otra hilera de caras morenas corría entre los arbustos hacia él. Se agachó, con una leve sensación de culpabilidad por no enterrar aquel cadáver. Cabía la posibilidad de que los gráciles también fueran caníbales. Aquellos gráciles se habían embarcado en una guerra desigual que tenía como escenario la selva, y odiaban el infierno verde de la selva. Anhelaban los espacios abiertos, al igual que Ken y Dedos Largos. Anhelaban regresar a la sabana mágica. Pero algo se lo impedía.

Los gráciles estaban acortando distancias. Una piedra dio contra un árbol joven y lo decapitó.

Echó a correr y miró hacia atrás. Cada vez estaban más cerca, pero con la desventaja de que se agachaban para coger las piedras y tirárselas. Se preguntó si, en caso de que le alcanzaran, podría matar a uno o dos antes de que le destriparan.

Se estaban acercando.

Recibió una dolorosa pedrada bajo el omóplato izquierdo, y experimentó la sensación de que habían desplazado de sitio su corazón. Oyó voces jubilosas detrás de él, e imaginó la alegría de los cazadores. ¡Buen disparo! ¡Uno más así, chicos! El siguiente impacto tal vez le derribaría, y saltarían sobre él antes de que pudiera levantarse. Oyó pasos ligeros. Unos segundos más, y notaría sus alientos en la espalda. Experimentó una terrible sensación de desánimo. Había visto a los antepasados del hombre, pero no viviría para contarlo...

El miedo desorganizaba su lógica, y confió en que cualquier cosa pudiera salvarle. Dedos Largos, ¿dónde estás? ¡Habla con estos locos! Pero Dedos Largos había huido a la sabana para alejarse de aquellos locos, o de lo que los enloquecía.

Mientras dejaba atrás un árbol muy grande, Ken pensó en el alivio que le causaría lanzarse contra él de cabeza y destrozarse el cráneo. Sería suficiente. Luces fuera. Final del espectáculo. Finis.

Se detuvo, con la sensación de que su corazón iba a estallar, y dio media vuelta, a la espera de que los guerreros cargaran contra él y le mataran.

Se quedó tan sorprendido que lanzó una exclamación ahogada. Los guerreros ya no corrían tanto.

Movió la cabeza a derecha e izquierda, en busca de una explicación. Vio a través de los árboles una especie de torre baja. Hizo acopio de fuerzas y corrió hacia ella, guiado por el instinto.

Dejó atrás una hilera de árboles y se detuvo, tan asombrado que perdió conciencia de todo lo demás, incluidos sus perseguidores.

Se hallaba delante de lo que parecía una obra de arte macabra.

Un árbol partido en dos por un rayo se alzaba ante Ken. Sus ramas se habían marchitado, y su corteza se había desprendido. Dos esqueletos, como alzados sobre un pedestal, estaban erguidos y atados al tronco reseco con cuerdas vegetales. El tiempo había teñido de amarillo los esqueletos, que estaban cubiertos de musgo y habían perdido fragmentos de hueso, pero Ken vio de inmediato que uno era un sapiens y el otro un protohumano.

El esqueleto del sapiens llevaba un casco colonial y una vieja chaqueta de camuflaje, que los insectos habían devorado hasta convertirla en una delgada capa verdosa. El esqueleto del protohumano estaba cubierto de musgo «barba de anciano», el cual aumentaba su aire simiesco. El del casco había pasado un lazo de alambre oxidado alrededor del cuello del protohumano, y las manos del protohumano estaban sujetas al lazo, dando la impresión de que el ser estaba intentando zafarse de aquel artilugio que le estrangulaba. Las piernas del esqueleto del sapiens estaban dobladas por las rodillas, como si fuera patizambo. Las mejillas hundidas de la calavera estaban rellenas de tierra, que habían endurecido la cara. Sobre una de las mejillas, una mancha viscosa, oscura y cuadrada, parecía...

El tatuaje del sargento Modibo.

La mente de Ken volvió al presente.

Dio media vuelta para ver si los gráciles le habían seguido.

No, pero oyó sus ruidos, y supo que no se habían alejado.

Avanzó hacia el morboso conjunto, y más huesos crujieron bajo sus pies descalzos. Más esqueletos de homínidos yacían alrededor del árbol, como guerreros derrotados. Parecían de gráciles. El tiempo los había despojado de carne, salvo algunos fragmentos de tejido, demasiado secos y duros para que los insectos dieran cuenta de él.

Lirios trepadores se habían abierto paso en el interior de la estructura. Su color oscilaba entre el rojo profundo y el de sangre coagulada. Esta sangre vegetal no era obra de ningún artista morboso. Las flores habían invadido los huesos, y daba la impresión de que una masacre había tenido lugar recientemente.

A juzgar por el aspecto de los huesos y su desorden, Ken calculó que la creación tenía entre veinte y treinta años. Podía ser más antigua, por supuesto. Entre cuarenta y cincuenta años.

No dejaba de contemplar los dos esqueletos enzarzados en su lucha eterna. Modibo y el australopiteco anónimo. Su posición delataba una cruel satisfacción por parte del sargento y una aturdida desesperación en el protohumano.

«Tendría que haber matado a ese gnomo patizambo cuando tuve la oportunidad —pensó Ken—, la próxima vez es hombre muerto», se prometió.

Por fin, se liberó del hechizo de los esqueletos enzarzados y se alejó para inspeccionar el claro, hasta que pisó algo redondo y duro. Se agachó y recogió una lata, que aún conservaba la tapa sin abrir. Era un viejo tubo de antiinsecticida Zebra, y el letrero rezaba: «Precaución. Evitar contacto con monturas de gafas de plástico, y telas como acetato o rayon». Ken conocía aquel producto, pero nunca lo había visto envasado de aquella manera. Pensó que era realmente antiguo, de los años cincuenta. ¿Había sido erigido el monumento en los cincuenta? Tiró la lata y avanzó unos pasos más. Algo brillaba débilmente en el suelo. Se agachó y recogió un objeto redondo y corroído, que colgaba de una correa de piel podrida.

Un reloj de pulsera.

Ken se secó los dedos y examinó la esfera verdosa. En la parte posterior leyó el nombre de un fabricante suizo, y tres iniciales grabadas: I. V. H.

Las miró un momento antes de comprender lo que significaban: Induprakash Vasant Haksar. Ken desvió la vista hacia el esqueleto del casco, hacia la mejilla cuya mancha recordaba un tatuaje. ¿Modibo y Haksar?

La idea le desconcertó. Era imposible. ¿Cuál era su relación? ¿Cómo habían podido terminar allí juntos? ¿Por qué habían luchado contra los protohumanos y erigido aquel siniestro monumento?

—Raj, ¿qué hacías aquí? —preguntó en voz alta—. Eres un científico. ¿Cómo pudiste mezclarte en este... en este...?

No pudo decirlo. Era un crimen, pero era incapaz de imaginar el propósito.

Ken permaneció inmóvil unos segundos más, mientras se preguntaba si el tatuaje no personificaba a Modibo, o si las iniciales correspondían a otro nombre que no fuera el de Haksar. Era imposible. Antes de que Ngili y Ken volvieran con aquel fósil, Haksar nunca había demostrado el menor interés por Dogilani. Y Modibo había aparecido en el campamento de Ken justo después de que regresara a la sabana.

Este reloj es una prueba importantísima, pensó Ken. Se lo puso en la muñeca.

Después, cogió una rama para defenderse en caso de que los gráciles le tendieran una emboscada, pero no había nadie esperándole cuando salió del círculo de árboles.

Eso le proporcionó una pista sobre el propósito del monumento. Tal vez era una señal de prohibido pasar, un recordatorio a los gráciles de que no debían regresar a las zonas más bajas de la selva ni a la sabana. En cualquier caso, tenía algo que ver con que los gráciles y los robustos se hubieran visto obligados a compartir el mismo hábitat.

Todavía temeroso, Ken se alejó, mientras intentaba serenarse, y recibió un mazazo en los riñones. Se volvió y se encontró con los cuernos de un mboloko furioso.

Cerca, dos hembras estaban observando al antílope, con los párpados bajados como si le azuzaran en silencio, ánimo, campeón, haz lo que debes. El macho, un animal estúpido, cargó de nuevo, y alcanzó a Ken en la parte inferior del abdomen. Dolorido, Ken lo alzó por los cuernos y lo lanzó contra un árbol. Cayó con el animal, pero se alzó sobre una rodilla y vio que una vena del cuello del animal latía durante sus últimos segundos de vida.

Las hembras se alejaron, sus pequeñas colas amarillentas alzadas como banderas. Ken descendió la pendiente unos pasos, pero volvió y cargó el antílope a hombros.

Empezó a bajar otra vez, el hombre debajo de su presa. Le dolía todo el cuerpo, en especial los pies. Se dio cuenta de que sus plantas y dedos estaban sangrando. Dejaba un rastro de sangre en la hierba.

Entonces vio a un homínido apoyado contra un árbol. Un vigía.

Calculó mal el tamaño del macho solitario. Es muy pequeño, pensó Ken. Si está solo, podré con él. Dejó caer el antílope muerto. Al despojarse del peso, tuvo la impresión de que sus pensamientos adquirían mayor agilidad. No voy a pelear con él. Compartiremos el animal, hay suficiente para los dos. Después seguiré hasta la sabana.

El homínido era uno de los jóvenes del clan. Era el chico con la sonrisa grabada en la cara. Dejó que Ken se acercara hasta que casi pudo tocarle, y entonces echó a correr. Ken cargó otra vez el antílope a hombros y siguió el rastro del muchacho. Un clamor desigual se alzó a pocos metros delante. Cuerpos gráciles infantiles se abrieron paso entre la maleza hacia él. En cabeza, los ojos tan grandes como la mitad de su cara, iba Dedos Largos.

Cuando la masa de jóvenes se acercó más, Ken advirtió un cambio en la forma de aproximarse. Sus sonidos se le antojaron alegres y cordiales. En contraste, detrás de ellos apareció la presencia fría, casi glacial, de la líder y su acólita. La líder vio al extraño y avanzó hacia él con parsimonia, los ojos entornados, los labios apretados a causa de la rabia contenida.

Ken la vio, le dedicó una amplia sonrisa, y tuvo una inspiración. Se tiró al suelo. Con la cara pegada a las hojas podridas, gateó hacia la líder en una postura servil, empujando el antílope muerto.

Aún estaba empujando el antílope delante de él, cuando la líder se sentó en el suelo. Las demás hembras se congregaron al lado o detrás de ella, mientras los niños se acomodaban detrás de Ken. Y él, que no era tonto para ser un sapiens, intuyó que, a cada centímetro que avanzaba, su nivel de aceptación iba aumentando, de modo que empujó el antílope muerto hasta que tocó a la hembra.

Ésta lo agarró por los cuernos y lo apoyó sobre su regazo desnudo, mientras los jóvenes que había detrás de ella jadeaban y voceaban, dispuestos a desgarrar la carne fresca sin guardar ningún orden establecido. Ken se sentó y sonrió. El clan había perdido sus modales de la Edad de Piedra, y casi su sentido de la disciplina.

Algunas de las hembras se contuvieron, intentando descifrar la expresión de su líder, y algunas se dejaron caer al suelo para estar cerca de la carne. La líder bajó la cara, pero era difícil resistir los ojos brillantes y los jadeos de los niños. La robusta se inclinó hacia delante, con un cuchillo de piedra en la mano. La líder lo cogió y empezó a cortar la carne, mientras la apretaba contra su pecho. Cuando los jóvenes estuvieron a punto de derribarla, debido a sus empujones, se enderezó y topó con el sudoroso extraño. Ken no se movió, firme como un ancla. La hembra intentó apartarse de él, pero el hambriento clan la empujó hacia él.

El cadáver del antílope estaba abierto.

Ken hundió la mano en el interior, como si fuera una bandeja de comida.

Tocó las manos de los jóvenes más atrevidos en el interior del animal. También rozó la mano de la líder, que era dura, nerviosa y rápida, como un animalito impredecible.

Ken intentó atraer su mirada a base de mirarla de reojo, y después clavando la vista en la carne, para demostrar interés común y paciencia respetuosa.

La hembra no apartó la vista de los niños que comían.

Las entrañas del antílope, todavía humeantes, eran muy apreciadas por su blandura y falta de huesos. Los dedos ansiosos se disputaban el hígado y el corazón. Ken encontró el resbaladizo hígado y lo arrancó. Lo alzó sobre su cabeza, lejos de las manos codiciosas, y cortó un trozo para Dedos Largos, que saltó para cogerlo.

La líder dirigió a Ken una breve mirada, con los ojos tan entornados y oscuros que parecían llenos de tinta. Se inclinó hacia él y masticó ruidosamente, como para mantenerle a raya. Ken intuyó que su estado de nervios casi superaba su capacidad cerebral, y no tenía ni idea de qué era lo mejor para el clan. ¿Debía actuar con suspicacia y expulsar al extraño? ¿Debía ser cordial para ganarse un posible aliado?

Ken le ofreció el resto del hígado. La mujer tomó un buen bocado, y lo dejó caer masticado en las manos suplicantes de los niños. Ken captó una mirada de Dedos Largos a la líder, una mirada de una madurez y serenidad extraordinarias, en la cual le comunicaba que el extraño era de fiar. ¿Cuánto tiempo llevaba el muchacho mirándola de aquella manera? Había visto que la líder aceptaba la carne ofrecida por Ken, y sonreído en señal de aprobación.

«La humanidad es relativa», pensó.

La líder se inclinó un momento hacia Ken para levantarse. Se acercó a una rama baja, arrancó una masa de «barba de anciano» y se limpió la sangre del antílope despedazado. Ken la observó. Cuando se puso en pie, le pareció alta, debido a que su cuerpo era delgado y atlético.

Se sintió satisfecho de estar relajado y libre de peligros, con su estómago procesando comida, su cuerpo caliente gracias a los cuerpos de los jóvenes que se apretaban contra él, su nariz percibiendo los olores a sudor y polvo secado sobre la piel. Era como estar en casa.

Pero temía algo en aquella pacífica escena, y al fin lo identificó. Había perdido la sensación de ser diferente. Aquellos seres ya eran muy humanos.

Paseó la vista alrededor, contempló las caras ya familiares y experimentó la necesidad de ponerles nombres. Dedos Largos ya era Dedos Largos desde hacía tiempo. El muchacho de la cresta sagital se convirtió en Rapado. Bautizó Busta a la mujer robusta. Y la líder, la madre de todo el clan, por sangre o por rango, se convirtió en Niawo, «madre» en el idioma tribal. Y llamó Sonrisas a su hijo, como no podía ser menos.

Los jóvenes le pesaban tanto que, al final, se movió para quitárselos de encima. Liberó sus piernas. Dedos Largos emitió un grito de sorpresa y señaló sus pies, que estaban muy hinchados y teñían de sangre la hierba. Al instante, una masa de niños se congregó alrededor de sus pies, para tocar, pellizcar y cosquillear. Se comportaban con naturalidad, sin temor. El extraño sangraba, como cualquier ser normal.

Niawo, con su habitual impaciencia, se adelantó para saber la causa del alboroto. Arrancó hojas, las convirtió en un amasijo, escupió sobre ellas y se puso a cuatro patas para limpiar sus pies ensangrentados, no con delicadeza, pero sí con rapidez y eficacia. Cogió un pie con su mano delgada y dura, palpó en busca de articulaciones rotas, movió los dedos, e hizo lo mismo con el otro pie. Después, dejó sus pies sobre la hierba, como si fuera un niño mimado. Ken intentó reprimir una mezcla de emociones, como las que había sentido en la sabana con el muchacho.

En la sabana, se había prendado del muchacho. No pudo evitar prendarse de todos. Se echó a reír. Niawo le miró y se pasó los dedos por su pelo enmarañado, nerviosa.

Luego se levantó, y su séquito, incluida Busta, le siguió. Se alejaron, mientras intercambiaban sonidos que Ken no entendía. Busta señaló en una dirección, y después en otra, tal vez «discutiendo» el sistema de vigilancia nocturna. Niawo parecía muy irritada. Asintió para indicar a Busta que estaba de acuerdo, pero después emitió un sonido agudo y cortó el aire con la mano, en un gesto que, de chimpancé a sapiens, siempre significaba lo mismo: ya estaba harta.

Ken se sentó y miró a los niños. Las hembras se habían alejado por unos instantes. Era un momento tan bueno como cualquiera.

Cogió un cuchillo de piedra ensangrentado que había en el suelo y apartó a un lado las ramas secas. Luego aplanó una zona de tierra con la palma de la mano. Empezó a dibujar un turaco: pico, garras, plumas. Hasta una mente primitiva reconocería aquellos rasgos.

Dedos Largos se agachó y miró con curiosidad. Otros jóvenes se acercaron, mientras Ken despejaba más tierra para dibujar una acacia, con cebras que trotaban debajo.

Ken sintió sobre el cuello y los hombros el calor de varios alientos, pero el coro de exclamaciones que siguieron fueron de sorpresa, no de reconocimiento. Al fin y al cabo, la mayoría de aquellos niños nunca había visto las llanuras, se dijo, mientras dibujaba una jirafa. La dibujó extendiendo su larga lengua prensil hacia la copa de la acacia. Dibujó, borró, volvió a dibujar, intentó plasmar los detalles realistas del animal. Dibujó el cielo, la inmensidad del espacio, el horizonte lejano, el sol, con sólo símbolos visuales. Por más que lo deseaba, no podía dibujar la sabana.

Los niños parlotearon entre ellos. Dedos Largos hacía ruidos, tal vez explicaciones. Ken apuntó el dedo hacia Dedos Largos y los demás rieron, lo cual provocó que Dedos Largos le mirara con perplejidad. Entonces, los niños apuntaron sus dedos hacia Dedos Largos, y hubo más risas. Ken cogió el brazo del muchacho y lo cerró en un puño. Se acuclilló y guió el puño del muchacho alrededor de una piedra de caza. Miró hacia atrás. El muchacho tenía los ojos entornados a causa de la concentración. Dibujó el resto de Dedos Largos, que arrojaba su piedra contra una liebre de la sabana.

Ken había sudado, y la lengua le colgaba. ¿Por qué los humanos sacaban la lengua cuando el trabajo les exigía concentración? ¿Cuál de las partes más antiguas del cerebro se reactivaba? Ken supuso que eran reflejos arcaicos, herencia de los monos prehomínidos, que aún utilizaban la boca para coger y sujetar, del mismo modo que el miedo a caer del hombre era otra reminiscencia de cuando los futuros humanos todavía vivían en los árboles.

Notó un frescor inesperado en los hombros y alzó la vista. Las caras ya no estaban centradas en él, sino en Dedos Largos, que al parecer estaba contando una historia. Ken avanzó unos pasos y se dejó caer tras una masa de espaldas desnudas.

Dedos Largos «hablaba», pero su conversación iba más dirigida a los ojos que a los oídos. Ladeó la cara y emitió un sonido que no era su habitual *rrrr*. Con la cabeza ladeada y los dos brazos extendidos, movió las manos muy deprisa, y después poco a poco, como un... ¿un qué? ¿Como la hélice de un avión al detenerse? Ken casi se atragantó cuando comprendió que Dedos Largos estaba imitando el aterrizaje del avión de Hendrijks.

Estaba más que perplejo, estaba admirado, pero muy poco sorprendido. La mímica precedía al lenguaje. Estos seres no entendían los dibujos, porque no los necesitaban. Habían aprendido a servirse de la mímica en los espacios abiertos, donde las voces no llegan muy lejos y las señales visuales son esenciales para cazar y acechar.

Ken se sintió estúpido por haber hecho aquellos dibujos, pero le alegraba que hubieran impulsado a Dedos Largos a contar su historia. Dedos Largos ya les estaba informando de que el extraño había aparecido en una cosa llegada desde el cielo. Su dedo señaló a Ken, los ojos de los niños se volvieron hacia él, y después hacia el pequeño narrador. Dedos Largos «hablaba» utilizando los sonidos cortos que había empleado en la sabana, pero sus gestos y cambios de expresión eran mucho más ricos. Sonreía, fruncía el entrecejo, volvía a sonreír, exultaba, se entristecía, parpadeaba para expresar aflicción, todo ello ora erguido, ora relajado, con el fin de describir escenas de tensión y gran dramatismo. Alzó una palma, levantó las dos manos, cerró los puños. Se encogía de hombros, hinchaba el pecho y señalaba a Ken con la mano o los ojos. Ken observó que el público se volvía hacia él muy pocas veces o ninguna en absoluto, porque había sido aceptado como noción y estaba integrado en el relato.

Dedos Largos imitó escenas de caza. Evocó un personaje desafiante, un león, sólo a base de bostezar con la boca abierta, y después rugió, retrocedió de un salto con expresión aterrorizada, como asustado por el ataque del león. Utilizó un hueso de mboloko para demostrar cómo se usaba la lanza para matar al león, como si lo hubiera hecho él mismo, porque ninguna cara se volvió hacia el extraño. Imitó la caída del felino, y el momento en que arrancaba la lanza del cuerpo. Después alzó el hueso sobre su cara y lo dejó caer. Rapado lo cogió al instante.

Dedos Largos se estaba divirtiendo, y sabía concitar el interés de su público. Las caras de los niños se habían transformado en reflejos de sus expresiones, y sus puños se habían cerrado de manera involuntaria. Emitieron graznidos de sorpresa, y después exhalaron suspiros de alivio, como si estuvieran viendo una película.

Los descendientes de Dedos Largos superarían su riqueza de gestos con un lenguaje complejo y desarrollado por completo, pero los gestos quedarían grabados en el cerebro humano, de manera que el sapiens moderno movería los ojos, labios, cejas, manos, brazos y hombros continuamente. La gestualización sería automática, como residuo de un lenguaje ancestral menos verbal y más visual, el mismo con que Dedos Largos se estaba comunicando ahora.

Ken se sentó sobre la hierba y lo contempló contar cómo se habían conocido y cazado. Brillante, Dedos Largos, pensó. Primer paso para sacarnos a todos de aquí y regresar a la sabana. Sonrió, con esperanza, con confianza y, para ser sincero, con orgullo. Tal vez no se publicara nunca en letra impresa, ni se discutiría en foros científicos, pero en los foros científicos de su fantasía Ken se vio reconocido por haber guiado a una raza primitiva de vuelta a su hábitat. Estaba colaborando a enderezar el curso de la evolución natural de los otros humanos del planeta.

Sintió en sus brazos y pecho el recuerdo de haber arrastrado al macho robusto moribundo. Vio de reojo el reloj de Haksar en su muñeca y recordó el morboso monumento de esqueletos.

No quería pensar en la muerte. Paseó la vista alrededor. Las hembras adultas estaban mirando a Dedos Largos, pero su reacción era más tibia. ¿Tenían miedo de que sus hijos se sintieran atraídos por los terrenos de caza abiertos? Ken observó que Busta estaba respirando con energía, y las demás tenían la vista fija y movían los hombros de un lado a otro, como chimpancés irritados antes de iniciar una batalla.

Se puso a cuatro patas para alejarse y encontrar un lugar donde estar solo y pensar. Se topó con Niawo en su camino. Se había limpiado la sangre del antílope y acicalado, al parecer, pues llevaba el pelo adornado con hojas verdes lanceoladas. Se puso una en los dientes y la masticó. Proyectó un olor a menta.

Ken la miró. Ella sostuvo la mirada.

Ahora parecía casi vulnerable, el núcleo de vida cuyo peso no sobrepasaba los cincuenta kilos. Las otras hembras se habían mezclado con los niños, y lanzaban a Ken miradas disimuladas. Creyó adivinar lo que pensaban, y pensó que tenían razón al estar preocupadas. Él representaba un gran problema.

Ken se tendió al lado de Dedos Largos, que se arrimó y pasó un brazo posesivo por su espalda. Ken cerró los ojos. Memorias visuales de la sabana desfilaron por su mente. Vio su primer encuentro con el muchacho, los dos bebiendo de aquella charca fangosa. Pensó que había algo erróneo en la forma de recordar aquellas escenas. La realidad había descendido al nivel del suelo. Los colores no eran tan brillantes. La perspectiva parecía plana. Sin embargo, distinguía los movimientos de los animales con increíble precisión. El león apareció en su cabeza y aterrorizó a Ken más que cuando se había cruzado en su camino.

Entonces, vio a un ser de piel clara cuya cabeza parecía familiar, pero pasmosa, al igual que sus extremidades, al igual que sus movimientos. Aquel ser desconocido alzó un objeto que dio la impresión de brillar, aunque no era luminoso ni transparente. Su forma era especial, recta y delgada, lo cual le dotaba de su peculiaridad y lo hacía brillar. El león se empaló en aquel objeto y cayó, estremeciendo la sabana. El extraño ser proyectó el brillo de sus ojos y emitió un bramido discordante. El extraño ser era...

Era él, y comprendió el significado de las extravagantes imágenes, el extraño ángulo con que enmarcaban la realidad. Estaba viendo la sabana, y a él mismo, como lo hacía Dedos Largos. Estaba recibiendo la visión que albergaba el muchacho de su encuentro, una visión en que Ken, el sapiens, era el otro humano.

Ken abrió los ojos. Experimentó la necesidad de incorporarse y decir algo escéptico como «Venga ya» o «Esto es demasiado».

Pero daba la impresión de que su lenguaje de sapiens se había borrado de su cerebro. Se encontró en el espacio cognitivo que compartían.

Se asustó mucho.

Paseó la vista por el claro. Todo, cada hoja, cada brizna de hierba, parecía más cercano, más plano, pero contrastaba con las demás formas y objetos. Tal vez porque los ojos australopitecos eran deficientes en la visión de lejos, al no estar acostumbrados a los espacios abiertos. La proximidad uterina de la selva requería menos conciencia del espacio. No obstante, todo cuanto se movía y existía en las cercanías parecía más poderoso y real, como si su influencia sobre la vida de los individuos se hubiera magnificado de una forma drástica.

Sus demás sentidos también se habían agudizado. Su piel se había convertido en una especie de campo vibratorio para las temperaturas corporales que le rodeaban. La tierra que cubría su cuerpo se le antojaba de lo más irritante, pero no le repelía. Se rascó el pecho, los hombros, el estómago, las piernas, los dedos de los pies. Capas de polvo, hojas y residuos del bosque cubrían su cuerpo. Limpió sus poros con las uñas y dejó que respiraran. Cayó en la cuenta de que el baño del hombre primitivo era una cuestión de frotar, rascar y hurgar. No utilizaba el agua, que era para beber. Más tarde, cuando encontraron agua en abundancia, en la sabana, los humanos aprendieron a limpiarse nadando.

Se vio como le veían los protohumanos: coronado por una gran cabeza, emitiendo berridos y realizando una serie de actos extraños. Aun así, era aceptado. Una inmensa felicidad le invadió, cálida y ciega como un orgasmo. ¡No somos tan diferentes!

Sabía que los gráciles deseaban establecer contacto con él, aunque estuvieran asustados y perplejos por el papel que desempeñaría en su futuro. Vio a Niawo, que parecía estar muy cerca de él, tal vez debido al aplanamiento de la perspectiva. Le echó encima el aliento y experimentó la sensación de que no estaba oliendo un cuerpo de hembra homínida, sino una desesperación de los genes, que incluía una ardiente curiosidad por cierta parte de su cuerpo.

Esa parte era su entrepierna.

Su entrepierna no tenía nada de especial, pero Niawo intuía que no tenía descendencia, y eso aún la desconcertaba más, porque también intuía que no había venido para encontrar pareja.

La desesperación de sus genes le admiró. Miró a la protohumana a los ojos y pensó que era algo tan básico que abarcaba todas sus demás facultades, físicas o mentales. Estaba integrada en su inteligencia, agilidad, valentía, falta de propósito y rapidez de elección. Era tan fuerte, y parecía tan legítima que cualquier cosa a su servicio, incluido matar a otros humanos, parecía justificado.

Ken contempló el don de la protohumana con envidia, y después indagó en su interior para saber si, como sapiens, todavía poseía aquel don.

Sin esperarlo, ahondó en su intimidad y descubrió tal ansia de hembra, tal sed de unirse con una mujer, que todas las células de su cuerpo y todos los poros de su sucia piel se estremecieron. Tuvo la sensación de que no estaba tendido sobre su espalda desnuda, sino sobre los misterios inexplorados de su linaje, sobre una raza que hundía sus raíces en el Plioceno.

Se zambulló en los ojos de Niawo como en un pozo sin fondo, por la pura fuerza del instinto. Su corazón se aceleró, y rezó sin palabras, aunque no estaba seguro de qué suplicaba en su oración. Rezó hasta que, en un gesto misericordioso, la hembra se levantó y se alejó de él.

A continuación, abandonó la cognición protohumana. La desesperación de los genes seguía con él, pero su dolor remitió. Sus habilidades lingüísticas de sapiens no tardaron en regresar.

Su primer pensamiento consciente fue: «Te mataré, Raj Haksar. Y a ti, Modibo. Os mataré si, voluntariamente o no, hacéis algo para encaminar esta raza hacia su extinción».

Después lanzó un mensaje mental: «Ngili, viejo amigo, has de venir y probar esto. Es más fuerte que la Uganda Blue». La Uganda Blue era una variedad de hierba que los dos habían fumado cuando trabajaban de camareros en el bar del hotel Naivasha. Era una hierba perversa y mortífera, de la cual se afirmaba que podía matar al que abusara de ella.

La desesperación de los genes no era borrosa. Era el alucinógeno más limpio, porque no era una droga. Era la razón de ser.

Niawo ordenó a las mujeres que construyeran los refugios nocturnos, mientras Ken la observaba y notaba su tirantez.

La hembra cogió tallos jóvenes, los dobló y los ató en lo alto, con una torpeza que Ken nunca había visto en ella. Empezó a sudar. ¿Estaría construyendo un refugio para ella... y para él?

No, no. Basta de locuras.

¿Cómo podía saber lo que pasaba por su mente? Le había engañado aquella mañana, y sabía que era capaz de engañar como todos los humanos, aunque no poseyera una mente abstracta. Su abstracción mental estaba orientada hacia la supervivencia. Era engaño, la capacidad de no comunicarse directamente, de retraerse. La realidad física era concreta y directa, pero la supervivencia exigía planificar y atraer a los demás hacia una realidad imaginaria, cosa que se podía hacer muy bien sin lenguaje o pensamiento abstracto.

Ken alzó la cara hacia la líder cuando trotó hacia él. Estaba preparado para comunicar a la prototentadora que era consciente de su capacidad de abstracción/engaño, y que se quedaría con ellos, que la tentaría a su vez con los beneficios de una alianza, hasta que descubriera por qué estaba allí. Y tal vez...

No, no.

«No soy el Ulises de estas islas de ninfas mono. Soy un hombre moderno. Soy... Kenneth Lauder.»

Su nombre, con el que estaba tan familiarizado, se le antojó ridículo. Ella le indicó con un gesto que se metiera dentro de la casa verde que había construido. Ken examinó la pequeña cabaña de hojas, mientras intentaba decidir si era para uno o para dos. Cuando pasó al lado de la mujer, volvió a sudar, y experimentó un escalofrío al pensar que tal vez ella lo consideraba una señal de interés sexual.

Ya estaba a medias dentro, cuando notó el empujón de un cuerpo cálido, que arremetió contra sus nalgas y le hizo caer en el interior. Se volvió sobre la espalda, con la desesperada necesidad de doblar las rodillas y defender sus genitales.

Era Dedos Largos, que se esforzaba por hacerse sitio, como un cachorro en una perrera ya ocupada. Niawo miró a Ken y resopló. Escupió la menta silvestre que estaba masticando, se levantó y ató el techo. Ken aferró a Dedos Largos como si fuera un escudo. El chico se restregó contra la piel sudorosa de Ken y lanzó uno de los eructos con los que solía concluir el día, como anunciando: estoy contento y cansado.

La líder ahuyentó con gruñidos a los demás niños, que se habían congregado alrededor. Su hijo, Sonrisas, se demoró, y ella le apartó de un empujón. Luego rompió más tallos y los ató, para reforzar el refugio. Cuando se acostó, se apretó contra Dedos Largos y Ken, y éste sintió el nuevo calor que se combinaba con el del niño y el suyo.

Había llegado a apreciar en mucho cualquier consuelo corporal. Si bien la cercanía de la mujer le ponía nervioso, su calor facilitó que se sumiera en un sueño profundo.

Despertó cuando un dedo le tocó en la parte posterior de la pantorrilla.

Se incorporó, atontado, y descubrió que no era una mano lo que le tocaba, sino un pie. Niawo le estaba frotando la pantorrilla con el dedo gordo del pie.

Estaba acuclillada en la entrada de la cabaña y le miraba. Extendió la mano. Ken contuvo el aliento, pero la mujer se limitó a sacudir al muchacho por el hombro. Dedos Largos se incorporó de un salto, y golpeó el techo de hojas con la cabeza.

Movió el brazo extendido desde el clan dormido hasta el bosque que se alzaba al otro lado. Les estaba diciendo que eran libres. Podían marcharse si querían, regresar a su amada sabana. Ahora, mientras el clan dormía.

¿Qué he de hacer?, se preguntó Ken.

La menuda hembra primitiva parecía diminuta y vulnerable.

Ken experimentó una falta de decisión paralizante, mezclada con una especie de cobardía. Había dormido acunado por el calor de otros cuerpos de homínidos. No tenía ganas de enfrentarse a la noche.

Un ruido lejano sobresaltó a los tres. Era una especie de aullido profundo.

Dedos Largos se sentó al instante, pegado a Ken. Estaba tenso, pero no asustado. El aullido se repitió, seguido de voces ásperas que colisionaron con otras voces, unas agresivas, otras aturdidas, como a causa del sueño. Una voz dormida se transformó en un chillido escalofriante, y gritos de pánico despertaron al inmenso territorio invisible, como si decenas de seres estuvieran chillando y muriendo a la vez. Las dos razas estaban peleando de nuevo, y una de ellas llevaba ventaja.

«Tranquilo —se dijo Ken—. Has tenido suerte de no caer en esa emboscada. Terminará dentro de un momento. Mejor anclarse a este pequeño ser.» El chico estaba temblando de pies a cabeza. Ken le apretó contra sí y pensó otra vez: «Basta, ¿cuántos machos salvajes estáis ahí fuera, matándoos ciegamente en plena noche? Esta matanza no tiene sentido, hay mucho espacio, no es necesario...». Más chillidos escalofriantes. Golpes. Gritos de aliento, voces perentorias que anunciaban un segundo ataque. Casi era un tumulto musical de... ¿de qué? De muerte en la oscuridad, en la selva del Plioceno. Ken apretó los dientes. Basta. ¡Basta!

Todas las hembras se habían despertado. Una, muy cerca, lanzó un aullido de pánico y otras dos saltaron sobre ella y la enmudecieron con sus cuerpos. Era Busta, la hembra robusta. Las demás hembras intercambiaron breves sonidos, como órdenes en un barco sorprendido por una tempestad. Sus hijos empezaron a llorar, y las madres les abofetearon en la boca.

Niawo se levantó y corrió hacia los árboles. Dos hembras más la siguieron, y las tres desaparecieron mientras las restantes se acuclillaban, nerviosas, dispuestas a silenciar a cualquiera que se dejara dominar por el pánico, pero nadie lo hizo. Todos, aunque no pudieran adivinar el resultado de la lejana batalla, sabían qué significaba. Hasta el silencio de los niños sugería que estaban horrorizados, aunque no sorprendidos.

Por fin, la batalla empezó a remitir, y los chillidos y ruidos de persecución se alejaron, como si la noche fuera infinita. Luego se hizo el silencio.

Ken seguía acunando a Dedos Largos contra su pecho. El latido de su corazón se le antojó el aleteo de un pájaro.

Después, Ken vio a Niawo salir de entre los árboles, seguida de las demás, que caminaban despacio, como si supieran el resultado de la escaramuza. Las hembras que habían retenido a Busta la soltaron, y ésta corrió balanceándose hacia la líder, entre sollozos. La líder la recibió en su pecho, y las dos mujeres se tambalearon unidas en su abrazo, un abrazo que comunicaba pérdida para la robusta y alivio para la grácil.

Ken se acostó, tembloroso, y se esforzó por reprimir su alivio egoísta. En la selva, los gráciles habían vuelto a ganar.

—Tu hombre mono, Cyril, está poniendo nervioso a todo el mundo, pero nadie abre su talonario —dijo Ramsay Beale, un importante inversor bancario de Londres que había estudiado en Oxford con Cyril en los años cincuenta—. Harry Ends, de la Royal Dutch Shell, pasó de invertir esta mañana, después de preguntarme con ojos alucinados: «¿Qué aspecto tienen esos tíos, Rams? ¿Son muy grandes? ¿Cómo follan?». Todo el mundo pregunta cómo follan esos seres, Cyril. Harry acudirá a mi cena de esta noche. Pensé en darle una oportunidad de cambiar de opinión. Te bombardeará con preguntas, ya lo verás, pero dudo que suelte ni un solo chelín.

Ramsay y Cyril iban hacia el este de Londres en el Bentley de Ramsay. Habían tomado una ruta poco usual, al sur del Támesis, por Jamaica Road y otras calles que habían constituido en otra época el corazón histórico de Londres. Ahora eran las principales arterias de barrios étnicos. Anderson había sugerido la ruta.

—¿Qué me dices del gobierno de su graciosa majestad? —preguntó Cyril, empleando una burlona formalidad para amortiguar el impacto de otro rechazo en potencia.

—Temo que nada. El primer ministro dijo: «Este proyecto es el juguete de un multimillonario». Espero que tu amigo no confíe en nuestra participación.

—Ya no. ¿El primer ministro también vendrá a cenar?

—No lo sé. Lo invité.

Londres estaba envuelto en una llovizna microscópica, metódica y desagradable. El tráfico parecía un universo primitivo que escupiera nebulosas de cuatro ruedas. Una nebulosa en forma de camión se materializó delante.

—¡Cuidado, Rams! —chilló Cyril—. ¡Por el amor de Dios!

Ramsay esquivó al camión. Anderson contuvo el aliento.

—Esta ciudad no cambia —musitó—. Húmeda, ajetreada, difícil de impresionar. Tengo un descubrimiento impactante. Me cuesta creer que nadie salte sobre él.

—Quizás es demasiado impactante. —Ramsay miró a su viejo amigo. Cyril hacía gala de una tensión aterradora—. Si pides un millón de libras, tal vez tendrías que enseñarnos alguno de esos seres. ¿Por qué no trajiste uno?

—¿Cómo habría podido, Rams? No son lagartos que se cogen y se meten en una jaula.

—Bueno, lo siento. Nuestros ejecutivos carecen por completo de imaginación.

Anderson tenía todos los motivos para estar tenso. Una semana antes, el *Times* de Londres había publicado la noticia, en su página científica, de que la palinóloga Corinne Anderson había aceptado un puesto de investigadora en el Museo de Ciencias Naturales de Londres. Su primer trabajo en el laboratorio del museo consistía en fechar un esqueleto antiguo desenterrado en África por el profesor Randall Phillips. Randall afirmaba que había descubierto el esqueleto «con la colaboración de su antiguo estudiante Kenneth Lauder». No mencionaba a Ngili. En una breve declaración conjunta, Corinne y Randall especulaban sobre la posibilidad de que hubieran sobrevivido protohumanos en el hábitat incólume del Mau.

Anderson había recibido el ejemplar del *Times* en Nairobi, en el mismo correo que contenía una escueta carta de Corinne. Había decidido dar por terminado su matrimonio y contratado a un abogado divorcista. Cyril relacionaba su decisión con el hecho de que su nombre y el de Randall salieran juntos en el *Times*. Llamó a varios científicos ingleses y averiguó que Randall, en lugar de iniciar su año sabático en Davis, había hecho escala en Londres y estaba revolucionando a la comunidad científica con muestras de huesos y fotos de pisadas. Corinne y él iban a todas partes juntos. Corinne había alquilado un piso en South Kensington, y Phillips recibía su correo y sus faxes en el piso de ella.

Además, habían contratado a un tal Luke Merrick para ayudarles a vender «su hallazgo». Luke cobraba trescientas libras por hora, y era uno de los diez promotores más importantes de Gran Bretaña.

Los renegados se estaban aprovechando del éxito de Cyril, y había que detenerlos. Anderson había llamado a Ramsay Beale, un amigo ajeno a la comunidad científica, pero mucho mejor relacionado y más poderoso, anunciándole que iba a Londres y que necesitaba su ayuda.

En Oxford, Anderson había estudiado paleontología y Ramsay económicas, pero se habían hecho amigos gracias a rondas de pubs interdisciplinarias. Las rondas habían continuado a lo largo de los años, durante las visitas de Cyril a Inglaterra, en lugares de copas más elegantes, con el alojamiento de algunas damas incluido. La relación de los dos hombres era vacía, en esencia, salvo por los recuerdos de sus borracheras y el extraordinario *esprit de corps* de viejos camaradas británicos, que habrían debido gobernar el mundo, pero se les había escapado de las manos. Hombres como ellos dos habían llegado a ser, en palabras de Ramsay, «servidores de lujo en la era de los yanquis».

Siempre había existido el pacto tácito de que cualquiera de los dos podía apelar a la amistad nacida durante las antiguas rondas de pubs. Desde el mismo momento en que Anderson cruzó la aduana de Heathrow, había apelado al pacto tácito, y solicitado la ayuda de Ramsay para vender «auténticos protohumanos, Rams, que he visto hace poco en la sabana. No sólo restos de huesos desmenuzados, no sólo la posibilidad de su supervivencia, sino su existencia certificada. Debo encontrar a gente que suelte diez millones para estudiarlos, y deprisa, antes de que estos tres ladrones (Cyril había utilizado la palabra *ganefs,* del yiddish de Hollywood, para parecer *à la mode* a Ramsay, que descendía de una familia judía muy britanizada y ennoblecida) nos los roben». Los tres ladrones eran su separada esposa, Phillips y Lauder. Anderson había explicado que Corinne había tenido un lío con Lauder. Ahora que su matrimonio se había ido a pique, se calentaba las sábanas con Randall, pero no soltaría a Lauder.

—El adulterio, ay, no es inmoral, Rams, en términos de estrategia genética. Corinne quiere a Phillips para lograr seguridad profesional, y a Lauder para abastecerse de genes. Son opciones femeninas perfectamente normales.

—¿Y cuáles son las opciones de los varones? ¿Las chicas con quienes nos divertimos? —había reído Ramsay.

En el fondo, Ramsay no tenía ganas de reír. Los Beale tenían dos hijos, uno de cabello oscuro, como era de esperar, pero el otro inexplicablemente pelirrojo. Rams hacía mucho tiempo que se preguntaba por qué sus hijos eran tan diferentes.

—Te ayudaré, Cyril. Te ayudaré a frustrar el plan de Corinne y Phillips.

—Gracias, viejo amigo. Por cierto, necesitaré que sufragues este negocio si lo ponemos en marcha. De entrada, necesito un poco de dinero.

Ramsay había extendido a Cyril un talón por diez mil libras, y luego le había llevado al hotel Claridge.

—Con un hallazgo como éste, no sería político alojarse en otro sitio. De todos modos, Cyril, voy a hablar de esto con los principales inversores del mundo. Será mejor que tengas a mano el producto.

—No te preocupes. —A esto se le llamaba dar largas, pero Cyril no tenía rival en ese departamento. Alzó la voz—. He visto nuestro pasado, Rams, y es estupendo, pero lo mejor es que lleva el futuro incluido. Se puede ganar más gracias a un pliegue cerebral, gracias a un diente de mis seres —le pareció una forma magnífica de describirlo—, que a un descubrimiento espacial.

—¿De veras has visto a esos seres, Cyril?

—Como te veo ahora —mintió Cyril sin pestañear.

Ramsay se había trabajado el circuito de los inversores, durante desayunos, comidas, rondas de copas y cenas. Se produjeron reacciones de asombro, pero nadie soltó prenda. El dinero no afluía. Cyril había urgido a Ramsay a que organizara una cena informal para sus amigos, incluyendo algunas de las personas influyentes que habían dicho no. Estaba convencido de que, en persona, podría darles la vuelta como un calcetín.

—Ya verás cuando describa a esos cabroncetes de color café con leche, Rams. Son increíbles. Con un poco de experimentación reproductora, quizá podríamos crear un nuevo tipo humano.

—¿En cuánto tiempo?

—Diez años, tal vez. Es una pena que no hayas conseguido el apoyo de la Royal Dutch Shell. Necesito alguien como ellos. Años de financiación, sin preocuparme de la prensa y demás gentuza.

Era la mañana de la cena. La Torre de Londres había quedado atrás, y el Bentley corría por Jamaica Road. Rams no dejaba de mirar por el retrovisor, porque Cyril le había dicho que quizá les siguieran.

—¿Por qué te van a seguir, Cyril? Hasta el momento nadie ha soltado la mosca.

—Porque, Rams, supongamos que mis pequeños parantropoides achocolatados puedan domesticarse, observarse, etcétera. ¿Te das cuenta de que podrían procrear otra clase de ser humano? Eso provocaría espantosos problemas. —El tono de Anderson logró que Ramsay se pusiera tenso por un instante—. Tan sólo la custodia de semejante hallazgo supondría un dolor de cabeza logístico inmenso. Además, si existen, el mensaje está implícito: nosotros, los sapiens, ya no somos los elegidos, por decirlo de alguna manera. Podría ser eso. Introduciría a un extraño que destruiría el mundo tal como lo conocemos. ¿Te das cuenta?

Anderson en estado puro. Con su voz, con su actitud, había abierto en Ramsay una herida de miedo visceral. El banquero pensó que debía elaborar una advertencia.

—Hemos de dejar cierto espacio para salirnos de esto, Cyril. Para recular, por así decirlo...

—Por supuesto —admitió Cyril—. No rechazaremos dinero discreto, siempre que sea decente.

El banquero parecía orgulloso de su implicación, pero también bastante asustado.

—¿Con quién te vas a encontrar en Greenwich, Cyril? ¿Con otro científico?

—Sí. Con uno que está analizando, como nosotros, las implicaciones.

Entraron en Greenwich, mojado por la lluvia. Apareció Greenwich Park, sobrio pero aún majestuoso bajo sus robles y castaños multicentenarios. Apareció el Museo Marítimo, gris a causa de la edad, de cara al río.

—¿Puedes quedarte por aquí unos quince minutos, Rams? Mi contacto está esperando en el parque.

—Claro, hay un pub en esa callejuela, el Lord Nelson. Aparcaré al lado.

—Gracias.

Cyril bajó del Bentley y se internó en el parque.

Cuando los viejos robles ocultaron a Anderson, extrajo un teléfono portátil de su chaqueta y marcó un número de South Kensington. Un hombre respondió con un breve y lacónico «Sí». Cyril se identificó. El hombre dijo que Corinne, Randall y Luke Merrick estaban al otro lado de la calle, en el apartamento de Corinne. Cyril preguntó si la lluvia había impedido que sus voces se grabaran. El hombre contestó que la recepción había sido un poco deficiente antes, porque las gotas de lluvia confundían al rayo láser, pero ahora la lluvia había parado y la recepción era clara. ¿Quería oír una muestra?

Anderson contestó que sí. Se oyó el crujido de la conexión, y luego una voz humana. Cyril reconoció a Luke Merrick.

—La idea de que exista otra clase de humanos aparte de nosotros es increíble. Necesitamos efectuar un seguimiento. ¿Podemos asumir que esos monos tengan en sus cuerpos, en su ADN, un fluido capaz de tratar la impotencia, o curar la calvicie, o darnos la posibilidad de vivir doscientos años, o...?

—¿Curar el sida? —preguntó la voz de Corinne, clara y cortante.

—¿Por qué no? —replicó Merrick con ingenuidad.

—¿De qué coño estás hablando, Luke? —Era Randall. Al fondo, grosero, zafio, sobre todo en comparación con el tono refinado del británico—. ¿Qué farfullas? Te hemos proporcionado un hallazgo sensacional y queremos que se venda por sus méritos propios...

—Randall, por favor —suplicó Corinne.

Anderson notó que temblaba. Corinne se dirigía a Phillips como si fueran íntimos. No cabía la menor duda.

—Estás intentando convertir a los protohumanos en una especie de E.T. —protestó Phillips.

—Bueno, sí —interrumpió el promotor—. ¿Para qué va a invertir alguien millones en esta cosa, si no vuela por los aires u obra milagros?

—Es un enfoque erróneo, Luke —dijo Corinne, con calma pero con firmeza—. Y eso es lo que he debido soportar durante años. Cyril es el más insufrible estafador de tres al cuarto. Pensaba que por fin podría vivir con un poco de integridad...

—No discutamos —dijo el promotor—. Dentro de diez minutos, nueve de las personas más influyentes en la opinión pública de Londres entrarán por esa puerta.

Cyril apretó los dientes involuntariamente. La voz átona del hombre que grababa la conversación interrumpió.

—¿Le gusta la recepción?

Cyril se obligó a hablar.

—Sí. Espero que no puedan oírnos.

—Por supuesto que no. Este equipo es muy sofisticado. Relájese.

Un hombre ataviado con sombrero e impermeable apareció en mitad de un sendero desierto que conducía al Real Observatorio.

—Siga grabando —susurró Cyril—. Volveré dentro de una hora.

Dobló el delicado aparato, y pensó que Corinne le había puesto nervioso al mencionar la integridad.

Se sobresaltó al observar que el otro hombre era un sesentón de ojos azul grisáceo y bigotito gris, que asomaban entre el ala del sombrero y el cuello levantado del impermeable. Parecía la caricatura de un detective de los años cincuenta.

—En los cincuenta, Haksar era un agente en Kenia del SPC, Servicio de Policía Colonial —dijo el interlocutor de Anderson, mientras recorrían los desiertos senderos del parque—. Hablaba con fluidez varios dialectos africanos, y no tenía otra alternativa que trabajar para nosotros, porque necesitaba dinero para continuar sus estudios. —El dinero, siempre el dinero, pensó Anderson—. Cuando el movimiento independentista se inició en Kenia, lo aplastamos con facilidad. Corrieron todas aquellas historias horribles sobre las guerrillas del Mau Mau. Sobre su juramento secreto y cómo torturaban a los aldeanos que no aceptaban el juramento, y que sacaban los ojos a los que traicionaban el juramento, y los empalaban hasta que se secaban. Ocurrió, pero fue fácil parar todo eso, porque nosotros teníamos las armas de fuego y los planes.

La lluvia caía sobre el cabello cardado de Cyril y resbalaba sobre el bigote del otro hombre, pequeño y bien cortado, un típico emblema del varón colonial.

—¿Recuerda a un piloto llamado Hendrijks? —preguntó Cyril.

—¿Un holandés de El Cabo? Sí, teníamos toda clase de sabandijas trabajando para nosotros. Y más espías y traidores de los que podíamos manejar.

Continuó hablando del despilfarro de la guerra, en una voz demasiado fría para inducir tristeza o reflexión en su oyente.

—Y después, nos encontramos en un brete, porque necesitábamos que la guerra continuara, para justificar las armas y los aprovisionamientos. Y para ganarnos los galones, ya sabe. De modo que inventamos esa historia. Yo la inventé, de hecho. —El hombre del bigote lanzó una risita de tenue orgullo—. La historia consistía en que los Mau Mau habían retrocedido hasta la base de la escarpa del Mau. Miré el plano, vi el nombre de esa cordillera, que era el mismo de su movimiento, más o menos, y, ¡zas!, informé a Londres que habían retrocedido hasta allí...

—¿Y era cierto? —interrumpió Anderson—. Yo no estaba en Kenia entonces, pero algo oí.

—Chorradas —dijo el hombre, ceñudo—. Habíamos encarcelado a Jomo Kenyatta y dispersado a los demás a los cuatro vientos. Puede que algunos se estuvieran congelando todavía en las nieves del monte Kenia. Sea como sea, esto tuvo otras consecuencias. La manía de contar a cuántos Mau Mau habíamos cogido, y a cuántos habíamos matado. Nunca matábamos bastantes, se lo aseguro. Envié a Haksar al Mau porque era un buen espía y quería acentuar la importancia del lugar, y le puse en contacto con un agente local, Kalangi, un auténtico bastardo. Debe de ser el que le dijo que se pusiera en contacto conmigo.

—No —mintió Anderson, aunque era cierto—. Repasé la prensa de Nairobi de aquella época, y vi que mencionaba su nombre. Después llamé a un amigo que estuvo en el último gabinete y pedí que le localizara.

—Supongo que eso se hace ahora, incluso en nuestra Inglaterra, tan defensora de la intimidad —murmuró el ex policía colonial filosóficamente—. En cualquier caso, conseguí a Haksar y Kalangi algunos cazadores furtivos, los saqué de la cárcel, porque los teníamos a buen recaudo, y les envié a todos a la sabana que se extiende bajo el Mau, con la orden de encontrar a alguien a quien matar. Los cazadores furtivos ya habían estado cerca de esa zona. Haksar no. En cualquier caso...

Calló y miró hacia el río. Incluso bajo la lluvia, la vista del antiguo Real Hospital y del río poseía una majestuosidad nostálgica.

—¿Puede creer que esa belleza ha salido a la venta? —preguntó.

—¿Qué ha salido a la venta? ¿El Museo Marítimo?

—Sí. El mantenimiento es demasiado costoso. Ni siquiera pueden encontrar un comprador.

Anderson asintió para expresar su comprensión. ¿Adónde iba a parar Inglaterra?

—Aquel viejo y decrépito imperio no era tan malo —dijo el ex policía—. Después de todas las guerras y revoluciones, descubrimos que el nuevo orden nos hace mucho menos felices. Por cierto, ¿tiene dinero?

—¿Ha traído las notas de Haksar?

El ex policía asintió. Cyril miró hacia el pub que, según se decía, había abierto sus puertas en los días de Nelson, enclavado al otro lado de la verja de hierro forjado. Vio la brillante carrocería del Bentley de Ramsay junto al edificio. Anderson sacó un sobre y lo tendió al ex policía, quien lo cogió y guardó en el interior de su impermeable sin siquiera contar el dinero. Extrajo un grueso cuaderno de notas, descolorido, con cubiertas de piel cerradas por un broche oxidado. Su diseño, feo y severo, parecía militar. Anderson lo cogió. Era pesado y compacto, como una piedra rectangular.

—¿No ha guardado nada más de Haksar?

—No. —Anderson le miraba con incredulidad—. Venga a mi casa a buscar, si quiere. Mi mujer quería ver al tipo capaz de pagar mil libras por esto.

—Da igual. ¿Qué ocurrió después de que usted dio esa orden?

—Los cazadores furtivos divisaron una partida rara bajo el Mau. Iban desnudos. Nómadas, supongo. Los cazadores furtivos mataron a algunos y ahuyentaron a los demás hacia el bosque...

—¿Qué hizo Haksar?

—Se chifló un poco. Kalangi y él siguieron a aquellos seres hasta el corazón de la selva. Los perdieron, pero según Kalangi, Haksar perdió los pedales y no quiso salir de la selva. Kalangi salió solo y entregó esta libreta. Después, Haksar también salió, pero dos semanas más tarde.

—¿Haksar redactó algún informe?

—No fue necesario. Yo redacté los informes. Los inventé.

—¿Vio algún cadáver de esos nativos?

—No. Los cazadores furtivos los despellejaron. Mientras Haksar y Kalangi estaban en la selva, los cazadores furtivos desertaron y volvieron a Nairobi, donde vendieron los esqueletos a tiendas que los enterraron y volvieron a venderlos, como si fueran la hostia, ¿me entiende? Los metí de nuevo en la cárcel. El problema consistía en que ahora teníamos huesos humanos, en teoría de guerrilleros, que se estaban vendiendo en el mercado. La prensa se enteró. Londres se cabreó. Entretanto, los verdaderos Mau Mau se reagruparon y empezaron a reclutar nuevos soldados. Retiré a la fuerza y volví a desplegarla, pero perdimos la guerra.

—¿Nunca tuvo curiosidad por leer este libro?

—No. Sólo me lo llevé de Kenia porque utilizaba libros como topes para sujetar mi colección de cuernos de antílope. De todos modos, casi todos se rompieron. No quería acordarme de ese lamentable desastre.

—¿En aquel tiempo no tuvo ganas de interrogar a Haksar?

—¿Para qué? Estaba como una regadera. Era mejor olvidar toda la historia, y tampoco debíamos hablar. El estado de guerra nos limitaba. Cuando se está en guerra, es mejor saber menos, en lugar de más.

—Pero siguió colaborando con Kalangi, ¿no?

Un indicio de ira se infiltró en la voz monótona del ex policía.

—Por supuesto que no. Me importa una mierda que el maldito bastardo fuera nombrado jefe de policía en mi lugar. Le diré una cosa: si quiere matar a alguien, es la persona a quien debe pedir ayuda. Los mejores cárteles de asesinos están en el Tercer Mundo. Su calidad es de primer mundo, si sabe a qué me refiero. Si Kalangi pregunta por mí, no le diga que me localizó.

—No se lo diré. Gracias por su ayuda. Es posible que las notas de Haksar sean importantes desde un punto de vista científico, incluso después de su muerte.

—Me alegro de haberlas conservado. Leí la necrológica de Haksar. Nunca pensé que llegaría muy lejos vendiendo curry, y mucho menos en la enseñanza. —El ex policía colonial alzó su sombrero. Su cabello ralo era gris como el bigote—. Me marcho. Este parque da pena, ¿verdad?

Se separaron bajo la lluvia.

Dieron las doce en el observatorio de Greenwich. Cyril calculó a toda prisa. Tardaría media hora en regresar a la oficina de Ramsay, en la City, donde Ramsay se quedaría para seguir trabajando por teléfono. Después, veinte minutos en taxi hasta Brompton Road, en South Kensington.

Como Cyril había prometido, podría volver en menos de una hora al apartamento situado frente al de Corinne. Allí, en una habitación carente de muebles, a excepción de un escritorio, una silla y el equipo láser usado durante la guerra fría para espiar las ventanas de las embajadas extranjeras, estaba la persona encargada de las grabaciones, un joven de cabello corto y asombrosamente vertical. Dirigía un rayo láser hacia las ventanas de Corinne que captaba las vibraciones de aire producidas por las voces que sonaban en el interior, y las devolvía a un receptor que reconvertía las vibraciones en las voces de Corinne, Randall y su promotor. Cyril había alquilado sus servicios por unas razonables cinco mil libras. Aquel tipo de aparatos habían bajado de precio desde que las grandes multinacionales habían empezado a utilizarlos en sus guerras comerciales.

Cyril apresuró el paso hacia el Bentley, mientras ojeaba las notas con ceño, como confuso. De pronto se quedó inmóvil y leyó con creciente atención. Una sonrisa se formó en sus labios, pero ni siquiera fue consciente de ello. Leyó con avidez, hasta que una gota de lluvia cayó en el cuaderno abierto. Entonces levantó la vista, escondió el libro bajo la chaqueta y corrió hasta el automóvil.

Al oír el timbre, el joven del peinado vertical se quitó los auriculares y sacó una automática. Avanzó hacia la puerta y pegó el ojo a la mirilla. Detrás de la puerta, distorsionado por la lente como un gordo muñeco de carnaval, estaba Anderson.

El joven le dejó entrar, le registró con una mano mientras le apuntaba con la automática, embutió la pistola bajo el cinturón e indicó a Cyril que entrara.

—La han cagado —dijo mientras se acariciaba su hermoso cabello lacio—. Encargaron una comida de lujo, con caviar, huevos Benedict y champán, y sólo aparecieron dos de los nueve invitados.

—¿De veras? ¿Por qué?

Visto por la ventana, el apartamento de Corinne parecía tan cercano que Cyril retrocedió instintivamente un paso.

—Relájese, están ocupados —dijo el joven. Se atusó el pelo de nuevo—. El promotor dijo que no venían porque el fósil no es un verdadero fósil. Le faltan unos mil años o algo por el estilo. Parece que la gente piensa en fósiles, no en especies fósiles. —Cyril le dirigió una mirada como diciendo «las pescas al vuelo». El joven empezó a colocar un silenciador en la automática—. ¿Lo hacemos ahora? ¿Quiere venir a mirar?

Tenía el arma tan cerca que Cyril distinguió un diminuto punto negro, un átomo de carbono incrustado en el pulido lado gris de acero.

—Aún no. Dejaremos que el promotor se vaya.

—Me da igual. Dos funerales, en lugar de tres. Por cierto, esa tía está muy buena. ¿Cuánto tiempo estuvieron casados?

Se tocó el pelo otra vez.

—No es asunto suyo. Su pelo es asombroso. ¿Se hace la permanente?

—No es asunto suyo. Lo he preguntado porque pensé que, como ha decidido llegar tan lejos, no le importaría hablar de ello.

—¿Ha oído hablar del señor Kalangi? —preguntó Cyril.

Kalangi había recomendado a Cyril los servicios del joven, en el curso de una conversación sorprendentemente breve.

—¿Quiere que le hagan algo en Londres? —había preguntado el jefe—. Cinco mil dólares, y le daré un número de teléfono.

Cyril había pagado los cinco mil.

—Memorice este número —dijo el jefe.

Los teléfonos de Londres tenían siete dígitos, pero el que dio el jefe a Cyril sólo tenía cinco.

El hombre del peinado fastuoso negó con la cabeza. Nunca había oído hablar del señor Kalangi. Anderson le preguntó el nombre de su jefe, y el hombre contestó que no tenía jefe. Era un independiente y desconocía el nombre de la empresa que proporcionaba sus referencias. Sabía que la empresa era una red internacional que ofrecía servicios que gobiernos, organizaciones policiales, empresas de seguridad privadas y familias de la Mafia no podían llevar a cabo directamente. Cyril comentó que la empresa debía ganar mucho dinero. El hombre respondió que, según rumores, la empresa poseía ramas públicas y legales, así como paquetes de acciones. Cyril preguntó si la empresa tenía la sede principal en Londres. El hombre sospechaba que la central estaba en África, el continente menos abierto al escrutinio internacional.

El hombre se puso los auriculares de nuevo. Sonrió, se los quitó y los extendió a Cyril.

—Se están peleando de lo lindo sobre quién ha metido la pata. ¿Quiere escuchar?

En el apartamento de Corinne, el lujoso almuerzo de caviar y huevos Benedict seguía sobre la mesa del comedor, sin que nadie lo hubiera tocado.

Los dos únicos invitados que habían hecho acto de aparición se habían quedado muy poco rato. Después del champán, demasiado frío y ácido para el clima y la hora, habían examinado los fragmentos de huesos limpiados en el garaje de Randall. Se exhibían sobre la mesa del comedor, cubierta con un pedazo de arpillera. Junto al exquisito almuerzo, los fragmentos parecían pequeños e insignificantes, incluso tristes. Randall se había esforzado por imprimir un tono alegre a su voz cuando explicó que aquellos fragmentos eran únicos. No eran fósiles, aunque pertenecían a una especie fósil. La máquina de argón-potasio de Corinne había calculado su edad en sólo siete mil años, lo cual significaba que un ser perteneciente a una raza extinguida oficialmente dos millones de años antes había vivido en los tiempos modernos. Eso, y las fotos de pisadas (copias ampliadas de las fotos de Ken se exhibían junto a los fragmentos de huesos) sugerían que los protohumanos aún vivían hoy.

Los dos invitados bebieron champán, susurraron adecuadamente que los fragmentos eran «espléndidos», y no lo comprendieron. ¿Era un fósil o no? ¿Qué tenían que ver con protohumanos vivientes? Miraron con perplejidad a Randall y Corinne. Luke no había colaborado, porque los seguía llamando fósiles, y Randall tenía que corregirle y decir que no lo eran. Cuando había menos de diez mil años de antigüedad, la mineralización no era completa, lo cual significaba que era un subfósil. La confusión aumentó.

Los invitados dejaron solos a Corinne, Randall y Luke para que reflexionaran sobre aquel comienzo tan poco auspicioso.

Corinne estaba furiosa, y lo dejó bien claro.

—La has cagado, Luke. Nos has traído un par de tontos del culo. No captan la diferencia entre conceptos muy claros.

No solía hablar de aquella manera. Luke llenó una copa de champán, puso unos cuantos huevos Benedict y caviar en un plato y logró mantener la calma.

—Temo que tu concepto es un poco confuso, querida. —Ella enarcó las cejas sobre sus ojos azul acero. Detestaba aquel paternalista tono británico—. Exhibes huesos, pero hablas de seres vivos. Tendrías que haber traído uno de esos seres, si eso es lo que quieres vender.

—Nuestro socio Ken Lauder está en la sabana —se apresuró a contestar Corinne—. En este preciso momento está observando a los australopitecos.

—En ese caso, lo mejor sería esperar a vuestro socio. —Luke se preguntó si el tal Ken Lauder tenía más que ver con el descubrimiento que aquel par—. Tenéis suerte de que Cyril tampoco haya presentado un austrolopiteco vivo. He seguido sus pasos y los de Ramsay, y tienen el mismo problema: ¿dónde está la cosa que intentan vender?

—No quiero saber nada de Cyril. ¡Ayúdanos a vender lo que tenemos! —exclamó Corinne, irritada.

Después de repetir los análisis para comprobar que no había cometido errores, se entusiasmó tanto que empujó a Randall hacia el laboratorio y le besó en los labios.

—Seremos famosos —había susurrado, y voló la mente de Randall con aquel plural, con la rapidez de sus movimientos y con la prontitud de su propia reacción.

Randall sólo consideraba a Corinne moderadamente atractiva. No era el tipo de mujer con el que había fantaseado cuando pensaba en engañar a Marcia. Sin embargo, Corinne era la que había aconsejado contratar a Luke y buscar inversiones importantes.

—Se derretirán, Randall. Suplicarán que aceptes su dinero —había susurrado mientras le arrastraba hacia su apartamento, media hora después de analizar los huesos por tercera vez. Copulaba con avidez, y casi siempre encima.

Luke volvió a llenar su copa de champán.

—Hemos de extraer nuevas ideas a partir de nuestros monos, y creo que los compradores en potencia buscarán en ellos poderes mentales extraordinarios o sexo. ¿Tienen clítoris?

Randall asintió, estupefacto. Sí, tenían clítoris.

—Brillante —exclamó Luke—. ¿Por qué desarrollaron clítoris, por qué es esencial el clítoris en la evolución humana? O quizá sean capaces de calcular sin números. Einsteins con el cerebro del tamaño de un puño. Lo siento mucho, pero teniendo en cuenta la actual globalización de la crisis, queremos un beneficio global antes de invertir nuestro dinero. No queremos unos simples antepasados. Queremos antepasados que tengan respuestas a todo.

—Creo que tendremos que imaginar esas respuestas —dijo Corinne con sarcasmo.

Luke se sentía cansado y frustrado. Consultó su reloj.

—Tengo que irme.

Pensó que tal vez debería unirse al equipo de Anderson. Se encaminó hacia la puerta.

—Espera. —Randall se adelantó, pesado y con la cara enrojecida, un macho concentrado en mejorar su ego. Luke apresuró el paso hacia su abrigo—. Corinne y yo volvemos a África. Nos vamos en avión esta noche, y estaremos en la sabana mañana por la tarde. Conseguiremos pruebas nuevas, cajas enteras, y las enviaremos, no aquí sino a Nueva York, a Berlín. Llama a Oppelman y Fidos —ladró a Corinne—. Son los mayores expertos alemanes. Trabajan con el Instituto Max Planck, con la Fundación Von Stein, que no son sólo faros de la ciencia, sino grandes proveedores de fondos. Lo hemos intentado contigo, Luke. Haremos el resto sin ti.

—Estupendo. A ver hasta dónde llegáis... —murmuró Luke— y os enviaré una factura.

Abrió la puerta.

—¡Los alemanes tienen sentido de la cultura! —gritó Corinne al promotor—. Se volverán locos cuando sepan que los australopitecos vivían cuando Lutero escribía sus sermones y Durero pintó a Adán y Eva.

Estaba más irritada de lo que parecía. Se había dejado llevar por su entusiasmo. El descubrimiento aún no estaba maduro para ser vendido. Y Randall era un desastre.

—Voy a mear un poco de ese champán —murmuró Randall, y entró en el estrecho cuarto de baño.

Levantó con el pie el asiento del retrete, y observó que oscilaba sobre sus nuevos goznes dorados. Un apartamento caro, ostentoso y con acabados de pésima calidad. Orinó con dolor, debido a sus excesos carnales con la insaciable Corinne.

—¡Llama a British Air y reserva billetes para Nairobi! —gritó por la puerta cerrada, mientras se preguntaba hasta cuándo sufragarían sus tarjetas de crédito tantas extravagancias.

Había bajado del avión en Londres, guiado por un impulso, dejando a su familia a bordo, con la sensación de que sin Marcia, y con los huesos en el bolsillo, las puertas del mundo se le abrirían como no había ocurrido cuando tenía veinte, treinta o cuarenta años. Sin embargo, los científicos de Londres eran tan duros de pelar como los de Berkeley o Nueva York. Querían documentación, pruebas de que los huesos no estaban contaminados, un informe exhaustivo que fuera revisado por sus iguales. Tampoco tenían claro hacia dónde apuntaba aquel descubrimiento. Se resistían a la idea de un hábitat del Plioceno intacto. En lugar de convertirse en una estrella de la noche a la mañana, Randall se había encontrado sometido a interrogatorios.

Entretanto, Marcia había volado a California con los chicos, y ahora le enviaba faxes a su cuenta del hotel De Vere, del que Randall se había ido al mudarse con Corinne. El hotel transmitía los faxes al fax de Corinne.

Aquellos pensamientos desagradables provocaron que derramara algunas gotas sobre la tapa del retrete. Arrancó papel higiénico, secó la tapa, tiró de la cadena y se lavó las manos. Salió del cuarto de baño y encontró a Corinne inclinada sobre el fax. Randall se puso rígido. ¿Otro mensaje plañidero de Marcia?

—Las mismas tres páginas que Haksar te envió antes —comentó Corinne, perpleja.

Las alzó, mientras con la otra mano se desabrochaba un botón del vestido. Randall cogió las páginas.

—Marcia las habrá enviado otra vez por error.

Cuando se emborrachaba, Marcia era temible. Podía dejar la cafetera al fuego y provocar un incendio.

Las páginas carecían de sentido. Describían los inauditos poderes de comunicación de una tribu de indios de la Amazonia, los mayorunas, que habían sido observados por un fotógrafo de *National Geographic* hecho prisionero por dicha tribu. Durante varias semanas de cautividad, el hombre no pudo hablar con sus captores. Como nunca habían visto gente blanca, no hablaban ni español ni portugués, y él, un norteamericano de Seattle, no hablaba el dialecto de los mayorunas. Sin embargo, los indios habían hablado con su huésped por telepatía.

Corinne examinó las páginas por encima del hombro de Randall.

—¡Tal vez sea éste el ángulo comercial que estábamos buscando! —Se desabrochó otro botón del vestido—. Si las conexiones de los cerebros primitivos eran diferentes, si utilizaban medios de comunicación no verbales, significa una auténtica revolución para el negocio de las comunicaciones.

—Pero ¿por qué me envió Haksar esto, un par de días antes de su muerte?

—¿No lo comprendes? ¡Para joder a Cyril! —Corinne arrugó las páginas de Haksar y las tiró al cubo de la basura—. Deberíamos centrarnos en el aspecto de las comunicaciones. Hace frío en estos apartamentos de Londres. Vamos a estimular nuestra circulación sanguínea.

Se quitó el vestido y frotó las areolas de sus pechos, pálidas y grandes, contra la camisa de Randall. Éste apretó los labios.

—¿Qué pasa?

—Me pregunto qué estará haciendo Cyril. No me gustaría que apareciera ante tu puerta.

—Sería embarazoso, pero no peligroso. Cyril es un fanfarrón y un borrachín, pero no un asesino. —Le empujó hacia el dormitorio, le besó, atrapó su lengua reticente. Después se soltó, jadeante—. Se me ocurren grandes ideas desde el punto de vista sexual. Por ejemplo, ¿por qué la vagina giró hacia adelante, en lugar de quedarse bajo una cola de mono?

—Por el hecho de caminar a dos patas.

El felpudo de Corinne era rubio, de un rubio arenoso, como su cabello. La peor parte la llevaba Randall. Le dolió el pene cuando la penetró. Había pedido a Corinne que comprara vaselina, pero ella se había olvidado, ocupada en los preparativos del almuerzo.

—Si recibes esperma de un macho y luego te levantas y andas, supongo que cae con menos facilidad si tu tubo no apunta hacia abajo...

—Tubo. Eres tan vulgar. ¡Oh! —Llegaba al orgasmo con una facilidad asombrosa. Exhaló aire y apartó el pelo de la frente sudorosa de Randall—. Eres un buen amante.

—Gracias. ¿Qué tal era Ken?

—Estupendo. Nervioso y obsesionado por la ciencia.

Se puso encima de él.

—¿No lamentas haberte deshecho de él?

—Lo único que lamento es haber desperdiciado mi tiempo con Cyril, pero da igual, todavía soy joven. En cuanto me haga un nombre en la profesión, conseguiré el mejor banco de esperma y tendré un hijo sola. —Aceleraba hacia otro orgasmo—. Ni marido ni padre. ¿Quién necesita machos inseguros? Quizá los protohumanos eran más seguros.

Se corrió y estrujó el pene de Randall hasta causarle un profundo dolor. Después, se apartó y cayó a su lado, mientras Randall se desmoronaba, demasiado dolorido para llegar al orgasmo.

—Cuidado al cruzar esta calle, es un horror —dijo el hombre del cabello vertical. Cogió del brazo a Cyril para que se parara—. Sobre todo para turistas extranjeros. El pasado mes, un coche con cuatro italianos cogió mal la curva y se estrelló contra un autobús. Murieron los cuatro.

Examinó el tráfico y el semáforo, e hizo una seña a Cyril, que cruzó sintiendo las rodillas débiles. Vio que la acera de enfrente se precipitaba hacia él. Sombras de peatones caían a ambos lados. Un chico que vendía periódicos anunciaba a gritos la edición vespertina, encabezada por la victoria de un equipo de fútbol.

El hombre del cabello vertical llevaba dos bolsas de gimnasia. Por sorprendente que fuera, había guardado todo su equipo en el interior. Se tocó el pelo una vez más, antes de guiar a Cyril hacia el vestíbulo del edificio. Un portero jamaicano estaba hablando por teléfono. Les dedicó una mirada indiferente.

Entraron en el ascensor, y Cyril miró al otro hombre a los ojos. Éste le dirigió una mirada tranquilizadora. Todo estaba controlado. Todo.

Tendría que ponerme un diafragma, pensó Corinne. Siempre lo hacía con él debajo, y se apartaba en el último segundo, pero aun así... A su lado, Randall seguía inmóvil y silencioso, como muerto.

—Hay alguien aquí —susurró entonces—. Alguien ha entrado en el apartamento...

—Tonterías. La cama estaba crujiendo.

—Hay alguien...

Corinne estaba tan enfadada que tuvo ganas de pegarle. Saltó de la cama, agarró una bata y salió a la sala de estar mientras se ponía la prenda. Se sintió completamente desnuda cuando vio a un hombre desconocido, con el pelo lacio. Sostenía una pistola con silenciador. A su lado, se erguía su marido.

Cyril había fantaseado con este momento, pero cuando el hombre levantó la pistola, algo en él se desgarró. Era su mujer. Corrió hacia la puerta de entrada, que el pistolero había abierto con una ganzúa, y se precipitó al vestíbulo. El pistolero disparó.

Corinne no se dio cuenta de que una bala la había alcanzado porque la pistola produjo un ruido apagado, *ssskuk,* como al desatascar un desagüe. Sintió un leve golpe en el pecho. Perdió el equilibrio, extendió la mano a ciegas y agarró a su asesino por el pelo vertical.

Cyril oyó el disparo ahogado y un rugido. El rugido de dolor procedía de un hombre, y era tan desesperado que volvió a entrar, para no perderse la muerte de Randall. No tenía remordimientos respecto a Randall. Cyril pensó que iba a volverse loco. El pistolero se estaba revolcando sobre la alfombra, con las manos apretadas sobre su cabeza ensangrentada, que había perdido todo su cabello. Corinne agonizaba en el suelo, y una de sus manos asía el cabello, compuesto de implantes que había arrancado del cuero cabelludo del pistolero.

Randall apareció en la puerta del dormitorio.

Cyril no fue consciente de que se arrojaba al suelo, se apoderaba de la pistola y la apuntaba. El disparo dirigido a Randall produjo el mismo ruido insignificante, pero Cyril estaba demasiado ocupado para saborearlo. Randall cayó. Cyril volvió la pistola hacia el asesino y disparó de nuevo, *ssskuk, ssskuk,* y aportó un alivio instantáneo a la cara desencajada por el dolor.

Corinne había caído boca arriba. Cyril se precipitó hacia las ventanas y corrió las cortinas. Se volvió, localizó el cuarto de baño, cogió una bata y una toalla, y las lanzó sobre su difunta esposa. Después giró en redondo. La puerta del apartamento seguía abierta. La cerró de una patada. Tenía un pestillo. Lo giró y quedó encerrado con tres cadáveres: su mujer, su rival y el asesino a sueldo. Esta vez no había sido tan fáááá-cil.

Un leve ruido le sobresaltó.

El fax zumbaba de nuevo. Cyril se acercó y miró. El fax estaba retransmitiendo las páginas que habían desconcertado a Corinne. Cyril las sacó del aparato y examinó, sin relacionarlas con Haksar, pero le intrigaron. Las dobló y guardó en el bolsillo, y después saltó sobre el cuerpo de Randall para llegar al teléfono.

Marcó el número de la oficina de Ramsay.

—¿Dónde te has metido? —exclamó Ramsay, y Cyril supo al instante que le había tocado el gordo, que su amigo tenía buenas noticias—. Cuando llegué aquí, encontré tres mensajes de Harry Ends. Harry va a dejar la Royal Dutch Shell para responsabilizarse de un capital empresarial de cincuenta millones de libras, y le hace falta un lanzamiento sensacional. Por lo tanto, hice algo que tú nunca habrías hecho, Cyril. Espero que me perdones, pero tenía que hacerlo. Quería una respuesta ya, y no pude localizarte, así que le engañé como a un chino. Le dije que tus parantropoides tenían un gen que eliminaba la calvicie, lo cual indicaba que podían tener otros semejantes, tal vez un gen antiimpotencia, anticolesterol, anti lo que fuera. Podría haberlo llamado el gen de la eterna juventud. ¿No me dijiste que esos seres no pasaban de los treinta? Por lo tanto, vivían jóvenes toda la vida. En cualquier caso, conseguí que Harry financiara tu proyecto. Flipaba.

—¿De veras, Rams? —Una neblina de felicidad enturbió los ojos de Cyril. Tartamudeó un poco—. Mis seres t-tienen co-cosas aún más fa-fantásticas... Ya v-verás...

—¿No es suficiente con el remedio contra la calvicie? En cualquier caso, puedes describir a tus seres como quieras, cuanto más fantásticos mejor. Ya nos lo contarás en el avión.

—¿En el avión?

—Nos vamos a África pasado mañana, en el avión privado de Harry.

—¿Qué? —graznó Cyril. La cosa iba demasiado bien...

—Voy a ver si puedo pasarte a Harry. Lo tengo en el otro teléfono. Estará encantado de saludarte. Ya sé que no te encuentras en el hotel. ¿Dónde estás?

Cyril vio el número de Corinne en un adhesivo pegado al teléfono. Un número de Londres como millones de otros. Ramsay lo olvidaría al cabo de un segundo. A la mierda.

Ramsay le dijo que no se apartara del teléfono y colgó. Durante los segundos que transcurrieron, Cyril comprendió que Harry Ends pediría ver un australopiteco. ¿Para qué, si no, quería ir a África? La presión del tiempo se abatió sobre él como un gigantesco martillo. ¡Si ni siquiera él había visto a los australopitecos!

El teléfono sonó.

—¿Cyril? Espera un momento, te paso a Harry.

—Me alegro mucho de hablar contigo, Cyril —dijo Harry Ends. Su voz era muy grave, casi como la de un ventrílocuo.

Cyril hizo de tripas corazón.

—Yo también —se apresuró a contestar—. He visto a esos seres, y son absolutamente...

—Lo sé —dijo la voz profunda—. Yo también estoy muy entusiasmado con nuestro nuevo proyecto. —Cyril frunció el ceño. Ya se sentía propietario, ¿eh? Harry continuó—. Como debía ir a Sudáfrica, decidí parar un par de días en... Nairobi, ¿verdad? Tú y Rams volaréis conmigo, ¿verdad? Gratis, por supuesto. —Rió, y Cyril también, como si Harry hubiera contado un chiste—. Bueno, veremos a alguno de tus espantajos por allí, ¿verdad? —Volvió a reír—. No puedo mojar semejante donut en algo que no he visto aún. —Cyril quiso decir algo, pero Harry prosiguió con la desenvoltura de un hombre acostumbrado a terminar diálogos cuando le daba la gana—. Te queda mañana para hacer los preparativos necesarios. Si tienes que hacer muchas llamadas telefónicas, no te preocupes, yo las pagaré.

Rió con tal candidez que Cyril se preguntó si Harry le estaba leyendo la mente, ya que al instante había destellado la palabra teléfono. Telefonear a Nairobi.

—Ha sido un placer hablar contigo, Cyril. Nos veremos en el aeropuerto, ¿verdad?

—Sí, por supuesto. En el aeropuerto.

Cyril colgó, pero su mente se conectó: Nairobi, espantajos, teléfono.

Respiró hondo, sacó su agenda y buscó los teléfonos. Harry Ends había sido muy claro: no puedo mojar semejante donut en algo que no he visto. He de conseguirle un espantajo. Espera un momento...

Había leído las notas de Haksar suficientes veces para saber que Haksar había descrito ese lugar en su diario. Haksar había escrito y documentado todo. Cyril recordaba las fotografías que había encontrado en la casa del viejo, los dibujos realistas de la anatomía de los primates... y Haksar estaba muerto, gracias a Dios.

En lugar de levantarse de su tumba para apuntar con el dedo a Cyril, Haksar estaba guiando a Cyril en un viaje inédito para éste. Y a Cyril aún le quedaba tiempo: esta noche, mañana y la noche siguiente. Pasado mañana, que pasaría volando, y la noche correspondiente. Tres noches y dos días. Tiempo de sobra.

Era una suerte que le hubieran puesto los cuernos. Sin el adulterio de Corinne, nunca habría ido a Londres, nunca habría puesto la mano encima de aquellas notas... Palmeó con afecto el feo cuaderno. Casi con cariño, sus ojos acariciaron a sus últimas víctimas.

Se sobresaltó. El teléfono sonaba de nuevo.

Vaciló. Dejar que Ramsay le llamara al apartamento había sido una imprudencia. No tendría que contestar al teléfono. Pero ¿y si era Ramsay otra vez?

Su curiosidad se despertó. Estaba en el apartamento de Corinne. Aunque yacía muerta en el suelo, ¿quién la llamaba?

Lo descolgaré, pero no hablaré... Levantó el auricular y lo notó resbaladizo. Tenía la palma sudada.

—¿Cyril?

Era Ramsay de nuevo.

Cyril exhaló un gran suspiro de alivio.

—Sí, Rams. Gracias por tus buenos oficios, amigo mío, ha sido fab...

—¿Dónde coño estás? —Cyril no tenía tiempo para dejarse invadir por el pánico. El tono de Ramsay indicaba que no tenía tiempo para escuchar respuestas. La situación había adquirido una velocidad supersónica—. ¡Has de conseguir uno de esos bichos para que Harry lo vea, sea como sea! Un par de empresas importantes llamaron a Harry y le dijeron que tal vez entrarían en el negocio. Quieren patrocinar, para emplear sus palabras, «un proyecto africano sólido y glorioso». Las apuestas son tan fuertes como deseabas, Cyril. ¡Son inmensas! Haz tus llamadas a Nairobi y consigue a un peludo de ésos, como mínimo. Un último detalle: Harry acaba de faxearme un informe de inteligencia sobre ese país. Parece que está punto de estallar una guerra civil...

—¿Eh?

—Algo étnico, no sé. Unidades del ejército se están concentrando alrededor de los pueblos masais, o algo por el estilo.

Cyril maldijo en silencio a su amigo Kalangi, quien le había asegurado, antes de marchar, que nada sucedería durante su ausencia. Dad a los africanos la mínima oportunidad de armar una gorda, y por Dios que lo harán. En cuanto a qué se estaba cociendo, Cyril no tenía ni idea. Su única defensa fue lanzar una carcajada.

—El ejército está haciendo maniobras, Rams, siempre está haciendo maniobras. Además, ¿cómo se ha enterado Harry? No parecía tener muy claro adónde íbamos.

—Créeme, la base de datos que utiliza sí lo tiene muy claro. Las ultimísimas fotos de los satélites obran en su poder. La cuestión es que tú conoces a ese gobierno, Cyril. Diles que esperen unos días. Y si ellos no tienen nada que ver, dile al otro bando, sea cual sea, que se calme. ¿De acuerdo, Cyril? ¿Todo controlado? *Ciao*, amigo.

La comunicación se cortó.

Cyril siguió sentado en silencio unos segundos, mientras se preguntaba si debía hacer otra llamada desde el apartamento de Corinne. Desechó la idea. Lo que debía decir al jefe Kalangi era demasiado fuerte. Abandonaría el apartamento, pararía en un banco, pediría cambio y utilizaría una cabina.

—Me mentiste, Arnold —reprendió Cyril a un perplejo Kalangi—. Dijiste que podrías conseguirme algunos huesos interesantes por mediación de ese bastardo de Modibo. No me dijiste que Modibo, Haksar, Hendrijks y tú visteis a los australopitecos en los años cincuenta.

Cyril hablaba desde un teléfono de pago situado en la primera planta de los grandes almacenes Harrod's. A treinta y tres mil kilómetros por encima de Londres, un satélite geosincronizado recogía los impulsos radiados de la llamada y los devolvía a la tierra, a un teléfono del edificio que albergaba la sede de la policía metropolitana de Nairobi.

—Tampoco me dijiste —continuó Cyril, mientras seguía introduciendo monedas en el teléfono— que atacasteis a los australopitecos, masacrasteis a los machos que intentaron defenderse y ahuyentasteis a los demás hacia la selva.

Kalangi intentó desmentir los hechos, pero Cyril no le dejó.

—Fuiste muy imprudente al ponerme en contacto con alguien que guardaba documentos de tal acontecimiento. Ese viejo poli británico. No sabías que se había quedado el diario de Haksar, ¿verdad? —El delgado, canoso y tieso Kalangi no dijo nada—. ¿Cuántos australopitecos has matado desde entonces, Arnold? ¿Te llevas un tanto por ciento de los huesos que se venden en Hong Kong? ¿Qué tanto por ciento te llevas, Arnold?

Kalangi recuperó la voz.

—No sé de qué estás hablando. Nadie vive allí. Hay una leyenda sobre una tribu rara, los mangatis, a quienes los masais derrotaron una vez y repelieron hacia la selva, pero no es más que un cuento antiguo...

—Ahórrame el folklore. Tus mangatis están vivitos y coleando, y si lo sigues negando, Arnold, haré dos copias de este cuaderno tan interesante y entregaré una al Fórum por la Restauración de la Democracia. Tienen una oficina aquí en Londres. Y entregaré la otra a Richard Leakey.

Ambas amenazas eran faroles. El Fórum, el partido de la oposición más poderoso de Kenia, se habría revuelto contra Cyril, y éste jamás habría compartido nada con el brillante y más joven Leakey.

Pero los faroles funcionaron. Hubo una pausa. El jefe volvió a hablar.

—Bien, Cyril... —Al emplear el nombre de Anderson, Kalangi reconocía la derrota y se abría a la negociación—. ¿Vas a pedirme ayuda otra vez? ¿Ayuda para el hombre blanco, dispuesto a robar en mi país otro tesoro?

—Ese tesoro no pertenece sólo a un país, y quizá debería solicitar la ayuda de Jakub Ngiamena. No tendría que pagarle, y los guardias de la reserva son unos exploradores excelentes.

—Mis hombres son tan buenos como los de Jakub —replicó Kalangi—. En cuanto al pago, es una palabra fea entre amigos. ¿Acaso no he demostrado mi amistad? ¿No he dado carpetazo a los testimonios de aquellos vagabundos que te vieron tirar un cadáver en aquel vertedero?

Cyril lanzó una carcajada.

—¿Bromeas, Arnold? ¿La palabra de unos vagabundos contra la de un científico de renombre mundial? Creo que yo soy mejor amigo que tú, por silenciar estas revelaciones. Tú hiciste el trabajo sucio de Inglaterra, Arnold. —Anderson echó un vistazo a la alegre animación que reinaba en Harrod's. Correspondía a su propio estado de ánimo—. Traicionaste a tus hermanos negros y casi destruiste a una raza de enorme valor para el mundo entero.

Kalangi no dijo nada. Estaba derrotado.

—A propósito, el cuaderno de notas no volverá a África conmigo, Arnold. Se queda aquí, en la caja fuerte de un amigo, para garantizar mi seguridad mientras esté en Nairobi. —Experimentaba un gran placer al torturar al otro hombre, retorciendo poco a poco el cuchillo del poder. No era tan divertido como matar, pero matar era muy rápido—. Otra cosa. Los protohumanos que matasteis, ¿eran gráciles o robustos?

—Eran... del tipo esquelético.

El jefe dio su propia versión de la diferencia entre las dos variedades.

—Me lo suponía —dijo con desdén Cyril—. Los otros os habrían hecho picadillo. —Una pausa. La pila de monedas iba menguando—. Estoy pensando en perdonarte, Arnold, pese a lo que hiciste a la ciencia. Estoy pensando en darte otra oportunidad.

Kalangi permaneció en silencio, pero ya no era el silencio de la furia. Era fofo, desmoronado, derrotado.

—Muy bien —dijo al fin—. ¿Qué he de hacer por el hombre blanco?

—Te lo diré. Ese problema que el ejército se apresta a detener... o a iniciar... Aplázalo, Arnold.

El jefe de policía protestó, quizá con sinceridad.

—Pero yo no estoy detrás de ningún...

—Descubre quién hay detrás y párale los pies.

Una pausa.

—Muy bien. ¿Qué más debo hacer por el hombre blanco?

—Te diré exactamente lo que debes hacer.

El campamento de los cazadores furtivos, al abrigo de un pliegue de la sabana, no se podía ver desde el aire porque estaba oculto por las copas planas de seis acacias. Bajo sus tenues parasoles, los estrechos corrales en que se guardaban los animales vivos estaban camuflados por vallas de ramas espinosas, cuyos extremos habían sido doblados hacia dentro y atados con otros extremos, hasta formar tejados de espinos.

Desde un avión, sobre todo para un ojo inexperto, el conjunto parecía un bosquecillo de acacias invadido por una profusión de arbustos. Si había animales allí, se habrían abierto paso entre los arbustos para refugiarse del calor. El camuflaje era capaz de engañar a guardias de la reserva y oficiales de policía, en especial si llevaban poco tiempo trabajando. Por otra parte, los más experimentados serían los más propensos a hacer la vista gorda y aceptar sobornos. Con la paga de un guardia o un policía era muy difícil sacar adelante una familia.

Algo que no se podía detectar desde varios cientos de metros de altitud era el desagradable zumbido de las moscas, que siempre está presente cuando se sacrifican y despellejan animales. Entre el 50 y el 70 % de las presas de los cazadores eran cebras, porque había tal demanda mundial de sus pieles que el campamento debía producirlas constantemente. Cuando el generador funcionaba, ponían una grabación de disparos para asustar a las aves. Cuando cortaban la energía, ataban a los extremos de las ramas más altas de las acacias calabazas llenas de semillas secas, las cuales producían ruidos destinados al mismo efecto. De todos modos, los ruidos no eran muy útiles, porque los depredadores adivinaban enseguida que los hombres del campamento constituían otro tipo de depredador, y por tanto les disputaban sus presas. Águilas, marabús, buitres y halcones asaltaban el bosquecillo asiduamente, mientras los ladrones de cuatro patas deambulaban sin cesar alrededor, y la noche constelaba la sabana con sus ojos brillantes. Era como si la sabana reclamara un poco de lo que los cazadores habían robado y matado.

Por fin, cuando el campamento se llenaba demasiado de huesos, carne desechada y charcos de sangre, además de las pilas de excrementos de los hombres que lo habitaban, era abandonado. El preciado generador era subido al camión de los cazadores, seguido por las toscas mesas de madera donde los animales eran despellejados, las enormes cubas donde hervía el agua de limpiar las pieles, y las sierras de cadena utilizadas para cortar las gruesas patas de elefante y las duras rodillas de las cebras. A continuación, se guardaban las mazas que convertían los cuernos de inferior calidad en polvo, los rifles, las lanzas y cuchillos usados para rematar a los animales capturados, un método de ahorrar balas, y el radioteléfono. También se llevaban las ollas y sartenes que los cazadores empleaban para cocinar. El campamento se desplazaba a otra zona de la sabana, como un violador en busca de otra virgen.

Al amanecer de un día reservado para una de tales mudanzas, la fría aurora barría lentamente el campamento, y a los cinco hombres que dormían en el suelo. Todos eran jóvenes, excepto un hombrecillo patizambo, cubierto con un descolorido capote del ejército, que roncaba y exhibía al cielo un tatuaje tribal cuadrado en la mejilla. El ojo de la aurora se posó en una pila de trampas para cazar, simples rollos de alambre de acero. Eran lo bastante anchos para abarcar el cuello de un búfalo, incluso el de un rinoceronte de tamaño medio, y el alambre era tan afilado que podía cortar aquellos cuellos casi como una navaja, y decapitar a animales grandes en menos de treinta segundos, si se resistían a ser capturados. Los grandes siempre lo hacían, y ahorraban a los cazadores el trabajo de cortarles la cabeza con la sierra de cadena. Las cabezas de búfalo y rinoceronte eran muy solicitadas para decorar paredes, y se pagaban en consecuencia: diez y veinte mil dólares por cabeza de búfalo o rinoceronte, respectivamente, en los mercados asiáticos. Desde Singapur a Tokio, pasando por Taipei y Seúl, los países ribereños del Pacífico se volvían locos por los símbolos de poder y el lujo reservados en otro tiempo al hombre blanco. Sus ejecutivos trabajaban en austeros interiores de alta tecnología, pero se relajaban en decorados de caza mayor que les hacían sentirse como Teddy Roosevelts de nuestro tiempo.

Las elites asiáticas, que no olvidaban que eran asiáticas, creían que se podían curar enfermedades o saciar los apetitos sexuales con productos animales molidos, secados, cocidos y escabechados. Eran de todas clases, y procedían de todo el mundo. Huesos y cuernos, vejigas e hígados, patas de oso, ojos de mono, caparazones triturados de tortugas pigmeas, peces de la Amazonia. Las elites asiáticas, consumidoras tradicionales de productos derivados de la caza ilegal, habían elevado la caza furtiva mundial a veinte veces los niveles de los años sesenta, porque pagaban bien y en metálico: dos mil dólares norteamericanos por un paquete de sopa de pata de oso para cuatro; cinco mil dólares por unidad de ciertas variedades de peces tropicales; cien mil por un juego de colmillos de elefante de tamaño mediano; entre medio millón y un millón por el elefante entero.

Modibo ignoraba estos precios colosales, pero era consciente de que el mercado asiático se iba consolidando a pasos agigantados. Sólo el 10 % del dinero pagado en Taipei o Tokio llegaba a las manos de sus compañeros de pillaje, pero el monto de ese 10 % se había doblado en fecha reciente, y luego triplicado, pese a la aparición de un nuevo competidor. Rusia había entrado pisando fuerte en el mercado de la caza furtiva. En los últimos tiempos, los medicamentos derivados de animales estaban en alza, y no sólo para los consumidores asiáticos. El mundo empezaba a desdeñar los antibióticos. Casi todo lo que se capturaba en terrenos salvajes se consideraba curativo, porque poseía el aura de algo natural y se creía que sus poderes genéticos garantizaban la supervivencia. También existía una gran demanda de «comida de la sabana».

Cuando Modibo era joven, los elefantes arrollados por trenes en la vía férrea Mombasa-Nairobi eran apartados y abandonados para que se pudrieran. Hoy, cualquier elefante muerto, si se descuartizaba con la suficiente rapidez, podía venderse como un tesoro proteínico criado con la prístina hierba de la sabana. En ciertos clubes exclusivos de Tokio se ofrecía tortilla de huevos de avestruz, chuleta de antílope y filete de elefante.

A medida que aumentaban los precios, aumentaba la crueldad del negocio. Como había más dinero, también había más manos que untar. Los guardias de la reserva acosaban a los hombres de Modibo constantemente; aquel año habían quemado tres de sus seis campamentos. Por otra parte, la caza furtiva estaba cambiando. Los cazadores más jóvenes eran peores rastreadores que los de la generación anterior. Querían beber agua purificada. Rechazaban comer serpiente o mono, y se llevaban sus gigantescas radios portátiles para escuchar música rap. Como en todas partes, la juventud era decepcionante.

Modibo estaba durmiendo en el suelo, después de una cena tardía a base de filete de antílope casi crudo, aderezado con largas bocanadas de porro de Uganda Blue. Él y su equipo habían estado muy atareados anoche, intentando atrapar a una familia de civetas, gatos salvajes de doce kilos, tan ágiles que eran capaces de derribar a varios gorriones antes de que la bandada emprendiera el vuelo. Las hembras tenían pequeñas glándulas en sus vaginas que segregaban aceites almizcleños, utilizados ya por los faraones para fabricar perfumes. Ahora, esos perfumes de aceite de civeta habían vuelto a ponerse de moda, como consecuencia de la locura por todo lo natural. Si no recuperaban a las civetas con celeridad, las hienas se las comían en sus trampas, aún a riesgo de quedar atrapadas también. Correr de una trampa a otra a la luz de la linterna había agotado a Modibo, y no estaba de humor para que el radioteléfono del campamento empezara a zumbar a primera hora de la mañana.

Pero lo hizo.

El viejo cazador furtivo, cansado, aturdido por demasiada Uganda Blue, se arrastró semidormido hacia el radioteléfono, pero se despertó del todo cuando tropezó con un montón de excrementos, depositados en mitad del campamento por algún animal asustado o alguno de sus hombres, muy colocado. Modibo blasfemó y tanteó alrededor en busca de algo para limpiar el gabán militar del que estaba tan orgulloso. No encontró más que tierra dura, polvo frío y ramas espinosas. Arañado y asaeteado, abrió los ojos y descolgó el auricular.

—*Ndio?* ¿Sí? —Parpadeó asombrado cuando oyó quién llamaba a aquella hora—. ¿*Chifi?* —preguntó, adaptando la palabra «jefe» al estilo swahili.

En uno de los corrales, una cría de rinoceronte, que aún no tenía tres meses y sólo pesaba cien kilos, alzó la cabeza hacia la luz del amanecer. Su morro, todavía sin cuerno debido a la edad, le daba aspecto de cerdito acorazado. Una profunda herida dentada que rodeaba su cuello indicaba que había caído en una trampa de alambre. Le habían aplicado a la herida un tosco vendaje de barro, y el pequeño animal, muy juguetón y feliz en la sabana, parecía bastante recuperado, pese a haber perdido mucha sangre. Modibo pensaba venderlo vivo a un comerciante relacionado con zoos. Muerto no valía nada, y lo habrían despedazado para repartirlo en filetes entre los cazadores. En aquel momento, no obstante, encontró energías para levantarse de su lecho de barro ensangrentado y contemplar la aurora con el espíritu indomable de la juventud.

Mientras hablaba por teléfono, Modibo se puso firmes, tanto como le permitían sus piernas torcidas.

—Sí, chifi. Siento que llamara anoche...

Intentaba hablar en voz baja, pero su interlocutor ladró que alzara la voz, así que Modibo obedeció, resignado a despertar a sus hombres y a que le vieran atemorizado. El jefe Kalangi parecía muy enfadado.

—Siento que llamara anoche, chifi. Había salido en persecución de esas civetas...

Uno de los cazadores furtivos abrió los ojos y alzó una enmarañada cabeza de rastafari. Era Bilal, el más joven del grupo. Entre los rizos de Bilal brillaban objetos blancos que parecían rulos.

—Mierda de hiena seca —dijo Kalangi. Sus juramentos siempre eran muy coloridos, un legado del ejército colonial–. ¿Tienes idea de por qué llamo?

–No, chifi, no lo sé... –La frialdad de la voz de Kalangi no le permitía especular.

–¿Has visto que salían mangatis del bosque otra vez, Modibo, y no me lo has dicho?

Era una pregunta tan inesperada que Modibo hipó. Cuando su glotis volvió a abrirse, el aire salió disparado de sus pulmones.

–¿Qué...? Ya no hay mangatis, chifi... Ya se lo dije, todos muertos...

–No mientas, coño de mona. Ese mzungu al que no pudiste capturar vio pisadas recientes. ¿No será que mataste algunos y vendiste los huesos por tu cuenta?

Cuando el mercado asiático había empezado a florecer, Modibo había decidido dar un paso audaz. El jefe Kalangi no se merecía un tanto por ciento sobre determinadas especies. Había mentido al decirle que los mangatis habían sido exterminados, y había empezado a venderlos directamente, por mediación de la tienda de Zhang Chen. Como sabía el castigo que significaba engañar al jefe, Modibo casi se orinó encima.

–No, chifi, ¿quién ha dicho eso? El chino es un mentiroso, chifi. Nadie sabe nada de los mangatis, y no queda ninguno...

–Eres un mentiroso, mierda de topo. ¡Quedan muchos, y los rumores han llegado hasta Londres!

La aurora, aún más brillante y amplia, bañó a los hombres medio dormidos. Los rulos de Bilal se vieron con claridad, pero no eran rulos, sino porros de Uganda Blue que había optado por guardar entre su cabello.

Además de ser el más joven del grupo, Bilal también era el de corazón más blando. Había vendado con barro a la cría de rinoceronte, proporcionándole agua durante los dos últimos días. Desde el punto de vista de Modibo, era un mal cazador furtivo. Fumaba demasiado, corría con descuido hacia la presa caída, daba a los depredadores una oportunidad, y le replicaba. Bilal, por su parte, estaba contento de que Modibo recibiera tal reprimenda.

—Sólo tengo cinco hombres, incluido yo, chifi... —Modibo estaba escuchando, con tal miedo en sus facciones que parecían desencajadas—. Para hacer eso, chifi, necesito buenas radios, y también municiones y prismáticos nocturnos. ¿Cuándo? Muy bien, muy bien. Lo haremos, chifi. En cuanto el avión lance el equipo.

Modibo colgó.

Cogió una esterilla de paja deshilachada, rasgó una esquina y se limpió el gabán. Después, paseó de un lado a otro y propinó una patada a un hombre que había dormido durante toda la conversación. El hombre gimió y apartó las manos de sus genitales para frotarse los ojos. Modibo introdujo la mano bajo su gabán, sacó una Browning P. 35, cuyo cañón parecía manchado de barro, como si hubiera estado tirada en un pantano. Caminó hacia el corral del pequeño rinoceronte, apuntó y disparó. Luego disparó a otro animal. Y a otro. Los cuatro cazadores furtivos se habían levantado de un salto, despiertos por completo, y miraban a Modibo mientras disparaba a un animal tras otro. Habían tardado horas en atrapar a algunos.

Volvió a cargar el arma y se encaminó a la pequeña jaula de alambre que albergaba a las civetas. Los gatos, que intuían la muerte, maullaron y arañaron el alambre, hasta que el sargento derribó a cada uno de un disparo. No quedaba ningún animal vivo en el campamento.

Bilal se había quedado junto al corral del rinoceronte, que había muerto al instante, con un ojo aplastado por la bala, que se había alojado en el cerebro. Bilal frunció el entrecejo.

—¿Por qué ha matado al kifaru, sargento? Se estaba recuperando.

—Para arrancarle los dientes y hacer amuletos para mí y todo el mundo —replicó Modibo con una desagradable sonrisa.

El tiroteo había calmado los nervios de Modibo. Ladró a sus hombres que se prepararan, un avión llegaría dentro de una hora con municiones, una radio nueva e instrucciones para un trabajo que reportaría a cada hombre quinientos dólares. Alguien lanzó una exclamación de asombro. Ninguno de ellos había ganado tanto dinero en una sola temporada.

—¿Vamos a perseguir otra vez a ese mzungu? —preguntó Bilal.

Modibo rió de aquel idiota.

—No. El mzungu ha muerto. No pudo sobrevivir en esa selva.

Se acercó a una pila de trampas. Sus rollos de acero se habían oxidado debido a la sangre de los animales que había goteado sobre ellos. Dio otro paso y movió un bidón de gasolina, para calcular cuánto líquido contenía.

—Si el mzungu ha muerto, ¿por qué vamos a esa selva? —preguntó Bilal.

Modibo se volvió hacia él.

—¿Quién ha dicho eso? —preguntó, y observó que el cazador más joven era demasiado listo para su bien.

—Porque de lo contrario no habría matado a esos animales —dijo Bilal, mientras miraba de soslayo a los demás hombres—. Si nos quedáramos en la llanura, no habría sido necesario matarlos y quemarlos.

El maldito bastardo había adivinado por qué Modibo había movido el bidón de gasolina.

—Id a cortar ese rinoceronte para llevarnos filetes, y luego preparad el camión —dijo—. Comemos y nos vamos.

Miró hacia la escarpa del Mau, que se alzaba a unos veinticinco kilómetros de distancia. A aquella hora parecía fría y negra, pero a mediodía herviría de calor, verde como la piel de una víbora. Vio a un hombre desocupado y le ordenó que lavara las trampas. No había necesidad de escatimar el agua, porque el avión traía mucha más.

El jefe le había dado dos días para que llevara a Nairobi un mangati vivo.

—No entiendo por qué hemos tenido que perder un día laborable —gruñó Harry Ends—, marchándonos de Londres antes de comer para llegar a Nairobi por la noche.

Estaba sentado en el salón del avión, frente a Cyril y Ramsay, en mangas de camisa y calcetines, con un vaso de Chivas Regal en la mano. Por la forma en que se había echado al coleto la mitad de la bebida, Cyril adivinó que tenía miedo de volar y estaba haciendo acopio de fuerzas para el despegue.

Cyril sonrió y le dijo que los aviones grandes como aquél siempre aterrizaban en Nairobi de día o antes del amanecer, porque durante el día, debido al calor, el aire situado a gran altura sobre la ciudad se enrarecía demasiado para sostener esa clase de aviones.

—Si llegáramos en pleno día, nos estrellaríamos sobre Nairobi en lugar de aterrizar.

Harry Ends se puso en tensión y entornó los ojos. Detestaba ignorar algo, y en especial detestaba que le dieran lecciones en público.

—No pensaba que íbamos tan cargados... —murmuró.

—Podemos trabajar mientras cruzamos el Mediterráneo, Egipto y el resto —dijo Cyril—. ¿Quieres saber el programa que he preparado?

Harry gruñó y bebió más whisky. Era muy bajo, enclenque y bronceado, de cabello largo y voz profunda, como salida de un coro. Y era «terriblemente competitivo», había advertido Rams a Cyril. Por lo tanto, Cyril no perdió la oportunidad de enseñarle un par de cosas.

—Pasaremos la primera mañana en mi despacho del departamento de antropología. Veremos la cámara de los fósiles y algunas películas de mis anteriores expediciones. —Las expediciones eran de sus estudiantes, pero Cyril había tomado la precaución de salir en todas—. Por la tarde, café con el gobierno. —Harry empezó a protestar (detestaba reunirse con autoridades), pero Cyril le cortó. Tenía que ganarse al gobierno—. Por la noche os enseñaré la ciudad: diversiones, chicas. Chicas tremendas, por cierto, y muy complacientes.

Lo subrayó, inseguro sobre las inclinaciones de Harry. En los tiempos de Cyril, un macho olía a otro, pero nunca se sabía con aquellos ejecutivos, hasta sus pelotas eran de alta tecnología.

—Al día siguiente volaremos a Dogilani en un avión pequeño. Pueden volar en cualquier momento del día. —Le dedicó una sonrisa—. Excavaremos en busca de fósiles durante el día. A la mañana siguiente, nos acercaremos al Mau. Viaje, parada, observación. Lo mismo al otro día. Y fin.

—¿Eso es todo? —preguntó Ramsay.

—¿No es maravilloso? —comentó Cyril—. En cuatro días, Harry, sabrás más paleoantropología que del mundo de los negocios.

—Espera un momento. —Ends manoseó el cinturón de seguridad, nervioso, para asegurarse de que estaba bien abrochado. Cyril aún no lo había hecho, pese a que el avión estaba ascendiendo—. Creí haber dejado claro que quería ver una de esas cosas.

—Con suerte, veremos huellas de pisadas dejadas por esas cosas.

Cyril se levantó a propósito. Una azafata que había entrado frunció el entrecejo, pero Cyril no le hizo caso.

Ends jugueteó con el cinturón y echó un vistazo a la señal de prohibido fumar.

—Aún te queda un día, Cyril. ¿No puedes enviar a algunos exploradores en busca de alguno?

—¿Te refieres a sacarlos de la maleza, como si fueran codornices de Yorkshire?

A Cyril le encantó la expresión de Harry. Parecía un hombre atrapado. ¿Qué iba a hacer ahora, ordenar que el avión regresara a Heathrow? Cyril observó que la azafata ya no fruncía el entrecejo, sino que estaba escuchando.

—Son humanos, Harry, tan humanos como tú y yo, sólo que carecen de ciudades, coches, tarjetas de crédito o la masa cerebral extra que da como resultado coches y tarjetas de crédito. —La mujer escuchaba con creciente curiosidad—. Ése es el valor exacto de este descubrimiento, su humanidad. Tengo la suerte de que alguien como tú no espere de inmediato cuantificarlo en puntos del mercado de valores...

Ends hizo un ademán de irritación.

—Claro, claro. Sé que son como nosotros. Estuve pensando todo el día de ayer en encontrar nuestro paradigma común, nuestra teoría de campo unificada, por así decirlo...

Estás inventando palabras, muchacho, pensó Cyril. Desvió la vista hacia la azafata. ¿Se daría cuenta de que Cyril poseía una gran mente y de que Harry sólo era un loro? En cualquier caso, se humedeció los labios, le miró a los ojos, y luego apartó la vista. No era de bandera, pero bastaría para las siguientes doce horas.

—No nos perdamos en palabras. Si actuamos con eficacia, te prometo, Harry, que pronto veremos a esa raza salir de la selva. Será, Harry, como presenciar la aparición del hombre, de la selva a la sabana... Tal vez se podría pensar en invitar a nuestros patrocinadores al espectáculo, o a nuestros accionistas.

Rams se entusiasmó.

—Joder, Cyril, qué buena idea.

—Lo sé. Ahora he de llamar a Nairobi para ver cómo va todo.

Cyril se volvió y ladeó la cabeza en dirección a Ramsay, para indicarle que le siguiera.

Esperó varios segundos tras unas cortinas, hasta que Ramsay salió del salón. Cyril le cogió por el codo y susurró:

—¿Qué opinas?

—¿La aparición del hombre? Menudo espectáculo. ¿De veras podrás hacerlo para los accionistas?

—Puedo hacerlo para los accionistas. Dame seis meses allí, y podré hacerlo para quien sea.

En aquel instante, mientras ascendían desde los seis a los nueve mil metros de altitud, se sentía como embriagado y convencido de que todo estaba a su alcance. Hasta la antropología de campo. Hasta el trabajo duro.

—Incluso para otros inversores, aparte de Harry. Quien, por cierto, aún no nos ha dado ningún papel, ni siquiera un borrador del acuerdo.

—Relájate, por los clavos de Cristo. Harry es legal. Cyril, ¿qué te da tanta marcha?

—La ciencia —contestó Cyril.

Dejó una sonrisa flotando a su espalda cuando se alejó hacia los teléfonos del avión privado, situados junto a la cocina.

La azafata le preguntó si deseaba beber algo. Cyril pidió un Courvoisier, encerró la mano de la azafata en la suya cuando cogió la copa balón, acercó la nariz, olió y estornudó. La azafata rió con disimulo y le pasó una servilleta. Cyril se secó la nariz, le guiñó un ojo y continuó hasta los teléfonos.

—¿Cómo está mi hombre en Nairobi? —preguntó jovialmente Cyril.

Con voz distorsionada por ecos, Kalangi respondió que estaba ocupado, y Cyril preguntó por qué utilizaba el altavoz del teléfono. Kalangi explicó que el eco era producido por la conexión con el satélite. Todo procedía según el plan. Estaban construyendo el campamento de Anderson al pie de la escarpa, y el grupo de Modibo estaba ascendiendo las pendientes inferiores. De todos modos, era imposible que pudieran capturar a uno de los seres en un lapso de tiempo tan breve.

—Han de hacerlo. Me da igual cómo lo hagan. ¿Tienes vigilados a Ngili y Yinka Ngiamena?

—Sí. La chica sacó ayer todo el dinero de su cuenta corriente, no sé por qué. Ngili, según un criado al que hemos sobornado, se peleó con su padre y se va de casa.

—¿Cuál fue el motivo de la discusión?

—Ngili quiere volar allí y buscar a Lauder, pero su padre intenta detenerle.

—Qué lata. ¿Qué se sabe sobre el supuesto golpe de Estado?

—Has hablado tanto sobre eso que hice indagaciones entre militares amigos míos. Se rieron en mi cara. No hay golpe, Cyril, no pasa nada. ¿Dónde estás?

—A nueve mil metros de altitud, encima de Francia. Hasta luego.

—Hasta luego —repitió Kalangi.

Anderson pidió a la azafata que informara a los otros dos pasajeros de que necesitaba trabajar un rato con tranquilidad. Después, se sentó al lado de una ventana en la sección de popa, y abrió el cuaderno de Haksar casi con la avidez de un niño.

En su oficina de Nairobi, Kalangi desconectó el altavoz del teléfono y miró a los cuatro militares sentados al otro lado de su enorme escritorio, vacío a excepción de media docena de teléfonos.

El rango de los hombres abarcaba desde un capitán a un

general. Bebían tazas de kahawa. El general, que también era el de mayor edad, tenía las mejillas tatuadas. Tres franjas verticales esculpían su piel bajo cada ojo, de modo que daba la impresión de mirar entre lianas colgantes. Bebía su kahawa con una caña de madera m'koma aromática, que sujetaba entre los dientes.

—Bien, ¿cuándo pensáis empezar? —preguntó Kalangi, hablando ahora sin su fingido acento kikuyu.

Todos miraron al general. Terminó de beber.

—Durante la visita de tu amigo, en algún momento.

—Nunca ha sido mi amigo. Debo saberlo, si he de cumplir con mi obligación.

—Será entre el lunes y el jueves. —El general bebió de nuevo y rió—. Lunes o jueves, pero sin excluir el martes o el miércoles.

Kalangi se encogió de hombros, harto de los juegos verbales del general, pero sus subordinados menearon la cabeza y chasquearon la lengua. El general era muy listo, y su respuesta muy sutil.

—¿Dónde vas a estar, Arnold? —preguntó un teniente general—. ¿En la sabana, con Anderson?

Era menudo, tenso, con la raya del pelo tan recta como trazada por un rayo láser. Kalangi sabía que era el cerebro de la operación.

—Es probable, pero dejaré los asuntos de aquí en buenas manos. Cyril viene con un tipo muy influyente...

—Estupendo —dijo el teniente general—. Nos verá en acción y comprenderá lo decididos que estamos.

Frías y tirantes carcajadas resonaron en el despacho.

Una luz se encendió en el teléfono de Kalangi. Descolgó.

—Jefe Kalagi. Bien. No los pierdan de vista —ordenó al que llamaba, y colgó—. Ngili y Yinka Ngiamena están en el aeropuerto Wilson, intentando alquilar un avión privado. —Jakub ha adivinado que está en nuestra lista —dijo el general—. Esa pelea con su hijo es una tapadera. Ha enviado a los chicos a alquilar un avión, para que toda la familia pueda cruzar la frontera.

—No van a encontrar ningún avión. Ya he pasado la voz

entre los pilotos privados —les tranquilizó Kalangi—. El que se lo alquile recibirá un regalo nuestro en forma de misil. ¿Algo más?

—Trae una de esas cosas vivas a Nairobi, para que podamos decidir cuál es su valor —dijo el general después de quitarse la caña de m'koma de la boca y levantarse—. Hemos de recomponer la cartera ministerial de este país, ya sabes.

Sus subordinados volvieron a reír, y Kalangi les imitó.

—Gracias por prestarme el dinero, Yinka, pero al parecer tu destino no es separarte de él —dijo Ngili, mientras se dejaba caer con aire cansado en el asiento del pasajero del gran Mercedes—. No encontré ningún avión que se alquilara, excepto un trasto antediluviano. Lo rechacé.

—¿Qué vamos a hacer?

—Seguir buscando un avión decente. A Ken no le servirá de nada si conseguimos uno que se haga pedazos en el aire.

Nada le servirá de ayuda si esperamos mucho más, pensó Yinka mientras miraba la pista. Temblaba por obra del calor como un gigantesco espejismo.

—¿Has hablado con tu amigo Mtapani? —preguntó.

Encendió el motor y se alejó del aeropuerto. Mtapani, un operador de safaris aéreos, era un compañero de la escuela secundaria, y masai por añadidura.

—Fui a verle y le pregunté el precio, y me dijo que lo haría gratis, siempre que colaborara con esto. —Ngili sacó una hoja impresa por ordenador—. Escucha esto. —Leyó en voz alta con una mezcla de ironía y preocupación—. Esto es un juramento a Engai, y quienquiera que lo traicione será fulminado por los rayos de Engai. —Yinka frunció el entrecejo ante aquel portentoso inicio. En la mitología masai, Engai significaba el cielo y también la deidad suprema. Ngili siguió leyendo—. «En el principio, Engai dio al pueblo masai todo cuanto existe en forma de ganado, y prometió a los masais que velaría por su destino. A cambio, pidió un juramento de obediencia y un sacrificio de sangre. La sangre se seca, pero nunca pierde su color. Los guerreros leales padecen las angustias de la captura

479

y la muerte, pero nunca traicionan a Engai. Hoy, los guerreros de Engai se van a levantar para luchar de nuevo por su libertad. Quienquiera que sirva a los mzungus, o los servidores negros de los mzungus, será fulminado por los rayos de Engai. Es mil veces peor ser un sirviente negro de los mzungu que un mzungu. Ésta es la promesa que renovamos hoy, la de que los sirvientes de los mzungus morirán, tanto si son ajenos a nosotros, como si llevan nuestra propia sangre... Si rompemos el juramento de alguna manera, que los rayos de Engai se vuelvan contra nosotros.» –Ngili dobló el papel–. No es muy diferente del juramento de los Mau Mau, ¿eh?

Yinka se encogió de hombros, pero Ngili advirtió que estaba afectada.

–Mtapani me pidió la opinión sobre sacrificar un becerro en la ceremonia de iniciación de nuevos miembros –continuó Ngili con tono jovial–, y pedirles que lleven brazaletes hechos de su piel. Me insistió mucho en que firmara esto, y me dijo que necesitaban un apellido como el mío para atraer más adeptos. ¿Cuántos tipos crees que han firmado ya esto?

Yinka se encogió de hombros, con las piernas estiradas para pisar los pedales, el kikoi tirante sobre su estómago liso. Había perdido peso.

–Unos sesenta –informó Ngili–. Mtapani dijo que muchos son antiguos compañeros de nuestra escuela.

–Sesenta personas no cuentan en la política actual. Sobre todo si son de una tribu tan pequeña como la nuestra. ¿Quién es su líder?

–Alguien a quien no conocemos, espero. Mtapani no quiso decírmelo, a menos que firmara, pero insinuó que era alguien muy importante.

–Supongo que no firmaste.

–¿Bromeas? ¿Crees que los «sirvientes de los mzungus» van contra las criadas negras de las familias blancas? Van contra el gobierno, contra cualquiera relacionado con el Fondo Monetario Internacional, la OPEP, el Banco Mundial... –Hizo una pausa. Cuando continuó, Yinka percibió alarma en su voz–. Ese juramento es una licencia para matar a todo quisque, pero Mtapani no es un kikuyu o kalenjin empobrecido,

Yinka. Se lo dije. Le pregunté: «¿Hemos vuelto al cincuenta y tres?». Él contestó: «Los masais fuimos unos cobardes en ese año. Habíamos firmado acuerdos preferenciales con los ingleses. La mayoría nos mantuvimos al margen de la guerra lanzada por el Mau Mau. Hemos de redimirnos, demostrar que somos africanos». Le dije que no podíamos convertirnos en una sociedad secreta contra todos los africanos, y él contestó: «¿Crees que otras tribus no tienen sociedades secretas contra nosotros? He despedido a todos mis mecánicos kikuyu». Entonces le pregunté: «¿Has despedido al comerciante inglés mzungu que te consigue las piezas de los aviones?».

–Los mzungus –comentó Yinka, irritada–. Después de veintitrés años de independencia, aún seguimos obsesionados con los mzungus.

Como habían crecido libres y ricos, Ngili y ella habían utilizado muy pocas veces esa palabra. Ahora lo hacían, y les pesaba como un legado amargo. En esencia, la palabra significaba europeo u hombre blanco, pero su gama emocional era asombrosa. El rey waganda Mtesa había saludado con ella al explorador John Hanning Speke, para expresar que el descubridor de las fuentes del Nilo era un extranjero prodigioso, casi un enviado del destino. Sin embargo, para los negros que cargaban con las literas de los colonos blancos, y eran azotados por no correr bastante, la palabra *mzungu* poseía un significado muy diferente. También poseía otro significado para la temerosa madre negra que llevaba a su hijo enfermo a un médico europeo, que a veces era útil, pero a menudo negligente y cínico. Algunos mzungus (un misionero que construía una escuela en la selva, un piloto que recogía a un nativo herido y lo transportaba a un hospital) merecían deferencia y gratitud, pero la palabra no había perdido su base inicial de temor, una carga oculta de dolor y odio. Para Yinka, la palabra indicaba la condición más vulnerable de un africano: la de un nativo asustado, asaltado en su propia tierra por una raza que, para colmo, contaba con más recursos.

La riqueza también había protegido a Yinka y Ngili de los celos tribales aún persistentes. Setenta tribus de Kenia y más de doscientas de África Oriental habían dado el salto a la independencia desde la cadena más pesada del sistema colonial, sus prejuicios ramificados. Los elitistas masais, que eran guerreros y criadores de ganado, siempre habían despreciado a la tribu mayoritaria, los kikuyu, que eran pobres y carecían de ganado. Los kikuyu decían que los masais eran unos salvajes, pero los dos coincidían en odiar a los perezosos kalenjins. La mayoría de las tribus pensaban que los pigmeos eran feos, y que los bahayas se habían apareado con monos, porque la mayor parte de las prostitutas de África Oriental eran bahayas. Las guerras de independencia habían complicado aún más la situación, porque una vez terminadas, muchos grupos habían sido evaluados de nuevo, en función de su contribución a la victoria. Jakub Ngiamena, como distinguido luchador por la independencia, había alzado a su familia por encima de los rencores y suspicacias persistentes. Y las cosas habían ido bien, mientras el país había tenido suficiente dinero.

—¿Cuánto tiempo ha pasado desde que Ken se fue?

Yinka dirigió el coche hacia la autovía.

—Seis semanas —dijo Ngili tras un instante de vacilación—. Quiero decir, cuatro semanas... ¿Qué me está pasando?

La semana masai tenía cinco días, como los dedos de una mano. Ngili había calculado semanas de cinco días.

—Una equivocación muy prometedora —sonrió Yinka—. Tu amigo, Mtapani se sentiría orgulloso de ti.

—Qué puta eres. Creo que vas mejorando.

—Un mes es lo máximo que alguien puede sobrevivir solo en la sabana, ¿verdad?

—Sí. Según algunos expertos.

—Bien. Si ese mzungu ha de morir, tal vez esté sucediendo en este momento.

—Basta.

—Hablo en serio, hermano. Podríamos decir a Mtapani que hemos matado a nuestro propio mzungu. Dejándole ir allí solo, y no volviendo a tiempo. Podríamos ingresar en su sociedad secreta como miembros honorarios.

—Cierra el pico. Cometí un error cuando la familia y el país me parecieron lo más importante. Lo siento, así que cierra el pico.

–Yo también lo siento. –Yinka conducía con un fuerte viento en contra que levantaba nubes de polvo–. Porque, a pesar de mis fanfarronadas, fui una gran cobarde. Tú y Ken estabais a punto de pelear, tú y Um'tu estabais a punto de pelear, y yo me escabullí. No quería veros pelear. Sugerí aquel trato con Ken, y no se lo pensó dos veces. Sabía que lo haría, y sabía que tú también.

Ngili asintió, con el perfil silueteado contra las chabolas que estrangulaban la ciudad. Su postura parecía vacía, injustificada.

–Encontraré un avión –susurró.

–No es posible que aguante mucho más, ¿verdad? ¿Cómo podría encontrar agua y comida suficiente? ¿Cómo podría defenderse?

–Es una de las cosas que pensaba descubrir.

–Y es probable que lo hiciera, pero no volvió para contárnoslo.

–Basta, te estás haciendo daño. –Ngili acarició su hombro–. ¿Es posible que te gustara tanto y no lo supieras?

Ella rió.

–Sí, hermano, es posible. Yo, la intuitiva, la archifémina. Siempre enterada de todo, y me burlaba de Ken por lo contrario. Menuda broma me gastó Engai, ¿verdad?

Salió de la ajetreada autovía y se adentró en las transitadas calles del centro, porque Ngili quería parar en una tienda de safari para comprar pertrechos. Mientras esperaba a Ngili, Yinka dejó que Ken invadiera su mente. Ahora le parecía estupendo pensar en él. Antes siempre había sido difícil. Ahora, todas las barreras, verbalizadas o no, habían caído. Al desaparecer, Ken le había concedido la libertad total de recordarle.

Si el dicho africano era cierto («Después de que el semen de un hombre toque a una mujer, ésta nunca puede deshacerse de él, ya que se convierte en su segunda sombra»), pensaba más en él después de su desaparición que antes. Había fantaseado sobre el breve tiempo que habían pasado juntos, y se juró en un rincón de su mente que, si él regresaba, se autorrecompensaría llevándolo a la cama de nuevo, para llevar a la práctica esas fantasías. Aunque no sucediera nada más, y él no se enamorara de ella, Yinka se merecía eso, y sería suficiente. La parte más sexy de una mujer era su mente, pensó, y no lo que tiene entre las piernas, como tantos piensan.

Sonrió al reconocer a esa otra Yinka, la que escandalizaba y desafiaba. Volvería a ser ésa. Estaría triste una temporada, pero luego todo se arreglaría.

Quiero a mi hermano, pensó cuando éste abrió la puerta del coche, con los brazos llenos de paquetes. Se sentó en el coche con aspecto muy pensativo.

—¿Podrás ayudarme a convencer a Um'tu de que abandone Nairobi? —preguntó—. Cuando este conflicto estalle, temo que sea en forma de baño de sangre tribal, estúpido y criminal, como en todas partes, y todo el mundo intentará aprovecharlo para saldar cuentas con sus enemigos. Um'tu tiene enemigos. Quiero que salga de Nairobi, y tú y mamá también. Quiero que todos os vayáis del país hasta que la situación se calme.

—¿Dónde estarás tú?

—En la sabana —respondió Ngili sin vacilar—. No quiero que nuestro descubrimiento se convierta en un peón de intrigas políticas ajenas.

—Un discurso muy ambicioso, hermano. Te ayudaré.

El gran coche entró en la calle. Karen todavía conservaba el aspecto de barrio opulento. En uno de los patios delanteros, una familia negra estaba cargando maletas en una furgoneta Volkswagen.

—¿Qué coño es esto? —masculló Ngili cuando el Mercedes cruzó el portal.

Un autobús polvoriento, con matrícula rural, estaba aparcado junto a la casa de invitados, donde Ngili y Gwee habían vivido de solteros. Al lado había una docena de palos clavados en la tierra. La casa de los invitados estaba vacía. Gwee se encontraba en luna de miel, y Ngili, después de pelearse con su padre, había pasado las cuatro últimas noches en un local de la YMCA. Cuando Yinka frenó el Mercedes, una nube de humo surgió por la puerta de la casa.

Los dos bajaron del coche, y Yinka empezó a toser a causa

del fuerte olor a tabaco rural. Ngili tocó uno de los palos. Era una lanza de guerrero. Todos los palos eran lanzas, y algunas, a juzgar por lo oxidado de sus hojas, muy antiguas. Habían sido clavadas salvajemente en la bien cuidada hierba.

—¿Mamá? —llamó Ngili, sorprendido, al ver que Itina salía por la entrada principal.

Itina, con el rostro desencajado, bajó por los peldaños de la casa con una bandeja de bocadillos, seguida de Patrick, que llevaba una bandeja idéntica. Cuando vio a Ngili, Itina dejó su bandeja encima de la de Patrick y corrió hacia su hijo.

—¡Me alegro tanto de que hayas venido! —exclamó. Enlazó con un brazo a Ngili, y con el otro a Yinka—. Se ha presentado un grupo de jefes de Nakuru, y también algunos amigos, para hablar con Um'tu.

Era una mujer menuda, el único miembro de la familia Ngiamena tan menudo. Tenía ojos inteligentes y una filigrana de tatuajes en la frente, y siempre había sido el motor que proporcionaba energía a dos grandes máquinas al mismo tiempo: su marido y la casa.

—¿Qué hace Um'tu en casa, en lugar de estar en su despacho? —preguntó Ngili.

—Ya no volverá al despacho. Ha dimitido.

—¿Qué? ¿Cuándo?

—Esta mañana. El presidente le telefoneó y hablaron durante media hora. Después, Um'tu fue a su estudio y escribió una carta de dimisión. Le obligaron a dimitir. —Ngili percibió el miedo de su madre—. Los hombres que han venido intentan convencerle de sumarse a una especie de levantamiento, para instaurar un gobierno separatista. No dejes que acceda, Ngili. Si dice que sí, se sabrá enseguida, le tacharán de traidor y le matarán.

—Pero, mamá... —Ngili se soltó con suavidad—. Um'tu ni siquiera es miembro de un partido de la oposición... ¿De qué clase de gobierno separatista están hablando?

—Algo tribal. Ven conmigo, ya lo verás.

La mujer cogió su bandeja. Patrick, que la seguía con la otra, pareció alegrarse de que hubieran llegado refuerzos.

—*Karibu chakula!* ¡A comer! —gritó Itina en swahili cuando

entró en la casa de invitados. Muy pocas veces utilizaba el swahili en casa.

Ngili vio el interior familiar, aún lleno de sus libros y muestras de rocas. Los visitantes, todos hombres, de edad madura o más viejos, estaban sentados en el suelo. Pipas y cigarrillos habían convertido la sala en una cámara de humo. Jakub se adivinaba entre el humo, de pie ante la multitud sentada, con la frente perlada de sudor.

Los invitados vestían ropas rurales: pantalones de algodón, camisas y sandalias de piel, y algunos llevaban calcetines de lana. Unos pocos utilizaban trajes, gastados y pasados de moda. Sobre la ropa exhibían collares de latón, cuentas de vidrio y símbolos de rango y autoridad tribales: las mazas *okiuka*, los látigos y matamoscas que indicaban las categorías de *olaiguenanis, olobolosis, olotunos* y *laibons*. Aquellos hombres, como consejeros, supervisores, líderes de ancianos, seleccionadores de los toros con que luchaban los muchachos antes de ser cinrcuncidados, y guardianes de las armas de los guerreros en tiempos de paz, habían ejercido la autoridad casi toda su vida. Ngili comprendió al instante por qué sudaba su padre. Pese a su cómica apariencia (algunos llevaban gafas, uno se quitó de la boca un chicle antes de probar los bocadillos de Itina), simbolizaban una antiquísima tradición.

—¡Dejad de hablar y comed! —chilló su madre.

Ngili se preguntó si habría preparado la comida sin consultar, como una forma de interrumpir una discusión demasiado incómoda para su padre.

—Honorables jefes, aquí están mi hijo y mi hija —anunció Jakub.

Varios hombres saludaron con rígidos cabeceos a Ngili (pero no a Yinka), y luego se lanzaron sobre los bocadillos de Itina. Yinka cruzó los brazos y se plantó en medio de la sala. Un jefe que comía en el suelo parecía dispuesto a escupirle en los muslos. Jakub miró a Ngili. Éste, que esperaba una mirada asesina de aquellos ojos majestuosos, se quedó sorprendido al leer en ellos una muda súplica, como si dijeran «me alegro de que hayas venido, hijo, porque necesito tu ayuda». Maldita sea, pensó Ngili en respuesta a aquella mirada, qué cordial y abierto estás, Um'tu. ¿Tal vez porque has perdido el poder de tu oficina? No obstante, se adelantó para ponerse junto a su padre, no sin antes golpear algunas rodillas de laibons.

Resistió la embestida de los ojos tribales que le escudriñaban a través de la niebla creada por el tabaco.

—¡Has estado en el gobierno durante años, Jakub, pero nosotros no! —gritó uno de los jefes al tiempo que comía—. ¿Por eso no quieres que formemos un gobierno propio, porque has abandonado el gobierno?

—No lo he abandonado. Me obligaron a abandonarlo —corrigió Jakub.

Ngili reconoció al jefe que había chillado. Era Desmond Ndbala, el miembro más anciano de un grupo de clanes masais que tenían permiso para que su ganado apacentara en la reserva de Magadi.

—Queremos un gobierno propio, ¿verdad, laibons? —Ndbala temblaba, debido a una ira contenida durante mucho tiempo—. Una república, una bandera, una nación propias.

—¡Sí, sí! —gritaron los laibons. Algunos corearon «¡Poder tribal!» con el puño en alto, y sus brazaletes tintinearon.

—¿Queréis una república para cada una de las tribus del país? —Jakub también temblaba de ira—. ¿Creéis que el presidente y el ejército lo van a permitir? ¡Tú quieres los privilegios, Desmond, el poder! ¿Sabes lo que costaría crear una república semejante? ¡Lanzar a todo el país a una guerra tribal!

—¿Y qué? Te pedimos que seas el comandante en jefe de nuestras fuerzas tribales. ¡Con la posibilidad de convertirte en nuestro primer presidente!

Ndbala se levantó, y Ngili percibió que su padre se ponía tan tenso que temió que sufriera un infarto. Ndbala, cuyas mejillas colgaban fláccidas, se inclinó hacia la cara de Jakub.

—Tu gobierno te ha puesto en el pellejo de una oveja enferma. —Quería decir que el gobierno estaba esperando el momento oportuno de asesinar a Jakub—. Ahora, nuestros guerreros están preparados para atacar la sede del gobierno y la presidencia. Toma el mando, Jakub.

—Como de todas formas te matarán, mejor que mueras

como un mártir –añadió otro jefe. Sólo tenía dos dientes en la mandíbula superior, y eran negros como astillas de obsidiana.

Yinka tuvo que sujetar a su madre, que se abalanzó gritando a Ndbala y los demás jefes que se fueran. Les dijo que eran unos locos y unos asesinos. Jakub extendió su enorme mano, pero no abofeteó a Ndbala, sino que la apoyó sobre su hombro y empujó hacia abajo, hasta que las rodillas del otro hombre se doblaron. Ngili se apresuró a separarlos, pero Ngiamena apartó la mano y Ndbala cayó al suelo.

–Luché contra los ingleses al lado de Mzee Kenyatta –rugió Jakub–. Los que luchamos entonces no éramos kikuyu, merus, embus o masais. Sólo éramos patriotas. Tú estás sugiriendo que disgreguemos nuestro país.

–¡No funciona, el país no funciona! –gritaron los ancianos, con las encías vacías de dientes.

Ndbala se levantó del suelo con grandes esfuerzos. Jakub era un traidor, bramó. Um mzungu negro. Como decían los antepasados de los masais, rinde tu frente, pero no tu ojo. Jakub había rendido la frente y el ojo al gobierno del presidente Noi.

–¡Fuera, fuera! –chilló Itina, escapando de las manos de Yinka.

Pilló desprevenido a Ndbala cuando se estaba levantando y le empujó contra otros dos hombres. Patrick miró a Jakub, por si debía expulsar a los demás invitados, pero Jakub había conseguido domeñar su ira y empezó a suplicar a los visitantes.

–Kiihuri, Djikane, ¿cuánto hace que nos conocemos? ¡Escuchadme!

Pero salieron en tropel, salvando muebles que habían caído y pisoteando los bocadillos. Jakub siguió suplicando con voz ronca. Puede que los fragmentos brillen, pero sólo un cántaro entero sirve para guardar agua. Y hacía falta conocer el poder del brazo antes de cerrar el puño.

Ngili recordó las lanzas clavadas en el exterior y salió a toda prisa. Empezó a arrancarlas de la tierra, y de pronto tuvo una visión que se sobreimpuso al autobús polvoriento y al grupo de hombres encolerizados. Se vio a sí mismo y a Ken en el bazar de Muindi Mbingu Road, antes de llevar los huesos a Randall Phillips. Aquella tarde se habían dicho algo. Ngili siguió arrancando las lanzas del suelo. ¿Qué era? Recogió las lanzas y las tiró dentro del autobús, donde cayeron con un ruido metálico. Los viejos iban subiendo al autobús, muy enfadados. Al pasar, Ndbala propinó un puñetazo a Ngili, un puñetazo de anciano, pero aun así doloroso. Ngili le empujó al interior, cerró la puerta de un golpe y después corrió detrás del vehículo, pese a recibir en plena cara el humo del tubo de escape, para asegurarse de que se marchaban.

Dejó de correr cuando el autobús enfiló la calle. Dio media vuelta y subió por el camino particular, con la aterradora sensación de que todo cuanto le rodeaba parecía nuevo y desconocido: el exuberante jardín, la casa en que había crecido, incluso Patrick, el criado de toda la vida. Itina corrió hacia su hijo y le estrechó entre sus delgados brazos.

—¿Te vas a quedar y obedecerás a tu padre?

Ngili se soltó.

—No voy a ir a esa escuela de diplomáticos. No voy a ir a Nueva York, aunque Um'tu no vuelva a dirigirme la palabra. Lo que tenemos que hacer es salir de Nairobi. Ya.

La mujer se puso de puntillas para besarle en la mejilla.

—Lo sé —susurró—. Entra y díselo.

Vio que Yinka salía de la casa de invitados. Una vez más, experimentó aquella sensación relacionada con él y Ken aquella tarde en el bazar. Ahora, Yinka también estaba relacionada con ella.

Yinka se apartó para dejarle entrar, y luego se acercó a su madre. Aunque los tiempos sean terribles, pensó Ngili, las mujeres siguen excluidas de las conversaciones entre hombres. Se lo diré. Esta vez le diré un par de cosas.

Entró y olvidó lo que quería decir a su padre. Jakub había apartado la alfombra, dejando al descubierto las tablas del piso. Al lado de la pared había una especie de trampilla. Ngili nunca se había fijado en ella, porque apenas miraba el suelo. Solía dejar la casa de invitados antes de que Patrick y los sirvientes entraran a limpiar.

Jakub levantó una tabla que hacía las veces de trampilla y

extrajo una caja de cartón del subsuelo. La abrió y se volvió hacia Ngili. En sus manos sujetaba un arma extraña.

Era un trozo de tubo vulgar, estrecho, oxidado, con el extremo abierto coronado por un clavo sujeto con alambre, para formar una tosca mira. Por imposible que pareciera, el tubo era el cañón de una pistola casera. El guardamonte estaba hecho con una tira doblada de latón, y el gatillo con otro clavo. La culata era de madera, ni pulida ni pintada, sólo alisada por el uso. De la parte inferior de la culata colgaba una estrecha caja de hojalata que parecía una antigua lata de anchoas. Era el cargador de la pistola.

El arma, en conjunto, parecía monstruosa y ridícula, un tosco juguete, pero con la capacidad de matar.

Jakub vio la sorpresa en los ojos de Ngili y bajó el arma.

—¿Una pistola del Mau Mau? —preguntó Ngili.

—Sí. Yo mismo la hice.

Dejó que su hijo cogiera el arma.

—¿La disparaste alguna vez? —preguntó Ngili.

Jakub asintió.

—Y maté con ella.

Ngili guardó silencio. Sostenía la pistola con una mezcla de respeto y repulsión.

—El cañón es un trozo de tubería —explicó Jakub—. El percusor es un fragmento de metralla de la Segunda Guerra Mundial, y un resorte de alambre de púas lo libera. La culata es de madera, madera dura, de thirikwa. El calor no la agrieta y el agua no la hincha. Con esta pistola disparé balas Browning de nueve milímetros, que robamos a los ingleses. Busqué un tubo de ese tamaño y comprobé que cupiera una bala de nueve milímetros. Con otras armas caseras tuvimos que adaptar las balas, pero yo tenía un verdadero don para encontrar tubos que se adaptaran a calibres existentes, y además tenía experiencia. Aprendí esa técnica de pequeño, de un tío que había cazado toda su vida con un rifle casero. Se voló tres dedos de la mano derecha. —Rió mientras alzaba la pistola y apuntaba a una pared.

Apretó el gatillo, que produjo un clic hueco. Jakub vio que Ngili se había encogido, esperando escuchar una detonación, y lanzó una carcajada.

—¿Crees que dejaría cargado esto bajo tu suelo? Ni siquiera quise enseñártelo.

Ngili expulsó el aliento.

—¿Por qué lo escondiste bajo mi suelo?

—Supersticiones. Me salvó la vida, y pensé que si lo ponía ahí, también te protegería a ti.

—¿Quién hizo ese hueco en el suelo?

—Los blancos que fueron propietarios de la casa antes que nosotros. Durante la guerra del Mau Mau, los blancos llenaron sus casas de escondites para armas, pero claro, sus armas no eran caseras. Pensaban que les protegerían si les atacaban sus criados. Sin embargo, los criados adivinaron dónde estaban los escondites y se adueñaron de las pistolas antes que sus amos —Ngiamena vaciló, como si buscara las palabras—. Pensabas que tu padre fue un líder, un estratega en la guerra de la independencia, ¿eh? Primero fui armero. Así fue como aquel inteligente muchacho masai se hizo popular entre los guerrilleros kikuyu. Pasaban por nuestro pueblo y nos veían a mi tío y a mí fabricar armas, y por fin me llevaron a Mzee Kenyatta. Había otros que intentaban fabricar armas, pero no eran tan buenos como yo.

El antiguo orgullo asomó en la voz de Jakub.

—Yo dirigía una auténtica fábrica. Sacábamos cuatro rifles y una pistola a la semana. La mayoría estallaban cuando se disparaban por primera vez. Las probábamos tirando del gatillo con una cuerda, escondidos en una trinchera. Los que sobrevivían, combatían contra los ingleses. Así fue como ganamos la guerra. —Hizo una pausa y se agachó para guardar la pistola en su caja—. Así fue como ganamos la guerra, para que críos como tú y tu hermana fueran a colegios elegantes y jugaran con los blancos de igual a igual.

Ngili ya había escuchado las mismas palabras en otras ocasiones. Se metió los dedos bajo el cinturón e hinchó el pecho, decidido a no dejarse embargar por la culpa, pero cuando miró a Jakub, se dio cuenta de que su padre no intentaba que se sintiera culpable. Jakub hablaba con sinceridad.

—Entré en combate seis meses después de unirme al movimiento. Después fui detenido junto con Mzee. Me convertí en líder en la cárcel, no en el campo de batalla.

Ngili cogió la caja y sacó la pistola. La alzó, apuntó a la pared y apretó el gatillo.

El resorte de alambre de púas respondió. Ngili devolvió la pistola a su sitio.

—Quiero que te vayas de Nairobi, Um'tu. Quiero que la familia se vaya de Nairobi.

—Espera. Alguien ha metido la idea del poder tribal en la cabeza de esos viejos payasos. No me sorprendería que fuera el ejército, porque les proporcionaría una magnífica excusa para entrar en acción. El ejército nos atacaría, nosotros les atacaríamos a ellos, y nos convertiríamos en una Yugoslavia negra...

Ngili le interrumpió.

—¿Por eso te han obligado a dimitir, con la esperanza de que te pillaran en esa conspiración? —Jakub asintió—. ¡Pero tú luchaste contra los ingleses, Um'tu! ¡Luchaste contra ellos, al lado de Mzee!

—Ésa es la cuestión. Luchamos contra el hombre blanco, le echamos a patadas, y después creímos que podíamos mirarle a la cara, y hasta permitirle regresar como invitado. Pero ahora hay una nueva estirpe de líderes africanos. Ellos no conocieron al hombre blanco en el campo de batalla, arma en ristre. Son demasiado jóvenes. Le conocieron en las Naciones Unidas, en el Fondo Monetario Internacional, en el Banco Mundial. Donde se llevan a cabo los negocios. Donde el hombre blanco es tan poderoso que puede comprar gobiernos enteros.

—¿Se vendieron? —preguntó Ngili, aunque ya adivinaba la respuesta.

—Se vendieron, pero a condición de que un día pagarían su deuda. El día ya ha llegado, y nuestros nuevos líderes no quieren cumplir, ni con los bancos extranjeros ni con su propia nación. Todo se reduce a una cuestión de incumplir las condiciones estipuladas. También hay que echar un poco de culpa al hombre blanco. ¿Por qué no?

Ngili guardó silencio, recordando el manifiesto que Mtapani le había dado. Carraspeó.

—¿Quién saldrá ganando, Um'tu?

—El ejército y la policía. La policía, sobre todo. Ese jefe, Kalangi. Si los disturbios estallan, y se cruza en tu camino, dispara primero. Dispara a las tripas o a los cojones —aconsejó Jakub con crueldad, pero era como si no se pudiera objetar nada a su crueldad—, porque aunque no le mates sabrás que no podrá levantarse para matarte. Traicionó a sus camaradas y los entregó a los ingleses, Ngili. No existen pruebas, pero yo lo sé. Está metido en drogas, y probablemente en la caza ilegal...

Ngili recordó haber visto a Kalangi con Cyril Anderson en la tienda de Zhang Chen, y después llegó Modibo a la tienda con un camión lleno de material derivado de la caza furtiva.

Su padre le cogió la mano y la apretó.

—Ngili, ¿qué piensa Yinka en relación a Ken? He de saberlo.

De pronto, Ngili comprendió el significado de su recuerdo. Ngili y Ken, siempre unidos en todo, se habían enfrentado como dos enemigos aquella tarde en el bazar, Ngili era consciente de que a Yinka le gustaba su amigo.

—No tengo ni idea. —Ngili tragó saliva. Jakub frunció el entrecejo. Ngili carraspeó, pero habló con voz ronca a causa de la ira—. ¿Cómo va a pensar algo, si él no está aquí, y tal vez esté muerto?

—¿Le gustaba mucho? —preguntó Jakub.

—Sí... Y ella le gustaba a él, estoy seguro.

Ngili pensó que Ken y él habían sido amigos, pero sólo de una forma superficial. Camaradería machista, con el lujo de presumir de igualdad racial y compartir el romanticismo de las excavaciones. Tal vez Yinka le conocía mejor que él, pero daba igual, porque ya había pasado un mes desde la desaparición de Ken.

—¿Por qué estás tan preocupado por Ken, Um'tu? —preguntó con hostilidad, para rechazar la idea de que Ken había muerto.

—No lo estoy, pero quiero que entiendas por qué no te digo que vayas a la sabana y averigües qué le ha pasado. Sé que quieres ir, por amistad y para no ser menos que Ken, pero no puedes ir —apretó la mano de Ngili, como si esperara que se resistiera—, porque necesito que vayas con Yinka y tu madre a Johannesburgo. Gwee aún está pasando su luna de miel allí. Quiero que salgáis todos del país hasta que los problemas hayan terminado. He dejado el departamento de reservas, pero el rumor aún no se habrá propagado. En menos de veinticuatro horas te conseguiré un avión privado. Has de ayudarme, hijo. Me ayudarás, ¿verdad?

Ngili le miró con sus ojos negros como el carbón. Después, se liberó de la mano de su padre.

—¿Y si no ha muerto, Um'tu?

—Tenía una radio, y no se puso en contacto con nosotros. Fuiste en avión dos veces y no apareció. ¿Cuáles son las posibilidades? —preguntó Jakub, con la misma crueldad carente de crueldad—. Tu familia te necesita, y yo te necesito. Nosotros estamos vivos. Necesito tu ayuda, hijo.

—Quieres que acompañe a las mujeres. ¿Dónde vas a estar?

—Tengo un escondite, aquí en Nairobi.

—¿Dónde?

—Es mejor que no lo sepas. Tengo camaradas, y tenemos armas. Algunos de nosotros decidimos no dejar de luchar por este país. Te lo digo ahora porque no quería que pensaras que debías elegir entre tu amigo y yo.

Ngili desvió la vista hacia una colección de martillos para trabajar con rocas. Su equipo científico parecía irreal. Al lado de los martillos había una copia de la foto que Ken tenía en su apartamento, de Ken y Ngili en una excavación. Eran unos cuantos años más jóvenes, sin afeitar, cubiertos de polvo y dichosos.

Dedicó a su padre una mirada, en la que el anciano descubrió el sacrificio que iba a aceptar. Un sacrificio relacionado con el norteamericano muerto en la sabana, y con un sentido de la identidad que Jakub no pudo comprender.

—Muy bien. Consigue ese avión. Cuando todo haya terminado, me sentiré libre para volver a la sabana, o a donde me dé la gana.

Jakub quiso hablar, pero tuvo miedo de poner en peligro aquella nueva alianza. Se agachó y devolvió el arma a su escondite.

—Ven a mi estudio —dijo con un tono que quiso aparentar ligereza—. Tengo armas de verdad, para ti y para Yinka.

–De acuerdo. Dame un minuto.

Ngili oyó las pisadas fuertes de su padre cuando salía. Se sentó y contempló las muestras de rocas y las fotos de las excavaciones. La idea de que su padre aún estaba dispuesto a presentar batalla le asombró. Rezó, no con el amor de un hijo, sino con la sensación de saber lo que importaba: Dios, deja que el viejo gane.

Luego pensó en su amigo. Su amigo el mzungu. Ngili se dijo varias veces: el mzungu, el mzungu. Los prejuicios habían dejado paso libre a la palabra, porque su amigo había muerto. Aquella alucinación, límpida e insensible, colaboró a que Ngili viera a Ken tendido sin vida sobre el lecho de la selva, rodeado por un clan de protohumanos.

El clamor de la batalla había cesado, pero Ken no volvió a conciliar el sueño.

Con el niño acunado entre sus brazos, escuchó su respiración y percibió el movimiento rítmico de aquel pecho frágil y desnudo. El viejo reloj de Haksar no servía para contar los minutos, pero tenía la impresión de que el muchacho soñaba cada quince minutos, porque su cuerpo se ponía tenso, su respiración se aceleraba y apretaba los dientes.

Al parecer, los sueños tenían un principio, una parte media y un final. Empezaban con rechinar de dientes y rigidez muscular, alcanzaban una parte intermedia en que el muchacho se revolvía y pataleaba, y se sumían poco a poco en una relajación gradual.

Los científicos modernos creían que los protohumanos eran incapaces de abstracciones, pero ¿alguien se atrevía a llamar a un sueño una experiencia no abstracta?

Sabemos tan jodidamente poco, pensó Ken, y encontró en ese pensamiento un motivo de esperanza. Nada podía terminar si el conocimiento no había terminado. Todavía existía alguna posibilidad de que Ken Lauder, barbudo, sucio, exhausto, con uñas como garras, con llagas dolorosas en las encías, incluso una en la punta de la lengua, y con todo lo que sabía sobre el mundo que se precipitaba hacia el caos en su interior, pudiera conducir su odisea hacia un final productivo. Transformar aquel disparate en... ¿qué? ¿Un encuentro entre esas otras razas y él?

¿Cuál podría ser el desenlace de dicho encuentro? Ellos, los antepasados, tenían un destino y un futuro propios, que no podían y no debían ser manipulados para que el sapiens adquiriera mayores conocimientos.

Unas horas antes, cuando había oído los gritos de combate y muerte, había tenido que reprimir el impulso de gritar: «Basta, idiotas. Tenéis un deber hacia nosotros. ¡Podéis enseñarnos cosas que nadie puede!». Pero si hubiera logrado hacer comprender esto a los homínidos, y hubieran sido capaces de vislumbrar a sus hijos futuros en él, habrían contestado con igual pasión: «¡Basta tú! ¡Basta de interferir en nuestra herencia!».

Ken se imaginó a la raza de Dedos Largos enfrascada en un diálogo con el mundo moderno, y apenas pudo contener una carcajada. Dios, cómo pondría en evidencia ese careo a científicos y filósofos, historiadores y moralistas, sacerdotes, rabinos y muecines, y también a los políticos, tanto a los electos como a los fascistas autoentronizados. Ya podía imaginar las escaramuzas entre científicos, para erigirse como intérpretes oficiales de aquella cumbre de la raza humana.

De forma inesperada, la perspectiva de ser uno de esos intérpretes, tal vez el único, aceleró su pulso. ¡Qué gloria y poder embriagadores supondría! Por primera vez, pensó que podía comprender a personas como Cyril Anderson.

«No estoy hecho para esto —se dijo—. En cualquier caso, lo más probable es que no tarde en morir, de agotamiento, de un fallo global del sistema inmunológico, o en mitad de una de estas batallas. Una muerte fría, silenciosa.» Ken había sido testigo de su presencia desde el primer momento que estuvo solo en la sabana. Golpeaba a todo y a todos, y pronto caería sobre él. Le sorprendió que no estuviera más asustado. La muerte sería rápida, instantánea, pero ¿la precedería un milisegundo de lucidez y comprensión, antes de que el cerebro dejara de funcionar? Tal vez sí, tal vez no. Alrededor de la muerte se habían forjado poemas, especulaciones, religiones, pero no informes. Tampoco se escribiría ningún informe sobre él.

Pero aún no había llegado el momento. Muy agradecido, Ken se preguntó si el milagro del muchacho y de las tribus homínidas que había descubierto en aquel lugar salvaje significaba que, quizá, podían ocurrirle otros prodigios impensables. Que tal vez muriera, pero sin desaparecer por completo, y flotara en espíritu sobre el mundo que amaba.

«¿Quién me echaría más de menos? ¿Mi madre? ¿Ngili?»

Ngili apareció en su mente, pletórico de vida, rico en simiente aunque aún no era padre. Sería un padre estupendo. Y echaría de menos a Ken, por un tiempo.

¿Yinka?

Clavó la vista en el lecho de la selva, que había tomado la forma de su cuerpo. Pensó que necesitaba estar con una mujer de nuevo antes de morir. Sintió que dicha necesidad galopaba en su sangre, se agitaba en sus genitales, con tal intensidad que se alegró de la ausencia de Yinka. Recreó su cara después de que hicieron el amor, con la piel brillante como rodeada de un halo, y no sintió el amor como un capricho, sino como un vínculo de agradecimiento con la persona que aceptaría su simiente. «Nunca sabré cómo es eso –pensó–. Ahora lo comprendo, pero nunca sabré cómo es.»

Recordó la nota que ella le había escrito aquella tarde. No dejes que te maten, por favor. Vuelve, y tal vez me enseñarás cómo lo hacían en aquella época. Eh, ¿la recuerdas palabra por palabra? ¡Magnífico, Lauder! Qué pena. Nos lo habríamos pasado tan bien, si hubiera vuelto para contarle lo que he descubierto aquí.

A escasos metros de distancia, Busta se removió y gruñó en su sueño.

Mientras Ken la escuchaba, comprendió exactamente por qué se encontraba entre los gráciles. Había abandonado a su raza robusta y, como una chica hogareña seducida por un apuesto tahúr, había caído bajo el hechizo de uno de aquellos cazadores gráciles. Habían hecho el amor. Había soportado el dolor de su pene, mucho más ancho y largo que los de los machos robustos, y tardaba más en llegar al orgasmo. Al hacer el amor cara a cara, su hueso de la pelvis le había frotado el clítoris de una forma que jamás había experimentado con los machos robustos que la montaban por detrás, generalmente después de perseguirla. Vivió otra sensación embriagadora cuando el grueso pene distendió sus labios. Pero nada era comparable al vínculo en sí. Deformada por el embarazo, se había quedado en las llanuras, y su pareja le había traído la carne de su caza, que sólo había compartido con ella. Mientras Rapado llenaba su estómago, tuvo que hacer el amor con su insaciable compañero casi cada día, demasiado para el apetito de una hembra robusta, pero comer carne casi cada día compensaba el desgaste. El Rapado nonato había crecido en su estómago, y casi la mató cuando nació, pero Busta se había recuperado y descubierto que sus pechos estaban llenos como tubérculos, y la piel casi se agrietaba a causa de la leche almacenada. Durante su recuperación, excepcionalmente larga, aún había recibido las atenciones de su pareja. Seguía trayendo carne, y también la acosaba, para dejar claro que, si no le recibía pronto, llevaría la carne a otro sitio. Un instinto que nunca se había despertado en ella le aconsejó que le recibiera en cuanto el dolor no fuera atroz, y que solicitara su ayuda antes que las demás hembras, que también sostenían vínculos monógamos de dolor y placer. Las hembras gráciles no eran cooperativas, como los monos o las hembras robustas. Competían por las extensiones de terreno aptas para forrajear, y sólo se ayudaban mutuamente cuando aparecía un depredador en las cercanías.

Busta echaba de menos algunas viejas costumbres. La juguetona promiscuidad sexual. El ajetreo de los días de celo y los repetidos apareamientos. Sin embargo, habían faltado algunos alicientes, como el premio que significaba la comida, la espera extraña y aterradora de cada noche a que el macho llegara con la caza del día. Y también la necesidad agotadora, aunque tranquilizadora, de satisfacer a diario los requerimientos del macho.

Se había adaptado a las costumbres de los gráciles, de hecho se consideró una consorte, una esposa, mientras criaron juntos a Rapado, el producto de su óvulo y del esperma del padre grácil. Después había perdido a su esposo y se había unido a la retirada hacia la selva de las viudas gráciles.

Ahora, cuando oía el clamor de la batalla, sabía que no muy lejos, en la oscuridad, se estaba decidiendo el destino de dos razas, la que había abandonado y la que la había acogido.

Había caído dormida con el corazón encogido, y soñado con más confusión y violencia que las demás hembras.

El clan se adentró en la noche, unido en su angustia, preparado para la victoria de una raza sobre otra, o para el aniquilamiento total de ambas. Esas ideas carecían de complicaciones para los homínidos, en tanto Ken, un extraño en su seno, pasaba una noche de insomnio y creía, con el entusiasmo preocupado de un científico, que comprendía.

Se sintió tan agradecido por esa comprensión que estrujó al niño dormido entre sus brazos. Sin las huellas de pisadas de Dedos Largos no habría alcanzado dicha comprensión.

Tuvo miedo de morir, una vez más, porque no sólo le apartaría de su mundo de sapiens, sino también de éste. De Ngili y Yinka, pero sobre todo de aquel diminuto ser que acunaba entre sus brazos.

Abajo, a varios cientos de metros de distancia, el camión de los cazadores furtivos ascendía por la montaña, hasta que las estribaciones inferiores del Mau se alzaron ante él.

Modibo conducía con sus gafas nocturnas puestas. Eran Night Hawks muy caras, y Kalangi las había enviado en el avión de suministros de aquella mañana.

Un montón de fetiches y amuletos tintineaban ante las narices de Modibo, colgados del retrovisor. Había una Virgen María de doce centímetros de largo, un hueso de pene de hiena, un pájaro reseco, una posta de escopeta, así como varios colmillos y dientes, incluido un fragmento de molar de hipopótamo. Atados a un tosco marco de latón, constituían el *imani* o árbol de la fe de la banda de cazadores furtivos. En el campamento, el imani colgaba de un poste, pero cuando los cazadores se mudaban, solían guardarlo con los utensilios de cocina. Esta vez, Modibo había dicho que lo quería colgado en la cabina del camión.

Modibo forzó el motor pendiente arriba hasta que empezó a ahogarse. Entonces lo detuvo y apagó el motor.

—Vamos —ordenó a los otros dos hombres de la cabina, y saltó al suelo.

Los demás bajaron detrás de él, con los brazos cargados de equipo arrojado por el avión: dos radios Johnson y un escáner Bushmaster. El Bushmaster era un poco más grande que un teléfono portátil, pero su antena de veinticinco centímetros era capaz de detectar cualquier cosa en una zona de trece mil kilómetros cuadrados, desde aviones patrulla y vehículos de la reserva, hasta las estaciones de radio de Narok y Magadi, unos municipios de la región.

—En Nairobi —había dicho aquella mañana a Modibo el piloto que había transportado los suministros— sintonizamos este escáner con lo que se dice en el interior de coches de policía y furgonetas acorazadas bancarias.

Modibo había lanzado un silbido, y concluido que aquellos *mangatis* eran más valiosos a cada hora que pasaba.

La brasa roja de un porro brilló en la plataforma del camión, y luego se apagó. Bilal y otro hombre saltaron al suelo y se colgaron los rifles al hombro. Bilal alzó la vista hacia la pendiente boscosa del Mau, que parecía cernirse sobre el camión y los hombres. De pronto, sintió el tacto de unos dedos sobre su garganta y pegó un respingo. Modibo estaba intentando pasar un collar de alambre, del que colgaba un diente de cría de rinoceronte, alrededor del cuello de Bilal. Aquél ya llevaba uno, y con las gafas nocturnas puestas parecía un monstruo cornudo.

—*La*. No —gruñó Bilal.

Modibo agitó los demás fetiches y gruñó que eran buenos para los *imanis*. Bilal sacudió la cabeza y se encaminó hacia un tulipanero de ramas que crecían hacia abajo. El brillo verdoso de las gafas nocturnas de Modibo transformaba las flores rojas del árbol en una siniestra ornamentación fúnebre. Bilal sintió náuseas, debido a la Uganda Blue que había fumado antes con el estómago vacío en el bamboleante camión.

—Aguántate o te dejo aquí —amenazó Modibo.

Bilal compuso una expresión dolorida, se enderezó, se secó la boca con su raída manga y volvió sobre sus pasos, pero cuando llegó al camión, vio que los demás hombres estaban descargando las trampas: dos montones, grandes y pequeños. Habían lavado las trampas por la mañana, y resplandecían a la luz del sol. Bilal murmuró algo acerca de que era un mal imani atrapar más crías de animales. Además, estaba seguro de que la búsqueda de los mangatis era un imani muy malo.

Modibo se descolgó su Enfield.

–¿Sabes quién da las órdenes aquí? Yo. Cazamos lo que yo digo que cacemos. O cierras el pico o te dejo aquí de cebo, ¿entendido?

Quitó el seguro del Enfield.

Bilal contempló la boca redonda del cañón.

–Comprendo –murmuró–. Usted da las órdenes, sargento.

–Estupendo. Bilal, camina delante y apunta esto al suelo, para que pueda leer la pista. –Modibo tendió a Bilal la enorme linterna. Quizás aquel idiota deslumbraría a una serpiente, pensó, y se llevaría un mordisco mortal–. Si mueves esa luz hacia mis gafas nocturnas, te mataré –advirtió Modibo, pues sabía que un rayo de luz dirigido hacia aquellas gafas dejaba ciega a la persona que las llevaba. –¿Preparados, tíos? –Se oyeron unos murmullos de confirmación–. ¡Allá vamos!

Modibo tocó su fetiche y se internó en el bosque. Cuando empezaron la ascensión, todos los hombres se tocaron sus fetiches, excepto Bilal, que no llevaba ninguno.

Cuando Ken despertó, creyó que estaba teniendo una experiencia extracorpórea. Vio que la luz de la mañana teñía la vegetación circundante de un verde brillante.

Oyó un fuerte ¡rrrraaa! procedente de varios pechos. Antes de que Ken pudiera sacudirse el sueño de los ojos, los machos gráciles, con cuerpos similares a toscas estatuas desnudas, surgieron entre los arbustos. Debían de haber estado vigilando al clan, porque cuando saltaron sobre las hembras dormidas, sus penes ya exhibían firmes erecciones.

Por un instante, Ken se maravilló de la apariencia perfecta de sus penes, que apuntaban con decisión. Se preguntó si estaba teniendo un sueño lúbrico, pero notó que Dedos Largos saltaba en sus brazos y se levantaba.

Dos machos ya habían caído sobre Niawo. Cuatro o cinco machos más se apoderaron de varias hembras, que se tiraron de espaldas sobre el suelo del bosque. ¿Para evitar que las lastimaran? ¿Para dar la bienvenida al esperma que anhelaban? Niawo aparentó desaparecer bajo sus agresores, pero entonces se oyó el impacto seco de un rodillazo o una patada, seguido por el grito de dolor de un macho, y Niawo reapareció incólume y se tiró contra el macho, quien se levantó y huyó. Todas las demás hembras estaban rechazando a sus atacantes con rodillas, puños y uñas. Al mismo tiempo, emitían gritos guturales, en tanto Ken, con los ojos desorbitados, se daba cuenta de que su postura no implicaba la menor invitación, sino que imitaba la postura defensiva de las hembras. Si se trataba de una violación primitiva, se ceñía a sus propias reglas de juego. Los machos apretaron los dientes y trataron de rechazar el contraataque, pero no tardaron en levantarse, masajeándose la entrepierna. Las hembras que se habían deshecho de sus machos gritaron para que se marcharan, pero con un brillo de interés en los ojos.

Los jóvenes acudieron al instante en ayuda de sus madres. Ken vio que Rapado cogía a un macho que había atacado a Busta. Como era fuerte, lo levantó del suelo por el pelo. Busta se puso en pie, con hojas pegadas a sus pechos y una sonrisa ambigua. Rapado se volvió hacia ella, y él y varios chicos más aullaron, mientras perseguían a los machos hasta el bosque. Niawo también persiguió a su atacante y consiguió hacerle la zancadilla. Cayó sobre él como un felino sobre su presa, pero el macho era fuerte y se puso encima de ella otra vez. Durante varios segundos Ken vio que el trasero peludo del macho embestía atrás y adelante, pero la líder se zafó de su presa, y el atacante quedó tendido sobre el suelo. La líder esperó en cuclillas a que se levantara, con la cara rasguñada. Entonces le propinó una patada en el pecho y llamó a otras dos hembras, que se amontonaron sobre el macho y le arañaron como leonas, fingiendo no estar preparadas todavía para aparearse.

Los niños corrían en zigzag de un lado a otro, y se lanzaban hacia la primera pareja que veían peleando. Los gritos del clan se confundían con el susurro del follaje, y Ken comprendió que en realidad no se trataba de un asalto, sino de una especie de juego sexual.

«Será mejor que me esconda –pensó–. Con las hembras, es una cosa, pero si los machos me ven, el asunto se pondrá feo.» Se sintió sorprendido al experimentar tanto alivio. Aquellos machos eran gráciles de la misma especie que el clan de Dedos Largos.

De momento, los gráciles habían vencido.

Recordó al macho robusto agonizante. Había otros como él ya muertos. Cerró los ojos, evocó la imagen de aquel prehumano agonizante, y deseó borrarla de su memoria. La raza más fuerte iba ganando. «Decantémonos en su favor –pensó–. Han de ser los más desarrollados y evolucionados. No juzgues, Lauder. Y no te entrometas. No quieras ser Dios.»

Abrió los ojos.

Se estaba sintiendo muy alejado de la raza y decidió esconderse tras un gran arbusto que tenía flores rojas, semejantes a las orquídeas. Parecía una variedad de bauhinia, y vio que era un manjar predilecto de las hormigas, porque habían devorado sus ramas más exteriores. Respiró hondo y se preguntó cuánto tardarían las hormigas en encontrarle y obligarle a huir.

Los machos estaban escapando hacia el borde del claro. Uno de ellos arrastraba una pierna torcida, con la virilidad colgando, aún acosado por las chicas jóvenes de la tribu. Era más de lo que podía soportar. Se armó de valor, se zambulló en el arbusto de bauhinia silvestre y aterrizó en las narices de Ken, que ya no presentaba el aspecto tan extraño de unas semanas antes. Una frondosa barba castaña había poblado la mitad inferior de su cara, ocultando así sus mandíbulas, menos pronunciadas. En su cabello desgreñado se había enredado hojarasca del bosque. Tenía la piel bronceada, sucia, surcada de cicatrices y sembrada de granos. Sus labios agrietados aún eran más rosados y carnosos que los de los homínidos, y sus ojos de un castaño más claro, la nariz más prominente, y la frente más alta y ancha. Y medía más de metro ochenta. Al ver lo grande que era Ken, el grácil lanzó un aullido de sorpresa.

Los brazos delgados y musculosos del hombre mono se flexionaron y extendieron al instante, y sus puños golpearon la cara de Ken a la velocidad del rayo. Todo fue tan rápido que Ken ni siquiera notó el puñetazo. Se desplomó sobre el follaje. El grácil describió un arco en el aire, cruzó el claro y se unió a sus camaradas. Ken oyó los gruñidos agudos de los machos, cuando empezaron a propagar la noticia de que las mujeres tenían un huésped misterioso.

Ken se levantó, y notó el sabor de la sangre en su boca. Se secó la nariz con el antebrazo y esparció los mocos sanguinolentos sobre su piel. Notó con la lengua que uno de sus dientes delanteros se movía en su alvéolo. Aun así, palpitaba de esperanza. «Si sobrevivo —pensó—, les demostraré que no persigo a sus hembras.»

Las radios y el escáner Bushmaster se convirtieron en un quebradero de cabeza para Modibo. Cuando se detuvieron a descansar por primera vez, los hombres conectaron el escáner y empezaron a pulsar las teclas de la frecuencia, para sintonizar sus radios con emisoras de rap.

Modibo se había adelantado para hacerse una idea de dónde estaban y adónde iban. Cuando regresó, todos los hombres, excepto Bilal, estaban golpeando las trampas como si fueran címbalos, y bailaban al son de Snoop Doggy Dogg bajo la tenue luz del amanecer. Modibo se precipitó sobre ellos a voz en grito, dispuesto a destrozar escáner y radios. Les golpeó con la culata del rifle y ordenó que reanudaran la marcha.

Obedecieron. Cuando la luz de la mañana empezó a filtrarse, Modibo dijo a Bilal que apagara la linterna. Apenas iniciada la ascensión, alguien volvió a conectar el escáner, con la esperanza de sintonizar las noticias matutinas. Modibo abofeteó al hombre para sentar ejemplo.

Kalangi le había enviado un plano detallado de la zona. Modibo, valiéndose del plano tanto como de su brújula y su memoria de rastreador, confiaba en reconstruir la senda abierta en 1953 por el comando anti Mau Mau del que había formado parte. Sin embargo, la selva había cambiado muchísimo durante aquellos treinta años. Nueva vegetación había invadido y enriquecido algunas pendientes, en tanto la lixiviación del suelo había dejado otras peladas y resecas. Los árboles habían ocupado algunos riscos y abandonado otros. Modibo recordaba que la antigua pista serpenteaba hasta desembocar en una terraza abierta. Al otro lado de la terraza, un brusco precipicio miraba al este. La terraza sería fundamental para definir las demás coordenadas geográficas, como elevación, distancia y aislamiento de la zona de los mangatis. Descubrió que su memoria era más fiable que las longitudes y latitudes anotadas en el plano. Poseía un sentido innato de las distancias, aunque no tardó en darse cuenta de que las distancias que recordaba ya no parecían coincidir con el terreno donde se encontraba. Caídas de árboles, crecimiento de arbustos, corrimientos de tierra y otros movimientos habían erosionado la pendiente, aumentando o disminuyendo distancias. En algunos puntos, la vegetación era tan espesa que fue preciso dar un rodeo.

Daba la impresión de que se iban adentrando minuto a minuto en un espacio más elevado, amplio y desconocido. Dos horas antes, según los cálculos de Modibo, tendrían que haber pasado una señal dejada por la unidad de 1953. Una imposible de pasar por alto. Era impensable no fijarse en ella. La habían dejado para asustar a los mangatis y disuadirles para siempre de abandonar la selva.

¿Dónde coño estaba?

A su espalda, la joven generación seguía manoseando el teclado del escáner, buscando la música de Snoop Doggy Dogg o LL Cool J.

Bilal, que había seguido durante tres meses un curso de silvicultura en una escuela de artes y oficios regional, antes de robar la paga del profesor y huir a la sabana, se estaba recuperando de los porros y descubría lo maravilloso que era el bosque alpino. No había visto nada igual durante su breve adiestramiento. Especies que conocía se mezclaban con árboles, arbustos y flores que nunca había visto. Era como si aún estuviera alucinando. Para serenar sus pensamientos, se concentró en sus pasos; los pasos de los cazadores furtivos en el bosque, los pasos de viejas botas del ejército calzadas por un pequeño ejército harapiento que depredaba la vida salvaje sin vacilar.

Los árboles y las plantas despertaron recuerdos de su niñez. Pasó sus ocho primeros años en una aldea de las tierras altas, antes de que su familia se trasladara a un suburbio de Nairobi y se desintegrara. Pasó junto a un arbusto de m'deeree, que la gente de la tribu usaba para pergeñar una pócima que curaba las fiebres. Un árbol m'cherenge, descepado y carente de protección, proyectaba un sabor dulzón, lo cual le recordó que su madera se utilizaba para fabricar cazos de leche. Las grandes flores amarillas de un m'talawanda le recordaron los tambores de la aldea, que había aporreado de pequeño. La mayoría de esos nombres iban precedidos por una *m,* como los nombres tribales, lo cual tenía un sentido. Bilal recordaba que, en los cuentos de su infancia, los árboles eran personas.

Algo más recuperado, se volvió hacia el sargento.

—Mire, sargento, es un árbol m'toondoo. Bueno para barcas, tambores, abrevaderos... Con las hojas se pueden hacer cuerdas. —Modibo alzó la vista y vio un árbol majestuoso, de amplio follaje—. Todo un regimiento podría acampar debajo de él, ¿verdad?

—Cierra el pico —masculló Modibo.

Bilal miró a los demás cazadores. El sudor había practicado brillantes senderos en sus frentes, mejillas y cuellos. Aún se sentía raro debido a los efectos del porro, y tuvo ganas de impartir a aquellos hombres una sensación de... ¿qué? ¿Belleza? Sí, una especie de belleza que casi había olvidado. Bilal se acercó más a Modibo, con ojos tan relucientes que el sargento se desvió para mantener la distancia.

—Muy bien, sargento. Eso —Bilal señaló otro árbol— es un m'oosimbatee. La fruta es buena para la tos.

Miró a los demás hombres con afecto. Le devolvieron la mirada sin comprender. Preguntó al sargento cómo iban a localizar a aquellos mangatis. Modibo no lo sabía, pero mintió. No se encontraban lejos de los bordes exteriores del territorio mangati. Construirían una cabaña de hojas, como cuando tendían emboscadas a rinocerontes, se sentarían dentro y esperarían a que los mangatis se acercaran.

–Después de matarlos, ¿les arrancaremos los dientes y los pondremos en el árbol imani para que nos den suerte? –preguntó Bilal mientras contemplaba el diente de la cría de rinoceronte que colgaba sobre el pecho de Modibo.

–No los mataremos, los llevaremos vivos. Son valiosos –replicó Modibo.

Bilal sentía los ojos del rinoceronte, que escudriñaban desde más allá de la muerte su alma, envuelta en los vapores del porro. No podía soportar la idea de cazar otro animal, pero no sabía cómo decirlo a los demás cazadores, ni a Modibo.

–¿Qué pasará si los mangatis nos hacen frente, sargento?

–No te preocupes por eso, preocúpate de construir una buena cabaña de hojas –contestó Modibo–. Recuerda, quinientos dólares por cabeza si hacemos un buen trabajo. –Alzó la voz hacia los demás hombres–. Quinientos por cabeza. Un montón de dinero.

–No quiero ir –dijo Bilal. Se sentó en el suelo y empezó a quitarse las botas.

–¿Insubordinación? –se burló Modibo. Levantó el brazo izquierdo y dio un golpecito sobre su reloj y la brújula, los únicos medios de orientación, que llevaba ceñidos a la muñeca, uno al lado del otro–. Iré solo –advirtió–. Os dejaré aquí, e iré solo.

La alarma cundió entre los cazadores furtivos. Uno de ellos pateó a Bilal en las costillas.

–Levántate y deja de causar problemas.

Bilal se puso en pie.

–Los mangatis son personas –murmuró–, no monos. He visto sus dientes en la tienda de Zhang Chen, parecen dientes de personas. Por capturar personas, deberían pagarnos más.

Modibo se acercó, con un ojo puesto en la senda y otro en la brújula. Se detuvo.

–Sujétame esto –dijo a Bilal.

El joven cogió el escáner. Modibo se descolgó el Enfield, lo apoyó en el pecho de Bilal y apretó el gatillo. El cuerpo ahogó la explosión. La bala abrió un hueco en la espalda de Bilal.

Bilal cayó al suelo. Modibo se apoderó del escáner y lo encajó bajo un brazo. Después, sin soltar el rifle humeante, saltó sobre un macizo de lirios trepadores rojo sangre.

—¿Sargento? —graznó un cazador.

No hubo respuesta. Otro murmuró que el sargento se había largado con su dinero. Los tres cazadores cogieron sus rifles y corrieron a través del arbusto. Vieron que Modibo se alejaba a toda prisa y luego se paraba en seco. Corrieron hacia él y se quedaron petrificados ante un extraño monumento.

En mitad de un claro, un árbol había sido partido por un rayo. Sostenía una grotesca escultura de esqueletos humanos sujetos con cordel marronoso. Los cazadores vieron una imitación morbosa de Modibo. Estaba atando a un mangati indefenso, con su chaqueta de camuflaje devorada por las hormigas y el casco. Había más esqueletos de homínidos esparcidos alrededor del tronco, como guerreros vencidos. Habían envuelto sus cadáveres con musgo «barba de anciano», para que parecieran peludos como monos.

—¿Quién hizo esto? —se atrevió a preguntar un cazador.

—Yo —replicó Modibo con voz ronca—. Para asustar a los mangatis, para impedir que salieran de la selva. Bien, el que tenga miedo puede marcharse. El que se quede, ha de obedecer mis órdenes. Cogeremos a los mangatis, los llevaremos vivos a Nairobi y los venderemos. Los venderemos sin contar con el jefe, directamente a los compradores. —Hizo una pausa—. ¿De acuerdo, tíos?

Aguardó. Estaban demasiado asustados para contestar.

—De acuerdo —contestó por ellos. Dio una patada a un esqueleto, como para afirmar su poder en el claro—. ¿Preparados, tíos? —Alguien emitió un gemido de aprobación—. Vamos allá.

Avanzaron, pisando los huesos de homínidos.

Modibo había sugerido un trato idéntico a las operaciones de tráfico de esclavos de antaño. Los jefes wagandas del interior también habían pasado por encima de los jefes swahilis de la costa y los príncipes árabes de Zanzíbar, y vendido los esclavos directamente a los gobernantes musulmanes de Omán, a los nababs de la India, y después a los europeos. Desde los tiempos de los faraones, África Oriental había sido saqueada, por extranjeros y por su propio pueblo. Había sido saqueada de esclavos, de animales, y ahora de sus antepasados.

Una vez la escaramuza hubo terminado, las hembras parlotearon y ulularon, demostrando su excitación.

Niawo, que tenía un morado debajo de un pecho, hojas enredadas en el pelo y pegadas a los muslos, se pavoneaba con aspecto de gata.

Los niños se perseguían con un exceso de energía que, supuso Ken, era el resultado de los sentimientos ambiguos que habían experimentado al ver a sus madres enzarzadas en aquel tosco juego de apareamiento. Rapado parecía enfadado con Busta. Ella extendió la mano para tocarle la mejilla, pero el chico la rechazó, cogió un puñado de hojas y tierra y se los lanzó. Salió corriendo con Sonrisas y Dedos Largos.

Ninguna de las hembras tenía ganas de forrajear aquella mañana. El instinto materno había sido sustituido por la urgencia de tener más hijos en un futuro cercano.

Ken vio que las hembras empezaban a alejarse de dos en dos, y por algún motivo preferían abrirse camino entre la espesa maleza, en lugar de elegir una senda despejada. Cuando las perdió de vista, Ken las oyó lanzar gritos agudos y carcajadas. Habían topado con los machos de nuevo, y volvían a toda prisa, sin dejar de mirar hacia atrás. Los niños dieron por sentado que tenían permiso para investigar. Corrieron hacia la espesura, volvieron enseguida y se zambulleron en la espesura otra vez. Las mujeres se dejaron caer sobre la hierba, y alguna hizo ademán de forrajear, pero estaban demasiado excitadas para dedicarse a algo que requiriera paciencia. Alguna se puso en pie y paseó de un lado a otro, esta vez con una especie de contoneo.

Los chicos están cerca, concluyó Ken. Están observando.

No sabía dónde se encontraban exactamente. Se encaminó hacia la espesura. Niawo se apresuró a seguirle. Le sorprendió la preocupación que delataban sus ojos. ¿Estoy en peligro?, se preguntó. ¿Me lapidarán hasta matarme delante de ella?

Se le erizó el vello de la nuca. Tres machos salieron de la

espesura. Se aproximaron a buen paso, con sus perfiles inclinados y los brazos colgando sin armas. Ken vio que no llevaban palos ni piedras.

Los tres apenas llegaban al pecho de Ken. Se sintió ridículo por ser tan alto y tener una cabeza tan grande. Los ojos de los homínidos estaban clavados en su bajo vientre, como radares que exploraran las gónadas de otro macho. Las suyas estaban en reposo. Experimentó la angustia de ser visto desnudo por machos interesados en su mecanismo sexual. Estaba asustado, pero tuvo ganas de que Niawo se fuera. ¿Qué diablos estaba haciendo allí?

Nada, al parecer. Vio cómo los machos se acercaban, y luego cruzó sus musculosos brazos debajo de sus pechos. Se mordisqueó el labio inferior, en una postura casi desafiante. Ken la miró, y ella sostuvo su mirada. Los machos gráciles estaban tan cerca que percibió el olor de sus cuerpos sudorosos. Uno se acercó tanto que su frente se detuvo debajo de la barbilla de Ken. Entonces extendió el brazo...

Y tocó el brazo de Ken. Los dedos ágiles y musculosos del hombre mono, simiescos pero mucho menos peludos, palparon el bíceps de Ken. Éste lo flexionó un poco. El australopiteco exhaló su aliento tibio sobre el cuello de Ken, en tanto sus dedos palpaban su hombro y sus músculos pectorales, y luego retrocedían.

«Sí, estoy hecho de carne y huesos como tú —pensó Ken—, y ansío una hembra tanto como tú, pero no he venido para reclamar vuestro territorio ni vuestras hembras.»

Nunca podrían comprenderlo, por supuesto.

El vello de Ken seguía erizado, pero aguantó su inspección. Escasos centímetros de aire separaban dos millones de años de diferencia. Entonces, uno de los machos casi pellizcó un pezón de Ken, que era más pequeño y con una areola más delgada que los suyos. Ken comprendió, y rió de buena gana. Era uno de sus escasos rasgos físicos más pequeños, menos fuerte y de aspecto menos áspero que los suyos. Examinaron su ombligo y su entrepierna, pero no se atrevieron a tocarlos. Dieron media vuelta y se alejaron a toda prisa.

Ken se volvió, para encontrarse con los ojos de Niawo, y

sonrió. Les ha impresionado que les enseñaras tu animalito doméstico: yo mismo.

La mujer se volvió. Tenía enredadas unas cuantas hojas en la espalda. Ken estuvo a punto de extender la mano... pero no. No le quitaría hojas de su espalda desnuda.

La hembra había hecho algo muy inteligente, pensó. De alguna manera, ha informado a los machos que no significo ningún problema. Después cambió de opinión; tal vez había indicado algo muy diferente. Tal vez les había comunicado que Ken no se metería con su forma de galantear al clan, porque... ¡Ken era su pareja!

«De acuerdo, Lauder, de acuerdo. Una hembra no puede violarte si tú no quieres, es una de las ventajas de ser macho. Cálmate.»

El clan empezó a emigrar hacia el este en formación desordenada: las mujeres en medio, escoltadas por niños que corrían de un lado a otro. El calor del sol goteaba como miel a través del escaso follaje. Delante, un barranco sin apenas árboles corría entre riscos boscosos.

Niawo condujo al grupo en aquella dirección, que era como buscar una emboscada, pero lo había hecho a propósito. En el lado izquierdo del risco, vieron que aparecían cabezas peludas de macho en las ramas de los árboles, como fruta madura a punto de caer.

Niawo aminoró el paso.

Las hembras pasaron ante los ojos atentos de los machos, arracimados entre los árboles como chicos que esperaran en una acera el paso de las chicas.

Los machos empezaron a bajar solos o de dos en dos, unos más rápidos, otros más lentos. Por fin, más de una docena se irguió a lo largo del barranco, tocando el territorio de las hembras pero sin pisarlo todavía. Sus pechos, brazos y piernas estaban entrelazados con enredaderas y arbustos. Era como si estuvieran integrados con la naturaleza, pensó Ken, una mezcla de piel, hojas y tallos.

Los machos no intentaron cortar el paso a las hembras. Sus miradas sombrías parecían indicar que consideraban muy difícil aquel cortejo.

Niawo llegó a un macizo de arbustos cargados de cacahuetes silvestres y, como si fuera una adolescente, armó un alboroto al verlos. Las demás hembras permitieron que cogiera los cacahuetes y los distribuyera. Se sentaron en el suelo o se tendieron, y comieron con parsimonia, con aparatosos gestos y sonidos. ¿Su entusiasmo por la comida significaba un mensaje para los machos? ¿Les estaban informando de que la forma de llegar a sus corazones era a través de sus estómagos?

Era posible.

Al distribuir aquellos cacahuetes, Niawo estaba subrayando la importancia de compartir la comida. Había una fuerte relación entre la comida y el sexo.

Ken rechazó un pensamiento preocupante. A la larga, Ngili organizaría una patrulla de rescate para localizarle, y cuando le encontraran a él, les encontrarían a ellos. Guardias de la reserva y científicos cruzarían la sabana o descenderían desde helicópteros, para encontrarse cara a cara con aquella humanidad «salvaje», y después... ¿qué pasaría?

Lo más probable era que no se organizara ninguna patrulla de rescate, porque pensarían que ya había muerto.

«¿Qué será de mí? ¿Me quedaré aquí? ¿Viviré aquí? No. Imposible. Soy demasiado diferente.»

Se preguntó si los machos intentarían expulsarle del clan. Sabía que al final lo harían, y decidió que antes se marcharía. Buscó con la vista a Dedos Largos. Había asumido que se irían juntos. El chico y él. Como en la sabana.

Meneó la cabeza.

Vio que Dedos Largos aparecía y desaparecía entre la multitud, acompañado de Rapado y Sonrisas. Formaban un trío bastante bello. El reparto de cacahuetes se había convertido en un picnic, y casi todo el mundo estaba tumbado sobre la hierba. Ken observó que Busta se alejaba con un grupo de mujeres, y volvían cargadas con ramas de lirios trepadores, provistos de pétalos frágiles y ondulados que se curvaban hacia arriba. ¿Era el postre? No. Sus extremos curvos eran perfectos para adornar el cabello de mujeres y muchachas. Busta fue la primera. Cogió un puñado de pétalos, los lanzó al aire y se quedó bajo la lluvia de pétalos como un chimpancé jugue tón, dejando que se enredaran en su pelo. Después, se levantó y paseó de un lado a otro, con los ojos entornados, como pensando si el adorno de flores la embellecía.

Y así era.

La belleza es un instinto humano profundamente enraizado. Ponerse guapa es un ingrediente de la femineidad.

De pronto, dio la impresión de que algo corregía las facciones pesadas de Busta y suavizaba el ángulo inclinado de su cara. Su paso parecía más ligero, y su respiración evocaba el frescor de la inocencia. Giró en redondo, con los brazos en alto. Una de las mujeres emitió un sonido burlón, pero Busta abrió los ojos y se plantó delante de ella, mientras sus brazos, más robustos, oscilaban de forma amenazadora. No iba a soportar que se burlaran de ella. La ofensora se incorporó a toda prisa y bajó la vista hacia sus pechos, más bonitos, y admitió su error. Busta se acercó a Niawo y se dejó caer en la hierba. Consciente de que aquel par se comportaba como si fueran hermanas, Ken pensó lo contrario cuando los dedos de Niawo se alzaron hacia la cara de Busta. Niawo le dio un tirón. Y otro más. Los hombros de Busta se agitaron. Ken corrió, temeroso de perderse aquello. Sin aliento, se dejó caer al lado de las dos, ansioso por fotografiar aquel momento con la cámara de su mente.

Niawo no estaba haciendo cosquillas ni pellizcando. Estaba depilando a tirones los labios de Busta, de forma que se parecieran más a los de una mujer grácil. La liberaba de aquel vello que distinguía a los robustos.

Busta echó la cabeza hacia atrás y parpadeó de dolor, pero sus labios, en la zona depilada, se veían limpios y rosados. Ken se quedó asombrado al comprender la manera sencilla y eficaz con que las mujeres señalaban su sexualidad con la cara. El rosa de sus labios vaginales había desaparecido de vista en el estadio australopiteco de la evolución, oculto entre piernas bien apretadas. Sin embargo, aquel rosa se había transferido a su cara. Si bien aquella raza iba a cambiar mucho durante los siguientes millones de años, el rosa de aquellos labios desprovistos de vello se convertiría en el rasgo esencial de la humanidad.

El sol se filtraba entre los árboles y el aire se iba calentando. Ken se sentía embriagado por aquellos conocimientos adquiridos sin necesidad de aprendizaje previo. Esa especie le estaba dando clases en directo.

Todos estaban tan ocupados que nadie vio la frente, coronada de ensortijado cabello negro, que asomaba sobre un arbusto lejano. Los ojos situados bajo aquella frente estaban acostumbrados a mirar cosas desde lejos. Observaron, dilatados de entusiasmo, mientras la boca se torcía en una mueca nerviosa, reprimiendo su sonrisa de gnomo.

Modibo se agachó detrás del arbusto y retrocedió de costado como un cangrejo, mientras calculaba cuántos australopitecos acababa de ver. Supuso que sus hombres tardarían hasta bien entrada la tarde en colocar trampas alrededor de aquella terraza, convirtiendo el terreno de apareamiento en una gigantesca trampa.

Las flores, que el sol había calentado, empezaron a marchitarse y caer del pelo de las mujeres. Niawo, que había intentado varias veces retener los pétalos en el cabello, se los quitó todos y los frotó entre sus dedos. Los pétalos aplastados asomaron entre sus palmas, con las que dio golpecitos en sus mejillas.

«Está jugando —se dijo Ken—. No: te está enviando señales, Lauder.»

Notó que se ruborizaba bajo su bronceado y la capa de tierra incrustada. Qué horror. ¿Qué iba a hacer?

Niawo se masajeó las mejillas y acarició sus párpados cerrados. Después se levantó y guió al clan hacia el barranco, que se iba ensanchando.

Ken experimentó un inesperado deseo de acercarse a ella. La siguió y no tardó en alcanzarla. Tragó saliva, nervioso. Adelántate, para, da la vuelta, es fácil, muchacho. Da la vuelta y mírala, como por casualidad. Se sentía torpe, y se reprendió. ¿Cómo podía abrigar aquellas sensaciones? Nadie le miraba. ¿Nadie? Bueno, nadie de su estadio evolucionario.

Pasó delante de la mujer y se volvió hacia ella con la indiferencia más fingida que consiguió imitar.

Temblaba de pies a cabeza. Los iris de la mujer parecían dilatados, tal vez a causa del jugo de aquella flor.

Ken estaba boquiabierto. No podía ser.

Al dilatar las pupilas como lentes que se abrieran, ella le estaba informando de su interés. En todas las especies, esa dilatación indica interés. Niawo buscó sus ojos, y cuando los encontró, le miró con tal intensidad que Ken retrocedió como si su mirada fuera un precipicio insondable.

Seguían descendiendo por aquel barranco. De pronto, los árboles disminuyeron en número y entraron en una terraza flanqueada de árboles, pero despejada en el centro. La abertura señalaba por encima del borde de la escarpa hacia la sabana.

Por primera vez en días, Ken estaba a pleno sol. Dejó que bañara su desnudez y acariciara su cara. Cuando se volvió, parpadeando, descubrió que la pequeña hembra estaba a su lado. Se apartó con brusquedad y estuvo a punto de tropezar.

«Es probable que haya perdido mi gran oportunidad –pensó–. Así tiene que ser. Es absurdo seguir pensando en ello.»

Se volvió hacia la sabana y vio puntos que se movían: animales que pastaban. Había mucho que hacer allí. Los niños se habían congregado frente a la escena. Miraban, parloteaban y señalaban. Dedos Largos se puso a contar historias otra vez. Alzó un brazo, lo flexionó como si fuera un cuello largo, dejó que su mano colgara fláccida desde la muñeca y, con las yemas de los dedos juntas, imitó la cabeza y el cuello de un avestruz. Ken forzó la vista y vio al avestruz que paseaba alrededor de un montón de huevos. No parecía que hubiera mandriles cerca, siempre ansiosos por robarlos, ni halcones que los picotearan. El avestruz se posó sobre sus huevos, pero alzó el cuello como un periscopio. Dedos Largos levantó el brazo para imitar aquel cuello.

Ken se preguntó si alguien que estuviera de pie en la sabana podría verlos. Se acercó tanto al precipicio que la hierba y la tierra cedieron bajo sus pies desnudos y empezaron a caer. Vio una amplia estribación pelada a mitad del precipicio, con huellas de pie formando un círculo.

Era la estribación que había visto desde el avión de Hendrijks.

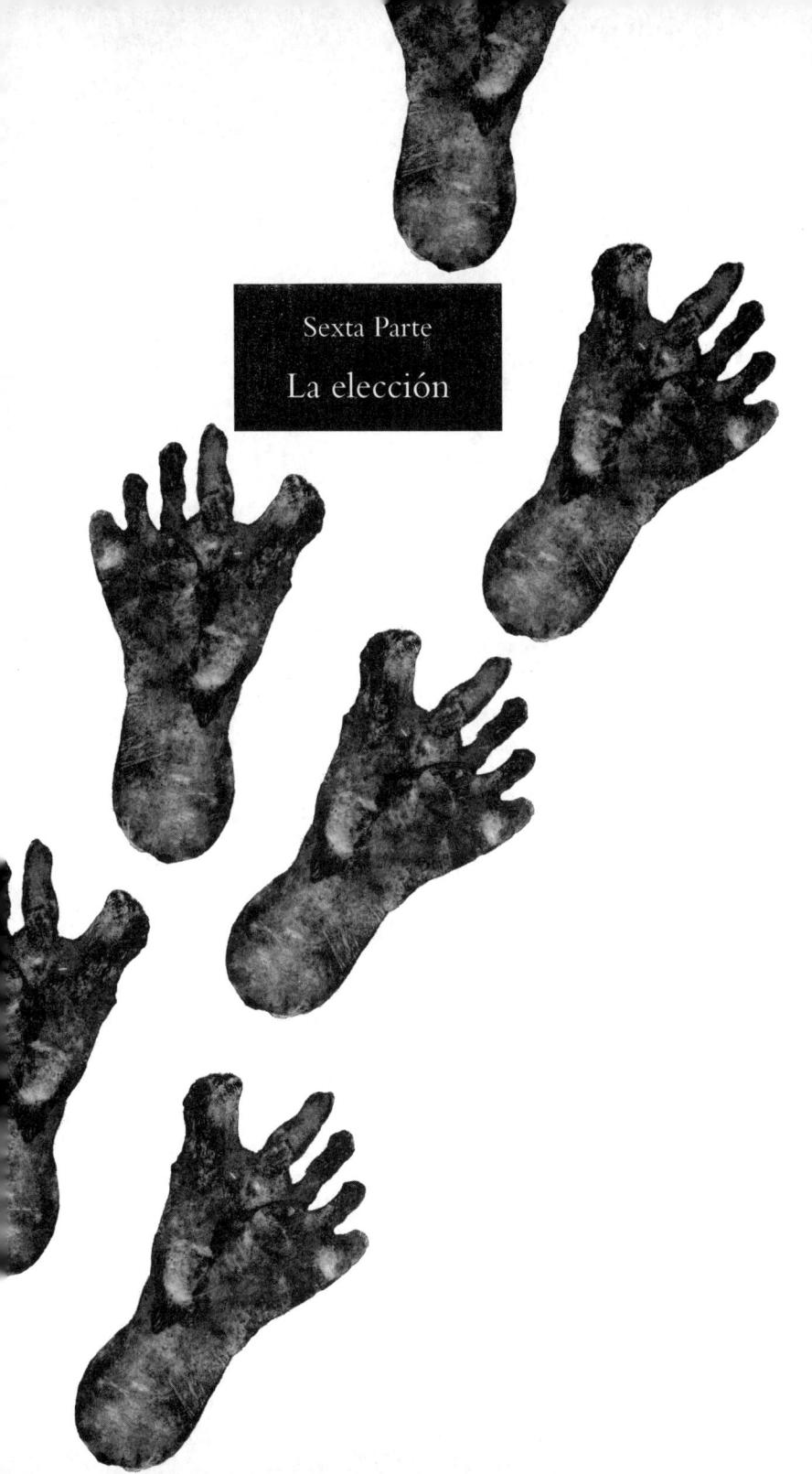

Sexta Parte

La elección

«Aquí está, Ngili —pensó Ken—. Ese famoso rastro de huellas de pisadas que vimos desde el avión. Nos devanamos los sesos acerca de su significado y casi empezamos a pensar que era un espejismo. Pero aquí está. La prueba de que existieron aquí hace mucho tiempo, cuando sólo ellos eran los humanos. La prueba de su mágica continuidad.»

Experimentó una oleada de recuerdos relacionados con aquellas pisadas. Habían sido la primera pista de la existencia de aquella raza única.

El viento que soplaba sobre los riscos más bajos levantó una nube de polvo que cubrió las huellas por un momento, y después lo barrió de nuevo. Un remolino se apoderó del polvo y lo elevó hacia las pendientes del Mau, hasta rociar la cara de Ken.

Retrocedió y se volvió hacia la terraza, donde vio otra vez a los machos de la especie.

Avanzaban en una columna compacta de veintitantos, pero enseguida se dividieron en grupos de dos y tres. Empezaron a caminar en círculos, como examinando a esta o aquella hembra tumbada en la hierba. De vez en cuando se detenían para dejar que los niños pasaran corriendo delante de ellos. La mayoría de los niños se rezagaban, con la intención de adivinar cuál de los machos sería elegido por sus madres. Los chicos mayores se habían congregado al borde de la montaña y contemplaban los espacios abiertos. Estaba claro que codiciaban aquellos espacios abiertos, tan llenos de color y movimiento, y de caza.

Los machos caminaban en círculos como chicos de barrio que observaran a las chicas bailar, dudando a cuál pedir un baile. Las guerras interraciales habían alejado a esos machos de las hembras, y ahora que la guerra casi había terminado, y ellos eran los vencedores momentáneos, habían venido a cortejar. Algún macho saltaba sobre un pie, luego sobre el otro, y meneaba sus atributos delante de una hembra concreta. Luego se alejaba, contoneándose. Algunos regresaban varias veces con las mismas hembras, en tanto otros se pavoneaban y saltaban delante de cualquier hembra que se cruzara en su camino.

Ken supuso que los machos empecinados en volver a una hembra en particular ya la conocían, y puede que ya se hubieran apareado y hasta tenido hijos con ella. Observó que algunos niños se acercaban a los galanes de sus madres y les examinaban con curiosidad. En cualquier caso, el comportamiento de todos era cauteloso e inhibido.

Ken estaba seguro de que la guerra había sido el motivo de que los esposos se separaran. La guerra había causado que tanto machos como hembras sopesaran las ventajas de la libertad contra la comodidad de un vínculo estable con su macho. Resultaba claro que el vínculo, o su necesidad, iba a fortalecerse porque, en contraste con aquella mañana, los machos estaban aquí, y trataban de negociar con las hembras. Éstas estaban sentadas muy erguidas y se balanceaban de un lado a otro, como los chimpancés, y miraban menos a las caras de los machos que a sus caderas, muslos y genitales.

Los contempló hasta que el sol empezó a declinar hacia el oeste y la sombra de la cresta del Mau cayó sobre la terraza, trayendo consigo un frío que hizo temblar a Ken. Alzó la vista y vio que la cresta parecía en llamas, debido al sol que se ocultaba por detrás.

Las mujeres empezaron a levantarse de la hierba, y algunas se reunieron en mitad de la terraza y caminaron en círculo, primero en un círculo amplio e irregular, y después en uno más cerrado. Los machos que las habían seguido se unieron al círculo y lo ensancharon. Las hembras estrecharon el círculo y dejaron fuera a los machos. Los hombres volvieron a meterse en el círculo y caminaron con ellas.

Ken notó un leve empujón en la espalda. Se volvió, esperando ver a Dedos Largos, pero era Niawo, cuya mano no era mucho mayor que la del muchacho. La líder le empujó hacia el círculo.

Cuando Ken se interpuso entre dos hembras, varios machos más le imitaron y ensancharon el círculo hasta que casi adquirió el diámetro del que Ken había visto en la estribación. La mayoría de machos había conseguido colocarse al lado de una hembra, al tiempo que la separaban de Ken.

Ken pensó en Ngili. Su amigo y él habían especulado mucho sobre ese círculo, y ahora Ken sabía qué hacían los homínidos en él. Estaban eligiendo a sus parejas.

Ken quiso rezagarse, pero una rodilla le empujó. Volvió la cabeza y vio a un macho, un australopiteco bajo, joven y musculoso que jadeaba no a causa del agotamiento, sino de la excitación. Tenía unas fosas nasales muy anchas, y una insinuación del futuro puente de la nariz. Su mirada dijo a Ken: «Muévete, capullo, éste no es momento de pensar». Ken dio un salto y tropezó con otro homínido salido. Camina, Lauder, maldita sea.

Sus pies pisaron las huellas dejadas por los pies que le precedían. Intentó adaptarse al paso del grupo y poner el pie encima de las huellas, pero el círculo seguía encogiéndose y ensanchándose, y los machos continuaban cambiando de posición, entrando y saliendo, a fin de colocarse al lado de la hembra de su elección. Las hembras se daban cuenta de las maniobras y las observaban con los ojos a media asta que Ken había visto antes en Busta. De vez en cuando, una de las hembras daba un paso en falso, se rezagaba, o corría unos pasitos. También procuraban quedarse cerca de determinados machos.

Después de caminar durante un rato, Ken vio a una mujer que se mantenía fuera del círculo, y se dio cuenta de que era Niawo. Reprimió un estremecimiento y pensó en el frío que debía de estar haciendo. Pero no sentía frío en el interior del círculo, que ahora incluía a casi todos los machos y hembras adultos de la terraza, y debía ser tan ancho como el antiguo círculo.

Ken vio que la luna estaba casi llena. Se le antojó de una redondez asombrosa, tan asombrosa como el círculo que estaban formando en el risco. Cuando cayera la oscuridad, el círculo se rompería, como un enorme collar vivo fragmentado en perlas aparejadas. Las parejas se alejarían hacia los arbustos y se tumbarían. La luna se alzaría de forma enigmática en el cielo y evocaría una única idea: la de la divinidad.

Caminaba casi en diagonal respecto a Busta, quien se lo estaba pasando tan bien que empezó a dar saltitos.

El círculo se estaba rompiendo, y los demás machos y hembras también se pusieron a saltar, como los masais con sus bailes arriba-abajo. Sí, reflexionó Ken, aquellos saltos y estos saltos eran exhibiciones de potencia sexual, exhibiciones de órganos dispuestos a unirse. Quizá la costumbre había empezado aquí. El arriba-abajo. La danza que había escandalizado a los misioneros con su sexualidad descarada. La danza que Livingston había intentado defender, en vano, como un inocente rito de fertilidad. Éste era su origen primitivo.

A medida que las parejas se desgajaban, el círculo se vaciaba. Ken comprendió que había llegado el momento de irse. No podía seguir hasta el final. No podía romper su magia mediante su intrusión. Así pues, se alejó subrepticiamente de las parejas. No había una senda que descendiera hasta la sabana, de modo que debería abrir una entre la maleza.

Vio a Dedos Largos sobre una enorme piedra apoyada en el borde de la terraza. Estaba contemplando la espesa oscuridad que se extendía a sus pies. El chico miró a Ken, que estaba desnudo y sin pareja.

Ken leyó la mirada del chico y comprendió que se estaban diciendo adiós. Si el extraño no se emparejaba, era imposible que se quedara. ¿Para qué? ¿Qué significaría para el clan? El extraño no se iba a quedar, y sólo le restaba decir adiós.

«¿Qué vas a hacer, Dedos Largos?»

Dedos Largos ladeó la cabeza en señal de indecisión, pero estaba claro que pensaba dar otra oportunidad a su clan, de momento. Aquella banda tenía sus posibilidades.

Ken sonrió, y trató de indicar por gestos que Dedos Largos había elegido bien. El chico tenía compañeros de juego, tíos y tías, y con sus habilidades precoces tal vez algún día se convertiría en líder.

Pero ¿y la sabana?

Tal vez Dedos Largos estaba pensando en lo mismo, porque miró hacia la extensión de espacio abierto donde los felinos hambrientos acechaban y los hervíboros bramaban por las noches. Era la sabana que habían conocido juntos.

Ken también miró hacia la sabana, y luego los pies del chico. Quizá volvería algún día. Basta, Lauder, se dijo. Era una experiencia única, irrepetible. Hasta la vista, prehistoria.

Dedos Largos emitió una llamada. Sonrisas, Rapado y los demás jóvenes se acercaron al instante.

El extraño se marchaba. Su juguete viviente se despedía. Ken agarró un árbol joven y utilizó todas sus fuerzas para desceparlo. Necesitaría un bastón fuerte para descender por la pendiente del Mau durante una hora, o más. Después buscaría un lugar donde dormir y seguiría al amanecer. Ken dobló el árbol, lo soltó y volvió a doblarlo, hasta que los jóvenes estallaron en carcajadas y acudieron a ayudarle. Era mejor esto que dar rienda suelta a sus sentimientos. Intentó no mirar a Dedos Largos mientras manipulaba el árbol. Por fin, se quebró, lo alzó y los niños le ayudaron a arrancar las hojas.

Al cabo de unos segundos estaba preparado para marchar.

Avanzó hacia el borde de la terraza y notó que la tierra cedía bajo sus pies. Clavó el bastón en el suelo, como un esquiador, y empezó a deslizarse pendiente abajo sobre sus talones doloridos e hinchados. Descendió así durante un rato, y los niños le siguieron sin vacilar. No parecían asustados de la oscuridad, tal vez porque iban con Dedos Largos, conquistador de la selva y la sabana.

Al poco encontró un terreno boscoso, y pensó que los niños ya no le seguirían. Ken miró hacia abajo e intentó concentrarse en la senda, para no mirar las caritas que le seguían.

Oía sus gruñidos y risitas, y anhelaba ver sus expresiones, pero no quería ver a Dedos Largos. No quería entrar en contacto con la oscuridad de sus ojos, aunque esperaba que no fuera otra cosa que la creciente oscuridad de los riscos. Aun así, miró hacia atrás cuando uno de los niños resbaló. El patoso Rapado se incorporó de inmediato. También vio a Dedos Largos, por supuesto. El muchacho bajó la vista como si inspeccionara los arbustos, pedruscos y matorrales. Tenía los labios entreabiertos, y su expresión denotaba tristeza. Bajaba sin la alegría de los demás.

Ken se apresuró a mirar al frente. Oía a los demás niños, pero también el silencio de Dedos Largos.

Contempló las llanuras despejadas, apretó una mano contra su pecho y aferró con la otra el bastón, para impedir que su cuerpo recordara los días de caza y las noches de dormir aovillado junto al niño primitivo. Para huir, necesitaba olvidar todo eso.

«Basta, Dedos Largos, maldita sea. No me hagas sufrir más.»

De repente, Ken experimentó un egoísta y desagradable deseo de encontrarse de nuevo en la ciudad, entre personas modernas, superficiales y engreídas. Intentó ahogar las risas de los niños, pero fracasó. Miró hacia atrás, y Dedos Largos le dedicó una sonrisa de aliento. Puede que aquel extraño hubiera matado a un león en otro tiempo, pero ahora parecía frágil y perdido. Ken se encogía casi a cada paso, abrumado por el dolor. Ya no era el mismo hombre.

Atravesaron una franja de matorrales, y a unos metros se alzaba otra, más alta y enmarañada. «Ahora me pararé y les diré adiós –se dijo Ken–. Ya se han alejado bastante. Tendrían que volver a casa.»

Antes de que pudiera hacerlo, pisó una enredadera que se cerró alrededor de uno de sus tobillos. Era dura, como fabricada de metal. Dos pasos detrás de él, un niño gritó, y cuando Ken volvió la cabeza para ver quién era, algo aferró su otro tobillo.

De pronto, el cielo y la tierra se precipitaron el uno contra la otra, cuando otra enredadera atrapó su cuello. Cuando la cogió, sus manos reconocieron el nudo de una trampa de alambre. Se tensó y le izó. Empujó el alambre con su bastón para combatir la sensación de estrangulamiento, y vio que cortaba la madera verde como si fuera una rosquilla. Oyó una radio, seguida por una voz cercana.

—*Upesi! Upesi!* ¡Deprisa! ¡Deprisa!

Ken trató de volver el cuello para ver a los niños, para advertirles (¡yo sí, pero a ellos no, a Dedos Largos no!), pero no pudo. El alambre le había ceñido todos los músculos, y empezaba a cortarlos. Las demás trampas agrietaron el suelo que pisaba, y cayó.

Un hombre se irguió ante él. Llevaba uniforme de faena descolorido y unas gafas nocturnas que le daban aspecto de insecto gigante. Sujetaba un rifle en una mano, y en la otra un tensor que retorcía y tensaba la trampa. Ken derribó al hombre de un puñetazo y olió su sudor acre. Vio la sonrisa del hombre, tan malvada como siempre.

—*Upesi, mangati!* ¡Deprisa, los mangatis! —chilló Modibo.

El sargento se incorporó de un salto, pero dio la impresión de que no quería disparar el Enfield. Cogió la pesada linterna de latón que llevaba sujeta al cinturón y golpeó a Ken en la cabeza, sin darse cuenta de quién era. Modibo pensaba que Ken era el mangati más grande que había visto en su vida. Se oyó el ruido del metal contra el hueso, y Ken estuvo a punto de perder el conocimiento. Perdió el bastón, pero introdujo ambas manos en el lazo de alambre, hasta aflojarlo lo bastante para conseguir respirar. Cuando intentaba levantarse, Modibo volvió a golpearle con la linterna y se lanzó encima de él.

Unos metros más arriba, los niños mangatis habían sido atrapados por el cuello o los tobillos. Modibo los oyó gritar de dolor y sorpresa. Se preguntó dónde estaban sus hombres, y por qué le habían dejado solo en el momento de la verdad. La idea enfureció tanto al sargento que propinó otro golpe al mangati con la culata del Enfield, y luego corrió hacia los pequeños. Les golpearía en la cabeza con la culata del rifle para cazarlos vivos.

Ken volvió en sí, tanteó alrededor y encontró la linterna. Oyó un impacto, seguido por el débil chillido de un niño. A los niños no, gimió. Otro golpe, otro grito de dolor. Se levantó con un gran esfuerzo. El lazo que rodeaba su cuello estaba flojo porque Modibo, en sus prisas por ocuparse de los pequeños mangatis, había aflojado el tensor. Ken se liberó del lazo y movió los tobillos para soltarlos. Los niños gritaban en sus trampas, y Modibo saltaba de uno a otro sobre sus piernas torcidas, golpeando los cráneos vulnerables.

—*Upesi, haraka, upesi!* ¡Deprisa, venid aquí, deprisa! —chillaba.

Por fin, apareció otro cazador furtivo, que también llevaba gafas nocturnas y un rifle. Con el fin de ayudar a su sargento, descargó la culata de su arma sobre la cabeza de un niño.

Ken cogió la pesada linterna. No falles, pensó. Corrió hacia arriba y embistió al segundo cazador furtivo, que estaba a punto de golpear la cabeza de un niño por tercera vez. ¿Sería Dedos Largos? No había tiempo de averiguarlo. El cazador se volvió, y el cerebro de Ken aulló: ¡No falles! Encendió con el pulgar la linterna y dirigió el haz a la cara del cazador. Las gafas nocturnas multiplicaban la luminosidad setenta mil veces, y el cazador quedó ciego al instante. Su rifle disparó al aire y cayó al suelo. El hombre agarró a Ken por el cuello, pero éste le arrojó al claro, convirtiéndole en un fantasma que tanteaba y chillaba. Otros cazadores aparecieron entre los matorrales, con los rifles preparados. Vieron al fantasma y dispararon sin vacilar.

Modibo se había quitado las gafas nocturnas y se arrojó al suelo un segundo antes de que empezara el tiroteo. Había perdido el Enfield y se arrastraba trabajosamente.

Ken se precipitó hacia delante con la linterna y golpeó a uno de los cazadores. Le derribó como Modibo había hecho con él un minuto antes. Cogió al hombre, lo levantó y lo utilizó como ariete contra los otros, que gritaron de dolor. Siguió a los demás cazadores hasta la radio, que no podía ver pero sí oír. La voz del jefe Kalangi retumbó en el bosque: «Modibo, ¿dónde coño estás? Modibo, soy el jefe Kalangi, informa de tu posición. El avión de la expedición aterrizará mañana por la mañana al pie de las estribaciones...».

Uno de los cazadores supervivientes se liberó de Ken y huyó, derribando la radio. Ken se lanzó contra los cuerpos de los demás, en busca de Modibo. Registró los arbustos, pero no encontró a nadie. Se volvió y corrió hacia los niños atrapados.

No había tenido bastantes fuerzas para romper el cepo que le había atrapado, pero sí las tuvo para romper éstos. Hizo caso omiso del dolor de sus dedos ensangrentados. Partió los alambres, y liberó cuellos y tobillos. Los niños empezaron a moverse, casi inconscientes. Dedos Largos abrió los ojos y Ken lanzó un suspiro de alivio.

Arriba, en la terraza, el clan había oído los chillidos de sus hijos y los disparos de los agresores. Las madres, a las que se había unido la mitad de los machos, bajaron corriendo.

Pero la breve batalla ya había terminado. Un niño yacía inmóvil, con su perfil inerte iluminado por la luna. Ken tomó el pulso de su muñeca, pero no lo encontró.

Rapado estaba muerto, estrangulado por el cepo y con la cabeza destrozada por la culata de un rifle. La evolución había terminado para él.

—Sigue llamando a Modibo —ordenó Kalangi a su ayudante, el teniente Sampa. El jefe se levantó de la mesa que utilizaban como puesto de escucha, en la suite de la segunda planta del hotel Naivasha—. Y sigue explorando las ondas. Si ese bastardo ha dejado de transmitir porque cazó algo, estoy seguro de que ha cambiado de frecuencia para llamar a sus clientes.

—Hemos apostado hombres en todos sus puntos de contacto de la ciudad —dijo Sampa—, y ninguno ha informado de que haya establecido contacto. Quizá les ha pasado algo.

Sampa llevaba una indumentaria de camuflaje que consistía en una raída túnica de brujo kamba. Amuletos destinados a la venta colgaban de diminutos ganchos cosidos en la pechera.

—¿Qué habrá podido pasar a cinco hombres capaces, todos armados y provistos del mejor material? —preguntó Kalangi.

Sampa se encogió de hombros, y sus amuletos tintinearon.

Kalangi había convertido la suite en un centro de operaciones. Estaba abarrotada de guardaespaldas y asistentes, y olía a tabaco. Kalangi se paseó de un lado a otro del dormitorio. Nadie había dormido en la cama, pero estaba cubierta de fotocopias de la agenda de Haksar. Poco después de que el grupo de Harry Ends se hubiera registrado en la suite del hotel, los agentes de Kalangi habían entrado, robado el original y hecho una copia, para luego devolverlo.

Kalangi sacó una lista de huéspedes extranjeros alojados en el Naivasha, y leyó de nuevo los nombres de aquellos con los que ya se había entrevistado. Incluían un enviado de la Agencia para el Desarrollo Internacional norteamericana, el presidente de una cadena hotelera suiza interesado en abrir sucursales en África, el secretario del Consejo Mundial de Iglesias Anglicanas y un constructor alemán de vehículos de safari. Dentro de tres días, si la Operación Limpieza iba bien, todos se enterarían de que Kalangi era uno de los nuevos hombres fuertes.

Faltaban cinco minutos para la cita de Kalangi con dos enviados de una organización de negros norteamericana llamada Restitución a África.

—¿Dónde están Harry Ends y los otros dos? —preguntó a Sampa, mientras guardaba la lista en el bolsillo.

—Después de una visita a la cámara de los fósiles, Anderson y Ends dejaron a Ramsay en la universidad y fueron a entrevistarse con el presidente. La entrevista fue bien y duró ocho minutos. Se han vuelto a reunir, y ahora Anderson los va a llevar de compras a Muindi Mbingu Road.

—¿Cyril no me ha llamado aún?

—No, jefe.

—Volverán de un momento a otro. Estáte preparado.

La suite de Harry Ends estaba llena de micrófonos activados por la voz, conectados con aparatos de escucha dispuestos en la suite de Kalangi. Un operador especial estaba a su lado. Aburrido, el hombre hojeaba una nueva revista porno publicada en Sudáfrica, donde no existía la censura.

—Muy bien. Volveré dentro de media hora.

—Sí, jefe.

Kalangi salió de la suite y se encaminó al ascensor.

Dos minutos después, se encontraba con los dos enviados de Restitución a África.

—Lamento que les robaran el coche —dijo—. Por desgracia, su percance no ha sido el único. La semana pasada tuvimos cuatro robos de coches de turistas extranjeros, dos atracos a autocares turísticos en reservas de caza, y eso no es todo...

Los dos negros norteamericanos, apenas mayores de treinta años y contusionados tras su forcejeo con los ladrones, estaban de un humor beligerante. Lucius Conroy era el hijo del director de una escuela secundaria de California, y él era profesor. Medía metro noventa y era ancho de hombros. Por su energía rebosante, parecía un joven Orson Welles negro. Escupió una lista de percances acaecidos desde su llegada: unos ladrones habían perforado un túnel en la pared de la residencia del agregado cultural norteamericano, y robado piezas de arte nativo y material electrónico. La misión económica de Malawi se incendió el día en que iban a visitarla. Los habitantes de los suburbios pobres empezaban el día atacando a los transeúntes, disputándose el acceso a las bombas de agua. Daba la impresión de que, como prólogo a todo intercambio social, era obligatoria una pelea. Los linchamientos se presentían en el aire. Conroy había visitado el país cinco años antes. Ahora no lo reconocía.

El otro miembro de la organización era una joven menuda que utilizaba gafas. Cynthia Palmer era abogada de los sindicatos y había sido criada por una madre soltera. Afirmó que pocas veces había visto tratar a las mujeres de una forma tan primitiva. Ganaban sueldos mucho más bajos que los de los hombres, debían sobornar y/o otorgar favores sexuales para conseguir un empleo, y soportaban el yugo de la violencia doméstica... Kalangi la interrumpió por fin, y dijo que sólo se trataba de rumores malintencionados, difundidos por los enemigos del gobierno. Vivían en una democracia.

Conroy intervino.

—¿También es un rumor la desaparición de seiscientos millones de dólares de su tesorería? Es una noticia publicada por la prensa del país. Joder, eso equivale a tres años de ayuda extranjera.

Kalangi decidió proceder con cautela. Restitución a África era una institución dinámica, más dura y mejor informada que el Cuerpo de Paz norteamericano. Por ser negro, no podían acusarle de parcialidad. El presidente Mandela había recibido a Conroy y Palmer en Sudáfrica.

Kalangi les dedicó una amplia sonrisa.

–He venido como amigo –dijo, y bajó el tono como si hubiera micrófonos ocultos en la habitación–, para aconsejar a su fundación que no invierta en el país de momento. Pronto se producirán cambios políticos sustanciales.

–¿Afectarán al increíble sentido de improvisación, al conformismo de sus autoridades?

Conroy hablaba como un idealista desilusionado.

–Por supuesto. –Otra mirada significativa a las paredes–. Yo no puedo hacer nada por culpa de esos viejos burócratas, pero he venido para informarles de que un nuevo equipo va a subir...

–Será mejor –interrumpió Palmer–. Se había sentado en una silla, con la falda subida sobre sus bonitas rodillas–. Nuestra fundación sólo recibe fondos de la comunidad, y no somos la minoría más rica de Estados Unidos, ni por asomo. En la práctica, está diciendo que deberíamos dar nuestro dinero al próximo régimen que se instale. Muy bien, pero aún hemos de ver cómo funciona. ¿Cuándo tomará el poder?

Kalangi pensó a toda prisa. La Operación Limpieza estaba a punto de reiniciarse. No quería tenerlos cerca cuando sucediera. Necesitaba una distracción momentánea.

–¿Me permiten utilizar su teléfono?

Los dos asintieron. Kalangi llamó a su suite y preguntó con frases crípticas qué estaba pasando. No había noticias de Modibo, y Anderson aún no había llamado, lo cual disgustó a Kalangi tanto como lo de Modibo. Por la mañana se había dejado aconsejar por la codicia, y había dicho a Anderson que sin cinco mil dólares más no conseguiría el avión del ejército que les conduciría a Dogilani al día siguiente. Anderson le había enviado al infierno. Ahora, Kalangi estaba nervioso por su posición respecto a Anderson, sobre todo después de haber leído las notas de Haksar.

Colgó.

–¿Les gustaría hacer un viajecito al norte, a una reserva de caza muy poco visitada? Uno de mis ayudantes les llevará –logró forzar otra sonrisa–, como protección contra más percances. Créanme, en este país reina más la ley que en muchos otros. En Nigeria, nueve ecologistas acaban de ser ahorcados por criticar la contaminación del delta del Níger, causada por la Royal Dutch Shell. –No les dijo que Harry Ends, ex vicepresidente de la Shell, se alojaba en el mismo hotel que ellos–. Aquí los cambios no se pueden producir a la manera occidental. Pero pronto habrá cambios. Buenas noches. Dios les bendiga.

–Buenas noches –murmuraron los invitados, y Kalangi se marchó.

Cuando se fue, Lucius Conroy comentó lo apropiado de su «Dios les bendiga» en un lugar tan revuelto.

El cuaderno de Raj Haksar, con sus tapas militares rojizas, estaba sobre el escritorio de la suite de Harry Ends. Cyril lo había entregado a Harry aquella tarde, y éste había empezado a leerlo entre reuniones y desplazamientos por la capital, cautivado como un colegial con un tebeo nuevo. Lo leía con los codos apoyados sobre el escritorio y la frente apoyada en la palma de las manos.

La caligrafía era pequeña pero regular y clara, producida por una mano firme, controlada por un cerebro paciente y observador. La primera página llevaba la fecha del 24 de marzo de 1954.

«Mi nombre es I. V. H. –Cyril había explicado a Harry que las iniciales correspondían a Induprakash Vasant Haksar–. Soy, creo, el único hombre civilizado que ha visitado esta zona, excluidos mis compañeros, entre los que se cuentan algunos oficiales de la policía colonial y algunos cazadores furtivos reconvertidos en mercenarios en esta guerra ya perdida.»

Harry Ends leía, con la sensación de que se estaba enganchando a algo de enorme significado. Como vicepresidente de la Shell había visto bastante del Tercer Mundo, y había descubierto que su miseria, pobreza y enfermedades no le interesaban. Durante el trayecto entre el aeropuerto de Nairobi y el hotel, ya había decidido que aquel lugar estaba a las puertas de padecer serios problemas. No obstante, también había experimentado una asombrosa sensación de continuidad humana, que se había definido cuando vio los cráneos vacíos que albergaba la cámara de Cyril. Cuando desvió la vista hacia una ayudante de Cyril, una muchacha kikuyu de cabeza larga, alegre y muy bonita, se le ocurrió que aquellos keniatas eran antiguos, quizá descendientes directos de los antepasados alojados en la cámara. La muchacha parecía la nieta estilizada de los fósiles. Harry se fijó en el conductor de su minibús, en los chavales que se apresuraban a limpiar sus ventanillas en los cruces, en los agentes de tráfico, en los recepcionistas de hoteles. Todos podían ser descendientes de aquellos ancestros.

Por curioso que fuera, esta vez no se quedó impresionado por magnates, empresarios o cabezas coronadas, sino por la gente sencilla que vislumbraba desde el coche o desde su suite. Experimentaba una sensación de parentesco arcaico que nunca había conocido antes. Era un elitista, y no le gustaban las minorías. El contacto con los científicos era igualmente placentero. Pensaba que se estaba convirtiendo en uno de ellos.

—Harry es un caso de manual —había susurrado Cyril a Ramsay, al darse cuenta del júbilo de Harry—. La antigüedad le ha entusiasmado. En cuanto nos descuidemos, estará aprendiendo swahili.

Cyril había contado con esto, e incluso Ramsay no había escapado al entusiasmo. Cyril y Harry habían acudido a la residencia del presidente en Uhuru Park, unas horas antes. Ramsay, que había sido descrito al departamento de protocolo presidencial como un simple «consejero», no había sido incluido en la entrevista, de modo que se había quedado en la universidad y examinado la biblioteca del departamento de antropología. En una lista de lecturas recomendadas había encontrado la reseña de un encuentro del fotógrafo de *National Geographic* con una tribu amazónica telépata. Ramsay la leyó y descubrió que había notas escritas por Haksar. Más tarde, cuando volvió a reunirse con sus dos compañeros, Ramsay se explayó sobre los comentarios de Haksar acerca de la comunicación telepática no verbal. ¿Era posible que los protohumanos tuvieran poderes similares, y que Haksar se hubiera comunicado telepáticamente con ellos, o al menos pensado que había sido así?

Harry había bromeado.

—Esto se hace más interesante a cada minuto que pasa. A propósito, Rams, Cyril, sabía que vuestro gen anticalvicie era una argucia. Por suerte para vosotros, tenemos algo mucho mejor para vender.

Cyril tragó saliva.

—¿Qué es, Harry?

—Nosotros —contestó Harry.

Habían regresado al hotel, donde Harry ordenó la cena y se sumió de nuevo en las notas de Haksar.

Haksar cautivaba al lector con palabras de cándida inmensidad: «A la vista de mi descubrimiento, la historia de la humanidad tal como la leímos en la escuela secundaria se reduce a la mitad. Hubo protohumanos en todo momento, y en buen número. Estuvieron aquí durante la dinastía Ming y durante la conquista de la India por los mongoles, cuando Shakespeare escribía sus obras, durante el Renacimiento, durante la guerra civil norteamericana, y después. En bolsas de selvas tropicales, en África, pero tal vez también en otros continentes. Evolucionando con más lentitud que el resto del planeta, con su propio reloj biológico. Su descubrimiento tendrá incalculables consecuencias para el futuro, sobre todo porque voy a convertir a estos seres en una nueva humanidad».

Harry Ends frunció el ceño. ¿Qué quería decir exactamente «una nueva humanidad»?

Las notas eran una mezcla impredecible de observaciones de campo, especulaciones evolutivas y referencias autobiográficas. Raj Kahsar había nacido en la India, cuando aún era la joya más resplandeciente de la corona británica. A veces, el colegial Haksar era contratado para tocar el tambor en un bosque de la India, y para recoger las aves que cazaban los visitantes ingleses. En cierta ocasión, después de zambullirse en un estanque para sacar un ave ahogada, el muchacho oyó que un inglés decía con tono burlón a una autoridad local hindú: «¿Le gusta mi perro perdiguero?». Aquella autoridad hindú resultó el padre de Raj, quien saltó indignado de la carroza del inglés, recogió a su hijo empapado y volvió a pie a casa.

Los Haksar no eran de casta alta. Confiaban en que, al emigrar a África, se acercarían más a la cumbre, pero la estratificación en capas sociales era todavía más complicada en África que en la India. Los negocios del padre de Haksar no salieron adelante, y tenían poco dinero. El joven Raj, que se desenvolvía bien con los idiomas, aprendió swahili y sirvió como intérprete en la administración colonial. Ahorró dinero para estudiar antropología, con la intención de obtener la licenciatura y dedicarse a la enseñanza, pero entonces estallaron las guerras de independencia africanas. El movimiento guerrillero Mau Mau arrasó Kenia, y los ingleses forzaron al joven Raj a servir en la policía colonial.

«—Muy propio de ellos —comentó con sarcasmo Raj—, que después de ser el perro perdiguero me conviertan en un buen inglesito, dispuesto a morir en "defensa del reino".»

«Y aquí estoy —escribió—, descubriendo el secreto más asombroso del mundo, como oficial de inteligencia británico, o dicho de una manera más cruda (la verdad sienta mejor a este lugar), como espía. Oh, Hanuman —su tono viró a la lírica—, ayúdame a olvidar cómo llegué aquí, e inspírame con tu simbolismo. Como en los mitos hindús, la creación de una nueva humanidad conlleva un horrible secreto. Hanuman, si estuvieras aquí conmigo te sentirías encantado de ver a estos dos jóvenes gráciles retozando sobre la hierba de la sabana, practicando el sexo por primera vez, como salta a la vista. El macho exhibe el pene grande que ha sustituido al corto e insignificante de los *robusti* machos. Es como si hubieran cedido masa en el cuerpo a cambio de masa en la picha.»

Las notas de Haksar se extendían durante varias páginas sobre las cualidades emocionales distintivas del sexo en los humanos (la intimidad, lo especial del acto en sí), que distingue a los humanos de los chimpancés y los monos.

«Llego a la conclusión de que muchos de estos desarrollos tienen que ver con los resultados: una relación muy personal entre la pareja. Un vínculo.»

Haksar interrumpía sus elucubraciones para anotar: «Según el vil cazador furtivo M, los homínidos que viven en la selva son muy diferentes. Son mucho más grandes, dice, pero de genitales más pequeños, y proclives a la promiscuidad. Dice que andan mucho a dos patas. He de verlos. Me quedo sin respiración cuando fantaseo que los de la selva podrían ser del tipo *robustus*. ¡Dios, qué secretos oculta este fragmento de territorio salvaje!».

Una vez más, Haksar teorizaba sobre el hecho de que la anatomía sexual determinaba el comportamiento, hasta que por fin volvía a centrarse en la pareja de gráciles que había observado en la sabana.

«Esos dos consumaron el acto sexual, pararon, volvieron a consumarlo, y por fin advirtieron mi presencia. Ella cerró las piernas, se puso en pie de un salto y corrió hacia los matorrales, mientras él arrancaba una rama de espinos silbantes, sin preocuparse de los arañazos, y adoptaba una postura agresiva para proteger la retirada de la hembra. Los ojos se le salían de las órbitas a causa del asombro (nunca había visto a un sapiens, y mi piel es de color oliváceo; aún se habría sorprendido más de haber visto a ese cerdo rosáceo de Hendrijks), pero sabía lo que debía hacer: montar guardia, impedir que yo me apoderara de aquel receptáculo viviente que ahora albergaba sus genes, aún al precio de su vida.

»El aumento de tamaño del pene humano sobre las demás especies de simios creó la cultura humana. La mayoría de nuestras mitologías empiezan con los cultos al pene y las leyendas sobre la fertilidad. Incluso tú, Hanuman, eres una extensión de esos mitos. Estoy seguro de que los antiguos hindús encontraron bolsas supervivientes de protohumanos, de la especie *Ramapithecus*. La cultura no surge de la nada. Volveremos a hablar pronto de eso, Hanuman.

Harry se volvió hacia Cyril.

−¿Quién demonios es Hanuman?

−Un héroe hindú. No debería resultar muy difícil comprobarlo. Llamaré a Estudios Asiáticos y les pediré que envíen un mensajero con un libro sobre mitología hindú.

−Hazlo.

Ends reanudó su lectura.

El libro llegó cuando los tres hombres estaban cenando. Hanuman era un híbrido de mono deificado, de gran valor y virilidad, que había sido concebido en un bosque por un dios y una reina simia. Era criado del príncipe Rama, uno de los avatares de Vishnú. De este modo, estaba relacionado con el culto hindú a Ekamukhalinga (pene de rostro humano), que dividía el pene en tres, y cada parte representaba a uno de los tres dioses superiores, Brahma, Vishnú y Shiva. Cyril pasó una página y encontró una foto de una estatua de Hanuman. Tenía cuerpo de hombre y una cara casi protohumana: las mandíbulas largas, la nariz sin puente, los ojos protegidos por cejas prominentes, y la frente estrecha.

–Mitad hombre, mitad mono, el híbrido de Haksar –rió.

Harry Ends se volvió con brusquedad.

–¿Estás diciendo que Haksar impulsó la hibridación en ese lugar? ¿Eso es lo que quería decir con «una nueva humanidad»?

–Oh, no. Todo ese rollo sobre Hanuman es pura hipérbole. Haksar era un hindú orgulloso de su legado.

–Entonces, ¿a qué se refería en realidad?

Cyril sonrió.

–Ya lo verás. Sigue leyendo.

Harry volvió a su lectura. Ramsay se plantó ante el escritorio y leyó sobre el hombro de Harry. Se detuvieron en una breve anotación. «Arriba en el Mau. Sí, he visto a los habitantes de la selva. No cabe duda de que son de la variedad robusta. Son tan majestuosamente primitivos como los gráciles conmovedoramente humanos. El nuevo mundo podría ser de una sola especie. Qué sueño.»

Seguían especulaciones sobre la llegada del nuevo período glaciar, para concluir que se produciría en algún momento de los siguientes tres mil años. Después, escrito en diagonal, sobre toda una página: «No puedo jugar a ser Dios. ¿O sí?». La escritura era temblorosa. La punta de la pluma de Haksar había rayado el papel.

Después, con mano temblorosa pero firme: «A. K. ha traído nuevas órdenes. Son tan horribles como las anteriores. Mataremos más gráciles, y los demás huirán a la selva. Así lograremos, de una forma brutal y a gran escala, lo que a mí me habría gustado lograr mediante métodos experimentales, y con un número limitado de sujetos. ¿Está el destino obligándome a actuar? ¿Qué debo hacer? ¿He de matar a M. y A. K.?».

—¿Sabes qué quieren decir esas iniciales, Cyril? —preguntó Harry.

—No. Me temo que no tengo la menor idea.

Harry siguió leyendo. La siguiente nota anunciaba con laconismo: «En la selva con los otros dos. He fallado. Podría haberles matado, pero me acobardé.

»No he dormido desde el miércoles, pero he intentado convencerme de que una nueva raza heredaría la fabulosa musculatura y la ferocidad de la variedad selvática, y esta nueva raza estaría maravillosamente preparada para el siguiente período glaciar.» La escritura era de nuevo irregular y febril. En la siguiente página, con mano más serena, escribía: «El hombre que me siga hasta aquí, si es aceptado por estos seres, contemplará el nacimiento de una nueva humanidad. A ese hombre digo...».

Harry volvió la página a toda prisa, pero era la última del manuscrito. Harry contempló la fea y desteñida parte interior de la contraportada.

Levantó la vista. Ramsay estaba admirado y confuso a la vez. Cyril había cruzado los brazos sobre el pecho y canturreaba, muy animado.

Harry perdió la paciencia.

—¿Y bien?

—Todo está ahí. ¿No lo comprendes?

—Déjate de bromas, Cyril.

—Está hablando de la raza que yo encontré, a la que llamé *homo andersoni*, el hombre de Anderson —explicó Cyril, seguro de que Harry no sabía latín—. Un nuevo tipo humano, creado mediante el cruce de gráciles con robustos. La unidad de Haksar tenía órdenes de matar a alguien, quien fuera, al pie de la escarpa, para luego anunciar que eran guerrilleros. Mataron a algunos gráciles y rechazaron a los demás al interior de la selva. Al obligar a las dos razas a ocupar un único hábitat, les obligaron sin querer a cruzarse. Ése era el experimento que Haksar quería llevar a cabo. La acción militar lo inició por él, el tiempo lo consumió y... yo lo descubrí –terminó.

–¿Quieres decir –Harry Ends se levantó de un brinco y tiró las notas al suelo– que ya existe un tipo nuevo?

–Yo lo he visto –mintió Cyril.

No dio crédito a la reacción de Harry Ends: su cara se tiñó de púrpura y corrió de un lado a otro de la suite como un poseso. Después se precipitó hacia Cyril y le agarró del brazo.

–¿Está muy avanzado el proceso de hibridación? ¿Queda bastante de las dos razas originales?

Cyril casi se atragantó.

–Pues claro que queda bastante. ¡Mientras quede un par de cada una, hay bastante!

–Pues ya puedes empezar a telefonear a los mejores zoólogos y veterinarios –explotó Harry–. ¡Haré que vengan en avión para detener la hibridación! ¿Qué más ayuda científica necesitas? ¿Cuánto pide este gobierno por poner la fuerza aérea y el ejército a nuestra disposición?

Ramsay intervino.

–¿Para qué necesitamos al ejército?

–¡Para detener el mestizaje! –gritó Ends–. Para rodear ese... ¿cómo coño se llama ese sitio, el Mau? ¡Para rodear el Mau, entrar en la selva y separar a esas dos razas por la fuerza, si es necesario!

–¿Estás loco? –gritó Cyril–. ¿Quieres que una multitud irrumpa como un elefante en una cacharrería en algo que ha de ser observado y analizado con suma cautela? ¿No acordamos mantener el secreto?

–¡Al cuerno con el secreto! Ahora ya nos podemos permitir la máxima publicidad. De hecho la queremos. Shell salvará a dos razas de nuestros antepasados, no una sino dos...

–¿Shell? –preguntó Cyril, estupefacto.

Ends sacudió la cabeza enfurecido, como si negara haberse equivocado.

–¿Por qué no Shell? ¡Tú querías un patrocinador poderoso, Cyril! De lo contrario, habrías llevado esto a uno de tus insignificantes congresos científicos.

–¡No quiero que un patrocinador poderoso se apodere de mi descubrimiento! ¿Por qué hay que desbaratar mi *homo andersoni*, si tiene el cerebro evolucionado de un grácil, y la fuerza y ferocidad de un robusto?

–¡Porque es un error mezclarlos, un tremendo error! –Ends seguía paseándose de un lado a otro, a punto de estallar–. ¿Cómo pudo permitir Haksar que pasara algo así? Y si no pudo impedirlo, ¿por qué guardó silencio durante todos estos años? ¿Qué pasaba por su jodido coco?

El apasionamiento de Harry sorprendía a Cyril.

–Supongo que, por haber conocido la discriminación en sus propias carnes, vio en la creación de una nueva raza la salvación de la humanidad. –Se volvió hacia Ramsay–. El mestizaje es valioso, ¿no? Vosotros los judíos deberíais saberlo, porque siempre os mantuvieron aislados...

–A los judíos nunca nos gustó el mestizaje –se revolvió Ramsay–, tanto si nos lo imponían como si nos lo prohibían, y ya estoy harto de tus gracias, Cyril. Bien –se volvió hacia Harry–, ¿por qué es un error la aparición de un nuevo tipo humano?

–¡Porque sería un terrible error crear uno artificialmente! Iría en contra de la naturaleza, de la evolución, de todo...

Harry Ends pareció recobrar el control. Abrió la boca para hablar de nuevo, pero Ramsay le interrumpió.

–Tal vez deberíamos bajar al bar para continuar esta... Estos temas son demasiado delicados para discutirlos en la habitación de un hotel...

Paseó la vista por la habitación.

Harry Ends comprendió. Salió al amplio balcón de la suite y llamó a los otros dos hombres con el dedo. Le siguieron y se encontraron bajo el zumbido chirriante de un enorme anuncio de neón anaranjado al que faltaban algunas letras.

Ramsay sonrió y habló en voz alta para imponerse al zumbido.

–Así me gusta más. Una habitación de hotel podría estar tapizada de micrófonos, pero nadie podría pinchar un anuncio de neón.

–¡Me importa un culo de mono! –gritó Cyril para enmudecer aquel zumbido enloquecedor–. ¿Qué quiere hacer Shell con mi *homo andersoni*, Harry?

Harry hizo el mismo gesto de antes, para indicar que no iba a gritar. Los otros dos acercaron tanto la cara a la suya que le oyeron susurrar.

Después, torturados por el ruido enloquecedor y el resplandor anaranjado del neón que les daba en la cara, Harry explicó que era la gran oportunidad de las multinacionales para demostrar que no estaban asesinando al medio ambiente ni destruyendo el equilibrio natural, sino todo lo contrario. Las multinacionales podían convertirse en salvadoras de nuestra raza, en guardianas de nuestros antepasados. Era la oportunidad que Shell ansiaba. Había sufrido un duro golpe en África el pasado noviembre, cuando aquellos nueve ecologistas habían sido ejecutados en Nigeria, donde la Shell estaba extrayendo petróleo del delta del Níger y metiendo dinero en los bolsillos de la clase dirigente. Esos activistas, encabezados por un tal Saro-Wiwa, famoso dramaturgo y poeta, habían exigido una parte de aquel dinero para su pueblo, los ogonis, uno de los veinte grupos étnicos que vivían en el delta. Ceder habría provocado una avalancha de otros diecinueve movimientos, que habrían exigido su parte y la protección del medio ambiente. No era posible. Shell había hecho la vista gorda cuando los nueve hombres fueron ejecutados, pero ahora, Shell tenía una imagen horrible, y necesitaban un proyecto africano «positivo» para restaurar esa imagen. Ambicioso y caro. Así de sencillo.

Harry se detuvo para respirar y apartó la vista del neón. El aire de Nairobi, refrescado por la noche, olía a gases de escape y basura quemada. Más allá del tráfico, los fuegos encendidos con basuras en los guetos y campamentos de *okupas* brillaban en la oscuridad. Las luces eran muy diferentes. Las bombillas de los guetos estables y frías, los fuegos de los campamentos oscilantes y débiles, pero cálidos. Nada indicaba que estuvieran en África. Lo que se veía desde el tejado podía ser cualquier rincón del Tercer Mundo, aislado, peligroso y enfurecido con su destino.

Harry Ends se volvió con aspecto resuelto.

–Shell no puede implicarse en un mestizaje. Daría la impresión de que estamos aplicando la ingeniería genética a nuestros propios antepasados.

–¡Pero el mestizaje está lejos de haber terminado! –Cyril detestaba la celeridad con que Ends tomaba decisiones, como si no fuera sólo el propietario del descubrimiento, sino también de Cyril–. Un proceso como ése dura muchas generaciones... Irrumpir allí con un ejército traumatizaría por completo...

–Necesitamos controlar este país –dijo Harry a Ramsay–. Necesitamos la colaboración de la máxima autoridad.

–El jefe de policía es un alto cargo –dijo Cyril, mientras se maldecía por no haber pagado más dinero a Kalangi.

–Shell no puede trabajar con un jefe de policía –repuso Harry–, sobre todo después de lo sucedido en Nigeria. Sería mal visto.

–Espera un momento, Harry. ¿Shell ya está metida en esto? –preguntó Ramsay.

–Ya puedes apostar por ello –intervino Cyril–. Debes pensar que soy estúpido, Harry. Tu salida de Shell fue un engaño, ¿verdad? Un engaño para que Shell me comprara a mí y a mi descubrimiento a precio de ganga...

–No es tu descubrimiento. A juzgar por lo que he leído, fue de Haksar –contraatacó Harry.

–Muy bien, me largo –barbotó Cyril en la cara de Harry. El tipo era tan bajo y enclenque que Cyril creyó poder levantarle del suelo de un puñetazo–. Supe desde el primer momento que esto no iba a salir bien. Lo siento, Rams. Yo y mi descubrimiento estamos fuera de cualquier trato...

–¿Quieres chulearme? –rugió Harry–. Hay una serie de hechos extraños que no te gustaría ver relacionados, Cyril. Como que Haksar muriera justo antes de que tú anunciaras tu descubrimiento, y después que tu mujer muriera, y también ese tío, Phillips. –Cyril retrocedió, y Harry avanzó hacia él–. Voy a decirte algo. Si prometes seguir mis directrices, te dejaré trabajar bajo mi dirección. De lo contrario, lograré que esas relaciones sean establecidas, y créeme, mil científicos acudirán a trabajar conmigo y contar al mundo que a esas dos razas se les va a permitir vivir como hace dos millones de años. ¿Captas la onda, Cyril? –Clavó la vista en la barbilla de Anderson–. ¿La captas?

Cyril emitió un sonido ahogado. Ramsay, paralizado por las insinuaciones de Harry, no pudo reprimir el pensamiento de que los asesinatos explicaban el comportamiento frenético de Cyril en Londres.

–¿Nos comprendemos mutuamente? –preguntó Harry, con una mirada de soslayo que incluía a Ramsay.

Cyril asintió. Se comprendían mutuamente.

–Perfecto –dijo Harry.

Se encaminó hacia la puerta de la suite. Ramsay murmuró algo acerca de que no había sopesado todas las consecuencias del asunto, y que tal vez no tendría que haberse implicado...

–Ya estás implicado –le interrumpió con sequedad Harry Ends–. Y aquí mando yo. ¿Entendido?

Les precedió, bajo, insignificante, pero investido con el poder de una de las empresas más importantes del mundo.

Ya en el interior, Cyril se acercó a la mesa auxiliar de las bebidas, cogió el whisky, se sirvió una buena medida sin agua y la engulló de un trago. Un espejo reflejaba su cara sobre el gollete de las botellas de whisky y coñac. De pronto, en lugar de su cara, Cyril vio a Hendrijks encima de las botellas. El piloto había caído al suelo de aquel cochambroso motel. Haksar le había seguido, demacrado como una momia, desprovisto de su preciosa insulina. Después, Corinne, caída en su piso al lado de Randall, los dos todavía calientes de su contacto mutuo (la muy puta). Y aquel asesino a sueldo, con el cuero cabelludo arrancado y perforado por balas de su propio revólver.

Cinco muertes. ¿Todas habían sido inútiles?

Ramsay se acercó para servirse una copa. Dejó caer cubitos de hielo y murmuró:

–Todo eso no es cierto, ¿verdad, Cyril?

Cyril clavó la vista en el espejo. Harry Ends estaba sentado a la mesa del comedor. Devoraba la comida fría de su plato, a grandes cucharadas que no disfrutaba ni sentía.

–No seas idiota, amigo –respondió con desenvoltura Cyril.

El teléfono sonó. Cyril vio a Harry descolgar, escuchar y luego mover el auricular en dirección a Cyril. Harry volvió a sentarse y comió con aire ausente, mientras oía vagamente cómo Cyril contestaba a alguien con síes y noes, y luego colgaba. Después, Cyril se sentó a la mesa y rogó que los tres fueran a la sabana para comprobar el estado de la raza. Cyril también pediría a Kalangi que les acompañara. El jefe les sería de más ayuda que nadie. Harry consintió por fin.

Busta estaba llorando. Emitió un desagradable aullido y trató de levantar a Rapado, pero su hijo era demasiado pesado, y sus fuerzas le fallaron. Se arrodilló y le miró, dejó que sus lágrimas resbalaran sobre las mejillas que Niawo había depilado.

Tocó con los dedos la marca que había dejado la trampa en el cuello de Rapado y acarició su piel, como si intentara coser el tejido y devolverle la vida. Cayó junto al cadáver de su hijo y sostuvo su cabeza en las palmas de largos dedos, para luego apoyarla con delicadeza contra su mejilla.

Un pequeño círculo de hembras, incluida Niawo, la rodeaba en silencio.

Al cabo de un momento, Ken oyó los gruñidos airados de los machos, que habían encontrado el escondite de los cazadores furtivos. Lo estaban poniendo patas arriba, tirando cosas al aire. Ken vio una cantimplora de agua, seguida por un rifle. Ken apretó los dientes, corrió al escondite y cogió el rifle por el cañón. Dedujo de su peso que estaba cargado. Se pasó la correa por el hombro y se lanzó sobre una de las radios.

Los machos aullaron y saltaron sobre Ken. Tenía que entregarles algo, y tenía que ser el rifle. Sacó las balas de la recámara y lanzó el rifle al suelo. Después corrió hacia otra de las trampas, que asomaba entre la hierba. La enseñó a los machos y empezó a registrar la hierba en busca de más. Los machos le siguieron, como si comprendieran sin palabras, sin lenguaje.

Modibo había dispuesto un anillo de trampas que se desplegaban en abanico desde el escondite y abrazaban toda la

544

pendiente. Ken enseñó a los machos cómo localizarlas, apartando la hierba con ramas. Con los gestos más sencillos, les indicó cuándo debían caminar en fila india y cuándo desplegarse. De una banda indisciplinada pasaron a ser una formación disciplinada.

Ken encontró una lobelia baja y colgó las trampas alrededor de su tallo. Mientras estuvieran en el árbol, las trampas serían inofensivas. En tanto buscaban trampas, los machos se internaron en la espesura y llegaron hasta un charco de sangre de un jabalí que había caído en una trampa. El macho que iba detrás de Ken le ayudó a sacarlo, pero ya estaba muerto. Otro macho cargó el jabalí a hombros. Era carne comestible. Una buena idea.

Ken miró atrás y vio que otro homínido recogía dos trampas más, las sujetaba a una rama y sonreía para celebrar su logro.

Al finalizar su misión, habían recogido veinticuatro trampas. Rodearon el borde del risco hasta una roca basáltica que brillaba como una frente gigantesca a la luz de la luna. La roca cortaba la senda.

Veinticuatro trampas. A Ken le resultó extraño volver a contar en números. También tenían varias radios, un escáner que valdría trescientos dólares, y gafas nocturnas, torcidas y rotas pero aún reconocibles. Eran Night Hawks, una de las mejores marcas, que costaban alrededor de ochocientos dólares. Ken sabía que los cazadores furtivos vulgares no podían permitirse unos artilugios tan caros, y desde luego no recibían llamadas por radio del jefe Kalangi. Recordó el mensaje de Kalangi a Modibo. ¿De qué tipo era aquella expedición de llegada inminente? ¿Quién la había organizado?

Ken y su tropa volvieron sobre sus pasos, hasta reunirse con el clan. Cuando dejaron atrás el escondite destruido, Ken vio a Dedos Largos, que se levantaba sin ayuda, con cierto esfuerzo, pero con los ojos abiertos y muy alerta. Después vio que varias hembras arrastraban el cadáver de un cazador. Habían despojado al cuerpo de sus ropas. Ken oyó una voz burlona en su interior: Corre, muchacho, corre, y detenles antes de que lo descuarticen y se lo coman. Estuvo a punto de precipitarse hacia ellas, pero se contuvo. Aquel bastardo habría desollado a aquellas hembras y vendido sus huesos machacados. Uno de los machos que seguía a Ken arrojó el jabalí sobre la hierba, y las hembras se olvidaron del humano.

Una repentina cacofonía, procedente de un grupo de monos de nariz blanca subidos a un tamarindo, apartó a Ken de sus pensamientos. Sus pelajes se fundían con la oscuridad, pero sus narices blancas se veían a la perfección. Otro animal, que ahora emitía chillidos y saltaba como un poseso, había perturbado su sueño. Fuera lo que fuera, estaba bajando por el tronco del árbol. Cayó al suelo y sus dientes destellaron.

Era Modibo, quien se puso en pie de un salto, miró alrededor y vio a Ken. Parecía muy pequeño sin su gabán, vestido sólo con unos pantalones cortos caqui, una camisa y botas demasiado grandes para él. De no ser por aquellos monos, habría podido huir. Su mano alzó un cuchillo de desollar, y como un demonio enloquecido, esquivó las mujeres, que estaban atareadas con el jabalí. Pasó el brazo alrededor de Dedos Largos y lo levantó del suelo.

Pasó al lado de Ken. Mientras Dedos Largos se debatía, el cuchillo de desollar se alzó en la mano engarfiada de Modibo, pero el gnomo tropezó y hundió el cuchillo en el suelo.

Modibo lo arrancó, se apoderó del niño otra vez, y se dejó caer como una bola humana por la pendiente con su presa. Ken le imitó. Modibo rodó colina abajo con el muchacho cargado sobre el hombro. Ken corrió tras él. Deseó poder recordar determinadas oraciones. Su cerebro dictaba órdenes a sus extremidades. Ken se estrelló contra una rama baja y se tambaleó. Cuando salió al claro, Modibo estaba en el suelo, y Dedos Largos no paraba de lanzarle golpes.

Ken aún seguía aturdido a causa de la caída, pero se encontró al lado de Modibo sin saber cómo había llegado allí. Sin otra arma que sus puños desnudos, concentró todas sus fuerzas en un puñetazo mortífero dirigido a la cara de Modibo, y falló. El movimiento le precipitó contra un árbol. Se volvió, justo cuando Modibo se lanzaba hacia él con el cuchillo. Ken saltó a un lado, y Modibo dio media vuelta. Dedos Largos estaba arañando el suelo, y de repente apareció una piedra en su mano. Surcó el aire y se estrelló contra la frente del cazador furtivo, que cayó al suelo. La mandíbula de Modibo se torció y sus extremidades se agitaron, como un juguete averiado.

Ken pisó la piedra, que no era una piedra sino un grumo de barro procedente de un nido de hormigas, que se había endurecido. Dedos Largos lo había encontrado por pura casualidad.

Ken vio que la boca de Dedos Largos esbozaba una sonrisa burlona de deliciosa crueldad. Dedos Largos, arañado, contusionado y agotado, se acercó al cazador agonizante y le propinó una patada en las costillas. Luego lo contempló, encantado por los movimientos de los brazos y las piernas, cada vez más rápidos, hasta que se paralizaron de repente. Con un último espasmo, Modibo se quedó inmóvil, no sin que antes sus botas arañaran el suelo del bosque.

Por efecto de la luz de la luna, pareció encogerse todavía más.

Ken se inclinó sobre el grotesco hombrecillo que había invadido sus pesadillas de las últimas semanas. Su pecho, que aún decoraba el collar de amuletos que no le habían protegido, parecía tan estrecho, y sus extremidades tan delgadas, que nada en él sugería crueldad.

Ken oyó al clan avanzando entre los árboles hacia ellos. Comprendió que no era capaz de conducirles a un lugar seguro. El clan veía a Modibo en tierra, derrotado por Dedos Largos, y decidiría que era preciso luchar por su territorio.

Abrumado, se encaminó hacia donde los árboles escaseaban, con la esperanza de ver la sabana iluminada por la luna. Miró por encima del borde de la terraza a la luna, que bañaba las llanuras contiguas a las estribaciones más bajas. Vio hierba, moteada por arbustos de espinos silbantes. También vio una estrecha franja de tierra despejada, tal vez una pista de aterrizaje sin terminar.

Había sido hecha a mano. La contempló, sobrecogido por la idea de que el encuentro del homínido y del humano era inminente. La batalla estaba a punto de librarse.

Respiró hondo y se abrió paso entre el clan hacia las alturas. Respiró el aire y subió hasta que percibió el olor del escondite de los cazadores furtivos. Se puso a cuatro patas y tanteó hasta encontrar la radio.

Había sufrido algún daño. Cuando la levantó, oyó algo suelto dentro. La dejó en el suelo, se agachó y giró el botón. El piloto rojo brilló en la noche y la convirtió en un extraño animal de un solo ojo.

En Nairobi, la casa de los Ngiamena estaba silenciosa, y sólo había unas pocas luces encendidas. Itina y Jakub habían salido. Habían ido a una cena, porque Jakub insistió en que debían comportarse como si la huida fuera lo último en lo que pensaran. Ngili y Yinka marchaban a Johannesburgo al día siguiente.

Ngili estaba en la casa de invitados, examinando informes antiguos de sus investigaciones geológicas, mientras Yinka se encontraba sola en el jardín, contemplando los cafetos e intentando acostumbrarse a la idea de abandonar Nairobi. Cuando oyó sonar el teléfono en la casa, no hizo caso y trató de comprender por qué partir le resultaba tan difícil. Muchos otros sentimientos complicaban la decisión. No sólo abandonaría su lugar de nacimiento, sino su posición social. Su padre pasaría a la clandestinidad, una decisión muy peligrosa. Yinka imaginaba cómo vivirían durante los siguientes meses, no sólo entre extraños, sino en la cuerda floja de la esperanza, que se rompería si Jakub era traicionado y capturado, o asesinado.

Oyó el teléfono de nuevo.

Recordó las órdenes de su padre, en el sentido de aparentar normalidad, corrió al interior y descolgó el auricular.

—¿Sí?

Oyó el zumbido de la estática y una especie de eco, como si hablara por radio. Entonces, la voz cantarina de un hombre dijo:

—Hola, llamo al señor Ngili Ngiamena desde la reserva de caza de Magadi...

—Espere un momento, voy a buscarle. —Cuando las reservas de caza llamaban, solían preguntar por su padre, no por

Ngili–. ¿Está seguro de que no quiere hablar con el señor Jakub Ngiamena?

–Sí, estamos seguros. Alguien que llama por radio nos ha pedido que le pongamos con su número, porque quiere hablar con Ngili Ngiamena. –El telefonista de la reserva hacía breves pausas antes de decir los nombres, como si los leyera en una nota recién escrita–. Un tal señor... ¿Laudah?

Una explicación absurda se abrió paso en el cerebro de Yinka. Tal vez un pariente de Ken llamaba desde Estados Unidos, pero ¿por qué lo hacía a través de la reserva de Magadi? Entonces, de repente, lo comprendió: el que llamaba era Ken. Estaba en la sabana y tenía una radio que funcionaba. Había llamado a Magadi porque conocía su frecuencia radiofónica. Magadi estaba cerca de varias excavaciones de fósiles, y Ngili y Ken habían utilizado su oficina en el pasado para recibir mensajes y recoger provisiones. Y el director de la reserva de Magadi sabía el número privado de los Ngiamena.

–Enviaré a alguien a buscar a Ngili, pero ya puede pasar al señor Lauder –dijo, y experimentó una extraña levedad en la cabeza, como si una larga migraña se hubiera desvanecido de repente. El peso de la angustia se disipó, y se sintió estúpidamente ligera, como repleta de aire.

La tormenta de estática aumentó, y la voz del telefonista se repitió en ecos lejanos.

–Adelante.

Las uñas de Yinka arañaron el teléfono. ¡No, no! No podía soportar que la conexión fuera a cortarse. Y entonces oyó una voz extraña, apagada y ronca, como procedente de otro mundo.

–¿Ngili? Eh, Ngili. –Una pausa–. ¿Estás ahí? Soy yo, Ken. Su voz ya no era la misma.

–¡Ken, soy Yinka!

Ken guardó silencio, y a continuación se echó a reír.

–Lo siento... –dijo con voz ronca.

–¡Soy Yinka, Ken, Yinka! ¿Qué es lo que sientes?

–Me refiero...

Dio la impresión de que hacía un esfuerzo silencioso. Yinka se preguntó si estaba enfermo, o tan agotado que no podía pensar bien.

–Necesito a Ngili –dijo Ken–. Estoy utilizando una radio averiada. No sé cuánto rato seguirá funcionando... Yinka... algo terrible está pasando...

–¿Te encuentras bien?

–No... Sí... Nos están... nos están cazando, Yinka...

–¿Nos?

Ken calló de nuevo. Yinka rezó para que no hubiera enloquecido o sufrido una absurda transformación, sino que simplemente estuviera al borde del desfallecimiento.

–Por eso quería hablar con Ngili... Yinka... –Aun en aquellas circunstancias, a la joven le gustó oír su nombre pronunciado por Ken–. ¿Te acuerdas... lo que te dije la última vez que estuve en tu casa? –Ella asintió en silencio–. ¿Cuando te di... aquellas flores fósiles? –Yinka lanzó una risita, mientras su mente gritaba: Sí, sí, te entiendo, sigue hablando. Ken oyó su risa, rió también, y recordó algo más al Ken Lauder normal–. Yinka... no quiero asustarte... –Ella sacudió la cabeza, pero no se atrevió a hablar–. Esa raza... existe...

Yinka creyó entender.

Estaba un poco menos asustada por la vida de Ken.

–¿Y qué estás haciendo ahí? ¿Los estás observando?

–Estoy con ellos... Estoy rodeado por ellos... Ve a buscar a Ngili, por favor...

–¡Ken!

–¿Sí?

–Iré a buscarle, pero quiero hablar contigo.

–Puedes escuchar...

–¡Quiero hablar contigo!

–Yo también quiero hablar contigo... –dijo Ken–, pero nos están acosando, Yinka... Acabamos de repeler un ataque...

–¡Sal de ahí! –gritó la joven–. ¿Qué vas a hacer? ¿Defenderlos tú solo? ¿Por qué? ¿Por qué son tan importantes?

La luz incidía en ángulo sobre ella, y reflejó una diminuta lágrima en un lado de su nariz. Yinka la tocó, y resbaló sobre su mejilla. Pateó el suelo, furiosa. Por algún motivo, se acordó de la boda de Gwee y del arriba-abajo que no había podido bailar con Ken.

Rompió a llorar.

—¡Yinka! —exclamó Ken, estupefacto.

—Quédate ahí... Iré a buscar a Ngili...

Dejó el auricular sobre la mesa, se enjugó las mejillas con el dorso de la mano y se encaminó hacia la casa de invitados.

Nada ocurrió durante los siguientes minutos capaz de sugerir que estuviera soñando. Dijo a Ngili que Ken estaba al teléfono, y él levantó la vista, sin aliento, como si le hubieran dado un puñetazo en el estómago. Observó las mejillas relucientes de su hermana, rodeó su espalda con un brazo y la apretó un momento con firmeza. Después corrió hacia la casa.

Yinka fue a su dormitorio y descolgó el supletorio. Por encima de la estática oyó cómo los dos hombres intercambiaban un saludo sin apenas utilizar palabras, la voz de Ngili apagada a causa de la sorpresa, la de Ken ronca debido al cansancio. Intuyó que estaba aún más agotado que la radio que manipulaba.

Había deseado con todas sus fuerzas saber que estaba vivo. Ahora lo sabía.

Ken estaba explicando a Ngili dónde se encontraba, y que *ellos* existían. Estaban justo allí, rodeándole, y Ngili y él debían salvar sus vidas.

—Ken, llamaré a Don Johanson, del Instituto de los Orígenes Humanos de Berkeley —dijo Ngili—. Y a Sherwood Washburn, y a Phil Tobias, de Witwatersrand, en Sudáfrica. Pero aunque consiga localizarles y me crean, ¿cuánto tardarán en llegar? ¿Una semana? Y conseguir que un organismo internacional emprenda algún tipo de acción aún costará más. Varias semanas, o más.

—Lo sé... No se puede hacer así...

—Escucha, Ken... ¿cómo son?

Yinka veía a su hermano por la puerta entreabierta de su dormitorio, la misma puerta por la que Ken la había visto desnuda en una ocasión. Sintió un nudo en el estómago mientras aguardaba la respuesta de Ken.

—Son increíbles... únicos... pero necesitamos ayuda mañana, Ngili... mañana... un chico ya ha muerto...

¡Otra vez el plural!

Vio que los dedos de Ngili aferraban el cable del teléfono, con la cara aún resplandeciente después de hacerse una idea de cómo era la raza (también su descubrimiento), pero luego fue perdiendo brillo.

—Ken, es imposible proceder con tal rapidez. Algo espantoso está sucediendo aquí... Vamos a... vamos a abandonar Nairobi...

—¿Qué?

Ken lanzó una fría y lúgubre carcajada.

—No lo entiendes. Estamos en una especie de lista negra. Aun así...

Dio la impresión de que Ngili estaba debatiendo las opciones en su mente, y Yinka tuvo ganas de gritar por la puerta entreabierta. Ahora que sabes que está vivo, ¿vas a dejarle sólo ahí hasta que le maten? Pero se mordió el labio. ¿Qué pretendía hacer? ¿Azuzar a su hermano a correr un peligro mortal, después de esquivar otro en Nairobi?

¿Hasta qué punto era Ken importante? ¿Hasta qué punto?

Ken habló.

—Van a volver, lo sé... con armas y trampas... Pero si no lo hacen, tal vez lograré sacarles de aquí... En dirección oeste, hay seiscientos kilómetros hasta Uganda... Hay extensiones de selva que nunca han sido habitadas...

Una locura. Ngili contestó como si no fuera una locura.

—No, Ken. En Uganda hay cazadores furtivos y traficantes de droga... Existe la «autopista azul», plagada de vendedores de hierba. No puedes llevártelos hacia el oeste...

—¿Al norte, pues? —preguntó Ken—. Mil doscientos kilómetros hacia el norte... Llegaremos a Sudán o Etiopía... Kilómetros y kilómetros de sabana desierta... sin pistas de aterrizaje... sin carreteras, sin tribus...

—Ken, eso es una locura.

—Sobrevivir siempre es una empresa descabellada...

En lo alto del Mau, Ken estaba tendido sobre la hierba y contemplaba el ojo rojizo de la radio oscilar como una vela a punto de apagarse.

Dedos Largos estaba sentado en cuclillas al lado de la radio. Debido al resplandor rojo, sus facciones parecían brillar.

Ken se esforzaba por conservar la serenidad. Las palabras de Ngili le habían asustado. Procuraba no pensar en Yinka.

Intentó pensar en acciones heroicas. La causa de la ciencia. Sería mejor para el mundo perder a Ken Lauder que al muchacho sentado a su lado. Si Ngili no podía acudir al rescate, tal vez fuera capaz de conducir a la raza hacia la salvación. Si con ello podía ayudarles, sería preferible morir.

—La radio está en las últimas —murmuró.

—Iré mañana —dijo de pronto Ngili.

—¿Cómo vas a conseguirlo?

—Ya me las arreglaré. Ken, escucha. Iré, pero... ¿de veras están contigo?

Ken se echó a reír. Se dio cuenta de lo mucho que añoraba reír en compañía de otro sapiens.

—¿Crees que he perdido la chaveta? ¿Quieres que pellizque al chico que tengo al lado, para poder oír el chillido de una laringe tan estrecha como una cuchara?

—No, no. De acuerdo. Iré ahí.

—Ngili...

No supo qué decir acerca de la amistad, sobre la valentía y la entrega de Ngili. Respiró hondo.

—¿Yinka sigue ahí?

Ella indicó con un gesto a Ngili que no quería hablar.

—No, ya se ha ido.

—Me alegro. Tu hermana es muy bonita.

—Lo sé. Creo que deberías ahorrar las energías que le quedan a esa radio.

—Yo también. Adiós, Ngili...

—¡Mañana! —le recordó Ngili, angustiado—. ¡Aguanta como puedas! ¡Ayúdales a sobrevivir! ¡Encontraré un modo!

—De acuerdo...

Yinka colgó y entró en el estudio. Ngili sostenía el auricular con tal fuerza que los músculos de sus brazos se marcaban. Le miró a los ojos, que estaban secos. Estaba concentrando todos sus sentimientos en aquella feroz flexión de músculos.

—Lo lograremos, Ken, los salvaremos como sea —se apresuró a decir Ngili—. ¡Cuídate!

Se oyó el ruido de una radio portátil al ser desconectada.

Ngili y Yinka se miraron. Después, Yinka se arrojó en sus brazos, mientras Ngili aún sostenía el auricular pegado al oído.

Ngili oyó al telefonista de Magadi, que preguntaba si la llamada ya había terminado. Ngili dijo que sí, gracias, y colgó. Entonces abrazó a su hermana.

Después de salir de la habitación de Harry Ends, Cyril buscó en sus bolsillos la llave de su casa vacía.

«¿Y si me olvido de todo? —se preguntó—. ¿Y si les dejo volar allí mañana, solos? Ramsay, y ese bastardo de Ends. ¿Y si ni siquiera aparezco?»

Sabía lo que pasaría. Harry Ends ni siquiera se molestaría en averiguar qué le había sucedido. Como había dicho, miles de científicos se pelearían por trabajar con él («bajo sus órdenes») y contar al mundo que las dos razas no habían cambiado ni un ápice en dos millones de años.

Mientras esperaba el ascensor, Cyril intentó recordar las imágenes de sus víctimas en aquel espejo, para volver a despertar su instinto asesino recién descubierto, pero daba la impresión de que se había evaporado. Cuando el ascensor se abrió al vestíbulo, Cyril vio al jefe Kalangi sentado en una de las butacas. Se levantó y caminó hacia Cyril, que le saludó con un gruñido.

—¿Qué pasa?

—Cyril, quiero que escuches algo. Es una cinta de tu ex estudiante, Lauder. Mis hombres la grabaron hace media hora, cuando intentaban establecer contacto por radio con Modibo. Lauder está en el Mau, al frente, según parece —Kalangi respiró hondo— de una banda de protohumanos.

¿Una banda de protohumanos? ¿Al frente?

Cyril experimentó la sensación de que un rayo, silencioso pero mortal, le había alcanzado. Casi le sorprendió que no hubiera rajado el suelo del vestíbulo.

—¿Qué ha sido de Modibo? —preguntó.

—No lo sé —dijo Kalangi—, y me da igual. Profesor Anderson... Cyril... temo que la presencia de Lauder en ese lugar me ofrece una posibilidad muy interesante. Considerarle como un socio en potencia.

Cyril hizo una pausa antes de hablar.

—Lauder nunca se asociaría contigo...

—Lo que llegan a hacer los hombres para salvar sus sueños te sorprendería —dijo Kalangi—. Yo podría ayudarle. Podría ayudarle a salvar a esos seres. —Esperó un segundo—. Por otra parte, si quieres que nuestra asociación continúe, deberías ser capaz de sufragarla. No estaba bromeando cuando te dije el precio de ese avión. Es un transporte militar, y su coste operacional es elevado. De hecho, ha aumentado desde la última vez que hablamos.

—De acuerdo. ¿Cuál es el nuevo precio?

—Ven a mi suite —sugirió Kalangi casi con afabilidad—. Tengo la cinta de Lauder hablando desde el Mau. Se oye mal y no es larga, pero deberías oírla. Hablaba con otro ex estudiante tuyo, Ngiamena. Ngiamena quiere volar allí mañana para rescatar a Ken y esas criaturas, pero imagino que podremos encargarnos de eso. Si llegamos a un nuevo acuerdo.

Le guió hasta los ascensores y pulsó el botón de llamada. Cyril se colocó al lado del jefe y esperó a que el ascensor les subiera.

Cyril estuvo en la suite de Kalangi menos de veinte minutos.

Cuando Cyril se fue, Kalangi siguió sentado inmóvil durante unos minutos, y luego cogió el teléfono. Llamó al general al que había recibido en su despacho el día anterior y le preguntó si podían encontrarse delante del hotel Naivasha.

Media hora después, un Oldsmobile negro sin matrícula paró junto a la acera opuesta al hotel. Casi al instante, un pequeño ejército de transeúntes se acercó a los tres hombres que iban dentro. Uno de los hombres se asomó por una ventanilla del coche y ladró unas pocas palabras a las chicas, que se dispersaron de inmediato con apresurados taconeos.

Segundos después, Kalangi cruzó la calle, entró en el coche y se sentó en el asiento trasero, al lado del general. Le dijo que la Operación Limpieza se reanudaría a la mañana siguiente, pero sólo después de que cierto avión hubiera despegado en dirección a la sabana con el hombre de la Shell Oil y su grupo. Kalangi había recibido la información de que Shell estaba dispuesta a pagar millones para explotar el territorio donde vivían los mangatis. Dijo al general y sus ayudantes que sólo revelaría más detalles si accedían a cederle un cargo importante en el nuevo gobierno que se instauraría. Se estaba haciendo demasiado viejo para el trabajo de policía, y sugirió que le nombraran ministro de Economía del nuevo gobierno.

Sus palabras causaron cierto revuelo en el coche. Uno de los hombres señaló que aquél era un cargo muy importante, y que el nombramiento tendría que consensuarse en el Consejo Revolucionario del nuevo régimen. Kalangi rió y contestó que el consejo podía consensuar el tema en ese mismo momento, porque todo el consejo estaba en el coche. En función de su decisión, la policía decidiría si apoyaba la operación de mañana.

Siguieron unos minutos de miradas silenciosas entre los militares. Después, el general anunció que el Consejo Revolucionario consideraba a Kalangi una espléndida elección como ministro de Economía. Y ahora, quería examinar en persona la información que poseía Kalangi sobre los planes del hombre de la Shell. Kalangi invitó a todos a subir a su suite.

Entretanto, los transeúntes habían retrocedido hacia la entrada del hotel. Cuando los cuatro hombres salieron del coche y entraron, oyeron comentar al general que, cuando el grupo del hombre de Shell regresara, la situación en Nairobi estaría solucionada y controlada.

Habían sacado de su hangar el avión militar Embraer de dos motores, al que estaban preparando para el vuelo a la sabana. Aunque en principio era un transporte de tropas, albergaba una cantidad de armamento considerable. Dos cañones asomaban de sus alojamientos en las alas, así como dos ametralladoras más pequeñas y mortíferas, y los conductos para bombas que había sobre su panza parecían dos conjuntos de agallas. El fabricante brasileño del avión lo había diseñado para escoltar, atacar, bombardear y trasladar tropas, de manera que se podía adaptar con facilidad a la naturaleza chapucera e impredecible de las guerras tercermundistas.

Tenía abierta la escotilla por la que se lanzaban los paracaidistas, y había una escalerilla apoyada contra ella.

Los hombres que limpiaban el interior se llevaron una sorpresa cuando una silueta apareció en la escotilla bajo la luz del amanecer. Era Cyril Anderson, ataviado con fundas guardapolvo, pantalones de safari y chaqueta de cazador, con numerosos bolsillos. Llevaba sujeta a la espalda una mochila, y se tocaba con un sombrero ancho de ala flexible. Saludó a los hombres con el rutinario *Jambo*.

El capataz del grupo corrió a decirle que estaba prohibido entrar en aquella zona. Cyril sonrió.

—El jefe Kalangi fletó este avión, y yo soy uno de los invitados del jefe.

Paseó la vista por el avión, mientras respiraba por la boca debido a su olor nauseabundo. Habrían transportado animales vivos en el avión y, pese a que habían rociado el suelo del aparato con detergente, aún hedía a excrementos y sangre, como la guarida de unos cazadores furtivos.

Un mozo kikuyu de aspecto siniestro, ataviado con una chaqueta blanca, subió detrás de Cyril y pidió permiso para entrar. Cyril se apartó, y luego aspiró una profunda bocanada de aire. Aún hedía. Eso proporcionaría al pequeño Harry un atisbo de la verdadera África. El mozo kikuyu preguntó a Cyril si quería liberarse del peso de la mochila. Cyril se la entregó y luego se asomó por la escotilla.

Consultó su reloj. Pasaban escasos minutos de las ocho, y el avión despegaría a las nueve.

Miró el aeropuerto, que brillaba bajo el sol de la mañana. Al otro lado había una barriada mísera apodada Kanisa Kusini. Muy al fondo, las torres verticales de Nairobi se alzaban hacia el cielo.

A los hijos de Kanisa Kusini no les desagradaba la vida que llevaban en el barrio. *Kanisa* significa «iglesia» y *kusini* «sur», pero la Misión del Sur, en otro tiempo muy activa, fundada por católicos belgas, había sido clausurada en los años sesenta por el nuevo gobierno independiente, y el barrio había incorporado sus huertos destruidos. La iglesia estaba cubierta de inscripciones y carecía de techo. Por dentro, estaba dividida en tiendas que vendían aceite, harina, butano para cocinas y remedios herbáceos.

La bomba de agua construida en otro tiempo por la misión era el centro de la vida social del barrio. En África, los dioses del agua eran más importantes que los de los cielos. El agua gobernaba las vidas de las personas y estimulaba su imaginación. Cuando los niños del barrio se hacían mayores, algunos viajaban y veían agua en abundancia, en la forma de un gran lago, una cascada de treinta metros de altura o la infinidad azul del océano Índico. Pero aun así, conservaban en su alma la devoción por el agua, y pocos pueblos como los africanos la albergaban con tanto ardor. Para los chavales del barrio, el agua era milagrosa, incluidas las gotas que caían del viejo grifo oxidado de la bomba de la misión. Calmaba la sed, transformaba el polvo en una masa moldeable, e incluso contribuía a tranquilizar un estómago hambriento.

Lucius Conroy y Cynthia Palmer se habían granjeado la simpatía del barrio cuando anunciaron su plan para llevar a Kanisa Kusini un sistema de provisión de agua moderno. Los chicos les habían bautizado, muy apropiadamente, Mmerikani Maji, los Americanos del Agua.

Los acontecimientos de aquel extraño día empezaron cuando los Americanos del Agua entraron en la zona con su furgoneta Toyota alquilada. Los niños (enclenques pero radiantes, de piel negra reluciente, labios de un rosa irreal y dientes de un blanco purísimo) corrieron hacia el Toyota, entre gritos de *Polisi hapa, polisi hapa!* (¡La policía está aquí!), como si les comunicaran una noticia excepcional. Lucius y Cynthia bajaron del Toyota y vieron varios coches de policía, dos camiones y una rasadora, que convergían sobre la plaza de la bomba, abarrotada por unas doscientas mujeres que hacían cola con sus pozales. Las dos docenas que había delante ya estaban forcejeando con un pelotón de policías armados, mientras obreros de la ciudad se dedicaban a desmontar la bomba.

Los acontecimientos se precipitaron.

Lucius corrió y se adelantó a Cynthia. Un funcionario gritaba que iban a desmontar la bomba porque el agua estaba envenenada. Voces airadas de mujeres replicaron que, si desmontaban la bomba, no volverían a colocarla, ¿y qué iban a beber entretanto, con qué iban a cocinar? Conroy fue directo al funcionario y enunció lo evidente: desmontar la bomba sin sustituirla por otra provocaría un levantamiento. Las mujeres, la mayoría con bebés sujetos a la espalda, se precipitaron hacia los obreros. Un fotógrafo tomaba fotos con parsimonia. Un teniente de la policía hablaba por un transmisor portátil, pidiendo el apoyo del ejército. Conroy cogió al teniente por el brazo y le preguntó para qué necesitaban al ejército. No se trataba de una revuelta. El teniente Sampa pidió a Conroy que le enseñara su documentación, y Conroy extrajo un grueso billetero con su pasaporte estadounidense. Sampa se apoderó del billetero, lo introdujo en su bolsillo y dijo con toda claridad:

–Vete a la mierda, Mmerikani.

Se oyó un disparo, y Conroy cayó con una mirada de estupor en los ojos. Una ráfaga de ametralladora surgió de la torre inclinada de la iglesia y derribó a varias madres.

Cynthia corrió hacia Lucius, pero vio que nubecillas de polvo saltaban ante ella, cuando las balas impactaron en la tierra de la calle. También oyó el *tukka-tukka-tuk* de los Kalashnikovs automáticos rusos. Había aprendido a distinguir su sonido en África. Se dio cuenta de que no lograría salvar a Lucius, y que tal vez perdería la vida en el empeño, de modo que corrió hacia el Toyota alquilado.

–*Elikopta! Elikopta!* –gritaron voces a su alrededor, desde los umbrales de las casas, construidas a base de hojalata y cartón.

Cuando levantó la vista, la sombra de un helicóptero de asalto cubrió su cara y la angosta carretera de tierra. Estaba segura de ser su blanco, y por eso se quedó estupefacta cuando se produjeron varias explosiones seguidas a una manzana de distancia. Estaban volando las chabolas del barrio.

Cynthia saltó tras el volante de la furgoneta y puso en marcha el motor. La radio se encendió. Lanzó una exclamación ahogada cuando oyó a un locutor decir que un incidente relacionado con una bomba de agua en Kanisa Kusini había dado paso a violentos disturbios cuando instigadores tribales habían atacado a la población civil, que había solicitado la protección de la policía. La policía había intentado intervenir, pero al ser repelida con un intenso tiroteo pidió la ayuda del ejército. Los militares habían entrado en acción. El gobierno advertía a otros agitadores que no se aprovecharan de la violencia...

Cynthia acababa de ser testigo del incidente, y ya se había convertido en noticia, casi antes de que ocurriera. Cynthia no había visto a ningún instigador tribal, pero conocía las guerras civiles africanas de sus viajes anteriores a Mozambique y Ruanda.

Las balas cercaron su vehículo. Cynthia abrió las puertas de un lado del Toyota, para que un grupo de niños entrara en él. Todos iban prácticamente desnudos, y subían a un coche por primera vez en su vida. Cynthia aceleró y encontró un paso inesperado que permitía el acceso a la autovía. Detrás de la furgoneta, el helicóptero volaba en círculos y volvía a descender, para disparar otro cohete contra las chabolas.

Varios kilómetros al sur, cerca del aeropuerto, otro helicóptero surcó los aires, descendió y disparó un cohete contra un depósito de chatarra, no lejos de las terminales. El estampido no fue muy fuerte, pero un volcán de humo y coches incendiados entró en erupción, de forma que fue visible desde las terminales. El helicóptero disparó una vez más, al lado de una rampa de tráfico colapsada. Abrió un agujero en una masa de jacarandas. Una columna de fuego se alzó, y las ventanas exteriores del restaurante Simba y la oficina del Barclays Bank estallaron.

Jakub Ngiamena se encontraba en el banco, discutiendo con un pagador que se había negado a entregarle diez mil dólares de su cuenta. Desde aquella mañana, las transacciones en moneda extranjera que superaran los mil dólares debían contar con la aprobación del ministro de Economía. Jakub pidió hablar con el director, y ya se disponía a decir su nombre, cuando el hombre le interrumpió. Sabía quién era Jakub y le rogó que esperara. No tardó en volver con un fajo de chelines en la mano, pues la moneda nacional no estaba incluida en la nueva limitación. Jakub vio el verde pálido de los dólares bajo los billetes nacionales de encima. Preguntó el nombre del empleado, le dio las gracias y salió a toda prisa.

Itina le estaba esperando en un atestado salón, junto con Ngili y Yinka.

Los ojos de Itina estaban enrojecidos porque los cuatro Ngiamena habían pasado toda la noche discutiendo sobre lo que debían hacer. Por fin, decidieron que Itina y Yinka se irían a Johannesburgo a la mañana siguiente. Ngili se resistía a quedarse, y aducía que estaría más a salvo en la sabana que en Nairobi. Jakub no paraba de levantarse para atender llamadas de jefes regionales que planeaban regresar a Nairobi. Al final, Jakub accedió al deseo de Ngili, y éste se marchó en coche para hablar con su amigo Mtapani, el piloto. Cuando Ngili volvió, desayunaron en silencio, después de una noche sin dormir. Jakub se puso un traje que utilizaba muy pocas veces, y fueron en coche al aeropuerto.

En aquel momento, por el sistema de megafonía anunciaron que todos los vuelos quedaban cancelados, y que los pasajeros debían evacuar la terminal. Los pasajeros empezaron a gritar y correr de un lado a otro, confundidos. Itina vio que Jakub se esforzaba por abrirse paso entre la muchedumbre que avanzaba en dirección contraria. Al cabo de unos minutos, los altavoces anunciaron que un helicóptero solitario, tal vez pilotado por agitadores extranjeros, estaba atacando el aeropuerto. La fuerza aérea iba a interceptarlo. Por razones de seguridad se recomendaba que los pasajeros se arrojaran al suelo. Cerca de Itina, dos monjas africanas de edad avanzada, vestidas con el hábito completo, se santiguaron y tendieron en el suelo, pero otros viajeros no estaban para zarandajas y empezaron a pedir explicaciones a gritos. Ngili se fijó en un guardia de seguridad del aeropuerto, que se encontraba en el vestíbulo superior, justo cuando levantaba el brazo por encima de la multitud. Después, una explosión ensordecedora sacudió el salón, y se alzó un muro de humo oscuro. Siguió un momento de silencio, y luego gritos de *Hatari, hatari, moto!* (¡Peligro, peligro, fuego!), y *Msaada, daktari!* (¡Un médico, socorro!)

El guardia de seguridad había lanzado una bomba de humo para asustar a la multitud. Una masa de personas que chillaban empujó a Ngili hacia una puerta con el rótulo PROHIBIDA LA ENTRADA. Jakub agarró a las dos mujeres y siguió a Ngili por la puerta, lejos del salón envuelto en humo. Los gritos de la gente que huía despertaban ecos en una especie de pasaje subterráneo, que no tardó en abrirse al sol cegador del aparcamiento.

La muchedumbre corría en todas direcciones, pero los Ngiamena se detuvieron para pensar qué debían hacer. Ngili tenía que tomar el avión de Mtapani, rumbo a Dogilani. Jakub había hablado con la reserva de caza de Magadi y pedido a un sobrino suyo que trabajaba allí que enviara a sus guardias a la sabana, con el fin de que se reunieran con Ngili. El avión de Mtapani estaba esperando en la terminal de aviones ligeros. Jakub tomó una rápida decisión.

—Ngili, ve a ver a Mtapani y convéncele de que lleve a Itina y Yinka al otro lado de la frontera con Tanzania. Después, que te lleve al Mau.

Itina empezó a protestar.

—Esto no me gusta. ¿Cómo vamos a ir desde Tanzania a Johannesburgo? Además, no quiero dejarte aquí solo, para que vuelvas a hacer de héroe clandestino.

—Cierra el pico. Todo está controlado. Ve, Ngili.

Los cuatro alzaron la voz. El aparcamiento se había convertido en una masa caótica. La gente hacía sonar los cláxones y los coches chocaban entre sí, en las prisas por escapar del aeropuerto.

—Corre al avión, Ngili —ordenó Jakub—. Nosotros te seguiremos.

Dio a Ngili la mitad del fajo de billetes.

Ngili guardó el dinero en un bolsillo, saltó sobre un seto y corrió entre los coches y la gente asustada. Llegó a una pista y se desvió hacia el sol y los viejos hangares de la sección de aviones ligeros. Había guardado un Colt Commander del 45, con un cargador de siete balas, en un bolsillo de su cazadora, y tenía dos cajas de balas en el otro bolsillo. Los dos pesos rebotaban contra sus costillas, pero no los sentía. El dinero golpeteaba contra su muslo, pero tampoco lo sentía. Vio el avión a unos metros de distancia, un Cessna de cuatro pasajeros, aparcado dentro de la entrada arqueada del hangar, y corrió hacia el aparato como un verdadero masai, con el torso alto y rígido, a grandes y largos saltos.

Mtapani y un mecánico del hangar estaban hablando junto al avión. Un Land Rover con el rótulo SERVICIOS DEL AEROPUERTO paró entre los hangares. Ngili vio a dos hombres dentro. Uno de ellos sacó algo que parecía un periódico enrollado. Cayó sobre la pista y rodó hacia Mtapani y su avión. Estalló delante del Cessna, desintegró su morro, soltó su hélice y abrió un agujero en la pared del hangar. Ngili no pudo ver a través del humo ni a Mtapani ni al mecánico. Era imposible que se hubieran desintegrado, pero ya no los veía. El vehículo del aeropuerto se lanzó hacia Ngili. El hombre que había arrojado el explosivo se asomó de nuevo. Era joven y vestía de paisano.

—¿Ngili Ngiamena? —preguntó con tono casi cordial.

Sostenía en alto otro periódico enrollado, que encerraba un delgado cartucho de dinamita. Ngili recordó que los llamaban «torpedos bangalore». Eran excelentes para destruir un pequeño blanco a corta distancia. El hombre se lo iba a arrojar.

Ngili sacó el Colt del bolsillo y liberó con el pulgar el seguro, pero olvidó ocuparse del otro, el de la culata. El torpedo bangalore cayó al asfalto y rodó hacia Ngili, mientras éste apuntaba el arma y apretaba inútilmente el gatillo. Su cuerpo actuó antes de que pudiera darle una orden. Saltó hacia delante y pisoteó la mecha, mientras su cerebro recordaba el otro seguro de la pistola.

Su dedo lo soltó. ¡No falles! Cuando el Land Rover estaba casi encima de él, disparó varias veces contra el vehículo a bocajarro. El parabrisas se astilló y los dos hombres murieron. El vehículo derrapó fuera de control, sin conductor, hasta que se estrelló contra otro jeep aparcado al borde de la pista. El impacto provocó que el conductor saliera despedido del vehículo. Ngili corrió y saltó al ensangrentado asiento del conductor. Sacó de una patada el otro cuerpo y miró hacia atrás.

Un jeep Toyota se precipitaba hacia él, y tres hombres vestidos de paisano disparaban con Kalashnikovs. Ngili giró en redondo el Land Rover sobre dos ruedas, alejándose hacia el oeste. Pisó el acelerador y se agachó bajo el parabrisas roto cuando una verja de malla intentó detenerle. La atravesó, y trozos de cadena saltaron alrededor.

Se incorporó dentro del Land Rover y miró hacia atrás para ver si le seguían, pero sólo vio dos transportes de tropas que rodaban por la pista y de los cuales saltaban hombres armados. Paseó la vista alrededor y vio camiones del ejército acercándose al aeropuerto, procedentes de la ciudad. De pronto se acordó de sus padres y Yinka, y tuvo miedo por ellos. Tal vez ya los habían capturado. Un helicóptero atronó sobre su cabeza. Volaba en dirección a la sabana. El sentimiento de culpa por haber abandonado a su familia era comparable a la culpa de haber abandonado a Ken. Se sentó en el asiento del conductor, pisó el acelerador y continuó adelante. Oyó lejanas explosiones, y cuando miró hacia la ciudad vio altas columnas de humo que se elevaban entre los edificios de cristal y cemento.

El depósito de gasolina estaba lleno. Siguió conduciendo, intentando comprender qué estaba pasando. Encendió la radio. Una emisora culpaba a «instigadores tribales de la violencia», y otra hablaba de «provocadores extranjeros», una excusa habitual del gobierno. Apagó la radio. Corría hacia la reserva de caza de Magadi, y rezó para que el ejército tardara unas horas en invadirla. Si no la invadían, podría utilizar su radio para averiguar qué había sido de su familia.

Salió de la ciudad y tomó una carretera rural que descendía por la pared este del Rift Valley, hacia un lago alcalino que Ken y él habían bautizado «el caldero de la prehistoria». Cuando el silencio empezó a angustiarle, volvió a encender la radio y oyó un comunicado, anunciando que el ejército había reanudado la Operación Limpieza, pero ahora hablaba de «corrupción al más alto nivel y conspiración tribal». Ngili, perplejo, escuchó que citaban el manifiesto de Mtapani como prueba de la conspiración tribal. Se había decretado el toque de queda permanente y formado una comisión nacional para analizar la culpabilidad en la crisis de todos los políticos y cargos electos. El presidente, refugiado en su palacio, no había hecho ninguna declaración.

Sobre la sabana, el batir de alas de las aves fue apagado por el estruendo de un helicóptero que apareció por el este y avanzó hacia el Mau. Se elevó más cuando estuvo cerca del Mau y se movió de lado sobre la pendiente boscosa. Al mismo tiempo, dejó varios cócteles Molotov, de cuyos cuellos surgían mechas de cuerda encendidas. Cayeron dentro de la selva, distanciadas por varios cientos de metros. Al romperse, el fuego se propagó.

El helicóptero volvió hacia el este y desapareció.

Pasaron varios minutos antes de que apareciera el avión. Era el Embraer que Kalangi había alquilado, el cual seguía un curso noroeste-sudeste, paralelo a la cordillera del Mau, como si la inspeccionara en toda su longitud.

El camarero del avión había pasado varias veces con una bandeja cargada de vasos de whisky. El interior del avión aún olía a animales atrapados. Harry Ends había cogido un vaso y tenía la nariz hundida en su interior. Bebía a pequeños sorbos. Ramsay había hecho lo mismo, en tanto Cyril se había atizado dos whiskys, uno tras otro. Los tres estaban un tanto achispados cuando miraron al verde Mau, aturdidos por el pensamiento, repitió en voz alta Cyril, de que aquella selva en particular no había cambiado desde el Plioceno.

Kalangi estaba en la cabina, hablando por radio con Nairobi. Las cosas no iban como había planeado. Lo del aeropuerto había sido fácil, pero la guardia del palacio presidencial había repelido un ataque del ejército, causando varias bajas. Lo más alarmante era que Kalangi no podía ponerse en contacto con su puesto de mando en el hotel Naivasha, lo cual le hizo preguntarse si el Naivasha había sido tomado por tropas leales al gobierno.

Kalangi vio por la ventanilla una estribación pelada, con una formación circular en su superficie. La examinó con los prismáticos y luego ordenó al piloto que volviera a sobrevolarla.

Harry intentaba llamar a Londres por el teléfono vía satélite Mitsubishi ST 151 (con opción fax), cuando apareció el camarero con un mensaje de Kalangi, indicando a los tres hombres que miraran por la ventanilla. La estribación no se veía demasiado bien, y Cyril les guió hasta la escotilla de paracaidistas. El avión había descendido mucho y volaba despacio. Cyril movió la palanca y abrió la escotilla. Harry y Ramsay estaban tan entusiasmados que asomaron la cabeza al exterior y miraron, con ojos entornados y llorosos, las pisadas impresas en la estribación.

Cyril estaba detrás de ellos. Debajo de su chaqueta, en una funda ceñida al cinturón, llevaba la pistola Sig/Hammerli de

Hendrijks. Miró a los hombres que tenía delante, concentrados en intentar localizar el círculo de huellas. Entonces, Kalangi entró en la cabina.

—¡Cierren esa escotilla y vuelvan a sus asientos! —gritó irritado—. Vamos a aterrizar.

En la selva, los cócteles Molotov empezaron a arder lentamente. Eran una variante local y contenían una mezcla de dos tercios de gasolina y un tercio de aceite vegetal. Los cazadores furtivos los utilizaban para provocar incendios que hacían salir a muchos animales. A campo abierto, su efecto era instantáneo, pero bajo el espeso dosel y sin viento, las llamas ardían lentamente, consumían los restos del suelo, trepaban a los arbustos y, por fin, encontraban un árbol seco grande, fulminado por un rayo. Sólo entonces empezaba el fuego a quemar bellotas secas y ramas muertas, que se propagaban a los árboles cercanos y alzaban un muro de fuego. Pero pasaban horas antes de eso.

Yinka, Jakub e Itina habían llegado al borde de la pista, a tiempo de ver que el Cessna estallaba y Ngili disparaba contra el Land Rover. Le vieron abordarlo y huir con él.

Yinka estaba pensando qué debían hacer, cuando una voz conocida la llamó por su nombre. Era Jack Dimathi, el director de la línea aérea y amigo de los Ngiamena. Corrió hacia él. El cabello del hombre estaba cubierto de lo que parecía yeso desprendido, y las hombreras de su traje de verano estaban blancas. Dimathi señaló el tejado de la terminal.

—Tengo un helicóptero esperando en el tejado. Jakub debería subir y largarse de aquí. El ejército le anda buscando por todas partes...

Se detuvo para inhalar una trabajosa bocanada de aire, como si le doliera.

—¿Quién va a pilotar el helicóptero? —preguntó Yinka.

—Mi propio piloto. Está allí arriba.

Jack indicó una escalerilla metálica que conducía al tejado.

Se desplomó hacia delante inesperadamente, y Yinka se quedó sin habla: un gran agujero sanguinolento se abría en la espalda de su traje.

Yinka experimentó una oleada de ira y amarga desilusión que la dejó sin aliento. Pasó por encima del cuerpo de Jack y corrió hacia sus padres. Cuando por fin pudo respirar, sus manos estaban forcejeando con su padre. Se abrieron paso hasta el interior de su chaqueta y sacaron su pistola.

Subió los peldaños y vio un helicóptero ligero en el tejado de la terminal. Tres soldados se estaban divirtiendo a base de saltar y colgarse de las hélices. Otro soldado intentaba en vano apartarles del aparato.

Yinka vio un cadáver en el tejado. Estaba segura de que era el piloto de Jack.

—¿Qué estás haciendo? —susurró Jakub. Itina y él la habían seguido.

—Voy a preguntarles si alguno sabe pilotar ese trasto —susurró Yinka. Levantó la pistola y la contempló con la atención de alguien desquiciado. Después bajó la vista hacia su vestido—. Si me desabrocho el vestido, ¿crees que se distraerían el tiempo suficiente para que pudieras disparar sobre ellos, Um'tu? Eres un hombre, Um'tu, ¿qué opinas?

Le tendió el arma, y Jakub pensó que no había sostenido nada más pesado en su vida.

—No seas loca, Yinka —dijo Itina—. Vamos a...

—Jack dijo que están buscando a Um'tu —la interrumpió su hija—. ¡Y a ti y a mí también, probablemente!

Jakub nunca había imaginado una escena semejante. ¿O sí? ¿Había temido a la muerte de una forma inconsciente en presencia de sus hijos?

Rezó para que, si los tres tenían que morir en la terraza de la terminal del aeropuerto, al menos Ngili, su primogénito, sobreviviera. Después vio a su hija avanzar con sus largas zancadas de jirafa. Nunca había caído en la cuenta de lo esbelta que era. Observó que un soldado la miraba con el rabillo del ojo. El soldado soltó la pala. Los otros también se volvieron. Jakub oyó que Yinka les hablaba, y decía que su padre era Jakub Ngiamena. De repente, cuando los soldados se volvieron con brusquedad, dispuestos a apoderarse de Jakub, éste levantó la pistola –¡no falles!–, pero sin apuntar. Gritó a su hija que se tirara al suelo.

Jakub movió la pistola de izquierda a derecha, sobre las siluetas de los soldados, mientras apretaba el gatillo sin cesar. Su arma era una Mauser HSC de ocho disparos. Los tres hombres que habían estado jugando con las palas del helicóptero cayeron muertos, y Jakub olió a heces. El miedo había provocado que uno perdiera el control de sus esfínteres. Le quedaban dos balas en la recámara. Jakub se volvió hacia el otro soldado, quien tartamudeó que era piloto.

–Quizá no sepa pilotar este trasto –dijo Yinka.

Jakub apuntó con su arma al hombre.

–Juro que p-puedo pilotar e-ese helicóptero...

Confesó con voz entrecortada que aún no tenía el permiso, pero había volado cuando trabajaba para una compañía minera. Sus ojos eran los de un desesperado que se aferra a la vida.

–Si no mientes, y nos sacas de aquí, no te pasará nada –prometió Jakub.

El soldado dijo entre sollozos que no sabía por qué habían atacado el aeropuerto. Le habían reclutado sólo dos semanas antes, y su unidad había recibido la orden de salir de los barracones aquella mañana, porque «agentes extranjeros se habían infiltrado en el gobierno».

–¿Cómo te llamas? –preguntó Yakub.

–Uledi Kinanda. Soy de Mombasa.

–Yo soy miembro del gobierno, Uledi –dijo Jakub–. Esto es una conspiración criminal contra el gobierno y la constitución. Cuando te reclutaron, juraste defender la constitución.

El soldado asintió y suplicó a Jakub que no le apuntara con la pistola. Jakub se metió el arma en el cinturón, agarró al soldado y le puso en pie. Miró a su mujer y su hija.

–He de llegar a una emisora de radio. Esperábamos esto, pero no tan pronto.

–¿Quiénes? ¿Tú y tus demás soldaditos de plomo? –preguntó Itina. De pronto enderezó los hombros y miró con ceño a Jakub, como una verdadera esposa africana.

Lo último que esperaba el piloto era una disputa familiar cuando el helicóptero alzó el vuelo. Jakub maldijo a Yinka por su atrevimiento, que había dado buen resultado, pero podría haber terminado en desastre. Itina llamó idiota a Jakub por ordenar a Ngili que se adelantara hacia los hangares, y a sus amigos dobles idiotas por no haber frustrado el golpe. Jakub replicó que sus fuerzas estaban en sus puestos y preparadas para combatir. Itina preguntó al piloto cuánto pediría por llevarles al otro lado de la frontera con Tanzania, pero Jakub dijo a Itina y Yinka que podían irse. Él debía quedarse. Yinka lanzó una exclamación ahogada al observar el pánico y el desorden que se habían apoderado de las calles.

—¡Mirad, el ejército se dedica al pillaje! —gritó.

—Eso hará fracasar el golpe. Estamos de suerte —dijo Jakub, exultante.

En efecto, camiones del ejército y transportes de tropas bloqueaban las calles y los cruces principales. Los soldados salían de tiendas destrozadas cargados con televisores, ordenadores, ropa y cajas de licores. Las apilaban en los camiones, que empezaban a parecer carrozas para desfiles. Había humo por todas partes y cuerpos tendidos en las calles, pero el pillaje daba al conjunto un aire festivo.

El helicóptero sobrevoló un hospital, y Yinka vio frenar un Toyota ante la puerta de urgencias y bajar a una joven negra con una docena de niños, algunos desnudos por completo. El estruendo de los morteros vibraba en el aire, sacudía el helicóptero, y pasaban proyectiles ante la cabina. Las ventanas del hotel Naivasha estaban ennegrecidas y había un gran hueco en un lado. Las sombrillas y tumbonas ardían en los jardines, y el cadáver de un perro grande flotaba en la piscina. Una sábana convertida en bandera blanca ondeaba desde la marquesina. Un ejército de irregulares, al parecer bien disciplinados (su uniforme consistía en tejanos, chaquetas de camuflaje desabotonadas e incluso camisetas) avanzaba entre el pillaje a pocas manzanas del hotel.

Sintieron un violento impacto bajo la cabina y vieron que un fragmento del techo se desmenuzaba, dejando entrar el aire. Jakub gritó al piloto que se alejara, mientras Itina chillaba que aterrizara. Después se produjo otro estampido, que hizo añicos el fuselaje. Yinka se volvió y vio que su parte central estaba en llamas.

—¡Aterriza! ¡Aterriza! —gritó Jakub, con la cara pegada al cristal.

Aunque el rotor no se paró, el helicóptero cayó unos quince metros antes de estabilizarse. Un estrépito de disparos estalló alrededor de la cabina de cristal. El helicóptero descendió, y se produjo un fragor metálico cuando aterrizó delante del hotel.

Un hombre ataviado con una chaqueta militar desabotonada y descolorida se erguía sobre una barricada compuesta por coches incendiados. También llevaba un brillante collar masai hecho de cobre repujado, y grandes pendientes de cobre masais. Tenía el cabello blanco, y dirigía las operaciones con un transmisor en una mano y un panga —el machete masai— en la otra. Su cara traslucía la alegría de un niño realizado en la vejez.

Una masa de soldados rodeó la cabina del helicóptero, echando el aliento sobre el cristal. Ya está, pensó Yinka, ahora es cuando nos violan, nos pegan un tiro en la cabeza y nos dejan de pasto a las moscas. Fue consciente de que estaban abriendo la cabina, y dos soldados la bajaron al suelo. Sintió toda la historia de África en los dedos, frenéticos y acalorados, que sujetaban su hombro desnudo. Oyó que su padre gritaba algo y vio que el comandante canoso bajaba de la barricada y se acercaba corriendo. Le seguían dos jóvenes ayudantes, que llevaban pendientes de cobre masais bajo sus modernos cascos militares de camuflaje.

Yinka reconoció al comandante. Bajo la chaqueta desabotonada llevaba una camiseta con la leyenda PODER TRIBAL. Una enorme sensación de alivio la invadió, mezclada con la necesidad de vomitar. El comandante era Desmond Ndbala, el jefe masai separatista que había gritado a su padre unos días antes, en la casa de invitados de Ngili.

Los soldados la soltaron. Jakub abrió los brazos y abrazó a Ndbala, quien le devolvió el abrazo, con vanidad pero sin arrogancia. La victoria le hacía sentirse generoso. Ndbala anunció a sus soldados que Jakub Ngiamena, héroe de la guerra de la independencia y camarada de los Mzee, apoyaba al Poder Tribal. Un clamor se elevó de las gargantas de los soldados, y Ndbala volvió a abrazar a Jakub. Los soldados, la mitad ataviados con camisetas del Poder Tribal, dispararon sus fusiles al aire en señal de júbilo.

En el segundo piso del hotel, Ndbala y Jakub encontraron la suite donde Kalangi había instalado su puesto de mando. Sus ayudantes habían desertado, excepto uno que se había quedado dormido durante la batalla en el tejado, en el espacioso tocador de la suite. A su lado roncaba una joven prostituta, y los dos estaban colocados con Uganda Blue.

Ndbala y Jakub les despertaron y empezaron a interrogarles. La mujer no tenía nada que confesar, salvo la elevada tarifa que había cobrado. El ayudante, descamisado, gordinflón y asustado de la panga que Ndbala sujetaba, confesó quiénes eran los líderes del golpe, y que planeaban, una vez tomado el poder, establecer un paraíso de la droga en la sabana contigua a Uganda.

Ndbala se volvió hacia Jakub.

—¡Esos bastardos! ¿Acaso no es mejor nuestro Poder Tribal?

El ayudante prosiguió su confesión con una confusa historia sobre Kalangi y magnates del petróleo extranjeros, los preciosos mangatis, y Cyril Anderson. Yinka e Itina habían seguido a Jakub al segundo piso. Yinka vio que su padre parpadeaba de incredulidad cuando oyó el nombre de Anderson.

—¿Estás seguro de que era el profesor Anderson?

El ayudante de Kalangi asintió.

—Vino aquí anoche, y el jefe le puso la grabación de un mensaje por radio interceptado... Y después el señor Anderson extendió un talón por el avión...

—¿Qué avión?

—El transporte de tropas que les condujo a todos a Dogilani esta mañana...

—¿Quiénes eran? —preguntó Ndbala.

—El jefe, el profesor Anderson y un pez gordo de las petroleras... —Ndbala dio vueltas al panga en sus manos. El brillo de la hoja consiguió que el hombre hablara un poco más–. Y el jefe envió un helicóptero al Mau para tirar cócteles incendiarios en la cresta...

–¿Por qué? –preguntó Yinka.

El hombre se encogió de hombros. No lo sabía.

Jakub no sabía qué creer. A Ndbala no le interesaba la historia de los mangatis. El golpe de Estado había perdido impulso y los amotinados habían sido rechazados por unidades leales en la emisora de televisión y el palacio presidencial. Los hombres de Ndbala se habían congregado alrededor de la mesa del comedor, abarrotada de radios y analizadores. Jakub pidió que llamaran por radio a la selección meteorológica situada en lo alto de los Aberdares, que tenía una buena vista del Mau. Quería saber si la cresta del Mau ardía. La estación meteorológica informó que no se veían incendios en el Mau.

–¿Qué opinas, Yinka? –preguntó Jakub a su hija.

–No me sorprendería que Anderson hubiera ido allí. Ngili y Ken siempre decían que era un ladrón de descubrimientos, y Ken aún seguía vivo ayer. Hablé con él.

–Lo sé –dijo Jakub.

Ndbala se acercó y le palmeó la espalda.

–Jakub, vamos a llamar por radio a las comisarías de policía y a las bases del ejército para invitar a los comandantes a rendirse, a cambio de no ser juzgados. Después hablaremos con el presidente. Se ha encerrado en su palacio. Ahora es el momento de presionarle acerca del poder tribal.

–Yinka, llama a Magadi por radio, a ver si Ngili está allí –ordenó Jakub–. Lo más probable es que se haya dirigido a ese lugar. Es el más seguro y cercano.

Casi dos horas después, Yinka estableció contacto por fin con Magadi. Cuando oyó la voz de Ngili, agitó los brazos como una posesa. Jakub se acercó corriendo desde otro aparato de radio. Itina se levantó de una silla como impulsada por un resorte.

Los dos hablaron con Ngili, y éste les dijo que se encontraba bien. Itina rodeó con los brazos a Jakub y los dos se apartaron para que Yinka hablara con su hermano.

—Veo el borde del lago Magadi, y una bandada de pelícanos con el trasero rosado —dijo Ngili—, y una veintena de guardias que están lubricando sus armas. Quieren ir a Nairobi para rescatar a Um'tu.

Yinka rió, aunque tenía ganas de llorar.

—¿A que no lo adivinas? Um'tu ya ha sido rescatado, y el presidente llamó al Naivasha y pidió a Jakub que formara un gobierno provisional. Basado en la representación tribal. La única condición es que él siga al frente.

—Ya me lo figuraba —contestó Ngili—. ¿Has recibido algún mensaje más de Ken?

Yinka dijo que no, pero le habló de la sorprendente confesión efectuada por el ayudante de Kalangi. Ngili se puso muy nervioso. Si Anderson había logrado arrastrar a un potentado a la sabana, era la prueba definitiva de que la raza no era un producto de la imaginación febril de Ken.

—Pásame a Um'tu, Yinka. Voy a ir con estos guardias hasta Dogilani. —Casi gritaba—. Y encontraremos vivo a Ken, no te preocupes.

—¿Lo crees en serio, Ngili?

—Sí. Es un maníaco. Tipos como ése siempre sobreviven.

—Te paso a Um'tu.

Indicó a su padre que se apresurara. Pese a su envergadura, Jakub corrió hacia el teléfono, mientras Itina le seguía.

Yinka oyó preguntar a Jakub con qué clase de armas contaban los guardias de la reserva. Después su padre preguntó a Ngili por el camión de los guardias.

—Si el camión tiene problemas —preguntó con aspereza—, ¿cómo piensas llegar allí?

—La reserva tiene un mecánico competente —contestó Ngili—, y su camión es un Magirus alemán todo terreno en perfecto estado, salvo por un pequeño problema del carburador, que el mecánico ha prometido arreglar en pocas horas.

—¿Confías en ese hombre? Ya sabes que tendrás que conducir entre la maleza.

Jakub pensaba que, si el camión se averiaba fuera de la reserva, pero antes de llegar al Mau, la vida de Ngili correría menos peligro que si se enfrentaba a Kalangi y sus hombres en el Mau.

Ngili estaba ansioso por marcharse.

—Deséame suerte, Um'tu.

—Piénsalo, hijo. Piénsalo mientras arreglan el camión.

—Ya lo he pensado. ¿No quieres que vaya?

—Quiero que seas tú quien tome la decisión, Ngili.

Ngili respiró hondo, como un nadador antes de zambullirse.

—Pues ya la he tomado.

—Hay más de ciento cincuenta kilómetros antes de que divises la cresta del Mau —advirtió Jakub.

—Lo sé —dijo Ngili con decisión.

—¿Cómo sabremos lo que ha pasado?

—Te llamaré por radio desde allí, Um'tu.

En la selva, los incendios se iban alimentando.

Cada fuego por separado había vagado como sin rumbo, atacando fragmentos del suelo. Hasta el momento, los incendios no habían matado a animales grandes, sólo hormigas, sanguijuelas y gusanos, pero era la estación seca, y los fuegos se extendieron. Por fin, uno de los incendios topó con el cadáver de Bilal, el cazador furtivo, tendido donde Modibo le había disparado.

El fuego empezó a devorar sus ropas. Su sucio traje de faena empezó a arder como una pira funeraria, de la que se elevaron llamas poderosas. La desgastada tela se carbonizó, y las llamas crepitaron en las axilas y la entrepierna. La piel y la carne se incendiaron. La proteína y la grasa humanas empezaron a chisporrotear. Un olor a carne asada inundó la selva.

Aquel único cuerpo proporcionó suficiente energía al fuego para saltar y llegar a las ramas más bajas de los árboles. Savia pegajosa como miel había goteado desde las ramas más altas, y estaba jugosa y viva. La madera y la savia se combinaron para alimentar a la bestia de llamas. Era una bestia extraña, que nunca se saciaba. Y alimentarla sólo conseguía aumentar más su hambre.

Las llamas encontraron otro benefactor inesperado cuando llegaron al siniestro monumento de esqueletos protohumanos. La «barba de anciano» seca estalló en llamas con intensos crujidos. Las llamas alcanzaron seis metros de altura y atacaron un caobo seco que se incendió al instante. Las llamas iniciaron un ciclo de automantenimiento. Calentaron el aire hasta tal punto que el espacio situado bajo el dosel de árboles adquirió la temperatura de un horno. Hojas, matojos, espinos y matas de lianas colgantes se resecaron e incendiaron. Ahora, todo lo combustible, fuera seco, grasiento, aceitoso o resinoso, ardía con el doble de facilidad que antes. Algunas hojas eran tan delgadas que se resecaban en instantes, tan combustibles como el papel. Raíces aéreas más jóvenes y brotes más finos empezaron a ennegrecerse y retorcerse, mientras daban a luz llamas propias. A su vez, el aire caliente adquirió mayor ligereza, se elevó y empujó el dosel arbóreo, aunque carecía de la fuerza suficiente para abrirse paso a través del follaje. Repelido, el aire caliente alimentó el fuego que arrasaba el suelo de la selva. El calor había atravesado varios centímetros de mantillo. Ciempiés y gusanos emergieron a la superficie y se retorcieron en el suelo. Ratas, topos, estincos, sapos e incontables insectos salieron de su mundo de túneles, madrigueras y cubiles invisibles y huyeron presas del pánico. Los insectos alados emprendieron el vuelo, pero el calor los desintegró y cayeron convertidos en ceniza. Empezaron a caer ramas en llamas sobre aquel océano de fuego.

A estas alturas, los animales grandes ya estaban muy asustados. Los incendios de bosques alpinos eran muy poco frecuentes en aquellas latitudes, y los monos empezaron a saltar y chillar. Su sentido del olfato y su vista se contaban entre los mejores de las especies que vivían en el bosque, y vieron y olieron el fuego a través de pantallas de ramas, y se paralizaron de miedo. Los carnívoros gruñían y arañaban los troncos de los árboles. Los que tenían crías los empujaron hacia la maleza aún incólume. Como de costumbre, los ungulados, desde los antílopes pigmeos a los bongos, parecidos a vacas, eran los más asustados. Enredaron sus cuernos en los arbustos y bramaron de pánico.

El humo ya se estaba filtrando por encima del dosel, pero aún era difícil distinguirlo a simple vista porque se mezclaba con la niebla que envolvía las crestas del Mau. De todos modos, a medida que se aproximaba el ocaso, las llamas invadieron los claros y arrasaron la hierba seca. Las llamas de los claros recordaron a las aves de presa los incendios de las sabanas, que eran orgías de comida para águilas, buitres, halcones y búhos. Les bastaba con descender, pasear entre las cenizas y picotear seres cocidos.

Una columna de picos acerados se había formado en el cielo y empezó a volar en círculos, preparados para el festín.

A las seis de la tarde, la cena estaba preparada en el campamento de tres tiendas instalado junto a la pista de aterrizaje abierta en la sabana. Iban a tomar filetes de cabra y puré de mandioca, regados con coca-cola y agua que sabía al plástico de los recipientes del avión.

Harry, Ramsay y Cyril fueron a dar un paseo por la sabana, con Cyril en cabeza, que soltó una conferencia sobre la antigüedad del lugar, mientras recogía fragmentos de huesos para examinarlos brevemente. Harry y Ramsay se estaban embebiendo de la sensación del lugar. En un bosquecillo que se extendía hacia el horizonte, los elefantes utilizaban el extremo de sus trompas para explorar el follaje que coronaba las acacias. Sobre una loma, una hembra de leopardo embarazada lanzaba gemidos plañideros.

–Dime –preguntó Harry–, si los mamíferos inferiores son esos genios de la adaptación que afirmas, ¿por qué no pueden los negocios, a cuyo frente se encuentran humanos, adaptarse con más rapidez a los entornos económicos fluctuantes?

–Precisamente porque exigís más celeridad –rió Cyril–. La rapidez es vuestro concepto y objetivo principal. La adaptación necesita tiempo. Nunca se fija plazos.

Harry guardó silencio. Caminaron hasta que las sombras alcanzaron su extensión máxima.

Cyril se detuvo y sacó la pistola. Harry pensó que lo hacía porque estaba oscureciendo y se encontraban bastante lejos del campamento.

–¿Tienes miedo de que haya ladrones, Cyril? Pensaba que éste era un territorio virgen –comentó Harry.

—Es porque no crees en el *homo andersoni* —sonrió Cyril. Y al punto se puso serio—. Manos arriba, Harry, y quédate donde estás. Rams, manos arriba, y ponte al lado de Harry. —Cyril quitó el seguro de la pistola—. Lo siento, pero es inútil fingir. Esto no funciona, y lo que nos llevamos entre manos es demasiado importante.

Harry miraba la pistola con incredulidad, pero Ramsay comprendió y su pecho empezó a estremecerse.

—Cyril —tartamudeó Ramsay—, n-no lo ha-hagas. ¿Vas a comprometer tu descubrimiento, un montón de dinero, todo, por... qué? ¡No podrás hacerlo solo, no podrás!

—Puedo hacer todo cuanto considere necesario por el futuro de nuestra raza —dijo Cyril, como si contestara a una argumentación intelectual.

—Cyril, ¿te has vuelto loco? —exclamó Harry.

—Estoy muy cuerdo, amigo. Yo maté a Haksar, que tenía más visión de nuestro futuro que veinte de vosotros juntos. Haksar comprendió que nuestra raza necesita al *homo andersoni*, no sólo para sobrevivir a la próxima glaciación, sino para sobrevivir a su propia autodestrucción.

Cyril rió, como admirado de sí mismo. Eran grandes palabras, que podría utilizar en un ciclo de conferencias.

Harry le seguía con cautela.

—¿Estás hablando de ese estúpido mestizaje? ¿Quieres sustituir a nuestra especie por esa imitación? —Harry estaba tan estupefacto por la locura de Cyril que su cerebro paralizó el miedo. Habló con tono frío y práctico—. ¿Cuánto quieres por olvidar este estúpido incidente? Puedo conseguir que me envíen por fax desde Londres un giro postal, y en menos de cinco minutos.

—Deberías darte la vuelta —aconsejó Cyril a Harry—. Morir te resultará más fácil.

Harry miró a Ramsay, que no apartaba la vista del arma.

—Eres un bastardo indecente, Cyril —dijo Harry con voz demasiado normal para la frase.

—Aquí no caben esas palabras —replicó Cyril—. Hemos retrocedido dos millones de años en el tiempo, ¿recuerdas?

Ninguno de los tres oyó los pasos de Kalangi. Éste vio a los tres hombres de pie entre los arbustos, y uno apuntaba con una pistola a los otros dos. Kalangi se llevó la mano a la cintura, pero se había dejado la pistola en el campamento. Se encogió al oír el primer disparo, y vio que un largo chorro de sangre brotaba de la garganta de Harry Ends, y casi salpicaba a Cyril.

Harry cayó, y Cyril volvió la pistola hacia su amigo Ramsay, que giró en redondo y corrió al azar entre los arbustos. Cyril hizo fuego dos veces. Ramsay se tambaleó, cayó de rodillas y luego se desplomó, inmóvil.

Kalangi se echó a temblar y sus dientes castañetearon; el ruido se oía con toda claridad, pero no pudo impedirlo. Vio que Cyril caminaba hasta los cuerpos y los empujaba con el pie. Después se volvió y vio a Kalangi. Avanzó con decisión hacia el jefe de policía, hasta que estuvieron frente a frente.

—¡Estás loco! —barbotó Kalangi.

—No. —Cyril indicó el cuerpo de Ends—. Él estaba loco. Yo soy lo que Haksar intentó crear. Esa mezcla de poder feroz y mente brillante. —Kalangi parpadeaba sin comprender, pero Cyril finalizó su pensamiento, complacido por su belleza—. Yo soy el principio de nuestra nueva raza. Yo soy el *homo andersoni*.

Volvieron al campamento, Kalangi delante de Cyril, que apuntaba con su arma al jefe de policía.

Al instante repararon en que el piloto, el camarero y todos los miembros del campamento, unos ocho hombres en total, estaban inmóviles, contemplando el Mau. Bajo su cumbre erizada, a un tercio de la bajada, bailaban llamas amarillentas. El fuego daba la sensación de que el resto de la pendiente era negra, y dotaba a la sabana de una apariencia infinita.

Cyril se detuvo, petrificado. El arma que sostenía en la mano aún apuntaba a Kalangi, pero sus ojos estaban fijos en el incendio. Tuvo la impresión de que las llamas estaban abrasando su mente y saltaban locamente entre sus neuronas combustibles.

Entonces Cyril se volvió y golpeó a Kalangi con la culata de la pistola. Cuando el jefe cayó al suelo, le pateó.

—Tú lo has hecho, saco de mierda, ¿no es cierto? —chilló con voz ronca—. Tú has provocado el incendio, ¿verdad? ¿Por qué lo has hecho? ¿Por qué?

Giró en redondo y disparó un tiro sobre la cabeza de uno de los hombres que se había movido.

Todo el mundo se quedó inmóvil.

—Tirad las armas al suelo —ordenó Cyril.

Los hombres obedecieron. Una pistola y varios cuchillos cayeron al suelo.

Todos los rifles y automáticas estaban en la tienda del grupo. Cyril corrió hacia ella y regresó con un Kalashnikov automático en una mano y otros dos colgados de los hombros. También llevaba un cargador en la otra mano. Kalangi creyó que les iba a matar a todos en ese momento, pero Cyril corrió hacia el avión y disparó un cargador de cuarenta balas contra las ruedas de aterrizaje. Fragmentos de goma saltaron de las ruedas, hasta que el avión se inclinó sobre un lado, inutilizado para despegar.

Durante aquel momento de tiroteo demencial, algunos hombres podían haber aprovechado para intentar huir a la sabana, pero no lo hicieron. Esperaron, aterrorizados y fascinados, a ver qué hacía aquel mzungu loco. Cyril quitó el cargador vacío, lo sustituyó por otro lleno, retrocedió hasta Kalangi y le preguntó de nuevo por qué lo había hecho.

Kalangi gimió entre dientes que había pensado secuestrar a algunos mangatis, y también chantajear al hombre de la multinacional para que pagara más dinero. Gimió que era posible apagar el fuego mediante agua arrojada desde un hidroavión.

Cyril le ordenó que llamara a Nairobi por radio y pidiera un avión de aquel tipo. Kalangi gimió que no podía hacerlo, al menos de momento. Había llamado por radio a Nairobi antes de seguir a Cyril y sus amigos hasta la sabana. La batalla había terminado, y el golpe de Estado había fracasado. Musitó que el fuego se extinguiría durante la noche, cuando la humedad descendiera sobre la cordillera en forma de espesas cortinas de niebla.

Los miembros del grupo contemplaban la escena. La mayoría ya no eran jóvenes, y habían visto muchas muertes y destrucción, pero la locura les aterrorizaba, como siempre ocurría con la gente sencilla, convencida de que es una enfermedad contagiosa.

Cyril les apuntó con la automática y ordenó que desmontaran las tiendas. Les dijo que todos iban a dormir en la sabana, desarmados, bajo la luz de las estrellas.

—Traedme una silla —ordenó.

Le llevaron una silla plegable de lona. La volvió hacia el incendio y se sentó.

Los hombres se alejaron en la oscuridad, pero de vez en cuando se volvían para mirar a Cyril, que seguía sentado en su silla plegable, contemplando el incendio que devoraba la cresta.

El camión de los guardias de la reserva de Magadi no quedó arreglado en dos horas, ni en tres, ni en cuatro. Ngili se paseaba junto al vehículo como un león enjaulado, mientras el mecánico hurgaba en sus entrañas.

Por fin, cayó la noche. Ngili entró en la oficina, se sentó en un banco y recordó que la noche anterior no había dormido. Se tendió, confiado en que la dura madera del banco le mantendría despierto, pero se durmió al poco.

Varias horas después, el mecánico le despertó, para anunciar que el camión llevaba rato preparado, pero los guardias no se habían atrevido a despertarle. Además, su padre le estaba llamando por radio desde Nairobi.

—Tengo buenas noticias, Ngili —dijo su padre—. Los combates han cesado por completo. Ahora empiezan las escaramuzas políticas. Te llamo desde el palacio presidencial.

—¿Qué haces ahí? —preguntó Ngili, recordando que el presidente había obligado a su padre a dimitir.

—Por lo visto, voy a interpretar el papel de mediador supremo. El presidente invitó a todas las partes en litigio a enviar delegados. Pero no te llamo por eso. ¿Recuerdas lo que te dije acerca de un incendio en el Mau? El hijoputa no mentía. La estación meteorológica situada en la cumbre de los Aberdares acaba de informar de un incendio, justo debajo de la cúspide. Grande y virulento.

Ngili calló. Recreó el incendio en su mente. Sabía muy bien cuáles podían ser sus estragos.

—El incendio fue provocado —contestó.

—Exacto. Capturamos al principal ayudante de Kalangi, el teniente Sampa. Nos dijo que a Kalangi sólo le acompañan ocho o nueve hombres, y la mayoría no son soldados, sino cazadores furtivos. ¿Aún piensas ir allí?

—Sí.

—Kalangi tiene el gatillo fácil, hijo.

—Los guardias de la reserva portan rifles de caza. También tienen cartuchos de dinamita.

—No sé qué decirte, hijo...

—Yo sí, Um'tu. ¿No dijiste que no debía ser menos que mi amigo?

—Tienes razón, hijo... —Jakub exhaló un profundo suspiro—. Reuniré otro grupo aquí y lo enviaré por avión en cuanto haya puesto un poco de orden... Buena suerte.

—Te llamaré por radio cuando llegue, Um'tu.

Media hora después, un camión alemán conducido por Ngili, con dos guardias en la cabina y diez más envueltos en mantas sobre la plataforma del camión, salía por las puertas de hierro de la oficina de la reserva.

La oleada de roedores invadió el lugar donde dormían los homínidos justo cuando su intento de huir del fuego se estaba transformando en un frenesí masivo. Había ardillas gigantes, lirones, ratas con franjas blancas laterales y topos. Galoparon sobre los cuerpos desnudos de los homínidos, en tres o cuatro ruidosas oleadas, y despertaron a todo el mundo.

Ken se incorporó de un brinco, con una mano apoyada sobre el cabello de Dedos Largos. Se había dormido mientras acariciaba la frente del muchacho, con los dedos enredados en su áspero pelo.

La oleada se alejó con la misma rapidez que había llegado, y en cuanto sus chillidos se desvanecieron, otros los sustituyeron. Eran gritos emitidos por monos, gruñidos de jabalíes y rugidos profundos de leopardos. Y entremedio había otros, que Ken fue incapaz de reconocer. Lo que sí parecía claro era que todos los ruidos procedían de la pendiente del Mau.

Ken se levantó, frotándose con otros cuerpos, y notó que los músculos de sus compañeros se tensaban. El pánico se había desatado en lo alto de la colina.

Dedos Largos tropezó con el muslo de Ken, que le agarró por los hombros y le obligó a agacharse. El aire nocturno estaba más caliente que de costumbre, y se veía un resplandor entre los árboles, vago pero nítido. Ken olió lo que pasaba antes de pensar en la palabra: fuego. Siempre que se desataba un incendio en la naturaleza suponía un desastre.

Qué diablos, pensó. Había un incendio, pero al parecer estaba encima de ellos. Respiró hondo, y el humo que impregnaba el aire le provocó un acceso de tos.

Algo grave estaba pasando.

Dio unas cuantas zancadas y dejó escapar su orina. No pudo retenerla, pero tampoco le impidió moverse. Apretó los dientes y reprimió el miedo. El miedo no está permitido, Lauder.

Oyó a los homínidos detrás de él y se volvió, impaciente. Varios machos le habían seguido. Daba la impresión de que confiaban en él por instinto y percibían su temor, pero como se movía y no estaba confundido, querían estar a su lado.

El color de la atmósfera viró de negro a dorado, pasando por el gris, y cada vez hacía más calor.

Ken intentó recordar la geografía de la pendiente. Sabía que había varias terrazas encima de él, la mayoría boscosas, pero algunas sólo estaban cubiertas de hierba y arbustos, sin árboles. Y en un punto más elevado colgaba un risco basáltico, pelado, como una frente pulimentada. No había mucho que quemar allí. Para que el fuego se extendiera, tenía que bajar.

¡Hijo de puta! Había dejado la radio donde dormían.

Decidió terminar su inspección antes de regresar. El resplandor del fuego estaba aumentando. Volvió la cabeza y vio a cuatro gráciles detrás de él, desplegados. Flexionaban las rodillas a intervalos regulares y balanceaban los brazos. Sus ojos se clavaron en Ken con una mirada de camaradería. Se preguntó si creían que podía salvarles del incendio.

Tenía que existir una explicación para que se produjera un incendio en plena noche y a aquella altitud. Era preciso que trasladara su mente desde el Plioceno a la época actual. Siguió caminando, investigando, y entonces vio uno de aquellos cócteles incendiarios. Una botella de gasolina y aceite había fallado al caer al suelo. La mecha se había apagado, y su líquido se había derramado. Ken sabía lo que significaba, y la diabólica crueldad del ataque le dejó perplejo.

Y no había forma de dar explicaciones a los otros machos.

El aire adquirió un tono amarillento, y llegaron más animales procedentes de las alturas. Estaban demasiado asustados para intentar esconderse de los humanos. La luminosidad era cada vez mayor, y Ken pudo distinguir las formas de los animales en la oscuridad. También vio con claridad el brillo de los ojos de los gráciles. Estaban asustados, pero se quedaron con Ken cuando avanzó hacia el bosque en llamas.

Ken extendió un brazo y agarró por el codo a uno de los machos. Lo acercó, emitió un gruñido de aliento, y luego cogió a otro por el brazo. Los cinco se cogieron del brazo y, codo con codo, se abrieron paso entre los arbustos, en busca de pasillos más amplios, cada vez más cerca del fuego. Ahora podían oír los ruidos que producía.

Un estremecimiento recorrió al pequeño grupo cuando vieron a un gran leopardo delante de ellos. Estaba herido y no les atacó. Tenía una herida en el cuarto delantero derecho, probablemente a causa del fuego. Apartó sus ojos brillantes como avergonzado y bajó cojeando a toda prisa, agradecido de que los homínidos no le causaran problemas.

Ken y los homínidos ya tenían bastantes problemas.

Al subir un poco más, atravesaron la última muralla de vegetación y vieron el fuego, cinco corazones martilleando al unísono. Toda una terraza estaba envuelta en llamas. Un bongo del tamaño de una vaca había quedado atrapado por los cuernos en unos arbustos espinosos, y su inmovilidad era muy extraña. Ya asfixiado, se mantenía erguido por los cuernos y la rigidez de la muerte.

Uno de los machos intentó alejarse del grupo. Ken cogió su brazo con más fuerza y le obligó a quedarse donde estaba. Ken percibió el pulso que latía en los brazos de los homínidos, y se esforzó por mantener la unidad. Después los soltó, y los cinco se separaron, sudorosos a causa del calor.

Así acabará, pensó: la fuerza de nuestros brazos y piernas, junto con la del cerebro alojado detrás de nuestras frentes sudorosas, contra el fuego.

Ken meneó la cabeza y sonrió con amargura. Las probabilidades no estaban a favor de los gráciles. Eran pocos, y sus armas no eran iguales a las del enemigo. Quienquiera que estuviera al frente de ellas, haría lo que se había propuesto.

Y después, ¿qué?

Se alejó hasta llegar al final de la pendiente. El follaje y las ramas no abundaban tanto en el extremo de la escarpa y, por aquel lado, la pared también caía a pico hasta la sabana.

Volvió sobre sus pasos, seguido por los demás machos, que se mostraban confundidos pero pacientes. Por la otra parte, la pared también caía a pico.

Por ambos lados, Ken había mirado hacia arriba a través de las ramas entrelazadas y sólo había visto el cielo estrellado. No existía la menor posibilidad de que fuera a llover. Lo cual significaba que el fuego sólo podía extenderse montaña abajo.

«Muy bien —pensó—. Tendremos que abandonar este lugar.»

Tras dos horas de marcha, el motor del camión alemán empezó a recalentarse. Ngili saltó al suelo y levantó el capó. Vació el depósito del líquido refrigerante y volvió a llenarlo con agua que pidió a los guardias.

Decidió esperar media hora. El camión no iba a fallar. Sólo era el resultado de haber conducido a campo abierto.

Después de esforzarse por controlar el volante durante dos horas, Ngili sentía doloridos el cuello, los hombros y los brazos, como si hubiera acarreado rocas. Pensó que su mente estaba vacía. Recordó los incontables ojos brillantes de los animales que iluminaban los faros del vehículo. Experimentó la sensación de que había viajado en el interior de un enorme ojo verdeamarillento, el ojo de la selva en la noche.

Se alejó del camión, tembloroso de frío y cansancio. Había comido en la reserva, huevos fritos y una ensalada de tomates verdes preparados por un guardia, pero aún tenía hambre. Había compartido la comida con los demás hombres, consciente de que no estaban preparados para lo que iban a hacer.

De repente, gritos y aullidos se oyeron en la oscuridad. Ngili corrió a mirar, suponiendo que se trataba de una hiena curiosa a la que intentaban ahuyentar, pero era un hombre al que los guardias escoltaban entre sus rifles y los haces de las linternas.

Ngili se quedó petrificado. El hombre iba descalzo. Por debajo de las rodillas, sus piernas sangraban a causa de multitud de cortes y arañazos. Había arañazos sobre su cara y toda la piel que llevaba al descubierto. Tenía el rostro macilento, como si hubiera visto fantasmas. Uno de los guardias le dio agua, que el hombre casi derramó sobre su camisa destrozada, debido a la ansiedad con que bebió.

Era el único superviviente del grupo de cazadores furtivos de Modibo.

Minutos después, el camión volvía a rodar por la sabana.

El cazador iba sentado en la cabina, al lado de Ngili. Estaba tan débil que Ngili le había atado al asiento para que no cayera. El camión Magirus, aunque era nuevo, ya había perdido todos los cinturones de seguridad. El cazador les había hablado de un mangati muy grande (Ngili supuso que era Ken), el cual había aniquilado a todos sus compañeros.

Ngili aumentó la velocidad, poniendo a prueba la resistencia del Magirus. Intentaba imaginar el aspecto de Ken, después de aquellas semanas en la selva, comparando los rasgos que conocía con los que el cazador había descrito, hasta imaginar una especie de monstruo. Pero ese monstruo había utilizado sus recursos para sobrevivir, ser aceptado y ganarse la confianza de aquella extraña raza, incluso para derrotar a los intrusos.

¿Cómo lo hiciste, Ken?, se preguntó Ngili, con amistosa preocupación, y también con un nuevo sentimiento. No conocía a aquel Ken. En realidad nunca le había conocido. La ciencia siempre había pendido entre ellos como una pantalla transparente, pero Ken y Ngili se estaban descubriendo ahora en la adversidad. Y sólo ahora serían amigos de verdad.

El camión saltaba sobre enormes rocas, y los guardias que iban en la plataforma gritaban furiosos cuando se daban de cabeza contra el techo. ¿Se había vuelto loco Ngili?

No, no se había vuelto loco. La amistad, pensó. La verdadera amistad.

Paseó la vista alrededor, miró aquel cosmos desolado y se embebió de su belleza iluminada por las estrellas. La situación no era tan desesperada. La situación podía mejorar, gracias a gente como él. Incluso en África.

Cuarenta kilómetros más adelante, las llamas que devoraban el Mau habían descendido tanto que iluminaron la cara de Cyril, derrumbado en su silla de lona.

Los miembros del campamento, el piloto y el camarero dormían a ratos sobre lechos de tierra que habían cavado con sus manos desnudas.

Kalangi tardó más de una hora en subir al avión, parando cada pocos minutos y aplastándose contra el suelo porque imaginaba que Cyril saltaría de repente y le acribillaría con el Kalashnikov.

Por fin, llegó a la escalerilla del avión, subió y pasó por la escotilla. Caminó de puntillas hacia la radio, que aún funcionaba gracias a baterías auxiliares. Pocas bases del ejército seguirían en manos de amigos, pero una de ellas debía tener un caza preparado y a punto.

En el lugar donde dormían, Dedos Largos estaba ocupado en escarbar algo con sus manos, ayudado por los demás adolescentes y algunos adultos. Estaban destrozando un hormiguero, y convirtiendo sus fragmentos endurecidos en piedras para arrojar. Cuando Ken y los demás machos bajaron, Dedos Largos se incorporó y enseñó a Ken uno de aquellos grumos de barro, enlucidos con saliva de hormiga.

Se estaban preparando.

Al pasar Niawo le empujó en dirección a un grupo de árboles pequeños cubiertos de pequeñas bayas infestadas de insectos. Empezó a arrancar las bayas, una por una. Después, impaciente, saltó y se colgó de una rama más alta, hasta que una lluvia de bayas cayó al suelo. La hembra le miró, y Ken experimentó un extraño impulso de correr a ayudarla. Niawo saltó de nuevo, con un empujón de los fuertes músculos de sus pantorrillas. Rompió otra rama y cayó con ella contra Ken. Su cuerpo estaba caliente. Se puso a cuatro patas y, con la ayuda de los dientes, convirtió las hojas en una bolsa vegetal. Cabeceó en dirección a Ken para que recogiera los comestibles y las pusiera dentro. Ken recogió unas cuantas, y su frente chocó con la de Niawo. Sintió aquel enorme martilleo de su corazón, y supo qué significaba.

El principio de su primera aventura verdadera juntos.

Tal vez ella sentía lo mismo, porque apoyó la mano sobre el pecho de Ken, y después le indicó con los ojos que cierta rama estaba demasiado alta y era demasiado gruesa para que ella sola pudiera arrancarla. Tiraron de la rama juntos hasta que se rompió, y cayeron sobre las hojas, seguidos de una lluvia de bayas.

La hembra rodó sobre Ken, aplastándole con un peso que le sorprendió, y proyectó hacia él el bajo vientre y la pelvis. Sólo una vez, breve pero enérgica, como una llamada de aquellos órganos que se habían adelantado cuando las hembras empezaron a caminar erectas. Su movimiento fue tan efectivo, que Ken vivió una erección y un orgasmo, no en su cuerpo, sino en su mente, y cuando la apartó, ella volvió a caer entre las hojas, con las piernas abiertas y sonriente. Después, se irguió y se puso a cuatro patas de nuevo, para seguir masticando hojas.

Ken se puso en pie, aterrado de saber lo que sentía. Se apoyó contra un árbol y respiró como si le faltara el aire, excitado, estupefacto y acobardado.

—Ya lo ves, Lauder —dijo el fantasma de Haksar desde algún lugar cercano—. La feminidad en su estadio formativo. ¿Es acaso peor que la de hoy? ¿Es mejor? Podrías ser el único sapiens que lo descubriera, Lauder.

Ken jadeó. Intentó no pensar.

—Pruébalo, Lauder. Posees la curiosidad del sapiens.

—¿Aún soy un sapiens? —logró preguntar.

—Por supuesto, Lauder. Nadie puede retroceder a una especie anterior. Siempre serás un sapiens, pero podrías probar esta otra especie, Lauder. Probar y descubrir.

Ken se asustó tanto que desvió la vista de su cuerpo excitado.

—¿Descubrir qué? Necesitan ayuda. Necesitan que les saquen de aquí...

El fantasma soltó una carcajada.

—¿Quieres ser su líder? El mismo ego sapiens de siempre.

No necesitan líderes. Ya tienen sus propios líderes, pero te aceptarán como socio genético. Tienes buenos genes, y eso es lo que quieren. Has demostrado el vigor de tus genes.

No, pensó. No.

Vio a Niawo otra vez, que arrastraba dos bolsas de fruta comestible. Se contoneaba de una forma que Ken creyó relacionada con él, y un escalofrío recorrió su cuerpo.

Golpeó con fuerza su cabeza contra el tronco del árbol. Le sentó bien.

Se alejó del árbol, algo más calmado.

Pensó que había recuperado el control, pero Niawo se cruzó en su camino, con las manos libres, y se plantó ante él. Ken estaba en un punto de la pendiente más bajo que el de ella, de forma que sus ojos casi se encontraban a la misma altura. La hembra le dirigió una mirada que no contenía ningún mensaje concreto. Era una simple declaración de interés, un deseo tan profundo de un macho que, por un momento, Ken pensó que iba a perder la razón. Ella se presentaba como si fuera la hembra más deseable, su olor el más atrayente, y su unión la más apropiada. Era una salvaje determinación de aparearse.

Ken retrocedió, se dio la vuelta e hizo algo que no había sido capaz de hacer durante muchos días: correr.

A escasos centenares de metros, la vegetación estaba más fresca.

Ken se detuvo, con la idea de que su cobardía había sido uno de los actos más valientes de su vida. Se tocó la cabeza con ambas manos, y experimentó la sensación de que estaba tocando su mente. Era un órgano magnífico, pulido por dos millones de años de evolución adicional. No podía renunciar a ella.

Oyó unos roces en el follaje que se alzaba sobre él, miró y vio grandes sombras que se desplazaban entre las ramas. Un gran estómago peludo pasó por encima de él, luego otro, y después varios más. Y luego, uno más pequeño, una forma femenina más delicada, que cargaba un bebé a la espalda.

Era una columna de homínidos robustos, que descendían la colina de árbol en árbol, como los monos, lejos del fuego.

Ken pensó que una tregua se iba a imponer en el desastre. De momento, al menos, no debía temerles. Uno de los robustos más grandes dobló el tronco de un árbol, de forma que se abrió una abertura en el dosel, y vio la luz del día.

A lo lejos, en la sabana, se produjo una explosión de procedencia inequívocamente humana. Después oyó más explosiones, y corrió pendiente abajo.

Un avión descendió sobre un punto que se movía en la sabana, levantando un torbellino de polvo. El avión pasó muy cerca del punto y disparó varias veces, explosiones que se oyeron en kilómetros a la redonda. Los proyectiles levantaron cortinas de polvo sobre el suelo, pero el punto continuó avanzando.

Las explosiones despertaron a Cyril de su ensueño. Se puso en pie de un salto y se encontró en un mundo teñido de púrpura, debido al sol que empezaba a salir. Incluso el morro del inclinado transporte de tropas parecía púrpura, como si alguien le hubiera aplicado una capa de pintura roja. Los demás hombres también se levantaron. Cyril cogió el Kalashnikov y recordó el fuego que ardía en la cresta. Giró en redondo para mirar, pero tal como Kalangi había anticipado, la niebla envolvía la cresta. No obstante, la niebla parecía muy oscura, como si estuviera mezclada con humo. Entonces una ráfaga de brisa matutina tiró del borde inferior de la niebla, y el fuego se vio con toda claridad. Había descendido un buen trecho de pendiente.

Cyril oyó que el avión desconocido pasaba de nuevo sobre su misterioso blanco.

Los miembros del grupo, presas del pánico, corrieron hacia Cyril.

—¿Dónde están los rifles? ¡Dénos los rifles! —chillaron.

Cyril disparó una ráfaga de su automática, y casi todos los hombres se tiraron al suelo. El camarero corrió hacia el avión, seguido del piloto, quien gritaba que no intentara encender el motor. El avión no podía despegar con aquella rueda destrozada. Cuando el camarero llegó a lo alto de la escalerilla, propinó una patada al piloto, pero éste le cogió por el pie y le hizo caer. Cyril rió y disparó otra ráfaga contra el flanco del avión. Los disparos cortaron uno de los ganchos que sujetaban la escalerilla al avión, y mientras ésta oscilaba en el aire, el otro gancho se soltó y toda la estructura cayó.

El piloto dio media vuelta y cargó hacia Cyril con las manos desnudas. Cyril esperó a que se acercara, y luego le detuvo en seco, disparando una ráfaga delante de sus pies.

—¡Soy el *homo andersoni*! —gritó con aire majestuoso—. ¿Dónde está esa sabandija de Kalangi?

—¡No tengo ni idea! —gritó el piloto.

—¡Está en el avión! —adivinó Cyril—. ¡Kalangi, sal de ahí, o prenderé fuego al aparato contigo dentro!

Cyril disparó dos ráfagas que perforaron el brillante aluminio, y Kalangi asomó su despreciable rostro por la escotilla.

—¡Intentaba hablar con Nairobi para que envíen un hidroavión! —exclamó con aire afligido.

—¿Qué significa ese otro avión? —preguntó Cyril.

—¿Cómo coño quieres que lo sepa?

Pero Kalangi lo sabía muy bien. Anoche, mientras buscaba una base aérea que todavía estuviera ocupada por los rebeldes, y al recordar que Ngili había prometido ir a rescatar a Ken, había dicho al piloto que vigilara la aparición de aviones o camiones de la guardia de la reserva. Si aquel avión estaba disparando contra un camión de la guardia, en el camión debía viajar Ngili.

—¡Baja y ven aquí ahora mismo! —gritó Cyril, y disparó otra ráfaga.

Kalangi casi se desmayó. Había ordenado al piloto que vigilara el Embraer, pero que se cargara a cualquier cosa que se acercara a él. Por ello, no quería bajar del avión y convertirse en un blanco desprotegido, pero ¿cómo iba a discutir con un Kalashnikov cargado? Cyril disparó otra vez, y Kalangi saltó sobre un lecho de tierra, se puso en pie tambaleante y avanzó.

El otro avión se estaba alejando. Un reguero de humo surgía del extremo del ala de estribor.

—¡Lo han alcanzado, lo han alcanzado! —gritó alguien.

El avión se inclinó, giró y casi desapareció, oculto por los reflejos del sol sobre el metal.

Cuando los que estaban en tierra vieron de nuevo el avión, lo tenían casi encima. Kalangi intentó huir del grupo, pero Cyril le derribó al suelo con un culatazo del Kalashnikov. Aun así, Kalangi se levantó y gritó al aire:

—¡No disparéis, no disparéis!

El avión pasó como una exhalación, y el camarero fue alcanzado por ráfagas disparadas desde las alas. Su cuerpo bailó un vals en el aire y pareció desmembrarse. Se derrumbó en varios fragmentos. Los demás hombres gritaron de pánico y se dispersaron por la sabana. Kalangi intentó levantarse, pero Cyril volvió a derribarle de un culatazo. Cyril había recuperado la voz y gritaba al cielo, a la sabana y al traidor de Kalangi, que había llamado al avión para que matara a Cyril. Kalangi chilló que él no había llamado a nadie y no tenía ni idea de por qué aquel avión les estaba disparando a ellos y al camión.

—¿Quién hay en ese camión? —rugió Cyril.

—Ha de ser Ngili Ngiamena —gimió Kalangi.

Cyril derribó a Kalangi por tercera vez. Ngili estaba en la sabana, a sólo unos kilómetros de distancia. Cyril estaba tan furioso que no sintió miedo cuando el avión se acercó de nuevo. De hecho, fijó la vista en Kalangi, complacido al ver que el jefe se había orinado encima. Sólo se dio cuenta de la presencia del avión cuando vio que se abría una brecha en el costado del fuselaje del Embraer, cuando las balas perforaron el aluminio. Entonces, la explosión le cegó. Cuando el humo se disipó, vio que toda un ala del Embraer había desaparecido, y uno de los motores yacía en el polvo, a sólo treinta metros de Cyril.

Unos kilómetros más al sur, el camión de Ngiamena había sobrevivido al primer ataque, porque Ngili se había internado en un bosquecillo de acacias. El avión había volado bajo y disparado al bosque, descuajando un árbol cercano a Ngili, pero sin causar más daños. Varios guardias habían disparado sus rifles contra la cabina del avión, pero habían alcanzado el ala. Después oyeron las ráfagas lanzadas contra el lejano Embraer, y el motor del ala que estallaba.

El caza se acercaba de nuevo. Dejaba un leve rastro de humo, pero el piloto no parecía preocupado.

Ngili tenía dos posibilidades: ordenar a sus hombres que abandonaran el camión y dejar que el avión lo destruyera, o conducir en zigzag, obligando al avión a inclinarse y girar, momento en que los guardias podrían intentar alcanzar al piloto. La segunda posibilidad era mucho más arriesgada, pero de esa forma salvarían el camión.

Ngili dejó que el avión fijara su rumbo, y luego salió del bosquecillo como una exhalación. Esta vez, el avión disparó un misil que calcinó el bosquecillo. Ngili imprimió un giro brusco al vehículo. Vio que el avión se elevaba, lo cual significaba que el piloto estaba confuso y quería tener una panorámica mejor. Ngili estaba tan preocupado por el avión que no vio hasta el último momento el lugar donde Ken y él habían desenterrado el fósil. Giró el volante con tal brusquedad que a punto estuvo de volcar el camión. Dio media vuelta y vio que el avión venía directo hacia él.

Pisó el acelerador, confiado en que los disparos del avión errarían su blanco gracias a la velocidad del Magirus. Al mismo tiempo, gritó a sus hombres que no fallaran.

—¡No falléis!

Los disparos del avión fallaron su blanco. Ngili se levantó, sin soltar el volante ni dejar de pisar el acelerador, vio el humo de los disparos dirigidos por los guardias contra el morro del avión, y escuchó el estallido del cristal de la cabina cuando resultó alcanzada.

Los guardias prorrumpieron en vítores con toda su alma.

El avión remontó el vuelo, pero como si le costara. Ngili agarró el volante con una mano y golpeó con la otra el techo de la cabina. Los guardias, tan excitados como él, extendieron los puños hacia Ngili, y se enzarzaron en un tamborileo casi tribal, sin dejar de observar las evoluciones del avión.

Estaba descendiendo, bien porque estaba averiado, bien porque seguía ansioso de matar.

Cyril vio que el avión descendía, más grande y definido a cada segundo. Reparó en el armamento del aparato, la diminuta abertura de un cañón de alta velocidad de 30 mm, flanqueado por dos grupos de misiles, y vio las hendiduras de las ametralladoras. Pensó por un brevísimo momento que, si hubiera seguido la carrera militar, habría sido tan brillante en la guerra como en la ciencia. De pronto, el avión pareció tropezar en el aire. Efectuó un giro mortal, y una de sus alas apuntó casi al suelo. Anderson empezó a disparar la automática, tal vez al azar, pero pensó que le había infligido un daño decisivo.

El avión pasó sobre su cabeza en dirección al Mau, donde se estrelló con un impacto que estremeció la ladera de la montaña y el suelo de la sabana.

Ken corría hacia los ruidos que atronaban la sabana, cuando el impacto del avión al estrellarse le envió al suelo. Cayó de costado y notó el calor de los motores del avión en la piel. Las alas se soltaron del fuselaje. Volaron hacia los tamarindos, mientras el fuselaje se deslizaba hacia delante, como una gigantesca vaina de aluminio. Entonces la vaina se abrió y expulsó objetos, tal vez incluso cuerpos, pensó Ken.

Antes de que pudiera incorporarse, el motor estalló en llamas, y la onda expansiva le arrojó al suelo de nuevo. Vio un soldado que había salido despedido del avión siniestrado. El hombre llevaba uniforme de combate, con varios cintos de balas cruzados sobre el torso.

Una astilla del fuselaje le había atravesado el pecho, y una metralleta automática yacía junto al cadáver. Ken recogió el arma. Era un AKM, la última versión del Kalashnikov, con una caja plegable.

Ken, sorprendido de lo mucho que pesaba, se irguió como en estado de trance. Su dedo índice se cerró alrededor del gatillo. Tuvo la impresión de que el Plioceno escapaba de su mente, como aire que se filtrara de una cabina presurizada. Fue arrojado del pasado al presente. En lugar del ser primitivo que había descubierto en su interior, se convirtió en un hombre desnudo desplazado que temía por su supervivencia. Se había sentido aterrorizado al enfrentarse al fuego, pero era un tipo de miedo diferente.

Ahora, con el caza carbonizado delante de él, y los largos *tuk-tuk-tuks* de las automáticas que resonaban en la sabana, tenía algo moderno que temer, pero podía combatir aquel miedo con un arma en la mano y una mente idéntica a la de sus agresores.

Se produjo una segunda explosión —el otro motor del avión—, que le catapultó hacia un arbusto florido. Se levantó, atontado y perplejo, y presionó instintivamente el gatillo del AKM. Una breve ráfaga barrió el follaje, segó ramas y pulverizó hojas. ¡Tecnología, tecnología! Contempló los cartuchos expulsados. Trató de contar los disparos de rifle que se oían, para calcular cuántas personas estaban intercambiando disparos.

También oyó el rugido de la selva. La colisión del avión había acabado de enloquecer a los animales. La selva expresaba a gritos su miedo.

Ken oyó un rumor de hojas sobre su cabeza. Muchos robustos, varias docenas, se estaban descolgando de los árboles, mientras se llamaban mutuamente con frenéticos gruñidos. El fuego incontrolado les perseguía.

Los sentidos de Ken se colapsaron, pero sus ojos pudieron concentrarse en el desfile de cuerpos peludos. Machos adultos y adolescentes pasaron sobre él, confiados en sus bíceps, muñecas y dedos para sujetarse a las ramas de los árboles. Genitales hinchados de hembras circulaban por encima de su cabeza, nalgas como copas redondas de piel desnuda que la evolución duplicaría en el siguiente estadio con copas de carne en los pechos de las hembras. Excitación aumentada, más esperanza para la raza. Los pies, más parecidos a manos, se aferraban a las ramas e impulsaban a los cuerpos hacia delante. Descendían a toda prisa, como un último hurra por su vida arbórea...

Y entonces se toparon inesperadamente con una nueva muralla de llamas, causada por el avión siniestrado.

El viento, o quizá gasolina derramada, provocó que el fuego se propagara con mayor rapidez que el otro, y su calor trepó con facilidad a la altura de las ramas. Aún quedaban pasadizos entre los árboles que el fuego no había alcanzado, pero los robustos se resistían a saltar para aprovecharlos.

Bajad y escapaos, idiotas, quiso gritar Ken.

Pensó en disparar su arma, pero sabía que no serviría de nada. Aún se aferrarían con más desesperación a aquellas ramas.

Ken pasó revista en su mente a un plan imposible tras otro, hasta comprender que solo no podía hacer nada. Tendría que bajar e intentar convencer a aquellos asesinos, fueran quienes fueran, de que se comportaran con humanidad. ¡O les obligaría a punta de pistola!

Corrió hacia el soldado muerto, cuyo cuerpo estaba a punto de incendiarse. Cogió varios cargadores, pero iba desnudo y no tenía bolsillos, de manera que cargó con ellos en los brazos y se colgó el AKM al hombro. Corrió hacia el borde de la arboleda, pese a todos los impedimentos.

—¡Entréguenos las armas! —chillaron los miembros del campamento a Cyril, mientras éste continuaba apuntándoles con la automática.

Desde detrás de ellos, el camión de Ngili se precipitó hacia el campamento, mientras los guardias disparaban con sus rifles de caza. Uno de los hombres de Kalangi lanzó un grito, vomitó sangre y cayó.

Cyril comprendió que era cuestión de segundos que los hombres de Kalangi le redujeran. Aunque pudiera disparar todas sus balas, uno de aquellos bastardos se libraría y le estrangularía con sus manos desnudas.

Tropezó con el montón de armas que había reunido junto a su trono de lona la noche anterior. Se agachó, cogió dos automáticas, las colgó de su hombro izquierdo y se apoderó de una pistola. Después agarró a Kalangi, demasiado agotado para resistirse.

Cyril apoyó la pistola contra la garganta del jefe. Un movimiento en falso por parte de los demás, y el jefe moriría. Se apartó de las armas.

—Coged vuestras armas —gruñó. Los hombres obedecieron—. Id allí —indicó el borde de los árboles—, y erigid una línea defensiva.

Cyril se metió la pistola en el cinturón y sacudió a Kalangi.

—¡Al bosque! —ordenó.

Kalangi parecía catatónico, de modo que Cyril le dio una patada detrás de las rodillas para ponerle en movimiento. Incluso cargado con varias automáticas, y las manos ocupadas con el jefe, Cyril se movía con una rapidez sorprendente, y pensaba que tomaba decisiones muy eficaces. Igual que el auténtico *homo andersoni*, de naturaleza feroz e incontaminada por la civilización.

—¿Estás loco? ¿Y el incendio? —preguntó Kalangi.

—Al bosque —repitió Cyril, impasible.

—No puedo hacerlo —dijo con voz ahogada Kalangi—. Mátame aquí, mzungu de mierda.

—Si yo puedo hacerlo, tú también.

Empujó al jefe con una energía que desmentía su edad. Los demás hombres les adelantaron, pero cuando llegaron a la linde del bosque, otro *tuk-tuk-tuk* se inició. El cocinero del campamento, un cazador furtivo, vio disparos que surgían de entre los árboles y vislumbró a un hombre desnudo, una especie de mono. Entonces, una bala le alcanzó en el pecho y destrozó su corazón. Murió mirando al Mau.

Desde lo alto de la colina, Ken había reconocido a Cyril y Kalangi. Se puso a dispararles, mientras gritaba de rabia. Cuando Kalangi reconoció a Ken, pese a que el joven mzungu iba completamente desnudo, recobró sus energías y tiró a Cyril al suelo.

El camión Magirus estaba tan cerca que Ken oyó su motor. La idea de que tal vez Ngili lo conducía le impulsó a ahorrar balas. Los hombres de Kalangi empezaron a disparar, algunos hacia el bosque y otros al camión. El camión entró en el campamento abandonado. Ngili saltó al suelo y movió las manos de través para urgir un alto el fuego. Cuando Ken le vio, se puso a chillar.

—¡Agáchate, Ngili, agáchate!

Como no sabía si su voz se oía desde tan lejos, salió de su

escondite y un cazador furtivo, emboscado detrás de un arbusto, le disparó una bala que atravesó su hombro derecho.

Ken contempló asombrado su carne desgarrada y vio el tejido rojo. El pequeño orificio se iba llenando lentamente de sangre oscura. Otra bala pasó rozándole, y le obligó a refugiarse entre los árboles.

Podía levantar y mover el brazo, pero le pesaba. Pasó la correa del AKM por encima del hombro y presionó la herida con la mano izquierda. La hemorragia era mínima, porque podía contenerla con la presión de la mano.

Parecía una herida sin importancia, aunque sabía bien que pocas heridas de bala carecían de importancia en la sabana. Mientras retrocedía, el calor del fuego le envolvió y empezó a sentirse mareado.

Dedos Largos, pensó de forma inesperada.

Entonces recordó al amigo que había llegado en el camión. Ngili, Dedos Largos aún está vivo. Ellos aún están vivos. Ven aquí, Ngili, ahora que te has decidido a aparecer.

Los pasadizos entre los árboles seguían abiertos. Era posible huir del fuego y... caer en la carnicería que tenía lugar en la sabana.

Malditos sapiens. La evolución no había planeado que el hombre saliera así de la selva.

Paró en seco.

Vio a Dedos Largos.

—Al bosque, bastardo —seguía murmurando Anderson, y golpeó a Kalangi en la espalda con la culata de la automática.

Kalangi se volvió, suplicante.

—Estás loco. Moriremos en el incendio. Deberíamos regresar y hacer un trato con Ngiamena.

—Al bosque —repitió Cyril, consciente de que Ngili no haría ningún trato con ellos.

Los robustos bajaron de las ramas y se congregaron en uno de los pasadizos abiertos entre los árboles. La masa de cuerpos semejaba una muralla de músculos peludos. Los gráciles también estaban bajando, en una sorprendente formación. Delante iba Dedos Largos, ambos puños cargados con proyectiles desgajados del hormiguero. Los machos adultos le pisaban los talones. También iban armados con grumos de barro y ramas rotas. Los jóvenes iban diseminados entre los adultos, y detrás venían las hembras, cargadas con sus bebés y escoltadas por otros adultos.

Los dientes superiores de Dedos Largos mordisqueaban su delgado labio inferior, y parecía tan decidido como Ken siempre le había visto. Ken no pudo reprimir una sonrisa, y envió al muchacho el mensaje principal de la sabana, que él mismo había aprendido: no falles.

¡No falles, Dedos Largos!

Henchido de orgullo protector, Ken se preguntó por qué Dedos Largos dirigía la marcha de los gráciles. ¿Era el líder? ¿Habían valorado su experiencia con extraños como Ken? El clan no se daba cuenta, al contrario que Ken, de que Dedos Largos aún era un muchacho, a punto de convertirse en hombre. Tal vez el clan había oído el clamor asesino de los extraños, y le habían coronado líder porque había sobrevivido al cepo, atacado a Modibo y ganado la pelea. Dedos Largos ya no tenía miedo de los espacios abiertos. Ya era un cazador. En ese momento ocurrió algo que explicó a Ken por qué Dedos Largos iba delante. Uno de los machos adultos intentó adelantar a Dedos Largos, pero éste le obligó a retroceder de un codazo. Dedos Largos alzó los puños cargados de piedras hacia el grupo de robustos que aguardaban. Se había autonombrado jefe del clan. Había surgido como líder de una manera espontánea y ahora el clan se agrupaba tras él, y exhibía sus armas: palos y piedras.

Los robustos necesitaban las dos manos para desplazarse por los árboles, e iban desarmados. La evidente determinación de los gráciles, además de sus armas, hizo vacilar a los robustos, y al final decidieron no atacar, lo cual concedió a los gráciles una ventaja momentánea, y se internaron en el estrecho pasadizo, ante las mismísimas narices de los robustos.

Las dos razas, los gráciles y los robustos, estaban separadas, pero ahora se veían obligadas a escapar de las llamas casi al mismo tiempo, aunque los gráciles lo hicieran primero. Mientras el fuego rugía detrás de ellos, todos vivieron un largo momento de increíble tensión.

Dedos Largos dejó atrás al clan de robustos.

¡Bien hecho, Dedos Largos! Ken sonrió. La batalla final de las dos razas no tendría lugar. Al menos por ahora.

Un redoble de armas automáticas despertó a Ken de su ensueño.

Se deslizó entre dos árboles, bajó a toda prisa y salió a una pendiente casi pelada, con algunos arbustos dispersos. Parpadeó por efecto de la luz del sol y vio a Kalangi a pocos metros de distancia, con una automática humeante en la mano. Kalangi se agachó tras un arbusto. Cyril Anderson, provisto de una automática y una pistola, avanzó hacia el arbusto, con una expresión de estupefacción, mezclada con una ira colosal, en la cara. Apuntó la automática y disparó varias veces, sin alcanzar a Kalangi.

−¡Dejad de disparar! −gritó Ken−. ¡Ellos van a salir! ¡Podrás conseguir tu descubrimiento, Cyril, si dejas de disparar!

−¡Mátale, está loco! −chilló Kalangi desde detrás del arbusto.

−¡Ayúdame a capturarle, Ken! −ordenó Cyril.

Cyril apuntó la automática hacia el arbusto y apretó el gatillo, pero sólo se oyó un clic. Kalangi se alzó sobre el arbusto y disparó. Un chorro de sangre brotó del pecho de Cyril. Ken apuntó su automática a Kalangi, pero tenía el brazo tan entumecido que el arma lo venció, como si estuviera hecha de plomo. Cuando pudo alzarla de nuevo, Kalangi ya había subido por la pendiente hacia los árboles humeantes.

Ken avanzó tambaleándose, y se encontró a pocos metros de Cyril, que se tocó el pecho y luego se llevó los dedos a los ojos. Estaban manchados de sangre.

−Deprisa, Ken... Me han herido, pero no es nada... Llévame abajo...

Ken tuvo ganas de reír. Incluso ahora, Cyril sólo podía pensar en sí mismo.

Cyril se acercó más, pero cayó sobre una rodilla.

—¡Ayúdame! —ordenó con un gesto de impaciencia que manchó de sangre su abundante pelo cano—. ¡Ngili está ahí abajo! ¡Mi tipo de sangre es cero! —Se aferró a Ken y le arrastró hasta el suelo. Empezaba a farfullar—. Podemos trabajar juntos...

Después, como irritado por la falta de reacción de Ken, le apuntó con la pistola. Parecía pequeña en su enorme mano.

Ken disparó su arma. Cyril cayó hacia atrás. Su pecho era ahora una masa de orificios de bala sangrantes.

Arriba, Kalangi oyó algo que zumbaba por encima de su cabeza. Era una piedra. La siguiente le alcanzó en la frente. Mientras Kalangi rodaba colina abajo, vio que los gráciles saltaban por encima de él. Intentó apuntar su arma, pero más piedras le golpearon, y el arma resbaló de sus manos. Los gráciles le pisotearon, hasta que quedó convertido en un amasijo grotesco.

El clan descendió por la pendiente rocosa, y sus ojos se embebieron de la amplia sabana que se extendía ante ellos. Ken y Anderson esperaron petrificados, uno de pie, el otro tendido. Anderson se incorporó sobre los codos.

Algunos machos robustos aparecieron detrás de los gráciles y también bajaron hacia la sabana, desplazándose sobre sus nudillos como chimpancés. Se detuvieron, gruñeron en voz alta e indicaron a sus parejas e hijos que salieran de los árboles. Algunos iban erguidos, y otros a cuatro patas.

Ken se agachó y trató de levantar a Anderson, consciente de que su hombro y brazo derecho se negaban a obedecerle. Anderson indicó con un gesto que le dejara como estaba. Farfullaba en voz baja, y Ken tuvo que esforzarse por oír lo que decía.

—Podríamos haber trabajado juntos... Este lugar... alberga varias razas... El *homo andersoni*... y podríamos haber dado tu nombre a la otra raza...

Cyril sonrió, generoso, y después escupió sangre. Sus ojos buscaron los de Ken.

Ken contempló la sonrisa egoísta en la cara de Anderson. Aún en la muerte, su ego estaba distribuyendo gloria.

Cyril se volvió para mirar a los protohumanos, y Ken miró

en la misma dirección. Se dirigían hacia las majestuosas praderas. Ken nunca había pensado en contarlos. Mientras pasaban ante él, se debatió entre dos sentimientos en conflicto. No sobrepasarían el centenar, menos que cualquier tribu viviente moderna. Por otra parte, un centenar se le antojó un tesoro incalculable.

Ken no pudo ver si Dedos Largos aún iba al frente.

Mientras les seguía con la mirada, vio que cambiaban de dirección. Estaban esquivando a una pequeña multitud que se mantenía apartada. Ken reconoció los uniformes caqui de los guardias de la reserva. Entonces vio a Ngili.

Ngili y los guaridas estaban presenciando los orígenes del hombre.

Ken intuyó que Cyril había muerto a sus pies, y tuvo miedo de bajar la vista, como si aquella visión pudiera malograr su supervivencia. Avanzó a trompicones, sobre la corta hierba pisoteada por pies protohumanos.

En ese momento Ngili despertó del hechizo de contemplar a los protohumanos y vio a su amigo. Ngili echó a correr colina arriba. Su cazadora se hinchó como un globo.

A medida que se acercaba, su rostro se transformó en un caleidoscopio de emociones: júbilo, curiosidad, sobresalto, preocupación, alegría. Preocupación otra vez. Ken estaba sangrando. Ngili se puso a gritar que se tendiera y no se moviera.

Ngili tuvo la sensación de que su mente estallaba. Cuanto más se aproximaba, más real se hacía el cuerpo contusionado, ensangrentado y enflaquecido de Ken. Éste se tambaleó, hasta que Ngili estuvo lo bastante cerca para tocarle. Entonces se derrumbó en sus brazos.

—Tendrá que sujetarle —dijo una voz de marcado acento hindú—, porque no tenemos anestésicos. Tiene suerte de haber recibido sólo una bala, y de que la herida sea superficial.

Ken oyó la voz a través de una neblina soñolienta. Parpadeó e intentó ver, pero sus ojos estaban húmedos y pegajosos. Distinguió los contornos desdibujados de tres caras que flotaban sobre él.

Oyó la voz de Ngili.

—Muy bien, le sujetaremos, pero ¿cómo es posible que haya olvidado traer anestésicos?

Un médico, pensó Ken. Y éste es Ngili, y está vivo. Y el clan está vivo. Les vi salir de la selva. Pero ¿cuándo fue? Un agujero negro parecía extenderse entre aquel momento y el presente.

¿Qué me están haciendo?, pensó.

—Mi hospital fue bombardeado durante el golpe —explicó el médico—, y saquearon los almacenes de suministros. Tiene suerte de que haya podido traer antibióticos. Bien, los blandengues que se retiren —añadió—. ¿Será capaz de ayudarnos, señorita? Le advierto que sangrará.

—Lo resistiré —dijo una mujer.

Tenía la voz de Yinka.

Ken empezó a removerse cuando notó que le sujetaban muñecas y tobillos. Con cuerdas, al parecer. Intentó oler para saber dónde estaba. No olió a ciudad ni a hospital. Oyó un turaco y el zumbido de un avión. Aún seguía en la sabana.

—¿Yinka? —preguntó vacilante, temeroso de que nombrarla le despertara de un sueño.

Siguió un silencio que le asustó. Luego, ella habló, muy cerca de su cara.

—¿Sí?

—Eh, Ken —dijo Ngili—. Has dormido un par de días.

Ken se imaginó sucio y desnudo y notó que el aire acariciaba su cuerpo. Tuvo miedo de orinarse encima, o de haberlo hecho ya. Parpadeó, atemorizado, para enfocar una de las caras.

—¿Qué les pasa a mis ojos? —susurró—. ¿Qué me han puesto en los ojos?

—Un desinfectante —contestó el médico—. Se lo enjuagaré en cuanto haya acabado con su brazo, señor Lauder. ¿Cómo se encuentra?

—Estoy bien... Yinka... —Hizo una pausa, sin saber qué decirle—. ¿Qué haces aquí? ¿Estás escribiendo... un artículo?

—Sí. —Parecía serena, pero hablaba como desde una gran distancia—. Un artículo sobre el amigo sapiens. Comportémonos; nuestros antepasados nos están observando.

Cogió su mano.

Ken gimió ahogadamente, y experimentó la sensación de que, por algún motivo, toda su desnudez se había concentrado en sus manos, y estaba avergonzado de tocar aquella mano fría y esbelta.

—Le voy a cortar el pelo —anunció Yinka—. Lo tiene muy sucio y enmarañado.

—Bien. No tiene heridas en el cráneo. ¿De acuerdo, señor Lauder?

—Sí.

—¿Preparado? Esto le dolerá un poco.

—Estoy preparado.

Apretó aquellos dedos fríos, y Yinka le devolvió el apretón con firmeza. Y otro dolor se sobrepuso a aquel dolor, una agonía indescriptible que se apoderó de su brazo derecho, como si un buitre le hubiera hincado el pico. Eso es lo que sienten los animales de la sabana, pensó, cuando los picotean sin haber muerto todavía. El dolor aumentó, hasta experimentar la sensación de que un cuchillo le estaba hurgando el cerebro. Apretó las mandíbulas y gritó. Luego, se quedó inmóvil.

—Se ha desmayado —dijo el médico—. Mejor así. —Algo metálico tintineó en un cuenco de hojalata—. Tómele el pulso —dijo a Yinka.

La joven soltó la mano de Ken y cogió su muñeca con los dedos. Sintió el pulso; seguía presente.

Respiró hondo y contempló la cara inmóvil. El sol de la sabana había emblanquecido el pelo de Ken, y su cara estaba tan magullada que casi no la reconoció. Tenía una herida que corría desde el extremo de la ceja hasta la comisura de la boca. Estaba cicatrizada y casi parecía un tatuaje. El fuego había parcheado su piel, bronceada de forma caprichosa. Los cortes y hematomas casi le daban aspecto felino, como el de un leopardo.

Yinka miró el cuerpo de Ken. Daba la impresión de que estaba en los huesos. Sus espinillas, tobillos y pies, esqueléticos como las demás partes de su cuerpo, estaban cubiertos de vendajes rosas, aplicados por los guardias de la reserva antes de la llegada del médico. Tenía vendajes hasta en la planta de los pies.

Yinka miró hacia atrás. Ngili secaba la sangre, mientras el médico cosía la herida.

—Hemos de darnos prisa. El desmayo es como un anestésico, pero no se prolongará mucho —murmuró.

Ken tosió y lanzó un gemido de dolor.

—Gracias, señorita Ngiamena —dijo el médico—. Sería una buena enfermera. Voy a aplicar un vendaje muy apretado al hombro y el brazo. Después, el paciente tendrá que seguir acostado, muy quieto. Esperemos que no le suba la fiebre.

—¿Cuánto tiempo tiene que permanecer inmóvil? —preguntó Ngili.

El médico era un hombre bajo, de gafas gruesas y grandes ojos bulbosos, tal vez debido a un problema de la tiroides. Miró a Yinka.

—Hoy y mañana, como mínimo. Usted es la más paciente, ¿verdad? Siéntese junto a su catre y lea un libro.

Ella asintió.

Pensó que su valentía era una especie de droga. Aclaró su mente. Y también logró que el tiempo pasara sin que tuviera conciencia de ello. Se sentaría junto al catre de Ken, pero no leería. Tenía mucho que pensar.

Ngili la estaba mirando.

—Los chicos del campamento se turnarán para vigilarle, Yinka.

—Yo haré la primera guardia, durante un par de horas.

—Bien. Iré a dar una vuelta por ahí. ¿Quieres venir, Yinka?

—Por supuesto.

Los miembros del campamento trasladaron a Ken desde la tienda principal, que había sido utilizada como hospital de campaña, hasta una tienda de dormir. Le tendieron sobre un catre. Ken durmió, agotado a causa del dolor y de todo lo demás.

Despertó un rato después y vio a Yinka sentada en una silla de lona, al lado de su catre. Tenía la rodilla apoyada contra su pierna, y Ken sintió la redondez de su rodilla, inmóvil y firme. Tenía la cabeza apoyada sobre el pecho: estaba durmiendo. Olfateó el aire, por si podía distinguir un olor propio de la joven entre los demás olores de la tienda. Durante los últimos días había disfrutado de los olores del mundo sapiens. Casi todos los recuerdos más persistentes de un hombre están basados en su sentido del olfato. Qué primitivo, pensó. Ken lo había comprobado en la sabana, en la selva. Y ahora también aquí.

Había experimentado intensas emociones cuando reconoció los olores más sencillos de la civilización, como el fresco aroma de unas sábanas limpias.

Pero no podía oler a Yinka. Quizás estaba sentada demasiado lejos.

Volvió a quedarse dormido, mientras intentaba recordar algo, varias palabras que había repetido durante los últimos días, palabras que poseían un significado muy concreto. Sin embargo, por significativas que fueran, las había perdido.

Durmió, consciente de movimientos y ruidos. Aviones pequeños despegaban y aterrizaban. Y ya existía el tiempo, el tiempo de la civilización, dividido en horas y días. Y transcurría.

Llovió a última hora de la tarde, lo cual ayudó a extinguir el fuego que quemaba el Mau. Desde el día anterior, un hidroavión de Nairobi se había enfrentado con valentía a las altas columnas de humo negro. El problema residía en la falta de agua. La bomba del avión había absorbido el líquido fangoso de las charcas, espantando a los animales. Una vez el depósito cargado de nuevo, el hidroavión atacó la escarpa una y otra vez, y escoró muy peligrosamente para alcanzar el corazón de las llamas sin desperdiciar agua por culpa del humo. El piloto, un keniata, estaba haciendo un trabajo de héroe.

Durante la lluvia, Yinka y Ngili cruzaban la sabana a quince kilómetros por hora.

La lluvia no tardó en eliminar el polvo del aire, y cada color, forma y tono, cada red de ramas y entrelazado de hojas, adquirieron una definición casi dolorosa. Ngili vio a través del parabrisas una masa de cuerpos morenos en la lejanía.

Apagó el motor, pero no pisó el freno. Mudo a causa de la tensión, se los señaló a Yinka, mientras el camión aún rodaba por inercia. Los seres se volvieron y miraron el camión en silencio. Ngili no pudo distinguir si eran robustos o gráciles. Se habían acurrucado a la sombra de una acacia, con los ojos brillantes como bayas.

Era la primera vez que Yinka los veía. Había volado un día después que Ngili, pero para entonces ya se habían dispersado entre la hierba alta. Esa mañana, sin embargo, un guardia había descubierto un kudu devorado, con los huesos de las patas arrancadas y la médula vaciada.

—No parecen asustados —murmuró Yinka.

—Es cierto —dijo Ngili—. Se están adaptando muy bien a las condiciones de la sabana.

Yinka contuvo el aliento, contemplando lo que Ken había visto durante las últimas semanas.

–¿Qué vais a hacer? ¿Qué vais a hacer Ken y tú?

–Es muy sencillo –contestó Ngili–. Creo que no debemos revelar el descubrimiento.

–¿Cómo es posible guardar un secreto semejante?

–Es probable que sea por poco tiempo, de modo que intentaremos guardarlo lo máximo posible.

Encendió el motor, dio marcha atrás lentamente y regresaron al campamento.

En su tienda, Ken despertó y recordó las palabras: *la desesperación de los genes.*

Al principio, se le antojaron absurdas, hasta que Yinka entró en la tienda y le sonrió.

–Los he visto. –Se sentó en la silla de lona y le cogió la mano–. Ngili y yo fuimos a dar una vuelta, y vimos un puñado debajo de un árbol, a la espera de que la lluvia pasara.

Ken se incorporó con un estremecimiento, y ella se apresuró a acostarle de nuevo. Quizá porque la joven había mencionado a los australopitecos, o tal vez por otra razón, de repente creyó que había otro rostro femenino debajo del de Yinka. Lo vislumbró, como si las facciones de Yinka fueran transparentes. No vio a Niawo en Yinka, sino una especie de mujer ancestral que abarcaba a ambas. Fue en aquellos rasgos ancestrales donde distinguió la desesperación de los genes. Recordó que la había intuido en las facciones y el cuerpo de Niawo, porque estaba presente en ella, como en todas las mujeres. Estaba en la forma relajada y graciosa con que Yinka se sentaba, y en la forma en que extendía las manos para tocar su cara. Todo ello formaba parte de la desesperación, una palabra inapropiada, porque en realidad, no era desesperación, sino la conciencia del destino y el propósito de la mujer.

–Gracias a Dios no tienes fiebre. –Yinka sonrió–. En menudo lío nos has metido, colono. Los guardias me dijeron que se internaron en la selva para averiguar los daños causados por el incendio, y vieron las huellas de tus pisadas...

–Huellas de pisadas. –Ken sonrió–. Siempre huellas de pisadas.

Ella le miró y volvió a coger su mano. Sus dedos también parecían esqueléticos, como una garra ancestral. Ken se sintió embargado de emoción. Ella le miró con sus fantásticos ojos marrones y el pánico se apoderó de él, como le había pasado al zambullirse en los ojos de Niawo. Yinka le echó el aliento a la cara, y Ken reconoció por fin su perfume. Un olor limpio y frío, de piel sana, de dientes intactos. El calor de los genes, igual que en la selva, pero almacenados en el frío envoltorio de la vida moderna.

De repente, rompió a sollozar. Pensó en Dedos Largos, casi pavoneándose cuando guiaba al clan hacia los espacios abiertos y empezaba a practicar aquella senda virgen en la hierba de la sabana.

Yinka se asustó y le acarició la mano. No sabía qué le ocurría. Ken intentó explicar que estaba preocupado por la supervivencia de Dedos Largos, del mismo modo que los sapiens se habían preocupado por él.

Yinka frunció el entrecejo, como si no le gustara la comparación.

—Ese chico debe de ser una maravilla.

Ken asintió y le habló de Dedos Largos. Le habló de su primer encuentro junto a la charca, y de cómo era aquel asombroso muchacho de cabeza chata que ahora guiaba a su raza para aprender los rudimentos básicos de la vida en la sabana. Enumeró los acontecimientos clave de su amistad: Dedos Largos le había salvado cuando estaba febril e inconsciente. El pequeño *australopithecus* le había arrastrado hacia su guarida subterránea. Después, el mechero. Encender su primer fuego. Fabricar su primera lanza. Alancear al kudu. El cementerio con los huesos del padre de Dedos Largos. Y el león.

El pequeño ser de cabeza achatada. Él...

Ken quería decir que el muchacho le había transformado en otro Ken Lauder, pero no se atrevió.

Yinka le miraba con preocupación creciente, y Ken temió una vez más que se iba a precipitar en los ojos de una fémina.

—Ese chico era un mago —dijo, con una voz que le sonó monótona y estúpida—, a su manera prehumana.

Lo que había dicho era mentira, una traición de sus días juntos, de sus cacerías. Pero ¿tenía importancia? Ella nunca podría comprenderlo.

Yinka le miró como si hubiera tomado una decisión.

—Mañana, si te sientes con fuerzas, iremos a esa charca.

Le rodeó con los brazos y se inclinó para besarle. Ken notó que la joven temblaba contra su pecho.

—Pensé que habías muerto. Te imaginé devorado por las hienas.

—En la selva no hay hienas.

—Devorado por cualquier...

—Alguien puede entrar...

—No me importa.

Pero no le besó de nuevo, sólo recorrió su brazo con los dedos, con una emoción que no era sexual y parecía sorprendente para ella también.

Se oyeron pasos ante la entrada de la tienda.

—¿Ken? —llamó Ngili en voz baja—. ¿Puedo entrar?

«¿Qué demonios le ocurre a Ngili, anunciándose con tanta formalidad? —se preguntó Ken—. ¿Está reconociendo el derecho de Yinka a estar a solas conmigo?» Yinka se levantó. Ngili entró y sonrió a su hermana.

—La fisiología de los homínidos es asombrosa —dijo—. Pareces muy preocupado. —Se sentó—. Ken, has de decidir si vas a informar del descubrimiento, porque acabo de enterarme de un giro nuevo en la situación. Alguien de Shell Oil se ha puesto en contacto con mi padre y le ha dicho que aún quieren lo que ellos llaman «el proyecto». Afirman que poseen los derechos de propiedad, por así decirlo.

—¿Qué?

Ken lanzó una risita cansada. ¿Otra vez? Después de Anderson, ¿Shell Oil?

—Lo creas o no, intentaron convencer a Um'tu de que su difunto vicepresidente Harry Ends fue determinante en la salvación de los homínidos. Tienen las notas de Haksar.

—¿Amenazan con hacer público el descubrimiento?

—Amenazar, lo que se dice amenazar, no, más bien presionar. —Aguardó—. ¿Cuál es tu decisión?

Ken habló en voz baja.

—No vamos a hacerlo público, Ngili.

—Estupendo —dijo Ngili. Yinka estaba de acuerdo con Ken—. Um'tu nunca estará en mejor posición con respecto al presidente. En la práctica, Um'tu es el gobierno. Por lo tanto, podemos trazar un perímetro de varios miles de kilómetros cuadrados y conseguir que el gobierno declare prohibido el acceso. Shell no podrá hacer nada, aunque publique las notas de Haksar. Todos los que sabían o fueron testigos de algo están muertos, gracias a Cyril. —Rió—. ¿No es asombroso, Ken? Cyril, el hombre al que más temíamos, convertido en protector de esos seres contra su voluntad. ¿Ken?

—¿Qué?

Ngili irradiaba energía y entusiasmo.

—Tú y yo seremos los guardianes de ese lugar. Ya nos arreglaremos con la burocracia. Además, no abandonaré nunca más la geología. —Ken asintió. Ya lo había imaginado—. El hidroavión se marcha mañana por la mañana, Yinka. ¿Quieres ir a Nairobi?

—¿Puedo esperar un día? Si Ken se encuentra bien mañana por la mañana, me enseñará la charca donde encontró al chico.

Ngili bajó la vista. Palmeó el brazo de su amigo y luego salió de la tienda.

Mientras se dirigían a la charca, Yinka interrogó a Ken sobre los demás homínidos. Había oído muchas cosas sobre el muchacho, pero ¿cómo era deambular por ahí con todos esos adultos desnudos? ¿Cómo era? Ken contestó con cautela que era bonito... estimulante, por así decirlo.

Yinka detuvo el Land Rover en el sitio donde Ken había visto por primera vez a Dedos Largos. Calzaba unas botas que le había prestado Ngili, y hacía muecas de dolor por culpa de sus pies vendados. Tenía la extraña sensación de que algo había cambiado en el entorno.

Vio un objeto pequeño y delgado en la orilla fangosa de la charca, y llamó a Yinka para que le siguiera, como si su presencia pudiera protegerle. Se acercó al objeto y experimentó una sensación de *déjà vu* que le estremeció. ¿Podía el hechizo reiniciarse, y tal vez (dirigió una mirada a la hermosa joven que le seguía) imponerse a los dos?

El objeto era una rama, recta y sin nudos, como una lanza corta.

Era negra porque el incendio la había carbonizado.

La recogió, al tiempo que la sensación de *déjà vu* se intensificaba. Era tan física que parecía un contagio, una infección que estuviera atacando sus manos.

No me hagas esto, Dedos Largos.

Sabía, sin la menor posibilidad de equivocarse, que Dedos Largos la había dejado allí para él, después de que su clan hubiera abandonado la selva. El muchacho la había recogido del suelo, a toda prisa, aún caliente a consecuencia del fuego. Una vez en la sabana, había observado que era muy corta, poco apropiada para la caza. Pero podía utilizarla para enviar un mensaje a su amigo.

Ken explicó a Yinka que había enseñado a Dedos Largos el uso de la lanza, y aquel palo que sostenía en la mano contenía la promesa de Dedos Largos de que no lo olvidaría.

Ella le miró como si estuviera loco.

—¿Crees que alguna vez lo superarás? —Y se contestó ella misma—: Creo que no. Nadie lo superará.

—¿Qué quieres decir?

—Ya no seremos los únicos humanos, y sólo Dios sabe cuáles serán las consecuencias de ello. ¡Fantástico! —gritó con tono burlón—. ¡Dame eso!

Le arrebató el palo de las manos, pero cuando se disponía a lanzarlo, emitió un grito. Ken corrió hacia ella, temiendo que algún animal la hubiera mordido.

Dedos Largos se erguía ante una mata de hierba, y les estaba mirando.

Yinka se quedó sin habla. Tanteó con la mano hasta encontrar el brazo de Ken. Éste miró al muchacho y percibió algo extraño en su aspecto, aunque le resultaba en extremo familiar.

Dedos Largos les miraba con sus ojos brillantes. Acababa de comer algo que había ensuciado su cara. Fue suficiente para que Ken recordara todos sus encuentros, la primera vez que se midieron con la mirada, las expresiones de estupor que habían intercambiado, la primera vez que se habían tocado los dedos, sus juegos, sus cacerías...

No podía haber tanto pesar, tanto reproche en los ojos del muchacho.

Pero sí, lo había.

«Aquí es cuando volvemos a encontrarnos, Dedos Largos, y aquí es cuando te fallo.»

El chico retrocedió y emitió un silbido agudo y penetrante. Niawo se alzó a pocos metros, menuda y de aspecto primitivo, con los ojos abiertos de par en par. Niawo examinó a toda prisa a la mujer erguida junto a Ken, y después a éste. Luego, dedicó a Ken una mirada de sigilo y complicidad, tan fugaz como maravillosa. Decía: «Hemos estado juntos, pero en otra época».

Y los ojos de Dedos Largos decían: «Quiero estar con él. Mi extraño, mi animalito grande y torpe». Ken avanzó hacia los protohumanos, pero un macho se irguió repentinamente al lado de ambos. Un macho sin barbilla, sólo mandíbulas, de frente brutalmente estrecha. Era mucho más grande que Niawo, y parecía algo más joven. Vio a aquellos humanos modernos, y su rostro se transformó en una máscara de ferocidad, de devoción suicida a su hembra y su cría.

El macho ordenó que se acercaran con un breve y fuerte gruñido. Se pusieron detrás de él, aunque Dedos Largos se movió con lentitud, como un niño indisciplinado. El macho esperó, en una inmovilidad total, desafiando a los extraños, hasta que su mujer y su hijo se alejaron.

Después siguió a su familia.

Las tres siluetas tardaron unos minutos en desaparecer en la sabana, con los búfalos, los leones y los misterios de la humanidad que evolucionaría.

—Tal vez quieras esto —dijo Yinka, y levantó la lanza.

Ken la cogió, y trató de encontrar en ella el calor de las manos del muchacho. No lo encontró.

—Hemos de volver —dijo Yinka, dando a entender «hemos de volver a ser nosotros».

Ken asintió.

Ella le miró. Alzó la mano para acariciar su cara contusionada, con delicadeza. Le tomó del brazo y le condujo hasta el Land Rover. Al lado del coche, Yinka se detuvo y le besó en la boca. Ken intentó resistirse, sorprendido por el momento que había elegido, temeroso de que los homínidos les estuvieran observando.

Pero ocurrió algo asombroso. La desesperación de los genes se materializó en él. Rodeó la cintura de Yinka con sus brazos, la apretó contra su cuerpo, mientras balbuceaba que tal vez estaba demasiado débil para determinadas actividades. Ella no contestó y se limitó a desnudarle, le empujó contra el coche y enroscó las piernas alrededor de su cuerpo, sin importarle que Ken no se moviera, con la determinación de que debían acoplarse para que Ken regresara de la prehistoria.

Luego, se apartó casi con rudeza, y Ken tuvo la idea absurda de que no sólo su semen, sino también su pene y testículos se habían quedado en las entrañas de Yinka. Le hizo subir al coche, con los pantalones enredados alrededor de las rodillas, como una especie de madre autoritaria.

Ken jadeó una pregunta: ¿por qué lo había hecho?, y ella jadeó una respuesta: para arrancarle de su obsesión. ¿No lo comprendía? El mundo no estaba compuesto sólo por Dedos Largos y él, con una o dos hembras a modo de diversión. Las hembras le deseaban para hacer otro Dedos Largos.

—Ella lo entiende. —Yinka señaló hacia donde Niawo había desaparecido—. ¡Vámonos, colono!

Ken aún tenía ganas de preguntarle por qué el mundo no podía ser así. Si Yinka y él iban a continuar, ¿por qué no podían amarse allí mismo, en el centro de aquel gran misterio? Eso era ciencia, lo cual significaba cierta clase de vida, y él no conocía otra forma de vivir.

Pero algo en la expresión de la joven le dijo que sería inútil. Finalmente cedió y tomó asiento a su lado.

Mientras ella ponía en marcha el motor, miró hacia atrás y les vio de nuevo, a lo lejos. La mujer, el hombre y el niño.

Dedos Largos.

Se habían agrupado bajo una acacia, quizá para elegir un lugar donde pasar la noche. El día de mañana les encontraría vitales y fuertes, preparados para su nueva vida.

Epílogo

La huella de Adán tardó dos años en escribirse, pero ese tiempo fue la culminación de un período mucho más largo de soñar e investigar. Empecé a imaginar este libro, aún de forma nebulosa, antes de huir de mi Rumanía natal. Más tarde, cuando pude viajar a África y otras zonas donde el hombre había evolucionado, descubrí que el sueño y la investigación empezaban a convertirse en la idea para una historia: la de una persona moderna que se encuentra con nuestros antepasados, en un paraje virgen durante varios millones de años.

La huella de Adán es una novela. Sus personajes y situaciones son inventadas, y me he tomado algunas libertades en lo tocante a ciertas situaciones regionales y políticas. Aun así, en su intención básica, creo que es un libro verdadero, pese al empleo de la imaginación. Existe en todos nosotros un anhelo de conocer a nuestros antepasados, y averiguar que no somos tan diferentes de ellos, que hemos evolucionado pero sin cambiar tanto. Es esa «humanidad común» la que he intentado plasmar en el libro. Se han escrito antes relatos sobre los tiempos prehistóricos, pero no he leído ninguno en que las estrellas, por así decirlo, sean nuestros antepasados y antepasadas, retratados tal como eran hace varios millones de años.

En consecuencia, pido la indulgencia de cualquier científico que lea estas páginas, y confío en su sentido del humor.

Mientras realizaba las investigaciones, hablé de temas relacionados con la evolución del hombre con mucha gente ilustrada, que me ayudaron a encontrar la idea del libro y después la energía para escribirlo. Estas personas no son científicos. La persona que me inspiró el personaje de Dedos Largos es mi hijo, que casualmente se llama Adán. Un día mágico en Franklin Canyon, hablamos de la aparición del hombre, y luego Adán corrió y dio tumbos sobre la hierba casi como Dedos Largos en la sabana. De esta forma, mi hijo me inspiró el pequeño *australopithecus* y el título del libro. La persona que me ayudó a dar forma a la historia, indicando sus puntos débiles y sugiriendo nuevas direcciones, fue mi mujer Iris, que también es escritora. Su riguroso sentido de la historia y su buen gusto me salvaron de muchos escollos. Ella leía el manuscrito por encima de mi hombro, con la advertencia de que quería leer mi libro cuando se publicara, no antes. Mi hija menor Chloe me recordó algunas verdades esenciales de la infancia. Otros miembros de mi familia me animaron, leyendo el manuscrito en sus primeras fases, sobre todo mi suegro Carl Friedman y mi madre Nelly Cutava. Me dieron su bendición, como el clan protohumano hace con las aventuras de Dedos Largos.

Mi agente literario Richard Pine fue un crítico decidido y sagaz de las primeras versiones de la novela. Después de reescribir la última versión, Richard, junto con otros dos agentes, Howard Sanders y Richard Green, tuvieron la audacia de publicarla, y descubrimos juntos que *La huella de Adán* parecía satisfacer un deseo auténtico, de profesionales de los libros y el cine, de que un libro semejante existiera.

El trabajo no había terminado. Un amigo experto en ordenadores, Doron Ben-Yehezkel, me indicó cierto número de puntos débiles que me apresuré a enmendar. Doron, que es lo más parecido que conozco a un hombre del Renacimiento, también me ayudó a realizar algunas investigaciones, incluyendo análisis por ordenador de los humanos primitivos. Otro amigo, el novelista Claude Teweles, llevó a cabo una tarea similar de crítica constructiva y meticulosa. De todos modos, todo esto no habría sido suficiente sin el trabajo de mi editor, Henry Ferris, quien intuyó el atractivo de este libro y me convenció para que repasase una vez más el ritmo narrativo, a fin de que no se demorara demasiado en la ciencia y mantuviera la tensión de la trama. Henry también indicó los fragmentos repetitivos y obtusos. Su pulso era firme pero suave, y el libro ganó mucho. Por fin, vencimos el último obstáculo con la ayuda de Ann Treistman, que transcribió largas y complicadas reescrituras y montajes, y hasta nos dijo que le gustaba la precipitación.

Con frecuencia, los agradecimientos son pura formalidad, pero en este caso, todas las personas mencionadas consiguieron que este libro viera la luz, y sin su ayuda nunca lo hubiese escrito en sólo dos años. Atribuyo la abundancia y calidad de su ayuda a la circunstancia más afortunada de la vida de un libro: que parece escrito en el momento preciso, no sólo al autor, sino a un pequeño ejército de entusiastas.

Índice

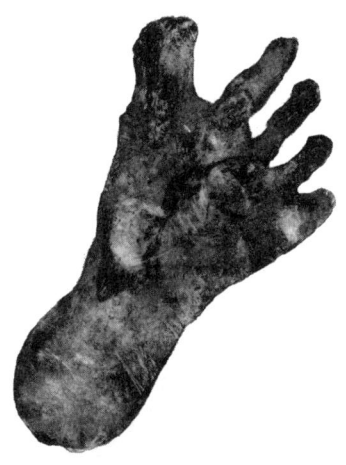

Título de la edición original: *Almost Adam*
Traducción del inglés: Eduardo G. Murillo,
cedida por Plaza & Janés
Diseño: Eva Mutter
Ilustraciones: Javier Masero
Foto solapa: Cordon Press

Círculo de Lectores, S.A. (Sociedad Unipersonal)
Travessera de Gràcia, 47-49, 08021 Barcelona
www.circulolectores.com
1 3 5 7 9 8 9 0 7 8 6 4 2

Licencia editorial para Círculo de Lectores
por cortesía de Plaza & Janés Editores, S. A.
Está prohibida la venta de este libro a personas que no
pertenezcan a Círculo de Lectores.

Depósito legal: B. 27048-1998
Fotocomposición: gama, s.l., Barcelona
Impresión y encuadernación: Printer industria gráfica, s.a.
N. II, Cuatro caminos s/n, 08620 Sant Vicenç dels Horts
Barcelona, 1998. Impreso en España
ISBN 84-226-7193-X
N.º 27060